JUDE DEVERAUX es autora de más de cuarenta novelas que han figurado en las listas de best sellers del *New York Times*. Lleva vendidos más de sesenta millones de ejemplares en todo el mundo, y en 2013 recibió el Romantic Times Pioneer Award como premio a su extraordinaria carrera.

La serie Montgomery-Taggert es una de las más apreciadas por sus lectoras. A esta serie pertenece la trilogía Novias de Nantucket, a la que pertenece la presente *Amor verdadero*. Como en el caso de las anteriores, la presente novela también se puede leer y disfrutar de forma independiente.

Título original: *True Love*
Traducción: Ana Isabel Domínguez Palomo y María del Mar Rodríguez Barrena

1.ª edición: marzo, 2016

© Jude Deveraux, 2013
© Ediciones B, S. A., 2016
para el sello B de Bolsillo
Consell de Cent, 425-427 - 08009 Barcelona (España)
www.edicionesb.com

Printed in Spain
ISBN: 978-84-9070-200-0
DL B 1134-2016

Impreso por NOVOPRINT
Energía, 53
08740 Sant Andreu de la Barca - Barcelona

Amor verdadero

JUDE DEVERAUX

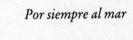
Por siempre al mar

Prólogo

Jared Montgomery Kingsley

—Viene el viernes —dijo Jared en respuesta a la pregunta de su abuelo Caleb—, así que yo me voy antes de que llegue... y creo que sería mejor que me mantuviera alejado durante toda su estancia. Le diré a alguien que la recoja en el ferry. Wes me debe una por haberle hecho los planos de su garaje, así que puede hacerlo él. —Se pasó una mano por la cara—. Si no vamos a buscarla, seguramente se meta en un callejón y nadie volverá a saber de ella. Algún personaje fantasmagórico podría secuestrarla.

—Siempre has tenido una imaginación portentosa —replicó Caleb—. Pero tal vez en este caso podrías dejar de lado la imaginación e intentar ser un poco más amable. ¿O eso está pasado de moda en tu generación?

—¿Amable? —preguntó Jared, que contuvo la rabia—. Esta mujer va a hacerse con el control de mi casa durante un año y me va a echar. De mi casa. ¿Y por qué? Porque de niña era capaz de ver un fantasma. Ya está. Me van a confiscar la casa porque, de adulta, tal vez pueda ver algo que los demás no podemos. —Su voz transmitía todo el desprecio que le provocaba la situación.

—Es un pelín más complicado que eso, y lo sabes —dijo su abuelo con calma.

—Ah, claro. No puedo olvidar sin más todos los secretos, ¿verdad? Lo primero es la madre de la niña, Victoria, que le ha ocultado a su propia hija veinte años de visitas a esta isla. Y, por supuesto, está el asunto del Gran Misterio Kingsley que debe ser resuelto. Es un interrogante de doscientos años que lleva atormentando a esta familia desde...

—Doscientos dos.

—¿Qué?

—Que lleva sin resolver doscientos dos años.

—Claro. —Jared suspiró y se sentó en uno de los viejos sillones en la casa que su familia poseía desde 1805—. Un misterio que nadie ha sido capaz de desentrañar desde hace doscientos dos años, pero que por alguna inexplicable razón esta forastera será capaz de resolver.

Caleb estaba de pie con las manos entrelazadas a la espalda y la vista clavada al otro lado de la ventana. Aunque apenas había empezado la temporada estival, el tráfico ya comenzaba a intensificarse. Pronto, los coches irían pegados al parachoques del coche delantero mientras circulaban por la tranquila avenida.

—Tal vez el misterio no está resuelto porque nadie lo ha investigado de verdad. Nadie ha intentado... encontrarla.

Jared cerró los ojos un instante. Después de que su tía abuela Addy muriera, habían tardado meses en desentrañar su ridículo testamento. Dicho testamento estipulaba que una chica, Alixandra Madsen, que no había pisado la casa desde que tenía cuatro años, debía vivir en ella durante un año. En ese tiempo tenía que intentar resolver el misterio familiar, si quería, claro. El testamento de la tía Addy dejaba bien claro que si no quería llevar a cabo la investigación, no tenía por qué hacerlo. En cambio, podía pasar el tiempo navegando, contemplando a las ballenas o haciendo el millar de cosas que se les ocurría a los habitantes de Nantucket para entretener a las hordas de turistas que invadían su isla cada verano.

Si ese fuera el único secreto involucrado, Jared podría haberlo soportado, pero ocultar una vida entera de personas y de sucesos era pedirle demasiado. Sabía que se volvería loco intentando evitar que esa chica descubriera que su madre, Victoria

Madsen, pasaba todos los años el mes de agosto en casa de su tía Addy a fin de documentarse para sus exitosas novelas históricas. Jared inspiró hondo. Tal vez pudiera cambiar de táctica.

—No sé por qué una forastera ha recibido este trabajo. Es imposible lanzar un arpón sin darle a alguien cuya familia lleve aquí siglos. Si se le hubiera encargado a alguna de esas personas el trabajo, esa chica no tendría que venir. Los investigadores podrían resolver el misterio y los secretos que Victoria insiste en guardar estarían a salvo.

La mirada que le echó su abuelo lo silenció. No era nada nuevo, nada que no se hubiera dicho antes.

—Ya has dejado clara tu postura —dijo Jared—. Un año, nada más, y luego esta chica se va y todo vuelve a la normalidad. Yo recuperaré mi casa y mi vida.

—Salvo que tal vez para entonces sabremos lo que le pasó a Valentina —repuso Caleb en voz baja.

A Jared le molestaba muchísimo estar furioso mientras que el viejo permanecía tan tranquilo. Sin embargo, sabía cómo equilibrar la balanza.

—Bueno, repíteme por qué la querida tía Addy no buscó a tu estimadísima Valentina.

El apuesto rostro de su abuelo adoptó una expresión tormentosa. Como en el mar. Irguió los hombros todavía más y sacó pecho.

—¡Por cobardía! —gritó, con la voz estentórea que había atemorizado a tripulaciones enteras. Sin embargo, Jared lo llevaba escuchando toda la vida y ni se inmutaba—. ¡Por pura cobardía! Adelaide tenía miedo de lo que podía suceder si descubría la verdad.

—Lo que quiere decir que temía que su adorado fantasma desapareciera y la dejara sola en esta enorme casa —aventuró Jared con una mueca—. Además, la gente creía que era una solterona que había heredado dinero de Jabones Kingsley. El dinero del jabón había desaparecido hacía mucho tiempo, pero la tía Addy, Victoria y tú os las apañasteis para mantener esta casa, ¿verdad? El hecho de que para ello tuvierais que airear los trapos sucios de nuestros ancestros solo parece molestarme a mí.

Su abuelo volvió a mirar por la ventana.

—Eres peor que tu padre. No tienes respeto por tus mayores. Además, debes saber que yo aconsejé a Adelaide con su testamento.

—Por supuesto que sí —replicó Jared—. Y todo se hizo sin consultarme.

—Sabíamos que te negarías, así que ¿para qué preguntar?

Como Jared no respondía, su abuelo se volvió para mirarlo.

—¿Por qué sonríes?

—Tienes la esperanza de que esta chica se enamore de la historia romántica del fantasma Kingsley, ¿verdad? Ese es el plan.

—¡Claro que no! Sabe de eso de la red... ¿Cómo se llama exactamente?

—¿A mí qué me dices? No me habéis consultado en nada.

—La red... Esa cosa donde se busca información.

—Para que lo sepas, yo también sé usar la red, internet, y puedo asegurarte que la Valentina Montgomery que buscas no está allí.

—Todo sucedió hace mucho tiempo.

Jared se levantó del sillón y se colocó junto a su abuelo para mirar por la ventana a los turistas que ya comenzaban a llegar. Eran tan distintos de los lugareños como los delfines de las ballenas. Sin embargo, resultaba entretenido ver a las turistas cruzar los adoquines con sus zapatos de tacón.

—¿Cómo va a encontrar esta chica lo que nosotros no podemos? —preguntó Jared con voz sosegada.

—No lo sé. Pero tengo un pálpito.

Jared sabía por experiencia que su abuelo estaba mintiendo o que se estaba reservando información. Había mucho más detrás del motivo por el que Alix Madsen iba a tomar posesión de Kingsley House durante un año, pero Caleb no se lo iba a contar. Y Jared sabía que jamás se enteraría de toda la historia hasta que su abuelo estuviera dispuesto a contarla.

Sin embargo, no se iba a rendir. Todavía no.

—Hay cosas sobre ella que desconoces.

—En ese caso, tienes que contármelo todo.

—La semana pasada hablé con su padre, y me dijo que su hija está atravesando una mala racha ahora mismo.

—¿Por qué lo dice?

—Estaba comprometida para casarse o algo así, pero rompieron hace poco.

—Si es así, disfrutará de su estancia —dijo su abuelo—. A su madre siempre le ha encantado la isla.

—¿Hablamos de la misma madre que ella no sabe que ha estado aquí todos los años? —A Jared le costaba controlar su enfado. Agitó una mano—. Da igual. Esta chica cortó con su novio o su prometido o lo que sea... que no sé lo que era. Ya sabes lo que eso significa, ¿no? Se pasará el día llorando a moco tendido y atiborrándose de chocolate, y después verá...

—Un fantasma.

—Sí —convino Jared—. Un fantasma guapo que nunca envejece y que es muy comprensivo, muy cortés y muy simpático, y se enamorará de él.

—¿Tú crees?

—No es para tomárselo a broma —replicó Jared—. Se convertirá en otra mujer de otra generación que entrega su vida real por una vida vacía.

Su abuelo frunció el ceño.

—Adelaide nunca quiso casarse y su vida distó mucho de estar vacía.

—Si consideras que las reuniones semanales para tomar el té eran satisfactorias, pues no, su vida no estaba vacía en absoluto.

Caleb miró a su nieto con el rostro desfigurado por la furia.

—Vale —dijo Jared al tiempo que levantaba las manos—. Me equivoco con la tía Addy. Sabes que la quería mucho. Toda la isla la quería y hoy no sería ni la mitad de lo que es sin el duro trabajo de mi querida tía. —Inspiró hondo—. Es que esta chica es distinta. No es de la familia. No está acostumbrada a los fantasmas, a los misterios familiares ni a las leyendas de doscientos años. Ni siquiera está habituada a viejas mansiones destartaladas ni a islas en las que puedes comprar una chaqueta de mil dólares pero ninguna tienda vende ropa interior de algodón.

—Ya se acostumbrará. —Su abuelo lo miró con una sonrisa—. ¿Por qué no le enseñas tú?

Jared puso cara de miedo.

—Sabes lo que es y lo que querría de mí. Sabes que se está preparando para ser... para ser...

—¡Suéltalo, muchacho! —gritó su abuelo—. ¿Para qué se está preparando?

—Para ser arquitecta.

Su abuelo lo sabía, pero no comprendía la desazón que a Jared le provocaba el tema.

—¿Acaso no es lo que tú eres?

—Sí —contestó él—. Eso es precisamente lo que soy. Pero yo tengo un estudio de arquitectura. Tengo... soy...

—Ah —musitó Caleb—. Entiendo. Tú eres el capitán y ella es un grumete. Querrá aprender de ti.

—Igual no lo sabes, pero ahora mismo estamos atravesando una recesión. El mercado inmobiliario se ha hundido. Una de las profesiones más afectadas es la de arquitecto. Nadie contrata. Eso hace que los recién licenciados estén desesperados y se vuelvan agresivos. Son como tiburones que se alimentan los unos de los otros.

—Pues conviértela en tu becaria —le soltó su abuelo—. Al fin y al cabo, les debes tu vida a sus padres.

—Sí, se la debo, y es otra de las razones por las que no me puedo quedar. ¿Cómo ocultarle todos estos secretos? ¿Cómo ocultarle a su propia hija lo que hacía Victoria mientras estaba en la isla? —preguntó Jared, con un deje frustrado en la voz—. ¿Comprendes la situación en la que me ha puesto el ridículo testamento de mi tía? No solo se supone que tengo que guardar los secretos de las personas a las que les debo la vida, sino que mi estudio arquitectónico está en Nueva York y esta chica es estudiante de Arquitectura. ¡Es una situación imposible!

Caleb pasó por alto la primera parte del sermón.

—¿Por qué te molestan sus estudios?

Jared hizo una mueca.

—Querrá que le enseñe, que vea sus planos, que los analice y los critique. Querrá saberlo todo de mis contactos, de mis... querrá saberlo todo de mí.

—A mí me parece estupendo.

—¡No lo es! —exclamó Jared—. No quiero ser el cebo que echan de carnaza. Y me gusta hacer cosas, no enseñarlas.

—¿Y qué gloriosos planes piensas hacer mientras ella está aquí? —le preguntó con retintín—. ¿Están relacionados con las mujeres ligeras de cascos con las que paseas por ahí?

Jared suspiró, exasperado.

—Solo porque las mujeres de hoy en día se pongan menos ropa no quiere decir que tengan menos principios. Ya lo hemos discutido cientos de veces.

—¿Te refieres a la de anoche? ¿Dónde estaban los principios de esa? ¿Dónde la conociste?

Jared puso los ojos en blanco.

—En Captain Jonas. —Era un bar cerca del embarcadero, que no tenía precisamente fama de decoroso.

—No quiero saber qué barco capitaneó el susodicho. Pero ¿quiénes son los padres de la muchacha? ¿Dónde se crio? ¿Cómo se llama?

—No tengo la menor idea —dijo Jared—. Betty o Becky, no me acuerdo bien. Se fue en el ferry esta mañana, pero lo mismo vuelve más adelante.

—Tienes treinta y seis años, no estás casado y no tienes hijos. ¿El apellido Kingsley va a morir contigo?

Jared fue incapaz de contenerse.

—Mejor eso que tener que lidiar con una estudiante de Arquitectura.

Aunque Jared era más alto, su abuelo consiguió lanzarle una mirada intimidatoria.

—No creo que debas preocuparte por la posibilidad de que se sienta atraída hacia ti. Si tu santa madre viviera, ni siquiera ella te reconocería ahora mismo.

Jared se quedó donde estaba y se pasó una mano por la barba. Su abuelo le había dicho que ese sería el último año de vida de la tía Addy, de modo que había organizado el trabajo de su estudio de arquitectura para pasar los últimos meses con ella en la isla. Se había mudado a la casa de invitados y había pasado todo el tiempo posible con la tía Addy, que era una mujer comprensiva. Siempre le había advertido cuándo iba a celebrar una reunión para tomar el té, de modo que pudiera irse en su barco. Jamás lo criticó por llevarse a casa a cierto tipo de mujeres. Y, sobre todo, fingió desconocer por completo el motivo por el que Jared estaba allí.

Durante las últimas semanas que pasaron juntos, habían compartido muchas cosas. La tía Addy le había contado anécdotas de su vida, y mientras pasaban los días, comenzó a hablar de Caleb. Al principio, le explicó quién era.

—Es tu quinto bisabuelo —dijo ella.

—¿Tengo cinco? —bromeó él.

La tía Addy hablaba en serio.

—No, Caleb es el tatarabuelo de tu bisabuelo.

—¿Y sigue vivo? —preguntó Jared, que se hizo el tonto mientras le llenaba el vaso de ron. Todas las mujeres Kingsley aguantaban muy bien el ron. «Es por la sangre marinera que llevan dentro», le había explicado Caleb.

Jared se percataba de que su tía perdía fuelle con el paso de los días.

—Se está acercando a mí —le dijo su abuelo a Jared, y Caleb comenzó a pasar todas las noches con ella. Habían vivido juntos muchos años—. Más que ninguna otra —dijo Caleb, y vio lágrimas en esos ojos que nunca envejecían. Caleb Kingsley tenía treinta y tres años cuando murió, y durante doscientos años había conservado su aspecto.

Sin embargo, pese a todo lo que Jared había compartido con su tía, nunca había intentado siquiera contarle que podía ver, hablar y discutir con su abuelo. Todos los varones Kingsley habían podido hacerlo, pero nunca se lo contaron a las mujeres de sus vidas.

—Deja que crean que Caleb les pertenece —le dijo su padre a Jared cuando era pequeño—. Además, el ego de un hombre quedaría destrozado si se supiera que pasa las noches con un muerto. Es mejor que las mujeres se preocupen por la posibilidad de que tengas una aventura.

Jared no terminaba de ver clara esa filosofía, pero se había mantenido fiel al código de silencio. Los siete Jared Montgomery Kingsley podían ver el fantasma de Caleb, y la mayoría de las hijas y algunos de sus descendientes también. Jared creía que Caleb podía decidir quién lo veía y quién no, pero el viejo nunca se lo había confirmado.

Decir que resultaba raro que esa muchacha, esa tal Alix Madsen, pudiera ver al fantasma Kingsley se quedaba muy corto.

Su abuelo Caleb lo miraba con el ceño fruncido.

—Tienes que ir a un barbero y que te quite la barba, y llevas el pelo demasiado largo.

Jared se volvió para mirarse en un espejo. Caleb había escogido ese espejo en China durante aquella última y desastrosa travesía. Jared se dio cuenta de que tenía muy mal aspecto. Desde la muerte de su tía abuela, apenas había salido de su barco. Llevaba meses sin afeitarse ni cortarse el pelo. Tenía canas en la barba y mechones canosos en el pelo, que a esas alturas le llegaba por debajo de la nuca.

—No tiene nada que ver con mi aspecto neoyorquino, ¿verdad? —comentó Jared con expresión pensativa. Si durante el año siguiente no podía mantenerse lejos de su adorada isla, sería bueno que no pudieran reconocerlo.

—No me gusta lo que estás pensando —dijo Caleb.

Jared se volvió hacia su abuelo con una sonrisa.

—Creía que estarías orgulloso de mí. A diferencia de ti, no intento conseguir que una chica inocente se enamore de mí. —Ese era otro comentario que sin duda le borraría la sonrisa a su abuelo.

La explosión fue inmediata.

—Nunca he hecho que una mujer...

—Lo sé, lo sé —dijo Jared, que se apiadó del guapo fantasma—. Tus motivaciones son puras y decentes. Estás esperando el regreso, o la reencarnación o lo que sea, de la mujer que amas, de tu preciosa Valentina. Y siempre le has sido fiel. Ya me lo has contado antes. Llevo oyéndolo toda la vida. La reconocerás cuando la veas y luego los dos os alejaréis hacia el horizonte cogidos de la mano. Lo que quiere decir que o ella muere o tú vuelves a la vida.

Caleb estaba acostumbrado a la irreverencia y a la insolencia de su nieto. Aunque nunca lo reconocería, ese nieto en particular era el que más se parecía a él cuando estaba vivo. Siguió con el ceño fruncido.

—Tengo que saber qué le pasó a Valentina —se limitó a decir.

Lo que no le contó es que ya sabía que había un límite de tiempo. Tenía hasta el 23 de junio, fecha que llegaría en unas cuantas semanas, para descubrir qué le sucedió a la mujer a quien quería tanto que ni la muerte pudo separarlos. Si no reconstruía la historia, posiblemente nadie, ninguna de las personas que habían estado involucradas durante tanto tiempo, pudiera encontrar la felicidad que se merecía. Solo tenía que conseguir que su terco y cerrado nieto creyera.

1

Alix siguió llorando mientras Izzy le ofrecía chocolate sin parar. De momento, llevaba dos donuts, una tableta con un sesenta por ciento de cacao, un Toblerone enterito y un Kit Kat. A ese ritmo, pronto estaría comiendo galletas de chocolate, lo que significaba que Izzy se uniría al festín, engordaría unos cinco kilos y no entraría en su vestido de novia. ¿No sería eso demasiado por una amiga?

Estaban en el ferry que las llevaba de Hyannis a Nantucket, sentadas a una de las mesas de la cafetería. A su alcance tenían un sinfín de deliciosos manjares.

Las últimas semanas en la universidad le habían ido bien; como a Izzy, que también cursaba estudios de Arquitectura. Ambas habían entregado sus respectivos proyectos y, como siempre, Alix había recibido las felicitaciones de su profesor de forma tan efusiva que acabó avergonzada.

Aquella misma noche fue cuando su novio cortó con ella. La dejó tirada de buenas a primeras. Eric le dijo que había hecho otros planes para su vida.

Tras la desastrosa cita, se fue directa al apartamento de Izzy. Se encontró a su amiga acurrucada en el sofá con su prometido, Glenn, comiendo palomitas. Cuando Alix le contó lo sucedido, Izzy no se sorprendió. Incluso estaba preparada y tenía helado de caramelo y chocolate en el congelador.

Glenn besó a Alix en la frente.

—Eric es un imbécil —le dijo antes de irse a la cama.

Izzy pensó que la noche sería lacrimógena, pero una hora después Alix estaba dormida en el sofá. Por la mañana, la encontró muy serena.

—Creo que es mejor que haga el equipaje —dijo—. Ya no tengo motivos para no ir. —Se refería al plan de pasar un año entero en la isla de Nantucket.

Hacía unos años, justo antes de que Izzy conociera a Glenn con quien supo al instante que se casaría, las chicas hicieron un pacto. Después del último semestre en la universidad, se tomarían un año sabático antes de buscar trabajo. Izzy quería tomarse un tiempo para dedicarse por entero a la labor de esposa y para pensar en lo que quería hacer con su vida.

Alix siempre había tenido claro que quería preparar una carpeta con todos sus diseños como carta de presentación. Puesto que la mayoría de los estudiantes pasaba de la universidad a un puesto de trabajo, lo único que tenían para mostrar eran los proyectos que habían tenido que hacer durante la carrera, todos fuertemente influidos por las preferencias y las aversiones de un profesor. Alix quería enseñar su verdadero trabajo, sus originales.

Cuando le ofrecieron pasar un año en Nantucket no le hizo gracia la idea. Ir a un lugar donde no conocía a nadie era demasiado. Además, estaba Eric. ¿Soportaría su relación una separación tan larga? Alix buscó varios motivos que justificaran su negativa y el primero que se le ocurrió fue que Izzy la necesitaba para organizar la boda.

Sin embargo, su amiga le dijo que era una oportunidad que solo se presentaba una vez en la vida y que debía aprovecharla.

—¡Tienes que hacerlo!

—No sé yo... —protestó Alix—. Tu boda... Eric... —Se encogió de hombros.

Izzy la miró furiosa.

—Alix, es como si tu hada madrina hubiera agitado su varita mágica y te hubiera concedido un deseo en el momento oportuno. ¡Debes ir!

—¿Crees que mi hada madrina tiene los ojos verdes? —Le preguntó Alix, y ambas estallaron en carcajadas. La madre de Alix, Victoria, tenía los ojos de un tono verde esmeralda. Por supuesto, había sido ella la instigadora de que su preciosa hija obtuviera ese año de trabajo y de estudio.

El motivo de que estuviera tan segura de que su madre había sido la artífice de todo era el hecho de que fue Victoria quien le habló de la extraña cláusula incluida en el testamento de Adelaide Kingsley. Izzy siempre había adorado a Victoria. Le parecería una mujer magnífica pero no porque fuera internacionalmente famosa por los maravillosos y emocionantes libros que escribía. Más que nada porque era despampanante. Tenía una lustrosa melena cobriza, un tipazo de vértigo y una personalidad arrolladora. Victoria no era estridente ni extravagante, pero cuando entraba en algún sitio, todo el mundo la miraba. La gente guardaba silencio y todos los ojos se posaban en ella. Era como si percibieran su presencia antes incluso de verla.

La primera vez que Izzy vio a Victoria, se preguntó cómo llevaría Alix el hecho de que su madre acaparara toda la atención, pero su amiga ya estaba acostumbrada. Para ella, su madre era así y lo aceptaba.

Por supuesto, también ayudaba que siempre que Victoria veía a su hija entrar en algún sitio, dejaba la conversación que estuviera manteniendo y corría a su lado. A partir de ese momento, se retiraban a un rincón tranquilo para hablar cogidas del brazo.

Una vez que la pusieron al tanto del contenido del testamento de la desconocida, Alix se negó. Aunque había planeado tomarse un año sabático, no había pensado hacerlo en la isla desierta de alguien.

El verdadero problema era que no le había dicho a su madre que tenía un novio con el que estaba pensando casarse. Si Eric se lo proponía, claro estaba.

—No lo entiendo —dijo Izzy—. Pensaba que tu madre y tú os lo contabais todo.

—No —la corrigió Alix—. Lo que dije fue que yo lo descubro todo sobre ella. Pero sé muy bien lo que puedo contarle.

—¿Y Eric es un secreto?

—Hago todo lo posible por mantener mi vida amorosa apartada de mi madre. Si supiera lo de Eric, lo sometería a un interrogatorio. Y él huiría, aterrado.

Izzy tuvo que volver la cabeza para que Alix no la viera fruncir el ceño. Nunca le había gustado Eric y deseaba que Victoria hiciera algo para librarse de él.

Después de que Alix terminara los diseños del último curso y le diera los últimos toques a su maqueta, se dedicó a «ayudar» a Eric a construir la suya. Lo cierto era que prácticamente le había hecho el proyecto entero.

Después de la ruptura y de decidir que se marchaba a Nantucket, asumió una actitud muy adulta.

—También tendré tiempo para estudiar. —A fin de obtener la licencia para formar parte del colegio de arquitectos, debía superar una serie de exámenes muy difíciles—. Aprobaré los exámenes y haré que mis padres se sientan orgullosos de mí —se juró.

Izzy pensaba que los padres de Alix no podrían sentirse más orgullosos de lo que ya se sentían, pero no lo dijo. Cuando Alix por fin anunció que se marchaba a Nantucket, lo hizo con un deje tan deprimido y derrotado que Izzy decidió acompañarla y quedarse en Nantucket con ella mientras se instalaba. Quería estar a su lado cuando Alix por fin se derrumbara.

Y sucedió nada más entrar en el ferry a Nantucket. Hasta entonces, había estado muy ocupada con todos los preparativos del viaje, de modo que no había tenido tiempo para pensar en Eric. Su madre se había encargado de todos los gastos, incluso envió el equipaje de ambas a la isla, para que ellas solo tuvieran que lidiar con una bolsa de viaje. Al final, partieron unos días antes de lo previsto, porque Izzy temía que Alix viera de nuevo a Eric.

Alix parecía estar bien hasta que el ferry se alejó del muelle. En ese momento, miró a Izzy y se echó a llorar.

—No entiendo qué he hecho mal.

Puesto que Izzy ya estaba preparada para ese momento, llevaba Toblerones en el bolso.

—Tu único problema es que eres más lista que Eric y que tienes más talento que él. Así que lo has acojonado.

—Eso es mentira —protestó Alix mientras Izzy desenvolvía la chocolatina y se sentaban a una mesa. Como aún no era temporada alta, el ferry no iba muy lleno—. Siempre he sido agradable con él.

—Ajá —convino Izzy—. Lo has sido. Porque no querías herir su diminuto ego.

—Venga ya —replicó Alix mientras masticaba—. Hemos tenido buenos momentos. Eric...

—¡Eric te ha usado! —exclamó. En muchas ocasiones, se había mordido la lengua cuando lo veía sentado mientras Alix le hacía prácticamente todo el trabajo. Alix intimidaba a todos los chicos de la clase. Su padre era un arquitecto reconocido; su madre, una escritora aclamada. Y lo peor de todo: los diseños de Alix ganaban todos los concursos, todos los premios y conseguían los elogios de la facultad en pleno—. ¿Qué esperabas de él si siempre estabas entre los cinco mejores alumnos de la clase? Al profesor Weaver solo le faltó besarte los pies cuando vio tu proyecto final.

—Es que le gustan los diseños que pueden materializarse en un edificio de verdad.

—Sí, ya. Esa cosa que Eric diseñó antes de que empezaras a ayudarlo era imposible, ni aun contando con el equipo que levantó la ópera de Sídney.

Alix le ofreció una sonrisilla.

—Se parecía a una nave espacial, ¿verdad?

—Daba la impresión de que podría despegar en cualquier momento.

Alix parecía haberse recuperado un poco, pero sus ojos adoptaron una mirada triste de repente.

—Pero ¿viste a la chica que lo acompañaba a la fiesta de fin de curso? Tenía veinte años, como mucho.

—Vamos, dilo —la invitó Izzy—. Era tonta. Una idiota. Pero eso es lo que Eric necesita porque tiene un ego muy frágil. A fin de destacar, necesita rodearse de gente tonta.

—No sé si eres una terapeuta o mi gurú personal.

—Ninguna de las dos cosas. Soy una mujer perspicaz. Vas a ser una gran arquitecta y la única manera de que encuentres el amor pasa por conocer a un hombre que tenga una profesión distinta de la tuya. —Hablaba de su prometido, que se dedicaba a la venta de coches. Él no distinguía a Pei de Corbusier, ni reconocía la última obra maestra de Montgomery.

—O tal vez pueda encontrar a un arquitecto tan bueno que no se sienta intimidado por mí —añadió Alix.

—Frank Lloyd Wright está muerto.

Alix esbozó otra sonrisilla e Izzy se animó a cambiar de tema.

—¿No me dijiste que había un hombre viviendo en la casa de invitados de la propiedad donde vas a alojarte?

Alix se sorbió la nariz mientras le daba un mordisco al muffin de chocolate que le había comprado Izzy.

—El abogado comentó que el sobrino de la señorita Kingsley se aloja en la casa de invitados y que podría resolver todas mis dudas. Además, me dijo que podría encargarse de las reparaciones que pueda necesitar la casa. Lo llamó «señor Kingsley».

—¡Ah! —exclamó Izzy con cierta desilusión—. Si Adelaide Kingsley tenía noventa y tantos años cuando murió, eso significa que su sobrino tendrá al menos sesenta. A lo mejor te invita a dar un paseo en su moto eléctrica.

—No me hagas reír.

—Lo estoy intentando. ¿Funciona?

—Pues sí —respondió Alix—, funciona. —Miró hacia la barra de la cafetería—. ¿Tienen galletas con pepitas de chocolate?

Izzy gruñó mientras ponía de vuelta y media a Eric, el ex novio. De camino hacia la barra murmuró:

—Como engorde, voy a ponerle gomina en los botes de pegamento. No será capaz de levantar ni una sola maqueta. —Acto seguido, sonrió mientras cogía de una cesta cuatro enormes galletas con pepitas de chocolate envueltas en papel celofán que procedió a pagar.

Cuando el ferry atracó, Alix había dejado de llorar, pero aún tenía el aspecto de una mártir que iba camino de la hoguera.

Izzy, hasta arriba de galletas y de chocolate caliente (¡No podía permitir que Alix comiera sola!), jamás había estado en Nantucket y estaba deseando explorar la isla. Tras echarse al hombro las bolsas de viaje de cuero, regalo de Victoria, bajaron hasta un amplio embarcadero de madera. El paseo estaba flanqueado por tiendecitas que parecían haber sido almacenes de pescadores en el pasado, llenas de camisetas con el logo de Nantucket estampado. Le habría gustado hacer una parada para comprarle a su prometido unas gorras y algunas sudaderas, pero Alix no se detuvo y siguió caminando con la barbilla en alto y la mirada al frente, sin reparar en nada.

Izzy vio que unos niños aparecían por una esquina comiendo helados. Tal vez si lograra que Alix se comiera un cucurucho, ella podría detenerse a comprar.

—¡Por aquí! —exclamó y Alix la siguió. En un extremo del paseo había una pequeña heladería. Empujó a Alix para que entrara—. Yo quiero uno de nata con nueces —dijo Izzy.

Alix asintió de forma distraída.

Izzy sacó el móvil y llamó a su prometido.

—Mal —dijo, en respuesta a la pregunta que él le hizo—. Y no sé cuándo volveré. Tal como está ahora, es posible que se meta en la cama y no quiera salir. Lo sé —dijo—. Yo también te echo de menos. Oh, oh. Aquí viene. ¡Adiós! Se ha comprado un cucurucho con tres bolas de chocolate. Al paso que va, no necesitará el ferry para volver. Irá flotando. Creo que...

Izzy se interrumpió cuando pasó por su lado un hombre. Era alto, mediría casi metro ochenta y cinco, y ancho de hombros. Tenía una barba canosa, espesa y descuidada, y llevaba el pelo tan largo que casi le rozaba los hombros. Caminaba con zancadas largas. Los vaqueros y la camisa del mismo tejido que llevaba se amoldaban a su musculoso cuerpo. Tras mirar a Izzy con desinterés, clavó la mirada en Alix, que se acercaba a ella con los cucuruchos en las manos. El hombre miró a Alix de arriba abajo y tras titubear un instante como si quisiera hablar con ella, siguió caminando y desapareció tras la esquina.

Izzy se quedó donde estaba, contemplando la espalda del hombre, boquiabierta y asombrada. Aún tenía el móvil pegado a la oreja y Glenn le estaba hablando, pero ella no le prestaba atención.

Cuando Alix llegó a su lado, Izzy susurró:

—¿Lo has visto?

—¿A quién? —preguntó su amiga a su vez al tiempo que le ofrecía el helado.

—A él.

—¿A quién?

—¡A ÉL!

Glenn le gritó en ese momento a través del móvil:

—¡Isabella!

—Lo siento —se disculpó ella—. Es que acabo de verlo. Aquí en Nantucket. Tengo que irme. —Cortó la llamada, cogió el helado que Alix le ofrecía y lo tiró a una papelera.

—¡Oye! —protestó Alix—. Podría habérmelo comido.

—¿No lo has visto?

—No he visto a nadie —contestó Alix mientras le daba un mordisco al helado—. ¿A quién has visto?

—A Montgomery.

Alix se detuvo con los labios pegados a una de las bolas de helado. En las comisuras tenía trocitos de chocolate.

—Acabo de ver a Jared Montgomery pasar por aquí.

Alix apartó la boca del helado.

—¿A ese Jared Montgomery? ¿Al arquitecto? ¿Al que diseñó el edificio Windom de Nueva York?

—¿A quién si no? Y te ha mirado. Ha estado a punto de hablarte.

—No —replicó Alix, con los ojos como platos—. Es imposible. No lo ha hecho.

—¡Lo ha hecho! —exclamó Izzy—. Pero tú...

Alix tiró el cucurucho con sus tres bolas de helado a la papelera y cogió a Izzy de un brazo.

—¿Adónde ha ido?

—Se ha ido por allí. Ha doblado la esquina.

—¿Y has dejado que se fuera? —Alix la soltó del brazo y empezó a caminar a toda prisa, con Izzy detrás.

Llegaron justo a tiempo de ver que el hombre barbudo estaba a bordo de una preciosa embarcación blanca, sonriéndole a una chica vestida con unos pantalones tan cortos que eran indecentes. Lo mismo daba que hiciera un día desapacible, la chica no parecía notarlo. Él le sonreía con una expresión tan deslumbrante como el sol, en opinión de Alix. Tras aceptar la bolsa que la chica le ofrecía, Jared Montgomery se alejó en su embarcación, dejando una estela tras él.

Alix se apoyó en un edificio, cuyas tablas estaban deterioradas por las inclemencias del tiempo.

—Era él.

Izzy se detuvo a su lado y ambas contemplaron la embarcación mientras se alejaba y se perdía en la distancia.

—Su estudio de arquitectura está en Nueva York. ¿Qué crees que hacía aquí? ¿Estaría de vacaciones? ¿Construyendo algo divino?

Alix tenía la vista clavada en el mar.

—Era él de verdad. ¿Recuerdas cuando lo vimos en la conferencia de aquel hotel?

—Como si fuera ayer —contestó Izzy—. Lo he reconocido al verlo sonreírle a esa chica del muelle. Esos ojos son inconfundibles.

—Y ese labio inferior —susurró Alix—. Le dediqué incluso un poema.

—Estás de broma. Eso no me lo habías dicho hasta ahora.

—Porque no quería enseñártelo. Es el único poema que he escrito en la vida.

Se mantuvieron en silencio, ya que no sabían qué hacer ni qué decir. Jared Montgomery era su héroe, un hombre cuyos diseños eran legendarios en el mundo de la arquitectura. Para ellas, era el equivalente a los Beatles, a los vampiros y a Justin Bieber, aunados en una misma persona.

Izzy fue la primera en recuperarse. A su izquierda, vio que un chico amarraba una vieja barca. Se acercó a él.

—¿Conoces al hombre que acaba de irse en ese barco blanco?

—Claro. Es mi primo.

—¿De verdad? —preguntó Izzy como si fuera lo más interesante que había escuchado en la vida—. ¿Cómo se llama?

Alix se había acercado a su amiga y ambas miraban al chico conteniendo el aliento.

—Jared Kingsley.

—¿Kingsley? —preguntó Alix, confundida. Su expresión se tornó alicaída al instante—. ¿No es Jared Montgomery?

El chico se echó a reír. No era feo, pero la ropa que llevaba parecía necesitar un buen lavado.

—Ah, os referís a eso, ¿verdad? —Era evidente que les estaba tomando el pelo—. Aquí es Kingsley, pero en Estados Unidos es Montgomery.

—¿En Estados Unidos? —repitió Izzy—. ¿Qué quieres decir?

—Aquello es Estados Unidos —respondió el chico, señalando hacia el horizonte—. El lugar del que habéis llegado.

Izzy y Alix sonrieron por la idea de que la isla de Nantucket fuera considerada otro país distinto.

Izzy quería asegurarse de que se trataba de Jared Montgomery.

—¿Sabes a qué se dedica?

—Hace planos de casas. Me diseñó un garaje que está muy bien. En verano, alquilo el apartamento que hay encima. ¿Necesitáis un sitio para quedaros?

Ambas tardaron un instante en asimilar la idea de que uno de los arquitectos más importantes del mundo había sido reducido a un simple: «Hace planos de casas.»

Alix fue la primera en hablar.

—No, gracias. Vamos a... —Dejó la frase en el aire porque, en realidad, no quería explicarle a ese desconocido lo que estaba haciendo en la isla.

Él sonrió como si le hubiera leído el pensamiento.

—Si estáis interesadas en él, será mejor que os pongáis a la cola. Y tendréis que esperar un poco, porque Jared tardará unos tres días en volver.

—Gracias —dijo Izzy.

—Si cambiáis de opinión, soy Wes. Es fácil de recordar.

Izzy y Alix regresaron a la heladería, extasiadas. Alucinadas.

—Jared Montgomery es Jared Kingsley —logró decir Alix por fin.

De repente, Izzy comprendió lo que Alix insinuaba.

—Y tú vas a quedarte en la propiedad de los Kingsley.

—Durante un año.

—¿Crees que es el señor Kingsley que vivirá contigo? —le preguntó Izzy con los ojos como platos—. ¿Crees que es el hombre que supuestamente va a ayudarte si tienes algún problema con la casa?

—No. Bueno, no lo creo. Es que ni me lo imagino.

—¡Pero en el fondo lo estás deseando! —Izzy se presionó las sienes con los dedos—. Preveo multitud de problemas con las cañerías. Se te olvidará cerrar los grifos e inundarás la casa. Tendrá que quitarse la ropa y tú también estarás empapada, y os miraréis y os arrancaréis la ropa y...

Alix se reía a mandíbula batiente.

—Yo no diría tanto, pero... a lo mejor se me caen algunos diseños y aterrizan justo delante de sus pies.

—Muy bueno —replicó Izzy—. El sexo fabuloso mejor dejarlo para después. Primero que descubra lo que eres capaz de hacer arquitectónicamente hablando, y después te relajas y le cedes el control para que se comporte como un hombre. Buen plan.

Alix tenía una mirada soñadora.

—Me dirá que nunca ha visto unos diseños tan innovadores y tan bien sopesados. Me dirá que jamás ha visto a otra persona con tanto talento y que me quiere a su lado en todo momento para poder transmitirme todo su conocimiento. Un año entero con él como tutor personal. Un año de aprendizaje y...

—¡Eso es! —la interrumpió Izzy.

—¿El qué?

—El asunto este del testamento —respondió su amiga—. Tu madre dijo que esa anciana a la que no conocías...

—Mi madre me dijo que pasamos un verano aquí cuando yo tenía cuatro años. Supongo que siguieron manteniendo el contacto.

—Vale. Esa anciana a la que no recuerdas haber conocido te ha dejado su casa para que vivas en ella durante un año. Victoria dijo que lo hizo porque tú querías pasar un año sabático antes de buscar trabajo. Todo me ha parecido muy raro desde el principio. Porque la anciana...

—La señorita Kingsley.

—Eso. Porque la señorita Kingsley no sabía cuándo iba a morir. Igual podría haber vivido hasta los cien años y para entonces tú estarías dirigiendo tu propia empresa.

—Es posible —replicó Alix—, pero antes tendría que haber aprobado los exámenes. —Los estudiantes de Arquitectura bromeaban diciendo que pasaban más tiempo en la universidad que los médicos y que después tenían que superar una serie de exámenes agotadores. Sin embargo, cuando acababan... no encontraban trabajo—. No entiendo adónde quieres llegar.

—Creo que la señorita Kingsley, y también tu madre, quería que conocieras a su sobrino soltero, Jared Montgomery, el arquitecto. O más bien a Jared Kingsley.

—Pero si hubiera vivido hasta los cien años, su sobrino habría tenido tiempo de engendrar seis o siete niños.

—¿Por qué arruinas una historia tan buena echando mano de la lógica?

—Tienes razón —reconoció Alix—. La señorita Kingsley quería que conociera a su sobrino, así que, con la ayuda de mi madre, lo ha tramado todo para que vivamos al lado. Claro que él vive y trabaja en Nueva York, así que posiblemente solo pase en la isla unas dos o tres semanas al año, pero ¿qué más da eso si la historia es genial?

—¿Me estás diciendo que no crees que tu madre tuviera un motivo oculto para conseguir que vivieras en esta casa vieja?

Alix conocía demasiado bien a su madre como para negarlo. La verdad era que no le importaban el motivo ni el modo en el que habían arreglado las cosas. Lo importante era que le habían concedido una oportunidad increíble. ¿Sería posible de verdad que Jared Montgomery fuera a ser su vecino? ¿Sería posible que viviera en la casa de huéspedes de la propiedad donde ella iba a alojarse?

—Voy a exprimir su cerebro —dijo—. Voy a aprender todo lo que sabe. Recuérdame que le mande rosas a mi madre. Vamos a la casa.

—¿Ya no quieres más helado? —le preguntó Izzy.

—¿Estás de broma? Venga, una buena caminata y así hacemos ejercicio. ¿Por qué me has dejado comer tanto chocolate?

—Eres una desagradecida y... —le dijo Izzy, pero la risa de Alix la interrumpió—. Muy graciosa. Perdona que no me ría. Tenemos tres días antes de que Jared vuelva, así que hay mucho trabajo que hacer.

—Me han dicho que las tiendas de Nantucket son ideales —añadió Alix.

—Ah, no —repuso Izzy—. Yo me encargo de las compras. Tú necesitas trabajar. Esta va a ser la presentación de tu vida.

—Tengo unas cuantas ideas en mente —reconoció Alix, haciendo que Izzy se riera, ya que por su mente siempre rondaban ideas sobre diseño.

Nada más echar a andar, una vez libres del fantasma de la traición de Eric, se percataron de la increíble vista que presentaba el pueblo de Nantucket. La calle era adoquinada, lo que dificultaba tanto caminar como conducir, pero eso aumentaba su encanto. Las aceras eran anchas, de ladrillo, y el paso de los años, tanto los árboles como los movimientos de la tierra las habían movido, otorgándole un halo artístico.

Sin embargo, Alix solo tenía ojos para los edificios. Todos eran exquisitos. Perfectos tanto en su diseño como en su ejecución.

—Creo que voy a desmayarme —dijo mientras se detenía para contemplar la belleza del pueblo.

—Sí, es todavía mejor que en las fotos.

—Es... no sé, pero creo que estamos en el paraíso. Y...

Izzy la miraba con curiosidad. Se habían conocido el primer día de clase en la facultad. Ambas eran dos chicas guapas y con estilo, pero ahí acababan las similitudes entre ellas. Izzy soñaba con vivir en un pueblo pequeño, donde crearía una empresa dedicada a reformar casas. Su objetivo en la vida era casarse y tener hijos.

Alix, por el contrario, había heredado de su padre el amor por los edificios. Su abuelo paterno era contratista y su hijo se pasaba los veranos construyendo casas. En invierno, el padre de Alix trabajaba en una tienda, fabricando armarios. Antes de que Alix naciera, se licenció en Arquitectura y después empezó a dar clases en la universidad.

Los padres de Alix se divorciaron cuando ella era pequeña y, de resultas, creció en dos mundos distintos. Uno el de su padre, donde todo estaba relacionado con los edificios: los diseños, el proceso de construcción o la elección de colores para los interiores. Además, a su padre le encantaba enseñarle a su hija todo lo que sabía. Cuando empezó a ir al colegio, Alix sabía interpretar los planos de su padre.

La otra mitad de su vida giraba en torno a los libros de su madre. Durante una parte del año, Alix y su madre llevaban una vida tranquila, las dos solas, mientras Victoria escribía las novelas que el mundo entero disfrutaba. Después, en agosto, su madre se retiraba a una casita en Colorado donde se aislaba para preparar el argumento de la novela que escribiría ese año. Sus libros, reconocidos mundialmente, contaban la historia de una familia de marineros a lo largo de los siglos. Cada vez que se presentaba uno de ellos, se organizaban fiestas, cenas extravagantes y vacaciones. La vida de Alix junto a su madre era una maravillosa mezcla de tranquilidad y emociones.

¡A Alix le encantaba su vida! Le gustaba sentarse en el cajón de una camioneta con la cuadrilla de su padre para comerse un sándwich y también le gustaba arreglarse para asistir a una fiesta y echarse unas risas con las personalidades más influyentes del mundo editorial.

—Son todos iguales —solía afirmar ella—. Todos trabajan para ganarse la vida. Ya sea con martillos o con palabras de seis sílabas, todos son trabajadores.

Gracias a las exitosas carreras profesionales de sus padres, Alix se había convertido en una mujer con talento y ambición. Había heredado el amor de su padre por la construcción y la creencia de su madre de que la cumbre era el único lugar al que se podía aspirar.

Izzy miró a Alix y se percató de que su amiga contemplaba Nantucket con los ojos vidriosos. Casi sintió lástima por Jared Montgomery. Cuando Alix quería algo, era insaciable.

—Ya había visto esto antes —comentó Alix.

—A lo mejor recuerdas el verano que pasaste aquí cuando tenías cuatro años.

—No creo, pero... —Alix miró a su alrededor.

Al otro lado de la calle había un precioso edificio blanco de madera con las ventanas de color verde oscuro. En un lateral de dicho edificio habían pintado un mapa donde se señalaba la distancia que separaba Nantucket de otras partes del mundo. Hong Kong estaba a 16.800 kilómetros.

—«Somos el centro del mundo» —leyó Alix—. Cuando miro ese mapa, recuerdo a alguien diciendo eso. «Nantucket es el epicentro de la Tierra.» Debí de escucharlo cuando tenía cuatro años. Era la primera vez que escuchaba esa frase, pero en cierto modo, sabía lo que significaba. ¿Tiene sentido que diga algo así?

—Pues sí, la verdad —contestó Izzy con una sonrisa, ya que pensaba que pronto podría marcharse si las cosas seguían así.

A juzgar por la voz de Alix, su amiga recordaba más cosas sobre Nantucket de las que pensaba. Y lo mejor de todo era que comenzaba a ver la isla como su hogar. Si Victoria y la difunta señorita Kingsley lo habían planeado todo para que Alix conociera al famoso Jared Montgomery, el plan parecía funcionar.

—Vamos a entrar —sugirió Izzy—. Tenemos que celebrarlo.

Se refería a Murray's Beverage, una licorería. En el interior había hileras de botellas de vino, cerveza y licores. A Izzy se le antojó algo frío y burbujeante, de modo que se acercó a la estantería refrigerada del fondo.

Sin embargo, Alix se acercó al antiguo mostrador de madera para inspeccionar las botellas dispuestas en las baldas situadas en él.

—Quiero ron —le dijo a la dependienta.

—¿Ron? —preguntó Izzy—. No sabía que te gustara.

—Yo tampoco. Creo que solo me he bebido un ron con Coca-Cola en la vida. Pero estando en Nantucket, quiero ron.

—Es una tradición local —le aseguró la dependienta—. ¿Cuál quiere?

—Ese. —Alix señaló una botella de Flor de Caña de siete años.

—El garrafón no es lo tuyo, ¿eh? —comentó Izzy mientras dejaba una botella de champán en el mostrador.

Alix sacó el móvil y le echó un vistazo a la bandeja de entrada del correo electrónico en busca de un mensaje en concreto. Su madre le había enviado la dirección de Kingsley House, pero con todo el lío de Eric, Alix ni siquiera había buscado en el mapa. Claro que la dirección que le había dado su madre era un poco misteriosa, algo habitual en ella. Su madre pensaba y redactaba como una escritora de novelas, y le encantaba el misterio.

Alix miró a la dependienta.

—Voy a alojarme en una casa y mi madre dice que no está lejos del ferry. Es el número 23 de Kingsley Lane y dice que... —Comprobó el mensaje de nuevo—. Que la calle gira hacia

West Brick. No sé qué quiere decir. ¿Dónde está West Brick Road?

La mujer, acostumbrada a los turistas, sonrió.

—Seguro que solo pone West Brick.

—Pues sí —confirmó Alix—. Pensaba que hablaba de una calle.

—Se refiere a la casa de Addy —puntualizó la mujer.

—Exacto. ¿La conocía?

—Todo el mundo la conocía y la echamos mucho de menos. Así que, ¿usted es la mujer que va a vivir un año en la isla?

Que la mujer lo supiera la dejó alucinada.

—Sí —contestó con deje titubeante.

—¡Bien por usted! No deje que Jared la apabulle. Aunque sea mi primo, le aconsejo que le plante cara.

Alix solo atinó a mirarla mientras parpadeaba. En su mente, Jared Montgomery o Kingsley era una persona a adorar, un dios en el mundo de la arquitectura donde ella vivía y trabajaba. Pero en Nantucket nadie parecía reverenciarlo.

Izzy se adelantó.

—Hemos conocido a un chico que nos dijo ser... el primo del señor Kingsley. ¿Tiene muchos?

La mujer sonrió de nuevo.

—Muchos somos descendientes de los hombres y mujeres que colonizaron esta isla, y estamos emparentados de una forma u otra. —La mujer se acercó a la caja registradora para cobrarles el importe de la compra—. A la izquierda, encontrarán el banco. Está en Main Street. A la derecha, verán tres casas de ladrillo que son iguales. Una vez que dejen atrás la tercera casa, giren a la derecha y estarán en Kingsley Lane.

—Y esa casa es West Brick —dijo Alix.

—Exacto.

Tras pagar y darle las gracias a la mujer, se marcharon de la tienda.

—Ahora solo tenemos que encontrar el banco —dijo Izzy.

Sin embargo, Alix había caído de nuevo en un trance al ver el pueblo. Al otro lado de la calle, vio un edificio que hizo que se detuviera en seco. Contaba con una parte central de tres plantas flanqueada por sendas adiciones de una sola planta. En la parte superior de la fachada había un mirador semicircular y, sobre él, otra ventana con forma octagonal, protegida con una contraventana.

—Siento interrumpirte, pero a este paso vamos a llegar de noche.

Alix empezó a andar de nuevo a regañadientes, observando todos y cada uno de los edificios que se iba encontrando para admirar su perfección. Se emocionó mucho al llegar a lo que parecía una tienda de ultramarinos sacada de una película del siglo XIX.

—¡Recuerdo este sitio! He estado aquí. —Abrió la antigua puerta mosquitera y entró con Izzy pisándole los talones. A la derecha, descubrieron un antiguo mostrador, con taburetes y un espejo detrás. Alix soltó las bolsas y se sentó en un taburete—. Quiero un sándwich de queso y un sorbete de vainilla —le dijo con decisión a la dependienta.

Izzy se sentó a su lado.

—¿Cómo es posible que tengas hambre? ¿Un sorbete de vainilla?

—Sí, lleva leche y helado. —Alix se encogió de hombros—. Me apetece, es lo que siempre pedía cuando veníamos a este sitio.

—¿Cuando tenías cuatro años? —le preguntó Izzy con una sonrisa, contenta al ver que su amiga recordaba cosas.

En realidad, el sorbete era un batido de vainilla normal y corriente. Izzy pidió lo mismo, además de unos sándwiches de atún para llevar.

—Ella compraba cosas aquí —comentó Alix mientras se comía su sándwich, que le sirvieron en un plato de papel—. En la trastienda.

Izzy no pudo evitar echarle un vistazo al establecimiento. A simple vista, era un lugar sencillo, pero si uno reparaba en los detalles se percataba de que solo ofrecían productos de primera calidad. Además de servir comida, vendían productos cosméticos de marcas que solo podían encontrarse en Madison Avenue, en Nueva York.

—Estoy segurísima de que a tu madre le encantaba esta tienda —dijo Izzy una vez que estuvieron de nuevo en la calle.

Alix la miró.

—Qué idea más interesante. Si mi madre hubiera planeado este asunto del testamento, ¿cuándo lo hizo? Me ha dicho que pasamos un verano aquí cuando yo tenía cuatro años. Justo después de que se separara de mi padre, pero desde entonces jamás ha mencionado Nantucket. ¿Cuándo ha estado aquí? ¿Cómo ha conocido a la señorita Adelaide Kingsley?

—A mí me intriga más saber quién es la mujer que compraba cosas aquí.

—¿De qué estás hablando?

—En la tienda has dicho que «Ella compraba cosas aquí». ¿Te referías a tu madre?

—Supongo —respondió Alix—. Pero no lo creo. Ahora mismo, tengo la impresión de haber retrocedido en el tiempo. Aunque no tengo un recuerdo consciente de la isla, me voy encontrando con cosas que me resultan conocidas. Esa tienda... —Se refería al establecimiento de Murray, con su fachada gris y blanca, y su escaparate de cristal—. Sé que la ropa de niños está en la segunda planta y que ella... no sé de quién estoy hablando, quien sea, me compró un jersey rosa.

—Si fuera tu madre, la recordarías. Victoria es inconfundible.

Alix se echó a reír.

—¿Lo dices por su melena pelirroja, sus ojos verdes y un tipazo capaz de provocar accidentes de tráfico en la calle? Me alegro de parecerme a mi padre. ¿Dónde crees que está el banco?

Izzy miró a su amiga con una sonrisa. Cualquiera que escuchara a Alix decir eso pensaría que se trataba de una chica normal y corriente comparada con su madre. Pero no era así. Aunque no destacara entre la multitud como sí lo hacía Victoria, Alix era guapísima. Más alta que su madre y más delgada, con el pelo rubio cobrizo gracias a unas mechas naturales. Lo llevaba largo, con la raya al lado y flequillo, y las puntas onduladas. Mientras que ella tenía que rizarse el pelo por métodos artificiales, las ondas de Alix eran naturales. Además, tenía los ojos verde azulados y una boca pequeña, pero carnosa. «Como la de una muñeca», había afirmado Victoria un día durante un almuerzo, y Alix se puso colorada por el cumplido.

Que su amiga no presumiera de su físico, de su familia ni de su talento era algo que Izzy admiraba mucho.

Alix contuvo el aliento y se detuvo otra vez.

—Mira eso —dijo mientras señalaba un edificio alto y majestuoso situado al final de la calle.

Se alzaba en una zona elevada y contaba con una escalinata para llegar a la puerta principal, situada en un porche con techado curvo. El elegante edificio parecía contemplar el pueblo desde las alturas, como si fuera una emperatriz que mirara a sus súbditos.

—Impresionante —replicó Izzy, aunque le interesaba más localizar Kingsley House.

—No. Mira la parte superior.

En ella se podía leer: THE PACIFIC NATIONAL BANK.

Izzy se echó a reír.

—No se parece a mi banco. ¿Y al tuyo?

—En este pueblo, nada se parece al resto del mundo —respondió Alix—. Si ese es el banco, tenemos que doblar a la izquierda.

Atravesaron la calle adoquinada y la acera, y enfilaron Main Street, tras pasar por Fair Street. Era una hilera de casas, cada una de ellas el sueño de un historiador, con preciosos tejados cuyas tejas evidenciaban el paso del tiempo. También vio varias construcciones de estilo victoriano de las que atesoraban en muchos pueblos como construcciones históricas. Nantucket fue fundada por cuáqueros, personas que creían en la sencillez en el vestir, en la forma de ser y sobre todo en la construcción de sus casas. De resultas, sus hogares carecían de ornamentos superficiales. Sin embargo, para la mirada profesional de Alix cada tejado, cada puerta y cada ventana era una obra de arte.

—¿Crees que podrás pasarte todo un año contemplando este pueblo? —le preguntó Izzy entre carcajadas al ver su expresión.

Cuando llegaron a las tres casas de ladrillos, Alix pareció estar a punto de sufrir un síncope de los de antaño. Eran altas, estaban impecablemente conservadas y resultaban impresionantes.

Alix pareció quedarse pegada a la acera mientras contemplaba los edificios, pero Izzy siguió andando.

Al lado de la última casa descubrió una calle estrecha, cuya entrada estaba casi oculta por los árboles. En un pequeño cartel blanco rezaba: KINGSLEY LANE.

—Vamos —dijo Izzy, y Alix la siguió.

En la parte derecha de la calle había una acera estrecha, y ambas continuaron en silencio, mirando los números de las casas.

—Tienen nombre —comentó Izzy, sorprendida—. Las casas tienen nombre.

—Clisé de madera —dijo Alix.

—¿Te acabas de inventar una palabra?

—No. No sé por qué conozco esa palabra, pero esas placas de madera se llaman clisés.

—CAMPO DE ROSAS —leyó Izzy, contemplando la casa situada más cerca de la calzada.

—MÁS ALLÁ DEL TIEMPO —leyó Alix a su vez, en la casa de la derecha.

Junto a ella había un camino de entrada, pero la verja le impedía ver el jardín. De hecho, cada casa contaba con un camino donde aparcar el coche. Algunos eran tan estrechos que los coches debían de rozar el muro de separación, pero de esa manera los vehículos no estaban aparcados en la calle.

—Mira, eso es un *bed and breakfast*. HOSTAL SEA HAVEN.

—Y esa... —dijo Izzy, mirando al otro lado de la calle— es el número 23. POR SIEMPRE AL MAR.

Ante ellas se alzaba una enorme y preciosa casa blanca. La simplicidad de la construcción le otorgaba un aura atemporal, aunque podría tener unos cien años. En la planta alta había cinco ventanas y en la baja, cuatro. Todas ellas tenían contraventanas oscuras, si bien las ventanas eran blancas. En el tejado había una terraza protegida con una barandilla.

—¿Es esa? —susurró Alix, que estaba detrás de Izzy—. ¿Ahí es donde voy a vivir un año entero?

—Creo que sí —contestó Izzy—. Es el número correcto.

—Recuérdame que le mande orquídeas a mi madre.

Alix rebuscó en su bolso de Fendi las llaves que le había enviado Victoria. Las encontró y echó a andar hacia la puerta, pero le temblaban tanto las manos que fue incapaz de meter la llave en la cerradura.

Izzy se la quitó y abrió. Entraron en un vestíbulo enorme, con una escalinata situada a la izquierda. En la parte derecha había un salón y un comedor.

—Creo... —dijo Izzy.

—Que hemos retrocedido en el tiempo —terminó Alix por ella.

Aunque no había pensado en el tipo de muebles que tendría una casa tan antigua, suponía que serían muy formales, y que los habría elegido algún decorador teniendo en cuenta el estilo que debía tener la casa. Lo que encontró era una mezcla de piezas modernas y antiguas. Aunque las modernas datarían de los años treinta.

El vestíbulo contaba con un alto secreter y con un baúl con lo que parecían incrustaciones de marfil. En una esquina se emplazaba un paragüero de porcelana china, decorado con ramas de cerezos en flor.

Se asomaron al salón y vieron que los sofás estaban tapizados con seda de rayas, ajada en los brazos por el uso. La alfombra era una Aubusson, de color rosa, y evidenciaba que había sido muy utilizada. También había mesas, adornos y retratos de personas muy distinguidas.

Alix e Izzy se miraron y se echaron a reír.

—¡Es un museo! —exclamó Izzy.

—Un museo habitable.

—¡Y es tuyo! —añadió Izzy.

Al cabo de un segundo, corrían de habitación en habitación, explorando y anunciando sus descubrimientos a gritos.

Tras el salón había una estancia que contaba con un televisor.

—¿Qué te parece ese televisor? —preguntó Alix—. Yo diría que es de 1964.

—Mándalo al Instituto Smithsonian y que tu madre te compre uno de pantalla plana.

—Lo pondré en el primer lugar de la lista de pendientes.

En la parte posterior, descubrieron una estancia amplia, bien iluminada y acogedora con estanterías en dos paredes. Frente a una enorme chimenea se habían dispuesto dos sofás tapizados con cretona. Un par de sillones orejeros completaban el cuadro.

—Aquí era donde vivía —susurró Alix—. Si había damas invitadas, el té se servía en el salón principal de la parte delantera, pero este es el salón familiar.

—¿Quieres dejarlo ya? —le soltó Izzy—. Al principio me hacía gracia, pero ya me estás acojonando.

—Solo son recuerdos —replicó Alix—. ¿Por qué no me trajo mi madre nunca más?

—Seguramente el guapísimo sobrino de la señorita Kingsley se obsesionó con tu madre. Y eso debió de ser incómodo.

—Si yo tenía cuatro años, el sobrino debía de ser un adolescente.

—A eso me refiero —dijo Izzy—. ¡Te echo una carrera hasta la planta alta!

Izzy ganó, pero porque Alix se detuvo para mirar las siluetas enmarcadas y colgadas en la pared. Había una de una dama tocada con un enorme sombrero adornado con plumas.

—Te recuerdo —susurró para que Izzy no pudiera escucharla—. Te pareces a mi madre.

—¡Lo encontré! —gritó Izzy, asomándose por la barandilla—. Y voy a acostarme con él.

No hacía falta preguntarle a quién se refería.

Alix corrió escaleras arriba y entró en el dormitorio situado a su izquierda en busca de Izzy. Era una habitación bonita, decorada con cretona y fina muselina, pero no había rastro de su amiga.

Al otro lado del pasillo, había una estancia bastante grande, muy bonita y decorada en distintos tonos de azul, desde el pastel más suave al azul marino más oscuro. En el centro se emplazaba una cama con dosel y cortinas de damasco. En el lateral izquierdo había una enorme chimenea junto a la cual colgaba un cuadro, que no pudo ver porque lo tapaban las cortinas de la cama.

—Estoy aquí —dijo Izzy mientras gateaba sobre el colchón hasta colocarse en los pies de la cama—. Sube y contempla a su alteza real, Jared Montgomery. O Jared Kingsley, tal como lo conocen aquí, en el reino de Nantucket.

Alix se subió a la cama, que era bastante alta, y miró al lugar que Izzy le indicaba. A la derecha de la chimenea, colgado en la pared, vio un retrato a tamaño natural de un hombre que parecía Jared Montgomery. Sin embargo, era un poco más bajo e iba vestido como un capitán de barco sacado de una película de época, aunque se trataba de él. O más bien de un antepasado. Iba afeitado, exactamente igual que Jared Montgomery cuando Izzy y ella asistieron a una de sus excepcionales conferencias. En el retrato, llevaba el pelo más corto y un poco rizado en torno a las orejas. El mentón cuadrado y los ojos que parecían taladrar a quien miraban eran los mismos.

Alix se acostó de espaldas en el colchón y extendió los brazos.

—Me lo quedo.

—Porque vives aquí —replicó Izzy al tiempo que se colocaba las manos tras la cabeza y clavaba la vista en el dosel de la cama. La parte inferior del mismo estaba compuesta por una pieza de seda de color celeste, plisada hasta conformar una especie de sol en cuyo centro florecía una rosa—. ¿Crees que la señorita Kingsley se acostaba en esta cama cuando tenía noventa años y babeaba contemplando ese cuadro?

—¿Tú no lo harías?

—Si no estuviera a punto de casarme... —respondió Izzy, pero no concluyó la frase porque sabía que no era cierto. No cambiaría a Glenn por ningún hombre, famoso o no.

Izzy se bajó de la cama para seguir explorando, pero Alix siguió contemplando el retrato. Ese hombre la intrigaba. ¿Se coló en esa misma cama cuando tenía cuatro años y contempló ese mismo retrato mientras la tía Addy, como empezaba a llamarla en su mente, le leía un cuento? ¿Se había inventado historias sobre él? ¿O fue la tía Addy quien le habló de ese hombre?

Pasara lo que pasase en aquel entonces, casi podía imaginárselo moviéndose por la habitación y hablándole. ¡Y su risa! Era ronca, profunda, casi un rugido. Como el mar.

En la parte inferior del retrato había una pequeña placa. Se levantó para leerla. CAPITÁN CALEB JARED KINGSLEY,

1776-1809, rezaba. Solo tenía treinta y tres años cuando murió.

Alix se enderezó para mirarlo a la cara. Sí, se parecía al hombre que había visto hacía años y al que había vuelto a ver en el muelle, pero había algo en el retrato que despertaba un recuerdo enterrado. Un recuerdo que se negaba a aflorar a la superficie.

—¡He encontrado la habitación de tu madre! —gritó Izzy desde el fondo del pasillo.

Alix se dio la vuelta para marcharse, pero antes de hacerlo miró de nuevo el retrato.

—Caleb Kingsley, eras un hombre muy guapo —dijo, y siguiendo un impulso, se besó las yemas de los dedos y le rozó los labios.

Por un instante, creyó sentir el roce de su aliento en una mejilla y después una caricia. Muy breve y delicada. Fugaz.

—¡Ven! —insistió Izzy desde el vano de la puerta—. Tienes todo un año para soñar con ese hombre y con el que se aloja en la casa de invitados. Ven a ver el dormitorio decorado por tu madre.

Alix pensó en decirle que el hombre del retrato la había besado, pero se mordió la lengua. Tras quitarse la mano de la mejilla caminó hasta la puerta.

—¿Cómo va a tener mi madre un dormitorio en esta casa? Además, ¿por qué sabes que es suyo? —preguntó al tiempo que seguía a Izzy por el pasillo. La habitación en cuestión se encontraba pasando la escalinata.

En cuanto Alix la vio, supo que su madre la había decorado. Las tapicerías eran de distintos tonos de verde, desde el más oscuro verde bosque hasta un delicado verde amarillento. Su madre presumía mucho de sus ojos verdes. Solía vestirse con colores que los hicieran resaltar.

La cama estaba cubierta por una colcha de seda de color verde oscuro con abejas bordadas. Los cuadrantes, de los que habría unos doce, estaban bordados con sus iniciales entrelazadas: VM.

—¿Crees que es suya? —preguntó Izzy con un deje sarcástico.

—Es posible —respondió Alix—. O tal vez la señorita Kingsley fuera una gran seguidora de los libros de mi madre.

—¿Puedo? En fin, ya sabes... ¿esta noche?

Alix se burlaba de Izzy diciéndole que era la fan número uno de su madre y cada vez que esta publicaba un nuevo libro, una de las primeras copias en salir de la imprenta era para Izzy.

—Claro. Siempre y cuando no duermas desnuda —contestó Alix mientras salía de la habitación para seguir explorando.

—¿Cómo dices? —preguntó Izzy, que la siguió—. ¿Tu madre duerme desnuda?

—No debería haberlo mencionado —murmuró Alix al tiempo que le echaba un vistazo al cuarto dormitorio. Era bonito, pero parecía que nadie lo había tocado en los últimos cincuenta años—. Yo no te he dicho nada —añadió.

Izzy hizo un gesto con la mano como si se echara una cremallera en los labios para indicarle que guardaría silencio.

—Es uno de los pecadillos de mi madre. Sábanas carísimas y piel desnuda. Adora esa sensación.

—¡Hala! —exclamó Izzy—. Tu madre...

—Sí, lo sé. —Alix abrió una puerta estrecha situada en la parte trasera y entró en lo que saltaba a la vista que fueron los aposentos de las doncellas. Una salita de estar, dos dormitorios y un baño.

Lo vio tan claro como si fuera una película. Su madre y ella se habían alojado en esos aposentos. Le echó un vistazo al dormitorio situado a su derecha y descubrió una estancia pequeña decorada en verde y rosa, y supo que una niña había elegido las telas para confeccionar la colcha y las cortinas. El suelo estaba cubierto por una alfombra tejida a mano. El motivo central era una sirena nadando en un mar de coral. Alix siempre había adorado las sirenas. ¿Sería esa alfombra el origen de la atracción que sentía por ellas?

En una mesa, vio un cuenco lleno de conchas que supo que ella misma había recogido en la playa. Y también supo que la mujer que le daba la mano mientras caminaba por la arena era la mano de una mujer mayor. No la de su madre.

Cuando escuchó a Izzy en la salita de estar, salió del pequeño dormitorio y cerró la puerta.

—¿Algo interesante? —le preguntó su amiga.

—Nada —contestó ella, consciente de que mentía.

Miró el otro dormitorio. Era grande, pero impersonal. Los muebles eran prácticos. El baño era blanco, con un lavabo de pie y una enorme bañera esmaltada. Recordaba lo fría que podía estar la bañera, y cómo tenía que subirse a una caja porque no alcanzaba el lavabo.

—¿Estás bien? —le preguntó Izzy.

—Genial. Asombrada, supongo. ¿Abrimos las botellas y brindamos por la familia Kingsley?

—Me encanta la idea.

2

Una hora más tarde, se sentaron en el suelo frente al televisor y compartieron los sándwiches de atún y una pizza que habían encontrado en el congelador.

—¿Cómo serán los supermercados de Nantucket? —preguntó Izzy. Habían encontrado unas copas de cristal preciosas y estaba usando una—. A lo mejor Ben Franklin bebió de esta copa —dijo, a sabiendas de que la madre del aludido era de Nantucket.

En cuanto a Alix, solo quería beber ron.

La primera vez que exploraron la casa, no encontraron la cocina. Después, la descubrieron oculta en la parte trasera, justo detrás del comedor. Comparada con esa estancia, el resto de la casa era modernísima. Los muebles de la cocina eran los mismos que habían instalado en 1936. La cocina era esmaltada, de color verde y blanco, y los quemadores tenían tapa. El fregadero era de dos senos y los armarios, de metal. El frigorífico era nuevo, pero muy pequeño, ya que el espacio que debía ocupar estaba pensado para un frigorífico de los años treinta. Debajo de la ventana, en la pared del fondo, había una mesita muy desgastada con sillas. Alix estaba segura de que el tablero de la mesa había pertenecido a la cubierta de un barco en el pasado. Sabía que solía sentarse en esa mesita y colorear mientras alguien le preparaba un sándwich. En su mente, vio de nuevo la imagen de una mujer mayor. Si esa era la tía Addy, la dueña de la casa, ¿dónde estaba su madre? Y si eran invitadas de la tía Addy, ¿por qué se habían alojado en las dependencias de la servidumbre? Nada tenía sentido.

—¿No te entran ganas de echarlo todo abajo? —le preguntó Izzy mientras contemplaban la cocina—. Yo pondría una encimera de granito y armarios de arce. Y tiraría la pared que separa la cocina del comedor.

—¡No! —exclamó Alix con vehemencia, tras lo cual se obligó a calmarse—. Yo lo dejaría así como está.

—Creo que esta casa te está trastornando —comentó Izzy y después gritó al encontrar una pizza congelada—. ¡Esta noche nos daremos un festín! ¿Crees que este chisme funcionará? —Se refería al horno de la antigua cocina.

Para sorpresa de ambas, Alix sabía cómo encender el horno. Sabía que los mandos tenían truco y que había que moverlos un poco para poder encender la llama.

Izzy se mantuvo apartada, observándola en silencio.

Alix le echó un vistazo a la cocina y otra vez tuvo la impresión de que sabía algo, pero no alcanzaba a recordar de qué se trataba exactamente. En ese momento reparó en el pomo de una puerta que tenía forma de cabeza de pirata y exclamó:

—¡Ajá! —Se acercó y abrió.

Izzy fue a ver qué había descubierto.

—Este armario estaba siempre cerrado y me fascinaba. Incluso traté de robar la llave, pero no fui capaz de encontrarla. —Tenía el vago recuerdo de un hombre con voz ronca que le decía que no podía coger la llave. Sin embargo, no se lo contó a Izzy.

Por un instante, ambas contemplaron el contenido del armario sin dar crédito. Estaba lleno de bebidas alcohólicas y cocteleras. Lo inusual era que casi todas las botellas eran de ron. Ron blanco, ron dorado, ron añejo, ron viejo... y al menos doce variedades más. En el centro del armario, había una balda de mármol y, bajo ella, un frigorífico lleno de zumos de fruta. Aunque la cocina no se había modernizado desde hacía un siglo, el bar parecía sacado de una revista de decoración.

—Ahora entiendo cuáles eran las prioridades de la señorita Kingsley —comentó Izzy.

Alix se preguntó si la razón por la que asociaba el ron con Nantucket era el hecho de haber visto a gente beber ron en esa cocina. Fuera cual fuese el motivo de la existencia de ese armario, descubrió las recetas de distintos cócteles pegadas a la parte posterior de las puertas y se le antojó experimentar.

—¿Qué te parece un Zombie? —le sugirió a Izzy—. Lleva tres tipos de ron. ¿O un Planter's Punch?

—No, gracias —rehusó su amiga—. Prefiero champán.

No tardaron mucho en preparar la comida y en trasladarse a la estancia donde estaba el televisor. Esa noche, tenían la impresión de que las demás habitaciones eran demasiado grandes, demasiado intimidatorias.

—Tienes tres días —le recordó Izzy sin necesidad de explicar más. «Él» regresaría al cabo de tres días—. ¿Hoy cuenta como el primer día? Eso significaría que solo tienes dos. Tendré que comprarlo todo a la carrera.

—El equipaje debería llegar mañana, y tengo mucha ropa.

—He visto lo que has traído. Sudaderas y vaqueros.

—Justo lo que necesito —replicó Alix—. Voy a trabajar. Pensé en preguntarle a mi padre si conocía a alguien que veraneara en Nantucket y que pudiera ofrecerme trabajo. Tendría que hacerlo usando su licencia y su aprobación, pero podría funcionar.

—No estoy hablando de tu padre —le recordó Izzy.

Alix bebió un trago de su cóctel. Normalmente, se emborrachaba con facilidad, pero ese era el segundo y ni siquiera estaba achispada.

—Quiero aprender de Jared Montgomery. Si aparezco con pantalones cortos y un top ceñido o con un modelo de diseñador, me mirará como ha mirado a la chica del muelle.

—¿Y qué problema le ves a eso? —le preguntó su amiga.

—No creo que la vea como a un ser inteligente, ¿no te parece?

Izzy bebió un sorbo de champán.

—¡Siempre el trabajo! ¿Es que no puedes pensar en otra cosa?

—¿Qué hay de malo en eso?

—¿Que qué hay de malo en que solo pienses en el trabajo? —Izzy parecía no dar crédito—. ¡Jared Montgomery, un tío de más de metro ochenta de puro músculo! Entra en cualquier sitio y todas las mujeres se desmayan. Todas lo miran con cara de ¡hazme tuya, por favor! No hay ni una sola mujer que lo haya rechazado y tú... tú solo piensas en su mente. Yo ni siquiera sabía que tenía una. Alixandra, te estás haciendo mayor.

Alix bebió un buen trago de ron y después soltó el vaso en la alfombra.

—¿Eso crees? ¿Crees que no lo veo como a un hombre? Quédate aquí que voy a enseñarte una cosa.

Corrió escaleras arriba en busca de su portátil y lo encendió de modo que estuviera listo una vez que volviera a la planta baja. Tuvo que bucear entre las carpetas hasta localizar el archivo que siempre había tenido oculto.

EL LABIO INFERIOR DE JARED

Suave, suculento, voluptuoso y firme
me excita, me tienta, me pone.
Es un canto de sirena, el flautista de Hamelín.
Sueño con él de día y de noche.
Sueño con tocarlo, con acariciarlo, con besarlo.
Sueño con rozarlo con la punta de la lengua,
con mezclar nuestros alientos
con chuparlo, con lamerlo.
Con sentirlo contra los míos.
¡Oh, el labio inferior de Jared!

Izzy lo leyó tres veces antes de mirarla a la cara.

—Sí que lo ves como a un hombre. ¡Vaya! ¡Qué nivel!

—Fue hace unos cuantos años, después de que fuéramos a su conferencia y nos pasáramos horas hablando de él. ¿Recuerdas cómo hizo su proyecto de final de carrera? Nada de planos ni de maquetas. Lo construyó él mismo con un martillo y clavos. Mi padre dice que debería ser obligatorio pasar un año de carrera trabajando en la construcción. Me dijo que... —Guardó silencio al ver que Izzy se había puesto en pie.

—Vamos, ven conmigo.

—¿Adónde?

—Vamos a echarle un vistazo a la casa de invitados.

—¡No podemos hacer eso! —exclamó Alix poniéndose en pie.

—Te he visto mirarla por la ventana, lo mismo que he hecho

yo. Sabes que está ahí detrás. Tiene dos plantas y un ventanal en la fachada.

—No podemos...

—Tal vez no tengamos otra oportunidad. Está pescando y sabes que hemos venido antes de lo esperado. No sabe que estamos aquí.

—¿Y qué significa eso?

—No lo sé —respondió Izzy—. Pero a lo mejor si se entera de que una estudiante de Arquitectura obsesionada con su trabajo vive en esta casa, le pone rejas a las ventanas y a las puertas.

Alix no había pensado en eso.

—Seré sutil. Le diré lo mucho que admiro su trabajo y...

—¿Y su labio inferior? ¿Te has parado a pensar que a lo mejor tiene novia? El hecho de que no esté casado, o de que no lo estuviera la última vez que lo buscamos en internet, y de que se haya ido solo en su embarcación, no significa que sea célibe. ¿Crees que su novia te permitiría entrar en su casa?

Alix sabía que lo que Izzy sugería estaba mal, pero a lo mejor Jared tenía planos o algo así en su casa de invitados. Quizás esa era su única oportunidad de echarles un vistazo a los diseños de Montgomery antes de que los viera el resto del mundo.

Izzy se percató de que Alix titubeaba y la sacó de la casa entre tirones y empujones. Salieron por la puerta lateral y atravesaron el jardín por el sendero que llevaba hasta la casa de invitados. Era una construcción alta y las cortinas estaban corridas. Parecía un tanto amenazadora.

Izzy respiró hondo y trató de abrir la puerta principal. Estaba cerrada con llave.

—No podemos hacer esto —dijo Alix mientras se daba media vuelta para marcharse.

Sin embargo, Izzy la detuvo y la obligó a rodear la casa.

—A lo mejor podemos ver su dormitorio —susurró—. O su armario. O su...

—¿Cuántos años tienes exactamente?

—Ahora mismo me siento como si tuviera catorce.

Alix retrocedió un paso.

—De verdad que no creo que debamos... —De repente, se detuvo con los ojos como platos.

—¿Qué pasa? —susurró Izzy—. Por favor, dime que no estás viendo un fantasma. He leído que Nantucket es uno de los lugares del mundo con más casas encantadas.

—Es una luz —murmuró Alix.

—¿Ha dejado una luz encendida? —Izzy se apartó un poco para mirar hacia arriba y vio lo que parecía la luz de un flexo encendida—. Tienes razón. ¿Crees que tiene un estudio aquí en la casa? ¿Crees que deberíamos entrar?

Alix ya estaba en la ventana, intentando abrirla. Se deslizó fácilmente hacia arriba.

—Andersen Thermopane, treinta por treinta —musitó mientras tomaba impulso para subirse al alféizar y entrar en la casa, dejando que Izzy se las apañara como pudiera.

Una vez en el interior, Alix echó un rápido vistazo a su alrededor. En la cocina había una tenue luz encendida, de modo que distinguió el salón y el comedor. La planta baja era un espacio abierto, sin tabiques de separación. Todo le parecía muy bonito, pero quería descubrir dónde estaba encendido ese flexo. Se apresuró escaleras arriba, abrió la puerta de la derecha y vio una estancia con ventanas en tres paredes. Sabía que de día contaría con una fantástica iluminación natural. El suelo de madera estaba cubierto por una antigua alfombra. Debajo de una ventana, vio una vieja mesa de dibujo, seguramente de la época eduardiana. A su lado había un armarito sobre el cual descansaba una ingente cantidad de material de dibujo. Dado que todos los bocetos se hacían por ordenador, era maravilloso ver que alguien diseñaba con lápices, rotuladores de dibujo y tinta china. Tocó los portaminas, ordenados por dureza. Vio una plantilla de borrar, varios pinceles y una regla T. Ni rastro de un tecnígrafo.

La pared de la derecha estaba cubierta por diseños. Todos ellos eran para construir edificios pequeños, no casas, y eran exquisitos tanto en el concepto como en la ejecución. Distinguió dos cobertizos, una casa de invitados y un parque infantil. Tres esbozos para construir cocheras. Varios bosquejos de estructuras para el jardín. Casi toda la pared estaba cubierta con sus dibujos y bocetos.

—Son preciosos, maravillosos. Magníficos —musitó. Retrocedió para poder contemplar la habitación en su totalidad. Parecía un altar o un santuario—. Estoy segura de que jamás ha invitado a nadie a este lugar —dijo en voz alta.

Lo más sorprendente de todo era lo mucho que se parecían ese hombre y ella en su forma de pensar. Ella creía que la belleza podía, y debía, encontrarse hasta en los objetos más pequeños. Ya fuera una jabonera o una mansión, lo esencial era resaltar su belleza.

—¡Hala! —exclamó Izzy, que estaba tras ella—. Es como...

—¿Un camarote de barco?

—Sí, parece el camarote del capitán de una película.

Alix trataba de examinar hasta el último centímetro de la estancia. Había objetos antiguos en todos lados. Vio una pieza de porcelana con el apellido Kingsley grabado. En un rincón, descansaba el mascarón de proa de un barco, una sirena tallada y envejecida por las inclemencias del tiempo como si hubiera surcado los siete mares.

—¿Su familia no se dedicaba a la pesca de ballenas? —preguntó Izzy.

—Más bien al comercio con China —puntualizó Alix, que no supo muy bien de dónde había salido esa información—. No he leído nada sobre balleneros en la familia —añadió para disimular. Caminó por la estancia, tocando cosas, memorizándolas. Si tuviera un estudio, sería igual que ese—. ¿No es maravilloso?

—Pues no, la verdad —respondió Izzy—. Yo lo quiero todo informatizado. Líbrame, Señor, del rotulador de tinta. Este sitio no va conmigo. —En el exterior, alguien cerró la puerta de un coche. Ambas se miraron, alarmadas—. Será mejor que salgamos de aquí.

A regañadientes, Alix siguió a su amiga escaleras abajo, pero se volvió para echarle un último vistazo al estudio. Caído en el suelo había un boceto de un pequeño cenador. Era de planta octogonal, cubierto con un tejado con forma de tulipán invertido. Sin pensar en lo que hacía, lo recogió, se lo metió en la cinturilla de los pantalones y bajó la escalera a la carrera.

3

Alix se acomodó en el sillón y miró la maqueta de papel de la capilla que había diseñado. No le había resultado fácil construirla, dado que solo contaba con cartulina y con cinta adhesiva. Estaba anocheciendo y se encontraba en la espaciosa estancia de la parte trasera de la vieja mansión, un lugar acogedor y alegre. Sin necesidad de que nadie se lo dijera, sabía que de niña había pasado mucho tiempo en esa habitación. Recordaba que construía casitas con torres y torreones. Al principio, usaba viejos bloques de madera y apilaba todo lo que encontraba en cajones y estantes. Después, llegaron los Legos, su juguete preferido de la infancia. Recordaba una caja enorme llena de piezas y al fondo había barquitas para las que había construido embarcaderos.

Mientras jugaba, siempre había música de fondo, muy baja, pero nada de televisión. Lo más importante de todo era que siempre había una mujer cerca. Alix casi podía ver su sonrisa de aprobación. Y a veces había más personas. Un hombre joven que siempre tenía aspecto preocupado. Y un chico alto que olía a mar. Había mujeres sonrientes que comían diminutos pasteles con capullos de rosas amarillas. Recordaba el sabor de los dulces y la tirantez del vestido nuevo.

Sobre la repisa de la enorme chimenea estaba el retrato de una dama. SEÑORITA ADELAIDE KINGSLEY, rezaba la placa. A juzgar por el peinado y la ropa, parecía haber sido pintado en la década de los treinta. Era muy guapa, con un aire respetable y sereno, pero tenía un brillo travieso en los ojos. La mujer que Alix comenzaba a recordar a marchas forzadas era mucho mayor que la del retrato, pero reconocía ese brillo en los ojos. Parecía indicar que sabía y veía cosas que los demás desconocían, pero que no pensaba contarlas. Aunque sí había compartido su conocimiento con Alix. No recordaba qué le había dicho exactamente la tía Addy, pero seguía sintiendo el amor que había existido... y los secretos compartidos.

Alix quería pasar el día con Izzy, explorando la vieja mansión y dando un paseo por Nantucket. Al fin y al cabo, su amiga se marcharía pronto. Además, temía que una vez que estuviera en tierra firme, Izzy se volcaría tanto en los preparativos de su boda que no se mantendrían demasiado en contacto. A finales de verano, Alix sería la dama de honor de Izzy y esta estaría casada... y eso supondría el final de su amistad. Alix intentaba no pensar en el hecho de que la inminente boda podía distanciarlas.

Había sido un plan estupendo el de pasar el día juntas, pero no se llevó a cabo. Alix se despertó temprano con la idea fija de enseñarle su trabajo al genial Jared Montgomery. Si le gustaba lo que veía, podría conseguir una entrevista de trabajo en su estudio de arquitectura. Al menos así le demostraría lo diligente y dispuesta que podía ser.

Estaba tumbada en la cama de la tía Addy por la mañana temprano, con las manos por detrás de la cabeza y la vista clavada en el dosel de seda. Aunque no consiguiera un trabajo con él, ser su estudiante, incluso durante unas cuantas semanas, sería el punto álgido de sus estudios de Arquitectura. Desde luego que pensaba ponerlo en su currículo. Y lo más importante era que aprendería muchísimo de él.

Quería diseñar algo para impresionarlo. ¿Una casa? ¿Cómo hacerlo en un par de días? Se le daba bien dibujar a mano alzada, así que a lo mejor podría hacer algunas fachadas. Pero para ello necesitaría ver la parcela. Todo el mundo sabía que Montgomery creía que los edificios procedían de la tierra, del entorno en el que estuvieran. No creía en copiar el estilo Tudor en Dallas.

—¿Qué puedo dibujar para impresionarlo? —se preguntó en voz baja.

Mientras estaba tumbada sin que se le ocurriera nada, un pequeño marco se cayó de la mesa situada junto a la pared más alejada. Aunque el ruido en la habitación silenciosa no la sobresaltó, sí hizo que se incorporase.

Se levantó de la cama, y la vieja camiseta y los pantalones de chándal desgastados no la protegieron del frío matinal. Aunque no entendía el motivo, sabía que el marco caído era importante. Lo cogió y vio que se trataba de una fotografía de los años cuarenta. Eran dos chicas riéndose. Llevaban vestidos veraniegos y parecían felices.

Fue bonito creer que la fotografía tenía cierta relevancia, pero no terminaba de ver de qué se trataba. Devolvió la foto a la mesa y se dispuso a entrar en el cuarto de baño, pero algo hizo que se detuviera, que se diera la vuelta y que la cogiera de nuevo. Al fondo, a lo lejos, se veía una pequeña iglesia. Tal vez ni siquiera fuera una iglesia, sino una capilla, como las capillas privadas para uso familiar semejante a las que su padre y ella habían visto en Inglaterra.

Por un instante, Alix rememoró el estudio personal de Jared Montgomery y sus diseños de estructuras para jardines, de cenadores, de pérgolas y de pequeños cobertizos.

—Pequeño —susurró—. Le gustaría ver algo pequeño y exquisito. —Miró el enorme retrato del antepasado de los Kingsley, el capitán Caleb, y sintió el impulso casi irresistible de darle las gracias.

Meneó la cabeza por su estupidez y entró en el cuarto de baño, donde se recogió el pelo. Cuando salió, sacó el enorme cuaderno de notas rojo de su nueva bolsa y regresó a la cama.

Tal vez fuera la inminencia de la boda de Izzy o tal vez fuera la búsqueda de algo pequeño que Montgomery no hubiera diseñado, o tal vez la idea surgiera de la foto caída. Fuera cual fuese el motivo, Alix comenzó a trazar bocetos de capillas. Rara vez olvidaba un edificio, y dibujó lo que recordaba.

Todos los años en el mes de agosto desde que sus padres se habían divorciado, su madre se iba a Colorado y ella se quedaba con su padre. Si el trabajo de su padre le permitía viajar, se iban allá donde pudieran estudiar la arquitectura local. Habían estado en el sudoeste de Estados Unidos para estudiar los «pueblos», en California para estudiar el estilo misionero y en Washington para ver las casas victorianas. Cuando se hizo mayor, fueron a España para ver el trabajo de Gaudí, y, por supuesto, también visitaron el Taj Mahal.

Alix usó todo lo que pudo recordar y dibujó todo lo rápido que fue capaz. A medida que llenaba las hojas, las arrancaba y las dejaba sobre el colchón.

Cuando la puerta del dormitorio se abrió, levantó la vista y vio a Izzy, arreglada como si fuera a salir.

—Ya me olía que no estabas durmiendo. —Izzy apartó los bocetos para poder sentarse en la cama antes de coger algunos—. ¿Una iglesia?

—Una capilla. Pequeña e íntima.

Izzy miró un dibujo tras otro en silencio, mientras Alix contenía el aliento. Dado que eran compañeras de estudios, valoraba muchísimo la opinión de su amiga.

—Son increíbles —dijo Izzy—. Realmente bonitos.

—Sigo en ello —repuso Alix—. Porque intento incorporarlo todo en un solo diseño. Campanarios, puertas magníficas, escalinatas en semicírculo. ¡Todo! Tengo que decidir qué usar y qué no.

Izzy sonrió.

—Ya darás con la tecla. Solo quería decirte que me voy de compras.

Alix apartó la ropa de cama.

—Me visto enseguida. No tardo nada.

Izzy se puso en pie.

—No. No tienes permiso para irte. Es tu gran oportunidad y quiero que la aproveches. Quédate aquí y diseña algo que deje a Montgomery patidifuso. Por cierto, hay comida abajo.

—¿Cómo has encontrado una tienda abierta tan pronto?

—Para que lo sepas, son las once y todo el precioso pueblo de Nantucket está fuera de casa. He salido y he vuelto, y ahora estoy preparada para comprar ropa a lo bestia. No puedes reunirte con el sumo emperador Montgomery con esas pintas. —Miró el chándal viejo de Alix con cara de asco.

Alix conocía bien a su amiga.

—Pues visto así, creo que te acompaño. Necesito sandalias nuevas.

Izzy retrocedió hasta la puerta.

—Ah, no, de eso nada. Volveré para la cena, y quiero ver lo que has hecho. —Salió a toda prisa del dormitorio y cerró tras ella.

—Haré todo lo que esté en mi mano para complacerte —gritó Alix.

Sabía que Izzy quería comprar sola. Le encantaba comprar ropa, y si Alix estaba de humor, también le gustaba. Pero no ese día. Además, tenían casi la misma talla, de modo que Izzy podía comprar lo que ella necesitase y cargárselo todo a Victoria.

A mediodía, el rugido de su estómago la obligó a vestirse y a salir del dormitorio en busca del desayuno. Izzy había comprado barras de pan y ensalada de atún, fruta y bolsas de espinacas. Todo saludable y reconstituyente.

Alix se preparó un sándwich, pero después subió al dormitorio en busca de los bocetos para poder examinarlos mientras comía. Para su espanto, se dio cuenta de que solo le quedaban dos hojas en blanco.

Sin duda alguna, pensó, si su madre se había quedado allí en más de una ocasión, tendría papel en alguna parte, seguramente en el dormitorio verde. Con la sensación de que estaba metiendo las narices donde no debía, recorrió el pasillo en dirección al dormitorio que estaba usando Izzy.

Se preguntó una vez más cuándo se habría quedado su madre en Nantucket. Y por qué mantendría sus visitas en secreto. Aunque le había dicho a Izzy que descubriría todo lo que su madre hacía, parecía que no era verdad. Claro que, para ser justa, desde que Alix se marchó de casa para asistir a la universidad, había tenido su propia vida y le había ocultado cosas a su madre, cosas como los novios que tenía. Parecía que su madre guardaba secretos propios. Pero ¿por qué? ¿Habría algún hombre involucrado?

Había dos armarios en el dormitorio, ambos antiguos y muy bonitos. Uno tenía unas cuantas bolsas que Izzy debió de comprar esa mañana y el otro estaba cerrado con llave. Alix echó un vistazo por si la llave estaba cerca, pero no la vio. Guiada por un impulso, volvió a su dormitorio para sacar del bolso el llavero que su madre le había mandado. No le había dicho para qué servía cada llave, pero Victoria nunca se explayaba con las explicaciones. Siempre había creído que su hija era lo bastante lista como para deducirlo todo ella sola.

Una de las llaves más pequeñas encajaba en la cerradura. Alix abrió las dos hojas y se encontró con un despacho completo. Había una impresora y cajones llenos de papel y de otros materiales de oficina. Los estantes contenían lo que Alix reconoció como viejos manuscritos. Había algunas fotografías pegadas con cinta adhesiva a una de las puertas. En una de ellas se veía a Victoria abrazando a una anciana menuda que reconoció como Adelaide Kingsley. La foto estaba fechada en 1998, cuando Alix tenía doce años.

Alix no pudo evitar el dolor que la asaltó. Cada vez estaba más claro que su madre había pasado mucho tiempo en Nantucket, en esa casa. Pero nunca le había hablado a su hija del tema. Por supuesto, lo había hecho en agosto, pensó Alix. Ese mes siempre había sido sagrado para Victoria. Siempre decía que se iba a Colorado, a su casita de las montañas, donde la soledad la ayudaba a organizar la trama de su último libro. Pero saltaba a la vista que no había ido allí todos los años.

Alix examinó el interior del armario. Tenía sentido que su madre fuera a Nantucket, dado que todos sus libros estaban ambientados en una comunidad junto al mar. Pero ¿por qué mantenerlo en secreto?

Su primer impulso fue llamar a su madre y preguntarle. Pero Victoria se encontraba en mitad de una gira promocional que recorrería veintiuna ciudades, comportándose como la sonriente y alegre escritora por la que el mundo la tomaba. Alix no pensaba interrumpirla. Podía esperar para obtener las respuestas, y conociendo como conocía a su madre, sin duda alguna sería una historia muy entretenida.

Alix cogió el papel que necesitaba, material de oficina vario, e incluso encontró un viejo paquete de papel de fotografía mate, y se lo llevó todo al enorme salón familiar de la planta baja. Sabía que una de las mesitas se abría y que dentro había bandejas para la comida. Sacó una y dejó encima el sándwich. Esparció los bocetos por el suelo, se sentó en el sofá para comer y los miró.

Al principio, todo le parecía una enorme amalgama de estilos y de diseños. «¡Demasiado!», pensó. Nada de eso encajaría en la elegante serenidad de Nantucket.

Terminó de comer, apartó la bandeja y siguió mirando los bocetos, pero no encontró nada que pudiera salvar. Empezaba a impacientarse cuando uno de los bocetos se agitó por la brisa. El hecho de que todas las ventanas y las puertas estuvieran cerradas no le resultó relevante.

—Gracias —dijo sin pensar, y después meneó la cabeza. ¿Gracias por qué? ¿Y a quién se lo decía?

Cogió el papel que se había movido. En la esquina había un boceto que había realizado con tanta prisa que ni lo recordaba. Era una mezcla entre una misión española y una construcción cuáquera típica de Nantucket. Sencilla hasta el punto de resultar severa, pero al mismo tiempo hermosa por su simplicidad.

—¿Crees que le gustará? —preguntó en voz alta y a punto estuvo de corregirse, pero ¿qué más daba? Estaba sola, así que podía hablar en voz alta si quería.

Dejó el boceto en la bandeja y lo examinó de nuevo.

—Esta ventana hay que cambiarla. Un poco más alta. Y el campanario tiene que estar más abajo. ¡No! El chapitel tiene que ser más alto.

Cogió más papel y rehízo el diseño. A continuación, lo dibujó tres veces más. Cuando tuvo el boceto que le gustaba, cogió el escalímetro que había llevado consigo y comenzó a dibujarlo a escala.

A las tres de la tarde, se preparó otro sándwich, sacó un ginger ale del frigorífico y regresó al salón familiar. El suelo estaba cubierto de papeles y junto a ella estaban los bocetos nuevos.

—Me gusta —dijo al tiempo que rodeaba los bocetos y los miraba.

Se terminó el sándwich y la bebida, y después cogió el papel de fotografía, unas tijeras y el rollo de cinta adhesiva. Hacer una maqueta de esa forma no resultaría fácil, pero si era factible, lo conseguiría.

Cuando escuchó que se abría la puerta principal, eran casi las seis de la tarde. ¡Izzy había vuelto! Por un instante, Alix fue consciente de que su amiga se marcharía pronto y ella se quedaría sola... una idea nada agradable.

Corrió hacia la puerta, donde Izzy la saludó, acompañada por lo que parecían doce o trece bolsas gigantes con logotipos de tiendas.

—¿Debo suponer que las tiendas de Nantucket son buenas? —preguntó.

—Maravillosas, divinas —contestó Izzy. Soltó las bolsas y se frotó los dedos allí donde se le habían clavado las asas.

Alix cerró la puerta tras ella.

—Vamos, te prepararé un combinado.

—Que no sea de ron —dijo Izzy mientras la seguía a la cocina—. Y hay comida en una de las bolsas. Vieiras, ensalada y un tipo de postre con frambuesas y chocolate.

—Suena estupendo —repuso Alix—. ¿Por qué no nos lo llevamos fuera? Creo que hace buen tiempo para comerlo al aire libre.

—Quieres seguir estudiando la casa, ¿verdad?

Alix sonrió.

—No, quiero endulzarte el carácter para que critiques con tiento lo que he hecho hoy.

—¿Sigue siendo una iglesia o ya la has convertido en catedral? Ya me imagino los contrafuertes al aire de un sótano inacabado. ¿Las cristaleras representarán a un curtido capitán de barco?

Alix hizo ademán de defenderse, de explicarse, pero al final entró en el salón familiar, cogió la maqueta y se la llevó a la cocina, donde la dejó sobre la mesa.

Izzy había sacado los recipientes de plástico de las bolsas y los había dispuesto en la encimera. Se quedó un buen rato de pie, con la vista clavada en la pequeña maqueta blanca. Era muy sencilla con su chapitel y su campanario, pero las proporciones eran perfectas.

—Es... —susurró Izzy—. Es...

Alix esperó, pero Izzy no añadió nada más.

—¿Qué?

Izzy se sentó en el banco que había detrás de la mesa.

—Es lo mejor que has hecho en la vida —susurró antes de mirarla.

—¿De verdad? —quiso saber Alix—. ¿No lo dices por decir?

—De verdad de la buena —le aseguró su amiga—. Es la suma de todo por lo que has trabajado. Es precioso.

Alix no se cortó y bailoteó por la cocina antes de comenzar a sacar los platos de los armarios para preparar la comida.

—Me ha costado la misma vida. Creía que nunca iba a hacer nada nuevo y original a la par que antiguo y tradicional. No he seguido el credo de Montgomery de que debe surgir de la tierra, pero sí me lo imaginé como construido en Nantucket, así que... —Se interrumpió al mirar de nuevo a Izzy y verla llorando. Estaba sentada a la mesa mientras las lágrimas resbalaban por sus mejillas con la vista clavada en la maqueta.

Se acercó a ella y la abrazó.

—Volveremos a vernos —le aseguró—. Solo me quedaré aquí un año. Luego volveré. Glenn y tú podréis...

Izzy se apartó y se sorbió la nariz.

—No es eso, sé que volverás.

—Ah. ¿Es por Glenn? ¿Lo echas de menos? —Alix se levantó y abrió un cajón para sacar una caja de pañuelos de papel, tras lo cual le dio uno a su amiga.

—¿Es que sabes dónde están todas las cosas en esta casa?

Alix sabía que su amiga necesitaba tiempo para recuperar la compostura, de modo que se lo daría. Y después, descubriría cuál era el problema. Su mejor amiga estaba muy alterada por algo, pero no tenía ni idea de qué se trataba. La intuición le decía que Izzy se había estado callando las cosas debido al drama emocional que ella acababa de vivir.

Le dio la espalda para que pudiera recomponerse. Usó una vieja coctelera que parecía ser de la década de los cincuenta para prepararle un cóctel. Ella se preparó un ron con Coca-Cola, con mucho zumo de lima. Sacó una bandeja de uno de los armaritos, ya que sabía dónde encontrarla, la cargó con todo y se la llevó al exterior. Hacía un poco de fresco para estar al aire libre, pero sabía que Izzy adoraba los jardines.

Trató a su amiga con mucho tiento mientras se sentaba en el robusto sillón de teca y le daba su bebida. No pensaba presionarla, así que se limitó a esperar que hablase.

—Glenn me ha llamado. Tengo que irme por la mañana —dijo Izzy.

—¿Quiere que vuelvas?

—Sí, claro, pero...

Alix esperó en silencio. Izzy y ella eran amigas desde el primer día que comenzaron sus estudios de Arquitectura. Al final de la primera semana, resultó evidente que Alix poseía más talento, que tenía una oportunidad de crear algo que dejara su impronta en el mundo, pero Izzy nunca le tuvo celos.

En cambio, Izzy le caía tan bien a todo el mundo que la invitaban a todas partes. Cuando se comprometió durante el tercer año de estudios, Alix se alegró muchísimo. Eran muy distintas, pero se llevaban a las mil maravillas.

—Si no es Glenn ni soy yo, ¿de qué se trata? —preguntó Alix en voz baja.

Izzy echó un vistazo por el jardín. Solo lo había visto la noche anterior, cuando Alix y ella se lanzaron de cabeza a allanar la casa de invitados de Montgomery. En aquel momento, fue maravilloso pensar únicamente en los problemas de Alix, en surtirla de chocolate, en ver su asombro al contemplar la antigua casa, en reírse por el retrato de un apuesto capitán de barco. Durante unas cuantas horas, ella había podido olvidarse de sus problemas.

—El jardín es precioso —comentó Izzy—. Cuando esté en flor, debe ser magnífico. Me pregunto quién lo cuida.

—Montgomery —se apresuró a contestar Alix—. Isabella, quiero saber qué pasa. ¿Por qué te exige Glenn que vuelvas tan pronto? Esperaba que pudiéramos explorar Nantucket juntas.

—Yo también —dijo Izzy—, pero...

Alix cogió la jarra y le rellenó el vaso a Izzy.

—Pero ¿qué?

Izzy bebió un buen sorbo.

—Es por mi boda.

—Creía que ya estaba solucionado. Te hemos comprado el vestido más bonito jamás creado.

—Sí, y debo daros las gracias a tu madre y a ti.

Izzy y Alix sonrieron al recordarlo.

Como era de esperar, Glenn le propuso matrimonio durante una cena un viernes por la noche. A la mañana siguiente, Izzy se presentó en el pequeño apartamento de Alix con expresión aturdida y sin saber qué hacer.

Tras admirar el anillo de compromiso, Alix se hizo cargo de todo.

—Conozco un lugar estupendo para desayunar, y después podemos ir a ver tiendas. Vas a necesitar un ajuar completo.

Era una palabra anticuada y un concepto igual de anticuado, dijo Izzy mientras intentaba aparentar que era demasiado sofisticada como para preocuparse por esas tonterías. Pero no pudo engañar a Alix. Sabía que a su amiga le encantaba la idea de una boda romántica.

A la postre, compraron el vestido de novia de Izzy ese mismo día. No era su intención. Alix fue quien la convenció para que fueran a una diminuta y exclusiva boutique que se emplazaba en una callecita al otro lado de la ciudad.

—Deberíamos ir a esos enormes almacenes y probarme cincuenta vestidos y volver loca a la dependienta —dijo Izzy.

—Es una idea estupenda —replicó Alix—, y estoy ansiosa por hacerlo, pero mi madre me dijo que cuando me casara, tenía que comprarme el vestido en la tienda de la señora Secarle.

Izzy le lanzó una mirada elocuente.

—¿Y por casualidad está aquí al lado?

—Pues sí —contestó Alix con una sonrisa.

El tercer vestido que Izzy se probó las hizo llorar a las dos. Supieron que era el adecuado.

El vestido tenía un corpiño muy sencillo de seda satinada, con un escote bajo y tirantes anchos. La falda amplia consistía en una sobrefalda de tul y una falda de satén adornada con cristalitos que formaban un diseño floral.

—No puedo permitírmelo ni por asomo —dijo Izzy al buscar una etiqueta que no encontró.

—Será un regalo de mi madre —repuso Alix—. Para su fan número uno.

—No puedo aceptarlo.

—Vale —replicó Alix—, en ese caso, te regalará una tostadora.

—No debería... —dijo Izzy, pero lo hizo.

Más tarde pensó que en ese momento fue la persona más feliz sobre la faz de la Tierra. Sin embargo, lo que no le contó a Alix más adelante era que los planes de boda se habían ido al traste.

Cuando otras personas comenzaron a involucrarse, Izzy hizo todo lo posible por mantenerse firme en lo que quería para su boda, pero su futura suegra le dijo: «Ya veo que vas a ser una de esas novias de pesadilla, como las que salen en la tele. ¿No irán a grabarnos, verdad?»

Izzy miró a Alix.

—No quiero ser una novia de pesadilla.

—¿Te refieres a una de esas divas que convierten las vidas de los demás en un infierno?

Izzy asintió con la cabeza.

—No puedes ser más distinta. Izzy, ¿quién te ha metido eso en la cabeza? —Alix le rellenó el vaso de nuevo.

—Glenn y yo queríamos una boda sencilla. Discreta. Tal vez una barbacoa. El vestido que me regaló tu madre es la única extravagancia que quiero. Es precioso y... —Una vez más, comenzó a llorar.

—Es por culpa de una madre, ¿verdad? —preguntó Alix—. Si conozco algo, es a las madres. Tienen buenas intenciones, pero podrían devorarte para desayunar.

Izzy asintió con la cabeza, bebió un buen trago y levantó dos dedos.

—Supongo que con eso quieres decir que es por culpa de dos madres.

Izzy asintió de nuevo con la cabeza.

Alix se sirvió otro ron con Coca-Cola.

—Cuéntamelo todo.

Y lo hizo. Alix sabía que Izzy era la única chica de la familia, pero no sabía que sus padres se habían fugado para casarse.

—Mi madre solía jugar con muñecas de papel vestidas de novia, pero se quedó embarazada de mi hermano y se fugó con mi padre para casarse.

—Así que ahora quiere que tú tengas la boda que ella no pudo tener —aventuró Alix.

Izzy hizo una mueca.

—Pero ella no es el único problema.

Alix sabía que Glenn era hijo único y que sus padres tenían dinero, pero nada más.

—¿Cómo es la madre de Glenn?

Izzy apretó los dientes.

—Es una avalancha de piedras de granito que destruye a cualquiera que se interponga en su camino para conseguir lo que quiere. Y ahora pretende que yo tenga una boda por todo lo alto para impresionar a sus amistades. Ha confeccionado una lista de invitados de más de cuatrocientas personas. Glenn solo conoce a seis y yo, a ninguno.

—Izzy, es grave, ¿por qué no me lo habías contado hasta ahora? —preguntó Alix.

—Pasó de repente, y luego Eric y tú...

Alix levantó una mano.

—Y yo me estaba regodeando en mi desdicha y no me di cuenta de lo que tú estabas pasando. Mira, mañana vuelvo contigo para ayudarte a solucionar este asunto.

—No —la contradijo Izzy—, no puedes hacerlo. Tengo el presentimiento de que todo esto ha sucedido para que pudieras conocer a Montgomery y enseñarle tu trabajo. No quiero ni imaginarme lo que tuvo que hacer tu madre para conseguirte esta casa durante todo un año. No puedes tirarlo todo por la borda por una boda.

Mientras Alix apuraba su bebida, echó un vistazo por el precioso jardín. Empezaba a refrescar y pronto tendrían que entrar en la casa.

—¿Por qué tienes que irte por la mañana?

—La madre de Glenn ha llegado y quiere enseñarme unos cuantos vestidos para las damas de honor. Glenn me ha dicho que están llenos de volantes y de frunces, y que su madre ha llevado consigo a dos primas que tienen que participar en la boda.

—¿Unas niñas para llevar flores? —Había un deje esperanzado en la voz de Alix.

—Ojalá. Tienen treinta y ocho y treinta y nueve años respectivamente, y son muy desagradables. Y todo el mundo detesta que la fecha de la boda sea el 25 de agosto.

Alix le pasó un plato con comida a Izzy sin pensar. Durante un instante, comieron en silencio. Alix pensaba en todos los momentos en los que tuvo que mantenerse fuerte para evitar que su madre la avasallara.

—De modo que yo no puedo irme y tú no puedes quedarte —dijo Alix.

—Eso lo resume todo —replicó Izzy. Los cócteles le habían dado la capacidad de sonreír—. Deberías haber visto la cara de la madre de Glenn cuando le dije que ya me había comprado el vestido. Se puso de un bonito tono púrpura. Me entraron ganas de ponerle una muestra de tela al lado a ver si combinaba el color.

Alix soltó una carcajada.

—¿Le dijiste que mi madre había pagado el vestido?

—Ah, sí —contestó Izzy antes de llenarse la boca de comida.

—¿Y qué respondió?

—Que creía que los libros de Victoria Madsen no tenían valor literario alguno y que jamás deberían haberlos publicado.

—Los devora, ¿verdad?

—¡Ya te digo! —exclamó Izzy con una carcajada—. Le conté a Glenn lo que me había dicho y me contestó que el lector electrónico de su madre está lleno de novelas de Victoria.

Las dos se echaron a reír.

—Tal vez sea cruel por desearlo, pero me encantaría verlas juntas —dijo Izzy.

—¿A mi madre y a tu suegra? —preguntó Alix.

—¡Y a mi madre! Es una chantajista emocional. Miró mi maravilloso vestido de novia y se echó a llorar porque no tuvo la oportunidad de ayudarme a elegirlo. Lloró cuando le dije que quería una boda al aire libre, bajo un cenador cubierto de rosas. Me dijo que se le partiría el corazón si no me casaba en la iglesia a la que ella iba de pequeña. ¡Ni siquiera la he visto! Y lloró cuando me dijo que se había llevado una tremenda decepción al saber que no había escogido a la hija de nuestra vecina como dama de honor. No la soportaba de niña, mucho menos ahora de adulta.

—Lágrimas y tiranía —comentó Alix.

—Para mí es exactamente lo mismo. Mañana tengo que enfrentarme a la guerra de las damas de honor. Tengo que decirles a tres mujeres que no pueden participar en mi boda porque no me caen bien. Y después la madre de Glenn...

Se interrumpió porque Alix se puso en pie y echó a andar por el jardín. En la parte más alejada se encontraba una pérgola, y Alix se detuvo para examinarla.

—Creo que son... ¡Ay! Sí, son rosales trepadores. —Se había pinchado un dedo con una espina—. Izzy —dijo con voz seria—, vas a casarte aquí, en este jardín.

—No puedo hacer eso —replicó su amiga.

—¿Por qué no? Es tu boda.

—Mi madre y la de Glenn convertirán mi vida en un infierno.

—En ese caso, nos aseguraremos de que la mía esté presente —añadió Alix con un brillo malicioso en los ojos.

Izzy puso los ojos como platos.

—Si hay alguien capaz de...

—Capaz de hacerles frente a dos madres, es la mía. —Alix sonrió.

Izzy miró a Alix, iluminada por la luz del atardecer.

—¿Crees que saldría bien?

—¿Por qué no? Solo tienes que mantenerte firme y decirles lo que piensas hacer.

—Tendría que dejar a Glenn y mudarme aquí para planearlo todo.

—No —la contradijo Alix—. Tienes que pasar tiempo con él. Además, si divides, ellas vencerán. Dile a Glenn que debe respaldarte en este asunto o no habrá boda.

—¡Pero no puedo hacer eso!

—En ese caso, pártete por la mitad y averigua la manera de complacer a vuestras madres mientras Glenn se esconde con sus coches.

Izzy no pudo contener una carcajada.

—A veces eres igualita que tu madre.

—Y yo que creía que eras mi amiga.

Izzy cerró los ojos un instante.

—Yo creo que soy como mi madre, porque estoy a punto de echarme a llorar. Alix, eres la mejor amiga que se puede tener.

—No mejor que tú —replicó en voz baja—. No habría superado lo de Eric de no ser por ti.

—¡Ja! Fue ver el labio inferior de Jared Montgomery lo que te sacó de la depresión. ¡Oye! Se me ocurre una cosa. Dado que se te da tan bien escribir, ¿y si me ayudas a escribir los votos?

—Se lo dejaremos a mi madre. Por supuesto, querrá un contrato, una fecha tope, dinero a la entrega y los derechos de autor, pero serán unos votos alucinantes.

Las dos se miraron y acabaron estallando en carcajadas incontrolables.

En la planta alta, junto a una ventana abierta, Caleb Kingsley las miraba. Estaba sonriendo. Podía pasarse doscientos años haciendo planes y morir otra vez al ver que no salían, pero a veces se veían y se escuchaban cosas que renovaban las esperanzas.

Se alegraba de ver a las dos muchachas juntas de nuevo. Hermanas en una vida, amigas en esta.

Tal vez, solo tal vez, en esa ocasión pudiera conservar a Valentina de verdad. Para siempre.

Esa noche, Alix llamó a su padre, Ken. Antes de marcar, como de costumbre, se recordó que era mejor no mencionar a su madre. Desde luego, sus padres habían aprendido a mantener una relación cordial a lo largo de los años, pero si se les daba munición, comenzaban las preguntas... con ella en medio.

—Hola, cariño —la saludó su padre—. ¿Has llegado hoy a Nantucket?

—No te vas a creer quién se está hospedando en la casa de invitados.

—¿Quién? —preguntó Ken.

—Jared Montgomery.

—¿El tío ese que es arquitecto?

—Muy gracioso —replicó Alix—. Sé que hablas de su trabajo en tus clases, así que sabes que es un genio.

—Ha diseñado algunos edificios respetables. Me gusta que sepa algo acerca de la construcción.

—Sé que ese es tu mantra. ¿Papá?

—Dime.

—He diseñado una capilla.

—¿Te refieres a una iglesia? —preguntó Ken—. ¿Para qué?

—Te lo contaré si me prometes que no te vas a poner puntilloso conmigo.

—¿Qué es eso?

—Papá... —dijo Alix a modo de advertencia.

—Vale. Nada de sermones. ¿Qué has diseñado?

Durante los siguientes diez minutos, Alix le contó a su padre que se había colado en el estudio de Montgomery y que había visto sus diseños y sus bocetos privados.

—Eran preciosos, perfectos.

—Así que has diseñado algo pequeño para impresionarlo —aventuró Ken.

Alix captó la desaprobación de su voz.

—Pues sí —afirmó—. No sé cuánto tiempo va a quedarse aquí, pero espero que pueda enseñarle parte de mi trabajo.

—Seguro que se quedará impresionado —repuso Ken.

—Lo dudo, pero al menos lograré que lo vea.

—Estoy segurísimo de que lo hará —enfatizó Ken—. ¿Dónde está ahora?

—En su barco. Izzy y yo vimos cómo zarpaba. Es un hombre muy guapo.

—Alix —dijo Ken con voz seria—, a tenor de lo que sé de Montgomery, es duro de roer. No creo que...

—Tranquilo, papá. Solo quiero ser su aprendiz. Es mucho mayor que yo. —Alix puso los ojos en blanco. Sabía muy bien que en lo referente a los hombres, su padre no creía que ninguno fuera merecedor de su hija. De modo que cambió de tema—. Bueno, ¿cómo te va a ti y a... ya sabes... cómo os va?

Al instante, su padre cambió de humor de forma radical, pero a Alix no le preocupaba. Su padre era un trozo de pan.

—¿Te refieres a la mujer con la que he estado viviendo los últimos cuatro años?

—Lo siento —se disculpó Alix—. He sido una maleducada. Celeste es muy agradable. Se viste muy bien y...

—Deja de buscar algo bueno que decir sobre ella. Esa ropa casi me deja en la quiebra. Pero eso ya da igual, porque se ha ido.

—Ay, papá, lo siento. Sé que te gustaba.

—No, no lo creo —replicó su padre con aire pensativo.

Alix soltó un suspiro de alivio.

—¡Menos mal! Ahora puedo decirte que nunca me cayó bien.

—¿En serio? Jamás lo habría adivinado. Siempre se te ha dado muy bien callarte lo que piensas.

—Lo siento, papá —repitió, y en esa ocasión lo decía de verdad—. Lo siento.

—En fin, el mal gusto por los compañeros sentimentales es cosa de familia.

—No es verdad. A ver, lo fue en el caso de lo tuyo con mamá, pero Eric era... —Hizo una mueca—. La verdad es que era espantoso. Izzy me dijo que solo me gustaba porque me dio la oportunidad de realizar dos diseños en vez de uno.

Ken soltó una carcajada.

—¡Siempre me ha caído bien Izzy! Y conoce muy bien a mi hija.

—Voy a echarla de menos. Se va por la mañana. —Creyó conveniente no contarle todavía que la boda se iba a celebrar en Nantucket. Podría pensar que estaba abarcando demasiado—. Ese dichoso prometido suyo quiere que esté con él.

—¡Qué persona tan desconsiderada!

—Eso mismo digo yo.

—Oye, Alix, es tarde y los dos tenemos que descansar. ¿Cuándo vuelve Montgomery?

—No tengo la menor idea. Hoy me he quedado en casa mientras Izzy se pasaba el día comprándome ropa. —No le contó que Izzy había dicho que la ropa era para impresionar a Montgomery.

—Espero que le haya mandado las facturas a tu madre.

—Por supuesto. Esas dos y la tarjeta American Express de mamá son amigas del alma. Una santa trinidad.

Ken se echó a reír.

—Ya te echo de menos. Bueno, duerme un poco y llámame después de que veas a Montgomery. Quiero enterarme de todo con pelos y señales.

—Te quiero —dijo ella.

—Y yo a ti —replicó su padre.

4

—He decidido marcharme mañana —le dijo Jared a su abuelo Caleb. Acababa de anochecer y se encontraban en la cocina de Kingsley House. Jared había vuelto poco antes de su jornada de pesca y aún no se había duchado ni cambiado de ropa—. Antes, limpiaré el pescado para llevárselo por la mañana a Dilys y después me iré de la isla.

—¿No habías pensado quedarte durante todo el verano? ¿No tienes trabajo que hacer?

—Sí, pero puedo hacerlo en Nueva York. —Jared echó el pescado en el fregadero.

—Algo sobre una casa, ¿verdad?

—Sí, me han encargado los planos para construir la casa de unos actores famosos en Los Ángeles. Que el matrimonio no dure ni dos años no es cosa mía. ¿No te lo he contado ya?

—Recuerdo que me contaste que tenías tantas responsabilidades en Nueva York fuera del mundo del diseño que no podías ni pensar. Luego me dijiste que habías decidido pasar un año en Nantucket... ¿Qué fue lo que dijiste exactamente? Algo sobre las raíces.

—Sabes muy bien que te expliqué que quería volver a mis raíces.

—Creo que el verbo exacto fue «necesitar». Necesitabas encontrar el lugar al que perteneces. ¿Es así o padezco alguna enfermedad que distorsiona mis recuerdos?

—Eres demasiado viejo como para tener enfermedad alguna.

—Jared estaba sucio, cansado, hambriento y enfadado. Sí, había planeado quedarse en Nantucket todo el verano, pero su tía le había dejado la casa a... a ella.

—Entonces estás huyendo —concluyó Caleb, que estaba junto a la mesa de la cocina, mirando a su nieto con expresión furiosa—. Estás abandonando a la joven Alix.

—En mi opinión, es una forma de defensa. Tú, mejor que nadie, sabes cómo ha sido mi vida. ¿Ella se merece eso? Además, sería mejor que nunca descubriera quién soy fuera de esta isla. Como estudiante de Arquitectura, me verá como a una especie de héroe. Y nada más lejos de la realidad.

—Bueno, por fin oímos la verdad —comentó Caleb en voz baja.

—¿Qué pensabas? ¿Que me asustaba la idea de que me pidiera un autógrafo? Eso no me importaría. —Lo miró con una sonrisilla—. Sobre todo si tuviera que firmarle en alguna parte del cuerpo. Pero no, tratándose de esta chica. —Estaba a punto de empezar a limpiar el pescado, pero cambió de opinión. En cambio, se acercó al armario situado junto al frigorífico y se sirvió un ron con Coca-Cola—. ¿Dónde están las limas que había aquí?

—Me las he comido —contestó Caleb, mirando furioso a su nieto.

—Contigo es imposible conseguir una respuesta sincera. —Jared se bebió el ron de un trago y se sirvió otro, tras lo cual se sentó a la mesa y echó un vistazo por la cocina.

—¿Estás pensando en echarlo todo abajo y poner una encimera de granito? —le preguntó Caleb.

Jared estuvo a punto de atragantarse con el ron.

—¿Dónde has oído semejante blasfemia?

—Es un simple comentario que he escuchado por ahí. Armarios de arce y encimera de granito.

—¡Deja de decir barbaridades! —exclamó Jared—. Me estás revolviendo el estómago. Esta cocina es perfecta así tal cual.

—Recuerdo cuando la instalaron —dijo Caleb.

—El Quinto, ¿no?

—El Cuarto —lo corrigió Caleb, refiriéndose al número que acompañaba al nombre del primogénito de cada generación.

El hijo que tuvo con Valentina en 1807 se llamó Jared, para conservar el segundo nombre de su padre; Montgomery para conservar el apellido de su madre, y, por último, Kingsley porque era el apellido de la familia paterna. Pese a todos los años que habían transcurrido, todavía se sentía al borde de las náuseas cada vez que pensaba en lo que había tenido que hacer Valentina para conseguir que el niño llevara el apellido Kingsley. Desde entonces, Caleb se había asegurado de que la elección de Valentina se mantuviera generación tras generación al llamar al primogénito Jared Montgomery Kingsley. El actual, el más testarudo de todos, era el séptimo.

—Estoy seguro de que sabes quién lo hizo. —Jared seguía contemplando la antigua cocina.

—¿Estás intentando grabarte todos los detalles en la memoria? —quiso saber Caleb.

—Teniendo en cuenta todas las cosas que no debo decirle a la hija de Victoria, creo que será mejor que no vuelva. Al menos mientras...

—¿Mientras Alix esté aquí? —terminó Caleb con un claro deje disgustado en la voz.

—¡No empieces otra vez! —exclamó Jared—. No soy un maestro y nunca he querido serlo.

—¿Tú no has tenido maestros? —le preguntó su abuelo.

—¡Ella también los ha tenido! —protestó—. Mira, he analizado todo esto a fondo durante los últimos días. Soy incapaz de cumplir las expectativas de los estudiantes. Esperan que yo sea una fuente de conocimientos, algo que no soy. Mañana le diré a Dilys que le presente a Lexie y a Toby. Trabarán amistad con ella. Podrán almorzar e ir de compras. Se lo pasarán bien.

—Así que Dilys se encargará de vigilarla como una madre y Lexie será su amiga. Y tú huirás para esconderte.

Por un instante, Jared se puso colorado por la rabia, pero después sonrió.

—Ese soy yo. Un cobarde sin remedio. Aterrado de una chica armada con una regla T. Pero, claro, seguro que ni siquiera sabe lo que es eso. Estoy seguro de que maneja la última versión del mejor programa informático de diseño asistido, lo último en tecnología, lo más innovador. Seguramente cuente con un paquete adicional de herramientas con doce tipos de tejados, veinte tipos de puertas y dieciséis estilos de ventanas. Son como recortables que vas uniendo para formar edificios.

La furia de Caleb se reflejó en su mirada.

—Seguro que la chica es así. Creo que tienes razón y debes marcharte antes de encontrarte con ella. —Y con esas palabras desapareció.

Jared sabía que había contrariado a su abuelo, pero eso no era nada nuevo. Llevaba haciéndolo desde que tenía doce años.

Sabía que debería levantarse para limpiar el pescado, pero siguió sentado a la mesa con la vista clavada en la antigua cocina. Se imaginaba perfectamente a una estudiante de Arquitectura presentándole un proyecto para renovar la estancia. Una cocina con ocho quemadores y tres hornos. Habría que tirar la pared para poder instalar un enorme frigorífico. Arrancaría el fregadero y los azulejos de porcelana, y pondría alguna monstruosidad de acero inoxidable.

No, no soportaría tener que explicarle a una estudiante de Arquitectura por qué eso no era factible. No podría...

—Hola.

Jared se volvió y descubrió a una chica muy guapa en el vano de la puerta. Llevaba vaqueros y una camisa de cuadros, y el pelo apartado de la cara. Tenía unos enormes ojos verdosos rodeados de espesas pestañas negras y una boca preciosa.

—Me había parecido oír a alguien —dijo Alix—, pero supuse que era en la calle y no le presté atención. Pero después se cayó una foto de la pared, el fuego crepitó y me hizo levantar la vista y... —Guardó silencio un instante para recobrar el aliento.

«Tranquila», se dijo. «Es él. Es...»

No sabía por qué nombre llamarlo. Pero era Él. Con mayúscula.

La estaba mirando como si ella fuera una aparición, como si no fuera real.

Tuvo que hacer un gran esfuerzo para no empezar a alabar sus diseños, para no decirle cuánto admiraba los avances que había hecho en el mundo de la arquitectura, y para no preguntarle en qué estaba trabajando, si tenía algún consejo para ella y si le permitía enseñarle, por favor, la capilla que había diseñado.

Logró mantener el control aunque se le había acelerado el corazón.

—Soy Alix Madsen, y voy a quedarme aquí... un tiempo. Aunque supongo que ya lo sabe. ¿Es usted el señor Kingsley? Me dijeron que se encargaría del mantenimiento de la casa si necesitaba alguna reparación. —Pensó que sería mejor dejar que fuera él quien se presentara.

Jared pensó que le gustaba mucho la chica, delgada pero con un cuerpo voluptuoso.

—Sí, puedo reparar cosas.

Alix se devanó los sesos en busca de algún tema de conversación. Jared Montgomery todavía estaba sentado a la mesa, con esas piernas tan largas estiradas al frente. Llevaba la misma ropa que le había visto dos días antes en el barco. Estaba sucio y olía a pescado. Sin embargo, pese a la descuidada barba y al pelo largo, estaba buenísimo. Quizás ese ceño fruncido le resultaba un poco intimidante, pero a lo mejor no esperaba encontrársela en la casa. No pudo evitar clavar la mirada en su labio inferior. Era tal cual lo recordaba, tal cual lo veía en sueños, tal cual lo había descrito en su oda.

Cuando apartó la vista de él, se percató de que había un buen número de lubinas rayadas en el fregadero.

—Ha estado pescando —dijo.

—Iba a limpiarlas ahora mismo. Este fregadero es más grande que el de la casa de invitados, pero no habría venido de haber sabido que había alguien.

—Mi amiga Izzy y yo hemos llegado antes de lo previsto. Ella se fue esta mañana —añadió. La intensidad de la mirada de Jared la estaba poniendo tan nerviosa que necesitaba hacer algo. Atravesó la cocina y sintió sus ojos clavados en ella. Sin pensar, abrió el tercer cajón y sacó un guante de malla, y un viejo cuchillo de hoja larga y flexible—. ¿Puedo ayudarlo?

—Adelante. —Jared se sorprendió al ver que Alix sabía dónde estaba el guante y el cuchillo—. Veo que te conoces bien la casa.

Alix cogió una lubina por la cabeza y se la cortó.

—No mucho. Soy estudiante de Arquitectura y he estado trabajando casi desde que llegué. —Se detuvo para darle tiempo por si él quería comentar algo, como por ejemplo decirle quién era. Pero Jared guardó silencio—. El caso es que no he recorrido toda la casa.

—Pero sí has estado en la cocina.

—Sí. —Desconocía adónde quería llegar. Aferró la lubina por la parte superior para abrirla de arriba abajo.

Jared se levantó y se acercó a ella mientras la veía darle la vuelta a la lubina para filetearla. La observó mientras le arrancaba la piel hasta la cola. Al cabo de un instante, la lubina estaba perfectamente fileteada.

Se apoyó en el fregadero y le preguntó:

—¿Quién te ha enseñado a hacer eso?

—Mi padre. Le encanta pescar y me llevaba con él.

—¿Se le daba bien?

—De vicio. —Cogió otra lubina del fregadero.

—¿Te apetece beber algo?

—Me vendría bien —contestó. Por dentro estaba dando saltos de alegría. «¡Jared Montgomery me va a preparar algo de beber! ¿Puedo añadir esto a mi currículo?», pensó.

—Lo siento, pero no sé preparar un Appletini.

La euforia la abandonó nada más escuchar el tono de superioridad con el que pronunció la frase. Le alegró estar de espaldas a él, ya que no pudo evitar fruncir el ceño tras semejante suposición.

—No importa. Desde que llegué a Nantucket solo me apetece beber ron. Me gusta con Coca-Cola y con mucha lima.

En esa ocasión, fue Jared quien frunció el ceño. El ron era lo que bebían todos los Kingsley, ya fueran hombres o mujeres.

—Bueno, ¿a qué se dedica? —le preguntó Alix, que contuvo el aliento. ¿Cómo describiría su profesión, su modo de vida?

—Construyo cosas —respondió él.

—¿Ah, sí? —replicó Alix con voz chillona. Se obligó a hablar con normalidad—. ¿Diseña y construye?

—Qué va. Soy un tío sencillo. Me limito a ir de aquí para allá en mi camioneta, construyendo lo que puedo.

Alix dejó de filetear el pescado. Al parecer, Jared no quería decirle quién era en realidad. Pero ¿por qué tenía que mentir de esa forma tan descarada? ¿De verdad pensaba que una estudiante de Arquitectura no sabría quién era? ¿De verdad pensaba que no lo reconocería? ¿Tan inocente era? Claro que a lo mejor era un tío modesto.

—¿Trabaja aquí, en Nantucket? —le preguntó.

—A veces. Pero tengo una empresa fuera de la isla.

—¿Ah, sí? —Había estado en el vestíbulo del edificio donde se encontraba su estudio de arquitectura, en Nueva York. Los vigilantes de seguridad no le permitieron entrar en el ascensor, pero sí que pudo acariciar su nombre grabado en la placa.

—Sí, y necesito volver al trabajo, así que me marcho de la isla mañana por la mañana. Seguramente no regresaré mientras...

—¿Mientras yo esté aquí?

Lo vio asentir fugazmente con la cabeza.

—Entiendo —repuso ella y, la verdad, mucho se temía que lo entendía. Le habían dicho que el señor Kingsley pasaría todo el verano en la isla, pero al parecer había decidido mantenerse alejado. ¿Por qué? ¿De verdad tenía que trabajar? ¿O más bien se iba porque no quería estar cerca de una estudiante? Tal vez no le gustara presumir. Tal vez si lo animara, Jared se mostraría más comunicativo—. ¿En qué está trabajando ahora? —Lo escuchó abrir una lata de Coca-Cola.

—En nada importante.

—¿Quién diseña lo que construye?

—Nadie relevante.

—A lo mejor lo conozco, ya que estoy en el mundo de la arquitectura.

—Seguramente sacan el diseño de alguna revista —replicó él—. Aquí tienes el ron. ¿Quieres que siga yo con el pescado?

—Claro —contestó. Mientras se quitaba el guante y se lo entregaba, cogió el vaso que él le ofrecía y lo miró a los ojos.

«Qué mentiroso eres —pensó—. Y qué bueno estás.»

Caminó hasta la mesa, se sentó y lo observó limpiar el pescado. Era muy raro que lo hiciera exactamente igual que su padre. Todos los cortes eran idénticos. Se produjo un silencio incómodo y largo en la conversación. Tal vez le sonsacara algo si hacía referencia a las pequeñas estructuras que había visto en su estudio.

—Nantucket es precioso —dijo.

—Sí.

—Es una pena que se marche. Me encantaría ver las casas de la isla. De hecho, me gustan todos los edificios. Bueno, salvo los bloques de hormigón y alguno que otro más. Pero me he fijado en dos cenadores en Main Street que me han dejado sin aliento. Blancos, de planta octogonal, con cúpula bulbosa y unidos por un banco de jardín. Preciosos.

Jared se mantuvo en silencio. No pensaba dejarse engatusar para actuar como guía por el pueblo. Alix no tardaría en descubrir cuál era su profesión y después se convertiría en una máquina de hacer preguntas, algo que lo enloquecería.

—¿Qué tal está el ron? ¿Demasiado fuerte?

—Estaba pensando si le ha puesto ron en realidad.

—Eso es... —Estaba tan sorprendido que dejó de hablar.

—¿El qué?

—Es que eso era lo que solía decir mi tía.

—¡Ah! —exclamó Alix—. Lo siento. No lo sabía. Los recuerdos deben de ser dolorosos —titubeó—. Debió de ser una buena mujer.

—¿La recuerdas?

La pregunta la sorprendió y no supo bien qué responder.

—Estuve aquí cuando tenía cuatro años. ¿Usted tiene muchos recuerdos de cuando era tan pequeño?

Una familia feliz, pensó Jared. Su padre estaba vivo. Su madre estaba viva. En aquel entonces no había nubarrones en el horizonte.

—Recuerdo esta casa —contestó—. Y recuerdo a la tía Addy viviendo aquí.

El deje de su voz hizo que Alix estuviera a punto de confesarle la verdad.

—¿Se sentaba en el salón familiar y hacía algo con las manos?

La expresión avinagrada que acompañaba a Jared desde que ella apareció en la cocina se esfumó.

—Bordaba, hay varios cuadros de punto de cruz enmarcados en distintos sitios de la casa.

—Y tomaba el té con algunas señoras en el salón principal. Recuerdo unos dulces chiquitines adornados con rosas de azúcar amarillas.

—Sí —dijo Jared, sonriendo—. Le encantaban las rosas amarillas.

—Debe de echarla mucho de menos —comentó Alix en voz baja.

—Sí. Estuve con ella durante sus tres últimos meses de vida. Era una señora de los pies a la cabeza. —Miró a Alix en ese momento—. Ya he visto que sabes filetear las lubinas, pero ¿sabes cocinarlas?

—No soy un chef, pero sé freír lubinas. Y sé hacer buñuelos.

—¿Con cerveza o con leche?

—Con cerveza.

—¿La masa lleva pimienta de Cayena?

—Por supuesto.

—Esta cocina no está bien surtida, pero en la casa de invitados tengo cebollas y harina de maíz.

Alix comprendió que la estaba invitando a cenar.

—¿Y si va a por esas cosas y yo...? —Se encogió de hombros.

—Me parece estupendo.

En cuanto se fue, Alix corrió escaleras arriba a su dormitorio. Sus maletas habían llegado, pero todavía no las había deshecho. Las bolsas llenas de ropa que había llevado Izzy seguían en el suelo. Pero sería demasiado evidente si se cambiaba a esas alturas. Demasiado obvio. La haría parecer ansiosa.

Corrió al baño para ponerse un poco de máscara de pestañas y pintarse los labios. ¿Por qué le brillaba tanto la cara? Usó los polvos compactos que su madre le había regalado para unificar el tono de piel.

Regresó a la cocina justo cuando él abría la puerta. Sus miradas se encontraron, pero Alix apartó la vista porque el corazón le dio un vuelco. «Demasiado pronto», se dijo. Demasiado pronto después de lo de Eric. Demasiado pronto después de conocer a ese hombre tan famoso. Demasiado pronto para todo.

Jared llevaba una bolsa de papel con todos los ingredientes necesarios para preparar buñuelos tal como su padre le había enseñado. Era interesante que él tuviera dichos ingredientes en su cocina. No era habitual que un hombre soltero tuviera en su despensa harina bizcochona.

Sin pensar en lo que hacía, cogió un enorme cuenco de porcelana de un armarito y después sacó una cuchara de madera de un cajón.

—Para no recordar muchas cosas de cuando tenías cuatro años pareces manejarte muy bien en la cocina.

—Pues sí —reconoció ella—. Izzy decía que le ponía los pelos de punta, así que no he querido comentar nada.

—Yo no me asusto con facilidad —replicó Jared mientras le pasaba un huevo.

—¿Seguro? ¿Ni con las películas de terror? ¿Ni con las historias de fantasmas?

—Soy incapaz de ver una película de terror, sobre todo si hay motosierras, pero las historias de fantasmas me dan risa.

Alix echó un buen chorreón de aceite en una sartén.

—¿Le dan risa? ¿No cree en fantasmas?

—Creo en los fantasmas de verdad, no en los espectros que arrastran cadenas. Dime qué recuerdas. ¿Lugares? ¿Cosas? ¿Gente? —Jared la observaba atentamente mientras ella preparaba la masa.

—Un poco de todo, supongo. Recuerdo muy bien esta cocina. Creo que solía sentarme... —Soltó el cuenco y se acercó a la mesa, con su banco adosado a la pared. La mesa tenía un cajón que abrió en ese momento. En su interior había un cuaderno de dibujo y una antigua caja de puros que ella sabía que estaba llena de ceras de colores. Jared miró por encima de su hombro mientras ella abría el cuaderno. Allí seguían los dibujos que había hecho cuando era pequeña. Y todos ellos eran edificios. Casas, graneros, molinos de viento, un cenador y un cobertizo para el jardín—. Parece que no he cambiado mucho —comentó y se volvió para mirarlo.

Sin embargo, Jared se había alejado y le estaba dando la espalda. Otra vez le insinuaba que no le interesaba en absoluto su faceta de humilde estudiante de Arquitectura.

Parte de sí misma ansiaba decirle que sabía quién era, pero ganaba la parte que se negaba a darle la satisfacción de ponerlo al corriente de que lo conocía. Si quería hacerse pasar por un hombre anónimo, que así fuera. Regresó junto a él.

—¿Recuerdas a alguien en concreto? —le preguntó Jared

sin mirarla mientras echaba filetes de lubina a la sartén caliente.

Estaban muy juntos y sin tocarse, pero Alix percibía su calor corporal.

—Solo a la señora mayor, que supongo que era la señorita Kingsley —respondió Alix—. Y a medida que pasan los días, parece que recuerdo más cosas sobre ella. Paseábamos por la playa y yo recogía conchas. ¿Es posible que la llamara «tía Addy»?

—Seguramente. Los más jóvenes la llamaban así. Yo también. ¿Había alguien contigo? No en la playa, aquí en la casa.

Alix colocó la mano sobre la sartén para comprobar si el aceite estaba lo bastante caliente antes de echar la masa de los buñuelos.

—A veces....

—¿A veces qué?

—Recuerdo la risa de un hombre. Una risa ronca que me gustaba mucho.

—¿Y ya está?

—Lo siento, señor Kingsley, pero es lo único que recuerdo. —Lo miró de reojo, pidiéndole con la mirada que la invitara a tutearlo, pero él no captó la indirecta—. ¿Y usted?

—No —respondió él, que pareció salir del trance en el que se había sumido—. Mi risa es aguda, ideal para romper copas de cristal, no es ronca.

Alix sonrió al escuchar esa crítica a sí mismo.

—Me refería a si recuerda algo. ¿Creció en Nantucket?

—Sí, pero no en esta casa.

—¿De quién será una vez que yo me vaya?

—Mía —respondió él—. Casi siempre pasa al primogénito de los Kingsley.

—En ese caso, le estoy impidiendo disfrutar de su herencia.

—Solo lo estás retrasando. ¿Están hechos?

—Sí —respondió ella mientras sacaba los buñuelos del aceite y los ponía a escurrir sobre varias capas de papel de cocina.

—¿Qué vajilla quieres usar?

—La de las florecillas —contestó sin pensar, y después lo miró sorprendida—. Antes de venir le dije a Izzy que apenas recordaba cosas de este lugar. Pero parece que recuerdo hasta las distintas vajillas.

Jared abrió un armarito para sacar unos platos que Alix sabía que siempre le habían gustado.

—Tal vez sucedió algo malo después que te hizo olvidar.

—Es posible. Sé que mis padres se estaban divorciando por aquel entonces, así que tal vez eso me traumatizara. Mi padre y yo siempre hemos estado muy unidos. Hemos viajado por todo el mundo para ver los edificios más impresionantes. ¿Ha visto alguna vez...?

—Si quieres, hay una bolsa de ensalada.

Alix tuvo que volverse para ocultar la expresión furiosa que sabía que estaba luciendo en ese momento. Ansiaba decirle: «Vale, lo pillo. Eres un arquitecto famoso y yo soy una simple estudiante. No hace falta que me lo restriegues más.» Se acercó al armario de las bebidas y se preparó un combinado siguiendo una de las recetas pegada a la puerta. Ni se molestó en preguntarle a Jared lo que le gustaba.

Jared colocó los platos y los buñuelos en la mesa, vertió la ensalada en un cuenco y sacó un bote de salsa. Después, se sentó y observó a Alix mientras ella preparaba un combinado de frutas en el armario de las bebidas. Le gustaba esa chica. Le gustaba que se hubiera ofrecido a limpiar el pescado. Le gustaba la facilidad con la que había preparado la masa de los buñuelos. Le gustaba que bebiera ron. Con ella no había risas tontas ni coqueteos. Solo una compañía agradable y sin subterfugios.

Lo que más le gustaba era la atracción que sentía por ella. Porque lo había tomado por sorpresa. La recordaba como a una niña muy seria sentada en la alfombra del salón familiar, reuniendo objetos que sus antepasados habían llevado a casa después de sus viajes por el mundo.

En aquel entonces, no sabía lo valiosos que eran dichos objetos. Para él se trataba de cosas que había visto durante toda la vida. Pese a los años transcurridos, aún recordaba que el señor Huntley, que por aquel entonces era muy joven y acababa de ser nombrado director de la Asociación Histórica de Nantucket, estuvo a punto de desmayarse la primera vez que visitó a la tía Addy y vio a la pequeña Alix sentada en la alfombra.

—Esa niña está jugando con... —Tuvo que sentarse para recobrar el aliento—. Ese candelero es del siglo XIX.

—Tal vez sea anterior —señaló la tía Addy con serenidad—. La familia Kingsley vivía en Nantucket muchísimo antes de que se construyera esta casa y estoy segura de que usaban velas.

El director estaba muy pálido.

—Deberían prohibirle jugar con esas cosas. Porque...

La tía Addy se limitó a sonreír.

—¿Dónde vivía usted? —le preguntó Alix en ese momento, devolviéndolo al presente, mientras dejaba las bebidas en la mesa.

—¿Cómo? Lo siento, estaba distraído. Mi madre y yo vivíamos en Madaket, junto a la playa.

—No pretendo resultar impertinente, pero ¿por qué no creció en Kingsley House?

Jared rio entre dientes.

—Cuando la tía Addy era joven, descubrió en una situación comprometida al hombre con el que iba a casarse. Con los pantalones bajados y esas cosas. Mi padre me contó que la tía Addy apeló a la compasión de su padre para lograr que cambiara su testamento y le dejara la casa a ella, en vez de dejársela a su hermano. Todos pensaron que al final recapacitaría y cambiaría de nuevo el testamento, pero murió joven en un accidente. De modo que la tía Addy consiguió la casa en vez de que lo hiciera su hermano.

—¿La familia se enfadó por ese cambio?

—No. Fue un alivio. El hermano de la tía Addy la habría vendido. Era un manirroto y no le importaba la casa en lo más mínimo. Habría dejado que el tejado se hundiera. —Lo que Jared no iba a decirle era que Caleb había ayudado a la tía Addy a salirse con la suya. Gracias a ellos, Kingsley House seguía en manos de la familia después de tantos años.

—Pero ahora la casa volverá a manos de un Kingsley, que sabe cómo cuidar los tejados.

—Me gusta pensar que sí —convino Jared, sonriendo.

Alix se percató del brillo orgulloso que iluminaba sus ojos y pensó en lo que debía de haber sentido cuando descubrió que no podría hacer uso de la casa durante todo un año.

—¿Creció usted en un pueblo?

—No es un pueblo en sí. Madaket es el nombre de la zona. Pero sí que hay un restaurante y un centro comercial, claro.

—¿Un centro comercial? ¿Y qué tiendas hay?

Jared sonrió.

—La gente dice que es un desastre, pero es lo que hay. —Se encogió de hombros—. Estamos en Nantucket.

Comieron en silencio durante unos minutos y Alix comenzó a pensar en la enormidad de vivir sola en un lugar donde no tenía conocidos.

—¿Dónde se celebran las bodas en la isla?

Jared se detuvo con el tenedor a medio camino de los labios.

—¿Vas a casarte?

—No. Mi amiga. Y... —Dejó la frase en el aire, colorada por el bochorno que la invadió.

—¿Qué pasa?

—Le dije que podía celebrar la boda en el jardín. No debería haberlo hecho. Esta casa no es mía, es suya. Fue muy presuntuoso por mi parte.

Jared le dio un mordisco a un buñuelo.

—Están muy buenos. —Descubrió que le gustaba la forma en la que Alix lo miraba, aguardando una respuesta por su parte—. Tenéis mi permiso para celebrar aquí la boda. A esta casa le vendrá muy bien la música y las risas.

Alix le sonrió con tanta ternura que Jared inclinó la cabeza hacia ella como si esperara un beso de agradecimiento. Sin embargo, ella volvió la cara.

Jared se apartó.

—Les diré a José y a sus muchachos que lo limpien todo a fondo.

—¿Son los jardineros? Me preocupaba la idea de tener que cortar el césped y encargarme de todo lo demás. No es que no sea capaz de hacerlo, pero creo que no se me daría muy bien. Quiero pasar el verano trabajando. —Esperó a que él le preguntara por educación en qué pensaba trabajar, pero se mantuvo en silencio.

Alix decidió que ya no podía más. Estaba claro que Jared no pensaba que pudieran compartir el amor por la tierra y los edificios. Para él, ni siquiera merecía saber la verdad sobre su profesión.

Sabía que le resultaba atractiva, las mujeres siempre se percataban de esas cosas, pero por más guapo que fuera, ella no estaba interesada. No quería convertirse en una conquista más de Jared Montgomery. Por mucho que le gustara su labio inferior, debía mirar el conjunto completo. No solo una parte de su persona.

Se puso de pie.

—Siento dejarlo con el marrón de la limpieza, pero estoy muy cansada y quiero acostarme. Gracias por la cena, por si acaso no nos vemos más, señor Kingsley —añadió, pronunciando su nombre con retintín.

Jared se puso de pie y dio la impresión de que iba a tenderle la mano o a darle un beso en la mejilla, pero Alix se dio media vuelta y se marchó.

Jared se quedó donde estaba un instante, observándola alejarse. Sabía que debía de equivocarse, pero parecía que la había cabreado. ¿Qué había dicho? ¿Había sido por preguntarle sobre su tía? No tenía sentido.

Se sentó de nuevo y cogió el ron con zumo de piña que ella había preparado. No era de sus combinaciones preferidas, pero le recordaba a su tía. Se sirvió una copa de ron añejo que pensaba degustar despacio, convencido de que su abuelo aparecería en breve para echarle la bronca, pero todo siguió en silencio. Típico del viejo no advertirle de que Alix Madsen estaba en la casa, de que había llegado antes de tiempo, y de que había estado «trabajando». ¿Tal vez diseñando alguna estructura extravagante que precisara de una varita mágica para construirse?

Se acomodó en la silla con la bebida y se comió todos los buñuelos. Eran los mejores que había probado en la vida. Sabía que era una ridiculez enamorarse de Alix, la niña a la que tanto quería su tía Addy. La primera vez que Alix estuvo en Nantucket, tenía cuatro años, y él, catorce. Era una niña monísima a la que le gustaba sentarse en la alfombra del salón familiar para construir cosas. Después de que el director de la Asociación Histórica de Nantucket estuviera a punto de morirse al verla jugar con unas tallas de marfil, unas antiguas cajitas para el té procedentes de China y unos cuantos *netsuke* japoneses, Jared se fue a su casa y rebuscó en el ático hasta dar con su caja de Lego. Su madre insistió en lavar las piezas en el lavavajillas. Recordaba muy bien lo mucho que le gustó que tuviera un gesto tan amable con una niña pequeña. Por aquel entonces él no era un hijo modelo. Su padre, el sexto Jared, había muerto dos años antes y aún seguía muy enfadado por eso. Su madre le dijo que le entregara los Legos personalmente a Alix.

La niña no los había visto nunca y no sabía para qué servían, de modo que Jared se sentó en la alfombra y le enseñó a usarlos. Le gustaron tanto que cuando se levantó para marcharse, Alix le echó los brazos al cuello. La tía Addy, que estaba sentada en el sofá observando a su adorada Alix, dijo:

—Jared, algún día serás un padre excelente.

Su abuelo Caleb, que se mantenía un tanto alejado, resopló y dijo:

—Pero será un mal marido. —En aquel entonces, su abuelo suponía que se pasaría la vida en la cárcel.

Tal como había aprendido a hacer, no reaccionaba a los comentarios de su abuelo cuando su tía estaba presente.

Pero Alix, que lo había escuchado, miró a Jared con gran seriedad y le dijo:

—Yo me casaría contigo.

Eso hizo que se pusiera de pie de un brinco con la cara colorada mientras Caleb soltaba una carcajada estentórea.

Más tarde, cuando vio la estructura que Alix había construido, se sitió impresionado. Caleb dijo que él nunca había hecho algo tan fantástico cuando tenía cuatro años. Alix le regaló un ramo de flores cortadas del jardín de la tía Addy para agradecerle el detalle. Esa noche, Jared salió con sus amigos, se emborrachó y acabó pasando la noche entre rejas... algo muy habitual en él por aquel entonces. No volvió a ver a la pequeña Alix y poco después Victoria logró que le publicaran su primera novela. Tras llevarse a su hija de la isla, jamás volvió con ella a Nantucket.

Los pensamientos de Jared regresaron al presente. Llegó a la conclusión de que sería muchísimo mejor abandonar la isla. Le hablaría a Dilys de Alix, le presentaría a Lexie y a su amiga, Toby, y al cabo de una semana Alix estaría perfectamente integrada en la vorágine social de Nantucket. Él estaría en Nueva York, creando... no sabía qué. En ese momento, no mantenía ninguna relación sentimental, de modo que... ¡Joder! No podía dejar de pensar en los ojos de Alix, en su boca, en su cuerpo.

La cosa pintaba fatal. Alix Madsen era una chica joven e inocente que quedaba fuera de su alcance. Sí, sería mejor que se largara lo antes posible.

5

Alix estaba tumbada en la cama e intentaba concentrarse en una novela de intriga que había encontrado en el cajón de una mesa, pero las palabras se emborronaban. Solo podía pensar en Jared Montgomery, ¿o se llamaba Kingsley? Todo lo relacionado con él parecía ser mentira, empezando por su nombre.

¿Por qué le había mentido de esa forma? Mientras repasaba toda su conversación, se percató de cómo había eludido sus preguntas. Si no quería contestarlas, podría habérselo dicho sin más. Podría haber...

Una llamada a su móvil interrumpió sus pensamientos. Era su padre. ¡Ay! ¿Por qué le había tenido que decir que Montgomery estaba viviendo en la casa de invitados?

Inspiró hondo e intentó sonreír.

—¡Papá! —exclamó con voz cantarina—. ¿Cómo estás?

—¿Qué pasa?

—¿Pasar? No pasa nada. ¿Por qué me lo preguntas?

—Porque te conozco de toda la vida y sé cuándo finges estar contenta. ¿Qué ha pasado?

—Nada malo. Es por Izzy y por su boda. Su madre y su suegra le están haciendo la vida imposible, así que le dije que celebrara la boda aquí. Pero ¿cómo voy a hacerlo? ¿Qué sé yo de bodas?

—Te encantan los desafíos, seguro que se te ocurre algo. ¿Qué te preocupa de verdad?

—Eso es todo —contestó—. Creo que organizar una boda

para otra persona es imposible y también creo que voy a dejar Nantucket y volver a casa. Soy la dama de honor de Izzy, así que tengo que ayudarla a escoger la tarta, las flores y todo lo demás. O puede que me quede contigo una temporada. ¿Te parece bien?

Ken tardó unos segundos en contestar.

—Se trata de Montgomery, ¿verdad? ¿Ha aparecido?

Alix sintió que se le llenaban los ojos de lágrimas, pero no iba a permitir que su padre se diera cuenta.

—Pues sí —admitió—, y cenamos juntos. Limpia la lubina como tú.

—¿Qué te dijo cuando le contaste que eres su admiradora?

—Nada.

—Alix, tiene que haber dicho algo, ¿qué te dijo?

—No me dijo nada porque no se lo conté. Fingió ser otra persona.

—Quiero que me lo expliques todo al detalle. No te saltes nada.

Alix se lo contó de forma tan sucinta como le fue posible.

—A lo mejor le habría dado la tabarra o habría hecho lo que él pensara que iba a hacer... si acaso ese es el motivo de que no me dijera quién es... pero quedarse allí sentado y soltarme una trola tras otra fue... fue...

—Despreciable —terminó Ken, y era patente la rabia de su voz.

—No pasa nada, papá. Es un pez gordo y entiendo que no quiera decirle a una estudiante que es Jared Montgomery. Seguramente le preocupaba que le besara el anillo o hiciera alguna otra estupidez. Y a decir verdad, la habría hecho. El asunto es que no importa. Se va por la mañana y no volverá mientras yo siga aquí.

—¿Me estás diciendo que te vas a quedar sola en esa mansión durante un año entero? —preguntó Ken—. No conoces a nadie en la isla y has prometido organizarle la boda a tu amiga. ¿Cómo vas a lograrlo?

—Papá, se supone que tienes que animarme, no hundirme todavía más.

—Estoy siendo realista.

—Yo también —replicó Alix—. Y por eso creo que debería volver al continente. Además, esta casa pertenece al señor Kingsley y quiere recuperarla, aunque solo sea por el enorme fregadero.

—¿Quién es el señor Kingsley?

—Jared Montgomery.

—¿Te dijo que lo llamaras señor Kingsley? —Ken no daba crédito.

—No, papá. Así es como el abogado lo llamó. Pero yo lo llamé así y no me corrigió.

—¡Menudo imbécil! —exclamó Ken entre dientes—. Oye, cariño, tengo que hacer una cosa. Prométeme que no te irás de la isla antes de volver a hablar conmigo.

—Vale —accedió ella—, pero ¿qué vas a hacer? No pensarás llamar a su estudio, ¿verdad?

—A su estudio no.

—Papá, por favor, no hagas que me arrepienta de habértelo contado. Jared Montgomery es muy importante. En lo referente a la arquitectura, está en la estratosfera. Es comprensible que no quiera lidiar con una don nadie, con una estudiante. Seguro que...

—Alixandra, tal vez sea un topicazo lo que estoy a punto de decirte, pero tienes más talento en un meñique que ese hombre en todo el cuerpo.

—Eres muy amable, pero no es verdad. Cuando tenía mi edad, hizo...

—Es un milagro que cumpliera tu edad. Vale, Alix, ¿qué tal esto? Le daré veinticuatro horas para que entre en razón. Si sigue igual mañana a esta misma hora y sigues sintiéndote dolida, iré a buscarte. Es más, os ayudaré a Izzy y a ti con la boda. ¿Hay trato?

A Alix se le pasó por la cabeza decirle a su padre que era una adulta y que podía arreglárselas sola, pero sabía que no serviría de nada.

—Parece una apuesta que no quieres perder —respondió en un intento por parecer feliz. No tenía la menor esperanza de que Jared Montgomery fuera a cambiar de ninguna de las maneras.

—¡Estupendo! Te llamaré mañana a esta misma hora. Te quiero.

—Y yo a ti —dijo Alix antes de colgar.

Estuvo tentada de llamar a Izzy para decirle que iba a haber un cambio en la ubicación de la boda, pero no lo hizo.

Jared estaba inclinado sobre la mesa de dibujo, trabajando en lo que debía ser el quinto boceto para la casa de California, cuando lo llamaron al móvil. Dado que pocas personas tenían su número privado, contestó.

Reconoció enseguida la voz furiosísima de Kenneth Madsen.

—Cuanto te conocí, eras un delincuente juvenil de catorce años. Habías estado en el calabozo local tantas veces que ya se sabían de memoria lo que querías para desayunar. Tu pobre madre se tomaba seis pastillas distintas porque la estabas volviendo loca. ¿Me equivoco? ¿Me equivoco en algo de lo que he dicho?

—No, lo has clavado —contestó Jared.

—¿Y quién te enderezó? ¿Quién te sacó de la cama por las mañanas y te metió en una camioneta para ponerte a trabajar?

—Tú —respondió en voz baja.

—¿Quién buscó más allá de la fachada de chico malo y encontró tu talento como arquitecto?

—Tú.

—¿Quién pagó tus dichosos estudios?

—Victoria y tú lo hicisteis.

—¡Exacto! El padre y la madre de Alix —continuó Ken—. Pero ¿te atreves a hacerla llorar? ¿Así nos pagas?

—No sé qué he hecho para que se ponga a llorar —reconoció Jared.

—¿No lo sabes? —Ken inspiró hondo—. ¿Crees que mi hija es tonta? ¿Es eso lo que crees?

—No, señor, nunca lo he creído.

—Sabe quién eres. Te vio cuando llegó a la isla y te reconoció enseguida. Que Dios me ayude, pero eres una especie de héroe para ella.

—Ay, Dios —dijo Jared—. No lo sabía. Creía que...

—¿Qué creías? —casi gritó Ken, aunque consiguió controlarse un poco—. Jared, entiendo que solo es una estudiante y que para alguien como tú pueda parecer un incordio, pero antes muerto que permitir que la trates como a tal.

—No era mi intención —replicó Jared.

Ken tomó aire un par de veces.

—Mi hija solo accedió a ir a Nantucket para disponer de tiempo y recopilar una serie de diseños. Ahora mismo me cuesta mucho asimilar la idea, pero quiere pedir trabajo en tu estudio. Pero esta noche has... —Tuvo que hacer una pausa—. Que Dios me ayude, Jared Montgomery Kingsley, ¡y encima Séptimo!, como vuelvas a hacer llorar a mi hija, haré que te arrepientas. ¿He hablado claro?

—Sí, señor.

—Y si vas a pasar tiempo con mi hija, no quiero que uses tus tácticas habituales con las mujeres. Estamos hablando de mi hija y quiero que la trates con respeto. ¿Me estás entendiendo?

—Sí, señor.

—¿Te crees capaz de ser amable con una chica y no quitarle la ropa? ¿Te resultará posible?

—Lo intentaré —contestó Jared.

—No quiero que lo intentes, ¡quiero que lo hagas! —Tras eso, Ken colgó.

Jared se quedó parado, con la misma sensación de cuando era adolescente y Ken, que fue un segundo padre para él, acababa de echarle una bronca. De nuevo. Como en los viejos tiempos.

Fue a la planta baja e hizo ademán de sacar el ron, pero sabía que no lo tranquilizaría. Buscó la botella de tequila y se bebió dos chupitos antes de permitirse pensar en lo que había sucedido esa noche.

Se fue al salón y se sentó para recordar la época en la que fue, tal como Ken había dicho, un delincuente juvenil de catorce años.

Según le contaron la tía Addy y el propio Ken, Kenneth Madsen había ido a la isla en busca de su mujer, a quien imaginaba viviendo en la más absoluta pobreza y por lo tanto estaría encantada de verlo, para hacerle saber que había decidido aceptar que volviera con él. Incluso podría perdonarla por la aventura con su socio, seguida de su huida a Nantucket, en la que se llevó a su hija pequeña, Alix. La perdonaría... con el tiempo.

La verdad era que las echaba tanto de menos a ambas que apenas era persona.

Sin embargo, en Nantucket no se encontró lo que esperaba. Su mujer había escrito una novela que había sido aceptada por una editorial para publicarla y estaba planeando divorciarse de él.

Ella estaba delirante de felicidad, él estaba delirante de pena.

Después de que Victoria se llevara a la pequeña Alix de la isla, Addy sugirió que Ken se quedara en la casa de invitados hasta recuperarse de la depresión. Pasados unos cuantos meses sin que mostrara signos de reincorporarse a su negocio de arquitectura o de volver siquiera a su vida, su tía dijo que podía restaurar la vieja mansión, propiedad de la familia Kingsley.

—Pero no puedo permitirme pagarte —dijo la tía Addy—. Solo puedo pagarte los materiales.

—No pasa nada —replicó Ken—, mi antiguo socio está pagando las facturas. Me debe una bien gorda.

Addy esperó a que añadiera algo más, pero Ken no explicó por qué su socio le debía una.

—Puedes contratar a trabajadores de la isla, pero tendrás que pagarlos tú. Claro que mi sobrino Jared es joven y carece de experiencia, pero trabajará gratis. Aunque da igual, porque no creo que puedas manejarlo. —Miró a Ken de arriba abajo, dejándole claro que no lo consideraba lo bastante hombre como para lidiar con el muchacho.

Ken ya estaba harto de que lo rebajaran como hombre. Dijo que se ocuparía del chico.

Desde que se conocieron, Ken y Jared encajaron a la perfección. La vida de Ken era un desastre, pero también lo era la de Jared. Un adolescente fortachón y furioso y un arquitecto elegante y furioso hacían la pareja perfecta. Ken adoptó la postura de que si Jared no se comportaba, perdía el trabajo. Dado que el trabajo consistía en la remodelación gratuita de la mansión destartalada en la que vivían su madre y él, Jared creía que debía quedarse. Además, Ken le prestaba atención cuando Jared le hablaba de lo que creía que había que cambiar en la mansión.

Jared no tenía ni idea de construcción, y al principio trabajaba todos los días con resaca. Con catorce años, iba camino de convertirse en un alcohólico. Por aquel entonces, creía que beber estaba bien porque la mayoría de su grupo consumía drogas. Su mente adolescente creía que si no tocaba las drogas, podía beber todo lo que le diera la gana.

Sin embargo, estar de resaca en una obra era malo. Acabó con los dedos machacados y teniendo un accidente tras otro hasta que por fin aprendió a negarse a salir por las noches con sus colegas. No le resultó fácil, ya que le dijeron lo que pensaban de él: «Te estás vendiendo al enemigo», le soltaron.

Ken lo ayudó, aunque su «ayuda» no fue muy caritativa. No aguantó ni una sola tontería, nunca se apiadó de sus circunstancias y lo obligó a trabajar pese a todo.

Un día, después de que sus colegas pasaran en coche y sus gritos de que era un pringado siguieran resonando, Ken dijo:

—Puede que todavía te conviertas en un hombre. ¿Quién lo iba a decir?

Poco a poco, Jared quiso demostrar su valía. Ken se quedó en la isla durante casi tres años, y dos de ellos los pasaron trabajando sin parar en la construcción. Una vez, Jared pilló a Ken llorando, pero se alejó, ya que no quería avergonzarlo. Poco después, se enteró de que los papeles del divorcio le habían llegado ese día.

—Es culpa mía —dijo Ken mientras se bebía su sexta cerveza—. Yo fui quien lo estropeó todo. Me creía superior a la preciosa Victoria Winetky, y ella lo sabía.

Esa noche, Jared tuvo que echarse a un Ken borracho al hombro, meterlo en su camioneta y llevarlo de vuelta a la casa de invitados, donde lo metió en la cama. A la mañana siguiente, ninguno de los dos reconoció lo sucedido y nunca hablaron del tema.

A la postre, Ken se recuperó lo suficiente para querer volver a su trabajo de arquitecto... y por aquel entonces había descubierto que le gustaba enseñar. Sin embargo, a esas alturas, su relación era de padre e hijo, y la idea de separarse les resultaba dolorosa.

—No puedo quedarme aquí —dijo Ken—. Victoria no permitirá que Alix vuelva a Nantucket. Ese libro suyo se ha vendido como rosquillas y dice que tiene que cuidar de su imagen. Ahora que estamos solos, yo creo que Victoria no quiere que

Addy le eche el guante a Alix. —Miró a Jared—. Si quiero formar parte del futuro de mi hija, tengo que volver al continente y labrarme una vida allí. Volveré cuando pueda.

Jared se esforzó para ocultar su dolor. Unos años antes de que conociera a Ken, su padre zarpó en su barco un día y no regresó. Tardaron varios días en encontrarlo. Había sufrido un ataque al corazón mientras dormía. Jared había querido a su padre con devoción, de modo que perderlo había sacado lo peor de sí mismo. Siempre fue un niño muy grandote, casi medía el metro ochenta cuando su padre murió, y a los pocos meses comenzó a beber. Peleas, carreras de coches, vandalismo... cualquier cosa que se le ocurriera la había hecho. Su madre, que intentaba sobrellevar su propio dolor, era incapaz de controlarlo.

Después, Ken, que también estaba furioso con el mundo, había aparecido para hacerse con el mando.

Cuando Jared se despidió de Ken, creía que ahí se acabaría todo. Los habitantes de Nantucket estaban acostumbrados a los turistas veraniegos. Llegaban y luego se marchaban para no volver a verlos.

Sin embargo, Ken había vuelto a menudo. Él fue quien consiguió que Jared fuera a la universidad y que se licenciara en Arquitectura. Y cuando Jared dejó su impronta en su proyecto de fin de carrera, fue Ken quien abandonó su trabajo y a sus estudiantes, se puso el cinturón de herramientas y lo ayudó a construirlo.

Sí, Jared le debía mucho a Ken, y le debía a Victoria porque ella también formaba parte de su vida. Y en ese momento le debía algo a su hija.

Se quedó paralizado un momento, con la única certeza de que quería hablar con su abuelo.

Jared estaba sentado en el salón familiar de Kingsley House. No había encendido luz alguna, pero no le hacía falta. Sabía que si esperaba el tiempo necesario, su abuelo aparecería.

Cuando lo hizo, Jared ni siquiera levantó la vista.

—La he cagado. Y bien. Ken está enfadado conmigo, y cuando Victoria se entere de lo que ha pasado, seguro que me despedaza, lenta y dolorosamente. Dudo mucho que sobreviva. Desde luego que nuestra amistad no lo hará. —Apartó la vista de la ventana y miró a su abuelo—. Si me hubieras dicho que estaba aquí, podría haber escapado.

—La joven Alix siempre ha sido una persona muy considerada —dijo Caleb.

Cuando su abuelo hizo ademán de continuar, Jared lo interrumpió.

—Si vas a contarme alguna chorrada sobre la reencarnación, ahorra saliva. No quiero escucharla.

—Nunca intento meter conocimiento en esa cabezota tuya. Tú solo crees en lo que puedes ver y palpar. Enciende la luz y mira lo que hay en ese armarito de allí.

Jared titubeó, con miedo de lo que pudiera encontrar. A regañadientes, se puso en pie, encendió la luz y abrió el armarito. No vio lo que esperaba. Dentro había una maqueta de lo que parecía una pequeña capilla, con campanario incluido.

Pudo reconocer sin problemas la influencia de su propia obra en el diseño, pero también vio la de Ken Madsen. Sin embargo, lo más importante era que se trataba de un diseño nuevo y original, con el toque intransferible de Alix.

—¿Te ha comido la lengua el gato? —preguntó Caleb.

—Pues sí.

—La hizo para enseñártela. Pero como tú...

—No tienes que echarle sal a la herida. ¿Qué la hizo decantarse por esto?

—Me aseguré de que viera una foto antigua.

Jared asintió con la cabeza.

—¿La de la tía Addy y la abuela Bethina juntas?

—Sí, esa misma.

Cogió la maqueta y la sostuvo en la palma de la mano mientras le daba vueltas para poder examinarla.

—Yo jamás lo habría hecho tan bien. —La devolvió al armarito y sacó los dibujos a mano alzada, que procedió a hojear—. Es buena. Tres de estos bocetos se pueden construir.

—Su amiga y ella se colaron en tu casa.

—¿Cómo? —Jared seguía mirando los dibujos.

—¿Qué es esa blasfemia que dices siempre acerca de los héroes y de Nuestro Padre?

Jared tuvo que esforzarse para comprenderlo. Su abuelo solía confundir los dichos antiguos y las expresiones modernas.

—Que se venera a los héroes.

—Eso. Alix solía sentir eso por ti, pero después de lo de anoche, creo que ya no.

—Eso era lo que quería evitar —repuso Jared—. Que una chiquilla me mirase con ojos de carnero degollado y creyera que soy un dios o algo. Es imposible estar a la altura.

—Y allí estabas tú, cachondo por la hija de Ken.

—¡De eso nada! —exclamó Jared, furioso, pero luego sonrió—. Bueno, a lo mejor sí. Es muy guapa y está... bien formada. Soy humano.

—Te gusta que su padre le enseñara las cosas de pesca que tú le enseñaste a él.

—Cosas que mi padre me enseñó.

—Y que yo os enseñé a todos —apuntó Caleb, y los dos se sonrieron.

—Bueno, ¿y qué hago ahora? —preguntó Jared.

—Disculparte con ella.

—¿Me va a perdonar sin más? ¿Le digo que lo siento y ya está? —Jared titubeó—. Ya sé. Podría darle trabajo en mi estudio de Nueva York. Ella podría...

—Podrías ayudarla con la boda.

—¡Ah, no! No tengo ni idea de eso. Si quiere quedarse aquí, le diré a mi estudio que le mande algo de trabajo y yo... yo... le compraré una mesa de dibujo. O un programa de diseño asistido por ordenador. A lo mejor podría usar la casa de invitados como oficina. Volveré a Nueva York y... —Se interrumpió al ver la expresión de su abuelo y suspiró—. ¿Qué estás tramando contra mí?

—Está aquí sola. No conoce a nadie en la isla.

—He dicho que le pediré a Dilys que...

—La joven Alix está pensando en marcharse para siempre —lo interrumpió Caleb.

—Ken y Victoria quieren que se quede. —Jared inspiró hondo. Si él era el motivo de su marcha, todos se enfadarían con él—. ¿Cuándo piensa irse?

—Oí cómo su padre, el hombre que te ha convertido en lo

que eres, por cierto, le pedía veinticuatro horas para que cambien las cosas. ¿Te mencionó el límite de tiempo?

—Pues no. Al menos, no creo que lo hiciera, pero me estuvo gritando bastante. Me costaba captar todas las palabras.

—Es un buen hombre. Protege a su hija. Tal parece que Kenneth te está permitiendo que descubras el modo de conseguir que se quede. Si no fuera hija suya, ¿qué harías para retenerla aquí?

—Subiría a su dormitorio y me metería en la cama con ella.

Caleb hizo una mueca.

—En este caso, no es una opción viable.

—En lo referente a las mujeres, soy mejor en la cama que fuera de ella —comentó Jared con seriedad.

—Seguro que hay algo que puedes ofrecerles a las mujeres fuera de la cama.

—Estás hablando de tus anticuados ideales sobre el cortejo, ¿verdad? ¿Y cuándo he tenido tiempo para eso? He trabajado siete días a la semana desde que era un adolescente. Solo hice un parón para estar con la tía Addy. Y en cuanto a los regalos, mi ayudante suele encargarse de eso, y suelen ser de Tiffany's. Tal vez...

—Nada de joyas.

Jared se quedó callado, pensando, pero no se le ocurría nada.

—¿Cómo es posible que un descendiente mío sea tan inteligente y tan tonto a la vez? —preguntó Caleb, incrédulo.

—Será mejor que no hablemos de las estupideces de los Kingsley. Anda, cuéntame de nuevo qué fue eso tan espantoso que le pasó a tu barco y por lo que no te permiten abandonar este mundo.

Caleb lo fulminó con la mirada, pero después meneó la cabeza y sonrió.

—Muy bien, los dos somos unos inútiles en lo referente a las mujeres. Sin embargo, intento enseñarte lo que he aprendido a lo largo de mi vida.

—Que abarca unos cuantos años.

—Más que unos cuantos. ¿Qué me dices de las flores? —preguntó Caleb.

—Vale, mañana le compraré un ramo de flores. Eso es fácil.

—Según mi experiencia, lo «fácil» no conquista a una mujer. Les gusta que los hombres escalen montañas por ellas.

—Ajá. Y que corten la flor única que crece en la cima. Por supuesto, ahora sabemos que hacer algo así erradicaría especies.

Caleb hizo otra mueca.

—Y te preguntas por qué no se quedan las mujeres de tu vida.

—Para que lo sepas...

—Lo sé —lo interrumpió Caleb—, las dejas tú, no al revés. Creo que debería despertarse y encontrarse con las flores.

—¿Dónde voy a conseguirlas? Todavía no puedo cogerlas del jardín. ¿Crees que debería allanar una floristería? —Intentaba añadirle una nota de humor a la situación, pero Caleb no estaba sonriendo.

—No sería la primera vez que haces algo así —comentó Caleb.

—No, pero ha pasado bastante tiempo.

—Ojalá conociéramos a alguien que cultiva flores aunque haga mucho frío en el exterior.

Jared parpadeó y miró a Caleb al comprender lo que quería decir.

—No —dijo, y se puso en pie—. No, no y no. Me niego.

—Pero...

—No pienso hacerlo. Lexie convertirá mi vida en un infierno, y no tengo ganas de pasar por eso. Ya me han gritado bastante por un día.

Jared salió del salón familiar en busca de la puerta trasera que había en la cocina.

Caleb se plantó delante de la puerta.

—No —repitió Jared, que atravesó a su abuelo, difunto desde hacía mucho tiempo, para girar el pomo y salir al exterior.

Jared llegó hasta la casa de invitados antes de darse la vuelta. Masculló un taco mientras permanecía allí de pie, consciente de que su abuelo lo estaba observando y, peor aún, sabiendo que tenía razón. Cuando se marchó en dirección a la verja, levantó la mano e hizo un gesto muy antiguo con el dedo corazón.

Caleb soltó una risilla. Sabía que su nieto haría lo correcto. Solo tenía que presionarlo bastante... algo que se le daba muy bien.

Lexie, la prima de Jared, vivía a unas pocas casas de distancia, y esperaba que a esas horas estuviera dormida, de modo que pudiera usar eso como excusa para no molestarla. El verano anterior había restaurado el viejo invernadero de la propiedad. Durante años, había estado sepultado por varios metros de enredaderas, de zarzas y de hiedra venenosa. Intentó convencerla para que le permitiera usar una máquina y nivelar el terreno.

—Así podré construirte un invernadero totalmente nuevo de Lord and Burnham —le dijo.

Sin embargo, ni Lexie ni su amiga Toby, con la que compartía casa, quisieron oír hablar del tema.

—Llevas demasiado tiempo lejos de Nantucket —dijo Lexie—. Aquí ya reciclábamos y reutilizábamos antes de que se pusiera de moda.

—Toda mi casa está reutilizada y reciclada —les soltó, ya que no le gustaba que lo acusaran de costumbres foráneas.

Al final, ganaron las dos chicas porque Jared cometió el error de preguntarle a Toby lo que ella quería hacer. Toby era una rubia alta y delgada, con expresión soñadora y ojos azules. Etérea, frágil. Tenía un aura angelical capaz de convertir a los hombres en gelatina.

—Me gusta mucho la idea de un invernadero antiguo —dijo Toby mientras le sonreía.

—Pues eso haré —contestó él.

Lexie levantó las manos.

—Yo te lo pido y me lo discutes. Te lo pide Toby y accedes enseguida.

—¿Qué puedo decir, primita? —preguntó Jared—. Toby es mágica.

—Lo que tú digas —replicó Lexie—. Si eso consigue que hagas el trabajo y lo pagues, lo demás me da igual.

Toby trabajaba en la mejor floristería de la isla, mientras que Lexie era asistente de un hombre al que describía como «idiota redomado». Cuando no estaba en Nantucket exigiéndole toda su atención, Lexie planeaba ayudar a Toby a cultivar flores que pudieran vender en las tiendas del pueblo.

Jared le había mandado un mensaje de texto a Jose Partida, propietario de Clean Cut Landscaping, una empresa de jardinería, y el hombre ni había parpadeado ante el ingente trabajo de eliminar la venenosa maraña de plantas.

Una vez que limpiaron la zona, vieron que no quedaba mucho del antiguo invernadero, pero Lexie esperaba que su primo reconstruyera las piezas.

—Está podrido —dijo Jared—. Uno nuevo...

—Quiero que lo hagas tú —replicó Lexie—. Quiero que seas un Kingsley... si recuerdas lo que es eso, y que lo reconstruyas tú mismo. ¿O te has convertido en un forastero y ya no sabes cómo ponerte el cinturón de herramientas?

A Jared se le pasó por la cabeza estrangular a su prima y sopesó la idea de pasar del desafío, pero no lo hizo. En cambio, llamó a Nueva York y pospuso lo que estaba haciendo para un cliente muy rico. Se sentó a la mesa de dibujo de la casa de invitados y se pasó tres días diseñando un jardín para flores y para bayas.

Tal como Lexie le pidió, Jared se puso el cinturón de herramientas y trabajó con los hombres de Twig Perkins, que tenía una empresa de construcción, a fin de hacer que el viejo invernadero fuera funcional de nuevo. También instaló arriates altos, creó una zona para hacer compost y añadió otra más donde los clientes pudieran sentarse.

Cuando todo estuvo hecho, Toby se puso de puntillas y lo besó en la mejilla.

—Gracias —dijo.

Después de que Toby se fuera, Lexie le comentó:

—Si estás tan embobado con ella, ¿por qué no la invitas a salir?

—¿Toby? Eso sería como salir con un ángel.

—Vale, y tú te pareces demasiado a un demonio.

—Al menos alguien me entiende bien. ¿Tú no me vas a dar las gracias? —Se dio un golpecito en la mejilla con el dedo.

—Esa no es la misma mejilla que te ha besado Toby —dijo Lexie al tiempo que lo besaba.

—No pienso lavarme el lado de la cara que me ha tocado en la vida.

Lexie gimió.

—Vamos, ayúdanos a llenar las macetas de tierra.

Jared levantó las manos.

—Estas fueron ideadas para sostener jarras de cerveza. Chicas, estáis solas a partir de ahora.

Eso había sucedido hacía algo más de un año, y desde entonces las dos habían aumentado sus ingresos mensuales con las flores que cultivaban.

Jared dio un leve golpecito en su puerta. Las luces estaban apagadas, así que dudaba mucho de que lo oyeran. Tendría que esperar hasta la mañana para conseguir las flores, lo que quería decir que Lexie no podría negarse. No sabía por qué dejaba que su abuelo lo acicateara hasta hacer cosas que no quería. Desde que era un crío...

La puerta se abrió y allí estaba Toby, con la melena rubia recogida en una gruesa trenza que le caía por la espalda y una bata blanca con florecillas rosas. Fue un alivio ver que no se trataba de su terca prima.

—La he cagado con la hija de Ken y necesito flores.

Toby se limitó a asentir antes de salir.

—Vamos a rodear la casa, así no despertaremos a Lexie.

—¿Plymouth está en la isla? —preguntó Jared.

Roger Plymouth era el jefe de Lexie, y cuando estaba en la isla, la obligaba a trabajar hasta la extenuación. Según su prima, era incapaz de atarse los zapatos solo. Vivía en una mansión en Polpis Road, llegaba y se iba en su avión privado, y ninguno de los amigos o los familiares de Lexie lo había visto jamás. Se burlaban de ella diciéndole que no existía en realidad.

—Sí, está aquí —contestó Toby—. Y Lexie está agotada. La llama a todas horas. Quiere que se mude a su casa de invitados, pero ella se niega. Bueno, ¿qué has hecho para fastidiarla con la hija de Ken?

—Le he mentido —explicó Jared—. Le dije que era un contratista de obras, pero resulta que ella ya sabía a qué me dedico. Es estudiante de Arquitectura y es muy buena.

—Teniendo en cuenta que es la hija de Ken, no me sorprende. Pero ¿no se habría enterado de tu identidad de todas formas?

—Sí, pero mi intención era marcharme antes de que ella llegara. Apareció antes de tiempo y entró en la cocina, pillándome desprevenido. Creía que nos lo habíamos pasado bien. Cenamos juntos. Si hubiera admitido a qué me dedico, habría girado todo en torno al trabajo. Al menos, me aferro a esa excusa.

—No está mal. Las he oído peores.

Estaban en la puerta trasera del invernadero, que Jared abrió para que ella entrase primero. Toby encendió unas luces escondidas en la parte superior del ventanal. Ante ellos se extendía una gran superficie de plantas y de flores, así como semilleros llenos de brotes, todos en perfecto estado.

—Tiene buena pinta —dijo Jared.

—Pues sí, claro que contamos con un magnífico arquitecto para que nos hiciera el diseño.

—No creo que Alix use esa palabra para describirme ahora mismo. Su padre me ha dicho que he hecho que desee abandonar la isla.

—¿Estaba muy enfadado contigo? —Toby cogió una cesta y sacó unas tijeras de un tarro con alcohol antes de echar a andar por el pasillo.

—Estaba furioso. De haber estado aquí, me habría pegado un tiro. Después de atropellarme con la camioneta. Creo que la he hecho llorar.

—Ay, Jared, lo siento mucho. Por los dos. Tienes que llevarle unas rosas. Y también cortaremos unos narcisos. —Abrió una enorme puerta de madera, de modo que quedó apoyada en la pared del fondo, tras la cual apareció una cámara frigorífica llena de flores cortadas.

—¿Cuándo comprasteis la cámara?

—Fue por mi cumpleaños. Mi padre me preguntó qué quería y era esto.

—¿Tu madre sigue enfadada contigo por quedarte en la isla?

Toby esbozó una sonrisilla.

—Ah, sí. Apenas me dirige la palabra.

Tras decir eso, Jared y ella se miraron. La madre de Toby era una arpía, de modo que el hecho de que no le dirigiera la palabra no era un castigo.

—¿Algún consejo para conseguir que Alix me perdone?

—Pasad tiempo juntos y deja que te conozca —respondió Toby.

—Voy a ver a Dilys mañana.

—Estupendo. Llévate a Alix contigo.

—Y quiero que os conozca a Lexie y a ti.

—Será un honor —le aseguró Toby, que lo miró con las manos llenas de pequeños capullos de rosas—. Te gusta, ¿verdad?

Jared la siguió al exterior y la vio cortar los narcisos a la luz del invernadero.

—Solo es una cría. Yo ya bebía y conducía cuando ella apenas tenía cuatro años.

—Las niñas tenemos la costumbre de crecer.

—Y a ti se te da muy bien —dijo Jared con una sonrisa.

Toby le dio la cesta con las flores.

—Deja algunas delante de su puerta. ¿Sabes cómo hacer tortitas?

—Sé cómo llegar a Downyflake.

—Con eso vale. —Toby entró de nuevo en el invernadero, comprobó la temperatura y apagó las luces.

—¿Qué tal va tu vida sentimental? —le preguntó Jared—. ¿No estabas saliendo con...? ¿Quién era?

—El chico mayor de los Jenkins, y «chico» es la palabra clave.

—Yo solía salir con una prima suya. Era... —Dejó la frase a la mitad.

—¿Alguien a quien no llevarías a una reunión familiar?

—Toby, eres una diplomática nata. ¿No puede Lexie emparejarte con alguien?

—Estoy bien —aseguró Toby—. De verdad, lo estoy.

—¿Estás esperando al príncipe azul?

—¿No es lo que hacemos todas las mujeres? Y tú estás esperando a tu Cenicienta.

—La verdad —comenzó Jared— es que esperaba encontrar a la reina malvada. Creo que sería muchísimo más interesante.

Se echaron a reír.

6

Cuando Alix se despertó, se preguntó si Montgomery-Kingsley habría abandonado ya la isla. ¿Habría vuelto a su camioneta para continuar con ese proyecto cuyo diseño había tomado prestado de una revista?, se preguntó. No pudo evitar que la inundara la rabia por sus flagrantes mentiras.

Se levantó y le echó un vistazo al retrato del capitán Caleb, sin prestarle mucha atención. Esa mañana no sintió beso alguno.

Entró en el cuarto de baño para ducharse y lavarse el pelo.

«¿Qué hago ahora?», se preguntó mientras se enjabonaba. El hecho de que S.A.R. Montgomery le mintiera no debería afectar su estancia en Nantucket. Antes de llegar, ni siquiera sabía que él estaba en la isla. Además, nunca se había planteado la posibilidad de llegar a conocerlo. Sí que había sopesado la probabilidad de solicitar trabajo en su estudio de arquitectura, de la misma forma que hacían la mayoría de los estudiantes.

Una vez que salió de la ducha, se secó el pelo, se lo recogió y se maquilló de forma suave, tras lo cual volvió al dormitorio para arreglarse. La ropa que le había comprado Izzy seguía en las bolsas, en un rincón de la estancia. Vació el contenido de la bolsa de Zero Main en la cama y al abrir el papel de seda no pudo contener una sonrisa. La ropa era sencilla, pero el tejido era maravilloso. Como Nantucket. Como sus casas. Había dos camisas, un jersey de punto, un pañuelo, unos pantalones negros de lino y un estuche con unos pendientes de turquesas.

—Puedo salir a explorar la isla —se dijo en voz alta mientras contemplaba el enorme retrato—. ¿Qué piensas, capitán? ¿La camisa azul o la melocotón?

Alix no se sorprendió al ver que se movía el cuello de la camisa azul. Sin embargo, estaba doblado, de manera que lo lógico era que recuperara la forma original. No obstante, prefería creer que había sido obra del capitán.

—Gracias —dijo.

El simple hecho de pensar que no estaba sola en la casa la hacía sentirse mejor. Que su compañero hubiera muerto hacía más de doscientos años era un detalle que no pensaba analizar.

Cuando se vistió, respiró hondo y abrió la puerta. Lo primero que vio fue un narciso en la puerta. Bajo él había un sobre blanco grande.

Su primer pensamiento fue que se lo había enviado su padre. El segundo, que tal vez Eric la había localizado.

En cuanto abrió el sobre, descubrió la letra de alguien acostumbrado a manejar una pluma.

Por favor, acepta mis disculpas por el malentendido.

JARED MONTGOMERY KINGSLEY VII

Alix miró la nota sin dar crédito. ¡El séptimo! ¿Quién tenía un nombre que habían llevado seis generaciones antes que él? Claro que su nombre no era lo más importante. La noche anterior le había mentido descaradamente sobre su profesión. Jared sabía que ella viviría un año en la isla y que era una estudiante de Arquitectura, y había hecho todo lo posible para evitar que ella hablara del tema que ambos adoraban.

En la escalera, encontró más flores que fue recogiendo una por una. Cuando llegó a la planta baja sonreía de oreja a oreja. Se las llevó a la cocina y, como sabía dónde se guardaban los jarrones, cogió uno y lo llenó de agua. Los alegres narcisos estaban preciosos en la mesa de la cocina.

Miró por la ventana trasera hacia la casa de invitados, pero todas las luces estaban apagadas. Pensó que Jared aún estaría durmiendo y se dirigió al salón familiar.

Lo encontró sentado en uno de los sillones orejeros, con esas largas piernas estiradas al frente y un periódico entre las manos. Por un instante, Alix contempló su perfil y no pudo evitar el aleteo que sintió en el corazón. Además de ser un brillante arquitecto, estaba como un tren.

De repente, volvió la cabeza y la descubrió. Sus ojos adquirieron una expresión luminosa, como si acabara de verla como mujer. Sin embargo, la mirada cambió al instante y la miró como si... bueno, como la miraba su padre.

Debería haberse puesto la camisa color melocotón.

—Buenos días —la saludó Jared—. ¿Has dormido bien?

—Estupendamente —respondió ella.

Lo vio doblar el periódico, que después dejó en una mesa, y coger un ramillete de rosas de pitiminí.

—Son para ti.

Alix se acercó para olerlas, pero cuando su mano se acercó a la de Jared, él retrocedió. Alix se dio media vuelta para ocultar su ceño fruncido.

—Voy a ponerlas en un jarrón.

«De acuerdo», pensó. La noche anterior le había dejado bien claro que no admitía hablar de arquitectura y en ese momento era evidente que tampoco quería que hubiera contacto físico.

—Siento mucho haberte mentido sobre mi trabajo —le dijo. La había seguido hasta la cocina y estaba tras ella—. Es que pensé que...

—¿Que intentaría convertirlo en mi mentor? —Estuvo a punto de sonreír al pensar en la forma en la que había descrito su «trabajo».

—Pues sí, la verdad. —Le regaló una sonrisilla.

Alix hizo todo lo posible para no mirar su labio inferior y su sonrisa, que había dejado sus dientes al descubierto. Le dio la espalda de nuevo para que no viera la expresión que estaba segura que tenían sus ojos.

—¿Te apetece desayunar conmigo en Downyflake?

Hubo algo en la invitación que la dejó mosqueada. Como si Jared pensara que estaba obligado a disculparse, que era imprescindible invitarla a salir. ¿Pensaría que por el hecho de estar viviendo en su casa tenían que pasar tiempo juntos... aunque no le apeteciera?

Alix lo miró con una sonrisa. Una sonrisa que no le llegó a los ojos, algo que no era culpa suya.

—Es que tengo trabajo pendiente, así que prefiero quedarme aquí. Hay bollitos en el frigorífico.

—Me los he comido —confesó él, con un deje irritado en la voz.

«Estoy segura de que las mujeres nunca lo rechazan», pensó Alix.

—Saldré a comprar más.

—No puedes sobrevivir a base de bollería —replicó Jared, que frunció el ceño.

Alix no pudo evitar que la sonrisa fuera genuina en esa ocasión.

—Seguro que en Nantucket venden comida además de bollería. Estoy segura de que incluso podré encontrar un restaurante en el centro del pueblo.

—En Downyflake venden donuts. Los hacen todas las mañanas.

—Ah —exclamó Alix, como si le hubiera gustado la idea.

—¿Has explorado la isla? —le preguntó—. ¿O solo has caminado desde el ferry hasta aquí? Eso apenas es nada.

Alix se limitó a mirarlo en silencio. Había algo en su voz que no le parecía sincero. ¿Qué lo había hecho cambiar de opinión? La noche anterior se había negado a hablar de sí mismo, y había asegurado que se marchaba de la isla. En ese momento le regalaba flores y se disculpaba. ¿Por qué?

—Alquilaré un coche y...

Jared puso los ojos en blanco.

—Siento haberte mentido, ¿vale? Nantucket es mi hogar. El lugar donde me refugio de la gente que me pregunta de dónde saco mis ideas o qué planes tengo para el futuro. ¡Y los estudiantes son los peores de todos! Uno de ellos me preguntó si podía ofrecerle alguna perla de sabiduría. ¿Yo, ofrecerle una perla de sabiduría? ¿Como si fuera un profeta del Antiguo Testamento? Y ya si hablamos de las estudiantes... —Dejó la frase en el aire e hizo una pausa—. Lo siento. Anoche me pillaste desprevenido.

Me imaginé que tendría que responder a todas tus preguntas y... otras cosas más.

Alix lo contemplaba en silencio, alucinada. Jared acababa de describir todo lo que ella planeaba hacer, incluyendo esas «otras cosas más». Mientras hacía la maqueta de la capilla, había imaginado que él le decía que era genial y después... Bueno, después se había imaginado que por fin saboreaba su labio inferior.

Por supuesto, no podía decirle eso.

—Yo también necesito pasar temporadas alejada del trabajo —replicó Alix, y supo que era su turno para mentir. Había proyectado trabajar el doble mientras estaba en Nantucket.

—Entonces ¿qué te parece si salimos a desayunar y planeamos qué hacer durante tu estancia en Nantucket? Te enseñaré dónde está el supermercado, Marine Home y otros sitios esenciales.

—De acuerdo —respondió ella—. Prometo no hacer preguntas sobre arquitectura.

—Puedes preguntarme lo que quieras —dijo Jared.

Sin embargo, su tono de voz no encajaba con sus palabras. Parecía que estaba invitándola a pegarle con un bate de béisbol cada vez que le apeteciera.

—Vale —repuso con seriedad—, si pudiera ofrecerle una perla de sabiduría a un estudiante, ¿cuál sería?

—Pues... —respondió él, devanándose los sesos en busca de una respuesta.

—Era una broma —le aseguró Alix—. Quería tomarle el pelo.

Jared la miraba como si le resultara un misterio indescifrable. Acto seguido, abrió la puerta trasera.

—¿Te importa si vamos en mi camioneta?

—Me he pasado media vida en una —contestó Alix, aunque él no replicó.

La camioneta de Jared era roja y vieja. En la parte trasera llevaba una enorme caja de herramientas y una nevera portátil. En el interior había arena y polvo, pero nada más. Los asientos estaban usados, pero en buenas condiciones.

Dio marcha atrás para salir a Kingsley Lane y después tomó la ruta que Izzy y ella habían hecho a pie. La estrecha calle estaba silenciosa.

Al final, justo antes de doblar para enfilar Main Street, señaló con la cabeza una casa emplazada a la derecha.

—Ahí vive mi prima Lexie con su compañera, Toby. Plantan flores para vender.

—¿Ahí ha conseguido los narcisos y las rosas?

—Sí —contestó con una sonrisa—. Toby las cortó.

—¿Y el tal Toby le preguntó para qué las quería?

—Es una chica. Su verdadero nombre es... no me acuerdo ahora mismo, pero siempre la hemos llamado Toby. Solo tiene veintidós años y ha pasado todos los veranos aquí con sus padres, pero hace un par de años, después de que sus padres se marcharan, ella se quedó.

Alix lo miraba mientras conducía. La desaseada barba y el pelo hacían que aparentara más de los treinta y seis años que sabía que tenía.

—Parece que está enamorado de ella.

Jared sonrió.

—Todo el mundo está enamorado de Toby. Es una chica muy dulce.

Alix miró por la ventana la preciosa hilera de casas de Main Street. Los adoquines hacían que la camioneta avanzara dando tumbos, hasta tal punto que se vio obligada a aferrarse a la puerta. Pese a la belleza que la rodeaba, no pudo evitar sentir una punzada de desilusión. Llevaba de subidón desde que vio a Jared Montgomery en su embarcación, sonriéndole a una chica con unos pantalones demasiado cortos. Había supuesto que podría aprender de él, trabajar con él. Y esa noche, mientras releía su poema, incluso había pensado en tener una aventura con él. Sería algo que después podría contarles a sus nietos. Esa línea de pensamiento la había ayudado a olvidar no solo que su novio la había abandonado, sino también el miedo de pasar un año sola en un lugar donde no conocía a nadie.

Sin embargo, todo lo que había imaginado se había ido esfumando poco a poco. No habría conversaciones sobre arquitectura con ese hombre tan ilustre. Ni mucho menos tendría una aventura con él. Jared parecía sentirse atraído por ella, pero había apartado la mano de un brinco cuando estuvo a punto de tocársela. Seguramente se guiaba por una regla inquebrantable en lo referente a las estudiantes y, sin embargo, se derretía al pensar en una chica llamada Toby... a quien todo el mundo adoraba.

—¿Siempre estás tan callada como ahora? —le preguntó él.

Ante ellos se extendía el precioso pueblo de Nantucket, con sus maravillosos edificios. Se detuvo en una señal de stop y dobló a la derecha. Pasaron frente a una librería pequeñita y después frente a una magnífica iglesia. Era una calle repleta de casas, todas ellas fascinantes.

—Es como viajar al pasado —comentó Alix—. Entiendo por qué se refugia en Nantucket. Creo que mi madre viene a menudo, muy a menudo.

Jared la miró al instante. Victoria pasaba el mes de agosto en Nantucket todos los años desde que él era pequeño. Era una mujer guapa y simpática, y a él le encantaba charlar con ella. Sin embargo, sabía que su hija no estaba al tanto de sus visitas a la isla.

—Este es mi espacio privado —solía decir Victoria.

A lo que Caleb replicaba:

—Aquí es donde plagias tus argumentos.

Todos los años, el primer día de agosto, la tía Addy le entregaba a Victoria uno de los diarios que las Kingsley habían escrito a lo largo de los siglos. Durante el resto del mes, Victoria se pasaba las mañanas leyendo la letra antigua y elaborando la línea argumental básica de su siguiente novela. Se saltaba los detalles aburridos sobre la cantidad de tarros de encurtidos que las mujeres preparaban e iba directa a lo más emocionante.

Victoria se negaba a que alguien descubriera de dónde «plagiaba» sus argumentos, en palabras de Caleb, de modo que había mantenido en secreto sus visitas a Nantucket. No lo sabían ni sus amigos, ni la editorial, ni mucho menos su hija. Sin embargo, era un secreto a medias, ya que en la isla todos estaban al tanto. Durante once meses al año, Kingsley House era el lugar donde se celebraban las reuniones que Addy convocaba, pero en agosto, mientras Alix estaba con su padre, la casa se convertía en un lugar alegre lleno de música, baile y risas.

Jared volvió al presente.

—Aquí hay una confitería —le dijo a Alix cuando se detuvo en el siguiente stop—, y preparan tartas de boda.

—Y Toby se encarga de las flores —comentó ella—. Hablaré con mi amiga Izzy, pero no creo que me quede. Es que...

Jared esperó a que terminara la frase, pero no lo hizo.

«¡Genial! —pensó—. Si no se queda, todos se enfadarán conmigo.» Su abuelo estaba convencido de que Alix tenía la clave para descubrir qué le había sucedido a su preciosa Valentina. Ken quería que su hija aprovechara ese año para crear una carpeta de diseños. Y Victoria era la peor. Llamaba con frecuencia y aunque jamás se lo había dicho abiertamente, Jared sabía que quería ver los diarios personales de la tía Addy, que estaban ocultos en algún lugar de la casa.

Además, Lexie le echaría la bronca por haber ahuyentado a Alix, y Toby se entristecería muchísimo. Sin duda alguna, todos sus parientes dirían que la había espantado porque quería recuperar su casa.

Lo mirara por donde lo mirase, no le convenía que Alix se marchara antes de que se acabara el año.

Mientras recorrían el pueblo, Alix miraba por la ventanilla las casas, en especial cuando llegaron a dos rotondas, una de las cuales era una glorieta. La amabilidad de los conductores le resultaba asombrosa. Jared se detenía para dejar pasar a los conductores que aguardaban a fin de poder salir de las calles secundarias y ellos se lo agradecían levantándole la mano. Coches, personas, bicicletas, animales... todo el mundo tenía su espacio y se respetaba. Todo el mundo daba las gracias.

Se detuvieron y aparcaron en el estacionamiento de un pequeño edificio sobre cuya puerta había una enorme rosquilla donde se leía DOWNYFLAKE.

—¿Por qué se llama así?

—Ni idea —contestó Jared—. Pregúntale a Sue.

Él abrió la puerta y la invitó a pasar. Se trataba de un restaurante acogedor que a Alix le gustó de inmediato. Y por fin tuvo la primera impresión de lo que significaba haber crecido en la isla. Jared conocía a todo el mundo. Saludó al personal y a casi todas las mesas, que estaban llenas de clientes.

—Sentaos donde queráis —les dijo una mujer muy guapa que les ofreció una carta.

—Gracias, Sue —replicó Jared, que eligió un reservado situado junto a una ventana. Antes de llegar, se detuvo para saludar a un grupo de hombres sentados a una mesa muy grande con los que habló de ciervos y de embarcaciones. Después, siguió hacia el reservado y se sentó junto a Alix—. Lo siento. He pasado unos días fuera y todos quieren ponerme al tanto de las novedades. Hola, Sharon —le dijo a una camarera muy mona, alta y delgada.

—¿Volviste anoche? —le preguntó ella con un precioso acento irlandés mientras le ofrecía a Alix una carta y le servía un café a Jared.

Alix asintió para que le sirviera también café. Cuando la chica se marchó, le echó un vistazo a la carta.

—¿Qué está mejor?

—Todo está bueno.

—Creo que me pediré las tortitas de arándanos y un par de donuts.

Jared se volvió, le hizo un gesto a Sharon con la cabeza y cuando la chica volvió, Alix le dijo lo que quería. Jared no habló.

—¿No va a pedir? —le preguntó Alix cuando la camarera se alejó.

—Siempre pido lo mismo, así que se limitan a traérmelo.

—No acabo de imaginarme lo que debe de ser vivir en un sitio donde los restaurantes saben lo que vas a pedir.

Jared miró por la ventana un instante.

—Cuando estoy en Nueva York, echo tanto de menos Nantucket que a veces creo que acabaré evaporándome.

—¿Qué hace cuando le pasa eso?

—Si es posible, cojo un avión y me vengo a casa. La tía Addy siempre estaba aquí, siempre ocupada con algo y mi... —Dejó la frase en el aire. Había estado a punto de mencionar a su abuelo, algo inusual ya que había sido un tabú durante toda su vida.

Sin embargo, fue como si Alix le leyera el pensamiento.

—Izzy me ha dicho que Nantucket es uno de los lugares del mundo con más casas encantadas. ¿Ha visto algún fantasma? A lo mejor hay alguno en Kingsley House.

—¿Por qué lo preguntas?

Alix se percató de que eludía sus preguntas.

—Porque pasan cosas raras. Fotos que se caen de las mesas,

trozos de hollín que se desprenden de la chimenea, ese tipo de cosas. Esta mañana estaba tratando de decidir entre una camisa azul y una de color melocotón y el cuello de la que llevo puesta se movió.

Jared sabía que a su abuelo le gustaba el azul.

—Hay muchas corrientes de aire en la casa. ¿Has oído cómo cruje el suelo?

Seguía eludiendo sus preguntas.

—No, pero creo que un hombre me besó en la mejilla.

Jared no sonrió.

—¿Te asustaste?

—Qué va. Me gustó. —Estaba a punto de añadir algo más, pero una pareja de edad avanzada se acercó a ellos para saludar y para decir lo mucho que sentían que Addy hubiera muerto.

Alix se bebió el café y observó a Jared mientras este hablaba y sonreía. Con esa barba canosa y descuidada, y el pelo tan largo parecía cansado. Había seguido su carrera hasta el punto de saber que era un trabajador incansable. A veces, parecía que todo aquel que podía permitirse una casa diseñada por Jared Montgomery acababa encargándole el trabajo. Se habían publicado al menos cuatro libros sobre su trabajo y otros muchos con fotos de sus diseños. Sus proyectos salían en la mitad de las revistas que se vendían en los quioscos. A menudo, Alix se había preguntado si ese hombre dormiría.

Era raro pensar en él como una persona con vida privada, con amigos y familia. El hecho de que poseyera un don extraordinario era un detalle aleatorio. Se suponía que iba a quedarse en la isla, pero le había dicho que pensaba marcharse y Alix suponía que lo que quería era alejarse de ella y de todas las cosas que había planeado preguntarle.

Cuando la pareja se alejó, Jared bebió un sorbo de café.

—Gracias por las flores —le dijo ella—. Ha sido un detalle por su parte.

—No debería haber mentido.

—Hizo bien. De no haber mentido, lo habría bombardeado con preguntas. No hace falta que se vaya de Nantucket. Le prometo que no lo incordiaré. —Aunque lo había dicho antes, en esa ocasión lo hizo sin resentimiento—. No le haré preguntas sobre diseño ni sobre cómo se inspira para tener esas ideas. Ni siquiera le preguntaré cómo consiguió diseñar el edificio Klondike. Al menos, mientras estemos en Nantucket. Aquí será Jared Kingsley para mí, no el famoso y genial Jared Montgomery. Pero... —Le sonrió—. Fuera de la isla, no le prometo nada. ¿Trato hecho?

Jared le regaló una sonrisilla porque no estaba seguro de lo que debía responderle. Esa mañana había entrado de nuevo en la casa para echarle un vistazo a la maqueta de la capilla que había hecho Alix. Su socio, Tim, le había enviado otro mensaje de correo electrónico diciéndole que necesitaba el diseño para la casa de California lo antes posible. La pareja de actores quería un proyecto de Jared Montgomery, no el diseño de otro arquitecto del estudio. Querían que fuera Jared en persona quien les planeara la casa.

Esa mañana, Jared había tenido la idea de convencer a la pareja de que debían aceptar un diseño de Alixandra Madsen. Les había hablado de su padre, el hombre que a él le había enseñado todo lo que sabía. Había enfatizado que Alix estaba empezando y que ellos serían los primeros en tener un boceto suyo. Y que una capilla privada, escondida en algún lugar de su enorme propiedad sería ideal.

De esa manera, ofreciéndole un trabajo a Alix podría devolverle a Ken todo lo que había hecho por él.

—Será como si pasara el testigo.

—¿Cómo dice?

Jared no se había dado cuenta de que había hablado en voz alta.

—Estaba pensando en el trato que ofreces, muy generoso por tu parte. En mi época de estudiante mi sed de conocimientos era insaciable. —«Entre diversión y diversión, claro», añadió para sus adentros. Lejos de casa y rodeado por todas aquellas universitarias de piernas largas... acababa la mitad de los diseños unas tres horas antes del plazo de entrega.

Le sonrió. Lo que debía hacer era conseguir que Alix le enseñara la maqueta y mostrarse sorprendido al verla. No quería que pensara que había estado fisgoneando, o que alguien que no existía le había enseñado su diseño.

Les llevaron el desayuno. Huevos revueltos con espinacas, beicon y queso, y un muffin de grosellas para él. Alix había pedido tortitas de arándanos y un par de donuts cubiertos por chocolate.

Mientras empezaba a comer, Jared pensó que debía distraer a Alix de la idea de abandonar la isla. Necesitaba un motivo para quedarse en Nantucket.

—¿Sabes que las bodas son uno de los grandes negocios de Nantucket? Mueven millones. No sé mucho del tema, pero estoy seguro de que no sería muy complicado organizarle la boda a tu amiga.

—¿Y su novia, Toby, me ayudaría?

Jared sonrió de oreja a oreja, de modo que Alix sintió que se le erizaba el vello de la nuca. ¡Ese labio inferior! Apartó la mirada.

—Toby no es mi novia. Es un imposible para mí. Soy demasiado... —Se pasó una mano por la barba mientras buscaba la palabra adecuada. ¿Vulgar? ¿Soez? ¿Demasiado masculino?

—¿Demasiado viejo? —le preguntó Alix.

—¿Viejo? —repitió, mirándola.

—Ha dicho que es muy joven. Veinte años, ¿no?

—Acaba de cumplir veintidós. Su padre le regaló un frigorífico para su cumpleaños.

—¡Ah! —exclamó ella—. ¿Y lo envolvió con papel de regalo?

En esa ocasión, Jared se percató de que estaba bromeando.

—Conociendo a su padre, seguramente lo llenó de billetes de cien dólares. Que Toby le devolvería después. Está decidida a mantenerse con su trabajo.

—¿Con las flores?

—Sí, además trabaja en una floristería. Puede aconsejarte sobre las flores para la boda.

Alix no sabía si admirar a esa chica tan joven o si odiarla por hacer que la gente se enamorara de ella.

—Y, por supuesto, también está Valentina. Puedes averiguar cosas sobre ella.

—¿Qué parte de las bodas organiza? ¿Las tartas? ¿La fotografía? —Alix se preguntó cuántas novias tendría Jared en la isla.

La estaba mirando con una expresión tan penetrante que tuvo la impresión de estar siendo observada a través de un microscopio.

—¿No te han hablado de Valentina?

—Parece que se han dejado muchas cosas en el tintero. Mi madre viene a menudo a Nantucket y a juzgar por la cantidad de material que he encontrado en el armario del dormitorio verde, sus estancias son frecuentes. Y luego está usted. Me resulta difícil creer que siendo una estudiante de Arquitectura, haya acabado en una casa cuyo dueño es una Leyenda Viva de Estados Unidos.

—¿Una qué? —Jared parecía horrorizado.

—Una Leyenda...

—Te he oído, pero eso es ridículo.

Alix se tomó su tiempo para masticar mientras lo miraba.

—¿Son cosas mías o cada vez que le hago una pregunta directa, como por ejemplo sobre mi madre o los fantasmas o por qué estoy aquí, usted se sale por la tangente?

Jared estuvo a punto de atragantarse mientras contenía una carcajada. Si no le hubieran dicho que era hija de Victoria, lo habría adivinado en ese mismo momento.

—¿Tu madre no es esa escritora famosa?

—Si creció en Nantucket y vuelve a casa cada vez que puede, y mi madre pasa temporadas en la isla con tanta asiduidad que incluso tiene un dormitorio en su casa que parece la Ciudad Esmeralda, estoy segura de que la conoce.

Jared cogió la taza de café para ocultar la sonrisa.

En ese momento, era el turno de Alix de mirarlo cual halcón acechando su presa.

—Sé que mi madre es la responsable de que yo pase este año en Kingsley House. ¿Qué está tramando?

—¿Te importa si me como uno de tus donuts?

—Cójalo. La pregunta del millón es por qué me está ofreciendo hacer todas esas cosas para que no me vaya de la isla.

—¡Jared! ¿Qué pasa, tío? —dijo una voz masculina.

—¡Salvado por la campana! —murmuró Jared entre dientes.

—¡Ja! Ni de coña —replicó Alix.

Un chico que le pareció conocido se acercó a la mesa.

—Veo que lo has encontrado —le dijo el chico a Alix—. Me recuerdas, ¿verdad?

Recordó que se llamaba Wes, pero dijo:

—Fes, ese es tu nombre, ¿no?

Él se echó a reír.

—Es maravilloso ver que una chica guapa recuerda cómo me llamo. No estarás liada con este vejestorio, ¿eh?

Alix seguía sonriendo y vio con el rabillo del ojo que Jared fruncía el ceño.

—¿El señor Kingsley y yo? ¡Qué va!

—Genial —dijo Wes—. ¿Te apetece venir conmigo al Festival de los Narcisos este fin de semana? Seguiremos el desfile en el coche viejo de mi padre y después haremos un picnic en Siasconset.

—¿Qué llevo?

—Solo tu preciosa persona. Mi madre y mi hermana se encargarán de cocinar.

—Es algo familiar, supongo —comentó Alix al recordar que Wes había dicho que era primo de los Kingsley.

—En ese caso, tendríamos que invitar a toda la isla. Voy a salir hoy en mi embarcación, ¿te apetece acompañarme?

—Me...

—Vamos a ir a ver a Dilys —la interrumpió Jared con firmeza—. Y tenemos cosas que hacer en el pueblo.

Alix mantuvo la vista clavada en Wes.

—Además, el señor Kingsley y yo tenemos muchas cosas de las que hablar.

—Pensándolo bien —replicó Jared—, quizá sea mejor que te acompañe.

Alix se volvió y le regaló una sonrisa afectuosa.

—Es mi anfitrión y creo que deberíamos conocernos mejor, ¿no le parece?

—He venido a desayunar, así que podría sentarme con vosotros —sugirió Wes—. Además, llevo semanas sin ver a Dilys.

—Hemos acabado —dijo Jared, que se puso de pie y dejó dinero en la mesa.

Downyflake no aceptaba pagos con tarjeta.

—Hasta el sábado —se despidió Alix de Wes mientras se marchaba, con Jared pisándole los talones.

Una vez en la camioneta, Jared tuvo que salir del estrecho aparcamiento, algo que hizo con facilidad.

—Bueno, ¿qué interés tiene mi madre en que yo viva en Nantucket? —preguntó Alix en cuanto salieron a la calzada.

—Ni idea —respondió él.

Alix se percató de que estaba diciendo la verdad.

—A ver, todo esto me ha pillado por sorpresa —confesó Jared—. Mi tía Addy murió y me enteré de que le había dejado la casa familiar, que debería haber pasado a mis manos, a la hija de Victoria, para que la habitara durante un año. Confieso que me enfadé mucho cuando me enteré. —La miró para ver cómo se lo tomaba.

—No lo culpo. Yo también me habría enfadado. ¿Por qué viene mi madre a la isla?

—¿En busca de inspiración? —aventuró él, tratando de fingir ignorancia—. ¿Sus libros no se ambientan en un pueblo marinero?

—¿No los ha leído?

—No. —Lo que no dijo fue que no los leía porque estaban inspirados en sus antepasados. ¿Quién quería leer que su tatarabuelo tuvo varias aventuras? ¿O que un primo lejano posiblemente mató a su cuñado?

—¿Por qué no me dijo mi madre que venía a Nantucket? Todos los años me mandaba con mi padre durante el mes de agosto. Me decía que ella se iba a la casita de las montañas de Colorado para pensar y crear el argumento de sus novelas.

«En realidad, se pasaba ese mes leyendo los diarios de mi familia, uno a uno», pensó Jared, aunque guardó silencio.

—¿Venía aquí en vez de irse a Colorado?

—Ha pasado todos los veranos en la isla desde que yo tenía catorce años.

Alix abrió la boca para hablar, pero la cerró de nuevo. ¿Eso significaba que las estancias en la casita de Colorado era una invención?

—¿Por qué me ha mentido durante todos estos años?

Jared deseaba no haber comenzado la conversación. Él no era quien tenía que aclarar todas esas cosas con Alix.

—A lo mejor se sentía muy unida a mi tía —contestó en voz baja.

Tanto su abuelo como su madre le habían dicho que su tía Addy se pasó semanas en la cama después de que Victoria se llevara a Alix tras su primer verano en Nantucket. Había superado con gran entereza las muertes de sus familiares, ya que era una mujer fuerte. Ella era la que consolaba a los demás.

Sin embargo, aquel verano fue distinto. Después de que Ken descubriera a su mujer y a su socio en una situación comprometida, la vida ordenada y tranquila que llevaba quedó destrozada. Durante la vorágine que siguió, Victoria huyó llevándose a su hija Alix, que entonces tenía cuatro años, para que Ken pudiera calmarse. Acabó en la isla de Nantucket, destrozada y sin saber qué hacer para sobrevivir. Aceptó el puesto de ama de llaves y cocinera en la casa de la señorita Adelaide Kingsley. Aunque ni siquiera era capaz de encender los quemadores de la antigua cocina y se negaba a limpiar, Addy la aguantaba porque Alix y ella se hicieron inseparables. Fue mucho más tarde, después de que Victoria encontrara los diarios y empezara a escribir su primera historia, cuando Addy se aferró a la esperanza de que Victoria y Alix se quedarían en la isla.

Y podría haber sucedido así de no ser por la insistencia de Victoria en guardar el secreto. Cuando se llevó a la pequeña Alix de Nantucket, Addy estuvo al borde de la muerte. Y solo Jared vio cómo afectó a su abuelo. Su madre, que no era una Kingsley, no podía ver a Caleb, pero él sí. Ni siquiera la muerte del padre de Jared había afectado tanto a su abuelo.

—¿Por qué se la ha llevado? —le susurró Caleb a Jared—. Alix pertenece a este lugar. Desde siempre.

Jared no logró que su abuelo le explicara lo que quería decir, pero para entonces Ken llegó a la isla y la vida de Jared sufrió un cambio radical.

—Es posible —dijo Alix, refiriéndose al comentario anterior de Jared—. Mi madre tiene un leve problemilla con los celos.

—¿Contigo?

—Sí, enseguida se pone celosa si alguien traba amistad conmigo. En el instituto, no podía llevar chicos a casa porque...

—No, me refería a si eras tú la que se ponía celosa.

—Hace un mes habría dicho que no, pero mi novio me dejó

hace poco. Eric me dejó tirada y se fue con otra. Me dieron ganas de matarlo.

—¿Y a ella no?

—Es tan tonta que no se enteraba de lo que estaba pasando.

Jared soltó una carcajada y Alix no pudo evitar sonreír.

—¡Es demasiado pronto para reírse! —exclamó—. Me pasé todo el trayecto en el ferry llorando y comiendo chocolate.

—¿Ah, sí? —dijo Jared—. ¿Es un remedio habitual entre las mujeres cuando se sienten abandonadas? —preguntó con toda la inocencia que fue capaz de fingir.

—En mi caso, sí.

—Solo han pasado unos días. ¿Qué ha hecho que lo superes?

—Vi... —Dejó la frase en el aire. Había estado a punto de decir: «Vi tu labio inferior.» En cambio, clavó la vista en el paisaje. Se encontraban en una zona rural y las casas estaban bastante separadas entre sí, aunque construidas con esa madera de cedro grisácea tan característica de Nantucket.

—Pensé que habías estado ocupada con algún proyecto que te ayudó a olvidar tus problemas —dijo Jared.

Alix pensó en la maqueta de la capilla que había escondido en el armario de la planta baja. Teniendo en cuenta que Jared entraba y salía de la casa a su antojo, sabía que tenía que guardar la maqueta y los planos para que él no los viera por casualidad.

—No es nada importante —replicó—. Explíqueme quién es la tal Dilys.

7

Enfilaron una estrecha carretera que discurría más cerca del mar y aparcaron en un camino de entrada junto a una casa que Alix habría identificado como uno de los diseños de Jared Montgomery. Tenía ventanas abuhardilladas en el tejado, las puertas estaban embutidas y había ángulos que nadie se habría esperado. Las marcas de sus diseños eran bien visibles.

Se quedó en la camioneta, observándola, como si esperase que dijera algo, pero no lo hizo. Estaba decidida a cumplir con su parte del trato. En Nantucket, él era Kingsley, no Montgomery.

Una mujer menuda de pelo canoso, de unos sesenta años, apareció por un lateral de la casa. Tenía la piel curtida por las largas exposiciones al sol y al agua salada del mar, pero sus ojos eran igualitos a los de Jared. Y a los del capitán Caleb, pensó.

Jared casi saltó de la camioneta y corrió hacia su prima antes de levantarla en brazos y hacerla girar.

—Por el amor de Dios, Jared, menudo saludo. Si te vi hace unos días.

—No menciones a Ken —le dijo él—. No lo conoces. Hablar de Victoria vale, pero no de Ken.

Dilys se inclinó para mirar a Alix, de quien había oído hablar mucho. Lexie la había llamado para contarle una historia increíble acerca de que Jared se había presentado en mitad de la noche para pedirle unas flores.

—¿No puedo hablar de su padre? —preguntó Dilys mientras Jared la dejaba en el suelo.

—No sabes quién es. Ya te lo explicaré después.

Dilys asintió con la cabeza y se apartó para acercarse a Alix.

—Bienvenida a Nantucket. ¿Por qué no entráis? He preparado té.

Jared estaba sacando la nevera de la parte trasera de la camioneta.

—Ella preferiría ron.

—¡De eso nada! —protestó Alix, ya que temía que Dilys creyera que tenía un problema con la bebida.

—Que no te engañe esa carita inocente. Se bebe el ron como un marinero Kingsley.

Mientras Jared llevaba la nevera a la casa, Alix se quedó plantada, colorada como un tomate.

—La verdad es que no bebo mucho y...

Dilys se echó a reír.

—Es un halago. Entra y echa un vistazo. Me han dicho que eres estudiante de Arquitectura.

—Sí —contestó ella, que entró... y se quedó sin aliento.

El interior de la casa era glorioso. Había enormes ventanales con vistas al mar, un techo alto embovedado, una cocina de estilo marinero totalmente equipada y un banco adosado. Lo nuevo y lo viejo de la mano.

En parte, era como las típicas casas de playa y en parte era una construcción moderna... pero era completamente Jared Montgomery. Sin embargo, sabía que esa casa nunca se había fotografiado ni había salido en libro alguno.

Cuando se volvió sobre sí misma para captarlo todo, atisbó la cara de Jared mientras sacaba el contenido de la nevera. «Ufano», pensó ella. Sabía lo que estaba pensando... y esperaba sus alabanzas.

—Es evidente que es obra del arquitecto Jared Montgomery —dijo en voz bastante alta—. Es de una época temprana, pero es suya. Las ventanas, el modo en el que esta estancia fluye hacia la siguiente... lo dejan claro. Es su trabajo, lo reconocería en cualquier parte. —Lo miró—. Señor Kingsley, ¿les importaría a usted y a Dilys que echara un vistazo por el resto de la casa?

—Claro que no —contestó él, y Alix echó a andar por el pasillo.

Dilys tenía los ojos como platos.

—¿No sabe que tú eres Montgomery?

—Lo sabe —respondió Jared con una sonrisa.

—Ah. —Dilys no lo entendía—. ¿Por qué te llama señor Kingsley?

—Creo que así me llamó el abogado, así que ella sigue haciéndolo.

—¿Le has dicho que te llame Jared?

—Pues no. —Sonrió—. La verdad es que me gusta. Es una muestra de respeto.

—O de la edad que tienes —replicó Dilys.

—¿Qué pasa hoy con mi edad que todo el mundo me da la tabarra con eso?

—No lo sé. ¿No crees que podría ser por tu barba y tu pelo de ZZ Top?

Jared se detuvo con el paquete de pescado en una mano y la miró, parpadeando.

—¿Quieres que llame a Trish y te pida cita? —preguntó Dilys—. ¿A las tres de la tarde hoy estará bien?

Jared asintió con la cabeza.

—Encaja tan bien aquí que cuesta imaginar que haya vivido en alguna otra parte —dijo Alix—. ¿Quería abandonar la isla?

Jared estaba tumbado de espaldas sobre la hierba mientras que Alix estaba sentada, y los dos miraban el mar. Detrás de ellos se encontraba su casa. La había guiado a través de la casa en la que creció y le describió su aspecto de cuando él era pequeño: una casita oscura y desvencijada, poco más que una cabaña de pescadores.

—Pero la arreglé —dijo, mirándola a los ojos—. Fue la primera casa en la que trabajé.

Alix quería comentar sobre la brillantez de su remodelación, pero temía ponerse a balbucear, de modo que se mantuvo en silencio. Jared le contó que la casa había sido remodelada cuando él tenía catorce años, y parecía creer que era un punto importante, pero Alix no sabía por qué.

Después de la visita guiada, Dilys los había echado diciéndoles que tenía que preparar el almuerzo y que Jared tenía que enseñarle su antiguo barrio.

Pasearon cerca de una hora y, tal como sucediera en el restaurante, Jared conocía a todo el mundo. La presentó a todo aquel con el que se encontraban por su nombre de pila, y la invitaron a excursiones en barco, a comer vieiras y a visitar jardines.

Dos parejas mayores le pidieron a Jared que le echara un vistazo a algo que no funcionaba en sus casas, cosa que él prometió que haría. Nadie lo trató ni por asomo como si fuera algo más que la versión adulta del niño que solía vivir al final de la calle.

Ya habían vuelto a la casa, pero Dilys los había echado de nuevo. Jared se tomó su tiempo en contestar la pregunta.

—Después de que mi padre muriera, estaba furioso, cabreado —contestó él—, y acumulaba mucha energía dentro. Quería ganarle la mano al mundo. Para hacerlo, tuve que abandonar la isla, primero para estudiar y licenciarme, y después para trabajar.

—¿Trabajó duro en la universidad para librarse de esa energía acumulada? No, perdón. Se supone que no debo preguntarlo.

Jared pasó del último comentario.

—La verdad es que no. La universidad me resultó bastante fácil.

Alix gimió.

—Acabo de decidir que me cae fatal.

—Vamos, la universidad no ha podido ser tan difícil para ti. Eres hija de Victoria.

—Se puede decir que me ha ayudado más la perseverancia que he heredado de mi padre que la... ¿Cómo llamar lo que posee mi madre?

—¿Carisma? —sugirió Jared—. ¿Encanto? ¿Alegría de vivir?

—Todo eso. Su trabajo le resulta fácil. Desaparece un mes entero todos los años y... —Lo miró—. Supongo que usted lo sabe mejor que yo. El caso es que se va y planifica sus novelas, luego vuelve a casa y las escribe. Tiene una cuota diaria de páginas y nunca se desvía de su argumento original. Yo cambio de opinión cincuenta veces antes de decidir qué quiero hacer.

—¿Cambias de opinión o miras lo que has dibujado, ves lo que está mal y luego lo arreglas?

—¡Sí, eso es lo que hago! —exclamó con una sonrisa.

—Ser capaz de ver los defectos de tu trabajo es un don.

—Supongo que lo es. Nunca lo había mirado de esa forma. Sé que Eric creía que todos sus diseños eran perfectos.

—¿Eric? ¿Tu prometido?

—No lo suba de categoría. Solo era mi novio. Y ahora es mi ex. —Se miraron un instante y Alix quiso preguntarle si todas sus novias ya habían dejado de serlo, pero él apartó la mirada y perdió la oportunidad.

—¿En qué estás trabajando ahora? —le preguntó él.

Alix pensó en su pequeña capilla, pero era insignificante en comparación con las magníficas estructuras que él había diseñado.

—Nada importante. Tengo que estudiar para los exámenes y pensar en mi proyecto de fin de carrera.

—¿Vas a construirlo? —preguntó él con un brillo travieso en los ojos.

Se echó a reír al escucharlo.

—Eso ya lo hizo otra persona.

—Seguro que se puede repetir, ¿no?

—No creo. Yo... —Se interrumpió porque Dilys los llamó para comer.

Unos minutos después, estaban sentados a la mesa en la preciosa casa, comiendo pescado frito, ensalada de col y ciruelas en almíbar. Dilys y Jared estaban sentados a un lado de la mesa, y Alix estaba enfrente.

—Alix prepara unos buñuelos deliciosos —comentó Jared.

—¿Te enseñó a hacerlos tu madre? —preguntó Dilys.

—Mi madre... —comenzó Alix, pero se percató del brillo travieso en los ojos de Dilys—. Ya veo que la conoce bien. Cuando cumplí los seis años, ya sabía llamar a todos los restaurantes de la zona que servían comida a domicilio.

—Victoria tiene sus defectos, sí, pero allá donde va, hay fiesta —repuso Dilys—. Lo que más nos gustaba de tu madre era que podía conseguir que Addy saliera de su casa.

—No sabía que vivía recluida —dijo Alix—. Recuerdo las reuniones para tomar el té y un montón de invitados.

—Ah, sí, Addy invitaba a gente a su casa, pero no salía a menudo.

—¿Era agorafóbica? —preguntó Alix.

Dilys se inclinó hacia delante con expresión conspiradora.

—Mi abuela solía decir que Addy tenía un amante fantasma.

—¿Alguien quiere más ensalada? —preguntó Jared—. Queda bastante.

Las dos mujeres pasaron de él.

—Seguro que era el capitán Caleb —replicó Alix—. Recuerdo que la tía Addy, como me dijo que la llamara, y yo solíamos tumbarnos en su cama y mirar el retrato mientras ella me contaba historias de sirenas. Me parecía romantiquísimo.

—¿Te acuerdas de eso? —preguntó Dilys—. Pero si solo tenías cuatro años.

—Sabe dónde encontrarlo todo en la casa —comentó Jared.

Dilys sonrió.

—Eso es porque solía registrar los cajones y los armaritos en busca de cosas para usar en sus construcciones. Si no le hubieras regalado esa caja de Legos, habría empezado a coger los ladrillos de las paredes.

Alix miró a Jared con expresión interrogante, justo antes de que la comprensión le iluminara el semblante.

—Usted era el chico alto que siempre olía a mar.

Dilys se echó a reír.

—Ese es Jared. Siempre olía a pescado y a serrín. No creo que se duchara hasta cumplir los dieciséis, cuando empezaron a gustarle las chicas.

Alix seguía mirándolo.

—Me enseñó a usar los bloques y nos sentamos en el suelo para construir... ¿Qué era?

—Era una burda réplica de esta casa. Mi madre no dejaba de repetir que necesitaba arreglos y yo pensaba en cómo añadir otra habitación. —Más tarde, había dibujado sus ideas. Ken las había visto y había usado los dibujos de Jared para la remodelación. El hecho de que no pudiera decirle a Alix que ella, una constructora de cuatro años, había sido su fuente de inspiración para comenzar en su profesión lo irritaba muchísimo.

Alix intentaba asimilarlo todo. Le había dado lecciones sobre cómo construir con Legos un chico que acabaría convirtiéndose en uno de los arquitectos más renombrados mundialmente. Su cara tenía que reflejar lo que pensaba, porque Jared apartó la mirada. Se percató de que estaba frunciendo el ceño. ¡Desde luego que no quería que lo considerasen un famoso!

Alix no quería decir nada que intensificara esa expresión ceñuda. Miró de nuevo a Dilys.

—Bueno, ¿el capitán Caleb era el amante fantasma de la tía Addy?

Dilys asintió con la cabeza.

—Eso es lo que decía mi abuela. Mi madre le replicaba que era una ridiculez, pero fuera verdad o no, me encantaban esas historias. Y a Lexie también.

—¿Lexie? He oído hablar de ella, pero todavía no la conozco.

—Lexie y su madre se mudaron conmigo después de que el padre de Lex muriera. Cuando Jared se fue a la universidad, nos permitió amablemente mudarnos a esta casa.

Durante un instante, Dilys miró a Jared con tanto amor y gratitud que casi le resultó vergonzoso.

Jared ocultó la cara de modo que no pudiera ver su expresión y se puso en pie para empezar a recoger los platos. Alix hizo además de ayudarlo, pero la cara de Dilys le indicó que Jared se encargaría de todo.

—¿Cómo se tiene una aventura con un fantasma? —preguntó Alix—. Lo que quiero decir es que habría limitaciones físicas, ¿no?

—Eso mismo me he preguntado yo —contestó Dilys—. De hecho... —Tras lanzarle una miradita a Jared, que les daba la espalda, se inclinó hacia Alix—. Le hice la misma pregunta a mi abuela.

—¿Y qué te contestó?

—Que una vez Addy dijo que quería tanto a ese hombre que lo retenía prisionero.

Alix se echó hacia atrás en la silla.

—Qué cosa más rara. Me pregunto cómo podría haberlo hecho.

—La verdad es que una vez se lo pregunté y me contestó que simplemente no buscaba la llave para abrir la puerta de su celda.

—Eso suena muy misterioso. ¿Qué crees que quería decir con...? —comenzó Alix, pero Jared la interrumpió.

—¿Creéis que podríais dejar de cotillear un ratito? —preguntó—. Tengo una cita a las tres.

—Los hombres Kingsley no creen en fantasmas —comentó Dilys—. Se enorgullecen de ser cuerdos y lógicos, y los fantasmas no encajan en esa imagen. Bueno, querida —continuó Dilys—, si ves un fantasma en Kingsley House, tendrás que contármelo todo.

—Dilys —dijo Alix despacio—, si veo al capitán Caleb, sea un fantasma o no, pienso quedármelo para mí solita.

Las dos mujeres se echaron a reír con tantas ganas que Jared entró de nuevo en la cocina.

Después del almuerzo, Jared cogió unas herramientas de su camioneta para hacer una reparación. Una vez que se quedaron a solas, Dilys le contó a Alix que tenía una barca y que dentro de una semana Jared la sacaría del cobertizo y la flotaría por ella.

—Parece que hace mucho por los habitantes de la isla —comentó Alix.

—Tiene responsabilidades. Es el primogénito de una antigua familia de Nantucket. El apellido implica unas obligaciones.

—No es un concepto muy moderno —dijo Alix.

—Los habitantes de Nantucket tenemos muchas cosas que no son nada modernas.

—Empiezo a darme cuenta —repuso Alix.

Quería darles tiempo a Alix y a Dilys para que estuvieran a solas, de modo que salió para dar un paseo hasta el espigón que se introducía en el mar.

Cuando Jared volvió a la casa, Dilys se percató de que buscaba a Alix con la mirada, y de que pareció relajarse cuando la vio en el alargado espigón. Minutos más tarde, estaba tumbado en el suelo, con medio cuerpo metido en un armarito para arreglar la fuga que tenía el fregadero de Dilys.

—Nunca te había visto tan cómodo en compañía de una mujer —comentó Dilys.

—Le debo una a Ken. Dame esa llave. —La cogió—. Por desgracia, sus padres han mantenido su relación con Nantucket en secreto.

—¿A qué te refieres?

—Ninguno le ha contado que vienen a menudo.

—Pero Victoria viene todos los años.

—Alix ya está al tanto de eso, pero Victoria le dijo que se iba a una casita perdida en Colorado.

—¿Por qué haría algo así?

—No lo sé —contestó Jared—. Abre el grifo, anda.

Dilys abrió el grifo, que funcionó perfectamente.

Jared se levantó del suelo.

—Ken me dijo que Victoria no quería que nadie supiera que sus libros están ambientados en Nantucket y que se basan en la familia Kingsley.

—Todos en la isla lo saben.

—Y nosotros nos callamos lo que nos atañe. Ella no quiere que el resto del mundo se entere.

—¿Y qué excusa pone Ken para no haberle dicho a Alix que viene a menudo? —quiso saber Dilys.

—Que se lo prohibió Victoria. Le dijo que si Alix se enteraba de que sus padres venían a Nantucket, ella también querría hacerlo.

A Dilys le costaba entender el razonamiento, pero después asintió con la cabeza.

—Tiene algo que ver con Addy, ¿verdad?

—A lo mejor. Sé que Victoria no quería que su hija tuviera contacto con la tía Addy. Entablaron una relación muy estrecha cuando Alix estuvo aquí, y a Victoria no le hizo gracia.

Dilys meneó la cabeza mientras hacía memoria.

—Recuerdo lo deprimida que estuvo Addy después de que Victoria se llevara a Alix. Creía que íbamos a perder a tu tía. De hecho, me pareció que Victoria fue muy cruel. Y también le hizo daño a Alix. ¡Cómo lloraba esa pequeña!

—Parece que Alix ha superado el trauma. No creo que tenga muchos recuerdos conscientes, pero sabe más de lo que cree. Se mueve por la cocina como si llevara ahí toda la vida.

—No me digas que es capaz de encender esa espantosa cocina verde.

—¡Esa cocina es genial! Y Alix usa los mandos sin tener que pensar siquiera.

Dilys se apartó para mirarlo.

—¿Qué es ese deje raro que detecto en tu voz?

—Es respeto lo que siento por la hija de Ken y de Victoria.

—No me vengas con esas, Jared Kingsley. Te conozco de toda la vida. Ves algo distinto en ella.

Jared titubeó un instante.

—Ha diseñado una capilla —dijo en voz baja.

—¿Y?

—Y es buena.

—¿Buena? ¿En una escala del uno al diez?

—Un once.

—Vaya, vaya, vaya —dijo Dilys—. Inteligencia, belleza y talento. Parece que es un paquete muy completo.

—Es demasiado pronto para saberlo.

—Jared, cariño, te aconsejo que no tardes demasiado en tomar una decisión. La inteligencia, la belleza y el talento vuelan en Nantucket. Somos gente sabia.

Jared se lavó las manos en el fregadero.

—Wes le ha pedido que lo acompañe al Festival de los Narcisos el sábado.

—¿Tu primo Wes Drayton? ¿Ese chico guapo y soltero con un boyante negocio de reparación de barcos? ¿Ese Wes?

—El mismo. —Jared no sonrió al escuchar la descripción—. No puedo tontear con la hija de Ken y de Victoria. Si vamos en serio y luego no sale bien... ¿Cómo voy a superar algo así? Les debo toda mi vida a sus padres. Deberías haber escuchado cómo me gritaba Ken porque... —Agitó una mano—. Ya da igual. Aquí viene. No te pases, ¿vale? Es una muchacha agradable.

—Tú también eres un muchacho agradable —dijo Dilys, pero Jared ya estaba en la puerta, recibiendo a Alix con una sonrisa.

8

—Me cae bien Dilys —dijo Alix. Iban de vuelta al pueblo en la vieja camioneta roja de Jared, atravesando un precioso paisaje repleto de marismas. Todavía era pronto, así que muchas plantas carecían de hojas—. ¿Cómo se llaman esas flores blancas?

—Son las flores del guillomo. «El guillomo florece cuando se pesca el sábalo» —dijo, citando el dicho.

—Supongo que eso significa que dentro de poco saldrás a pescar.

—Tengo cosas que hacer en la isla. —El motivo era que quería evitar que se largara en el primer ferry que partiera de Nantucket cuando él se fuera, de modo que antes tenía que asegurarse de que estaba convencida de quedarse. Se recordó que tenía que presentarle a Lexie y a Toby para que trabara amistad con ellas.

Alix miró por la ventanilla. ¿Estaría trabajando en el diseño de algún edificio fabuloso?

—Dilys es una buena persona —comentó Jared—. ¿Necesitas por casualidad material de oficina?

—Hay de sobra en el armario de mi madre, ¿por qué?

—Porque si te llevo a casa, llegaré tarde a mi cita. Aunque supongo que puedo llamar a Trish para retrasarla.

—Ah —exclamó Alix—. ¿Estáis saliendo?

—No, Tricia es peluquera y Dilys me ha dicho que necesito despejarme la cara. —Se pasó una mano por la barba.

—¿Vas a afeitarte? ¿Y a cortarte el pelo?

Jared la miró, apartando la vista un instante de la carretera.

—¿No crees que deba hacerlo?

Aunque le gustaba con la barba, admitirlo le parecía demasiado personal.

—Es que no quiero confundirte con Montgomery, por eso. El pelo largo le sienta bien a un Kingsley que vive en una isla y tiene que lidiar con el mar.

—De acuerdo —concedió él con una sonrisa—. Me arreglaré la barba, aunque no me afeitaré del todo y tampoco me cortaré el pelo. ¿Mejor así?

Su tono de voz hizo que Alix frunciera el ceño. ¿Por qué se esforzaba por complacerla?

—¿Quién te dijo que sabía lo de... lo de tu trabajo?

—Estabas enfadada conmigo —respondió—. Y no dejabas de soltar indirectas sobre mi trabajo. Siento mucho haberlas dejado pasar.

—Pero después me regalaste flores —le recordó Alix, ablandándose un poco—. Un detalle precioso.

Jared giró a la izquierda, en dirección a un aparcamiento situado frente a una hilera de tiendecitas. Una de ellas era una peluquería llamada Hair Concern.

—No sé cuánto voy a tardar. Si quieres irte a casa, entraré y le diré a Trish que no puedo pararme ahora mismo. O si lo prefieres, puedes echarles un vistazo a las demás tiendas.

Alix salió de la camioneta.

—Iré contigo y así podrás presentarnos. Necesitaré una peluquera mientras estoy en Nantucket.

—Pensaba que te ibas mañana —replicó él mientras rodeaba la camioneta.

—Igual que tú. ¿Has cambiado de opinión?

—Ahora que sé que no vas a pedirme perlas de sabiduría a lo mejor me quedo.

—El día que conozca a Jared Montgomery será lo primero que le diga, pero Kingsley se pasa la vida pescando y... —Lo miró—. ¿Qué más hace?

—No lo sé. Hace años que no me tomo unas vacaciones. Me paso el invierno viajando de Nueva York a Nantucket, y ahora mismo tengo un proyecto entre manos que está gestionando mi socio. —Llegaron al porche de la peluquería y Jared abrió la puerta para que Alix entrara.

Alix tuvo que morderse la lengua con tal de no preguntarle en qué proyecto estaba trabajando. Pero un trato era un trato, y no pensaba faltar a su palabra.

La peluquería era muy espaciosa y estaba muy bien iluminada. Jared le presentó a Tricia, una mujer bajita, delgada y muy guapa.

—No quiero que lo afeites —dijo Alix, que se ruborizó al instante—. Siento haber parecido tan mandona.

—De todas formas, no puedo hacerlo —replicó Trish, que después le explicó que al no tener licencia de barbero, no podía afeitarlo.

Pasaron unos minutos discutiendo qué podía hacerle con el desastre de pelo que llevaba mientras él las escuchaba en silencio. Cuando llegaron a un acuerdo, Alix se sentó en una silla cercana.

Después, descubrió que Trish se había leído todas las novelas de Victoria publicadas en los últimos diez años. Ambas mantuvieron una conversación mientras Trish le lavaba el pelo a Jared y después se lo cortaba. No le prestaron la menor atención.

Cuando Trish acabó, ambas se colocaron frente a él para admirar su trabajo.

Jared parecía haber rejuvenecido diez años, y la barba y el pelo cortos le sentaban mucho mejor. La barba resaltaba la forma de su mentón y el pelo apenas le rozaba la nuca. Aunque tanto la barba como el pelo lucían vetas grisáceas, las canas le sentaban de maravilla.

Alix no lo habría creído posible, pero estaba mejor que cuando asistió con Izzy a su conferencia un par de años antes. No pudo evitar contemplar su labio inferior en el espejo.

—¿Estoy bien? —preguntó Jared, mirándola a través del espejo.

—Sí —contestó ella, que se dio media vuelta.

Jared pagó, ambos se despidieron de Trish y se marcharon.

—¿Vamos al supermercado? —preguntó Jared.

Alix abrió la puerta de la camioneta.

—Empiezo a sentirme culpable por monopolizar tu tiempo.

Podrías llevarme a una agencia de alquiler de coches y así me moveré por mi cuenta.

—Si vas a pasar un año entero aquí, lo mejor sería que te compraras un coche de segunda mano. Tengo un amigo interesado en vender su Volkswagen.

—Creo que prefiero esperar un poco para comprar un coche. Cuando mi madre llegue, conseguirá alguno. ¿Qué coche usa cuando está aquí?

—Ninguno —contestó Jared—. Va andando al pueblo para almorzar. A poca distancia hay una frutería donde compra la fruta. La tía Addy y ella solían almorzar juntas, pero tu madre se pasa la mayor parte del tiempo trabajando cuando está en Nantucket.

—Ah, sí. Planeando sus novelas —repuso Alix.

«Leyendo los diarios de mi familia y tomando notas», pensó Jared.

Un año, Victoria logró colar una fotocopiadora portátil. La usó en su dormitorio, pero su abuelo Caleb se lo dijo a la tía Addy y se produjo una fuerte discusión entre ellas. Victoria acusó a Addy de espiarla.

Cuando Jared se enteró, culpó a su vez a su abuelo de espiar.

—¿Vas por ahí espiando a las mujeres mientras se visten y se desvisten? —Jared lo preguntó para recriminárselo, pero Caleb sonrió y contestó:

—Pues sí, pero solo en el caso de Victoria. —Y con esas palabras desapareció.

Sin importar cómo lo descubrió Addy, Victoria se vio en la tesitura de deshacerse de la fotocopiadora o marcharse. Al final, se la entregó a regañadientes a Addy. La última vez que Jared miró, seguía en un armario del salón de la planta alta.

—Pues sí, planeando —dijo, a modo de réplica al comentario de Alix—. ¿Te gustaría ir al supermercado o no?

—Debería comprar algunas cosas.

Jared aparcó en un estacionamiento que Alix conocía. Al otro lado de la calle, se emplazaba Downyflake, con su enorme donut en la fachada. Fue la primera vez que no se sintió perdida.

—¿Te has ubicado?

—Más o menos.

Jared alargó el brazo y cogió una enorme camisa de franela del asiento posterior que después le ofreció a ella.

—¿Para qué es esto?

—Ya lo verás.

El supermercado Stop and Shop era la tienda más fría en la que Alix había estado en la vida, de modo que no tardó en ponerse la camisa de franela, que pareció engullirla.

—Empiezas a parecerte a los habitantes de Nantucket —comentó Jared con una sonrisa.

—¿Por qué tengo la impresión de que acabas de hacerme un enorme cumplido? Claro que hace poco has dicho que bebo ron como un buen marinero Kingsley.

Jared se echó a reír.

—Por cierto, hay una licorería aquí al lado. ¿Crees que deberíamos entrar? ¿Para comprarte una caja de ron, quizá?

—Si no recuerdo mal, bebes tanto como yo.

—Pero, ¡vaya por Dios! No hay manera de que nos emborrachemos. —Jared se alejó para coger un par de bolsas de lechuga.

Alix se mantuvo junto al carro para observarlo. Acababa de coquetear con ella. Un rato antes, había tenido que contenerse para no babear mientras lo miraba en el espejo; sin embargo, Jared había seguido mirándola como si fuera su padre.

—Háblame de la cita que tengo el sábado —le dijo Alix. Estaban en la estantería de los cafés y los tés, mientras Jared leía etiquetas.

—No hay mucho que contar. En la isla crecen millones de narcisos. Se dice que hubo un tiempo en el que una segadora de césped estuvo a punto de acabar con todos, pero siguen ahí. El sábado se celebra un desfile de coches antiguos y después hay un picnic en Siasconset. —Echó dos paquetes de café al carro.

—Supongo que tú no participas.

—Lo hacía cuando era pequeño. Mis padres me llevaban todos los años. Mi madre me cubría de narcisos y después me montaba en la parte trasera de una camioneta vieja con todos mis primos. Cuando crecí, todas esas tonterías me parecían ridículas. —Jared sujetaba el carro de la compra y observaba a Alix mientras esta metía cosas.

Se habían detenido frente a un enorme mostrador con vitrina donde se alineaban una gran cantidad de carnes y ensaladas. Jared saludó a los dependientes por sus respectivos nombres.

—¿Qué quieres llevarte? —le preguntó Alix sin pensar—. Lo siento. La verdad, no creo que comamos mucho juntos.

—Ensalada de pollo —contestó él—. Y un poco de jamón de York para los sándwiches. Se nos han olvidado los tomates. Iré a por ellos. Ah, pídeme un poco de pavo ahumado. —Se volvió y regresó a la sección de verduras.

Alix no pudo evitar sonreír. Después de todo, no iba a comer siempre sola.

Le resultó muy divertido comprar con Jared. Cuando llegaron a los congelados, le castañeteaban los dientes. Jared le colocó las manos en los brazos y comenzó a frotárselos de forma vigorosa.

—Si vas a vivir aquí, necesitas curtirte.

Tras eso, se encaminaron a la caja, pero Alix se detuvo al llegar a los expositores de las revistas. Cogió un ejemplar de *Nantucket Today* y titubeó al ver una publicación de remodelación. Jared la cogió y la echó al carro de la compra.

—Después podrás señalarme todos los errores que hayan cometido —comentó Alix con una sonrisa.

—¿Es que no has aprendido nada en la facultad? Señálamelos tú.

A esas alturas, estaban colocando la compra en la cinta de la caja.

—Sí, claro. Ahora resulta que tendré que decirle a una Leyenda...

Jared la interrumpió diciendo:

—¿Qué sabe de remodelaciones un marinero apellidado Kingsley?

Y le regaló una sonrisa tan tierna que a Alix le temblaron las piernas.

—Aprendes rápido, ¿verdad?

—Lo hago cuando me conviene. ¿Has cogido huevos? —le preguntó ella.

—No, están en ese pasillo de ahí. Y abre el cartón para comprobar si hay alguno roto —le aconsejó Jared.

Alix se plantó delante de él y lo miró.

Con un suspiro, Jared se apresuró en busca de los huevos.

Cuando Alix acabó de colocar la compra en la cinta, la cajera le dijo:

—¿Estáis saliendo?

Alix se quedó sin palabras al escucharla. ¿Acaso todos los habitantes de la isla se conocían?

—No —contestó al final—. Nos conocimos ayer.

La chica enarcó las cejas.

—Pues discutís como si estuvieseis casados.

Alix estaba a punto de replicar cuando vio que Jared regresaba con los huevos.

—¿Has cogido yogur griego? —le preguntó él—. No soporto los yogures normales.

Alix, consciente de que la chica los estaba observando, levantó el yogur griego.

—Bien —dijo él, sonriendo—. Esos son los que me gustan. —Los descubrió gracias a Ken.

Alix miró de reojo a la cajera, que de nuevo había enarcado las cejas. Jared cogió el llavero, donde llevaba la tarjeta de cliente del establecimiento, y pagó.

La temperatura del exterior era más alta que la del interior, comprobó Alix mientras regresaban al coche. Alix le fue pasando las bolsas a Jared, que él colocó en la parte posterior. Cuando estuvieron sentados en el interior, la miró de reojo y puso la calefacción.

—¿Cómo vas a sobrevivir durante el invierno viviendo en una casa llena de corrientes de aire?

—Me buscaré un novio gordo —respondió ella.

Al ver que Jared guardaba silencio, lo miró. Él se limitó a salir del aparcamiento sin pronunciar palabra. Parecía que los novios eran otro tema del que no debía hablar. Pero la verdad era que como no consiguiera un hombre que la distrajera, acabaría haciendo el tonto con Jared Montgomery guion Kingsley.

—¿Qué te parece si vamos a casa para colocar la compra y después damos un paseo por el pueblo? —sugirió él.

—A lo mejor así te encuentras con algún conocido.

Jared la miró de reojo y se percató de que bromeaba.

—Aunque ahora nos conocemos, no durará mucho.

—¿Qué quieres decir?

—¡Ya vienen! —exclamó de forma teatral.

Alix no pudo evitar reírse a carcajadas. Parecía la voz del narrador del tráiler de una película de terror.

—¿Quién viene?

Jared giró para enfilar una calle que parecía incluso demasiado estrecha para ser de dirección única, y Alix vio que otra camioneta avanzaba hacia ellos. Ni Jared ni el otro conductor parecieron inmutarse por el hecho de circular por una calle tan estrecha y, por supuesto, se saludaron con las manos al cruzarse.

—Ya lo descubrirás —le dijo, algo que ni siquiera podía tildarse de respuesta.

Una vez que llegaron a casa, sacaron las bolsas de la compra y se aprestaron a colocarlo todo. Alix sabía dónde iba cada cosa, y eso los hizo reír. En dos ocasiones, tuvo que agacharse para pasar por debajo del brazo de Jared a fin de abrir el frigorífico. En resumen, trabajaban bien juntos.

Veinte minutos después, estaban de nuevo en el exterior, caminando por las calles de Nantucket. Alix siguió a Jared por las preciosas calles del pueblo, deteniéndose de vez en cuando para hacer un comentario sobre alguna puerta o sobre algún otro rasgo sobresaliente de las casas.

Al cabo de un rato, se detuvieron frente a una casita, y en un primer momento Alix no supo por qué. Después, tras mirar por encima del hombro de Jared, abrió los ojos de par en par.

—La has diseñado tú, ¿a que sí? Quiero decir, que Jared Montgomery remodeló esta casa.

—Pues sí, fue él —contestó Jared con una mirada alegre—. Y resulta que sé que solo tenía quince años cuando la diseñó. Claro que no es nada comparado con sus últimos trabajos, pero es suya.

—¿Estás de broma? —replicó ella—. Sabía que era suya. Mira cómo va encajada la puerta en la pared. ¡Es una característica del sello de Montgomery!

La sonrisa de Jared desapareció.

—¿Estás insinuando que no ha evolucionado a lo largo de su carrera?

—Creo que ha sido muy listo al ceñirse a algo que funciona.

Tras un breve titubeo, Jared se echó a reír.

—Una respuesta muy diplomática.

—Sé que no debería preguntar, pero ¿cómo logró diseñar una casa cuando solo tenía quince años?

—Estuvo trabajando con un maestro constructor que lo dejó... que me dejó diseñarla. —Su voz adoptó un deje suave al recordar aquella época. Siguieron caminando—. Dibujaba en la arena las ideas que se me ocurrían usando un palo, y él me enseñó lo más rudimentario del dibujo técnico. Me enseñó a usar un cartabón y una regla T. Mi primera mesa de dibujo fue una puerta vieja con un par de borriquetes y...

—Y unas cuñas de madera en un lateral para inclinarla —terminó Alix.

—Parece que la hubieras visto —comentó él.

—Mi padre me hizo una igual. Pero usó la parte inferior de la puerta de un establo.

—¿Cuántos años tenías? —quiso saber Jared.

—Ocho —respondió Alix con una carcajada.

—¿Por qué te ríes?

—Estaba pensando en los Legos. Supongo que dejé aquí los que tú me diste, porque recuerdo estar en una tienda con mi padre rodeada por cajas de Legos. Recuerdo que empecé a llorar. Que yo sepa, no era dada a los berrinches cuando era pequeña, pero en la vida había deseado algo con tantas ganas como deseaba una caja de Legos. Mi padre pareció entenderlo porque llenó un carro entero.

Jared sonrió.

—¿Los usaste?

—¡A todas horas! Pero mi madre los odiaba porque las piezas acababan esparcidas por toda la casa. Solía decir: «Kenneth, mi hija será escritora. No necesita esos dichosos bloques de construcción.»

—¿Y qué replicaba tu padre?

Alix usó un timbre de voz grave para decir:

—«Ya es arquitecto. No creo que pueda ser lo que somos nosotros.»

—Parece que estaba en lo cierto —replicó Jared.

—Pues sí. Mientras crecía, mi madre intentó animarme a escribir historias, pero no era capaz. Si escuchaba algún cuento, podía repetirlo, porque lo recordaba con facilidad, pero nunca he sido capaz de hacer lo que hace mi madre, inventándose esos argumentos tan fantásticos.

—¿Puedes escribir pero no idear una trama argumental?

Lo preguntó como si le hiciera gracia un hecho que Alix la había martirizado a lo largo de los años.

—Exacto, pero claro ¿a qué persona real le ha pasado lo que sucede en los libros de mi madre? Asesinatos, criminales escondidos en habitaciones secretas, amores prohibidos, intrigas y conspiraciones para conseguir una casa antigua y... —Lo miró y vio que Jared la contemplaba como si estuviera alucinado—. ¿Por qué me miras así?

—Me horroriza lo que lee la gente. Y ahora eres tú la que me estás mirando con una cara rara.

—Es que todavía no me he acostumbrado al hecho de que mi madre pasara los veranos aquí y no en Colorado.

Jared no pensaba que ese fuera el motivo de su expresión, de modo que guardó silencio para que continuara explicándose.

—Es que se me ha ocurrido algo —dijo Alix—. Tu familia es antigua y tu casa es antigua.

—Por favor, no me digas que mi familia es el prototipo de una saga de asesinos.

Alix apenas le prestó atención. La posibilidad de que su madre hubiera basado sus novelas en la historia de los Kingsley cobraba cada vez más fuerza. ¿Sería posible que las exageradas historias de su madre fueran ciertas?

Jared imaginaba lo que Alix estaba pensando y no le gustaba ni un pelo. En su opinión, la historia familiar de cualquier persona era algo privado. Le colocó las manos en los hombros y la obligó a volverse para que mirara una casa.

—Esta la diseñó Montgomery a los dieciséis.

Alix se limitó a parpadear. Uno de los libros de su madre se basaba en una receta de jabón que se convirtió en la base de la fortuna familiar.

—Jabón Kingsley —susurró con los ojos como platos.

Un producto real en cuyo envoltorio se aseguraba que la receta tenía varios siglos de antigüedad. En la actualidad, no se vendía mucho, pero todavía podía encontrarse en todos los supermercados del país. Su abuela materna era fiel a dicho jabón.

—Tienes razón —dijo Jared en voz alta—. Es imposible que sea un diseño de Montgomery. Las ventanas no tienen la proporción correcta y las buhardillas son una monstruosidad. —Siguió caminando por la calle.

—Pero él las haría exactamente así —lo contradijo Alix mientras intentaba dejar de pensar en el jabón.

Jared se detuvo y se dio media vuelta para mirarla.

—La casa Danwell —señaló Alix—. Tiene esas mismas buhardillas.

Jared sonrió y echó a andar de nuevo.

Alix se vio obligada a correr para alcanzarlo, y se tropezó con un adoquín que sobresalía. Jared dobló al llegar a un callejón que no parecía lo bastante ancho como para circular con una motocicleta y, sin embargo, descubrió que había coches aparcados a ambos lados. Jared caminaba rápido gracias a sus largas piernas.

Alix casi tenía que correr para mantenerse a su altura.

De repente, Jared se detuvo en una casa emplazada muy cerca de la calzada. Tras meterse la mano en el bolsillo para sacar las llaves, abrió una puerta y Alix lo siguió hasta el interior.

—Creo que hay electricidad —comentó él mientras tanteaba la pared en busca del interruptor.

Estaban en la cocina. La pared de la derecha era de ladrillo visto antiguo. A través del vano de la puerta, Alix distinguió un salón con una chimenea en el extremo más alejado.

Jared se alegró al comprobar que la expresión distraída desaparecía del rostro de Alix. La casa parecía haberla ayudado a desterrar sus pensamientos sobre la familia Kingsley y la conexión que existía con las novelas de su madre.

—Esta casa es muy antigua —señaló Alix con reverencia, tal como merecía una casa semejante.

Se asomó para echarle un vistazo al salón y, tras examinar la enorme chimenea, regresó a la cocina. Estaba equipada con una cocina antigua y un fregadero abollado y desconchado. Los armarios habían sido fabricados por alguien que ignoraba lo que era una unión de caja y espiga.

—¿Armarios de arce y encimera de granito? —preguntó Jared.

—No sé yo si iría tan lejos, pero... —Se interrumpió al recordar con quién estaba hablando—. ¿De quién es esta casa?

—De mi primo. Quiere que le haga un diseño para remodelarla. Él hará el trabajo y después la venderá. ¿Quieres ver la planta alta?

Alix asintió con la cabeza, y subieron la empinada y estrecha escalera. La planta alta era como una madriguera, llena de habitaciones. La casa había ido sufriendo ampliaciones sin meditar muy bien el efecto. Algunas estancias eran bonitas, pero otras eran simples particiones hechas con tabiques delgados.

Jared se sentó en un antiguo sofá cuya parte trasera se apoyaba en un par de montones de guías telefónicas y dejó que Alix examinara todas las habitaciones. La vio echar la cabeza hacia atrás para inspeccionar la parte superior de los muros y supuso que estaba tratando de descubrir la estructura antigua y original, y lo que se añadió en los años sesenta para aumentar el número de habitaciones todo lo posible.

Le permitió explorar la casa durante veinte minutos, hasta que escuchó que le rugía el estómago y se levantó.

—¿Estás lista para marcharte o quieres que vaya a casa y te traiga un metro?

—Como si no hubieras dibujado ya el plano, vamos —respondió ella.

Jared esbozó una sonrisa torcida.

—A lo mejor lo he hecho. Me muero de hambre. Vamos a comer.

—Acabamos de comprar y podemos...

—Tardaríamos mucho. Vamos a The Brotherhood. —La sacó al exterior por otra puerta y atravesaron lo que parecía un jardín terriblemente descuidado.

—¿Te vas a encargar de diseñar también el jardín?

—No —contestó Jared mientras caminaba con Alix pegada a él—. Se me ha ocurrido que podría engatusar a Toby para que lo hiciera. Así todo queda en casa.

—¿Ah, sí? No sabía que fuera familia tuya. —Alix no pudo evitar sentir un pequeño ramalazo de alegría al escuchar que la tal Toby a quien todos adoraban estaba fuera del alcance de Jared. Le alegró que su voz no delatara lo que estaba pensando.

Sin embargo, Jared pareció leerle el pensamiento.

—Nos une el cariño, no la sangre —comentó al tiempo que se llevaba las manos al pecho y soltaba un suspiro exagerado.

—¡Qué tonto eres! —exclamó, y se percató demasiado tarde de lo que había dicho... y a quién se lo había dicho.

Jared se echó a reír.

—En lo referente a Toby, lo soy. —Abrió la puerta del restaurante y la invitó a pasar.

Alix entró meneando la cabeza y descubrió una especie de pub que parecía el decorado de una película antigua, aunque sabía que todo era real.

—Qué bonito —dijo.

Los acompañaron a un reservado situado al fondo mientras Jared saludaba a los distintos comensales.

—En esta isla es imposible mantener una aventura secreta, ¿verdad?

—Unos cuantos lo han conseguido —respondió él mientras leía la carta—, pero al final siempre acaban descubriéndolos.

Después de que el camarero anotara la comanda y se marchara, Alix reflexionó sobre lo que Jared había dicho.

—Estoy segura de que la tía Addy estaba al tanto de todos los cotilleos. Aunque apenas salía de casa, tenía muchas visitas que le contaban lo que sucedía. A lo mejor mi madre se enteró de...

Jared le colocó delante una servilleta de papel y un bolígrafo.

—Bueno, ¿qué harías con esa casa?

—Estás tratando de distraerme, ¿verdad?

—Se me ha ocurrido que tu futuro te interesaría más que el pasado de tu madre. Supongo que me he equivocado. —Alargó la mano para retirar la servilleta.

Alix se lo impidió y empezó a dibujar el plano de la casa.

—Cuando era pequeña, mi padre solía llevarme a visitar casas, y cuando volvíamos a la nuestra, me animaba a dibujar el plano.

Jared quiso decirle que con él hizo lo mismo, pero se mordió la lengua. Cuando Alix descubriera la verdad, esperaba que no se enfadara mucho con él por haber mantenido en secreto que su padre también había pasado mucho tiempo en Nantucket.

El restaurante era un lugar oscuro, de modo que Jared tuvo que acercarse para ver lo que Alix estaba dibujando. Dilys había dicho que se encontraba cómodo con Alix y tenía razón. A lo mejor porque ambos habían tenido a su padre por mentor o porque compartían un interés común. Fuera lo que fuese, se lo pasaba bien con ella.

Pero no era fácil suprimir el deseo que sentía por Alix. Le gustaba su forma de moverse, le gustaba observar sus labios cuando hablaba. Se imaginaba constantemente que la acariciaba, de modo que le costaba mantener las manos alejadas de ella. Cuando la vio congelada en el supermercado, ansió estrecharla entre sus brazos. Sin embargo, se conformó con frotarle los brazos. Después, la tocó de nuevo en la calle, cuando la obligó a volverse para que mirara la casa. Roces leves que ni siquiera deberían haber sucedido porque habían aumentado el deseo que sentía por ella.

—¿Está bien así? —le preguntó ella mientras le pasaba la servilleta.

Jared apenas miró el dibujo, ya que era algo que llevaba haciendo desde la adolescencia.

—Esta pared está mal. Debería ir aquí.

—No, te equivocas —lo contradijo ella—. La chimenea está aquí. —La dibujó.

—Has captado mal la distribución. La pared está aquí. La chimenea, aquí. —Jared no dibujó, se limitó a pasar un dedo sobre el lugar correcto.

—Ni hablar. Estás... —Alix guardó silencio, al caer otra vez en la cuenta de con quién estaba hablando—. Lo siento. Estoy segura de que lo sabes mejor que yo.

—¿Cómo me llamaste antes, ese apelativo tan horroroso?

—¿Una Leyenda Viva Estadounidense?

—Exacto. Da la impresión de que soy un artefacto anterior a la Revolución. —Extendió una mano—. Soy un ser humano de carne y hueso. Puedo cometer errores.

Alix colocó la mano sobre la suya y él cerró los dedos a su alrededor. Por un momento, sus miradas se encontraron y tuvo la impresión de que saltaban chispas.

Rompieron el contacto cuando el camarero volvió con los sándwiches.

—Bueno, ¿cómo la remodelarías? —le preguntó Jared tan pronto como se quedaron de nuevo a solas.

Alix miró el boceto y se obligó a concentrarse de nuevo en el diseño.

—Depende de lo que quiera el dueño.

—Lo ha dejado en mis manos —le aseguró Jared—. Quiere venderla después.

—Carta blanca. Una idea curiosa. Mi padre dice que la peor parte de ser arquitecto es tener que lidiar con los clientes. ¿Crees que Montgomery tuvo muchos problemas al respecto?

—Creo que les decía que si querían un diseño de Montgomery, tenían que hacerlo como él decidía o no habría diseño.

—Así acabaría sin clientes.

—En aquel entonces, el mercado estaba mucho mejor que ahora, y la rabia interior lo ayudaba a mantenerse en sus trece.

Alix lo miró. El restaurante era un lugar oscuro, un ambiente muy peculiar, y la expresión que Jared tenía en los ojos le resultó indescifrable. Suponía que su rabia, su talento y su aspecto físico eran una combinación letal.

Jared tenía que hacer un gran esfuerzo por mantenerse tranquilo mientras Alix lo miraba de esa forma. Si fuera otra mujer, le habría dicho: «Vámonos de aquí.» Y la habría llevado a casa para meterla en la cama. Pero se trataba de la hija de Ken.

—¿Tienes alguna idea para la remodelación? —insistió, con un deje que sugería que lo había decepcionado.

Alix miró el dibujo y trató de no fruncir el ceño. Tenía la impresión de que un hombre acababa de rechazarla, de que le había tirado los tejos y él le había dado largas. Se dijo que debía controlarse. A lo mejor Jared tenía novia formal o incluso una prometida.

Sin embargo... podría fingir que estaba interesado en ella, ¿no?

—Si yo fuera Montgomery —dijo con firmeza—, cambiaría esta puerta y ampliaría las buhardillas. En el interior, quitaría este muro y este, y en la cocina, pondría el fregadero aquí. —Señaló todo lo que decía sobre el papel y cuando acabó, lo miró.

Jared la observaba con los ojos como platos. Era exactamente lo que él había planeado para remodelar la casa, incluso el cambio de lugar del fregadero.

Tardó un instante en recuperarse.

—¿Cómo lo harías?

—Con tiento —contestó ella—. De forma sutil. Dejaría la cocina como está, salvo para poner una isla aquí. Después, quitaría esta pared en la planta baja. En la planta alta, quitaría los tabiques aquí y aquí.

—¿Y el exterior?

—Solo añadiría una habitación aquí. Habría que excavar para que no tapara las ventanas superiores, y después abriría ventanas orientadas al sur. Pondría una puerta y una escalera para llegar al jardín aquí. —Hizo una pausa. El boceto era ilegible con todas las marcas que tenía—. Eso es lo que haría.

Jared solo atinaba a mirarla. Si hubiera caído en un pozo tan hondo que un estudiante fuera capaz de predecir su trabajo, lo llevaría crudo. Pero eso era distinto. Estaba frente a una estudiante idéntica a lo que él fue. Y que diseñaba mejor que él.

Se le ocurrió que debería abandonar la isla de inmediato, alejarse de esa advenediza que se creía mejor que el famoso Jared Montgomery.

No obstante, al cabo de un segundo se acomodó en la silla y sonrió.

Alix se había percatado de las emociones que pasaban por su rostro y por un momento había temido que acabaría levantándose para irse y no volvería a verlo jamás.

—Es tuya —dijo él con una sonrisa.

—¿El qué?

—La casa. Tú la remodelarás. —Le había dicho a su primo que le haría el trabajo gratis, pero a Alix no iba a decírselo—. Me encargaré de que recibas el mérito que merece y así podrás añadirla a tu currículo. —Se inclinó hacia ella y la miró con expresión muy seria—. Que, por cierto, espero que envíes a mi estudio cuando empieces a buscar trabajo. Yo respaldaré la solicitud y puesto que la empresa es mía, estoy seguro de que te contrataré.

Alix se limitó a pestañear en silencio, incapaz de comprender lo que acababa de escuchar.

—Si empiezas a llorar y me pones en evidencia, retiraré la oferta.

—No lo haré —le aseguró ella, parpadeando con más rapidez.

Jared le hizo un gesto al camarero para que se acercara y pidió dos postres de chocolate y un par de vasos de ron con Coca-Cola.

—Con doble de lima —añadió.

—Borracha y gorda —murmuró Alix mientras cogía la servilleta para secarse las lágrimas.

—Es posible que la necesites luego —le recordó él al tiempo que le ofrecía otra servilleta que había cogido de otra mesa, tras lo cual se guardó en el bolsillo de la camisa la servilleta con el boceto.

Después, se acomodó en la silla de nuevo y observó a Alix mientras ella se comía el postre y la mitad del suyo. Animándola, logró que le hablara de su infancia y de lo que había sido crecer con dos padres poseedores de tanto talento.

Mientras Alix hablaba, Jared pensó que tal vez sus diseños habían adquirido un tinte predecible, que se había convertido en una especie de marca distintiva. Alix, recién llegada al mundo de la arquitectura, llevaba consigo una energía que hacía mucho que él no vislumbraba.

—¿Lista para volver a casa? —le preguntó—. Tengo el irrefrenable deseo de echarles un vistazo a los planos de algunas casas que he diseñado durante el invierno. Creo que necesito cambiarlos. Se parecen mucho a lo que ya he diseñado. No tengo ordenador en la isla, pero a lo mejor juntos podemos...

—Sí —lo interrumpió Alix.

—No me has dejado acabar.

—No necesito ordenador ni un programa de diseño. Me has convencido al decir «juntos». —Se puso en pie—. ¿Estás listo para marcharte?

—Creo que antes debería pagar, ¿no te parece? —respondió con una sonrisa.

Alix asintió a regañadientes.

9

Jared no sabía qué lo había despertado, pero lo primero que vio fue a su abuelo levitando sobre él. La luz del sol bañaba la estancia a través del cuerpo de su abuelo. Cuando era pequeño y su tía no estaba en la misma habitación, atravesaba a su abuelo y se echaba a reír de forma incontrolable. Su madre, que no podía ver a Caleb, creía que era muy gracioso ir a casa de la tía Addy, donde su hijo se ponía a correr de un lado para otro y reía a carcajadas por algo imaginario.

El padre de Jared, que sí podía ver a Caleb, sonreía con indulgencia. De niño, él había hecho exactamente lo mismo.

Cuando Caleb desapareció, Jared vio a Alix tumbada en el otro sofá, dormida como un tronco. Había un plato vacío y un vaso en la alfombra; montones de papeles y enormes planos enrollados estaban desperdigados por todas partes.

Tal parecía que habían vuelto a quedarse dormidos mientras trabajaban. Claro que llevaban en ello cuatro días seguidos con sus noches, y solo habían dormido en dos ocasiones.

Jared se sentó en el sofá, se pasó una mano por la cara y la miró de nuevo. Sabía por experiencia que tenía un sueño muy profundo. La primera vez que se durmió en el sofá, intentó comportarse como un caballero y llevarla a su dormitorio.

No funcionó. Intentó despertarla, pero ella se limitó a murmurar algo y a seguir durmiendo. Ni siquiera se despertó cuando le puso las manos en los hombros y la incorporó. Se le pasó por la cabeza que si la cogía en brazos, se acurrucaría contra él como un niño. Dado que él estaba tan cansado como ella, mucho se temía que si la llevaba a la cama, se acostaría con ella.

Al final, la besó en la frente y la dejó dormida en el sofá. Supuso que debería volver a la casa de invitados, ducharse y dormir en su propia cama. Sin embargo, miró uno de los planos que había en el suelo y se dio cuenta de que tenía un fallo. Se sentó de nuevo en el sofá, con la intención de arreglarlo, pero en un abrir y cerrar de ojos Alix estaba delante de él, con el plano en la mano, mientras decía:

—Esta pared está mal. Debería estar emplazada diez centímetros hacia el sur.

Tardó un momento en despertarse, pero, cuando lo hizo, contestó:

—Pues sí.

Eso fue dos días antes, y no habían dormido desde entonces. Solo habían trabajado.

Jared miró a Alix, que sonreía mientras dormía. La noche anterior o, mejor dicho, esa misma madrugada, cuando se quedó dormida... en esa ocasión, la besó en los labios. Un beso dulce, más propio de la amistad que de la pasión. Ella correspondió al beso y después sonrió mientras seguía durmiendo.

Jared levantó la vista y vio a su abuelo con una expresión que decía «Das pena», antes de desaparecer.

En esa segunda ocasión, a Jared ni se le pasó por la cabeza dormir en un sitio que no fuera el sofá enfrente de Alix.

Captó un movimiento con el rabillo del ojo y vio que su abuelo reaparecía junto a la puerta. Parecía a punto de decir algo, pero Lexie lo atravesó sin darle opción.

—¡Jared! —exclamó su prima—. ¿Dónde te has metido? Nadie ha sabido de ti desde que fuiste a ver a Dilys. Toby está tan preocupada que me ha mandado para que... ¡Ah! ¿Es...? —Miraba a Alix, dormida en el sofá.

Jared atravesó la estancia en dos zancadas, cogió a su prima del brazo y la llevó a la cocina.

—¿Era Alix la que estaba en el otro sofá? ¿Ahora sois pareja? ¿Tan pronto?

—No —contestó él—. Al menos, no como tú crees. Y baja la voz. Necesita dormir.

—¿Qué habéis estado haciendo además de beber ron? —Había una botella vacía en la encimera, con una medio llena al lado. Lexie levantó una mano—. No me lo digas: habéis estado trabajando.

—Eso es —contestó—. Es peor que yo.

—Imposible —replicó Lexie, pero después se apiadó de él porque lo vio exhausto—. Al menos, entre Dilys y ella consiguieron que te cortaras el pelo. Siéntate mientras te preparo el desayuno. Toby te manda un tarro de mermelada casera. ¿Alix se despertará pronto? —Preparó la cafetera.

Jared se sentó en un taburete y se frotó los ojos para eliminar los restos del sueño.

—Se despertará cuando se despierte.

—¿Y eso qué quiere decir?

—Que antes de que esté lista para despertarse, ya puedes tirarle un ancla encima que ni se inmutará.

Lexie le dio la espalda mientras sacaba las cosas del frigorífico, de modo que no pudiera ver su sonrisilla. Era una chica muy guapa de pelo oscuro, con los ojos de los Kingsley y un mentón inconfundible. Su padre fue un forastero de pelo rubio y ojos azules, y esos rasgos habían suavizado el pelo oscuro de los Kingsley, de modo que, a la luz del sol, podían verse mechones más claros en el cabello de Lexie. Y Dilys siempre decía que los ojos de Lexie eran de una tonalidad más clara que el típico azul de los Kingsley, tan oscuro que podría pasar por negro.

—¿Cómo lo sabes? —preguntó Lexie mientras sacaba el cartón de huevos y lo dejaba en la encimera.

Jared no pensaba contestar.

—¿Cómo está Dilys?

—No deja de hablar sobre Alix y sobre ti. ¿Es verdad que la obligas a llamarte señor Kingsley?

Jared se echó a reír.

—La cosa empezó así, pero eso fue cuando todavía la tenía obnubilada. Ahora solo es Kingsley, en plan «Kingsley, no tienes ni idea de lo que dices».

—Creía que los estudiantes de Arquitectura te tenían por una especie de dios al que adorar. —La voz de Lexie dejaba muy claro que le parecía una chorrada.

—Esta no. —Sonrió—. Al menos, ya no, aunque yo tenía razón acerca de la pared en casa de mi primo.

Lexie dejó de cascar huevos para mirarlo.

—¿Aceptas sus consejos? Por lo que he visto, cuando se refiere a edificios, o se hace lo que tú quieres o puerta.

—Salvo con Ken —repuso Jared.

—¿Y eso también se aplica a su hija? Dilys cree que ese hombre es capaz de obrar milagros. Me ha hablado mucho de cómo eras antes de que Ken apareciera. Solo era una niña, pero...

—Tienes la misma edad que Alix. Dilys te traía a casa de la tía Addy para que jugaras con ella.

—No lo sabía. No me lo ha dicho.

—Os vi juntas una vez. Recuerdo que estabais sentadas en la parte trasera y... —Dejó la frase en el aire mientras recordaba la escena.

Fue el verano anterior a que Ken apareciera. Era el segundo verano que Jared pasaba sin su padre. Aunque la gente le había dicho que el tiempo lo curaría todo, descubrió que el tiempo solo empeoraba las cosas. Había abandonado todas las actividades deportivas del instituto, llevaba un año sin abrir un libro de texto y bebía cualquier cosa que tuviera alcohol y que pudiera encontrar pese a ser menor. Tuvo varios trabajos después de clase, pero lo habían despedido de todos porque rara vez se presentaba cuando debía.

Su familia había malgastado saliva hablando con él, amenazándolo, dándole incentivos para que cambiara de actitud. Incluso su fantasmal abuelo lo había sermoneado sobre la necesidad de comportarse como un hombre para ayudar a su madre viuda en vez de dificultarle más la vida. Sin embargo, la rabia que sentía le impedía razonar.

La única que no lo presionaba era su tía abuela Addy. A lo largo de su larguísima vida, había visto muchas muertes y sabía lo que era el dolor. Su único comentario fue: «Eres un buen chico y la bondad volverá a manifestarse cuando llegue el momento.» Gracias a su comprensión, el único lugar de la isla en el que se sentía en paz era Kingsley House, con su tía.

Cuando Jared vio a las pequeñas Lexie y Alix jugando, acababan de despedirlo de otro trabajo. Había sacado una cerveza del frigorífico de su tía, que nunca le decía que era menor, y se sentó en una silla junto a ella, a la sombra de un árbol.

—Alix encaja aquí muy bien —comentó Addy.

—Sabes que Victoria se la va a llevar. No es de las personas que vivirían aquí todo el año —repuso Jared—. Será mejor que no te enamores de la cría. —Parecía muy mayor.

—Lo sé —dijo Addy—, pero pienso disfrutar de ella mientras pueda.

—¿Qué hace Victoria durante todo el día? La casa necesita una limpieza a fondo.

—Lo sé. Hay polvo por todas partes. —Addy bajó la voz—. Creo que está leyendo los viejos diarios de la familia Kingsley.

—¿Cómo coño los ha encontrado? —Miró a su tía a la cara—. Lo siento. ¿Cómo los ha encontrado?

—Volcó un mueble mientras bailaba con un turista. —Adelaide lo dijo con un deje extraño, como si Victoria hubiera confraternizado con un enemigo alienígena.

Jared sonrió mientras bebía de su cerveza. Típico de Victoria. Era guapa, vivaracha y...

—¡Tierra llamando a Jared! —exclamó Lexie, de vuelta en el presente.

Parpadeó varias veces.

—Estaba recordándoos a Alix y a ti juntas.

—¿A qué jugábamos?

—No me acuerdo. No, espera, ya. Os traje unas muñequitas y ella les construyó casas.

—Qué raro que no la ayudaras con la construcción.

—Eso fue antes de que Ken llegara, así que lo habría hecho con cebos de pesca.

—Y volvemos a Ken. ¿Qué es eso de que no vas a decirle a Alix que su padre te enseñó?

—Estoy entre la espada y la pared —le dijo, y procedió a explicarle su primer encuentro con Alix—. No tenía ni idea de que me había reconocido, y luego me llamó Ken y me echó un sermón por haberle mentido a su hija.

Lexie puso la tortilla de jamón y queso en un plato.

—¿Por eso estás pasando toda la semana encerrado con ella?

¿Para compensarla por haberle mentido? —Llenó dos tazas de café.

—No quería que se fuera de la isla porque sabía que me echarían la culpa de espantarla.

Lexie sacó el pan de la tostadora y lo untó con la mermelada de Toby.

—¿Es por eso? ¿Ese es el único motivo por el que no has salido de la casa en días?

Jared cortó un trozo de tortilla y se tomó su tiempo para contestar.

—Empezó así.

—¿Y ahora? —Lexie se sentó delante de él.

La miró con una expresión que parecía echar chispas.

—A estas alturas, mantengo las manos apartadas de ella por Ken.

—Ay, ay... —dijo Lexie, que se apoyó en el respaldo—. No te habrás... Bueno, ya sabes... No te habrás enamorado... ¿verdad?

—Hace menos de una semana que la conozco —le recordó Jared con el ceño fruncido.

Lexie bebió de su café mientras observaba a su primo, consciente de que no había respondido a la pregunta. Dilys le había dicho que tanto Jared como su madre casi se volvieron locos con la muerte del padre de Jared. Este se enfureció con el mundo, mientras que su madre cayó en una depresión tan profunda que ningún psicólogo ni ninguna pastilla pudieron sacarla de ella.

Después, Ken Madsen apareció en escena y le ofreció una válvula de escape a su rabia. Pero nada ni nadie fue capaz de recuperar a la madre de Jared, que murió poco después de que su hijo se graduara en el instituto.

Desde entonces, Jared había sido el solitario de la familia, alguien que vivía en dos mundos y que incluso usaba otro nombre fuera de la isla.

—¿Y haces todo esto por respeto a Ken? —quiso saber Lexie.

—Se lo debo, ¿no te parece?

—Todos se lo debemos —repuso Lexie, que le sonrió. Toby y ella no eran las únicas personas a las que Jared había ayudado. Les había dado trabajos a familiares y amigos, se había hecho cargo de las hipotecas de dos primos desahuciados y se había quedado con la tía Addy durante sus últimos días—. Bueno, ¿cuándo vas a contarle a Alix la verdad de tu relación con su padre?

—No voy a hacerlo —contestó—. No me corresponde a mí. Además, acaba de enterarse de que Victoria viene todos los años.

—¿Ni siquiera sabía eso?

Jared negó con la cabeza.

Lexie se levantó para coger la cafetera.

—¿Le contaste tú lo de Victoria?

—No. —Jared sonrió—. Vio el dormitorio, lo llamó «Ciudad Esmeralda» y supo que era de su madre.

Lexie soltó una carcajada mientras rellenaba las tazas antes de volver a sentarse.

—Creo que tienes que protegerte un poco. Cuando Alix descubra la verdad de tu relación con su padre, porque va a descubrirla, no le hará gracia que te hayas callado algo tan gordo.

—Creo que tienes razón —replicó él—. Llamaré a Ken y le pediré permiso para contarle a su hija que visita la isla con frecuencia, porque tengo tantas ganas de tocarla que me arden los dedos. Le diré que cada vez que se inclina sobre mí para mirar un boceto, aspiro su aroma y me dan ganas de devorarla. Y añadiré que verla moverse e imaginarla desnuda me pone a cien. —Miró a su prima—. ¿Crees que si le cuento la verdad a Ken me dará su bendición?

Lexie solo atinaba a mirarlo asombrada.

—¿Quedan tostadas? —preguntó Jared—. La mermelada de Toby es genial. A Alix le gustará.

Lexie inspiró hondo varias veces para recuperar la compostura antes de ir en busca de más pan.

—Creo que...

—Acepto sugerencias —dijo él.

—No llegaste a prometerle a Ken que mantendrías las manos lejos de su hija, ¿verdad?

—Pues sí que lo hice.

—Vaya por Dios. Vas a tener que conseguir que venga para que le cuente a Alix la verdad. Así ya no estarás atado por la promesa que hiciste.

—Eso sería estupendo, sí —comentó Jared—. Ken se planta aquí y yo me llevo a su hija a la cama al segundo siguiente.

Lexie lo meditó un momento.

—Lo importante es saber qué siente Alix por ti.

Jared hizo una mueca.

—Soy su maestro. Aunque no me hace mucho caso. ¿Quieres saber qué está haciendo?

—Claro. —Lexie no demostró su sorpresa. Nunca había oído a su primo hablar de las mujeres con las que salía, aunque la verdad era que no le duraban mucho, tanto era así que ni siquiera recordaba sus nombres. Nunca había llevado a una mujer a Nantucket, ni había presentado a ninguna a la familia.

—Mientras yo estaba en el barco, Izzy y ella se colaron en mi estudio.

—¿El que tienes cerrado a cal y canto?

—El mismo. —Levantó la vista y vio a su abuelo detrás de Lexie.

Ella se volvió, pero no vio a nadie.

—¿Qué pasa?

—Nada —contestó, aunque sabía que Caleb le estaba advirtiendo que no se fuera de la lengua—. Creo que Alix vio alguno de mis bocetos de estructuras pequeñas, porque diseñó una capilla. Incluso encontró cartulina para hacer una maqueta. La vi escondida en un armario, y es genial. Original. Perfecta. Pienso presentársela a alguno de mis clientes y concederle todo el crédito a Alix. Un gran comienzo para su carrera profesional, ¿no crees?

—Suena genial. ¿Qué te dijo cuando se lo contaste?

—No me ha enseñado la maqueta —explicó.

Lexie asintió con la cabeza.

—No iba a reconocer que se ha colado en tu estudio. Tal vez deberías insinuar que no solo haces edificios grandes.

—Lo hice, pero ni pestañeó. Tal vez mañana pueda...

—No vas a tener tiempo —lo interrumpió Lexie—. He venido para hablar contigo del fin de semana. Pero cuéntame más cosas de la capilla.

—No hay más que contar. No me ha hablado del diseño y la maqueta ya no está en el armarito.

—¿Por qué no le dices que la has visto y que es estupenda? —preguntó Lexie.

—Daría la impresión de que estuve fisgando. Creo que hay un motivo por el que no me la ha enseñado, pero no sé cuál es.

—De estar en su lugar —comenzó Lexie—, me aterraría la idea de que creyeras que es espantoso. Parece que quiere impresionarte, pero ¿y si ves algún diseño suyo y lo detestas? Sería muy doloroso.

—Prácticamente le he dicho que voy a ofrecerle un puesto en mi estudio.

—Seguro que no quiere hacer nada que te haga cambiar de idea —sugirió Lexie.

Jared terminó la tostada, cogió el plato vacío y lo llevó al fregadero. Fruncía el ceño mientras sopesaba lo que le había dicho Lexie.

—¿Qué querías decirme sobre este fin de semana?

—¿Qué vas a hacer durante el Festival de los Narcisos?

—Lo mismo de siempre, supongo —contestó.

—¿Quedarte en casa inclinado sobre una mesa de dibujo?

—Más o menos.

—¿Has pasado todo este tiempo con Alix trabajando y bebiendo ron pero no le has tirado los tejos ni una sola vez? —preguntó Lexie.

—No, ni una caricia.

—¿Ni una miradita lánguida?

Jared sonrió.

—Ninguna de la que se diera cuenta.

—¿Aunque te sientes muy atraído por ella?

—¡Dilys y tú sois iguales! ¿Queréis hacerme sentir mal? ¿Adónde quieres llegar?

—Solo intento comprender la situación desde el punto de vista de Alix. Esta chica guapa ha pasado casi una semana siendo rechazada por un hombre famoso por... ¿Cómo lo digo? En fin, famoso por sus numerosas relaciones con el sexo opuesto. Pero él, y me refiero a ti, la ha atiborrado de ron sin tirarle los tejos. Y mañana tiene una cita con Wes.

—¿Wes?

—Ya sabes, tu primo. Y el mío. ¿No te acuerdas de él? El joven y apuesto Wes Drayton, que heredó ochenta hectáreas en Cisco y que piensa construir una casa porque está preparado para sentar la cabeza y tener hijos. Ese Wes.

—¿Intentas decirme que Wes y Alix podrían liarse?

—Wes no ha dejado de hablar de Alix desde que la conoció. Ayer mismo se pasó una hora con Toby planeando los ramilletes de narcisos que llevará el coche de su padre durante el desfile. Su familia está organizando un picnic de lujo para darle la bienvenida a Alix a la isla. Y por la tarde piensa llevarla a dar una vuelta en su barco.

Jared se echó hacia atrás en la silla y miró fijamente a Lexie.

—Alix no... Oye, acaba de romper con un tío, así que no va a fugarse con el primero que conozca y casarse para vivir en una isla. Es ambiciosa. Quiere labrarse una carrera en arquitectura. Tiene que hacerse un hueco antes de esconderse en un lugar perdido.

—Vale —dijo Lexie, mirándolo a los ojos—, en ese caso, solo se dará un atracón de sexo con tu primo Wes para olvidar las penas. Wes conseguirá que sienta que un hombre la desea para algo más que para dibujar planos de casas, y el año que viene se irá de Nantucket sintiéndose genial. Tendrá un trabajo en tu elegante estudio de arquitectura y se casará con alguno de tus empleados, y tendrán niños. Fin. —Miró a su primo con una sonrisa dulce.

Jared la miró a su vez, demasiado pasmado como para replicar.

—Vale que Ken te haya puesto límites, pero tienes que encontrar el modo de cambiar las cosas, porque de lo contrario la perderás antes incluso de conseguirla. —Lexie cogió el bolso y se dirigió a la puerta—. Toby y yo vamos a estar en casa todo el día, así que puedes venir a almorzar. Vamos a preparar la comida para el picnic. Una pena que Alix vaya a comer con la familia de Wes. Nos vemos —dijo al tiempo que cerraba la puerta al salir.

Jared se quedó donde estaba, pensando en todo lo que Lexie había dicho. A decir verdad, sería bueno que Alix y Wes se liaran. Eso lo liberaría de tener que acompañarla a todas partes. Y tener un novio en la isla la animaría a quedarse. Nadie convertiría su vida en un infierno por hacer que Alix se fuera. En cambio, le dirían que había hecho un buen trabajo. Además, podría darle cajas llenas de información acerca de Valentina para que Wes y ella las revisaran.

Por un segundo, Jared se imaginó a Alix y a su primo sentados en el suelo del salón familiar, rodeados de papeles. Estarían como Alix y él mismo durante esos últimos días. Con la diferencia de que Wes no estaría atado de manos como él. Nadie le diría que mantuviera las manos quietecitas.

¿Y qué iba a hacer él? ¿Volver a Nueva York para tener jornadas laborales de doce o catorce horas? Y durante el año siguiente, mientras estuviera en la isla, ¿tendría prohibido entrar y salir de su propia casa cuando se le antojara? Se imaginaba a Alix diciéndole que Wes y ella necesitaban intimidad. ¿Los sorprendería sin querer cuando estuvieran...?

No quería imaginarse nada más.

Echó un vistazo a la cocina y repasó los días transcurridos desde la llegada de Alix. Habían realizado tareas muy ordinarias: listas de la compra, preparar el almuerzo juntos, trabajar codo con codo... En el trabajo, Alix era capaz de mirar al futuro, de ver cómo y por qué algo no iba a funcionar. Era un talento que él compartía, pero sabía por experiencia que era muy poco común.

Aunque nada de eso importaba.

Si lo tenía todo en cuenta, era lógico que Alix y Wes pasaran todo el día siguiente juntos, y que se dejaran llevar. De hecho, sería bueno para todos que esos dos se liaran.

—¡Y una mierda! —masculló al tiempo que salía de la casa. Tenía que ducharse y hacer unas cuantas llamadas. El Festival de los Narcisos comenzaba con un desfile de coches antiguos y sabía dónde conseguir uno.

10

Alix escuchó voces al despertarse. Una era la inconfundible voz ronca de Jared y la otra pertenecía a una mujer. Por un instante, siguió acostada en el sofá, preguntándose si la voz que recordaba haber escuchado hacía tantos años era la de Jared. Lo había oído reír, pero era una risa suave, no se trataba de esa risa que salía del alma y que llegaba a ser tan beneficiosa que incluso curaba enfermedades. Esa era la risa que ella recordaba.

Volvió la cabeza y al ver el montón de libros y papeles desperdigados por el suelo no pudo evitar sonreír. ¡Trabajar con él había sido maravilloso! Era un hombre testarudo, un gran conocedor de su trabajo, con una experiencia increíble y... muy sexy. Sin embargo, intentó desterrar ese pensamiento. Si se acercaba demasiado a él, Jared se apartaba. Parecía que se había equivocado al imaginar que se sentía atraído por ella como mujer.

No se atrevía a preguntarle si tenía novia. Ese no era asunto suyo.

Nada más escuchar que la puerta principal se abría y se cerraba, se levantó de un brinco y corrió a la escalera. Sabía que estaba hecha un desastre y que necesitaba arreglarse. Además, se moría por llamar a Izzy y contarle todo lo que estaba pasando.

En cuanto estuvo en la planta alta, llamó a Izzy, pero saltó el buzón de voz, lo que hizo que frunciera el ceño. Llevaba días sin obtener respuesta a sus llamadas o a sus mensajes de correo electrónico.

El primer día que pasó con Kingsley abandonó el «señor» y empezó a tutearlo en algún momento dado. Después, llamó a su padre y le describió la espléndida disculpa que le había ofrecido, con flores y todo.

—¿Solo una disculpa? —le preguntó su padre—. ¿Nada más? ¿Alguna insinuación inapropiada o algún roce? —pronunció la última pregunta como si fuera su peor pesadilla.

—No, papá —le contestó con solemnidad—. Sigo siendo tan virginal como el día que conocí al Lobo Feroz Kingsley.

—Alixandra... —dijo su padre a modo de advertencia.

—Lo siento —se disculpó ella—. Jared Kingsley me trata con el mayor respeto posible. ¿Mejor así?

—Me alegra escucharlo —replicó Ken.

Alix quiso decir: «Pues a mí no», pero se mordió la lengua.

Desde entonces, no había hablado con su padre, pero sabía que estaba ocupado con los exámenes finales y las notas.

Izzy sí que la preocupaba. Le envió otro mensaje de correo electrónico y le dejó otro largo mensaje de voz, tras lo cual se metió en la ducha.

Se tomó su tiempo para vestirse, peinarse y maquillarse, aunque se preguntó para qué se molestaba en hacerlo. ¿Vería ese día a Jared? Acabaron los planos para la casa de su primo durante el primero de los cuatro días que habían pasado juntos. Al final, habían llegado a un acuerdo entre las ideas de ambos. Las buhardillas de Jared y la ampliación de Alix con sus ventanas. Se sorprendió al comprobar lo buen paisajista que era Jared, un detalle que ella desconocía.

—Es que he visto a muchos jardineros y he compartido un montón de cervezas con paisajistas —le confesó.

Alix quiso decir: «Me gusta la cerveza», pero temió que esa confesión lo asustara.

Después de decidir al milímetro cómo remodelarían la casa de su primo, tuvieron que enfrentarse al hecho de haber acabado. Ya no había más motivos para trabajar juntos. No había más motivos para estar juntos en la misma estancia, codo con codo.

Alix tardó treinta segundos para decidir que debía subir a su dormitorio en busca de la enorme carpeta donde guardaba los diseños que había hecho durante la carrera. Cuando se percató de que iba a conocer a Jared Montgomery, que iba a vivir con él, había imaginado los maravillosos halagos que este le dedicaría a su trabajo. Igual que habían hecho sus profesores.

Sin embargo, Jared se limitó a ojearlos y decir: «¿Tienes algo original?»

Por un instante Alix se sintió como una niña pequeña. Quiso correr a esconderse para poder echarse a llorar. Además de llamar a su mejor amiga para decirle que Montgomery era un capullo.

Sin embargo, al cabo de un momento, adoptó una actitud profesional y comenzó a defender su trabajo. En cuanto se percató de la sonrisilla que asomaba a los labios de Jared, supo lo que la estaba obligando a hacer.

Uno a uno, revisaron sus diseños y los hicieron trizas. Solo si era capaz de ofrecerle un buen argumento que justificara el uso de un detalle arquitectónico, Jared admitía a regañadientes que era posible. Lo más irritante de todo fue que casi siempre tenía razón. Tenía un ojo y una intuición infalibles para las proporciones y el diseño. Tal como solía decir su padre: «El talento no se aprende.» Y Jared Montgomery tenía talento a raudales.

Bajo su guía, cambió casi todo lo que había diseñado... y para mejor.

El último día, para sorpresa de Alix, Jared sacó los planos de una casa que estaba diseñando para un cliente de New Hampshire. A esas alturas, estaban muy familiarizados con sus respectivos trabajos, habían compartido muchas comidas y se habían quedado dormidos en la misma estancia. Sin embargo, Alix no sabía si sería capaz de criticar sus diseños, ya que realmente eran extraordinarios. El hecho de que él, de que el mismísimo Jared Montgomery, le pidiera consejo a ella la dejó sin palabras.

—¿No vas a decir algo?

—Es perfecto —susurró ella y el exterior lo era. Pero después vio los planos interiores. Respiró hondo y se lanzó—. El salón está mal emplazado —dijo, y ese fue el comienzo.

Puesto que ya habían revisado todos los planos, Alix se preguntó si Jared regresaría a la casa de invitados y seguiría trabajando por su cuenta. En varias ocasiones, había mencionado la casa de California que tenía que diseñar y ella había tenido que morderse la lengua para no mencionar su propio boceto. Sin embargo, la capilla que había diseñado poseía algo tan personal que no quería que la criticara.

Guiada por un impulso, sacó la maleta de debajo de la cama, la abrió y sacó la pequeña maqueta. Todavía estaba tan encantada con ella que no le apetecía que criticaran el ángulo del tejado o el tamaño del chapitel. Le gustaba tal como estaba.

Se puso de pie con la maqueta en la mano y se acercó al retrato del capitán Caleb.

—¿Qué te parece? —le preguntó—. ¿Te gusta o no?

Por supuesto, nadie le respondió y Alix sonrió al pensar que estaba esperando una respuesta. Se volvió para guardar de nuevo el modelo en la maleta, pero miró otra vez el retrato.

—Si te gusta tal como está, haz que algo se mueva.

Al instante, la foto enmarcada de las dos mujeres que estaba en la mesa se cayó otra vez al suelo, sobre la mullida alfombra.

Alix se quedó alucinada por lo que acababa de pasar. Se dijo que era una coincidencia que la foto se hubiera caído justo cuando ella había hecho la pregunta, pero no se lo creyó.

Se sentó en el borde de la cama con la maqueta aún en la mano.

—Supongo que te gusta —dijo. Se alegró al ver que no recibía réplica—. Y parece que estoy viviendo en una casa encantada.

No quería pensar en eso más de la cuenta. Tras respirar hondo varias veces, se puso de pie, guardó la maqueta en su escondite y caminó hasta la puerta.

Alguien había metido por debajo de la puerta un sobre blanco como el que acompañaba al narciso.

—¿Por qué no me has dicho que estaba ahí? —preguntó en voz alta, y después se dio cuenta de lo que había hecho—. Ni se te ocurra responderme. Una respuesta fantasmagórica al día es lo máximo que puedo soportar.

Abrió el sobre y reconoció la letra al instante.

¿Te apetece acompañarme a liberar una vieja camioneta?

Alix no pudo evitar reírse y echarse a bailar por la habitación.

—¡Sí, me encantaría! —exclamó mientras se acercaba dando brincos hasta el retrato del capitán Caleb—. ¿Te alegra esto? —le preguntó mirándolo y añadió—: ¡No tires nada!

Se alegró al comprobar que no había movimiento alguno en el dormitorio. Tras tomarse un instante para recobrar la compostura, volvió a la planta baja. Jared estaba en el salón, leyendo un periódico. Los papeles y los planos habían desaparecido del suelo y estaban pulcramente colocados en las estanterías.

—¿Tienes hambre? —le preguntó él sin mirarla.

—Muchísima. ¿Tenemos cereales?

—No —respondió al tiempo que soltaba el periódico y la miraba.

Alix creyó ver cierto brillo en sus ojos, pero no tardó en desaparecer.

—Si sabes hacer huevos revueltos, yo me encargo de las tostadas. Toby nos ha mandado mermelada casera.

—¿La misma Toby que todo el mundo adora también hace mermelada?

—Y hornea. Su tarta de arándanos es para morirse. Creo que le pone canela.

—¿Cuándo os casáis?

—Toby es demasiado buena para alguien como yo. Con ella tendría la impresión de estar obligado a demostrar mi mejor comportamiento.

—¿No podrías secuestrar camionetas antiguas?

—Definitivamente no —contestó él, sonriendo.

Iban de camino a la cocina cuando Alix sintió que le vibraba el móvil y lo miró, esperando que fuera Izzy. Sin embargo, era un anuncio que intentaba venderle un coche de segunda mano. Lo borró.

—¿Pasa algo? —le preguntó Jared.

Le contó que llevaba días sin saber de su amiga y que eso no era normal.

—¿Estás preocupada por ella? —Jared abrió el frigorífico mientras hablaba.

—No mucho, pero me gustaría que me contara lo que está haciendo. ¿Has comido?

—Sí.

Como era habitual, trabajaron juntos en perfecta sincronía, sacando la comida y colocándola allí donde era necesario. Alix cogió una sartén y Jared le dio la mantequilla. Ya había cascado dos huevos en un cuenco azul, el mismo que Alix recordaba de cuando era pequeña. Mientras ella metía el pan en el tostador, Jared puso la mesa.

Al cabo de unos minutos, estaban sentados y Jared comenzó a servir el café caliente.

—¿He escuchado voces esta mañana? —preguntó ella—. Aunque sea mentira, por favor, dime que sí.

—¿Qué quiere decir eso?

Si le contaba la verdad, tendría que mencionar la maqueta de la capilla y no quería hacerlo.

—Es que se ha caído otra foto de una mesa y... no te atrevas a decirme que hay muchas corrientes porque es una casa vieja.

Jared sonrió, ya que eso era justo lo que pensaba decirle.

—Siempre pasan cosas raras en las casas viejas, pero sí. Lexie ha estado aquí esta mañana.

—Por favor, dime que no me vio dormida en el sofá.

—Te vio y me hizo un interrogatorio.

—¿Qué le contaste?

—Que casi me matas obligándome a trabajar.

—¡Pero si has sido tú quien...! —dejó la frase en el aire y meneó la cabeza—. ¿Dónde está la mermelada perfecta de la perfecta Toby?

—¿Cómo he podido olvidarla? —preguntó Jared a su vez con una mirada risueña mientras caminaba hasta el frigorífico para sacar la mermelada.

El tarro tenía una etiqueta con margaritas donde podía leerse: MERMELADA DE CIRUELA PLAYERA. CLW.

—¿Qué son esas iniciales?

—Supongo que las del verdadero nombre de Toby.

—Pensaba que lo sabrías todo sobre ella.

—Los mortales no podemos aspirar a tanto.

Alix soltó una especie de gemido que también era una carcajada.

—Tengo miedo de conocer a esa criatura. ¿No se le traban las alas en todos sitios cuando se mueve?

—Está acostumbrada, así que se las coloca bajo los brazos. ¿Preparada?

—La mermelada está buenísima. ¿Qué es la ciruela playera?

—Son ciruelas silvestres y el lugar donde crecen es un secreto que va pasando de generación en generación.

—Supongo que eso significa que tú lo sabes.

—No, pero el fantasma que ronda esta casa sí.

Alix se echó a reír mientras llevaba el plato al fregadero para lavarlo.

—¿Dónde está la camioneta que quieres robar y por qué quieres hacerlo?

—Es para el Festival de los Narcisos, para el desfile.

—¿Para que la usen Lexie y la angelical Toby? ¿Y Wes la conducirá?

—No, yo lo haré.

—Creía que no ibas a ir.

—Lexie me ha hecho cambiar de opinión. ¿Tienes mejor calzado que ese? Se me ha ocurrido que antes de ir en busca de la camioneta puedo enseñarte un terreno de mi propiedad. Ha pasado de un Jared al siguiente durante generaciones.

—¿De quién estás hablando? —le preguntó Alix al instante.

Él pareció quedarse perplejo un momento, pero después sonrió.

—Jared es el nombre que va entre señor y Kingsley.

—¿Antes o después del número?

—Antes —contestó él, que aún sonreía—. De hecho, así es como me llama la mayoría de la gente. Bueno, salvo los peones que trabajan en mi estudio de arquitectura, esos que buscan aumentar su sabiduría gracias a mí.

—¡Aaaah, te refieres a ese Jared! Al sabio. Yo no juego en esa liga tan importante. Me pongo nerviosa solo de pensar en él.

—¿Y qué te parece Jared Kingsley?

—Ese me gusta —contestó, mirándolo a los ojos.

Sus miradas se encontraron un instante. Jared fue el primero en apartar la vista mientras aferraba el pomo de la puerta.

—Ve a ponerte otros zapatos y nos vemos fuera dentro de cinco minutos. No me hagas esperar.

—Vale... Jared —añadió Alix, que salió de la cocina y corrió escaleras arriba.

Una vez en su habitación, cerró la puerta y apoyó la espalda en ella un instante.

—Bueno, capitán —dijo, mirando el retrato—, ¿qué opinas de tu nieto y de mí? No me contestes —se apresuró a añadir.

Tras quitarse las sandalias, abrió el enorme armario para sacar sus zapatillas deportivas y se las puso. Cuando se enderezó, miró el retrato y de repente comprendió algo. Si había un fantasma en la casa, habría conocido a su madre.

—Soy la hija de Victoria —dijo—. No me parezco a ella, bueno, salvo quizás en la boca y en el tono rojizo del pelo. Tampoco tengo su talento, pero es mi madre. Es...

En ese momento, alguien lanzó unos guijarros contra la ventana y Alix la abrió para mirar hacia abajo.

Descubrió a Jared, que miraba hacia arriba.

—¿Estás escribiendo un libro? ¡Vámonos ya!

—Estoy corrigiendo los errores que has cometido en los planos de la casa de tu primo. Es un proceso lento. —Cerró la ventana—. No puede decirse que sea un hombre paciente, ¿verdad? —Abrió la puerta y después se volvió para lanzarle un beso al capitán Caleb—. Hasta luego. —Bajó corriendo la escalera, cogió su bolso del secreter del vestíbulo y salió sin dejar de correr.

Una vez que se sentó en la camioneta de Jared, cerró la puerta con fuerza. Unos cuantos días antes, se habría preguntado por qué un hombre tan famoso y seguramente tan rico como lo era él no se compraba una camioneta nueva. Sin embargo, cuanto más tiempo pasaba en Nantucket, más parecía encajar la antigua camioneta.

Jared condujo por un sinfín de calles, algunas tan estrechas que Alix contuvo el aliento, aunque él no pareció percatarse.

—¡Mierda! —lo escuchó mascullar.

Alix miró para ver qué lo había alterado, pero no vio nada. Se encontraban en una calle estrecha, y un vehículo se acercaba hacia ellos en dirección contraria, algo habitual.

—¿Qué pasa?

—Forasteros —respondió en voz baja con un tono de voz que otorgó un halo despreciable y casi maligno a la palabra.

El enorme coche era como todos los demás, así que ¿por qué había llegado a la conclusión de que no era un vecino de Nantucket?

—¿Cómo lo sabes?

Su respuesta fue una mirada con la que dijo bien claro: «¿Cómo es que tú no lo sabes?» Jared colocó el brazo tras el reposacabezas del asiento del copiloto, metió marcha atrás y maniobró hasta entrar en un espacio diminuto junto a la acera.

Alix miró con interés al otro vehículo mientras este pasaba a su lado. En su interior iba una mujer con una lustrosa melena, seis o siete pulseras en un brazo, una camisa de lino de marca y el móvil pegado a la oreja. Pasó junto a ellos sin darle siquiera las gracias a Jared por haberse apartado para que ella pudiera pasar. De hecho, ni siquiera los miró.

—¿Responde eso a tu pregunta?

Aunque llevaba pocos días en la isla, Alix se había acostumbrado de tal manera a la educación y afabilidad que demostraban todos sus habitantes que la grosería de esa mujer le resultó desconcertante. Era como si la vieja camioneta ni siquiera existiera para ella.

—Forasteros —repitió Alix, alucinada—. ¿Vendrán muchos?

—¡No sabes cuántos! —exclamó Jared mientras abandonaba el aparcamiento temporal—. Y ninguno sabe conducir. Creen que una señal de stop significa que los demás deben pararse para que ellos pasen.

Alix esperaba que estuviese bromeando. El resto del trayecto lo pasaron en silencio y se entretuvo mirando por la ventana. Dudaba mucho de que alguna vez pudiera acostumbrarse a la belleza de las casas de Nantucket.

Al final, Jared abandonó la calzada asfaltada y enfiló un camino de tierra, bordeado de arbustos y pinos doblados que parecían bonsáis gigantes.

—¿Esto lo ha hecho el viento? —quiso saber.

—Sí. Estamos en North Shore, muy cerca de lugar donde se asentaron los primeros colonos ingleses.

—¿Allí vivían tus antepasados?

Jared asintió con la cabeza.

—Construyeron sus casas cerca de aquí, pero el puerto acabó destrozado después de una fuerte tormenta, así que se mudaron.

—Porque el puerto lo es todo.

—No, el mar lo es todo —la corrigió y añadió—: «Dos tercios del globo terráqueo son de los hijos de Nantucket. Porque suyo es el mar: lo poseen como los emperadores poseen sus imperios.» Eso fue lo que dijo Melville de nosotros.

—Ah, sí. *Moby Dick*. Cuando se enorgullecían de cazar ballenas.

—Mi familia no lo hacía —le aseguró Jared mientras apagaba el motor, tras lo cual bajaron de la camioneta.

—Cierto. El capitán Caleb se dedicaba al comercio con China. ¿Por qué no continuó? ¿O sí?

—Por las Guerras del Opio —contestó él—. Tengo que preguntarte una cosa. ¿Cuánto...? —Dejó la pregunta en el aire porque lo llamaron al móvil. Tras sacárselo del bolsillo para mirar quién era, dijo—: Lo siento, necesito atender esta llamada. El mar está por ahí.

—Vale —replicó Alix.

Frente a ella había un sendero. Las plantas que vio mientras caminaba le parecieron ásperas y resistentes. Como los habitantes de Nantucket, pensó. Intentó imaginarse qué habían visto los primeros colonos. Necesitaba leer sobre la historia de Nantucket.

Al final del camino, descubrió una de las preciosas playas que rodeaban la isla y de las que había visto muchas fotos. Aunque no era de las personas que adoraban tumbarse en la arena bajo un sol achicharrante, en esa playa en concreto se podía... bueno, pensar.

—¿Te gusta?

Alzó la vista y se encontró a Jared a su lado, contemplando el océano.

—Pues sí. ¿Aquí había una casa?

—Vamos —le dijo él—. Te lo enseñaré.

Alix lo siguió por otro sendero abierto entre los pequeños y resistentes matorrales, y se percató de que el suelo era de arena. Supuso que si se excavaba en cualquier lugar de la isla, se encontraría arena.

Jared se detuvo en un lugar despejado donde solo había una pequeña hondonada que señalaba el sitio que antes había ocupado un edificio.

—¿Movieron la casa?

—Se quemó —contestó Jared.

—¿Hace poco?

—En 1800 y algo.

Mientras Alix lo miraba, él caminó hasta un pino muy alto y se sentó sobre las mullidas agujas que cubrían el suelo.

Alix se sentó a su lado, pero no demasiado cerca. Jared le parecía muy serio.

—¿Querías preguntarme algo?

—Sí —contestó él—. Pero antes... la llamada que acabo de recibir. Era mi asistente, desde Nueva York.

—Tienes que volver —aventuró ella sin poder contenerse.

—No. —Jared le sonrió. Alix lo había dicho como si no quisiera que se marchara.

—¿Qué te ha dicho tu empleada? —le preguntó ella, avergonzada por el comentario anterior.

—Empleado. Es un hombre llamado Stanley. Lleva pajarita y parece un robot por su eficiencia. Le pedí que investigara sobre tu amiga Izzy.

—¿Ah, sí? —preguntó ella, sorprendida.

—Sí. Izzy está en las islas Vírgenes.

—Estás de broma.

—Stanley jamás bromea. Y nunca se equivoca. Llamó a la madre de Izzy y ella le dijo que la madre de Gary...

—La madre de Glenn.

—Que la madre de Glenn la estaba desquiciando tanto que él se la llevó para que descansara unos días.

—Ella no es la única culpable. Tampoco es precisamente fácil vivir con la madre de Izzy.

—Eso me ha dicho Stanley. Parece que después de que Glenn les comunicara a sus padres y a los de Izzy que no asistirían a la boda si no dejaban tranquila a Izzy, ambas parejas decidieron pagarles el viaje. Sin embargo, el móvil de Izzy no funciona en la isla y llamar a través del hotel es muy caro.

—Glenn e Izzy no son ricos, ni por asomo. Tampoco querrá

dejar en el hotel una cuenta muy grande que sus padres tengan que pagar.

—Lo supuse, así que Stanley va a hacer que alguien lleve al hotel de tu amiga un teléfono móvil con tarifa internacional y tarjeta prepago. No creo que tarde mucho en llamarte.

Alix lo miró en silencio. Jared estaba de perfil.

—Otro gesto amable de tu parte —comentó en voz baja—. Te pagaré el teléfono.

—Será mi regalo de bodas y, además, así le he dado a Stanley algo con lo que entretenerse.

—Gracias —le dijo—. Muchísimas gracias. —Se inclinó hacia delante como si fuera a darle un beso en la mejilla, pero él volvió la cabeza y Alix se lo pensó mejor. «Vale», pensó. Amistad. Necesitaba recordar que eso era lo que él quería—. No paras de hacer cosas por mí. Primero flores y ahora el teléfono. No sé cómo voy a pagártelo.

Jared fue incapaz de hablar por un instante.

—¿Leíste el testamento de mi tía?

—No. Mi madre me llamó para darme el número de teléfono de un abogado. Me dijo que tenía unas noticias fabulosas que darme que me volverían loca de alegría.

Jared sonrió y la miró de nuevo.

—Típico de Victoria.

Lo dijo con tal cariño que Alix sintió que la abrumaban los celos. Intentó reprimirlos, pero de repente se le ocurrió que tal vez su madre fuera el motivo por el que Jared Kingsley la rechazaba. Recordó lo que dijo Izzy cuando vio el dormitorio de Victoria. Sin embargo, logró desterrar ese pensamiento de su mente.

—Supongo que el abogado no te habló de Valentina —dijo Jared.

—La has mencionado antes, pero no sé nada de ella.

—Mi abuelo... —Jared se contuvo a tiempo—. ¿El retrato que hay en el dormitorio de mi tía? Bueno, en tu dormitorio.

—¿Te refieres al del capitán Caleb? Supongo que podría decirse que es tu abuelo... lejano.

—Nos separan unas cuantas generaciones —puntualizó Jared—. ¿Quieres oír su historia?

—Por supuesto.

El lugar donde se encontraban sentados debajo del pino inclinado era muy tranquilo. El sol se reflejaba allí donde antes se levantaba una casa.

—Valentina Montgomery era una forastera —comenzó Jared—. Llegó a principios del siglo XIX para visitar a una tía ya mayor que se había casado con un capitán de la marina mercante de Nantucket. En aquel entonces la tía estaba ya viuda e inválida, y Valentina se hizo cargo de ella.

Jared siguió con la historia. El joven y guapo capitán Caleb Kingsley estaba de viaje cuando Valentina llegó a la isla. Se encontraba realizando uno de sus famosos cuatro viajes a China que le reportaron una enorme fama, ya que regresó con una mercancía muy valiosa que vendió por una fortuna a lo largo de toda la costa este.

—Era un hombre de gusto exquisito —señaló Jared—. Por eso destacaba y por eso hizo fortuna.

Continuó explicando que los otros capitanes que hicieron negocios en China volvieron con las mercancías más baratas que encontraron pensando que así obtendrían un mayor beneficio. Sin embargo, Caleb fue en busca de objetos preciosos y, de resultas, a los treinta y tres años era un hombre rico. El soltero de oro en una isla plagada de viudas.

—Valentina y él se enamoraron y decidieron casarse —siguió Jared—. Pero Caleb quería hacer un último viaje a China.

—¿No duraban años esos viajes? —preguntó Alix.

—De tres a siete años, sí.

—¿Y decidieron esperar a su regreso para casarse?

—Sí. —Jared sonrió—. Pero no esperaron para lo demás. Cuando Caleb se marchó, no sabía que Valentina estaba embarazada.

—¡Madre mía! —exclamó Alix—. ¿Y qué hizo ella?

Jared no podía decirle que llevaba toda la vida escuchando la misma historia y que su abuelo siempre se la contaba con gran pasión... y furia.

—Valentina se casó con Obed Kingsley, el primo de Caleb. Nadie sabe exactamente por qué, pero se supone que lo hizo para que su hijo llevara el apellido Kingsley. O tal vez fuera para poder quedarse en la isla y criar aquí a su hijo. O...

—¿O qué?

—O tal vez la chantajearon o la amenazaron de alguna manera. Verás, Valentina había inventado la receta para el jabón Kingsley. Había descubierto la forma de usar glicerina para conseguir un jabón suave y transparente. En aquel entonces, la base del jabón era la lejía.

—Me escuece todo solo de pensarlo —comentó Alix.

—Valentina llevaba fabricando el jabón unos cuantos años y lo vendía en la tienda de Obed. Después de casarse con él, Obed empezó a fabricar jabón a gran escala y a venderlo fuera de la isla. Pese a todo lo demás, era un gran comerciante.

Alix se percató del desdén de su voz. Era como si estuviera hablando de algo reciente.

—Necesitaba un producto que vender —replicó Alix para animarlo a continuar. A juzgar por el cariz que estaba tomando la historia, supo que el desenlace iba a ser trágico. Aunque claro, el hecho de que Valentina se casara con un hombre al que no amaba con tal de que su hijo tuviera un apellido ya era trágico de por sí—. ¿Y el jabón...? —Dejó la pregunta en el aire. Recordó de nuevo la novela de su madre cuyo argumento era la historia de una familia que se había enriquecido vendiendo jabón. Aunque dicha novela estaba narrada desde el punto de vista de una segunda esposa—. ¿Qué le pasó a Valentina?

—No lo sabemos —contestó Jared—. Dio a luz a un hijo varón al que llamó Jared Montgomery Kingsley y...

—¿Él fue el primero?

—Sí —confirmó Jared.

—¿Qué pasó cuando el capitán Caleb volvió y descubrió que su chica se había casado con su primo?

—Caleb no regresó. Estaba varado en un puerto de Sudamérica mientras reparaban su barco, que necesitaría varios meses para estar listo, cuando llegó su hermano capitaneando otro barco.

—Los hijos de Nantucket eran los dueños de los océanos.

—Pues sí. —Jared estaba muy serio—. El hermano de Caleb, Thomas, iba de camino a casa y atracó en ese puerto para ver a su hermano. Intercambiaron noticias y Caleb se enteró de que Valentina había dado a luz a un niño seis meses después de que se casara. Caleb sabía que el niño era suyo y supuso cuáles fueron los motivos de Valentina para casarse con Obed. Quiso partir de inmediato para casa, de modo que convenció a su hermano menor de que intercambiaran sus barcos. La nave de Thomas era mucho más rápida que la suya y estaba lista para partir. Caleb redactó un testamento en el cual les dejaba toda su fortuna a Valentina y a su hijo, y después zarpó rumbo a casa en el barco de su hermano. Sin embargo, se encontró con una tormenta y el barco naufragó con toda la tripulación. Casi un año después, Thomas regresó a casa capitaneando el barco de Caleb, que estaba cargado de valiosas mercancías procedentes de China, todas ellas pertenecientes a Valentina y a su hijo. Se mudaron de esta casa a la actual Kingsley House, y un año después Valentina desapareció. Obed aseguraba que se había escapado, abandonándolos a su hijo y a él. Pero nadie vio a Valentina abandonar la isla. Muchos dudaron de la historia, pero nadie tenía motivos para desconfiar de Obed. Todos se compadecieron de él y unos años más tarde, se casó de nuevo.

—Y el niño lo heredó todo.

—Todo. Obed y su segunda esposa no tuvieron hijos, de modo que Jabones Kingsley pasó a manos del niño también. Se convirtió en un joven muy rico.

—Pero huérfano —señaló Alix—. No era tan rico después de todo.

Jared se volvió para mirarla con una sonrisa tierna.

—Tienes razón —dijo—. No hay nada en el mundo que compense esa pérdida.

Por un instante, se miraron a los ojos, rodeados por la suave brisa de Nantucket, pero Jared se levantó, poniendo fin al momento.

—Se supone que debes descubrir qué le pasó a Valentina —le dijo Jared.

—¿Cómo dices? —le preguntó Alix mientras se levantaba.

—Tienes que descubrir qué le pasó a Valentina. Es el Gran Misterio Kingsley.

—Esta mujer desapareció hace más de doscientos años. ¿Cómo voy a descubrir qué le pasó?

Jared enfiló el sendero que los llevaría de vuelta a la camioneta, seguido de cerca por Alix.

—Ni idea —respondió él—. La tía Addy ha dejado cajas y cajas repletas de papeles reunidos por distintos parientes, pero nadie ha logrado descubrirlo. Siempre dijo que Obed se llevó el secreto a la tumba.

En ese momento, llegaron a la camioneta.

—A ver si lo he comprendido todo —dijo Alix—. Tus antepasados se han pasado años intentando desentrañar el misterio, pero nadie lo ha conseguido y ¿ahora quieren que yo, una forastera, trate de descubrir qué le sucedió a Valentina? ¿Lo he entendido bien?

—Perfectamente. Lo has pillado a la primera. Claro que ya sé que eres una chica lista, aunque impaciente en ocasiones, lo que te lleva a cometer errores. Eres inteligente.

—¿Que yo soy impaciente? Tú has sido el que me ha tirado guijarros a la ventana esta mañana y me ha metido prisa para que me cambiara de zapatos.

—Temía que estuvieras manteniendo una larga conversación con el capitán por el que estás coladita.

—Le dije que guardara silencio.

Jared abrió los ojos como platos.

—¿Estabas hablando con él?

—Tirándole besos. Nuestra relación es puramente física.

—A él le gusta —murmuró Jared mientras se sentaba en la camioneta.

Alix guardó silencio mientras pensaba en lo que él había dicho. Jared se dio media vuelta y condujo de vuelta hasta llegar a la carretera adoquinada. Puesto que estaba reflexionando sobre todo lo que Jared le había contado, apenas le prestó atención a la dirección que habían tomado.

No podía dejar de pensar en la historia que acababa de escuchar. Dos personas locamente enamoradas que accedieron a estar años separados. No se imaginaba que eso pudiera suceder en la actualidad. Al menos, Caleb y Valentina disfrutaron de un tiempo a solas. ¿Sería la noche anterior a la partida de Caleb? ¿Disfrutarían de una noche de amor y pasión? A lo mejor habían decidido esperar al regreso de Caleb, pero aquella última noche

Valentina se coló en el dormitorio de Caleb, se desató las cintas del corsé y...

—Ya hemos llegado —dijo Jared—. Pareces distraída.

Alix salió del trance y descubrió una casa de nueva construcción que no había sido diseñada por Montgomery. Tras ella se extendía el mar.

—Estaba pensando en la historia que me has contado. Mi madre escribió sobre un hombre que amasó una enorme fortuna vendiendo jabón.

—¿Ah, sí? —replicó Jared—. ¿Dijo algo sobre dónde consiguió ese hombre la receta?

—No lo recuerdo. Hace mucho que lo leí, pero creo recordar que había una segunda mujer. ¿Sally?

—Susan —la corrigió Jared, que después la miró de forma penetrante—. Aunque no estoy admitiendo que tu madre escribiera sobre mi familia.

Alix estaba a punto de hacer un comentario sarcástico sobre el tiempo que su madre pasaba en Nantucket y el hecho de que él se negara a creer que hubiera escrito sobre la isla. Sin embargo, se contuvo al pensar que tal vez a Jared no le gustara la idea de que el pasado de su familia, sus pasiones e indiscreciones, fueran publicadas para que todo el mundo las conociera.

—¿Cómo se titula el libro sobre el jabón? —quiso saber Jared.

—*Siempre a...* —Guardó silencio y lo miró.

—¿Siempre qué? ¿Siempre haciendo burbujas de jabón? —preguntó Jared, que no parecía muy contento. Más bien parecía contrariado.

—Al mar —añadió ella en voz baja—. *Siempre al mar.*

—Genial —murmuró Jared—. Y mi clisé dice...

—*Por siempre al mar.* —Mientras lo decía, compadeciéndose de él, pensó: «¡Ay, mamá! ¿Qué has hecho?»—. Podría ser una coincidencia. Jabón Kingsley era una marca conocidísima, así que a lo mejor mi madre...

Jared la miró con los ojos entrecerrados.

—¿De verdad crees que es una coincidencia?

Alix estaba a punto de decir que tal vez lo fuera, pero cambió de opinión.

—Creo que mi madre pasaba un mes al año aquí con la tía Addy sonsacándole anécdotas sobre la familia Kingsley. Y que después se pasaba los once meses restantes convirtiendo dichas anécdotas en superventas. Eso es lo que creo.

Aunque suponía que Jared estaba a punto de decirle algo, al final este abrió la puerta y se bajó de la camioneta.

Alix pensó: «Sabe mucho más de lo que admite.»

—Vamos —le dijo Jared—. Tenemos que conseguir la camioneta vieja.

Alix tenía cientos de preguntas que hacerle, pero sospechaba que no obtendría respuesta alguna en ese momento.

—Es imposible que sea más vieja que la tuya.

Él esbozó una sonrisilla.

—Es incluso más vieja que nosotros.

—Una verdadera reliquia —comentó Alix mientras se apresuraba para alcanzarlo.

Aunque pensaba que Jared iba a reírse con su broma, la miró con cara de estar deseando enseñarle lo viejo que era. Sinceramente, dicha expresión le resultó un poco intimidatoria, pero recordó lo que había dicho la chica de la licorería, que no permitiera que Jared la apabullara. Alix se enderezó y enfrentó su mirada con una expresión que decía: «Vamos, podré soportarlo.»

Tuvo la gran satisfacción de verlo sonreír antes de que volviera la cabeza. Siguió sus largas zancadas por el camino de grava que llevaba hasta un garaje.

Cuando llegaron, Jared levantó la tapa de un panel de seguridad y tecleó la contraseña. La puerta empezó a subir.

Alix no estaba mirando la casa.

—Aunque sea tu amigo, no le has diseñado la casa.

—Le diseñé una en Arizona.

—¿La casa Harwood? —Alix se quedó sin aliento.

—Exacto.

—¡Ah! —exclamó ella—. Es una de mis preferidas. Esa casa parece surgir de la misma arena del desierto, como si formara parte de él.

—Debería. Todavía tengo cicatrices en la espalda por haberme chocado contra un cactus. ¡Dichosas plantas! Son peores que un anzuelo para atunes.

Alix lo siguió al interior del garaje.

—¿Pasaste una temporada allí estudiando el terreno? ¿Cuánto tiempo te quedaste? ¿Tuviste problemas para convencer al dueño de que el tejado debía tener esa inclinación? Normalmente los tejados en esa zona son rectos, pero el tuyo... —Dejó de hablar al ver que Jared la miraba echando chispas por los ojos.

—Estamos en la isla —le recordó.

—Pero hemos pasado días diseñando casas juntos y... —Al ver que seguía mirándola de la misma forma, soltó una carcajada—. Vale, tú ganas. Nada de trabajo. Debo pensar en Valentina y en el fantasma que insiste en tirar las cosas al suelo en mi dormitorio, cuando no me está besando, claro. Y después está la boda de Izzy que tengo que organizar. Por si eso no bastara, el hecho de no ser una investigadora profesional ni una organizadora de bodas parece no importarle a nadie.

—Todo el mundo confía en ti. ¿Qué te parece la camioneta? Si dejas de quejarte un poco y la miras, claro.

Tenía razón. Ni siquiera la había mirado. Era un vehículo antiguo, con un guardabarros grande y curvado, neumáticos blancos y una enorme rejilla delantera. Posiblemente fuera de la década de los cincuenta, aunque estaba flamante. La pintura azul relucía tanto que parecía estar mojada.

—Es bonita. —Pasó la mano por un guardabarros—. ¿Vas a conducirla durante el desfile? —Le habría gustado preguntarle que quién iba a acompañarlo.

—Sí, voy a conducir —contestó mientras la miraba a través de la ventana de la camioneta—. Toby y Lexie te ayudarán a organizar la boda. Y yo puedo ayudarte con los papeles de mi abuelo. Si quieres ponerte a ello, claro. El testamento de la tía Addy dice que no estás obligada a hacerlo.

Alix no pudo evitar la emoción que la embargó al pensar que seguirían trabajando juntos. De repente, tuvo una idea.

—Sé que lo que les sucedió al capitán Caleb y a Valentina fue una enorme tragedia, pero hace mucho que ocurrió. ¿Qué importa a estas alturas?

Jared la miró y pareció tener problemas para encontrar una respuesta.

—¿Se trata del jabón? —insistió Alix.

—¿El jabón?

—Si podéis demostrar que la receta es vuestra, ¿significa que la empresa vuelve a vuestras manos? —Abrió los ojos de par en par—. ¿O todavía poseéis Jabón Kingsley?

Jared sonrió.

—El hermano de la tía Addy, Jared Quinto, la vendió con la receta y todo, y después se gastó hasta el último centavo. —Levantó el capó de la camioneta y le echó un vistazo al motor.

Alix se colocó a su lado. El motor estaba tan limpio como el exterior, pero ella no le prestó atención. ¿Una de las novelas de su madre no se basaba en un granuja que dilapidó la fortuna familiar? Regresó al presente.

—Dime, ¿por qué todos queréis saber qué le pasó a Valentina?

—A lo mejor la tía Addy se lo prometió a Caleb. ¿Quién sabe?

—No era tan rara. —Alix lo siguió hasta la parte posterior de la camioneta—. Espera un momento. No creerás lo que Dilys dijo sobre que la tía Addy hablaba con un fantasma, ¿verdad?

Jared apartó la mirada de la camioneta.

—¿Te gustaría ver el interior de la casa?

—¿Estás intentando que deje de hacer preguntas sobre tu familia? ¿Guardáis muchos secretos?

—Walt Harwood me convenció de que diseñara el dormitorio de su nieto en esta casa. Es como el interior de un antiguo ballenero. O más bien de la versión que Hollywood ofrece de un ballenero. Y nunca se han publicado fotos de este dormitorio.

Alix ansiaba saber más sobre Valentina, Caleb y Obed. Y quería descubrir de qué manera había logrado su madre desentrañar tantas cosas sobre los Kingsley. ¿La tía Addy sabía tantas cosas sobre la familia? ¿Incluyendo acontecimientos que sucedieron en el siglo XVIII? No lo creía posible. ¿Por qué le habían pedido a ella que investigara? ¿Por qué no a su madre? Aunque claro, Victoria podría haber contratado a algún historiador.

Sin embargo, por más que deseara encontrar la respuesta a esas preguntas, sabía que esa podía ser su única oportunidad de ver un dormitorio, ¡un diseño interior!, creado por Jared Montgomery. Sabía que estaba tratando de distraerla, pero aun así...

—Tengo una Nikon de dieciséis megapíxeles en la guantera de la camioneta —dijo Jared—. Puedes hacer todas las fotos que quieras.

Alix lo miró en silencio.

—¿Crees que tu amiga Izzy querrá verlas? —le preguntó él.

—Vale, tú ganas. Enséñame el dormitorio. ¿Has hecho muchos interiores?

—En la isla —respondió—. Nada de preguntas.

—Eres un demonio, ¿verdad?

—Sí, con el rabo muy largo y fuerte —contestó mientras se alejaba.

Alix clavó la mirada en su espalda y pensó que no podía estar más de acuerdo con él. Parecía fortísimo.

En opinión de Alix el interior de la casa era bastante corriente. Grandes ventanales orientados al mar, una característica bonita, pero la casa carecía de elementos únicos o interesantes. Las molduras del techo eran insípidas, y los suelos de madera habían sido elegidos de un catálogo.

Sin embargo, se percató de que los muebles de la cocina eran de una carísima marca alemana, de que la encimera de granito tenía fósiles y de que las baldosas eran fabricadas a mano. Le parecía muy raro que los tabiques fueran de yeso laminado, pero que hubieran usado mármol de Carrara.

Volvió la cabeza para mirar a Jared.

—¿Te importa si te pregunto cuánto pagó tu amigo por esta casa?

—Veinte kilos.

Alix se quedó boquiabierta durante un buen rato.

—¿Veinte millones de dólares? ¿De dólares americanos? ¿Veinte?

—Exacto.

—¿Por qué narices le costó tanto?

—Porque está en Nantucket.

—Ya lo sé. Pero si estuviera en Indiana...

—Si estuviera en Indiana ni siquiera costaría un millón —terminó él—. Pero está en Nantucket.

—Sí, y en primera línea, pero ¿no es un poco exagerado pagar veinte millones?

—No si la casa está en Nantucket —respondió Jared con firmeza.

—Vale —replicó Alix—. ¿Cuánto costaría si estuviera en Martha's Vineyard?

—¿Quién es Martha?

—No sé quién fue Martha. Me refiero a la isla que está a unas treinta millas al oeste.

—En la vida he oído hablar de ese sitio. —Jared se volvió y enfiló el pasillo.

Alix se quedó donde estaba un instante, meneando la cabeza, y después lo siguió hasta la segunda planta para ver el dormitorio que había diseñado como si fuera el camarote del capitán de un ballenero.

11

Cuando salía de la casa, Alix tropezó en el porche y cayó en brazos de Jared. Había hecho unas cincuenta fotos de la habitación que él había diseñado, una estancia preciosa, y las estaba viendo en la pantalla de la cámara. Estaba tan concentrada en las fotos que no miraba por dónde iba y no se dio cuenta de que había llegado al borde del porche.

Jared debió de percatarse de lo que estaba a punto de pasar, o tenía más reflejos que una cobra. La rodeó con los brazos antes de que acabara de bruces en el suelo.

Se quedaron inmóviles un instante, mientras Jared la abrazaba suspendida en el aire, rodeándola con los brazos. Alix sujetaba la cámara con una mano y se aferraba a su espalda con la otra.

La única certeza de su vida era que quería que Jared la besara. Bajó la vista a ese labio inferior y por su mente pasaron varias palabras del poema que había escrito, palabras como «suculento», «lamerlo» y «chuparlo». Dichas palabras flotaron en su cabeza, junto con la emoción, y la recorrieron por entero.

Sintió su aliento en los labios. «Con mezclar nuestros alientos», pensó. Le resultó imposible contenerse, de modo que acercó la cara a la suya, hasta que sus labios quedaron a un escaso centímetro de distancia. Cuando lo miró a los ojos, vio que estos relucían como un fuego azul, como una explosión inminente.

De haber sido otro hombre, habría acortado la minúscula distancia que separaba sus labios, pero con ese en concreto tenía dudas.

Una gaviota graznó cerca, rompiendo el hechizo.

Jared la dejó en el suelo con tanta brusquedad que le castañetearon los dientes. En cuanto sus cuerpos quedaron separados, Jared se dio la vuelta y echó a andar a toda prisa hacia el mar.

Alix retrocedió un paso y se sentó en el borde del porche. No le habría hecho más daño de haberla abofeteado. Enterró la cara en las manos e intentó calmar los desenfrenados latidos de su corazón.

Rememoró una conversación que mantuvo su padre con un amigo hacía varios años.

—La verdadera alegría de la juventud es que eres deseable para todas las mujeres —dijo el amigo de su padre—. Cuando llegas a nuestra edad, cada año que pasa va reduciendo esa cantidad a la mitad.

—¿Y dónde estamos ahora? ¿En el cincuenta por ciento de la población?

—Siempre has sido optimista.

Los dos se echaron a reír.

Cuando escuchó la conversación, Alix tendría unos veinte años y su padre, unos cincuenta. No creía que en ese momento, con veintiséis, fuera una vieja, pero comenzaba a darse cuenta de que no todos los hombres la deseaban. Jared Montgomery Kingsley Séptimo en concreto no lo hacía.

Inspiró hondo varias veces tras ponerse en pie. No podía seguir persiguiendo a alguien que no la deseaba. Cuanto antes acabara con la locura de que iba a pasar algo entre ese famoso y ella, mejor.

Miró hacia el mar y lo vio de pie con los hombros erguidos, como si estuviera dispuesto a repeler una agresión. Esa postura defensiva hizo que se sintiera mal. Se recordó que en la isla él estaba en casa, un lugar en el que podía huir de los ansiosos estudiantes que lo acosaban.

Aunque tuvo que recurrir a todo su valor, anduvo unos cuantos pasos y se detuvo tras él, que no se volvió.

—Lo siento —dijo en voz baja—. No volverá a pasar.

Él siguió con la vista al frente, pero soltó un suspiro, como si estuviera aliviado.

Se compadeció de él sin poder evitarlo. Debía de ser espantoso estar en un auditorio lleno de estudiantes que querían algo de él.

—¿Amigos?

Cuando él se volvió para mirarla, Alix contuvo el aliento. Había esperado ver una expresión triste en sus ojos, pero en su lugar volvió a ver ese fuego azul. Candente. Tan ardiente que le costó la misma vida no retroceder un paso.

Desapareció tan rápido como había aparecido. En un abrir y cerrar de ojos, lo vio sonreír como si nada hubiera sucedido.

—No sé tú —dijo él—, pero yo me muero de hambre. ¿Quieres ir a almorzar a casa de Lexie? —Echó a andar hacia la camioneta antigua.

—¿Eso quiere decir que por fin voy a conocer a la angelical Toby? —preguntó Alix mientras corría tras él. Ojalá pudieran volver a la cómoda camaradería que había disfrutado durante los últimos días.

Él se detuvo con una mano en el tirador de la antigua camioneta.

—Con una condición.

Alix se quedó sin aliento. ¿Iba a pedirle que no volviera a ponerle las manos encima?

—Dispara.

—Que me ayudes con el proyecto de Los Ángeles que llevo con retraso. Tim me ha mandado otro mensaje de correo electrónico. Querían los planos para ayer.

—Ah —dijo Alix al tiempo que entraba en la camioneta—. Ah.

—¿Es un «ah» bueno o uno malo? —quiso saber él, tras sentarse al volante.

—Soy una estudiante y tú eres... él. ¿Qué crees que significa?

—¿Que debería hacer mi trabajo yo solito?

Se alegraba de que volviera a bromear con ella y de que la tensión hubiera desaparecido.

—¿Tienes fotos del terreno?

—Tengo un modelo en 3-D de la parcela de cuatrocientas ochenta hectáreas, en el que se incluye los árboles existentes y una enorme formación rocosa. Estaba pensando en...

—¿En usar esa formación como una de las paredes? —preguntó ella.

Él apoyó el brazo sobre el respaldo del asiento mientras daba marcha atrás, pero paró el coche para mirarla... y la mirada que le lanzó era la misma que le lanzaba su padre cada vez que hacía algo que lo complacía.

—¿Se te había ocurrido lo mismo? —quiso saber ella.

—Pues sí. Pero no termino de decidirme por la entrada. ¿Qué hago para que encaje con la pared de piedra? A lo mejor... —Se interrumpió cuando escuchó que sonaba el móvil de Alix.

Lo sacó del bolso y miró la pantalla.

—Me sale «Número desconocido» —dijo ella. Siempre tenía mucho cuidado con ese tipo de llamadas.

—A lo mejor es tu amiga.

Alix descolgó.

—¿Diga?

—¡Lo siento muchísimo! —exclamó Izzy—. Siento muchísimo haber desaparecido sin más, pero Glenn se despachó a gusto. ¡Fue maravilloso! Jamás lo he querido tanto como en ese momento. Creía que su padre y él iban a liarse a puñetazos, pero Glenn se mantuvo en sus trece y su madre dejó de darme la vara sobre quién tenía que participar en mi boda.

Alix miró a Jared y asintió con la cabeza para hacerle saber que se trataba de Izzy. Al ver la expresión contenta de su cara, Jared sonrió.

—¿Y qué me dices de tu madre?

—Mi padre se ha encargado de ella —contestó Izzy—. Fue graciosísimo. Le dijo que mi joven caballero de brillante armadura lo tenía acojonado y que aunque mi madre también lo asustaba, Glenn era más grande.

—Típico de tu padre.

—Y del tuyo. ¿Sabías que llamó a mi padre y le dijo...? En fin, no sé qué le dijo, pero puso en marcha la pelota y... Ay, Alix, no he dejado de hablar de mí. ¿Cómo te va a ti?

—Me va genial —le aseguró—, pero me temo que no he avanzado mucho con lo de tu boda.

—No te preocupes. Yo sí he avanzado y ya te lo mandaré todo por correo electrónico. ¿Sabías que Glenn y yo estamos ahora mismo en las islas Vírgenes?

—Pues sí.

—Fue idea de tu padre, y nuestros padres lo han pagado todo.

—¿Mi padre ha ayudado? —Alix miró a Jared, que enarcó las cejas.

—Sí, ha ayudado. Y cuando mi móvil dejó de funcionar aquí, me mandaron uno al hotel.

—Bueno, eso fue cosa de...

—Estoy embarazada.

—¿Cómo? —preguntó Alix.

—Por eso lloraba tanto en Nantucket. Supongo que por las hormonas. Y ahora no paro de vomitar y... —Se interrumpió al escuchar el chillido alegre de Alix.

—¿Estás segura?

Jared miró a Alix con gesto interrogante, a lo que ella respondió trazando una generosa curva sobre su vientre.

—Sí, sí —contestó Izzy—. Pero solo lo sabéis Glenn y tú.

—¿¡Y se lo has dicho a él antes que a mí!? —gritó Alix—. ¿Qué clase de mejor amiga eres?

Izzy se echó a reír.

—Ya te echo de menos. ¿Lo has conocido ya?

—Tengo a Jared aquí al lado. ¿Quieres hablar con él? —Alix sostuvo el móvil contra la oreja de Jared.

—Felicidades, Izzy —dijo él—. Siento mucho haber escuchado la conversación, pero vamos en una camioneta y no he podido evitarlo. —Esperó en silencio, pero no obtuvo respuesta. Miró a Alix y se encogió de hombros.

Alix volvió a pegarse el móvil a la oreja.

—¿Izzy?

Nada.

—¿Izzy? ¿Sigues ahí?

Silencio.

Alix miró la pantalla.

—Creo que se ha cortado.

—Sigo aquí.

Alix se llevó de nuevo el teléfono a la oreja.

—¿Estás? ¿Has oído lo que ha dicho Jared?

—J... —Izzy solo consiguió susurrar la primera letra, nada más.

—Jared —confirmó Alix—. Jared Kingsley en casa. Jared Montgomery para los forasteros, pero esos no importan.

Él la miró con una sonrisa en señal de aprobación.

—¿Estás en una camioneta con él ahora mismo? Pero ahora de ahora... —Izzy hablaba en voz tan baja que apenas podía escucharla.

—Sí. Es una antigüedad. ¿De los años treinta? —Miró a Jared con expresión interrogante.

—Una camioneta Ford de 1936 —contestó él.

—¿El que acaba de hablar es él? —susurró Izzy.

—No te oigo.

—¿Sois pareja? —preguntó Izzy.

—Amigos —contestó ella—. Colegas. Hace unos minutos, Jared me ha pedido que lo ayude a diseñar una casa para la que lo contrataron. Vamos a intentar usar una formación rocosa del terreno como parte de la construcción.

—¿Tú y... y...?

—Jared —suplió Alix—. O Kingsley a secas. Pero creo que a veces lo llaman Séptimo. —Lo miró de nuevo con expresión interrogante y él asintió con la cabeza.

—Creo que tengo que echarme un rato —dijo Izzy—. Es demasiado para mí. ¿Alix?

—¿Sí?

—¿Cómo van las cañerías de esa vieja casa?

Recordó la fantasía de Izzy según la cual reventaban las cañerías y Alix y Jared acababan empapados.

—Las cañerías están bien, y no hay peligro alguno de que revienten. —Mientras lo decía, no pudo evitar mirar el cuerpo de Jared, que estaba dando una curva y tenía la cara vuelta. ¡Se mantenía muy en forma! Un vientre plano y unos muslos duros. Cuando Jared enderezó el volante, Alix apartó la mirada.

—Alix —dijo Izzy—, a veces las viejas cañerías pueden reventar si se ejerce la presión necesaria.

—Sí, pero la presión también puede hacer que la casa salte por los aires. ¿Izzy?

—Dime.

—Le dije a Jared que estaba preocupada por ti, de modo que hizo que su ayudante llamara a tu madre para saber de ti. Y fue

Jared quien mandó el móvil a tu hotel, y también pagó por él.

Izzy se quedó en silencio un rato. Cuando habló, lo hizo con el deje de un general.

—¡Alixandra! —le dijo con seriedad—. Ese hombre es una joya. Aunque tengas que usar un martillo para romper las cañerías, ¡hazlo! Tengo que dejarte. Voy a vomitar.

Alix cortó la llamada y observó en silencio el paisaje a través de la luna delantera mientras pensaba en lo que Izzy le había dicho.

—¿Te alegras por tu amiga? —preguntó Jared.

—Mucho. Izzy ha nacido para ser madre. Cuando estoy de bajón, ella siempre está ahí con chocolate para ser mi paño de lágrimas. No podría tener una amiga mejor.

—¿Sigue planeando celebrar la boda aquí?

—Eso creo, pero será muy pronto... si quiere entrar en el vestido que le compramos, claro.

—Puedes pasar la tarde hablando con Toby de lo que necesitas. —La miró—. ¿Estás bien?

—Sí, sí, claro. —Sabía que tenía que asimilar las nuevas circunstancias. Su amiga no solo se iba a casar, sino que iba a tener un bebé, mientras que ella...—. Es que sigo recuperándome de la ruptura. ¿Has pasado alguna vez por eso? —Esperó su respuesta conteniendo el aliento. Era la primera pregunta personal que le hacía.

—Ya lo creo —contestó él—. Todas y cada una de ellas acababan diciendo: «Quieres a tu trabajo más de lo que me querrás a mí.» Después de ese comentario, siempre sabía que el final se acercaba.

—Eso es más o menos lo que me dijo Eric —repuso Alix—. No sobre el amor, pero sí que le prestaba más atención al trabajo que a él. No pude hacerle entender que construir cosas siempre ha sido una parte fundamental de mi vida.

—Doy fe de ello —comentó Jared—. Construías torres de más de medio metro de altura cuando eras una niña. Mi abuelo y tú... —Se interrumpió.

Su abuelo vigilaba dónde colocaba Alix las cosas. Y le decía dónde encontrarlo todo en la casa. Con la guía de Caleb, Alix sacaba piezas de marfil y cajitas lacadas, incluso monedas que llevaban más de un siglo escondidas.

—¿Tu abuelo y yo qué? —preguntó Alix.

Jared sabía que se refería a su abuelo inmediato, pero el hombre había muerto poco después de que él naciera. Su abuela paterna había muerto antes de eso. Jared era todavía pequeño cuando hizo reír a su padre al decirle que tenía un amigo a cuyo abuelo lo veían todos.

—Lo siento, no quería decir eso. La tía Addy y tú solíais pasar muchas horas construyendo cosas.

Alix apartó la mirada un instante, con la sensación de que no le estaba diciendo la verdad. No recordaba a la tía Addy sentada en el suelo mientras apilaba cosas. Sin embargo, no pensaba insistir. Empezaba a comprender que si iba con tiento, podía sonsacarle todo lo que quisiera, pero que si se lo preguntaba sin rodeos, Jared cambiaba de tema.

—Bueno, ¿cómo es la casa de Lexie?

Jared relajó los hombros, que había contraído de forma inconsciente a fin de prepararse para la tanda de preguntas. La miró con una sonrisa deslumbrante.

—Es una vivienda nueva, solo lleva en la familia setenta y cinco años.

—Toda una modernidad —replicó ella, y después los dos sonrieron.

Jared le habló de la historia de la casa hasta que regresaron a Kingsley House, donde aparcó la antigua camioneta. Echaron a andar por Main Street en dirección a la casa de Lexie.

Alix no podía evitar sentirse un poco nerviosa. ¿Y si no se llevaba bien con esas dos chicas?

Mientras caminaba junto a ella, Jared debió de percatarse de su inquietud.

—Si alguien se pasa de la raya, dímelo.

Alix le sonrió, agradecida.

12

—Vienen por el camino —dijo Lexie mientras miraba con disimulo por el ventanal del comedor.

Toby estaba preparando unos sándwiches para los invitados. Lexie y ella se habían levantado temprano para empezar a preparar la comida del picnic del día siguiente, así que ya habían comido. Cuando Jared envió el mensaje de texto diciendo que Alix y él iban de camino a su casa, lo dejaron todo y corrieron a arreglarse.

—Hacen buena pareja —comentó Lexie—. Ella es lo bastante alta para Jared y a él siempre le han gustado las pelirrojas. Tiene los rasgos de Victoria, pero el cuerpo de Ken.

—¡Que no se te olvide! —exclamó Toby.

—Lo sé. No puedo mencionar a Ken. Creo que voy a llamarlo para decirle lo irritante que resulta guardar este secreto. O mejor, dejaré que seas tú quien lo llame.

Toby sonrió. Lexie podía ser muy brusca a veces.

—¿Por qué tardan tanto?

—Jared la protege como si temiera que alguien pudiera secuestrarla en cualquier momento. Ahora le está señalando la casa y diciéndole algo. Espero que no la aburra con palabras como «viga transversal», «ángulos» y... todas esas cosas de las que siempre está hablando.

—Alix es estudiante de Arquitectura, así que a lo mejor le gusta —señaló Toby mientras colocaba los pepinillos caseros en los sándwiches. Como desconocía qué les gustaba comer, puso un poco de todo entre las rebanadas de pan.

—Me gustaría más que le hablara de sus ojos —replicó Lexie.

—¿Que le dijera que son tan mágicos como la luz de la luna? —sugirió Toby.

—¡Eso es perfecto! —exclamó Lexie—. ¡Oh, oh! Ella ha fruncido el ceño. Por favor, que no le esté hablando de los bichos esos que se comen la madera. Eso sí que acabaría con el romanticismo de golpe.

Toby dejó la bandeja con los sándwiches en la mesa del comedor.

—¿Por qué estás tan decidida a emparejar a Jared con esta chica?

—Porque necesita a alguien —contestó Lexie—. Jared ya ha padecido la muerte de muchos seres queridos. La tía Addy era la única constante en su vida y ya no está.

—Pero estás tú y sus demás parientes, y casi todos los habitantes de la isla son sus amigos —le recordó Toby.

Lexie soltó la cortina.

—Pero está partido en dos. Parte de él vive en Estados Unidos y el resto vive aquí. ¿Te he comentado alguna vez que conocí a una de sus novias en Nueva York?

—No —contestó Toby—. ¿Cómo era?

—Alta, delgada, guapa e inteligente.

—Parece ideal.

—No me la imaginaba pescando en Nantucket, ni mucho menos viviendo en una casa vieja con esa cocina verde tan antigua. ¿Qué haría si Jared Kingsley le pusiera en el fregadero veinte lubinas para que las preparara?

Toby suspiró.

—Te enamoras del elegante Montgomery y acabas casada con un Kingsley que huele a mar. No sería justo para ninguno de los dos.

—Y luego están los hábitos de trabajo de Jared. No sabes cuántas veces me han mandado Ken o la tía Addy para que fuera a despertarlo y me lo encontraba en la cama, rodeado por un montón de planos enrollados.

—¿Igual que viste a Alix en el sofá? —le preguntó Toby.

—Exactamente igual. —Se miraron con una sonrisa—. Me

encantaría saber qué siente Alix por él —añadió al tiempo que se dirigía a la puerta principal.

—A ver si podemos descubrirlo —replicó Toby.

Lexie abrió la puerta.

Alix se sentó a la preciosa mesa de comedor, en la silla que Lexie le indicó. Jared ocupó una silla a su lado y las dos chicas se sentaron frente a ellos.

Cuando Lexie y Jared empezaron a hablar de cosas que ella desconocía, miró su sándwich. Llevaba queso suizo, que nunca le había gustado. Lo encontraba demasiado fuerte. Además, también había mordido un trozo de pavo, pero ahumado, otra cosa que tampoco le gustaba.

Mientras Lexie, Toby y Jared hablaban, Alix se acercó el plato de Jared y se dispuso a arreglar el contenido de los sándwiches. Colocó el queso y el pavo ahumado en el de Jared, ya que sabía que le encantaban, y ella se quedó con los pepinillos y el queso cheddar. También le quitó las aceitunas del plato y le dio sus patatas fritas.

Cuando los ingredientes de los sándwiches estuvieron perfectamente distribuidos, los cortó en diagonal y le acercó el nuevo plato a Jared. También cambió las bebidas. Ella se quedó con la limonada y a él le dio el té helado.

Alix alzó la vista y descubrió que Lexie y Toby la estaban mirando en silencio.

—Lo siento —se disculpó—. No os prestaba atención.

—No era nada interesante —comentó Jared mientras miraba a Toby—. ¿Tienes mostaza picante? A Alix le gusta.

—Sí —contestó Toby al tiempo que se levantaba para ir a buscarla a la cocina.

Lexie miraba a Alix de forma penetrante. El parecido entre Jared y Lexie era evidente. Ambos tenían el mentón cuadrado y unos ojos que parecían taladrar a las personas. Alix decidió que no le gustaría enemistarse con ella, porque estaba convencida de que tenía un carácter muy fuerte.

En cuanto a Toby, no era en absoluto como la había imaginado. Por lo que Jared le había dicho, esperaba encontrar una especie de hippie ecologista, vestida con ropa confeccionada por ella misma y con sandalias hechas con las cámaras de los neumáticos. Sin embargo, Toby poseía una elegancia discreta, era muy guapa pero al estilo antiguo, como el retrato de una madona medieval. Llevaba un vestido precioso que Alix pensó que podía ser de la misma tienda donde había comprado Izzy.

—¿Es de Zero Main? —le preguntó Alix.

—Sí —contestó Toby con una sonrisa—. Mi padre viene cada dos o tres meses, me lleva a la tienda y la dueña, Noel, renueva mi armario de arriba abajo. ¿El top que llevas no es suyo?

—Sí que lo es —confirmó ella.

—Si vais a hablar de la Calle de las Enaguas, creo que me voy —comentó Jared.

Alix lo miró para que le explicara a qué se refería, pero fue Lexie quien lo hizo.

—Cuando los hombres estaban en alta mar, las mujeres gobernaban la isla y el lugar donde estaban sus tiendas se llamaba la Calle de las Enaguas.

—Todavía se llama así.

—Porque las mujeres hacían un maravilloso trabajo encargándose de todo, aún lo hacen. —Lexie miró a Jared—. Quiero que le eches un vistazo a la caldera del invernadero, y he visto ratas debajo de un par de arriates.

—¿Ratas? —preguntó Alix.

Jared la miró.

—Gracias a los viajes de nuestros ilustres antepasados que recorrieron todo el mundo, tenemos una extraordinaria variedad de ratas en la isla. —Todos miraban a Alix, a la espera de su reacción. ¿Pondría cara de asco y chillaría horrorizada?

—Como en las Galápagos —señaló ella.

—Exacto. —Jared le sonrió con tanto afecto que Alix se puso colorada—. Vale —dijo—. Chicas, os dejo solas. Aquí huele de maravilla. Alix es una gran cocinera y tiene que planear una boda y...

Lexie y Toby lo miraban con curiosidad.

Él miró a Alix.

—Si necesitas algo, dímelo.

Alix se puso de pie.

—Lo haré. ¿Estarás ahí afuera?

—Sí, pero me iré a casa cuando arregle la caldera y me encargue de las ratas.

—¿En la casa grande o en la pequeña?

—Donde tú quieras —respondió.

—En la grande. Voy a preparar las dos últimas lubinas con romero. He visto unas cuantas matas en el jardín trasero. Si puedes, pon un par de patatas en el horno. A 120 °C, para que se asen muy despacio.

—Vale.

Siguieron de pie sin hablar, como si no quisieran moverse.

Lexie y Toby permanecieron sentadas, mirándolos, mientras ellos seguían de pie con las miradas entrelazadas sin decirse nada. Al parecer, no sabían cómo separarse.

Lexie meneó la cabeza sin dar crédito y levantó las manos.

—¡Creo que voy a vomitar! ¡Jared, arregla la caldera! ¡Alix, ve a la cocina y ayuda a Toby a rellenar unos champiñones o lo que sea!

Jared apartó la mirada de Alix y miró a su prima con una sonrisilla.

—¿Y tú qué vas a hacer, doña Dictadora?

—Voy a ir un rato a la iglesia para darle gracias al Señor por seguir cuerda.

—¿Qué significa eso? —quiso saber Jared.

Lexie rodeó la mesa sin dejar de mover la cabeza, y cuando se acercó a él, le colocó las manos en los hombros y lo obligó a salir de la cocina a empujones.

—Fuera. Respira. Te prometo que Toby y yo no le haremos daño.

—¡Lexie, por favor! —exclamó Jared—. Esto es... —Dejó la frase en el aire porque ella le cerró la puerta en las narices.

Lexie regresó a la cocina atravesando la preciosa sala de estar. Toby estaba junto a la encimera y Alix, en el vano de la puerta, como si deseara salir corriendo.

—Lexie —dijo Toby en voz baja—, ¿por qué no vas a Grand Union y nos traes unas cuantas limas?

La aludida sonrió.

—¿Quieres librarte de mí?

—Sí —contestó Toby.

Lexie salió de la cocina riendo a carcajadas y, al cabo de un momento, la escucharon cerrar la puerta principal.

—Lo siento —se disculpó Toby—. ¿Quieres sentarte?

La cocina era una estancia alargada, pero una parte de la encimera hacía las veces de mesa, ya que contaba con un par de taburetes.

—Siento mucho si Jared y yo hemos... —Alix no sabía qué decir—. Es la única persona que conozco en Nantucket y hemos pasado juntos casi todo el tiempo que llevo aquí. Bueno, no juntos, juntos, pero sí...

—¿Sabes rallar la cáscara de los cítricos? —le preguntó Toby.

—No cocino tan bien como ha dicho Jared, pero eso sé hacerlo.

Toby señaló con la cabeza un cuenco lleno de limas, limones y naranjas.

—Necesito un cuarto de taza de cada uno —dijo al tiempo que le ofrecía un rallador.

Alix se alegró de dejar el tema de conversación de Jared y ella.

—¿Qué te parece Nantucket? —le preguntó Toby.

—De momento, me encanta. —Empezó a hablar de sus impresiones. La palabra «belleza» fue la que más usó después de «Jared». Todo lo que veían sus ojos era precioso. El resto de sus sentidos estaban saturados por Jared. Lo que él decía, hacía y pensaba, formaba parte de Alix.

—¿Sigue en pie tu plan de salir mañana con Wes? —quiso saber Toby.

—¿Y por qué iba a cambiar de opinión? —quiso saber ella.

—Pensaba que como Jared y tú sois... —Toby dejó la frase en el aire. Estaba al tanto de la norma de Ken según la cual Jared no podía tocarla, pero quería saber si se habían saltado dicha norma.

—Ah —exclamó Alix—. Crees que Jared y yo estamos a punto de convertirnos en pareja. Pues no. Espero que seamos amigos. De momento, somos dos colegas de trabajo que están trabando amistad.

Toby la miró con incredulidad.

—En serio —insistió Alix—. Creo que os hemos dado una impresión equivocada.

—Pero habéis pasado mucho tiempo juntos. Toda la isla se pregunta qué está pasando.

—Eso no me gusta —replicó ella—. Jared y yo trabajamos juntos. Nada más.

—¿Y los sándwiches?

—¿A qué te refieres? —preguntó Alix a su vez.

—Sabéis qué comida le gusta al otro.

—Hemos estado trabajando en los planos de varios edificios y hemos descubierto cosas el uno sobre el otro.

—Pero... —Toby puso los ojos como platos.

—Vale, te seré sincera. Al principio, Jared me interesaba en ese sentido. —Recordó el poema—. Pero él me dejó claro que no iba a suceder. Admito que al principio me escoció, pero ahora estoy bien. Y entre tú y yo, estoy deseando salir con Wes. Me apetece ese tipo de rollito para recordar que soy una chica. —Alix tomó aire con la esperanza de que su mentira hubiera parecido convincente. No quería salir con otro hombre—. ¿Podemos hablar de otra cosa que no sea yo?

—Por supuesto —respondió Toby—. No quería inmiscuirme en tus cosas. Es que nunca he visto a Jared tan interesado por otra mujer.

Alix no supo qué decir, de modo que cambió el tema de conversación.

—Le he dicho a mi amiga Izzy que la ayudaría a organizar su boda aquí en Nantucket, pero no sé por dónde empezar. Jared me ha comentado que podríais ayudarme.

Toby captó que Alix le estaba pidiendo por favor que la ayudara.

—¿Tenéis fecha fijada para la boda?

—Estaba fijada, pero estoy segura de que van a cambiarla. —No le explicó el motivo. De momento, quería que el embarazo de Izzy fuera algo íntimo. Se percató, con una enorme sorpresa, de que «íntimo» también incluía a Jared.

Toby siguió hablando:

—Lo primero que hay que hacer cuando sepas la fecha definitiva es fijar los colores que quiere la novia. Todo gira alrededor de los colores. Si quiere alguna flor especial, debo saberlo con antelación para poder encargarla con tiempo y que la traigan por avión.

—¿Por avión? —preguntó Alix—. Izzy no quiere una boda extravagante.

—En Nantucket todo nos llega por avión o en camiones por el ferry. Debes asegurarte de lo que quiere tu amiga y tener presente que las novias cambian a menudo de opinión. He visto chicas que querían algo sencillo y que acaban decidiendo que prefieren gastarse treinta mil dólares en orquídeas moradas.

—¿Treinta mil...? —Alix cogió una lima. Ya había acabado con las naranjas—. Creo que ese tipo de cosas es para la gente que vive en mansiones de veinte millones de dólares.

—O más. Ahora mismo, hay una casa en Polpis Road por la que piden cincuenta y nueve.

Alix solo atinó a parpadear mientras la miraba.

—¿Y tú qué prefieres?

—¿Yo?

—¿Qué tipo de boda prefieres?

—Una donde haya un novio.

Toby se echó reír.

—No, en serio, ¿no lo has pensado?

—No en la boda en sí misma. Pero ver a Izzy tan feliz con su prometido me ha hecho reflexionar sobre ciertas cosas. ¿Y tú? ¿Hay algún hombre en tu vida?

—Ninguno permanente.

Alix titubeó antes de hablar.

—Creía que Jared y tú... bueno, ya me entiendes.

—¿Que estábamos juntos?

Alix mantuvo la vista clavada en la lima que tenía en la mano.

—¿Lo habéis estado?

—¡Qué va! Jared es como mi hermano mayor. ¿Me ha usado para intentar ponerte celosa?

—¡Por supuesto que no! No tenemos ese tipo de relación. —Sin embargo, puestos a pensarlo, se había sentido celosa por todos los elogios que Jared le dedicaba a la angelical Toby—. O a lo mejor un poco. —No pudo evitar sonreír—. ¿Tiene muchas ex novias en la isla?

—Pues no. Lexie dice que estuvo con una chica en el instituto, pero que después ella se casó con el primo de Jared.

—Podría ser cualquiera, la verdad.

—Exacto. Pero, por lo que sé, este primo en particular y Jared no tienen mucho en común. La pareja vive en Surfside.

—Supongo que está en Nantucket, ¿no?

—Parece que has aprendido por fin que solo existe Nantucket.

Alix se echó a reír.

—Para Jared, eso es cierto.

Lexie volvió a casa esa tarde después de que Alix se marchara y empezó a hablar con Toby sobre lo que habían visto y oído.

—¿Eso ha dicho? —preguntó Lexie—. ¿Alix ha dicho que quería un rollito con mi primo Wes, que rezuma testosterona por todos los poros de su cuerpo?

—Pues anda que Jared tampoco se queda atrás —señaló Toby.

—Si no estuviera atado de pies y manos por el padre de Alix, podría intentar algo —comentó Lexie—. Esto no va bien.

—Por desgracia, estoy de acuerdo contigo. ¿A quién vas a llamar?

—A Wes. Saca la cerveza. Voy a invitarlo a tomar el té y hablaremos con él.

—¿Qué planeas hacer? —quiso saber Toby—. No creo que a Jared le guste que...

—Déjame manejar a mis primos —la interrumpió Lexie, que al instante comenzó a hablar por teléfono—. ¿Wes? Soy Lexie. Toby y yo queremos invitarte. —Hizo una pausa—. Ahora, claro. Sí, vamos, ahora me dirás que tenemos que mandarte una invitación impresa. Sí, tiene que ver con tu cita con Alix. —Lexie colgó—. Vendrá dentro de diez minutos.

Toby pensó que jamás se acostumbraría a la informalidad que regía en Nantucket. La gente se metía en los asuntos de los demás a todas horas. Un día, estaba tranquila en casa cuando escuchó que se abría una puerta. Era el fontanero que subía desde el sótano. Había entrado por la puerta trasera, cuyo pestillo jamás se echaba, había arreglado la fuga de agua y después había subido para asegurarse de que la cisterna no goteaba más. El hecho de que hubiera entrado en la casa solo pareció molestarla a ella.

—Mira, Wes —dijo Lexie veinte minutos después. Toby y ella estaban sentadas en el sofá frente al susodicho.

Toby se había asegurado de que su primo tuviera una buena cantidad de cerveza y galletas saladas mientras esperaba conocer para qué lo habían llamado.

—Toda la isla sabe que sigues enamorado de Daris Brubaker —siguió Lexie.

Daris era la mujer con la que Wes había querido casarse, pero seis meses antes tuvieron una fuerte discusión, cuya causa nadie sabía, y Daris lo mandó a hacer gárgaras. Desde entonces, Wes había salido con casi todas las chicas solteras de la isla.

Lexie esperó a que Wes dijera algo, preferiblemente lo que había pasado entre Daris y él, pero se limitó a beber un trago de cerveza y a mantenerse en silencio.

—Pero ella te dejó, seguramente porque se te van los ojos detrás de cualquiera. Has invitado a salir a Alix para recuperarla y, claro, para intentar darle en las narices a Jared.

Wes pareció encajar sus críticas sin inmutarse, aunque tampoco le ofreció información alguna.

—Bueno, ¿y qué?

—No voy a andarme por las ramas —siguió Lexie—. ¿Qué tenemos que hacer para que llames a Alix y le digas que no hay cita?

—Ni hablar. Mi padre va a conducir su antiguo Chevrolet durante el desfile y...

Toby intervino en ese momento.

—Jared te diseñará una casa para que la construyas en ese terreno que tienes y lo hará gratis.

Lexie la miró con los ojos como platos. Todo el mundo sabía que los diseños de Jared llevaban cinco ceros en el precio.

Wes no pudo ocultar su sorpresa. Una cosa era que su primo le diseñara un garaje, pero ¿una casa entera?

—¿Con una ducha exterior y un cobertizo para guardar mis embarcaciones?

—Con lo que quieras —contestó Toby.

—No puedo permitirme un diseño de Montgomery.

Lexie sabía que si Wes usaba el apellido Montgomery en vez de Kingsley, lo hacía a modo de insulto. Se acomodó en el sofá y lo miró furiosa. Para él era un juego, pero para ellas era algo muy serio.

Toby, que no había crecido en la isla, no se sentía lastrada por las relaciones del pasado ni por las sutilezas del uso de los apellidos.

—Jared será el banco y te prestará dinero.

—No creo que... —protestó Lexie, pero Wes y Toby se estaban mirando en silencio.

Era como si ella no existiera.

—¿Sin intereses? —preguntó Wes.

—Medio punto menos que la tasa oficial del día que firméis el contrato —contestó Toby.

—Un punto y medio menos —regateó Wes.

—Tres cuartos —replicó Toby.

—Hecho —claudicó Wes.

—¡Joder, Toby! —exclamó Lexie—. No sabía que fueras capaz de negociar un trato así.

—Lo aprendí de mi padre.

Después de que Wes se marchara, Lexie tenía que decirle a Jared lo que habían acordado en su nombre... y estaba aterrada. Claro que como él no parecía dispuesto a coger el toro por los cuernos, alguien tenía que hacerlo en su lugar. Lo llamó y le dijo que necesitaba verlo de inmediato.

Lexie lo invitó a sentarse en el mismo sillón que había ocupado Wes una hora antes, pero Jared no quiso cerveza ni ninguna otra bebida.

—¿Qué pasa? —le preguntó—. Alix tiene la cena lista y tenemos cosas que hacer.

—¿Como por ejemplo? —quiso saber Toby.

Jared le sonrió.

—No lo que estáis esperando. A ver, ¿qué es eso tan importante que no puede esperar a mañana?

—Mañana es el quid de la cuestión —respondió Lexie—. Pareces no darle importancia al hecho de que Alix ha quedado con Wes mañana. Pasarán todo el día juntos.

Jared guardó silencio.

—¿No te importa? —insistió Lexie.

—Aunque no es de tu incumbencia, primita, he planeado la manera de evitarlo.

—¿Qué significa eso? —quiso saber Lexie.

—Creo que es mejor que esperes y lo veas —contestó al tiempo que hacía ademán de levantarse—. Ahora, si habéis acabado de meter las narices en mi vida privada, me voy a casa.

—Con Alix —señaló Toby, sonriendo.

Jared le devolvió la sonrisa.

—Sí, con Alix.

—Lo hemos arreglado —dijo Lexie—. Hemos arreglado lo de Wes. Va a costarte un poco, pero merecerá la pena.

Jared las miró. Estaban sonriendo y tenían un aspecto la mar de inocente. Unas chicas muy guapas. Y con buenas intenciones. Pero claro, la dinamita no se inventó para hacer daño. Se sentó de nuevo en el sillón.

—Explicadme qué habéis hecho —dijo con voz serena.

—Hemos hecho un trato en tu nombre —replicó Lexie—. La idea fue mía, pero Toby ha negociado los intereses. Ha estado genial. —Miró a su amiga con orgullo.

—A lo mejor deberíais empezar por el principio —sugirió él.

Lexie fue quien se encargó de explicarle lo que le habían prometido a Wes a cambio de que cancelara la cita con Alix.

Jared no demostró la menor emoción porque era un gran jugador de póquer.

—¿Tengo que diseñarle una casa gratis y prestarle dinero a un interés tan ridículo?

—Dicho así parece demasiado —contestó Lexie—. Pero, Jared, no puedes dejar que Alix pase el día con Wes. Desde que Daris cortó con él, se ha convertido en un buitre. Y siempre ha existido cierta rivalidad entre vosotros. Nos preocupa que intente algo con la pobre Alix.

—Creo que Jared tiene otro plan —terció Toby.

—¿Lo tienes? —le preguntó Lexie a su primo.

Sin decirles nada a esas dos entrometidas, hizo lo que había planeado hacer una vez que se despidiera esa noche de Alix, si bien le habría gustado hacerlo en privado. Se sacó el móvil del bolsillo y activó el manos libres para que tanto Lexie como Toby pudieran escuchar la conversación. Después, marcó un número.

—¿Jared? —dijo una voz femenina—. ¿Eres tú?

—Hola, Daris, ¿qué tal está tu padre?

—Ya está bien. ¿Te llegaron las notas de agradecimiento?

—Las cuatro, sí.

—Te estamos muy agradecidos por toda la ayuda que nos has prestado.

—Quería pedirte un favor —dijo Jared.

—¡Lo que quieras! —exclamó Daris—. Si quieres, me fugo contigo ahora mismo.

Toby y Lexie, que estaban sentadas frente a él, se miraron con los ojos de par en par.

Jared sonrió y dijo en voz baja, y hablando más despacio:

—No hace falta que te sacrifiques, Daris, aunque me parece una idea estupenda. Esta noche no podré dormir pensando en lo que me has dicho.

—Si quieres... —comenzó Daris.

Lexie la interrumpió.

—Hola, Daris —dijo en voz alta—. Soy Lexie. ¿Cómo está tu madre?

Daris se recobró rápidamente de la sorpresa de descubrir que Jared no estaba solo.

—Genial. Ha perdido veintidós kilos mientras mi padre estaba enfermo. Está pensando en escribir un libro que se titule: *La dieta «Mi marido ha sufrido un infarto»*. Jared, ¿qué necesitas?

—¿Te interesa vengarte de Wes por lo que fuera que te hiciese?

—¿Por mi bien o por el tuyo?

Jared sonrió.

—¿Eso es un sí?

—Ya te digo. Cuenta conmigo. ¿Voy armada?

—Prefiero que lleves unos pantalones muy cortos y un top ajustado.

Daris guardó silencio un instante.

—Jared, cariño, ¿seguro que no quieres casarte?

—Ya no lo tengo tan claro —contestó en voz baja y Lexie y Toby abrieron los ojos todavía más.

Daris rio.

—Vale, lo voy pillando. ¿Esto tiene que ver con esa chica tan guapa con la que prácticamente has estado viviendo desde que se mudó a la casa de tu tía?

—Es posible. Te llamo luego para comentarte los detalles, pero ¿nos vemos mañana a las diez menos cuarto para participar en el desfile?

—Esta noche cortaré todavía más mis pantalones cortos.

—Estoy deseando ver el resultado. —Jared cortó la llamada y miró a Lexie y a Toby con las cejas enarcadas—. ¿Y bien?

—¿Crees que volverán? —le preguntó Toby.

—Eso no es de mi incumbencia —contestó Jared.

Lexie colocó las manos frente a ella, a modo de balanza.

—¿Las piernas de Daris o un préstamo de un millón de dólares? Wes tendrá que decidir. —Miró a Toby y luego a Jared, tras lo cual miró de nuevo a su amiga.

—Se quedará con las piernas —dijo Toby.

—¿Tratándose de las de Daris? —preguntó—. ¡Desde luego que sí!

13

Jared se presentó en Kingsley House con una chaqueta preciosa hecha a medida, una camisa azul y unos pantalones de color caqui. Alix lo miró y corrió escaleras arriba para cambiarse de ropa.

—¿Por qué no me habías dicho que hay que arreglarse? —le preguntó al retrato del capitán Caleb—. Y como se te ocurra mover algo, te pongo de cara a la pared.

Se reunieron con Lexie y con Toby y echaron a andar por Main Street, donde la carretera se ensanchaba y había dos largas filas de coches esperando. Jared se había levantado temprano, de modo que la camioneta de su amigo se encontraba en quinto lugar.

Las calles estaban llenas de gente, casi todas con narcisos prendidos en la ropa. Algunas de las mujeres habían ideado sombreros imposibles que lucían muy bonitos al sol matinal.

—No te separes de mí —dijo Jared al llegar al bullicio.

—Pero se supone que tengo que reunirme con Wes —replicó por cuarta vez por lo menos. En cada ocasión, Jared hizo como que no la había escuchado—. Vamos, que está celosísimo —masculló mientras intentaba mantenerse a la altura de sus largas zancadas.

La noche anterior, Jared había salido de la casa aunque la cena estaba lista, aduciendo que Lexie tenía una emergencia. Regresó tres cuartos de hora después, pero se negó a contarle qué había pasado. Solo dijo: «No ha habido baño de sangre. Debería haberlo habido, pero no ha sido así.»

Vieron una película juntos, *Los Blandings ya tienen casa*, y en dos ocasiones Alix le dijo que iba a asistir al desfile con Wes. Jared no replicó. Cuando aceptó salir con su primo, apenas conocía a Jared. Al recordar lo mucho que la impresionaba, sonrió. En ese momento, prefería viajar con Jared en la antigua camioneta Ford.

Sin embargo, por más veces que lo repitiera, Jared no decía ni pío al respecto.

La noche anterior, cuando se fue a la casa de invitados, Alix no pudo evitar sentirse... Bueno, sentirse casi enfadada con él. Había empezado a creer que formaba parte de la familia Kingsley, pero parecía que Jared no era de la misma opinión. O tal vez sí. Wes era primo suyo, ¿por eso qué importaba que fuera con él al desfile?

Esa mañana, al llegar a la hilera de coches, Alix guardó silencio. ¿Se sentaría junto a Wes para saludar a las personas a las que había conocido?

Sin embargo, nadie más parecía inquieto en lo más mínimo. Lexie y Toby se irían a Siasconset con las neveras de comida que Alix había ayudado a preparar, pero primero querían saludar a los veraneantes.

—¿Son iguales que los forasteros? —preguntó Alix.

—Sí y no.

Jared le explicó que eran personas que tenían casas en Nantucket y que iban todos los veranos a la isla. Algunos llevaban veinte o treinta años haciéndolo, tal vez incluso más.

—¿Te caen bien o no? —preguntó Alix, que quiso hacer una broma.

Sin embargo, Jared no sonrió.

—Depende de si aportan algo a la comunidad o de si se aprovechan de ella.

En cuanto se internaron en la multitud, Lexie y Toby se alejaron, pero Alix se quedó con Jared. Una vez más, él parecía conocer a todo el mundo.

—¿Cuándo vas a diseñarme esa casa de invitados? —le preguntó un hombre. Era bajito y rechoncho, y le sonaba de algo su cara.

Cuando se alejaron, Alix le preguntó por su identidad.

—Uno de los diez primeros de *Forbes* —fue la respuesta de Jared antes de saludar a otra persona.

Alix supo que se refería a la lista de los más ricos.

Cuando Wes apareció, todo sucedió a la vez. Alix se apartó del lado de Jared a regañadientes para acudir junto a él. La mente le funcionaba a toda pastilla en busca de un modo de librarse de la cita sin ofender a nadie. Claro que Jared tampoco quería que lo acompañara...

Dio un paso hacia Wes, pero Jared no hizo ademán de impedírselo. Sin embargo, Wes se detuvo en seco y clavó la vista en algo que estaba detrás de ella, que se volvió para mirar.

Una chica se había acercado a Jared, se había cogido de su brazo y se inclinaba sobre él en actitud posesiva. Era bastante atractiva. Rubia, con una melenita corta y unos ojos enormes, aunque lo que más destacaba de ella era su vestimenta. Llevaba una vaporosa túnica que le llegaba a la parte superior de los muslos... y no parecía llevar nada debajo. Sus largas y torneadas piernas, bronceadas y perfectamente depiladas, parecían interminables, hasta llegar por fin a unas sandalias doradas.

Alix, sin habla, miró a la recién llegada, después a Jared y luego a Wes, antes de mirar a la chica de nuevo.

—Es mi cita —le dijo Jared a Wes.

Alix se quedó boquiabierta. Con razón le daba igual que ella saliera con otro. Con razón...

—¿Cambiamos? —le preguntó Jared a su primo.

Wes asintió con un gesto seco de cabeza y la chica se soltó de Jared para acercarse a su primo.

Alix se quedó donde estaba, incapaz de moverse y sin saber qué acababa de pasar.

—¿Lista para irnos? —le preguntó Jared con impaciencia.

Alix aún no daba crédito.

—El desfile está a punto de empezar y tenemos que subirnos a la camioneta.

Alix se recuperó lo suficiente para cruzar la calle adoquinada hasta la camioneta Ford azul y sentarse junto a Jared.

—¿Lo habías planeado todo?

Él arrancó el motor.

—¿Planear el qué? Ah, te refieres a Daris, ¿no?

—¿Es la chica sin pantalones?

Jared sonrió.

—Las mejores piernas de toda la isla. Wes y ella eran pareja hasta hace seis meses. Él hizo algo que a ella no le gustó y lo mandó a hacer gárgaras. Supongo que ya lo ha castigado bastante. Toma. —Le dio un ramillete de narcisos.

Alix lo aceptó mientras él se colocaba tras un Mercedes de los años sesenta con puertas de ala de gaviota.

—Así que lo planeaste todo.

Jared la miró con una sonrisilla.

—¿De verdad creías que iba a dejar que salieras con Wes?

—Sí —contestó sin rodeos—, lo creía. —Lo miró con una sonrisa—. Gracias por demostrar que estaba equivocada.

—Ha sido un placer —replicó él.

Lo dijo con un tono tan vanidoso que Alix no pudo dejarlo estar.

—Es una ocurrencia tan rara que me equivoque que empezaba a creer que era imposible.

Jared se echó a reír.

—Saluda a la gente con la mano.

Eso hizo.

—Bueno, ¿qué ideas tienes para la casa de invitados del hombre de la lista de *Forbes*?

—Todo de cristal —contestó él—. Como si Philip Johnson hubiera venido a Nantucket.

—Estás de guasa, ¿verdad?

—Se supone que hoy no vas a trabajar. Disfruta del paisaje.

Desfilaban por Orange Street, y todas las casas antiguas la hacían pensar en un diseño distinto para una casa de invitados. Pero no lo dijo en voz alta.

—Su mujer adora cuidar del jardín y quiere su propio invernadero —dijo Jared—. Uno pequeñito. De unos ciento ochenta y cinco metros cuadrados.

—¿En serio? —Alix lo miró con ojos desorbitados—. A lo mejor Toby tiene alguna idea al respecto.

—Es lo mismo que pienso yo —repuso Jared con una sonrisa, antes de ponerse a hablar del diseño todo el camino hasta

Siasconset, que estaba a poco más de quince kilómetros, pero que pareció más lejos.

Cuando llegaron al precioso pueblecito del que Jared solía decir que estaba lleno de casitas de pescadores, Lexie y Toby los estaban esperando. Habían bajado la comida, los utensilios y el elegante servicio de picnic del todoterreno.

Jared aparcó la camioneta en la zona habilitada que le indicó Lexie y después desapareció tal como hacían los hombres cuando tenían que enfrentarse a cualquier cosa que considerasen trabajo femenino. Alix siguió las órdenes de Lexie y ayudó a disponerlo todo. En cuestión de minutos, la parte trasera de la camioneta y una mesa estaban cubiertas de comida y bebida, colocadas sobre preciosos manteles italianos. Era todo muy elegante, como una fotografía de un picnic perfecto.

Alix se internó en la calle. A ambos lados estaban los preciosos coches antiguos, así como las camionetas, que habían participado en el desfile a través del pueblo.

Desde que había llegado a la isla, se había ido percatando de la riqueza de Nantucket, pero los coches antiguos habían reforzado esa impresión. No se trataba de antiguallas, sino de coches que podrían estar en un museo, y los propietarios de dichos coches parecían salidos de un anuncio de Ralph Lauren: americanas, pañuelos y relojes de oro para los hombres; modelos confeccionados a la perfección para las mujeres. Observó los lujosos arreglos de los picnics y sonrió.

—¿Te gusta? —preguntó Jared, que apareció en cuanto ya no había nada que hacer.

—Es magnífico. Tengo la sensación de haber caído de lleno en la portada de una revista de tendencias.

—Ven —dijo él—. Están haciendo una demostración de esculturas de hielo un poco más abajo.

Diseminados por toda la zona, había bailarines y músicos, artistas y acróbatas, y todo el mundo parecía conocerse. Cuando volvieron a la camioneta, Jared empezó a hablar con un grupo de personas mientras ella llenaba los platos de ambos. Había sillas delante de la camioneta, de modo que se sentaron a comer.

—Llevo años sin venir —dijo él—. Ha crecido mucho.

—¿Por qué has faltado? Es maravilloso.

—Porque no conseguía una cita —contestó él.

Alix llevaba grabada en la mente la imagen de la guapísima Daris colgada de su brazo.

—¡Ja! La mitad de las mujeres presentes...

Jared la interrumpió.

—Quiero decir que no conseguía una cita con la que me apeteciera venir.

Alix le sonrió y por un instante sus miradas se encontraron. Pero, como de costumbre, él apartó la cabeza. «Señales contradictorias», pensó ella. Jared había trazado un elaborado plan para evitar que saliera con otro hombre, pero cuando lo miraba con algo más que trabajo en mente, él se distanciaba.

Se ordenó no forzar la situación.

Media hora después estaban en mitad de la carretera, hablando con varias personas, cuando Jared la miró con expresión seria.

—¿Alix? —dijo—. ¿Tienes la sensación de que me debes algo? Por poco que sea.

—Pues claro. ¿No te lo he agradecido lo suficiente? Porque si no es así, te pido perdón por...

—No, no es eso —la interrumpió—. Es que mi primo viene hacia aquí y...

—¿Wes?

—No.

—¿Te acuerdas de la mujer de la licorería? —Su expresión hizo que Alix dejara de intentar adivinarlo—. Vale, lo siento. Uno de tus primos viene hacia aquí y...

—Su mujer era mi novia en el instituto. Me dejó por él. Sé que es una ridiculez, pero...

Alix escudriñó la multitud y vio a un hombre de la edad de Jared con el mentón, el pelo oscuro y los ojos de los Kingsley. Sin embargo, si bien en Jared esos rasgos formaban una cara muy masculina, las facciones de ese hombre tenían algo femenino. Iba bien vestido, con una camisa y una chaqueta perfectas, e incluso llevaba vaqueros. Pero no eran como los vaqueros que solía llevar Jared, que incluso limpios parecían haber pasado por mil batallas y alguna más.

Junto al hombre iba una rubia alta y delgada de ojos azul

claro. A Alix le pareció bastante guapa, pero parecía cansada y tal vez algo mayor de lo que era en realidad.

Cuando la mujer vio a Jared, se le iluminó la cara, el cansancio desapareció y su belleza aumentó. Alix se la imaginó en una carroza de un desfile, o como la reina del baile de graduación.

En cuanto el hombre vio a Jared, por un segundo, su semblante se ensombreció. Sin embargo, se recuperó lo suficiente para esbozar una sonrisa que no le llegó a los ojos.

—Jared. —La mujer extendió los brazos como si quisiera abrazarlo.

Alix reaccionó de forma instintiva. Aunque Jared no había explicado qué quería que hiciera, supuso que estaba a punto de pedirle que se interpusiera entre su ex y él.

—¿Quieres que te proteja? —le preguntó en un susurro.

—Por favor —contestó él, que afianzó la postura a la espera de que la mujer llegara hasta él.

Alix se colocó delante de Jared, lo que hizo que la mujer se detuviera. Aún tenía los brazos extendidos, aunque no sabía muy bien qué hacer con ellos.

Alix le estrechó una mano.

—Hola, soy Alix. Supongo que conoces a Jared. —De reojo, vio que Lexie le daba un codazo a Toby en las costillas. Por supuesto, las dos chicas se levantaron al instante para observar cómo se desarrollaba la escena.

—Yo soy Missy —replicó la mujer—. Jared y yo nos conocemos desde hace muchísimo tiempo.

—¿En serio? —preguntó Alix—. Creía que había oído hablar de todos sus amigos, pero nunca ha mencionado a una Missy.

Cuando se volvió hacia Jared, se dio cuenta de que él tenía la cabeza agachada, de modo que sus narices quedaban muy cerca. Hizo ademán de apartarse, pero él le rodeó la cintura con un brazo y la pegó por completo a su cuerpo.

Alix puso los ojos como platos, pero se controló al instante. Más o menos.

—Yo... esto...

—Me alegro de verte, Jared —dijo el hombre cuando se colocó detrás de la rubia. Al igual que Jared, rodeó la cintura de su mujer con un brazo en actitud posesiva—. Bueno, ¿qué tal es vivir fuera de la isla? ¿Has aprendido muchas cosas sobre el mundo exterior?

Incluso Alix se dio cuenta de que era un insulto. Miró al hombre con una sonrisa gélida.

—Jared está conquistando el mundo con sus magníficos diseños. —Como el hombre no perdía la sonrisilla ufana, Alix recordó los libros de su madre y que esa familia llevaba siglos peleándose por la casa solariega—. Y, además, está muy ocupado con todo el trabajo que hace en Kingsley House. Mantenerla en perfectas condiciones para que la herede su futuro hijo, el octavo Jared, es un legado muy importante.

Durante un segundo, Alix creyó que se había pasado, pero después obtuvo la satisfacción de ver cómo desaparecía esa sonrisilla ufana.

A su espalda, Jared le enterró la cara en el cuello... y le erizó todo el vello del cuerpo.

—Eres mi mujer ideal —le dijo, y Alix se dio cuenta de que estaba conteniendo la risa. Jared consiguió recuperar la suficiente compostura para levantar la cabeza—. Te presento a mi primo Oliver Collins y a su mujer, Missy. Ella es Alix.

—Encantada de conoceros —dijo Alix, que le tendió una mano a Oliver—. ¿No te apellidas Kingsley?

—Somos parientes por parte de su madre, que se casó con un forastero —explicó Jared. Después, sin aflojar la mano que tenía en la cintura de Alix, señaló la camioneta cargada de comida—. Venid, comed con nosotros.

—Gracias —repuso Oliver—, pero tenemos que volver a casa. Los niños nos necesitan. El matrimonio conlleva una gran responsabilidad. Alix, Jared —dijo con sequedad antes de alejarse con su mujer.

Missy miró hacia atrás como si quisiera quedarse, pero su marido no aflojó su férreo abrazo.

Jared hizo que Alix se volviera, de modo que quedaron frente a frente.

—¡Has estado genial! —exclamó—. Pero genial de verdad. No habían puesto en su sitio a Oliver desde... bueno, nunca lo habían puesto en su sitio. ¡Sí que eres la hija de Victoria! —Sin dejar de reír, guiado por un impulso, le dio un beso fugaz a una sonriente Alix.

Aunque la intención era que fuese breve, ambos dieron un respingo como si los hubiera atravesado un rayo.

—Yo... —comenzó Jared antes de acercarse más.

Una vez más, Alix vio el fuego azul en sus ojos, de modo que levantó los brazos para rodearle el cuello.

No pudo ser. Jared frunció el ceño, se apartó y el fuego de sus ojos se apagó.

El primer impulso de Alix fue huir. ¿Cuántas veces más iba a pasar eso? Se acercaban, él la miraba como si estuviera a punto de devorarla y después se enfriaba antes de apartarse. Sucedía una y otra vez.

Alix no sabía adónde ir si dejaba el picnic, pero a juzgar por la rabia que crecía en su interior, se creía capaz de volver andando a Kingsley House. Y en cuanto llegara allí, haría las maletas y se iría de la isla. Ya había aguantado todo lo aguantable de ese hombre, que la miraba con deseo y en un abrir y cerrar de ojos le daba la espalda. Se alejó de él.

—Alix... —dijo Jared, pero ella se internó en la multitud a toda prisa.

Toby la alcanzó.

—No quiero oír excusas... —le soltó Alix.

—Sigue hasta la tienda, tuerce a la izquierda y verás un puente que lleva a la playa. Vete.

Alix asintió con la cabeza y echó a andar. No le costó encontrar el puente, bajar los escalones y llegar a la playa. El fresco que notó le indicó que no había muchas personas en los alrededores, algo que agradeció. El mar y la arena la tranquilizaron.

No estaba segura de cuánto tiempo pasó allí. Su cabeza no pensaba con orden ni concierto, más bien era una vorágine de pensamientos. Recordó los almuerzos y las cenas que había compartido con Jared, riéndose, comiendo y creando juntos. En todo momento, él le había dejado claro que nunca habría nada de índole sexual entre ellos. Había supuesto que se debía a que no sentía nada por ella.

¡Pero ese beso...! Tan electrizante como un rayo. Sabía que él también lo había sentido, pero ¿por qué se había apartado?

¿Por qué la había mirado con tanta frialdad? No parecía haber otra mujer en su vida, así que ¿cuál era el problema?

De repente, sintió un escalofrío, se frotó los brazos y se dio la vuelta. No muy lejos de ella, Jared estaba sentado en la arena, a la sombra. Estaba sentado sin más, a la espera. Parecía preocupado por algo.

Sin embargo, ella no se compadeció en absoluto. Se plantó delante de él.

—Quiero volver a... —No podía decir que quería «volver a casa», porque no podía llamar así a Kingsley House—. Quiero volver —repitió.

Jared no se levantó.

—Te llevaré donde quieras, pero primero me gustaría contarte la verdad.

—Para variar, vamos —replicó.

Jared se quitó la chaqueta y se la ofreció, pero ella no la aceptó.

—Por favor —le pidió él—. Concédeme veinte minutos, y si después quieres dejarme o irte de Nantucket, o hacer lo que sea, me encargaré de todo.

A regañadientes, se sentó en la arena a unos pasos de él, y cuando Jared le echó la chaqueta sobre los hombros, dio un respingo.

—Vas a coger frío.

—No mientras me estés fulminando con la mirada —repuso él.

Alix no sonrió, pero sí dejó que le echara la chaqueta por encima.

—No sé por dónde empezar —dijo él—. Si pudiera, te lo contaría todo, pero no puedo.

Se volvió para fulminarlo con la mirada.

—¿Y por qué estoy aquí?

—¡No lo sé! —exclamó Jared, exasperado—. Solo sé un cinco por ciento más que tú y no entiendo nada. Pero sé que hay personas que llevan toda la vida ocultándote secretos.

—¿Quiénes?

—Eso no puedo decírtelo. Ojalá pudiera, pero no puedo. Solo puedo decirte que les debo la vida entera a esas personas. De no ser por... por esas personas que me ayudaron, solo habría sido un delincuente.

Alix clavó la vista en el mar mientras intentaba averiguar qué le estaba diciendo.

—Sé que no querías que yo viniera a Nantucket.

—Cierto —confirmó él—, no quería. Te dije que estaba enfadado con mi tía. Su testamento me pareció una traición. Si no hubieras llegado antes de tiempo, me habría marchado y nunca nos habríamos encontrado.

—Pero te quedaste —señaló.

—Porque me caías bien —repuso él.

—¿En pasado?

Jared tardó en contestar.

—Nunca había conocido a una mujer que encajara en los dos mundos en los que vivo, a una mujer capaz de limpiar pescado y de discutir sobre bases de suelo.

—Lo sé —dijo en voz baja—. Estábamos a punto de convertirnos en buenísimos amigos.

—No —la corrigió—. Tim, mi socio, y yo somos amigos. Él detesta pescar y cree que todos los caminos de tierra deberían asfaltarse, y se pasa la vida preocupado por el dinero. Pero somos buenos amigos.

—¿Y tú y yo no lo somos? —preguntó Alix. ¡Joder! Sentía el escozor de las lágrimas en los ojos.

—Por muy bien que me caiga Tim, no siento el menor deseo de arrancarle la ropa. No tengo ganas de hacerle el amor hasta saciar el ansia que me corroe por dentro. No me quedo despierto por las noches pensando en sus labios o en sus muslos o en cualquier otra parte de su cuerpo.

Alix lo miraba fijamente.

—Pero no me has tocado.

—Se lo prometí a alguien a quien le debo mucho —adujo él en voz baja.

—Y esa persona te pidió que... ¿El qué? ¿Que mantuvieras las manos quietecitas?

—Sí.

Alix clavó de nuevo la vista en el mar.

—A ver si me aclaro: le debes algo a alguien, o a varias personas, algo muy gordo, y nos conocen a los dos.

—Sí, pero de verdad que no puedo decir nada más.

—Vale, vale. A ver si adivino parte de la historia. Ha habido bastantes arreglos en Kingsley House, arreglos como el del tejado, y son caros. También me he dado cuenta de que algunos arreglos eran más estructurales, lo que quiere decir que en algún momento la casa se deterioró bastante. ¿Me equivoco?

Jared ladeó la cabeza y la miró antes de darle el visto bueno con un gesto de cabeza.

—Dejar que una casa llegue a ese estado implica que o al propietario le daba igual o que no podía permitirse los arreglos. Salta a la vista que tu familia se preocupa muchísimo de esa vieja mansión.

—Así es —le aseguró él.

—Y luego está el resto de casas. Me has dicho que tu familia posee la casa en la que vive Lexie, y que también posee la de Dilys, donde creciste. Me has dicho que tenías catorce años cuando se hizo la remodelación de esa casa y evidentemente es obra tuya.

Jared la miraba en silencio, con expresión fascinada.

—El año que estuve aquí con mi madre, tú tenías catorce. Ahora bien, ¿quién en su sano juicio dejaría que un adolescente planeara una remodelación? ¿Y quién la iba a pagar?

—La tía Addy —contestó Jared, mirándola con una sonrisa.

—Si podía permitírselo, ¿por qué no reparó su propia casa?

La sonrisa de Jared se ensanchó.

—Muy bien, doña Detective, suelta tu teoría.

—Creo que mi madre ha escrito todos sus libros basándose en tu familia, y que a modo de compensación, pagó las remodelaciones, y...

—¿Qué más?

—Creo que también ayudó con tus gastos educativos.

Jared no contestó, pero a juzgar por el brillo de sus ojos, supo que había acertado.

—La cuestión es por qué mi madre te iba a prohibir que me tocaras. —De repente, la asaltó una idea espantosa y puso los ojos como platos—. ¡Es verdad! Mi madre y tú fuisteis amantes. —Lo dijo con un deje horrorizado en la voz.

—No. Jamás —le aseguró Jared, que sonrió—. Pero cuando tenía diecisiete años y tu madre se paseaba por el jardín con un biquini rojo, mis visitas a la tía Addy eran mucho más frecuentes, lo admito.

Alix lo miró con los ojos entrecerrados.

La sonrisa de Jared desapareció.

—Te puedo asegurar que entre Victoria y yo jamás ha habido otra cosa que no sea una amistad.

Alix apartó la mirada.

—¿Qué tiene que ver mi madre con el testamento?

—Que yo sepa, nada —contestó Jared con sinceridad—. Se quedó tan alucinada como yo.

Alix meditó sus palabras un momento.

—Quiero dejar las cosas muy claras, porque creo que tienes razón en lo de que me han mentido toda la vida. ¿Es cierto que me quieres para algo más que para ayudarte a dibujar planos?

Jared hizo ademán de protestar, pero después sonrió.

—Creo que soy capaz de encargarme de los negocios yo solito.

Alix pasó del tono guasón.

—E hiciste todo eso de Wes porque...

—¿Creías que iba a dejar que un salido como ese pasara el día con mi chica?

—¿Tú...? —Inspiró hondo—. Ya que nos estamos sincerando, me gustaría desahogarme. Mi padre también es arquitecto, aunque ahora casi se limita a la enseñanza, y me ha advertido de que tenga cuidado contigo.

—¿En qué sentido?

—Tu reputación con las mujeres no es muy buena.

—Ni privada —masculló Jared.

—Eres demasiado famoso como para que sea privada. Pasas de una modelo o actriz a otra y...

—¿Adónde quieres llegar? —preguntó Jared.

—Hubo un tiempo en el que me imaginé que mantenía una aventura con el Gran Jared Montgomery, pero...

—Pero ¿qué?

—Cuando Eric me dejó, me dolió, pero bastaron una buena llantina y unos cuantos kilos de chocolate para que se me pasara. Después, al verte a ti, al Gran...

—Ni se te ocurra repetirlo.

—Vale. La verdad es que ya no te considero de esa forma.

—¿Y cómo me consideras ahora? —preguntó él en voz baja.

—Como un ser humano. Como un hombre de carne y hueso que es impaciente, que manipula conversaciones e información en función de sus intereses, y como un diseñador que a veces no tiene clara su visión.

—¿No hay nada bueno?

—Como a un hombre que comparte con generosidad todo lo que tiene y todo lo que sabe. Comida, dinero o trabajo, lo compartes todo. He visto que eres un hombre que protege a sus seres queridos, y que demuestra sus sentimientos con sinceridad.

—Todo un santo. —Aunque las palabras parecían guasonas, su tono era serio.

—No del todo —lo corrigió Alix al tiempo que clavaba la vista en el mar—. De Eric pude recuperarme con chocolate y un poema, pero de ti... —Tardó bastante en continuar—. A ti podría quererte. Si tuviera una... una aventura contigo y me dejaras después, estoy convencida de que nunca me recuperaría. —Inspiró hondo—. Ya está, ya lo he dicho. Y creo que es más de lo que querías escuchar. Creo que...

Alix dejó de hablar porque él la besó. Fue un beso dulce y tierno, una caricia entre sus labios breve y... y prometedora.

Se apartó para observarlo y le puso una mano en la mejilla mientras lo miraba a los ojos. Alix necesitaba encontrar la verdad en su interior. ¿Se sentía atraída hacia ese hombre por quién era? Llevaba años adorándolo.

Sin embargo, en ese momento conocía al hombre, había conocido a sus amigos y a sus familiares, lo había visto en su propio terreno. Tenía la sensación de que había visto algo que ninguna otra mujer había vislumbrado: al verdadero Jared Montgomery Kingsley Séptimo. De verdad, sin armaduras ni máscaras, había visto ambas personalidades. Porque estaba el hombre de fama mundial al que le pedían autógrafos, y también el hombre al que una anciana pareja sentada en un banco le había pedido que le echara un vistazo a su calefacción antes de que comenzara el invierno.

Jared seguía sentado en silencio y sus caras estaban muy juntas. Parecía darse cuenta de que Alix le estaba haciendo una pregunta, de modo que cuando pronunciara las palabras, él estaría preparado para contestar.

¿Qué hombre le gustaba más?, se preguntó ella. ¿El genio de la arquitectura o el hombre que formaba parte de una comunidad y de una familia que sospechaba que podían ser abrumadoras en ocasiones?

—Me gustáis los dos —dijo ella al tiempo que le acariciaba la mejilla, disfrutando de la aspereza de la barba. Llevaba mirándolo durante días sin darse cuenta de lo mucho que deseaba tocar lo que veía. Ese fuerte mentón Kingsley era maravilloso contra sus dedos y hasta le gustaba sentir el roce de su barba.

Jared volvió la cara para besarle la palma... y el fuego azul regresó a su mirada.

Se le puso el vello de punta al darse cuenta. Jamás había experimentado un deseo semejante por otro ser humano.

—Tenemos que ir despacio —dijo, aunque una parte de ella quería gritar: «Es real. Podría ser para siempre.»

Jared apartó la mano de su cara.

—Manos fuera. Lo entiendo. —Su voz sonaba muy pesarosa.

—¡No! —exclamó Alix—. Podemos tocarnos. Quiero tocarte. De hecho, cuanto más nos toquemos, mejor. Pero creo que debemos sopesar muy bien las promesas que vamos a hacer.

Jared sonrió.

—Eres mi chica. Propongo que volvamos a casa. Ahora mismo. Buscaré a alguien que nos lleve.

—¿Qué pasa con la camioneta? —Sabía que seguía llena de comida.

—Lexie puede devolverla.

En ese momento, solo se tocaban las puntas de sus dedos, pero fue como si una descarga eléctrica pasara de Jared a ella. No se trataba de que se estuvieran tocando, sino de que estaban conectados. Parecía que la conexión se establecía entre sus cuerpos, sus mentes y sus almas. Era como si ella pudiera leerle el pensamiento y ver... en fin, ver el futuro. Los dos juntos. Diseñando, discutiendo y viajando. Juntos durante años. Compartiendo alegrías y risas. Muchísimas risas. Y había más, pero le daba miedo mirar.

—Tengo la sensación de que te conozco, de que sé lo que somos juntos —susurró ella.

—Yo también —replicó Jared al tiempo que se levantaba, la cogía de la mano y la pegaba a su cuerpo.

Alix quería echarle los brazos al cuello, pero sabía que si lo hacía, sería incapaz de detenerse. Acabarían montándoselo entre los arbustos de una playa pública. No era la mejor manera de comenzar con su futuro, pensó.

Jared parecía entenderla. Se apartó de ella, separando sus cuerpos.

—Volvamos a casa.

Alix echó a andar por la playa en dirección al camino que llevaba a la escalera, seguida por Jared. En dos ocasiones, tropezó, claro que le flaqueaban las piernas.

—Creo que he visto nuestro futuro —consiguió decir cuando llegaron a la escalera.

—Me lo creo. ¿Era bueno?

Ella asintió con la cabeza.

—Muy bueno.

—A las personas que se relacionan con los Kingsley les pasan cosas raras.

—¿Estás hablando de fantasmas? —Intentaba restarle importancia al asunto, pero le costaba.

—Creo que deberíamos hablar antes de ir más lejos.

Alix se detuvo en mitad de la escalera y se volvió para mirarlo. Sus caras quedaban a la misma altura.

—Si no te importa, preferiría no seguir hablando ahora. Dime las cosas más espantosas después, después de... ya sabes.

Jared soltó una carcajada.

—Vale, volvamos a casa y... y después hablaremos del futuro. Ya sabes, de nuestros objetivos y esas cosas.

—Eso es justo lo que quiero hacer. —Los ojos de ambos tenían una expresión risueña.

14

Dejaron de tocarse cuando llegaron junto a la multitud. Sin embargo e independientemente de que se tocaran, Alix sabía que todo había cambiado. Se mantuvo apartada mientras Jared le decía a Lexie que se marchaban.

—Estás de broma, ¿verdad? —replicó su prima—. Toby y yo hemos venido en un coche enorme y tenemos que guardar todas estas cosas. Además, ¿qué hacemos con la vieja camioneta?

—Que una de vosotras conduzca el coche y la otra puede llevar la camioneta de vuelta a Polpis Road —contestó Jared con lo que parecía una infinita paciencia.

—Una idea genial —dijo Lexie con una sonrisa—. Supongo que es automático, porque jamás he conducido un coche con cambio de marchas manual, y estoy deseando conducirlo por las estrechas calles del pueblo. Hace unos minutos he visto a la señora Ferris. ¿Habrá venido conduciendo?

—Lexie... —le advirtió Jared, pero no llegó a terminar la frase. En cambio, se volvió hacia Alix con una mirada desesperada.

—¿Quién es la señora Ferris? —quiso saber Alix.

Lexie fue quien contestó:

—Nuestra vecina. Vive en Kingsley Lane, y es una gran especialista en conducir por el centro de la calzada. Hasta los turistas se apartan cuando la ven llegar. Espero no cruzarme con ella mientras conduzco tu preciosa camioneta. No me gustaría arañarla, pero claro, a lo mejor destrozo la transmisión cuando intente cambiar de marcha, así que ¿qué importan unos cuantos arañazos? —Se volvió hacia la comida, pero al pasar junto a Jared le dijo—: No me gusta aguarte la tarde, pero ya sabes lo que dicen sobre la expectación.

—¿Que es una pérdida inútil de energía?

Lexie se echó a reír y siguió caminando.

Jared se acercó a Alix.

—Lo siento, pero creo que...

—Lo sé —lo interrumpió ella—. Deberíamos ser nosotros quienes devolvamos la camioneta a su lugar.

Jared le sonrió y le dio las gracias con la mirada por su comprensión.

Estaban muy juntos cuando Alix extendió un brazo para tocarle los dedos.

—¿Por qué no vas a hablar con tus amigos mientras yo ayudo a recogerlo todo? —La verdad era que no se creía capaz de estar a su lado sin hacer el tonto. Lexie ya les había echado una buena regañina y no quería que se repitiera.

—Buena idea —contestó él y se fue al instante.

Alix se acercó a la camioneta, donde Lexie y Toby estaban metiendo las cosas. Lexie estaba hablando sobre dónde podían ir cuando un hombre se detuvo tras ella.

Lexie no lo vio, pero Alix y Toby, que estaban frente a ella, sí que lo hicieron. Era un tío guapísimo. No poseía el aspecto rudo de Jared, sino un atractivo mucho más cuidado, como si acabara de salir de un anuncio. Ojos y pelo oscuros, pómulos afilados y unos labios que parecían esculpidos. Alto, delgado y de hombros anchos.

Alix y Toby se quedaron petrificadas, mirándolo.

—Hola, Lexie —dijo el recién llegado. Tenía una voz tan bonita como su persona.

—Por favor, no. Hoy no —replicó ella sin volverse—. Vete.

—¿Sabes dónde está mi cinturón? ¿El que tiene la ballena? —le preguntó él.

Lexie se volvió y lo fulminó con la mirada.

—¿Has venido hasta Siasconset para preguntarme dónde está tu cinturón con la hebilla de plata?

—Más o menos. —Se encogió de hombros con un gesto tan mono que cualquier mujer lo habría perdonado al instante.

Pero Lexie no lo hizo. Se dio media vuelta con los puños apretados y tomó un par de hondas bocanadas de aire para calmarse. En ese momento, se percató de que Alix y Toby los observaban petrificadas.

«Genial», pensó. Más mujeres babeando por él. Lo que le hacía falta.

Lexie lo miró de nuevo y supo que la discusión iba a prolongarse. Su objetivo era librarse de él. ¡No quería mezclar el trabajo con su vida privada!

Tan pronto como empezó a echarle la bronca, Toby susurró:

—Creo que es su jefe, Roger Plymouth.

—¿No te lo ha presentado nunca? —quiso saber Alix.

—No —contestó Toby.

—Es...

—¿Guapo? —dijo Toby por ella.

—Más que guapo —replicó Alix—. Parece un modelo generado por un programa informático. ¿No te ha dicho nunca que estaba así de bueno?

—No. Se pasa el día quejándose de él. Pensaba que era un orco o algo así.

Alix inclinó la cabeza.

—¿Has visto la cara que ha puesto cuando Lexie se ha dado media vuelta?

—¿Te refieres a cómo la ha mirado? ¿Como si estuviera loca y apasionadamente enamorado de ella? —apostilló Toby.

—Eso es lo que he visto, aunque pensaba que a lo mejor eran imaginaciones mías. ¿De verdad crees que está...? En fin, ya sabes.

—¿Enamorado de ella? —le preguntó Toby a su vez—. Si lo está, ella tampoco lo ha mencionado.

Roger no le prestaba atención a Lexie mientras esta le decía que le correspondía a él buscar su propia ropa, que su trabajo no consistía en encargarse de sus objetos personales. Ya lo había escuchado todo antes. Miró por encima de la cabeza de Lexie y vio que dos chicas muy guapas lo estaban mirando como si fuera un extraterrestre, de modo que apartó la vista de ellas.

—¿Qué es este lugar?

—Siasconset —contestó Lexie con un deje irritado en la

voz—. En otro tiempo fue un pueblecito de pescadores. Quita esa expresión ahora mismo. Aquí no puedes comprar nada.

Miró de nuevo a la chica rubia, que en ese momento dio un paso al frente. «No es mi tipo», pensó Roger. Tenía un aire demasiado inocente, demasiado etéreo e intocable. La otra, la pelirroja, parecía poseer una chispa que lo atraía, pero la intensidad de su mirada no le gustaba. De repente, se le ocurrió que podría exigirle que le dijera todas las tablas de multiplicar seguidas.

—Hay una tienda al final de la carretera —dijo Toby, mirando a Roger.

—Lo suyo es comprar casas, no hogazas de pan —masculló Lexie, que lo miró echando chispas por los ojos—. Hazme caso, vete a dar una vuelta para verlo todo, pero sin comprar. Voy a pedirle las llaves de esta camioneta a Jared y así le haces el favor de llevarla de vuelta a Polpis Road.

—¿A tu primo? ¿A Jared Montgomery, el arquitecto? Me gustaría conocerlo.

—No puedes conocerlo y no puedes contratarlo para que te diseñe una casa más grande. ¡Vete!

Roger no se movió, siguió mirándola como si esperara algo más de ella.

—¡Vale! —exclamó Lexie—. Deja de mirarme así. ¡Te acompañaré en la camioneta! —Sus palabras demostraban que había entendido perfectamente lo que Roger le pedía.

Él sonrió y se internó tranquilamente en la multitud.

Lexie miró a Alix y a Toby.

—Ni una palabra —les advirtió—. No quiero escuchar ni una sola palabra sobre él y no pienso responder a ni una sola pregunta. ¿Entendido?

Alix y Toby asintieron con la cabeza, pero se miraron asombradas.

Unos minutos después, Jared volvió y Lexie le dijo que Roger había aparecido y que se encargaría de devolver la camioneta a Polpis Road.

—Lexie —dijo Jared con el deje paciente en la voz—. La camioneta cuesta un pastón. No puedo dejarla en manos de un desconocido.

—Hace un rato estabas dispuesto a dejarla en mis manos y eso que no sé conducir un coche con cambio manual...

—Sí, pero sé que eres una buena conductora porque fui yo quien te enseñó. Al tal Roger no lo conozco y para mí solo es un forastero más.

—Conduce coches de Fórmula 1. Participa en carreras —le explicó Lexie—. No para ganar dinero. Eso no le interesa. Es que le gusta conducir vehículos. Y navegar. Y escalar. —Hizo un gesto con la mano—. Le gusta todo lo que se mueva.

—¿Es piloto de carreras y no nos lo habías dicho? —protestó Jared.

—Al parecer, hay muchas cosas sobre su jefe que no le ha dicho a nadie —comentó Alix.

—Las personas son mucho más que su exterior —replicó Lexie, mientras miraba a Alix y a Toby con los ojos entrecerrados.

—Conduce coches de carreras, navega, escala... —enumeró Alix—. A mí me parece estupendo.

—Solo le falta que lo envuelvan y sería el regalo de Navidad perfecto —apostilló Toby.

—Siempre me ha encantado la Navidad —dijo Alix.

—¡Y a míiiiii! —exclamó Toby.

—Ya vale —murmuró Lexie, que se volvió hacia Jared—. ¡Fuera! Marchaos ahora mismo. Coge a Alix y vete a casa. Nos encargaremos de la camioneta, del coche y de la comida.

—¿Lo llevará Roger todo volando? —preguntó Alix con gran seriedad.

Lexie frunció el ceño como si estuviera a punto de replicar algo ingenioso, pero en cambio se echó a reír.

—Jared y tú sois tal para cual.

Jared miró a Alix con una sonrisa.

—Creo que es muy posible —dijo—. Vamos, he encontrado a alguien dispuesto a llevarnos.

Se despidieron de Lexie y de Toby, y caminaron de vuelta al supermercado.

Al final, volvieron a casa en el asiento trasero de un coche que más bien parecía un autobús. La parte central estaba llena de niños y de adolescentes, mientras que los cansados padres ocupaban los asientos delanteros.

Sentados en el asiento de atrás, Jared y Alix disfrutaban de una relativa intimidad.

—¿Qué pasa con el tal Roger Plymouth? —quiso saber Jared, y la pregunta quedó ahogada por las voces de los niños.

—No mucho, la verdad —contestó Alix—. Aparte de que está buenísimo, de que parece que está forrado y de que quiere conocerte. Bueno, a Montgomery. ¡Ah! Y además está enamoradísimo de Lexie.

Jared la miró, pasmado.

—Pero si solo me he alejado unos minutos. ¿Cómo es que han pasado tantas cosas?

—¿Qué quieres que te diga? Roger trabaja rápido.

—¿Debo ponerme celoso?

—¡Desde luego que sí! —exclamó ella, y Jared rio.

—¡Jared! —gritó el conductor por encima de las voces de los niños—. ¿Cuándo tienes que regresar a Nueva York?

Jared levantó un brazo para atrapar un disco volador antes de que golpeara a Alix en la cabeza, lo dejó en el suelo y miró con cara de pocos amigos al niño que lo había lanzado.

—Dentro de varias semanas —contestó.

Aunque le habían presentado a la pareja, Alix no recordaba sus nombres. Durante los siguientes cinco minutos, marido y mujer se dedicaron a freír a preguntas a Jared.

Él las contestó todas mientras le tomaba la mano a Alix. Los niños más pequeños los vieron a través de los asientos y se echaron a reír tontamente.

Al final, los dejaron apearse en Main Street.

—Espero que no te moleste que no siga por tu calle —se disculpó el hombre—. Es un poco estrecha para mi gusto.

Jared y Alix les dieron las gracias y respiraron aliviados cuando por fin vieron que el vehículo se alejaba.

—¿Veraneantes? —quiso saber Alix.

Jared la cogió de la mano.

—¿Qué los ha delatado?

Ella se echó a reír.

—Kingsley Lane es ancha en comparación con otras calles de Nantucket.

—Anchísima.

En cuando doblaron la esquina y vieron la casa de Lexie y de Toby, Alix se sintió como en casa. Algo muy distinto de lo que había sentido unas cuantas horas antes. La calle era tranquila y estaba flanqueada por árboles, con unas casas muy elegantes, y la suya era la mejor de todas. Bueno, no era suya. Todavía no podía decirse que hubiera algo entre Jared y ella. Sin embargo, había pasado tan poco tiempo en Kingsley House sin Jared que tenía la impresión de que la casa era de ambos.

Cuando por fin lo miró, la idea de lo que iba a suceder le provocó un escalofrío de emoción.

Jared debió de sentirlo también porque se detuvo. Cuando se volvió para mirarla, en sus ojos había una expresión ardiente. La abrazó y la besó. No fue un beso tan dulce como el de antes, porque le demostró todo el deseo y la pasión que sentía por ella.

Alix tuvo que ponerse de puntillas para abrazarlo, y sentir ese cuerpo pegado al suyo le supo a gloria. Sin embargo, se separaron para empezar a caminar otra vez. De camino a casa, Alix empezó a ponerse nerviosa. Jared y ella habían sido amigos, compañeros de trabajo, pero a partir de ese momento... La verdad era que no sabía qué iba a pasar cuando llegaran a casa. Hasta ese día, las caricias habían sido un tema tabú. Además, Jared era un intelectual que se movía en unos círculos muy elevados. Algunas de las personas más ricas del mundo querían que él les diseñara sus casas.

Entraron en Kingsley House por la puerta trasera, que normalmente siempre estaba abierta.

Alix se volvió para mirarlo.

—Supongo que será mejor que me cambie...

No acabó la frase porque Jared la levantó en brazos, la besó en la boca y la instó a rodearle las caderas con las piernas mientras la pegaba a una pared. Al cabo de unos segundos, estaban desnudos de cintura para abajo.

Pasión, pensó Alix. Eso era lo que quería. Eso era lo que quería ver en Jared.

Estuvo a punto de gritar cuando la penetró, pero él se lo impidió besándola.

Pese al frenesí de deseo, Jared se tomó su tiempo de modo

que las sensaciones aumentaron hasta un punto casi insoportable para Alix. Cada vez más.

Jared la sentó en la mesa de la cocina y al hacerlo tiró al suelo el salero y el pimentero. Alix se aferró a él mientras sus embestidas se hacían más fuertes y profundas.

Extendió los brazos hacia atrás y se aferró al respaldo del banco mientras la penetraba una y otra vez. Tenía los ojos cerrados y se dejó llevar por el momento y por las sensaciones que le provocaba ese hombre.

Cuando creía que ya no lo soportaría más, Jared la incorporó y la pegó a su cuerpo, estrechándola con fuerza. Aunque no se habían quitado las camisas, el calor que irradiaban los abrasó.

Alix echó la cabeza hacia atrás al llegar por fin al orgasmo, pero Jared la pegó aún más a él hasta que comenzaron los estremecimientos y se abrazaron en silencio, satisfechos. Tardaron varios minutos en moverse.

—Kingsley... —dijo Alix.

—Ese soy yo —replicó Jared contra una de sus orejas.

—Me alegro, porque Montgomery me pone un poco nerviosa.

Jared rio mientras se alejaba de ella para coger sus pantalones y ponérselos. Alix siguió en la mesa, cubierta por los faldones de la camisa.

—Acabas de robarle el título a Daris —comentó él.

Al principio no lo entendió, pero después recordó que le había dicho que Daris tenía las mejores piernas de la isla.

—Hago muchos ejercicios de piernas —comentó ella. Cuando Jared se acercó de nuevo, le introdujo las manos bajo la camisa para acariciarle los duros abdominales—. ¿Y tú, vas mucho al gimnasio?

—Yo pesco atunes de noventa kilos con caña —respondió mientras recogía la ropa de Alix del suelo y se la entregaba.

Teniendo en cuenta que sus familiares solían entrar y salir a su antojo de la casa, Alix sabía que era mejor no dejar la ropa tirada en el suelo. Empezó a ponerse los pantalones, pero Jared se lo impidió.

—Me gusta ver la belleza. —Le pasó un brazo bajo las piernas y la levantó—. ¿La de la tía Addy o la de tu madre?

Le estaba preguntando qué habitación prefería. Le alegró saber que su tarde juntos no había acabado.

—La de mi madre no y...

—¿Y qué?

Jared la llevaba escaleras arriba como si no le supusiera esfuerzo alguno. Pero claro, pensó, pesaba menos que un atún.

—Bueno, con el capitán vigilándonos...

—No estará —le aseguró Jared, que la besó en la boca cuando vio que estaba a punto de seguir hablando—. Hay ciertas cosas en las que tienes que hacerme caso.

La dejó en la enorme cama del dormitorio principal, y aunque Alix no supo bien cómo sucedió, al cabo de unos segundos estaba desnuda. Jared se acostó a su lado y la besó en el cuello mientras empezaba a acariciarle el torso.

—Eres preciosa —susurró.

Él todavía llevaba los pantalones, pero se había quitado la camisa. Alix encontró raro estar desnuda mientras él seguía vestido. Las sombras se extendían por el dormitorio, y la luz que se colaba por las ventanas lo teñía todo de dorado.

Tumbada en la cama, rodeada por las cortinas de seda del dosel y completamente desnuda, miró a Jared y descubrió que sus ojos la contemplaban con una expresión erótica, enigmática e insondable. Levantó una mano para desabrocharle la camisa, pero él le besó la punta de los dedos y la apartó.

Estuvo a punto de preguntarle por qué, pero no lo hizo. En su experiencia, el sexo era algo rápido. Durante su etapa universitaria, el sexo se practicaba entre clase y clase, o aprovechando un descanso entre trabajos.

Pero ese hombre, porque «hombre» era la palabra clave... Ese hombre parecía tener otras ideas.

Empezó a acariciarla mientras la contemplaba en silencio. Sus labios no tardaron en seguir el recorrido de sus manos por los pechos, las costillas y el abdomen. Alix levantó las caderas a la espera de que la acariciara entre los muslos, pero él no lo hizo. Jared descendió por sus piernas hasta llegar a los tobillos.

A continuación, la besó en la boca mientras sus manos seguían explorándola y Alix sintió que el deseo la consumía. Había algo muy erótico en el hecho de estar desnuda mientras Jared seguía vestido. Algo que no había experimentado antes mientras sus manos la acariciaban por todas partes.

Cuando llegó a su entrepierna, arqueó el cuerpo para recibirlo. No tardó mucho en alcanzar el orgasmo bajo las expertas caricias de su mano. Después, enterró la cara en el hombro de Jared.

—¿Dónde has aprendido a hacer eso? —le preguntó.

—Me lo he inventado. Soy muy creativo.

Alix se echó a reír y, por un instante, guardaron silencio, tras lo cual empezó a desabrocharle la camisa. Nunca lo había visto con otra cosa que no fueran camisas de manga larga. Como mucho, se las remangaba y podía ver sus brazos, bronceados y fuertes, lo que hacía que se preguntara cómo sería el resto de su cuerpo.

En cuestión de segundos, le quitó la camisa y jadeó al verlo. Estaba bronceado de arriba abajo. Su piel lucía un tono dorado oscuro y no tenía ni un solo gramo de grasa. Acercó los labios a su piel y la encontró tan cálida como esperaba.

Una hora después, exhausta pero muy feliz, Alix lo escuchó decir:

—Tienes unos labios preciosos. —Tras oír la carcajada que se le escapó a ella, Jared preguntó—: ¿Por qué te resulta gracioso?

—No te conozco tanto como para contestar esa pregunta.

—¿Después de lo que acabamos de hacer no puedes decirme qué te parece gracioso del comentario de tus labios?

—No me río por los míos. Es por los tuyos. Más concretamente por tu labio inferior.

Jared se pasó los dientes por dicho labio.

—¿Qué significa eso?

—Algún día te lo diré. O más bien te lo enseñaré.

—¿Me estás ocultando secretos? —le preguntó él.

—Unos cuantos. ¿Y tú? ¿No ibas a decirme algo?

—Ahora no, luego.

Alix sabía que se estaba quedando dormido, y eso significaba que estaba a punto de suceder la parte del sexo que menos le gustaba. El hombre o bien se marchaba o bien se daba media vuelta y empezaba a roncar.

—¿Vas a volver a la casa de invitados?

—Si quieres que me vaya, sí. Pero preferiría quedarme aquí. Si te parece bien, claro.

Ella sonrió y se acurrucó a su lado.

—No entiendo cómo no te ha enganchado alguna mujer.

Lo dijo a modo de broma, pero Jared se tomó el comentario en serio.

—Desde que llegaste a la isla, ¿qué hemos estado haciendo?

—Trabajando.

—Eso es lo que no les gusta de mí.

—Son tontas.

—Pues sí —convino él.

No durmieron mucho. Se despertaron a medianoche y tras saciar el deseo mutuo que sentían, decidieron saciar el hambre. Jared se puso unos pantalones y Alix solo la camisa de Jared, tras lo cual bajaron a la cocina. Para su alegría, el frigorífico estaba a rebosar con las sobras del picnic. Ensalada fría de cangrejo, lonchas de pollo, pan y cuatro tipos de galletas. Sin embargo, aunque se alegraron mucho por haber encontrado comida, también significaba que alguien había entrado en la casa mientras ellos estaban arriba. Alix no quería ni pensar en lo que habían podido escuchar.

—Ahora entiendes por qué nunca dejo la ropa interior en el suelo de la cocina —comentó Jared, con la boca llena.

—¿Eso significa que tienes mucha práctica a la hora de recoger la ropa interior en el suelo de la cocina de tu tía abuela? —le preguntó ella de forma remilgada.

—La mía no. La suya —respondió él—. La de la tía Addy. Tuve que recogerla muchas veces.

Alix se echó a reír por la broma.

—Bueno, ¿cómo eras de pequeño? Aparte de amable y generoso, quiero decir.

—¿Crees eso de mí solo porque te regalé unos Legos? Lo hice para proteger mi herencia. La tía Addy te dejaba jugar con cosas que debían estar en un museo.

—Por cierto, a lo mejor mañana puedo echarles un vistazo a los documentos sobre Valentina.

Jared se detuvo con el tenedor a medio camino de la boca.

—Como digas otra vez ese nombre, el fantasma aparecerá.

—¿Te refieres al guapísimo capitán Caleb? ¡Me apunto!

—¿Qué te pasa hoy con los hombres guapos?

—¿Hay alguien más aparte de ti?

—Buena respuesta —dijo Jared—. Primero, el jefe de Lexie y, ahora, mi abuelo.

La sonrisa de Alix desapareció.

—Lo has mencionado antes. ¿Materno o paterno? ¿Sigue vivo?

—Si no recuerdo mal, cambié la referencia a la tía Addy.

—Pues sí. —Alix lo miró y comprendió que no iba a explicarse—. ¿Puedo ver los documentos?

—Claro. Están en el ático. ¿Puedo quedarme a los pies de la escalera para ver cómo las subes?

—¿Con ropa interior o sin ella?

La mirada que le echó Jared hizo que se tragara de golpe la comida que tenía en la boca. Sin decir una sola palabra más, devolvieron la comida al frigorífico y corrieron de vuelta al dormitorio.

Una hora después, Jared sugirió probar la enorme bañera del dormitorio de Victoria.

—No recuerdo haber entrado en su cuarto de baño. Por favor, dime que no es verde.

—En ese caso, cerraré la boca —replicó Jared.

Alix gimió y dejó que él la llevara casi a rastras por el pasillo, de camino al cuarto de baño verde y color marfil de su madre.

Un sonriente Caleb los observaba desde el distribuidor.

15

—¿Alix? ¿Estás ahí?

La voz era conocida y reconfortante, y parecía llegarle desde muy lejos. Estaba acurrucada contra Jared. La luz del sol se colaba por la ventana, de modo que era de día, pero no tenía la menor intención de levantarse. Tal como se sentía, se quedaría en la cama para siempre.

Sintió que Jared la besaba en la coronilla y se acurrucó todavía más contra él.

—Anoche te ganaste el título de Leyenda Viva —murmuró ella antes de quedarse dormida.

—¿Alix? ¿Estás arriba?

Volvió a escuchar esa voz, tan familiar.

—Un minuto más —replicó con los ojos cerrados.

Sin embargo, los abrió de golpe.

—Es mi padre —susurró.

—Eso parece —dijo Jared, que la abrazaba con fuerza.

Alix se volvió para mirarlo.

—Es mi padre. Tienes que irte. No puede vernos... juntos. Tienes que salir por la ventana.

Jared se quedó tumbado en la cama, sin abrir los ojos.

—A los dieciséis ya era demasiado mayor para hacer algo así. Y ahora... Además, tendremos que contárselo a tu padre en algún momento.

Al pensar en esa posibilidad, el pánico la atenazó. Si su madre la pillaba en la cama con un hombre, daba igual. Pero no sucedía lo mismo con su padre. Él creía en el honor, en la integridad y... y en no pillar a su hija en la cama con un hombre con quien no estaba casada. Intentó ocultarle su ansiedad a Jared.

—Sé que lo tienes que conocer —dijo con toda la paciencia de la que fue capaz—. Pero todavía no. Deja que yo hable con él y se lo endulce antes, ¿vale? —Le colocó una mano en la cara.

Cuando Jared abrió los ojos, vio el miedo en la mirada de Alix.

—Vale —accedió—, pero luego tenemos que hablar de unas cuantas cosas.

—¿Eso no lo solemos decir las mujeres? —preguntó en un susurro.

—Pues sí, y en mi experiencia esas palabras indican que la mujer en cuestión quiere una declaración de amor incondicional.

—¿En serio? ¿Y cuántas veces la has hecho?

Alguien llamó a la puerta.

—Alix —dijo Ken—, a menos que hagas como tu madre, voy a entrar.

—¡No! —gritó—. Quiero decir que sí, que hago como mamá. —Bajó la voz para decirle a Jared—: Se refiere a que mi madre duerme...

—Desnuda —terminó Jared al tiempo que salía de la cama—. Todos los hombres de la isla lo saben y sueñan con esa imagen. —Se puso los vaqueros y recogió el resto de la ropa del suelo.

Alix se puso una camiseta y se acercó a la ventana. Estaba a punto de abrirla cuando Jared, al otro lado de la cama, metió una mano detrás del retrato del capitán Caleb, accionó algún tipo de mecanismo metálico y movió el enorme marco.

Se quedó estupefacta, sobre todo porque la arquitecta que llevaba dentro no se había dado cuenta de que el cuadro tenía bisagras y de que ocultaba una entrada. Tardó un momento en recuperarse de la impresión, pero después rodó sobre la cama para acercarse a Jared. Al otro lado del retrato había una escalera estrecha y sucia, que bajaba.

—¿Alix? —repitió su padre, más alto en esa ocasión.

—Un momento, papá, me estoy vistiendo. —Miró a Jared y susurró—: ¿Se pensó para que el capitán pudiera entrar y salir a hurtadillas del dormitorio de Valentina?

—Se pensó para que la doncella pudiera vaciar el orinal sin que nadie la viera haciéndolo. —Tras un rápido beso, Jared bajó por la escalera y Alix cerró la puerta, pero no activó el mecanismo por si quería volver.

Miró el retrato del capitán Caleb.

—¡Menudos secretos guardas!

—Alix —dijo su padre desde el otro lado de la puerta—, acaban de llamarme y tengo que contestar. Vístete tranquila y luego te reúnes conmigo en la planta baja.

Suspiró aliviada y se dio cuenta de lo tensa que estaba. ¿Cómo narices iba a contarle a su padre lo suyo con Jared? ¿Y qué iba a decirle? ¿Que eran amantes y que no tenía ni idea de lo que pasaría en el futuro?

Al pensarlo, se imaginó el gruñido de su padre, la expresión dolida y, peor todavía, su decepción. «Ahora eres una más de las conquistas del Gran Jared Montgomery», le diría su padre.

Pegó la oreja a la puerta y oyó a su padre hablar en voz baja antes de que sus pasos se perdieran escaleras abajo. Estupendo, pensó, necesitaba tiempo para pensar... y para ducharse. Aunque no le apetecía en absoluto, iba a tener que borrar cualquier rastro de la noche pasada. Quería saborear los recuerdos de la noche, pero en ese preciso momento no podía darse el gusto. Antes tenía que lidiar con su padre.

Pasó un buen rato bajo el agua caliente, pensando en cómo presentar a Jared y a su padre.

«Si lo conocieras en vez de dejarte llevar por su reputación... —le diría—. Aunque sea muy arrogante en Estados Unidos...»

No, eso no sonaba bien. Tendría que explicar el comentario. Tendría que decir «fuera de la isla».

«Fuera de la isla tal vez sea tan arrogante que les dice a sus clientes que o aceptan sus diseños o puerta, pero en Nantucket...»

No, eso tampoco sonaba bien. «Arrogante» era demasiado fuerte.

Se lavó el pelo. ¿Y si le recordaba a su padre que era adulta y que podía tomar sus propias decisiones? Genial, pensó. Así los cabrearía a todos desde el primer momento. Su padre odiaría a Jared si ella se comportaba de forma beligerante y exigente.

Salió de la ducha sin haber sacado nada en claro y sin saber cómo enfrentarse a ese problema.

—A lo mejor se caen bien —dijo en voz alta mientras cogía el secador, pero después soltó una carcajada.

¿Su padre, un profesor, y Jared, un pescador de atunes, juntos? No, no iba a pasar en la vida. Pero tal vez Montgomery y su padre podrían... Claro que estaban todas esas mujeres con las que Jared había salido. No, eso tampoco iba a salir bien.

Mientras se vestía y se arreglaba despacio, se preguntó qué estaría haciendo Jared. ¿Habría salido huyendo en su barco? Cualquier cosa con tal de no enfrentarse a su padre. Claro que no había parecido tener miedo alguno, así que a lo mejor...

Alix sonrió al espejo.

«Mi chica», recordó. Así la había llamado Jared. Tal vez si lograba convencer a su padre de que había algo más, o de que iba a haber algo más, entre Jared Montgomery Kingsley Séptimo y ella le costaría menos aceptarlo.

Cuando por fin estuvo preparada, abrió la puerta del dormitorio. Había llegado el momento de enfrentarse a la realidad.

Jared bajó la vieja escalera y, tal como había pensado en numerosas ocasiones, se juró instalar el cableado y poner bombillas. El túnel era más oscuro que la boca de un lobo y las telarañas lo rodeaban. Estaba impaciente por ver a Ken. Hacía meses que no se veían, desde el funeral de la tía Addy. Por supuesto, no podía olvidarse de la llamada de teléfono durante la cual Ken le echó la bronca. Pero ya estaba acostumbrado. Cuando se conocieron, Ken estaba tan cabreado con el mundo que solo era capaz de hablar a gritos. Y por aquel entonces, él era incapaz de escuchar algo dicho con voz normal.

Su mayor preocupación era Alix. ¿Cómo reaccionaría cuando se enterase de que su padre también había pasado mucho tiempo en Nantucket y se lo había ocultado?

La escalera acababa en el salón principal, detrás de lo que parecían ser paneles de madera... y una vez más dudó de la historia del orinal que contaba la familia. La doncella podría haber aparecido en mitad de una reunión para tomar el té. Iba a tener que preguntarle a su abuelo... aunque no tenía la menor esperanza de que le contara la verdad.

No le sorprendió ver a Ken en la estancia, esperándolo. Hacía muchos años que los dos habían reparado la escalera. Mientras arrancaban los tablones podridos, Ken le había dicho: «No queremos que el amante fantasma de Addy se haga daño, ¿verdad?»

En aquel momento, Jared lo miró con expresión intensa y se preguntó cuánto sabía, pero Ken solo estaba bromeando.

En ese instante, hubo un momento de vacilación entre ellos porque saltaba a la vista que Ken sabía dónde había estado. Ken fue el primero en reaccionar al abrir los brazos, de modo que Jared se acercó a él. Agradecía tanto que Ken no estuviera furioso que la reunión fue como la de un hijo que volviera de la guerra. Se abrazaron durante un buen rato.

—Vamos a sentarnos —sugirió Ken, que seguía con el brazo por encima de los hombros de Jared—. He preparado café y he traído donuts de Downyflake.

A Jared nunca le había gustado posponer las malas noticias, de modo que dijo:

—¿Sabes de dónde vengo? —Era mejor sacar el tema de su relación con Alix.

—Siempre he creído que mi hija y tú os gustaríais.

Jared sonrió, aliviado. Habría sido un problema que a Ken no le hiciera gracia la idea de que Alix se liara con alguien que en otro tiempo no fue precisamente un ciudadano modelo. Los éxitos que había cosechado hasta ese momento daban igual. Jared sabía que Ken veía lo que se ocultaba en su interior.

El bonito salón principal era el lugar donde se encontraban los muebles buenos, incluidas varias piezas que su abuelo había mandado de vuelta en el barco con su hermano. Desde entonces, ningún otro Kingsley había recibido su nombre, ya que muchos habitantes de Nantucket estaban muy enfadados por el hecho de que Caleb Kingsley, en su ansia por volver a casa, navegara por aguas peligrosas y hundiera el barco. Familiares, amigos y tripulación se habían hundido con él.

Ken se sentó en el sofá y Jared lo hizo en un sillón, enfrente. Se cabreó bastante cuando su abuelo se sentó en el enorme sillón orejero. Su silueta y su opacidad aumentaban muchísimo en esa estancia, tanto que le sorprendía que Ken no pudiera verlo.

—¿Cómo está Celeste? —preguntó Jared al tiempo que cogía un donut cubierto de chocolate.

—Ya no está —contestó Ken—. ¿Y Avery?

—Se largó hace meses —dijo Jared—. Quería un anillo.

Los dos se sonrieron. Era un humor y una comprensión que se basaban en muchos años de confidencias acerca de las mujeres que habían pasado por sus vidas. El hecho de que ninguno sentara cabeza con alguna de dichas mujeres había creado un vínculo entre ellos.

Tras comerse uno de los deliciosos donuts, Ken preguntó:

—¿Qué le parece a Caleb lo tuyo con mi hija?

—Siempre ha creído que... —comenzó Jared, pero se interrumpió y puso los ojos como platos.

Ken sonrió al ver la sorpresa de Jared.

—No intentes darle la vuelta. Recuerda que prácticamente vivía contigo. Siempre estabas discutiendo con alguien a quien yo no podía ver. Supuse que o bien estabas loco o bien hablabas con un fantasma. Por supuesto, lo último era broma.

—¿Y decidiste que estaba loco?

—Más o menos.

Jared se negó a mirar a su abuelo, quien, sin duda, sabía que Ken estaba al tanto del Secreto Familiar Kingsley... o de uno de ellos, al menos.

—Además —continuó Ken—, descubrí que si Addy bebía lo bastante, era capaz de contarme cualquier cosa.

—Pero ella no sabía que yo podía... —Jared era incapaz de pronunciar la verdad en voz alta. Los hombres de su familia le habían inculcado la necesidad de guardar el secreto desde que tenía uso de razón.

—No, ella no me habló de ti, pero sí me habló de mi hija y de tu antepasado fantasmal. Supuse que la habilidad de Alix para ver a... a ese hombre es el motivo de que tenga que pasar aquí este año.

—Yo también lo creo —dijo Jared. No era capaz de ocultar del todo la incomodidad que sentía al hablar de ese tema.

—¿Ha...? ¿Mi hija ya lo ha...?

—¿Que si lo ha visto? Todavía no —contestó Jared.

Ken frunció el ceño.

—Eso me preocupa. De hecho, es el motivo de que haya venido... y pienso quedarme hasta que... —Miró a Jared—. Hasta que aparezca. No sé cómo va a reaccionar mi hija al ver un fantasma.

Jared tampoco lo sabía. Si estuvieran solos, le exigiría una respuesta a su abuelo, pero la presencia de Ken se lo impedía.

—Yo estaré a su lado —le aseguró—. Alix no estará sola, y no creo que se altere demasiado. —Creía que era mejor no mencionar todas las cosas que su abuelo ya había hecho para que Alix lo asimilara mejor cuando lo viera. Como las fotos que se caían o los besos en las mejillas. La intromisión de Caleb era constante.

Jared quería cambiar de tema.

—¿Cómo está la guapísima Victoria?

Ken captó la indirecta de que Jared no pensaba hablar más del fantasma que, supuestamente, Alix podía ver. O que podía ver de pequeña.

—Victoria le ha dicho a su editor que su siguiente libro ya está a la mitad.

Jared gimió.

—Cuando venga, querrá destrozar la casa para dar con los diarios de la tía Addy.

—¿Qué te apuestas a que intenta que Alix se vaya de la isla para poder buscar con tranquilidad?

—Por nada del mundo Victoria va a quedarse en mi casa sola —aseguró Jared—. Que yo sepa, la tía Addy podría haberlos escondido detrás de una moldura tallada a mano.

—Victoria arrancaría el papel de las paredes con tal de encontrar esos diarios. —Puesto que eran arquitectos y amaban las casas antiguas, se miraron con sendas expresiones espantadas. Algunos de los papeles de la pared se habían hecho exclusivamente para Kingsley House, pintados a mano en Francia a principios del siglo XIX. Eran únicos. Irreemplazables.

—Otro motivo por el que pienso quedarme aquí. —Ken lo miró—. ¿Cabe la posibilidad de que le preguntes a tu... antepasado dónde están escondidos los diarios?

Una vez más, a Jared le costó la misma vida no mirar a su abuelo, que estaba sentado a la izquierda de Ken. Una cosa era hablar de un fantasma en general, y otra muy distinta que le dijeran que lo tenía sentado a escasos centímetros. Jared y su padre hablaban sin tapujos de Caleb, y cuando Jared era adolescente, hubo incontables ocasiones en las que quiso confiar en Ken.

—Mi abuelo... —dijo Jared, enfatizando el parentesco—. Mi abuelo lo sabe, pero su sentido del honor lo lleva a no decirlo. Seguramente crea que si encuentran los diarios, nadie buscará a Valentina.

Jared vio cómo Ken intentaba controlar la incomodidad que sentía al mencionar sin rodeos a un hombre muerto hacía mucho. Tal vez creía que Jared iba a negar su relación... y tal vez debería haberlo hecho.

—Ah, claro —dijo Ken antes de carraspear—. La desaparecida Valentina. Leí sobre ella en el diario.

—¿El que Victoria se guardó mucho de enseñarle a Alix?

Ken sonrió.

—Y volvemos al punto de partida, a mi hija. —Hizo una pausa—. Creo que fui un poco duro cuando te llamé.

—Me merecía eso y mucho más. Alix es...

—Continúa —lo instó Ken—. ¿Qué ibas a decir de ella?

—No es como creía que sería. He oído tantas cosas sobre ella, de Victoria y de ti, a lo largo de los años, que creía que sería una niña malcriada. Tenía dos padres que competían por su atención. En mi cabeza, creía que lo tenía todo. Era una princesita. —Bebió un sorbo de café—. Creo que estaba celoso.

—No tienes por qué. No era nuestra intención, pero ahora me doy cuenta de que su madre y yo intentamos partir a Alix en dos. Victoria quería que escribiera, y yo quería... —Se encogió de hombros.

—Querías que siguiera tus pasos —terminó Jared—. Alix me comentó que no había heredado el talento de su madre, que se le daba bien escribir, pero que no sabía montar un argumento. Y yo no pude decirle que había heredado el talento de Victoria. Y el tuyo.

—Alix sobrepasa mi talento con creces. —La voz de Ken estaba cargada de orgullo—. Tiene la ambición de su madre y mi... No, no pienso asumir mérito alguno. Alix tiene su propio talento. Es única.

—Cuando habla de ti, se emociona muchísimo.

Ken sonrió.

—Curiosa manera de decirlo.

Jared tardó en replicar.

—¿Me...? ¿Crees que me perdonará?

—¿Te refieres a cuando se entere de que no le has contado tu relación conmigo? —preguntó Ken.

—Sí.

—¿Es importante que te perdone?

Jared contestó al punto, con vehemencia.

—Sí, lo es. —Miró a Ken a los ojos—. Es muy importante para mí.

Ken no intentó ocultar el placer que le provocaron esas palabras. Alix y Jared eran las dos personas a quien más quería del mundo, y en ese momento se alegraba muchísimo de que no hubieran crecido juntos. «Punto para Victoria», pensó. Siempre había dicho que sería un error que esos dos pasaran mucho tiempo juntos mientras crecían.

«Siempre la verá como a una niña», dijo Victoria en su momento.

En aquella época, Ken creyó que era otra de sus excusas para salirse con la suya, pero tal parecía que se había equivocado.

Ken miró a Jared con una sonrisa.

—Alix se enfadará conmigo, pero no me preocupa demasiado. Le ha perdonado a Victoria un millar de cosas.

—Pero ¿a ti no?

—Nunca ha tenido que perdonarme nada. —La sonrisa de Ken y su despreocupación hicieron que Jared se relajara—. Hasta ahora.

Jared se echó a reír.

Cuando Alix bajó por fin, intentó calmar los nervios antes de entrar en el salón familiar, intentó prepararse para la inminente discusión. «¡Menuda ridiculez!» —pensó—. Tengo veintiséis años y tengo derecho a...»

La estancia estaba vacía, y no sabía si sentirse aliviada o decepcionada. El problema no era que tuviera novio, sino de quién se trataba. Los diseños de Jared Montgomery se enseñaban en las clases de su padre. Y una cuarta parte de sus estudiantes, sobre todo las chicas, había entregado proyectos acerca del trabajo de Montgomery. En más de una ocasión, Alix había escuchado las quejas de su padre al respecto de dichos trabajos. «No me entra en la cabeza que tengan que añadir páginas enteras acerca de la vida sexual de Montgomery. ¡Pero mira lo que pone aquí!», solía decir antes de proceder a leer en voz alta algo acerca de que lo habían visto con seis o siete mujeres distintas el año anterior.

¿Cómo iba a contrarrestar eso? ¿Cómo podía conseguir que su padre creyera que Jared había cambiado?

Además, ¿qué la llevaba a pensar que había cambiado? Que ella hubiese dicho que no quería que le hicieran daño no significaba que tuvieran un futuro juntos.

Se le pasó por la cabeza la idea de correr escaleras arriba y esconderse. Tal vez podría mandarle un mensaje de correo electrónico a su padre.

—¡Cobarde! —se dijo y echó a andar de nuevo.

Cuando se acercó a la parte principal de la casa, escuchó dos voces masculinas. ¿Había ido alguien a la casa y su padre le estaba dando conversación? Sin embargo, a medida que se acercaba, reconoció las voces: eran Jared y su padre.

«¡Ay, no! ¡Menudo desastre! Dios, que Jared no le cuente la verdad a mi padre», pensó. Tenía que hablar con él antes.

Las carcajadas hicieron que se detuviera delante de la puerta y aguzara el oído.

—Me alegra saber que Dilys está bien —comentó su padre—. ¿Crees que puedo convencerla para que me invite a cenar?

—Creo que se sentirá dolida si no vas. Te preparará las vieiras que te gustan tanto —replicó Jared—. Y Lexie siempre está encantada de verte.

—Ah, no —dijo Ken—. Lexie querrá despellejarme por no habérselo contado todo a Alix.

—¡Ponte a la cola! —exclamó Jared—. Intento ir a su casa solo cuando sé que está Toby.

—¿Y cómo le va a esa preciosidad?

—Está genial. Su padre le compró una cámara frigorífica para sus flores.

—¡Barrett! Hace más de un año que no lo veo. En la universidad éramos inseparables. ¿Sigue jugando al tenis?

—Según tengo entendido, sí. En Great Harbor. —Se refería a un club náutico con una cuota de inscripción de más de trescientos mil dólares.

—¿Cómo le va a Wes? ¿Daris y él se han casado ya?

—Intentó salir con Alix —respondió Jared.

Ken resopló con desdén.

—Supongo que te encargaste de todo.

—Ya te digo. —Había un deje risueño en la voz de Jared—. Conseguí que Daris apareciera medio desnuda. Wes fue incapaz de resistirse, además, ella ya estaba dispuesta a perdonarlo.

—¿Se sabe ya qué hizo para cabrearla?

—Nada de nada.

—Pobre. ¿Cómo no repetir si ni siquiera sabe lo que hizo mal?

—Le vendrá bien. Daris lo mantendrá más derecho que una vela. —De repente, Jared miró a la izquierda de Ken y se quedó blanquísimo—. Ay, no —susurró antes de soltar la taza.

—¿Qué pasa? —preguntó Ken, preocupado.

—Mi abuelo me ha dicho que Alix nos ha escuchado. Ha subido a su dormitorio. —Jared atravesó la estancia a toda prisa y se fue.

Ken se acomodó en el sofá. No le hacía gracia que su hija se hubiera enterado de todo de esa forma, pero detestaba que Jared acabara de hablar con un fantasma.

Alix subió la escalinata analizando el hecho de que Jared y su padre se conocían desde hacía años, lo que quería decir que su padre había pasado mucho tiempo en Nantucket. Pero nunca se lo había dicho. Nunca habría creído que su padre podría ocultarle algo así. Su madre sí, pero no su padre. Tenían un vínculo especial. O eso creía hasta el momento.

Cerró la puerta del dormitorio, se apoyó en ella y pensó: «¿Qué hago ahora? ¿Me comporto como si esto no me hiciera daño?»

Se volvió e intentó cerrar con llave, pero dicha llave no estaba en la cerradura.

—¡Es Nantucket! —exclamó en voz alta, irritada porque nada pudiera cerrarse con llave.

Colocó una silla debajo del pomo y, después, llevada por la rabia, comenzó a quitar las sábanas de la cama. ¿Qué más le estaban ocultando?, se preguntó. Primero su madre y después su padre. Todo el mundo le había estado mintiendo durante toda la vida, o eso parecía. Pero ¿no le había dicho Jared eso mismo? Que le habían ocultado cosas durante toda la vida. Tiró las sábanas al suelo y miró el retrato del capitán Caleb.

—¿Tú también tienes miles de secretos? Como todos los Kingsley, ¿no? Y que no se te ocurra contestarme, porque me llevo tu retrato al ático y cierro con tablones tu escalera del orinal.

—¿Alix? —la llamó Jared a través de la puerta—. ¿Podemos hablar? Por favor.

—Vete —le ordenó.

—Nunca te he mentido. Te dije que te ocultaban secretos. Por favor, abre la puerta para que pueda explicártelo. No quería ocultarte nada, pero hice unas promesas. Por favor, déjame entrar para que podamos hablar.

Estuvo a punto de repetirle que se fuera, pero sabía que Jared decía la verdad. Apartó la silla y él abrió la puerta, que volvió a cerrar al entrar, pero no se acercó más a ella. Alix se alegró al verlo muy preocupado.

—Me dejaste creer que todo era cosa de mi madre —lo acusó—. Pero claro, nunca pensé que mi padre me... me...

—¿Te traicionaría? —preguntó Jared—. ¿Te ayudaría que te dijera que todo es obra de tu madre? Obligó a Ken a jurarle que no te contaría nada de Nantucket.

—Pero ¿por qué?

—Tu madre... —Se interrumpió. No tenía derecho a hablarle de los diarios en los que Victoria había basado todas sus novelas.

—¿Estás intentando decidir hasta qué punto mentirme?

—No voy a mentirte, pero hay secretos que no me corresponde revelar. —Dio un paso hacia ella—. Siento no poder contarte todo lo que sé, pero les debo todo lo que soy, todo lo que tengo, a tus padres. De no ser por tu padre, ahora mismo estaría en la cárcel... o muerto. Y como muy bien adivinaste, tu madre pagó gran parte de mi costosa educación. Tu padre también contribuyó, pero...

—Mi madre tiene el dinero —terminó ella.

—Pues sí. Pero ha sido tu padre quien me ha enseñado todo lo que me ha ayudado a avanzar en mi profesión.

Alix puso los ojos como platos.

—Maestro constructor. Dijiste que un «maestro constructor» te permitió diseñar una remodelación cuando eras un crío. ¿Hablabas de mi padre?

—Sí, me refería a él. Fue justo después de que tu madre y tú os fuerais de Nantucket. Ken estaba muy deprimido porque su mujer se estaba divorciando de él y porque no podría vivir con su queridísima, además de adorable en mi opinión, hija.

—Y tú habías perdido hacía poco a tu padre —añadió ella en voz baja.

—Ya habían pasado dos años, pero aún seguía creyendo que mi padre entraría algún día por la puerta para enderezarme. —Jared esbozó una sonrisilla torcida—. Claro que no me he enderezado del todo.

—Me alegro mucho. —Alix hizo una pausa, convencida de que Jared le estaba contando la verdad. De hecho, se alegraba de que Jared hubiera cumplido sus promesas. Sin embargo, ella no había hecho promesa alguna, de modo que pensaba averiguar todo lo que pudiera—. No entiendo que mi madre no quisiera que supiera nada de Nantucket.

—¿De verdad quieres que te explique cómo piensa Victoria?

—¿Estás eludiendo la pregunta?

—Por supuesto. Voy a contarte un secreto: tu padre me grita hasta quedarse ronco y una hora después me he recuperado de la impresión. Pero Victoria... tu madre me despelleja vivo y me deja para el arrastre.

—¿De verdad? Pues a mí me pasa al revés. —Lo miró—. Este asunto es muy raro. Y yo que creía que conocía a mis padres muy bien... Me cuesta comprenderlo todo.

—Fueron como mis otros padres. En fin, la verdad es que tu

padre fue como un padre para mí, pero Victoria no parece muy maternal que digamos.

—A mí sí me lo parece —le aseguró Alix, que levantó la cabeza—. No creerás que esto nos convierte en hermanos, ¿verdad?

Al ver que Alix era capaz de bromear, Jared sintió un alivio inmenso y la abrazó, obligándola a enterrar la cara en su pecho. Alix apenas podía respirar, pero le daba igual.

—Habría sido un hermano mayor espantoso —señaló él.

—¡Ja! Los Legos se te daban muy bien.

—Vamos —dijo Jared—. Bajemos para hablar con tu padre. Seguro que quiere marisco para almorzar.

—¿Fuiste tú quien le enseñó a limpiar el pescado?

—Sí —contestó Jared—. Cuando vino a la isla por primera vez, no distinguía la cabeza de la cola. —Abrazaba con fuerza a Alix, como si le diera miedo incluso una separación de escasos centímetros.

Alix se detuvo al llegar a la escalera y lo miró.

—¿Cuántos secretos de los gordos me sigues ocultando?

—Dos —contestó él.

—Que son...

Jared gimió.

—Si te prometo ayudarte con los preparativos de la boda de Izzy, ¿me perdonarás cuando descubras lo que te he ocultado y que no te puedo contar ahora?

Alix meditó la respuesta un momento.

—¿Me estás diciendo que me acompañarás a escoger las flores?

—Claro. Toby puede...

—No, tú y yo iremos juntos a la floristería. Tendrás que ver fotos de arreglos florales, fotos que yo le mandaré a Izzy.

Jared hizo una mueca, pero asintió con la cabeza.

—¿Y me ayudarás a elegir una tarta que enseñarle a Izzy? —preguntó ella.

—¿Te refieres a una de esas cosas altas?

—Sí —confirmó—, tendrá varios pisos.

—Ah, como un edificio...

Alix le lanzó una mirada elocuente.

—Vale. ¡Oye! ¿Y si hacemos que la tarta se parezca a un edificio de Gaudí? A lo mejor podría diseñar algo...

—Nada de construcciones en azúcar —sentenció ella—. Izzy es muy tradicional. Seguramente quiera rosas lavandas y rosas.

Con cara espantada, Jared se agarró al poste de la barandilla para no caerse.

—¿Qué más?

—Una carpa, comida y un grupo de música. Y un vestido para mí.

—Veo a un fantasma —soltó Jared, que se dejó vencer por la presión.

—¿Quién no iba a verlo viviendo en esta casa? —replicó Alix al tiempo que comenzaba a bajar la escalera, aunque se detuvo para mirarlo—. Vamos, no será tan malo.

—Preferiría nadar en una piscina llena de tiburones —masculló Jared al tiempo que la seguía escaleras abajo.

—Buena idea —comentó ella—. ¡Oye! A lo mejor podemos conseguir algunas reproducciones de cestas típicas de la isla y llenarlas con flores.

—¿Reproducciones? —susurró Jared, y la palabra se le atascó en la garganta como si estuviera cargada de veneno—. Te estás pasando.

Con una carcajada, Alix se cogió de su brazo.

—¿Dónde puedo comprarme unos zapatos adecuados para una boda? ¿Te gustan los zapatos de tacón bajo?

Jared parecía a punto de echarse a llorar.

16

«Tres semanas», pensó Ken. Llevaba tres semanas en Nantucket y en su opinión nunca había sido tan feliz.

Al principio, se alojó en la habitación de invitados de Kingsley House. No en el Palacio Verde de Victoria, sino en la que estaba situada frente al dormitorio de Addy, que en esos momentos era de Alix. A lo largo de los años, se había alojado muchas veces en esa habitación. Le gustaba estar cerca de Addy por si acaso lo necesitaba por las noches. Sonrió al pensar en las múltiples ocasiones en las que había escuchado su voz cuando pensaba que se encontraba sola en su dormitorio. Al principio, supuso que hablaba en sueños, pero una noche después de haber disfrutado de unos cuantos vasos de ron (Addy era capaz de tumbarlo bebiendo ron) mencionó a Alix y a Caleb. Ken sabía que estaba hablando de su hija, pero no sabía quién era Caleb. ¿Otro Kingsley al que aún no conocía?

Tardó varias noches y tuvo que emplear varias botellas de ron para que Addy le contara toda la verdad.

Al parecer, su querida hija Alix, que en aquel entonces tenía cuatro años, tenía por costumbre hablar con un fantasma. De haberlo sabido mientras sucedía, podría... La verdad era que no sabía qué habría hecho de haberse dado el caso. Estaba tan enfadado y tan deprimido que no lograba pensar con claridad. Si hubiera tenido un motivo cualquiera, habría descargado su furia sobre Victoria, lo que quizás habría supuesto que dicha furia acabara afectando a la pequeña Alix.

Tal como estaban las cosas, Ken se desahogó con Jared por lo que le había hecho la vida. ¡Menudas discusiones a gritos solían tener! No había gritado tanto en la vida, ni antes ni después. Ni había soltado tantos tacos. Claro que nunca había sido tan infeliz como lo era en aquella época. Tan infeliz como lo era Jared.

Una noche descubrió a Jared llorando. Un adolescente de más de metro ochenta con un carácter de mucho cuidado, sentado junto a un estanque y llorando. Ken reaccionó de forma natural y lo abrazó. No dijeron ni una sola palabra, pero Ken ya sabía que el muchacho había sufrido una desgracia tras otra. La madre de Jared le había dicho que su marido fue un hombre bueno y cariñoso que adoraba a su hijo.

—Yo no podía tener más hijos después de Jared —le había dicho la mujer—. Le dije a mi marido que se divorciara de mí y buscara una chica sana con la que pudiera tener muchos niños. Pero me dijo que con un hijo perfecto tenía suficiente.

Cuando Ken conoció a Jared, o Séptimo, pensó que el adjetivo «perfecto» no era el más adecuado para describirlo.

Sin embargo, en un momento dado, Jared y él dejaron de pelearse. Ken estaba seguro de que el detonante fue la extraordinaria y asombrosa capacidad del muchacho para el diseño arquitectónico. En realidad, fue fruto de la casualidad que lo viera dibujar en la arena. Nadie le prestaba atención a los dibujos del muchacho, pero él reconoció el rudimentario plano de una casa.

Ken se lo contó a la madre de Jared, que le enseñó todo un cajón lleno de bocetos hechos por su hijo.

—Su padre y él planeaban añadirle una habitación nueva a esta vieja casa. Mi marido le dijo que podía diseñarla. Pero después de que... después, mi hijo lo guardó todo aquí.

Ken tuvo que presionar a Jared para que le mostrara sus ideas. Mientras examinaba los bocetos, disimuló y actuó como si solo los estuviera valorando sin más en vez de ponerse a dar saltos de alegría. Poco a poco, le enseñó a plasmar en papel lo que veía en su mente. Y puesto que en aquel entonces Jared ignoraba todo lo referente a la construcción, Ken le fue enseñando a lo largo de los años a construir lo que imaginaba.

Sin embargo, a pesar de haberse labrado una vida en Nantucket, Ken sabía que si quería ver a Alix de forma regular tenía que abandonar la isla. Se sentía dividido en dos. Tenía una hija en Estados Unidos y un hijo honorario en Nantucket. Y su ex mujer había decretado que no podía tenerlos a los dos a la vez.

El día que Ken se marchó, la mirada de Jared le dejó bien claro que creía que jamás iba a regresar. Sin embargo, regresó. Los días festivos y las vacaciones que no compartía con Alix las pasaba en Nantucket. Hacía horas extra o acumulaba todo tipo de jornadas de descanso para poder pasar temporadas en la isla.

Incluso después de que Jared finalizara sus estudios universitarios, siguió visitando Nantucket siempre que podía. Para entonces, había trabado una magnífica amistad con Addy y conocía a muchos habitantes de la isla. Era algo natural que comenzara a encargarse de las casas de los Kingsley. Le señalaba a Addy los desperfectos que había que arreglar, y después se lo comunicaba a Victoria, que era quien pagaba las facturas. Al principio, no le gustó dicho acuerdo, pero Addy le dijo que el dinero de Victoria procedía de los diarios de los Kingsley, así que ¿por qué no iba a pagar? Ken no protestó. Los tejados nuevos sin goteras eran más importantes que su orgullo.

En resumidas cuentas, Ken pensaba que las cosas habían salido bien, salvo que Alix había quedado al margen de todo. Victoria jamás se retractó de la decisión de mantener apartada a Alix de Nantucket. Al principio, Ken discutió con ella y rebatió sus argumentos, pero la determinación de su ex jamás flaqueó.

La noche que Addy le habló de Alix y del fantasma estaba nevando y la vieja casa estaba más fría que nunca por culpa de las corrientes de aire, de modo que Ken había encendido el fuego en la chimenea.

—¿Victoria está al tanto de... de esta persona? —preguntó Ken, sin saber si debía creer a Addy o no.

—No —dijo la anciana con una sonrisa—. Victoria cree que soy una vieja aburrida. Cree que... —Se inclinó hacia él—. Victoria cree que soy virgen.

Entre carcajadas, Ken replicó que era demasiado sexy como

para que los hombres pudieran resistirse a su atractivo. Ella rio encantada, sirvió más ron y le dijo que ninguna Kingsley había escrito sobre Caleb, salvo ella.

—Podían verlo, pero jamás hablaron sobre él. —Bebió un sorbo de ron—. Escribieron sobre sus aventuras amorosas e incluso sobre asesinatos, pero no confesaron jamás que veían a un fantasma y que hablaban con él.

—Pero tú sí —replicó Ken con una sonrisa mientras el ron lo calentaba.

—¡Por supuesto! —exclamó Addy—. Y cuando Victoria lo descubra, se pondrá a buscar mis diarios como una loca.

—¿Dónde están? —quiso saber Ken.

—Muy bien escondidos —contestó Addy, que sonrió de nuevo—. Caleb y yo hemos ideado un plan para que alguien que puede verlo descubra muchas cosas. Pero eso será después de que yo me vaya.

En aquel momento, Ken estaba demasiado borracho como para interrogarla, de modo que no descubrió que ese «alguien» era su hija hasta después de la lectura del testamento.

Tras la conversación con Addy, Ken reflexionó sobre todo lo que habían dicho. Años antes, Victoria ya sabía que pasaba algo raro, aunque desconocía que hubiera un fantasma que Addy podía ver. A partir de aquel momento, dejó de insistir para que Victoria le permitiera a Alix volver a Nantucket. Jamás hablaron del tema, pero parecían haber llegado a un acuerdo.

Cuando Addy murió y su testamento estableció que Alix pasara un año en su casa, Ken supo cuál era el motivo y no le gustó ni un pelo. Como padre, quería proteger a su hija.

Sin embargo, Victoria no era de la misma opinión. Ken pensó que estaba más interesada en encontrar los diarios que en el bienestar de Alix. Cuando se lo dijo, mantuvieron una de sus terribles discusiones. Hacía años que había dejado de martirizarse con la idea de que su joven y guapa esposa lo había dejado porque él no le había prestado la suficiente atención. Un par de años después del divorcio, comprendió que la fuerte personalidad de Victoria había sido demasiado para él. Si hubieran seguido juntos, seguramente habrían acabado matándose. No obstante, durante una de sus discusiones, Victoria admitió que se había casado con él para escapar de su pueblecito natal. Eso le dolió más de lo que dejó entrever.

Después de la lectura del testamento de Addy, Victoria le suplicó que se mantuviera alejado de la isla y que dejara que Alix y Jared pasaran un tiempo a solas. Todo había funcionado. Ken había descubierto que Jared y su hija pasaban mucho tiempo juntos. Y había decidido quedarse en Nantucket porque...

Le gustaba pensar que lo había hecho por altruismo. Porque quería proteger a su hija de un fantasma. Y porque quería estar cerca por si acaso Jared le hacía daño a Alix tras fijarse en otra. Además, debería...

¡Ja! No iba a dejarse engañar por sus propias mentiras. Se había quedado en la isla porque por primera vez en su vida adulta tenía la sensación de estar en familia. Era una sensación maravillosa. Una verdadera familia.

Al séptimo día de estancia, se mudó a la casa de invitados y Jared regresó a la casa principal. Compartía el dormitorio con Alix, el mismo que debería haber ocupado después de que su tía abuela muriera.

¡Qué a gusto estaban los tres juntos! Ken les había enseñado a ambos tanto el diseño arquitectónico como los entresijos de la construcción, de modo que estaban de acuerdo en todo. Jared le había enseñado lo que sabía sobre el mar y sus habitantes. A cambio, Ken le había transmitido dicho conocimiento a su hija.

En cuanto a Alix, era el nexo de unión entre ambos. Los cuidaba, se preocupaba de que estuvieran cómodos y, sobre todo, les había insuflado una nueva vida.

A lo largo de las últimas semanas, habían salido varias veces a pescar con Jared. Les gustaba la misma comida, los mismos cebos y disfrutaban con los mismos paisajes.

Cuando estaban en casa, Ken se aseguraba de dejarlos a solas a menudo. Para ello, visitaba a Dilys. Un verano de hacía muchos años, fueron amantes. Dilys era mayor que él y había disfrutado muchísimo con su serena compañía... y con todas las técnicas sexuales que ella había aprendido durante los descontrolados años setenta. Sin embargo, sabía que él jamás viviría en Nantucket y que ella jamás abandonaría la isla, de modo que usaron esa excusa para ponerle fin a la relación. Aunque habían dejado de ser amantes, salvo por una excepción durante una noche de tormenta de 1992, seguían siendo amigos.

En esas últimas semanas, Ken había pasado mucho tiempo con Dilys y había realizado muchas de las reparaciones que Jared pensaba hacer en el vecindario. Ken también había arreglado la caldera de Lexie y Toby. Había dejado que Toby le cocinara unos platos maravillosos, había escuchado las quejas de Lexie sobre su espantoso jefe, y después había intercambiado dudas con Toby sobre el problema que Lexie parecía tener con el susodicho.

En resumidas cuentas, jamás se había sentido tan bien. Pensaba jubilarse al cabo de unos años y estaba convencido de que se mudaría a Nantucket. Tal vez podía convencer a Jared de que le alquilara una de las casas que poseía en Kingsley Lane.

En ese momento, estaba lloviendo, y la vieja casa estaba helada, de modo que había encendido el fuego en la chimenea del salón principal, y los tres estaban sentados en dicha estancia. Alix y Jared se mantenían ocupados con el diseño de una casa para unas estrellas de Hollywood. Sería la primera colaboración oficial entre Madsen y Montgomery. El orgullo que sentía Ken al ver unidos ambos apellidos era inconmensurable.

Dos semanas antes, Izzy y su prometido, Glenn, habían llegado a la isla para hablar de la boda. Izzy tardó todo un día en superar el asombro que sentía por la presencia de Jared. Dicho día se lo pasó mirándolo embobada, sin parpadear siquiera.

Glenn se lo tomó muy bien. Estaba tan enamorado de ella que no veía otra cosa. La primera noche, Jared le dijo a Ken:

—El abuelo dice que, en otra vida, Glenn fue el carretero de Nantucket y que en aquel entonces también estaba enamorado de Izzy.

Por más veces que mencionaran la existencia del fantasma, Ken seguía sobresaltándose por ese tipo de cosas. Aunque intentaba disimular, la referencia a la reencarnación fue la gota que colmó el vaso. Jared debió de percatarse, porque no volvió a hablar más de su abuelo.

Y Alix no había mencionado haber visto a un fantasma. Su mente estaba muy ocupada con el diseño de la casa de California, con la remodelación de la casa del primo de Jared y con la boda de su mejor amiga.

Izzy tuvo problemas a la hora de decidirse por las flores, por la tarta y por la música. El tema de conversación durante el fin de semana que pasaron en Nantucket fueron carpas, inodoros portátiles y la distribución de los invitados en las mesas, además de cualquier otra cosa relacionada con la boda. Jared se pasó los días con el teléfono en la mano, llamando a todo aquel al que conocía para reservar todo lo necesario. Dado el embarazo de Izzy, habían adelantado la boda al 23 de junio. Demasiado pronto.

—¿Tú qué harías? —le preguntó Izzy a Alix el domingo por la noche sentadas a la mesa, disfrutando del festín que ellas mismas habían preparado.

—¿Sobre qué? —quiso saber Alix.

—Si fuera tu boda, ¿qué harías?

Todos los presentes la miraron. Ken se alegró al ver que Jared la miraba con el mismo interés que los demás.

—¿Sobre las flores? —preguntó Alix.

Ken se percató de que su hija evitaba la mirada de Jared. Era demasiado pronto para pensar en una boda, pero cuando algo se sabía, se sabía.

Decidió echarle un cable a su hija.

—Victoria lleva planeando la boda de Alix desde que nació. Todo está decidido. Alix no tiene que tomar ni una sola decisión.

Alix gimió.

—No, no, por favor... no cuentes esa historia.

—Ahora tienes que hacerlo —replicó Izzy.

—A mí también me gustaría oírla —dijo Jared.

—Un vestido. —Ken sonrió—. ¿Cómo fue el comentario de tu madre? Algo sobre una vela que iluminara el mundo.

Alix meneó la cabeza.

—Vale, es mi madre y todos la conocéis, ¿verdad?

—Yo no —respondió Glenn.

—Ya la conocerás —repuso Alix—. Mi madre me dijo que mi vestido llevaría tanta pedrería bordada que si cogiera una vela, los destellos iluminarían toda la iglesia. —Miró a Glenn—. Ahora ya sabes cómo es mi madre.

Él se echó a reír.

—Creo que me caerá bien.

Jared miró a Alix.

—¿No es tu estilo?

Lo preguntó con tal seriedad que Alix se puso colorada.

—Soy más de algodón.

Izzy intervino para decir:

—A Alix no le importan el vestido ni las flores. Ella solo quiere casarse en un sitio de gran relevancia arquitectónica.

El comentario hizo que todos estallaran en carcajadas.

—En tu capilla —añadió Izzy—. Deberías casarte en la capilla que diseñaste.

—No creo que... —protestó Alix.

Ken la interrumpió.

—Se me había olvidado. Me dijiste por teléfono que habías diseñado una capilla, pero no has vuelto a mencionar el tema.

—Es que en realidad no es nada. Solo...

—Hizo una maqueta —la interrumpió Izzy.

—¿Podemos verla? —preguntó Ken.

—No —respondió Alix—. Solo lo hice por diversión. Hemos estado trabajando en una casa que aprovecha la formación rocosa del terreno para levantar una pared y...

Jared le colocó una mano sobre las suyas.

—Me encantaría ver tu maqueta.

Ken conocía de sobra a su hija como para ver que le preocupaban las críticas que pudiera suscitar su diseño, pero como todos la estaban mirando con expectación, no pudo negarse. Le hizo un gesto afirmativo con la cabeza para alentarla y Alix se levantó para ir a la planta alta en busca de la maqueta.

Cuando volvió, su actitud era tan aprensiva que Ken quiso advertirle a Jared que no emitiera la menor crítica. Sin embargo, su preocupación fue en vano.

Jared la miró y dijo:

—Es perfecta.

Ken dudaba mucho de que Jared hubiera pensado alguna vez esa palabra, y sobre todo dudaba de que la hubiera pronunciado. Sobre todo refiriéndose a un edificio.

—¿De verdad te gusta? —preguntó Alix, y todos guardaron silencio en torno a la mesa. Era la primera vez que parecía una estudiante en busca de un elogio.

—Le estás preguntando a Montgomery, ¿verdad?

—Supongo que sí.

Jared le colocó una mano sobre las suyas.

—No lo habría dicho si no lo pensara. Es más, fíjate si me gusta: no cambiaría ni un solo detalle.

—¿No te parece que el chapitel es demasiado alto? —preguntó ella.

—No.

Alix abrió la boca para hablar.

—Y tampoco es demasiado bajo —añadió Jared.

Alix cerró la boca.

Jared le dio un apretón en la mano.

—¿Dónde crees que debería construirse?

—Cuando la diseñé, pensé en Nantucket.

Fue Izzy quien interrumpió lo que se había convertido en una conversación privada.

—Qué lástima que no esté construida. Si me casara en su interior, no tendría que apretujar a cien invitados en el jardín trasero.

—Entre los inodoros portátiles —añadió Glenn.

Mientras Alix se sumaba a las carcajadas, miró a Jared y él pareció entender la pregunta que le hacían sus ojos. ¿Podían construir la capilla en el terreno que Jared le había enseñado?

Jared meneó la cabeza.

—Es imposible. Tardaríamos varias semanas en obtener los permisos, puede que incluso meses. Los habitantes de Nantucket nos tomamos muy en serio los permisos para construir algo en nuestra isla.

Alix se apoyó en el respaldo de la silla.

—Qué pena. Habría sido bonito que Izzy se casara en...

—¿En un lugar de relevancia arquitectónica? —la interrumpió Jared—. ¿En un edificio diseñado por su mejor amiga que está a punto de revolucionar el mundo con sus diseños?

—¿Y construido por el mejor arquitecto de la actualidad? —añadió Alix, que respondió a su mirada de adoración con una sonrisa.

—Voy a vomitar —comentó Izzy mientras se inclinaba para besar a Glenn en la mejilla—. Menos mal que nosotros no somos así.

—¡Estás de coña! —exclamó Alix—. Me acuerdo de la noche de tu tercera cita con Glenn. Estabas tan enfadada con él... —siguió hablando, encantada de compartir los detalles de la historia de Izzy y Glenn... para desviar la atención de Jared y de ella. Todavía era demasiado pronto como para hacer planes de futuro.

Alix estaba tan enfrascada con su historia que no se percató de la mirada que Jared y su padre compartieron por encima de su cabeza. Teniendo en cuenta los años que habían pasado juntos, se comunicaban perfectamente en silencio. Jared solo tuvo que enarcar las cejas y Ken asintió con la cabeza. Antes de que se construyera un edificio en Nantucket, se debía conseguir la aprobación de la Comisión del Distrito Histórico... y Dilys se encontraba en la junta directiva de dicha comisión.

Cuando Alix acabó de contar la historia sobre Izzy y Glenn, Jared y Ken sonreían de oreja a oreja. Acababan de idear un plan e iban a hacer todo lo posible para llevarlo a cabo.

De vuelta al presente, Ken sonrió al ver a Alix y a Jared. Estaban sentados cada uno en un extremo del sofá, y tenían el suelo entre ambos cubierto de papeles. A lo largo de las últimas semanas, los tres habían usado el estudio de la casa de invitados para dibujar los planos de la remodelación de la casa del primo de Jared.

Años antes, dicho estudio fue de Ken. Lo amuebló cuando llegó a Nantucket y allí fue donde le enseñó a Jared a manejar una escuadra y una regla T. Le había alegrado mucho ver a Jared y a Alix trabajando en la enorme mesa de dibujo.

Cada uno de ellos tenía una historia particular sobre el estudio. Ken les contó lo que había sufrido hasta convencer a Addy de que le prestara la sirena que en otro tiempo fue el mascarón de proa de un barco.

—Allí estaba, cogiendo polvo en el ático entre un montón de baúles y ella actuaba como si yo quisiera bajarlo de allí para echarlo a la chimenea.

—¿Qué tuviste que hacer para sacarlo del ático? —quiso saber Jared.

—Intenté usar la lógica, pero no la convencí. Al final, le dije que estaba enamorado del recuerdo de la mujer que había servido de modelo para tallarla en el siglo XVIII. Eso funcionó.

Alix estuvo a punto de ahogarse con la bebida, porque estalló en carcajadas. Después, les contó la historia de cómo Izzy y ella se habían colado en el estudio.

—Pero eso fue antes de descubrir que eras una persona de carne y hueso —le dijo a Jared.

Él la miró con seriedad.

—Debo admitir que añoro en parte la admiración típica de una estudiante.

—No sabes cómo te entiendo —replicó Ken, que miró a Jared de forma elocuente.

Todos se echaron a reír.

La historia de Jared era muy sencilla. Jamás había permitido que otra persona pisara el estudio, salvo en el caso de Ken y Alix.

Ken sonrió. Puesto que el comentario procedía de Jared, dicha admisión significaba mucho para él.

Ken les estaba sonriendo mientras pensaba que la vida era estupenda, cuando en el exterior se produjo un repentino fogonazo de luz que los sobresaltó por su intensidad. Acto seguido, se escuchó un trueno ensordecedor.

Se miraron en silencio. Puesto que los tres pertenecían al mismo ámbito profesional, sabían lo que significaba ese ruido. Estuvieron a punto de tropezarse entre sí mientras corrían a la cocina y a la puerta trasera.

En el exterior reinaba la oscuridad y estaba diluviando. Jared había cogido una enorme linterna de un cajón para iluminar el jardín. Cuando llegó al cenador de las rosas, se detuvo.

El cenador, cubierto por los rosales trepadores, estaba derrumbado en el suelo. Los rosales habían quedado destrozados. Donde antes había un precioso arco cubierto de flores solo quedaban plantas arrancadas y madera partida. El suelo estaba cubierto de barro y no había césped.

—¡Ay, no! —exclamó Alix para hacerse oír por encima de la lluvia—. ¿Cómo va a casarse ahora Izzy aquí? —Miró a Jared—. Qué desilusión va a llevarse. Puedes arreglarlo, ¿verdad?

Jared le sonrió, aunque el agua le chorreaba por la cara. Alix lo miraba como si fuera capaz de obrar milagros. Aunque la tierra se hubiera abierto bajo sus pies, Alix lo creía capaz de repararla. Alargó un brazo para echárselo por los hombros y pegarla a él. Después, levantó la vista y vio a su abuelo en una ventana de la planta alta.

De repente, Jared supo sin el menor género de duda que su abuelo era el responsable de lo sucedido. De todo lo sucedido, desde el diseño de la capilla de Alix, pasando por la boda, hasta el derrumbamiento del robusto cenador de madera de cedro. Supo que Caleb Kingsley era el culpable de todo.

—Vamos —le dijo a Alix—. Volvamos adentro. Estás mojada y vas descalza.

—Pero me preocupa que...

La besó en la frente.

—Lo arreglaré. ¿Vale?

Ella asintió con la cabeza y regresaron al interior de la casa, mientras que Ken se fue a la casa de invitados para secarse.

Una vez dentro, Jared le dijo a Alix que subiera para llenar la bañera de agua caliente.

—Me reuniré contigo enseguida.

Habría sido una invitación muy erótica de no ser por el ceño fruncido que lucía.

—¿Te pasa algo? —le preguntó ella. Empezaban a castañetearle los dientes.

—Nada —contestó él—. Es que tengo que... sacar unas toallas. Vete, no tardaré en subir.

Alix quería preguntarle qué le pasaba, pero tenía demasiado frío como para pensar con claridad y, además, su mente estaba ocupada con la boda de Izzy. ¿Qué iban a hacer? Por supuesto, podían levantar de nuevo la pérgola, plantar nuevos rosales y usar rosas cortadas para adornarlo todo. Podían hacerlo. Corrió escaleras arriba en dirección a su cuarto de baño, el cuarto de baño que compartía con Jared, y abrió el grifo de la bañera.

17

Jared subió la escalera hasta el ático sin detenerse. Sabía por experiencia que Caleb era más fuerte en la parte alta de la casa. El amplio ático estaba lleno de baúles, de cajas y de muebles viejos, algunos de los cuales contenían objetos que habían pertenecido a su abuelo. Esa conexión terrenal, tanto allí como en el salón principal, hacía que Caleb fuera más visible.

También sabía que su furia le haría salir. Y tanto que fue así, ya que cuando abrió la puerta del ático y tiró de la cadenilla que encendía la luz, allí estaba su abuelo, con las manos entrelazadas a la espalda, preparado para la inminente discusión.

—Has sido tú, ¿verdad? —preguntó Jared entre dientes—. Has hecho que se caiga el cenador.

—¿Por qué lo dices?

—No me vengas con evasivas —le soltó Jared.

—Creía que tú eras el maestro en evasivas.

Jared lo fulminó con la mirada, pero después le cambió la cara. Durante toda la vida había visto la silueta fantasmagórica de su abuelo. Uno de sus primeros recuerdos era verlo inclinado sobre su cuna, sonriéndole. A Jared nunca le había parecido raro que pudiera ver a través del hombre. Pasaron años antes de que se diera cuenta de que los hombres translúcidos no formaban parte de la vida del resto de la gente.

Sin embargo, en ese preciso momento no podía ver a través de su abuelo. Al menos, no del todo. Su apariencia era más corpórea que nunca.

—¿Qué pasa? —Ya no había ni rastro del enfado en su voz.

—¿A qué te refieres?

Jared sabía que su abuelo lo había entendido, pero señaló su cuerpo con la mano.

—¿Por qué tienes ese aspecto?

Caleb tardó en contestar.

—El 23 de junio voy a dejar este mundo.

Jared tardó un momento en comprender lo que le decía su abuelo.

—¿Dejar? —preguntó en un susurro—. ¿Como si fueras a morir? —Por más bromas que hiciera acerca de que su abuelo se marchara de una vez, no se imaginaba la vida sin él—. Es... Es... —Fue incapaz de terminar la frase.

—No te pasará nada —dijo Caleb en voz baja—. Ahora tienes una familia.

—Pues claro que no me pasará nada. —Jared intentaba recuperarse de la sorpresa—. Y tú... serás más feliz.

—Depende de adónde me manden. —Los ojos de Caleb tenían un brillo travieso.

Jared no sonrió.

—¿Por qué el mismo día de la boda de Izzy? —Jared levantó la cabeza—. ¿O fuiste tú quien hizo que lo eligiera?

—Sí, fui yo. Parece que soy capaz de hacer más cosas... de las que solía hacer. Y sé muchísimo más. Algo va a pasar. Es... —Dejó la frase en el aire.

—¿¡Qué!? —exclamó Jared.

—No lo sé. Solo siento que las cosas están cambiando. Me hago más fuerte día a día. —Levantó una mano—. Puedo ver mi propio cuerpo. Ayer me vi en un espejo. Se me había olvidado lo guapo que soy.

Jared seguía sin sonreír.

—¿Qué va a pasar?

—Ya te he dicho que no lo sé, pero siento... tengo una sensación expectante. Solo sé que mi vida... tu vida... las vidas de todos nosotros van a cambiar pronto. Tienes que contarle a Alix lo que Ken y tú habéis estado tramando. Puedes construirla a tiempo para la boda.

—No estoy seguro —dijo Jared—. No hay tiempo suficiente.

—¡Tienes que hacerlo! —exclamó Caleb con voz decidida, feroz—. Sabes dónde debe ir la capilla, ¿verdad?

—Donde estaba la vieja casa.

—Sí, has acertado. —Caleb aguzó el oído—. Alix ya tiene llena la bañera. Ve con ella. —El cuerpo de Caleb comenzó a desvanecerse. No con la rapidez con la que siempre se había esfumado, sino con la parsimonia del sol poniente—. Tienes que encontrar a...

—¡Lo sé! —lo interrumpió Jared con impaciencia—. Se supone que tengo que averiguar qué le pasó a Valentina.

El cuerpo de Caleb era poco más que una sombra.

—Creo que antes de que puedas encontrarla, deberías buscar a Parthenia. —Y desapareció.

Jared se quedó un momento allí plantado, con la vista clavada en la penumbra del ático.

—¿Quién narices es Parthenia? —masculló.

Meneó la cabeza, apagó la luz y bajó la escalera. Cuando llegó al cuarto de baño, Alix ya estaba en la bañera llena de agua caliente, cubierta por una gruesa capa de burbujas de la que solo asomaba su cabeza. Alix lo invitó con la mirada, pero como él no respondía, se enderezó en la bañera.

—¿Qué ha pasado?

Jared se quitó la ropa mojada con aire distraído y metió una pierna en el agua.

—¡Joder, está hirviendo!

—Creo que te sentará bien. Estás más blanco que la nieve. —En cuanto Jared estuvo en la bañera, ella se sentó entre sus piernas, con la espalda contra su pecho—. Cuéntame lo que te inquieta. Y ni se te ocurra decirme que no pasa nada.

Jared tardó en contestar. Aunque su vida siempre había estado llena de secretos y estaba acostumbrado a callarse las cosas, en ese preciso momento quería contarle a Alix todo lo que su abuelo le había dicho. El día de la boda de Izzy, el capitán Caleb Jared Kingsley, que había muerto hacía más de doscientos años, por fin dejaría ese mundo. No sería un día feliz para Jared.

Claro que no podía contárselo a Alix. Lo que sí podía contarle era lo que su padre y él habían estado haciendo en secreto esas dos semanas.

—Creo que podemos construir tu capilla —le dijo.

—¿Qué quieres decir?

—Ken y yo hemos estado trabajando en secreto, y creo que pronto conseguirá el permiso de construcción. No ha sido fácil.

Alix guardó silencio mientras Jared le contaba todo lo que habían conseguido. Su padre había sacado las medidas de sus bocetos y de la maqueta, y se había pasado una noche entera dibujando los planos y las cotas del terreno.

—Después, lo mandó todo a Nueva York para sacar los planos. Stanley lo hizo todo sin perder tiempo.

—Tu asistente —comentó Alix.

—A veces creo que Stanley es el jefe.

Ella se volvió para mirarlo.

—Vaya, ¿por qué será que no me lo creo?

Jared la besó y ella volvió a mirar al frente. Alix creía que se le iba a salir el corazón por la boca. ¿Iban a construir uno de sus diseños? No terminaba de creérselo.

—Por supuesto, Ken sabía que teníamos que hacer dos proyectos.

—¿A qué te refieres? —preguntó.

—Las comisiones nunca aprueban el proyecto original, así que para el primero, tu padre entregó una caricatura de tu diseño, y con la ayuda de Dilys...

—¿Qué tiene que ver ella con todo esto?

—Está en la comisión. Mi nombre no puede aparecer en los planos porque somos primos, pero Ken y ella no están emparentados, aunque fueron...

—¿El qué? —preguntó Alix, pero después levantó una mano—. No contestes, ya me lo imagino. Bueno, ¿y qué hizo Dilys?

—Montó un pollo, dijo que el proyecto era espantoso y lo rompió. A la semana siguiente, Ken puso cara de cordero degollado y presentó el diseño real. Dilys llevó la voz cantante y la comisión dijo que ese proyecto era muchísimo mejor.

—¿Y lo aprobaron? —Contuvo el aliento.

—Sí, pero para conseguirlo tan deprisa, hay pegas.

—Ah —dijo Alix, desanimada.

—Tiene que ser un edificio secundario, lo que quiere decir

que no hay cocina ni baño, ni cañerías de ningún tipo. No se puede ver desde un camino público, pero eso da igual. Después podemos... —Se interrumpió, ya que había estado a punto de decir que después podrían construir una casa. Una para alquilar, tal vez. O... No quería pensar en el tema todavía, pero tal vez podría ser una casa para que viviera allí el Octavo con su familia.

—¿Dónde exactamente se va a construir?

—Donde se erigía la casa vieja —se apresuró a contestar Jared.

—¿Crees que es una buena idea? Podría ser como construir en un cementerio indígena.

Jared creía que ese era el motivo por el que su abuelo quería que se construyera allí, pero no lo dijo en voz alta. Cuando empezaran con el rebaje, se aseguraría de que Alix no estuviera presente. Si no se equivocaba en sus suposiciones, podrían encontrar un cadáver con varios siglos de existencia, y no quería que Alix lo viera.

—Tal vez encontremos objetos que podamos donar a una asociación histórica.

Lo único que entendió Alix fue que hablaba en plural.

—¿De verdad crees que puede hacerse a tiempo para la boda? ¿Que Izzy podría casarse en una capilla?

—¿En tu edificio? —preguntó Jared a su vez. Comenzaba a sobreponerse a lo que su abuelo le había dicho, y se le pasó por la cabeza la idea de que Caleb dejaba ese mundo porque él había encontrado a Alix.

La besó en la mejilla al tiempo que comenzaba a acariciarle el cuerpo.

—¿Emocionada?

—Por supuesto.

La tomó de los hombros y la instó a volverse.

—¿Qué sientes al saber que tu creación va a pasar del papel a convertirse en algo que puedas ver y palpar? Algo en lo que puedas entrar. Algo que te pueda rodear.

—¡Me siento... maravillosa! —exclamó, y echó la cabeza hacia atrás antes de rodearle la cintura con las piernas—. Es como si hubiera escalado la montaña más alta y hubiera tocado las estrellas, como si hubiera ido de la luna al sol. Como si estuviera rodeada de rayos solares.

—Hablando de montañas... —dijo Jared al tiempo que la besaba en el cuello y la instaba a sentarse de forma que supiera lo mucho que la deseaba—. Tengo que salir de la isla. —La besó en la garganta—. Para traer los materiales necesarios en un camión.

—¿Qué clase de ladrillos vas a comprar? —preguntó ella en un susurro.

—Hechos a mano.

—Ooooh —dijo ella—. Tú sí que sabes cómo poner a cien a una mujer.

Jared descendió con los labios.

—Conozco a un herrero en Vermont que puede hacer las bisagras que dibujaste. Una mezcla de estilo celta con el estilo medieval escocés del siglo XIII.

—Me estás volviendo loca de deseo. ¿Qué más?

—Una campana.

Alix se apartó para mirarlo.

—¿Una campana? —susurró ella.

—Fundida a mano. Tengo un almacén lleno de cosas que he ido coleccionando. Siempre supe que algún día me haría falta una campana. —Comenzó a besarle los pechos.

—¡La puerta! —exclamó ella—. ¿Qué me dices de la puerta?

—Roble antiguo. De diez centímetros de grosor.

—Ya no aguanto más. Tómame. Soy tuya.

Jared comenzó a explorar su cuerpo con las manos mientras que el agua jabonosa convertía cualquier contacto en una caricia. Le recorrió las piernas, siempre en sentido ascendente, y se detuvo entre sus muslos. Alix echó la cabeza hacia atrás y después la apoyó en su hombro, y Jared la besó en la mejilla.

—Eres preciosa —susurró él—. Tienes una piel dorada y perfecta. A veces, tengo la sensación de que te conozco desde siempre.

A Alix le gustaron esas palabras, aunque tenía la impresión de que ocultaban un significado más profundo. Por primera vez, tuvo la sensación de que el gran y poderoso Montgomery la necesitaba. Se volvió, le echó los brazos al cuello y pegó los pechos contra su torso.

—Aquí me tienes —dijo al tiempo que lo besaba en el mentón—. No pienso marcharme. —Lo besó en la boca, rozándole el labio inferior con la lengua—. Suave y suculento —susurró.

Jared se apartó de ella.

—¿Qué has dicho?

—Voluptuoso y firme. —Le atrapó el labio inferior con los dientes—. Me excita, me tienta, me pone. —Pasó la lengua por encima del labio superior, disfrutando de la aspereza que sentía—. Es un canto de sirena, el flautista de Hamelín. —Lo besó en la boca antes de volver a concentrarse en el labio inferior—. Sueño con él de día y de noche. Con acariciarlo, con besarlo. —Volvió a besarlo—. Con mezclar nuestros alientos. —Por un instante, separó los labios contra los suyos antes de succionar ese labio inferior—. Con chuparlo, con lamerlo. Con sentirlo contra los míos. Oh —dijo con un gemido ronco—, el labio inferior de Jared.

Cuando él la miró, tenía los ojos oscurecidos por el deseo. Por ese fuego azul que había llegado a adorar. En un abrir y cerrar de ojos, Jared se puso en pie, levantándola consigo, sujetándola con fuerza con un brazo mientras la sacaba de la bañera y la llevaba al dormitorio. Se quedó de pie junto a ella, mirando su cálido y húmedo cuerpo, y la sonrisa con la que la miró la acaloró todavía más.

—Hay partes de tu cuerpo que también me gustan mucho —dijo él al tiempo que se tumbaba junto a ella.

—¿Como cuáles? —preguntó mientras él la besaba en el cuello, con una mano en su cintura.

—Se me da mejor demostrarlo que describirlo.

—¿De verdad? —susurró ella—. En ese caso, a lo mejor deberías hacerme una demostración.

—Será un placer. —Comenzó a descender por su cuerpo, siguiendo con los labios el sendero que trazaban sus manos.

18

—¿De verdad estarás bien sin mí? —le preguntó Jared por enésima vez a Alix.

Eran las siete de la mañana de un miércoles y estaban en Downyflake, esperando que les sirvieran el desayuno. La guapísima Linda había tomado su comanda y la siempre alegre Rosie se había parado con ellos para charlar. Era la quinta o la sexta vez que iban al restaurante y Alix se había encontrado con algunas personas a las que Jared no conocía. El hecho de tener conocidos ajenos a los círculos de Jared hacía que Alix tuviera la impresión de que ya pertenecía a la isla.

—Estaré bien —le contestó de nuevo mientras extendía un brazo sobre la mesa para tocarle los dedos. Aún estaba obnubilada por la noche anterior. Habían hecho el amor durante horas, disfrutando del momento a placer. Aunque sabía que había pasado algo, no había podido sonsacárselo a Jared. De todas formas, él actuaba como si ella pudiera marcharse y no volver jamás. Eso la tenía preocupada, pero no quería que dicha preocupación lo intranquilizara—. Mi padre está aquí, y también lo están Lexie y Toby. ¿De qué tienes miedo?

Jared quiso decir: «De mi abuelo y de tu madre», pero no lo hizo. Esa tarde cogería un vuelo a Nueva York y comenzaría con los preparativos para la compra de materiales y para el envío de todo lo necesario a fin de construir la capilla de Alix.

—¿Estás segura de que no quieres acompañarme? —le preguntó.

—No estoy segura en absoluto, pero... —No entendía por qué sentía la necesidad de quedarse en Nantucket, pero así era. De modo que había decidido seguir lo que le dictaba el instinto—. Voy a descubrir lo que le pasó a Valentina. ¿Y cómo se llamaba la otra mujer de la que me hablaste?

—Parthenia.

—¿No sabes su apellido?

—Con ese nombre de pila, estoy seguro que no necesitaba más. —Clavó la vista en su café y se preguntó si habría sido su abuelo quien había sembrado en la mente de Alix la idea de quedarse en la isla para examinar los documentos. De ser así, sabía por qué lo hacía. Al cabo de un mes, el capitán Caleb Kingsley partiría para siempre de ese mundo. Jared perdería al último ser querido que le quedaba. Para siempre.

Alix extendió un brazo sobre la mesa para acariciarle la mano.

—Ojalá me dijeras qué te preocupa.

—Lo haría si pudiera. —Esbozó una sonrisilla—. ¿Sabes algo de tu madre?

—Ha acabado la gira promocional del libro y ya está de vuelta en casa. La última vez que hablamos, le dije lo que pensaba sobre el hecho de que me haya mentido durante todos estos años.

Jared sonrió de oreja a oreja.

—¿Se rio mucho?

Alix gimió.

—Detesto que conozcas tan bien a mis padres. Mi madre me dijo que todo ha sido en aras del arte y que, por ende, era permisible.

—¿Le dijiste que me marchaba de la isla?

—Pues sí, la verdad.

Jared bebió un sorbo de café.

—En ese caso, llegará un día después de que yo me vaya.

Alix estaba a punto de hablar, pero se mordió la lengua cuando vio que Linda se acercaba con los platos del desayuno. Cuando se quedaron de nuevo a solas, se inclinó hacia delante y susurró:

—¿Por qué va a esperar mi madre hasta que te marches para venir? ¿Qué más secretos tenéis vosotros dos?

—¿Te refieres a algo similar al polvo que echamos anoche en

la escalera del orinal? —replicó, enarcando las cejas—. Todavía me duele la espalda.

La broma no le hizo ni pizca de gracia.

Jared comprendió que el vínculo que lo unía a Alix era más importante que la lealtad hacia su madre.

—Victoria quiere conseguir los últimos diarios de los Kingsley. En concreto, los de la tía Addy, para poder convertirlos en una novela.

Alix comió un poco de quesadilla mientras reflexionaba sobre lo que Jared acababa de decirle y el hecho de que encajara tan bien con todo lo que ya sabía.

—Entonces no fueron las historias que le contó la tía Addy. Son los diarios.

—Sí. Muchos diarios.

—¿Este es uno de los dos secretos que compartís? —le preguntó.

—Sí.

—¿Y el otro es que has visto el fantasma del capitán Caleb?

—Más o menos —respondió él.

—¿Y ya está? ¿Ahora conozco todos tus secretos?

—Supongo que sí —contestó con una mirada risueña. La verdad era que no le había contado hasta qué punto llegaban sus encuentros fantasmales.

—¿Y crees que mi madre va a esperar a que tú no estés para venir en busca de los diarios de la tía Addy?

—Pues sí —respondió él—. Y como nadie sabe dónde están, me preocupa que pueda... —Había estado a punto de decir que le preocupaba que Victoria cogiera una motosierra para echar abajo la antigua casa, pero creyó que a Alix no le haría mucha gracia el comentario.

—Te preocupa que pueda dañar tu casa durante la búsqueda de los diarios, ¿verdad? —aventuró Alix.

—Exacto. —Jared se sintió aliviado al comprobar que ella lo entendía—. ¿Crees que tu padre puede...? En fin, ya sabes.

—¿Meterla en cintura? —sugirió Alix—. No. Lo tiene aterrorizado. Mi padre se enfrenta a cualquiera, pero con ella se somete. Dice que no hay hombre en el mundo lo bastante fuerte como para lidiar con Victoria.

—No puedo estar más de acuerdo con él al respecto —comentó Jared—. Jamás me enfrentaría abiertamente con Victoria. ¿Lista para irnos?

Alix asintió con la cabeza. Después de que Jared dejara el dinero en la mesa, se despidieron de todo el mundo, incluyendo a Mark, que era el dueño y el cocinero, y regresaron a la camioneta de Jared. Tenían pensado ir de nuevo a North Shore para echarle otro vistazo al terreno donde iban a construir la capilla. Todavía no habían llegado los permisos, pero no tardarían en tenerlos y querían estar preparados.

Alix estaba mirando a la gente que hacía cola en la puerta de Downyflake hasta que hubiera una mesa libre. Llevaba el suficiente tiempo en la isla para poder distinguir a los oriundos de los turistas. Y mientras los observaba, tuvo la impresión de ser la visitante de un zoológico. Parecían excesivamente delgados y arreglados, como si acabaran de salir de una máquina y no fueran reales. Iban cargados de joyas y de teléfonos móviles.

Estaba a punto de hacer un comentario crítico cuando los vieron tres chicas monísimas de pelo lustroso.

—¡Jared! ¿Cuándo vendrás a jugar con nosotras?

—Estoy demasiado mayor, niñas —contestó él a través de la ventana de la camioneta.

—Pues el verano pasado no decías lo mismo —replicó la más bonita.

—Precisamente por eso he envejecido.

Las niñas se echaron a reír.

—Lo siento —dijo Jared mientras giraba para enfilar Sparks Avenue—. Conozco a sus padres. —La miró de forma penetrante, preguntándose cómo se habría tomado Alix el inocente coqueteo.

—¿Eso significa que soy lo bastante mayor para ti?

Jared se echó a reír.

—Eres la digna hija de Victoria. Y tienes toda la pinta de estar tramando algo.

—Estaba pensando que a mi madre le encantaría escribir sobre Valentina y el capitán Caleb. A lo mejor consigo meterla de lleno en su historia y así no buscará los diarios de la tía Addy.

Además, ¿qué puede haber en ellos? Por lo que recuerdo de ella, no era una mujer alocada ni una posible asesina.

Jared la miró sin decir nada.

—Ah, vale. El fantasma del capitán Caleb —dijo—. Pero no creo que mi madre sea capaz de escribir toda una novela basándose en unas cuantas apariciones fantasmagóricas. En una figura etérea que aparece en la parte superior de la escalera y que después se desvanece. Eso no es mucho. Recuerdo vagamente las historias que la tía Addy me contó sobre el capitán Caleb. Pero las ensoñaciones románticas no tienen nada que ver con la realidad. Le diré a mi madre que sería mejor que intentara descubrir qué desgracia le sucedió al capitán Caleb para que acabara convertido en un fantasma. ¿No hay siempre una tragedia romántica detrás de todos los fantasmas? —Alix lo miró—. Por supuesto, eso la llevará directamente a la historia de Caleb y Valentina. Sé que mi madre no ha visto los documentos, pero ¿ha oído algo de la historia?

—No creo —contestó Jared—. De ser así... —La miró.

—Mi madre ya estaría aquí pidiéndote permiso para buscar en tu ático.

Intercambiaron una sonrisa cómplice. Nada más olisquear la posibilidad de una historia romántica, Victoria habría aparecido en su puerta para engatusarlo, usando todas sus tretas. Habría sido casi imposible resistirse.

—¿Sabes lo que te digo? —dijo Jared—. Creo que podría funcionar.

—Seguramente lo consiga —replicó ella—. Cuando quiero, puedo ser muy convincente. Una lástima que mi padre y tú no me contarais todo esto antes. Si no os hubierais pasado la vida guardando secretos, os podría haber ayudado desde el principio. —Alix aprovechó el trayecto hasta North Shore para señalarle a Jared, con tacto pero con firmeza, las equivocaciones que había cometido con Victoria.

Él se limitó a sonreír sin rechistar siquiera. Sabía que el fantasma de los Kingsley era mucho más que una simple aparición en la parte superior de la escalera y se preguntó qué diría Alix cuando descubriera toda la verdad. ¿Se mostraría tan insolente?

Una vez que llegaron al terreno del que era el dueño, aparcó y apagó el motor.

—¿Quieres ver el lugar otra vez? Si paras de echarme la bronca, claro.

—No me dirás que la culpa de sentirme excluida es mía, ¿verdad? ¡Me he perdido toda una vida!

Jared se inclinó hacia ella y le dijo:

—En mi opinión, la vida que has llevado ha sido perfecta porque te ha hecho ser como eres. —Tras un beso fugaz, salió de la camioneta.

Alix solo atinó a sonreír.

Pasaron un par de horas inspeccionando el terreno. Jared tenía banderines, estacas y cuerdas en la caja de herramientas de la parte posterior de la camioneta, además de un rollo de cinta de sesenta metros. Sin la menor discusión, se pusieron manos a la obra, ya que ambos querían ver el perímetro de la capilla sobre el terreno.

Marcaron los límites como si llevaran trabajando juntos toda la vida, algo que en cierto modo habían hecho gracias a Ken, y señalaron los cimientos. Después, se refugiaron bajo la sombra y examinaron su obra.

—¿Te lo imaginas? —Jared sacó un par de botellas de agua fría de la nevera portátil y le ofreció una.

—Sí. —La voz de Alix era distinta—. Ha sido muy generoso por tu parte...

—¡Ni se te ocurra decirlo! —la interrumpió él.

Alix sabía que no quería escuchar otra vez sus agradecimientos.

—De acuerdo. Pero quiero que lo sepas. —Miró a su alrededor—. ¿Valentina vivió aquí o en el pueblo?

—En ambos sitios. Después de que Caleb construyera la casa nueva, le cedió la antigua a su primo Obed.

—¿Se la cedió?

—Por un dólar. Es una práctica habitual en Nantucket. Busca traspasos de propiedad en el periódico local, el *INKY*, y verás que se hace casi todos los días. Los habitantes de Nantucket suelen heredar sus casas. —Resopló—. Si no, no podríamos vivir en nuestra propia isla.

Alix pensó en la casa tan anodina que había visto, valorada en veinte millones de dólares. Y llegó a la conclusión de que lo que decía Jared tenía sentido.

—Así que Caleb se fue en un barco, dejando en la isla al amor de su vida, que estaba embarazada. Pero ella se casó con su primo, seguramente porque se vio obligada a hacerlo, y al principio Valentina y Obed vivieron aquí, en la casa original.

—Exacto —replicó Jared—. Después de la muerte de Caleb, una vez que su hermano regresó con el testamento, Obed y Valentina se mudaron a la casa grande de Kingsley Lane.

—Con el hijo de Caleb, el primer Jared —añadió Alix—. Y después Valentina desapareció y la casa ardió hasta los cimientos. —Guardó silencio un instante mientras reflexionaba—. ¿Crees que hay relación entre la desaparición de Valentina y el incendio?

Ambos contemplaban la ligera hondonada del terreno situada en el centro del lugar donde se alzaría la capilla. Al ver que Jared no respondía de inmediato, lo miró.

—Creo que la relación entre ambas cosas es evidente —dijo por fin.

Acababa de admitir que pensaba que Valentina había muerto en el incendio, pero ella no quería ni imaginar que a la pobre chica que tanto quería el capitán Caleb le hubiera pasado algo tan terrible.

Se miraron con la certeza de que la capilla no solo sería el lugar donde Izzy contraería matrimonio. La capilla tendría mucho que ver con la familia de Jared y resarciría el daño hecho en el pasado.

—Tengo una pregunta —dijo Alix—. ¿Quién es Parthenia y dónde has oído hablar de ella?

—¿A qué hora sale mi avión?

Alix gimió.

—Y yo que creía que ya no tenías más secretos.

Jared sonrió, la levantó del suelo y giró con ella en brazos.

—Sería un hombre muy poco interesante si no tuviera secretos, ¿no te parece? Vamos, volvamos al pueblo. Tengo que comprar cinco kilos de arándanos bañados de chocolate para llevarme.

—¿No puedes comprarlos en Nueva York?

—Allí son de pésima calidad y, además, muy caros —contestó mientras caminaban hacia la camioneta—. Los que yo compro se cultivan en Nantucket. Además, no son para cualquier neoyorquino. Stanley conduce la camioneta que uso cuando no estoy en la isla y voy a conducir hasta Vermont para ver a la preciosa Sylvia. Los arándanos son para ella.

Durante el trayecto de vuelta al pueblo, Jared la torturó hablándole de Sylvia, que resultó ser el herrero del que le había hablado. Estaba casada con un herrador y tenían dos hijas pequeñas. Jared le dijo que si quería convencer a Sylvia de que le hiciera las enormes bisagras para la capilla lo antes posible y no dentro de seis meses, tenía que llevarle regalos. Aparcaron en la casa, caminaron hasta el centro del pueblo y tras comprar los arándanos en Sweet Inspirations, cruzaron la calle hasta Bookworks, la librería. Compraron cuatro libros infantiles cuyas historias tenían lugar en Nantucket, además de la última y apasionante obra de Nat Philbrick, que vivía cerca. A la hora del almuerzo, Alix estaba eufórica por las compras, pero Jared estaba agotado. Se dirigieron a Languedoc para comer.

Después del almuerzo, regresaron a la casa y llevaron las compras a la planta alta. En la cama, descansaba la maleta a medio hacer de Jared. Puesto que tenía un apartamento en Nueva York no necesitaba llevarse muchas cosas, pero debía guardar los regalos.

—¿Eso es todo? —le preguntó Alix mientras cerraba la maleta.

—No, falta una cosa —respondió él, que la abrazó y la besó.

Alix se pegó a su cuerpo.

—¿Me echarás de menos? —le preguntó Jared con la cara enterrada en su pelo.

—Para ya o me harás llorar.

Jared se apartó para mirarla a los ojos.

—Puedo soportar tus lágrimas si sé que son por mí.

Alix apoyó la cabeza en su torso y empezó a llorar.

—Volverás a ser el Gran Jared Montgomery y te olvidarás de mí.

Él la besó en la coronilla.

—¿Todavía no te has dado cuenta de que Jared Montgomery no existe? No es real. La persona real es la que vive en esta casa, en esta isla. —Estuvo a punto de añadir: «Contigo», pero era demasiado pronto para algo así.

Alix le echó los brazos al cuello y lo besó en los labios.

—Tu precioso labio inferior —susurró.

—¿Es la única parte de mi cuerpo que te gusta? —La besó en las mejillas y en las sienes. Fue una delicada lluvia de besos.

—Me gusta tu mente. Eres muy inteligente. Para ser un hombre, me refiero.

Jared se echó a reír.

—¡Ahora verás lo listo que soy! —Dejó la maleta en el suelo.

—Por favor, demuéstramelo —replicó Alix—. Me gusta todo lo que me enseñas, o me dices o me pides... —Dejó de hablar porque él la silenció con un beso.

19

El día de la partida de Jared fueron al aeropuerto en silencio. Alix parecía estar consumida por los pensamientos y las preocupaciones... e incluso por cierto miedo al futuro. Por mucho que Jared repitiera que esa separación no iba a cambiar su relación, ella seguía preocupada.

—¿Te vas a poner un traje? —le preguntó cuando Jared se detuvo junto a la máquina que daba acceso al aparcamiento del aeropuerto.

—Sí. No me apetece, pero es Nueva York.

—¿Vas a afeitarte y a cortarte el pelo?

—No —contestó él con una sonrisa—. A menos que quieras que lo haga, claro.

—No, no quiero. ¿Te va a gritar Tim por estar tanto tiempo fuera?

—A Tim solo le preocupa que los planos de la casa de California estén terminados. —Jared aparcó en un espacio libre, apagó el motor y la miró—. ¿Qué te preocupa de verdad?

—Nada —contestó—. Es que nos conocemos desde hace muy poco tiempo y eres... —La mirada que le lanzó Jared la instó a decir lo que no quería—. Serás él de nuevo.

—¿Y «él» es uno de los malos? ¿Un explotador de mujeres? ¿Un tío que se las tira y luego las deja?

—No me refería a eso —respondió, pero después hizo una mueca—. O a lo mejor sí.

—Si te hiciera algo así, tus padres me matarían.

—Estupendo —dijo ella—. Me alegra saber que el miedo es lo que te mantiene a mi lado.

Jared se limitó a menear la cabeza.

—Con palabras no voy a conseguir convencerte de nada. Llámame y yo también te llamaré. Mándame mensajes de texto, de correo electrónico. Lo que se te ocurra. Te diré en todo momento dónde estoy. ¿Así te sentirás mejor?

—Solo cuando vuelvas me sentiré segura. Vuelve a mí, no solo a tu antigua casa y a tu querida isla.

Jared se echó a reír.

—Creo que me conoces demasiado bien. Vamos.

Una vez en la pista, Jared estaba a punto de subir al pequeño jet, pero se dio la vuelta, la abrazó y volvió a besarla. A continuación, posó los labios cerca de su oreja y le susurró:

—En menos de cuatro horas, todos los habitantes de la isla sabrán que somos pareja.

Le dio otro beso de despedida antes de que Alix lo viera cruzar la pista y subir al avión. Su asiento estaba junto a una ventanilla que ella podía ver, y desde allí se despidió con una mano mientras el avión despegaba.

En cuanto se perdió de vista, Alix se volvió para irse, momento en el que vio que varias personas la miraban con una sonrisa. No eran los turistas que viajaban en grupo y que tenían expresiones nerviosas, ni tampoco los residentes estivales con sus prendas de lino y sus pulseras. Eran habitantes de Nantucket, los hombres y las mujeres que vivían y que trabajaban en la isla. Las personas de verdad. Las personas importantes. Las mujeres le sonrieron y los hombres la saludaron con gestos de cabeza... tal como había visto que le hacían a Jared. Era como si ese beso en público hubiera sido un anuncio de que Alix era... ¿El qué?, se preguntó. ¿Señal de que estaba emparentada de alguna forma con los habitantes de la isla? ¿De que ese era su lugar?

No pudo contener la sonrisa en respuesta. Mientras iba en busca de la camioneta aparcada, un hombre que cargaba equipaje la saludó con una inclinación de cabeza. Comenzaba a correrse la voz.

A la mañana siguiente, Toby se presentó en la casa y le preguntó a Alix si le gustaría dar una vuelta por Nantucket, a lo que ella accedió encantada.

Toby condujo por la isla, pasando por las playas, las marismas, el altar de piedra y la casa más antigua con su precioso jardín de hierbas medicinales. Ya andando, dejaron atrás la encantadora casa antigua hasta llegar a Something Natural, donde almorzaron.

Cogieron el coche para regresar a Kingsley Lane, aparcaron y fueron andando al pueblo. Dado que Toby no había nacido en la isla, tenía mucho más claro cuáles eran sus peculiaridades.

—Todo se llama Nantucket: el pueblo, la isla y el condado. —Continuó diciendo que hacía poco que Nantucket recibió el dudoso honor de ser declarado el condado más rico de Estados Unidos—. Aunque muchos tenemos problemas para poner comida en la mesa —añadió.

Alix no creía que Toby tuviera ese problema. Exudaba algo que solo podía ser descrito como elegancia. Su ropa era de excelente calidad, aunque discreta. No llevaba un montón de pulseras ni un collar de oro de un dedo de gordo, como hacían los forasteros. Y tampoco llevaba un sombrerito de ala corta que solo con verlo se sabía que costaba más que el salario mensual de una persona normal. Con Toby, todo era sencillo y refinado. Al final del día, Alix se descubrió caminando más erguida y jurándose tirar los pantalones de chándal más raídos.

Más tarde, Lexie se presentó en Kingsley House con una bolsa llena de verdura fresca para la cena, recién cogida del huerto de su jefe.

—Bien sabe Dios que él nunca las recoge. Solo le gusta ver a las chicas agachadas mientras quitan las malas hierbas.

Toby y Alix se miraron con las cejas enarcadas.

—¿Qué lleva puesto Roger mientras observa a las chicas? —preguntó Alix.

—Lo mínimo que le permite la ley —contestó Lexie.

Toby y Alix se sonrieron. Era una imagen agradable.

Después de la cena, las tres se sentaron en el salón familiar y se bebieron una botella de vino. Como de costumbre, Lexie fue directa al grano.

—Bueno, ¿qué tal os lleváis Jared y tú?

Alix era muy consciente de que Lexie y Jared eran primos, así que ¿cómo contarle sus preocupaciones por la marcha de Jared?

—Bien, estupendamente —aseguró.

—¿Podemos ayudarte en algo? —preguntó Toby. Era evidente que no se había tragado la bravuconada de Alix.

—Es cuestión de tiempo —respondió Alix antes de tomar aire. Sí que tenía preocupaciones y su mejor amiga no estaba allí para hablar con ella, de modo que prima o no, aireó sus pensamientos—. Sé que a Jared le gustan mis diseños y mi forma de trabajar, y el sexo es increíble, pero creo que es feliz tal como está. Y... —Inspiró hondo—. Tiene una vida en Nueva York además de esta, así que a lo mejor no encajo en aquel mundo. —Miró a Lexie—. ¿Por qué sonríes?

—Porque Jared no es como piensas. No es el famoso que la gente ve. Aquí en Nantucket demuestra su verdadera personalidad.

—Supongo que el tiempo lo dirá, ¿no? —replicó Alix—. Vale, ya basta de que desnude mi alma. Quiero saber cosas sobre vosotras. ¿Qué le pedís a la vida?

Lexie hizo una mueca.

—Mi problema es que sé perfectamente cómo será mi futuro y mi vida. Estoy segurísima de que me casaré con Nelson dentro de un par de años. Sé dónde viviremos, incluso sé en qué casa viviremos. Lo sé todo. Todo.

—¿Quién es Nelson? —quiso saber Alix. No había visto a ningún hombre cerca de Lexie con excepción de su jefe, y era evidente que Lexie no quería saber nada de él.

—Es mi Eric.

—Pero a mí me dejó —le recordó Alix.

Toby asintió con la cabeza.

—Si Lexie no se casa con él pronto, la va a dejar.

Lexie bebió un sorbo de vino.

—Es que quiero una vida de la que no lo sepa todo. No quiero un caminito recto, quiero algunas colinas, incluso alguna que otra montaña. Quiero aventura. La verdad es que me conformaría con algo que se saliera un poquito de lo normal.

Alix se volvió hacia Toby.

—¿Qué me dices de ti?

Lexie se adelantó en la respuesta.

—Toby tiene algo más que problemas con los hombres. Tiene a una madre.

Alix miró a la aludida con expresión interrogante.

—Mi madre —comenzó Toby— estaba... está, supongo... En fin, que está obsesionada con... No sé cómo explicarlo, pero creo que lo más indicado sería decir que quiere que la consideren de clase alta. Verás, mi padre es...

—Un aristócrata —suplió Lexie—. O la versión americana más aproximada. Clubes de golf, colegios privados, un árbol genealógico que se remonta a... ¿Hasta dónde?

—Da igual. —Toby apartó la mirada, avergonzada.

—¿Cómo es tu familia materna? —preguntó Alix.

—No lo sé. Nunca he conocido a los parientes de mi madre ni a nadie que la conociera antes de que se casara con mi padre. Es como si hubiera nacido el día que se casó. —Toby las miró—. Sin embargo...

—¿Qué? —Se inclinaron hacia delante.

—Una vez mi madre se enfadó mucho conmigo y...

—Por lo que tengo visto, es su estado natural —la interrumpió Lexie, y dejó bien claro por su tono de voz que no le gustaba.

Toby continuó:

—Una noche, después de la cena, mi madre quería que mi padre y yo nos diéramos prisa para ir a algún sitio. Cogió nuestros platos medio llenos y se colocó uno en el antebrazo y otro en la mano. Con mucha soltura. Y le dije: «Mamá, lo haces como una camarera profesional.» No le habría dado mayor importancia al comentario de no ser porque mi madre tiró los platos al suelo y salió en tromba... y mi padre se echó a reír.

—Muy interesante —comentó Lexie—. Parece un misterio digno de ser investigado.

—A Lexie le encantan las novelas de misterio —dijo Toby.

Lexie hizo una mueca.

—En este misterio, el único hombre que recibiría la aprobación de tu madre sería el príncipe azul.

—Pues llegas tarde —repuso Alix con expresión seria—. Porque ya lo he pillado yo.

Toby se echó a reír y Lexie gimió.

—Queremos saber cosas de tu madre —dijo Toby—. ¿Cómo es vivir con alguien tan única como ella?

—¿Única? —repitió Lexie—. Toby está siendo educada. Victoria Madsen es una sensación internacional, es preciosa y tiene éxito. ¡Y esos libros!

—Conocéis el Gran Secreto de sus orígenes, ¿verdad? —preguntó Alix.

—¿Te refieres a que se basan en mi familia? —replicó Lexie—. Pues claro. Todos los habitantes de Nantucket lo saben. —Agitó una mano para restarle importancia—. Me lo sé todo de mi familia. Quiero enterarme de cosas de la tuya.

—Bueno... —comenzó Alix despacio mientras pensaba cómo describir a su madre de un modo que no le llevara horas—. Es una mezcla entre lo práctico y lo extravagante, lo vanidoso y lo desprendido, lo ingenuo y lo sofisticado.

—Eso parece que es terrible... o maravilloso —comentó Lexie—. Pero lo que queremos saber es cómo es vivir con ella a diario.

Alix meditó la respuesta un momento.

—Vale, voy a contaros una anécdota que ilustrará mi vida con ella, y solo conozco los detalles porque años después mucha gente me contó lo que había pasado. Era mi quinto cumpleaños y mi madre y yo vivíamos en un apartamento en la planta dieciséis de un edificio en el centro de Nueva York. Ya le iban a publicar su primer libro, pero aún no estaba en la lista de los más vendidos. Sin embargo, lo importante para mí era que mis padres se acababan de separar y que yo echaba mucho de menos a mi padre. —Alix apartó un momento la mirada—. El asunto es que la mañana de mi cumpleaños, me desperté y al abrir los ojos me encontré con un poni de carne y hueso.

Lexie sonrió.

—Qué bueno. Tu madre se tomó la molestia de llevarte a unas cuadras mientras dormías.

—No —corrigió Alix—. Estaba en mi dormitorio de nuestro apartamento de Nueva York. Mi madre había subido el poni en el ascensor de servicio. Le había dorado la píldora al portero, creo que incluso derramó unas lagrimillas por su matrimonio fallido, y había conseguido que el hombre hiciera la vista gorda.

—Me pregunto qué dijeron los vecinos —comentó Toby.

—Ahí voy. A mi madre le habría dado igual que el suelo quedara dañado para siempre por los cascos del poni, pero cuando los vecinos se quejaron por el ruido, tuvo que hacer algo.

—¿Y qué hizo? —preguntó Lexie.

—Lo convirtió en una fiesta sorpresa. Escogió al hombre más feo de todos, que estaba en silencio junto a su furiosa mujer, y le pidió que comprara bebidas. Y, por supuesto, mi madre no tenía dinero, de modo que las pagó él de su bolsillo. Después, hizo que un adolescente guapetón preparase las bebidas de todo aquel que apareciera para quejarse.

—No creo que usar a un adolescente para eso fuera legal —comentó Toby.

—Mi madre no cree que las leyes vayan con ella. Cuando los niños salieron del colegio, aparecieron más vecinos todavía con sus hijos, y todos montaron en el poni por el apartamento.

—¿Qué me dices de la porquería? —quiso saber Lexie.

—Mi madre se acercó a dos chicas que no podían quitarle los ojos de encima al muchacho del bar y les dijo que él quería que echaran una mano.

—¿Se encargaron de limpiar las cacas? —preguntó Lexie con una sonrisa.

—Totalmente —respondió Alix—. ¿Y sabes lo mejor? Que años más tarde mi madre me dijo que una de las chicas se casó con el guapetón.

Lexie y Toby se echaron a reír.

—Tu madre es una casamentera.

—Adora el romance en cualquiera de sus formas —les aseguró Alix.

—¿Qué pasó con el poni? —preguntó Toby.

—Al final del día, cuando el propietario volvió, ¡echaba pestes por la boca! Mi madre le había mentido al decirle que tenía una granja en el campo y un entrenador. Se había mostrado tan convincente que el hombre le había entregado el poni. Cuando descubrió la verdad, se puso furioso, pero mi madre coqueteó tanto con él que para cuando el poni bajó de nuevo en el ascensor, el hombre sonreía. Y a esas alturas mi madre tuvo que echar a todos del apartamento porque estaban borrachos. Después, me dio un baño, se acurrucó conmigo en la cama y me leyó un libro. Que fueran las galeradas de su libro, saltándose las partes de sexo, daba igual. Me quedé dormida enseguida. Y después de eso me convertí en la niña más popular de todo el edificio. Todo el mundo lloró cuando nos mudamos.

Lexie y Toby se quedaron calladas un momento mientras asimilaban la historia.

—¡Maravilloso! —exclamó Lexie con un suspiro—. Me vendría bien un poco de aventura en la vida.

—¿Tu jefe no...? —comenzó Alix.

—Se quiere demasiado como para considerarlo —la interrumpió Lexie.

Alix y Toby se miraron. A juzgar por lo que habían visto de Roger Plymouth, estaba locamente enamorado de Lexie, no de sí mismo.

Después de esa primera noche, las tres se volvieron inseparables... siempre que podían, por supuesto. Tanto Toby como Lexie tenían que trabajar, y Alix intentaba terminar los bocetos para los clientes de Jared.

Además, por supuesto, tenía que trabajar en la boda de Izzy. Sin el cenador y con la capilla, todo había cambiado. Se le ocurrió que el tema central fueran las flores silvestres, inspirada por la vajilla de Kingsley House. Le enseñó uno de los platos a Toby y esta preparó un arreglo floral que se parecía al dibujo de la porcelana. Lo planearon todo en torno a las florecillas, muchas de ellas en ramilletes, pero todas ligeras y vaporosas, nada recargadas.

—Creo que casi lo tienes —le dijo Toby a Alix cuando comenzó a dibujar las flores para los centros de mesa.

Para la capilla, diseñaron guirnaldas celestes que colgaron del techo junto a la pared. En cada lazo, habría una corona con un ramillete de espuelas de caballero azules y diminutas margaritas blancas. Todo rodeado por plantas verdes.

—Creo que es precioso —dijo Alix, tras mirar lo que Toby había hecho, y Lexie le dio la razón.

Alix le hizo fotografías a todo y se las mandó a Izzy, pero su amiga no podía concentrarse mucho. Las náuseas matutinas eran muy fuertes, y le dijo a Alix que se pasaba todo el día dormida.

—Sabes lo que me gusta —dijo Izzy—. ¿Qué te gustaría para tu boda? Me quedo con eso.

Alix no se permitió pensar en su boda. Si alguna vez tenía lugar, sería dentro de muchos años.

La noche siguiente a la marcha de Jared, Alix se sentó delante del ordenador y comenzó a buscar a Parthenia. Dado que solo contaba con un nombre, sería difícil. Sin embargo, añadió un lugar, Nantucket, y encontró a una tal Parthenia Taggert Kendricks. El apellido Taggert la condujo hasta los Montgomery de Warbrooke, Maine.

—¡Bingo! —exclamó Alix, que se dispuso a buscar a todos los Montgomery o los Taggert que vivieran en la actualidad en Maine. Se llevó una alegría al comprobar que había muchos.

Cuando Jared la llamó esa noche, tenía mucho que contarle.

—Hubo una Parthenia Taggert, prima de Valentina, y las dos eran oriundas de Warbrooke. Parthenia se casó con un habitante de Nantucket llamado John Kendricks, pero solo he podido averiguar que era maestro de escuela. Te mandaré las fechas por correo electrónico. —Titubeó.

—¿Qué se te ha ocurrido?

—Creo que deberías ir a Maine y hablar con estas personas —dijo ella.

—¿Y preguntarles por algo que pasó hace doscientos años? —sugirió Jared.

—¿Por qué no? —replicó—. A lo mejor la familia es como la tuya y tienen una vieja mansión llena de trastos que nadie ha tirado en siglos.

—Es imposible que haya dos familias iguales.

Alix era de la opinión que no había nadie en el mundo como él.

—Bueno, ¿de verdad crees que debería ir? —preguntó Jared.

A Alix le encantaba que le pidiera su opinión, incluso su aprobación.

—Pues sí.

—Tengo que ir a Vermont para conseguir las bisagras, así que podría continuar hasta Warbrooke, Maine —dijo Jared.

Alix esbozó una sonrisa de oreja a oreja. El hecho de que hubiera aceptado su sugerencia la hacía sentirse bien.

—¿Se alegraron de verte en Nueva York? —Quería saber qué sentía Jared al haber regresado a su estudio, pero hacía mucho que había aprendido a no preguntarle a un hombre por sus sentimientos.

—Tim y Stanley no cabían en sí de gozo, pero he roto ocho diseños de los trabajadores. Querían mandarme de vuelta al infierno, donde creen que vivo cuando no estoy en la oficina.

Alix se echó a reír.

—¿Se llevaron una sorpresa al enterarse de lo agradable que eres en realidad? —preguntó antes de inspirar hondo para armarse de valor y añadir—: ¿Me echas de menos?

—Con locura. Le enseñé tres de tus bocetos a uno de los inútiles que Tim ha contratado. El chico te odia.

—¿¡De verdad!? —preguntó Alix con tanto entusiasmo que Jared se echó a reír.

—Sí, de verdad. Por cierto, deberías invitar al señor Huntley de la Asociación Histórica para pedirle que averigüe todo lo que pueda de ese Kendricks. Además, Huntley seguramente eche de menos las reuniones para tomar el té de la tía Addy. Y es un buen amigo de tu madre, así que si hablas de ella, no me cabe la menor duda de que hará todo lo que le pidas. Pero asegúrate de no dejarlo subir al ático. Esos historiadores pueden tener un ataque de cleptomanía a la menor oportunidad. Si encuentran un objeto antiguo, querrán ponerlo detrás de un cristal y cobrar entrada para poder verlo.

—Lo haré —le aseguró Alix con una carcajada.

—Tengo que dejarte. ¿Crees que podrás darme un nombre y una dirección para saber a quién buscar en Warbrooke?

—Claro.

—Ahora tengo que cortar, pero te llamaré sobre las nueve y podremos hablar de sexo.

—¡Me parece genial! —exclamó con entusiasmo antes de colgar a la vez.

Alix tiró el teléfono en la cama y se plantó delante del retrato del capitán Caleb.

—¿Lo has oído? El Gran Jared Montgomery le ha enseñado

mis bocetos a uno de sus trabajadores. ¡Estoy en una nube! —Bailoteó un poco y después sacó el cuaderno de dibujo.

Se le había ocurrido una idea para la casa de invitados y quería plasmarla en papel antes de que se le olvidara.

Pocos días después, les concedieron los permisos para construir la capilla, de modo que el padre de Alix, junto con Twig Perkins y sus trabajadores, comenzaron el rebaje. Desde el primer día, Ken le prohibió a Alix ayudar.

—Ya estás muy liada ayudando a Izzy —le dijo su padre—. Deja que yo me encargue de esto.

Sabía que su padre quería erigir el edificio como un regalo, pero aun así ella quería estar presente durante el rebaje del terreno. ¿Qué encontrarían entre las ruinas de la vieja casa? ¿Huesos?

No encontraron nada. Unas cuantas vigas quemadas, pero nada más. Alix no sabía si sentirse aliviada o decepcionada. Hasta el momento, no habían encontrado nada que les sirviera para resolver el misterio de Valentina.

Alix sabía que debía subir al ático y comenzar la investigación, pero algo en su interior se lo impedía. «Todavía no», le decía. Además, Jared la disuadía una y otra vez.

—Sigue buscando por internet hasta que yo llegue y ya subiremos los dos juntos —le decía.

Era una sugerencia demasiado tentadora como para no hacerle caso.

Cuando Alix le dijo a su padre que Jared iba a ir al norte a lo que él consideraba la «zona de antigüedades», Ken lo llamó por teléfono al momento. Alix tuvo que contener una carcajada al escuchar que su padre le decía que debía comprar en algún punto entre Vermont y Maine.

—Una vidriera —dijo Ken—. Y no quiero una de esas baratijas modernas con mucho emplomado y trozos de cristales enormes. Quiero algo antiguo y bien hecho. Nada posterior a 1910. Después de la guerra, toda la artesanía y la atención a los detalles se perdieron para siempre.

Lo más divertido era que le estaba hablando a un hombre

considerado uno de los más grandes... En fin, todo lo que era Jared. Pero Ken lo trataba como a un crío de catorce años que sabía más de hacerle un puente a un coche que de escoger una vidriera.

—¿Has anotado las medidas? —preguntó Ken—. ¡Estupendo! Ahora no pierdas el móvil. Cuando llegues a Maine, pregúntale a alguien dónde comprar antigüedades de calidad. —Ken escuchó lo que Jared le decía—. Sí, sí, me vale que sea una pieza rescatada de un edificio. ¿Qué? Ah, sí, la tengo aquí al lado. —Ken le pasó el teléfono a su hija—. Quiere hablar contigo.

—¡Lo de tu padre es muy fuerte! —exclamó Jared, exasperado, algo que ella comprendió—. ¿Sabes algo de tu madre?

—No. Y tú creías que se presentaría aquí enseguida.

—El único motivo de que no lo haya hecho es que la llamé para decirle que estaba siguiendo una pista sobre los diarios de la tía Addy. Pero añadí que si se presentaba en Nantucket, deslumbraría de tal forma a mi informador que perderíamos la oportunidad de averiguar algo.

—¿Y se te ha ocurrido todo a ti solito?

—Pues sí —contestó.

—No le digas a mi madre que se te da tan bien mentir o querrá que tú le hagas el argumento de su próximo libro. Seguro que le encantó eso de que iba a deslumbrar a alguien.

—Creo que piensa que es lo más normal. Desde luego que no le sorprendió el halago —dijo Jared—. Por cierto, si a tu padre no le gusta lo que compre, se lo puede meter por donde le quepa.

—Se lo diré de tu parte.

Jared bajó la voz.

—Como se lo digas, yo le diré a tu madre que tú tienes los diarios.

—Eres cruel —replicó Alix—. Muy cruel.

Alix invitó al señor Frederick Huntley a tomar el té el domingo por la tarde. Se sorprendió al darse cuenta de lo mucho que recordaba de las reuniones para tomar el té de la tía Addy. Sabía dónde estaba escondido el juego de té de porcelana Herend. Se puso de rodillas y rebuscó en el fondo de un armarito para sacar la preciosa tetera blanca y verde, el azucarero y la lechera, y dos tazas con sus platillos.

Toby la ayudó a preparar unos dulcecitos, e incluso los adornó con diminutos capullos de rosas amarillas. Prepararon mini sándwiches a los que les quitaron las cortezas y que rellenaron con finísimas rodajas de pepino. Y Lexie las entretuvo con más anécdotas de las aventuras de Roger Plymouth.

Cuando llegó el señor Huntley, Toby y Lexie se escabulleron por la puerta trasera mientras Alix abría la principal.

La primera impresión de Alix fue que se trataba de un hombre muy triste. Tenía los hombros un poco encorvados, y sus párpados tendían a cerrarse en los extremos.

Tardó solo unos minutos en pedirle ayuda para averiguar más acerca de John Kendricks. El hombre anotó el nombre y las fechas, le dijo que lo investigaría, y después se quedó sentado a la espera de que ella le dijera qué más necesitaba.

—¿Quiere una taza de té? —preguntó Alix al tiempo que lo servía—. Mi madre habla muy bien de usted. —Era una mentira descarada, pero Alix consideró que las circunstancias lo permitían.

El señor Huntley esbozó una sonrisilla que la llevó a pensar que podría ser más joven de lo que aparentaba.

El hombre se quedó alrededor de una hora. Se bebieron dos teteras, se comieron todo lo que había preparado y Alix tuvo que escuchar muchas cosas acerca del encanto de su madre y de lo mucho que el señor Huntley y su esposa solían disfrutar de su compañía y de la de Adelaide.

—Eran mujeres muy interesantes —añadió—. Victoria nos narraba sus viajes a lo largo y ancho del mundo mientras investigaba sus novelas, y Addy lo sabía todo acerca de la isla. Contaba unos detalles tan minuciosos que a veces daba la sensación de que hubiera conocido a las personas que vivieron en esta preciosa mansión siglos atrás.

El fantasma del capitán Caleb seguramente se lo hubiera contado todo, pensó Alix, aunque no lo dijo en voz alta. En cuanto a su madre... ¡Viajes, ya! Era más una exploradora de sillón. Alix ya sabía que las descripciones del extranjero que salían en los libros de su madre estaban sacadas de los diarios de mujeres que sí habían estado en dichos lugares. Desde luego que su madre no iba a recorrer una isla perdida del Mar del Sur para averiguar dónde tuvo lugar un macabro suceso a fin de describirlo. Aunque antes creía que se lo inventaba todo, por fin sabía que lo había copiado.

El señor Huntley se acordaba de cuando era una niña y le contó que la había visto construir torres con objetos que deberían estar en un museo.

—Cuando volvía a casa, mi mujer tenía que revivirme con una copa de brandy.

—Pues que lo acompañe la próxima vez que venga —replicó Alix.

Si bien le había costado una hora borrar la expresión triste de la cara del hombre, regresó al instante en ese mismo momento.

El señor Huntley se apresuró a decirle, de un modo que parecía ensayado, como si no soportara la idea de contarlo con sus propias palabras, que su mujer había muerto dos años antes. A él le habían diagnosticado cáncer, y ella lo había atendido durante el tratamiento, desentendiéndose de su propia enfermedad.

—Cuando por fin estuve en remisión, ya era demasiado tarde para ella. —Miró de nuevo a Alix con una expresión desgarradora—. En fin —dijo al tiempo que se levantaba—, eres joven y tienes toda la vida por delante, y no puedo entretenerte más.

Alix se alegró de no haber experimentado nunca todo lo que había vivido ese hombre. Se levantó y le colocó una mano en el brazo.

—Ojalá hubiera conocido a su mujer.

—Le habrías caído bien. Adoraba a Victoria, tan llena de vida, tan jovial y con la vista tan puesta en el futuro. Y Victoria no dejaba de hablar de su maravillosa hija.

—¿De verdad? —preguntó Alix, sorprendida.

—Decía que una de las cosas más duras de su vida era que tú siempre escogías pasar el tiempo que ella estaba en Nantucket con tu padre. —Le lanzó una mirada de reproche—. Deberías habernos visitado al menos una vez.

Alix se las apañó para mantener la sonrisa aunque se juró

echarle un buen sermón a su madre... No serviría de nada, pero al menos ella se sentiría mejor.

El lunes, Ken cogió el ferry que iba a Hyannis para recibir el camión que el siempre eficiente Stanley acompañaría hasta el puerto. Se había superado a sí mismo al reunir todos los materiales de construcción en tan poco tiempo.

—Dadme unos pocos hombres y una flotilla de camiones, y en dos días os monto una catedral —le dijo Stanley a Ken, que le contó la bravuconada a Alix.

Cuando ella usó el comentario para alabar a Jared por su habilidad para contratar al personal, Ken se alegró de que estuvieran hablando por teléfono y no pudiera ver cómo puso los ojos en blanco.

Ken compró más herramientas en Hyannis y, como todos los habitantes de Nantucket, fue al almacén local y adquirió un montón de suministros domésticos. Los conductores de los camiones, que no eran de la zona, se quedaron de piedra al ver la cantidad de cosas, como enormes paquetes de servilletas, que se suponía que tenían que meter entre las vigas de madera y las cajas de clavos. Cuando preguntaron qué pasaba, los trabajadores del ferry los miraron como si estuvieran locos.

—Viven en Nantucket —fue la respuesta a todas las preguntas, como si eso lo explicara todo... y para un isleño, así era.

Cuando Jared llegó a Warbrooke, llamó a Alix. Había descubierto los nombres de Michael Taggert y Adam Montgomery a través de la guía que encontró en internet. A juzgar por lo involucrados que estaban en la comunidad, supuso que eran los patriarcas.

—Parece que la familia posee casi todo el pueblo —le dijo a Jared.

—Es un lugar bonito —comentó él sobre el pueblo de Maine—. Me recuerda a Nantucket.

—Todo un halago.

El día acordado para que Jared conociera a los hombres que ella había localizado, Alix descubrió que también estaba un pelín nerviosa y que le costaba concentrarse en lo que Toby le decía. Casi habían terminado con los preparativos de la boda, incluidas las reservas para todos los invitados de Glenn y de Izzy. Algunos se hospedarían en hoteles, que costaban una fortuna, pero la mayoría se alojarían en las casas de la familia Kingsley. Lexie lo había organizado todo, y también había convencido a Roger Plymouth de que le dejara usar su casa de seis dormitorios para los invitados.

—¿Va a estar él? —quiso saber Toby.

—¡No! —contestó Lexie—. Ha prometido quedarse en su casa de Taos.

—¡Qué lástima! —exclamó Alix—. Toby y yo habíamos pensado en hacernos con el dormitorio principal.

—Y si aparecía... —comenzó Toby.

—Lo encerraríamos con nosotras —terminó Alix.

—Estáis locas —replicó Lexie—. Y no tenéis ni idea de cómo es en realidad.

—Pues dínoslo —la instó Alix, y Toby y ella se inclinaron hacia delante al tiempo que apoyaban las barbillas en las manos, dispuestas a escuchar con atención.

Lexie frunció el ceño e hizo ademán de hablar, pero después meneó la cabeza.

—Sois imposibles. Bueno, ¿qué tal le va a Jared con esos nuevos parientes de Maine?

—Todavía no sé nada de ellos. Solo me ha hablado del pueblo, que le gusta mucho —explicó—. Va a reunirse con ellos hoy y me llamará por la noche.

No la llamó hasta las diez de la noche.

—¡Cuéntame! —le ordenó—. Quiero que me lo cuentes todo con pelos y señales.

—Son... atípicos —dijo él.

—¿Qué quieres decir?

—Son dos familias, los Montgomery y los Taggert, que empezaron a casarse entre sí hace mucho tiempo.

—¿Cuánto llevan viviendo en ese pueblo?

—Parece que llegaron hace unos cuantos siglos. —Hizo una pausa—. ¿Te estás riendo porque parece la historia de mi familia?

—Es igualita. ¿Tienen alguna documentación acerca de Valentina y de Parthenia?

—Pues la verdad es que sí.

—Me estás tomando el pelo.

—No. Hay una mujer que se ha convertido en una especie de historiadora familiar y va a venir desde Colorado para traerme las cartas entre Valentina y su prima.

—Es estupendo —comentó Alix—. Bueno, ¿te caen bien tus nuevos parientes?

—Sí —contestó él, pero había cierto titubeo en su voz.

—¿Qué pasa?

—Nada. De hecho, todo va genial. Se parecen tanto a mí que tengo la sensación de que los conozco desde siempre, sobre todo a los Montgomery. Incluso se parecen físicamente a mí. La verdad es que estoy intentando que vayan a Nantucket una temporada. La casa Harper está en venta.

—¿No es la mansión grande de la esquina? ¿Y el precio de salida no es de siete millones doscientos cincuenta mil dólares?

—Creo que sí —contestó—. Pero pueden permitírselo.

—¡¿En serio!?—preguntó Alix.

—En serio. Tengo que dejarte. Voy a reunirme con Mike en unos minutos. Mañana me voy de pesca con unos cuantos primos. Y puede que me quede unos cuantos días más de los que había previsto en un principio. ¿Te importa?

Alix sonrió. No pensaba decírselo, pero era maravilloso que le pidiera su opinión. Como si fueran una pareja de verdad.

—Creo que te mereces un descanso, así que diviértete. Por cierto, ¿qué tienen que necesite un buen diseño?

Jared se rio con tanta fuerza que Alix se tuvo que apartar el teléfono de la oreja.

—Hay una enorme mansión emplazada en una formación rocosa que necesita una reforma integral, pero no confiaban en nadie para hacerla.

—Hasta ahora —matizó Alix.

—Hasta que apareció un pariente. Es un parentesco lejano, pero esa lejanía temporal no parece inquietarlos.

—Vas a encajar a la perfección, porque hablas del capitán Caleb como si lo hubieras visto ayer mismo.

Jared se sorprendió un poco por el comentario, pero sonrió.

—Te echo de menos —le dijo—. ¿Te las estás apañando bien?

—Lo suficiente. —Alix se alegró al escuchar la dulzura de su voz—. Mi padre no quiere que vea el progreso de la capilla, Izzy parece incapaz de permanecer despierta el tiempo necesario para tomar una decisión y esta casa es demasiado grande y está demasiado vacía con la única presencia del capitán y de la mía. Salvo eso, estoy estupendamente.

Jared inspiró hondo.

—¿Has estado hablando con él?

—Sí, mucho. Por desgracia, nunca me contesta.

—¿Ni siquiera te da un besito en la mejilla?

—Nada —contestó Alix—. ¿Qué tengo que hacer para que el legendario fantasma de los Kingsley me hable?

—Ahora que lo pienso, creo que sería mejor que te mudaras con Toby y con Lex hasta que yo vuelva.

—¿Detecto celos en tu voz?

—¿Tú quieres hablar con un fantasma y yo estoy celoso?

—Otra pregunta que no quieres contestar.

Jared se echó a reír.

—Vale, vale, tengo un pelín de envidia porque él está contigo y yo no. ¿Qué llevas puesto?

Tras mirarse los pantalones de chándal y la camiseta vieja, Alix mintió descaradamente.

Unos días más tarde, Jared la llamó y le habló de Jilly Taggert. Era la historiadora de la familia que había viajado hasta Maine para verlo.

—¿Te parece bien que la lleve de vuelta a casa conmigo?

Alix contestó de inmediato.

—¿Cuántos años y qué aspecto tiene?

—Es guapa, con un aura serena y sosegada, también es inteligente y supongo que tiene cuarenta y algo de años. Me ha dicho que siempre ha querido ver Nantucket, así que...

—Así que le dijiste que la isla es tan bonita que tiene que verla sí o sí —terminó por él.

—¡Eso! —Hizo una pausa—. Alix, ¿me tomarías por loco si te digo que me recuerda un poco a tu padre?

¿Estaba ejerciendo de casamentero?, se preguntó ella. Si lo

hacía, a ella le parecía estupendo. Su padre se merecía encontrar a alguien.

—¿Debo suponer que Jilly no se parece a mi madre?

Jared soltó una risotada.

—Jilly es totalmente distinta a tu madre. Nunca exige que le presten atención y es muy considerada con los demás.

—Parece que a mi padre le caería bien, ¡así que adelante! Tráela de vuelta contigo. ¿Vas a volver en coche o en avión?

—En coche. —Le dio la fecha en la que tomaría el ferry de vuelta—. Te veré a primera hora de la tarde —continuó él antes de bajar la voz—. Bueno, ¿has escrito más poemas?

—No, pero se me ha ocurrido una idea para uno.

—Cuéntamela —le pidió él en voz baja.

20

Era domingo por la mañana, muy temprano, y Alix estaba en la cama escuchando llover. Parecía que todos sus conocidos de la isla se encontraban en otra parte u ocupados. Toby estaba preparando los arreglos florales para una boda esa misma tarde, y Dilys y Lexie se habían marchado de Nantucket para hacer las compras. Su padre estaba en la obra desde las seis de la mañana, los siete días de la semana, y sabía que no la quería ver aparecer por allí.

Tenía que trabajar en los bocetos para la casa de invitados del hombre que se encontraron en el Festival de los Narcisos, pero no tenía ganas. Por fin, esa mañana se había despertado con el anhelo irrefrenable de subir al ático y averiguar qué podía encontrar. Pese a la proposición de Jared de ayudarla, sabía que había llegado el momento de empezar a buscar en los documentos de Valentina.

Se levantó, descorrió las cortinas del dormitorio y vio que llovía con fuerza. El día estaba oscuro, teñido por una mezcla de lluvia y niebla. La isla también recibía el apodo de La dama gris, y ya entendía el motivo.

Alix no perdió tiempo en vestirse. No tenía que arreglarse el pelo ni maquillarse si Jared no estaba para verla. Se comió un cuenco de cereales a toda prisa y después subió la escalera en dirección al ático. Unos cuantos días antes le había preguntado a Lexie qué sabía del ático y de su contenido.

—Ese sitio está manga por hombro —contestó Lexie—. Aunque a Jared le gusta. Sube y se queda allí horas y horas.

—Interesante —replicó Alix—. Tengo que empezar a desentrañar este misterio. Además, si espero a que Jared vuelva, nos meteremos de lleno con los diseños y no subiré en la vida. Bueno, ¿dónde están guardados los documentos de Valentina?

Tal como Lexie le indicó que hiciera, Alix dejó la puerta abierta para que entrase «la luz del pasillo» y después tiró de la cadenilla que encendía la única bombilla. Aunque no había subido antes, supuso que estaría lleno. Pero lo que encontró la dejó muda de asombro. El enorme espacio abarcaba toda la planta de la casa, y si bien las plantas inferiores habían sido remodeladas y restauradas, el ático tenía el mismo aspecto que debía de tener cuando el capitán Caleb construyó la casa. Había enormes vigas de madera a la vista, y el suelo era de madera. Sin embargo, Alix se alegró al comprobar que todos los rincones estaban secos y bastante limpios. Saltaba a la vista que el equipo de Domestic Goddess de Jo Costakes, que solía limpiar la casa cada dos semanas, también se ocupaba del ático de vez en cuando.

Claro que tampoco podían hacer mucho más que limpiar el polvo. Delante de ella, había un espacio despejado con un pequeño sofá, una vieja mesita de café y un sillón orejero muy desgastado. Tras esos muebles, ocupando el espacio donde reinaba la oscuridad, había hileras de cajas, baúles, cestas, muebles y maletas, que llegaban hasta el techo. Los objetos estaban separados por estrechos pasillos y vio un par de bombillas más en el techo, pero tras encontrarse lo que tenía delante, la idea de buscar algo en ese revoltijo hacía que le entrasen ganas de salir corriendo.

Abrió la puerta de un enorme armario y encontró ropa antigua que parecía de los años veinte o treinta. Vio un abrigo con cuello de pelo auténtico, unos cuantos vestidos de algodón y un vestido muy brillante, perfecto si los invitaban a una fiesta de disfraces.

¿Dónde estaba la información acerca de Valentina?, se preguntó. Lexie le había dicho que estaba toda junta, «a la derecha de la puerta». Pero había mirado junto a la puerta nada más entrar y solo había visto unas cuantas mesas apiladas.

—A lo mejor quería decir el pasillo de la derecha —dijo en voz alta al tiempo que echaba a andar.

A medio pasillo, encontró otra bombilla, que encendió. La

poca potencia de la bombilla le confirió un aire más tétrico al lugar. Tendría que llevarse cualquier documento que encontrara a la planta baja, ya que estaba demasiado oscuro para leer.

A la derecha vio varias cajas apiladas, de las usadas para documentos. En la tapa de cada una, escrito con letras enormes, podía leerse VALENTINA. Se apartó todo lo que pudo, ni medio metro, para mirarlas. Debía de haber al menos veinte cajas, todas ellas llenas a rebosar. Se subió a un baúl que había en el otro lado del pasillo y se estiró para coger la primera caja. Consiguió alcanzarla, pero perdió el equilibrio. Durante un segundo, creyó que se caería. Se le resbalaron los pies, de modo que aferró la caja con fuerza y saltó al suelo. Cayó de culo sobre el baúl. Justo cuando lo golpeaba, la bombilla se apagó.

—¡Genial! —exclamó al tiempo que se levantaba. El día anterior se había dado cuenta de que se habían quedado sin bombillas de repuesto y de que tenían que comprar. Cogió la caja y echó a andar hacia la puerta, rezongando entre dientes.

—¿Hola?

Era una voz masculina que le resultaba familiar. Por un segundo, creyó que se trataba de Jared, que había vuelto antes de tiempo, pero después se dio cuenta de que la voz era más grave y de que parecía provenir de una persona mayor.

Al final del pasillo, se detuvo en seco. Allí de pie vio a una versión moderna del capitán Caleb. Llevaba vaqueros, una camisa del mismo tejido y unas botas de cuero marrón con cordones, pero salvo por el atuendo, era el capitán.

—Creo que te he asustado. —Su voz se parecía muchísimo a la de Jared—. Lo siento muchísimo. Me parece que será mejor que me vaya y que vuelva cuando nos hayan presentado debidamente. —Se volvió hacia la puerta.

—¡No! —exclamó ella—. No tienes que irte. Te pareces tanto al capitán Caleb que solo puedes ser un Kingsley.

—¿Me parezco al capitán Caleb? —preguntó él, e incluso a la mortecina luz Alix vio el brillo travieso de sus ojos—. Seguro que no puedo ser tan guapo. Ningún hombre podría serlo.

Alix sonrió y soltó la caja en el suelo.

—Te daría la razón, y tal vez tengas algo distinto. Tus ojos son menos serios.

—Ah, pero cuando pintaron ese retrato suyo, el capitán tenía muchas cosas en la cabeza. Intentaba conquistar a la guapa Valentina.

—Según tengo entendido, no tuvo problemas para conseguirlo. —Alix se sentó en el pequeño sofá y al ver que levantaba una nube de polvo, suspiró—. Lo siento —dijo al mirarlo—. Es que estoy agobiada con todas las cajas que se supone que tengo que revisar.

—¿Te importa? —le preguntó él al tiempo que señalaba el sillón que ella tenía delante.

—Por favor, siéntate.

El hombre se sentó en el enorme sillón orejero, y las sombras que proyectaban las orejas le ocultaron el rostro. Se parecía muchísimo al capitán, pensó, pero tal vez fuera porque ella miraba el retrato de Caleb cada mañana y cada noche. Fuera cual fuese el motivo, le resultaba conocido.

—¿Quién eres? —le preguntó.

—¿Jared no te ha hablado de mí?

—Pues no —contestó—. Claro que tampoco me habló mucho de su primo Wes.

Cuando escuchó la risa del hombre, Alix casi habría jurado que lo oyó reír cuando era niña.

—Creo que ya nos conocemos, pero eres... —A juzgar por su aspecto, era algo más joven que Jared, lo que quería decir que no habría podido tener esa carcajada varonil cuando ella era pequeña.

—Nos conocimos cuando eras una niña —le aseguró él con una sonrisa—. Pero has conocido a tantos familiares míos que tal vez no me recuerdes. Soy Caleb.

—Me parece lógico —replicó.

Su sonrisa hizo que Alix se relajara.

—Supongo que la ingente cantidad de objetos no te anima precisamente a explorar, ¿verdad?

—La verdad es que no.

—Te contaré un secreto —dijo él—. Me he leído todas y cada una de las palabras de los documentos de esas cajas.

—¿En serio?

—Ya lo creo. De hecho, soy el responsable de mucha de la

información aquí almacenada. ¿Quieres que te cuente la verdadera historia de Valentina y de Caleb? ¿La que el resto de mi familia desconoce?

Alix titubeó. Tal vez debería esperar a que Jared volviera para que Caleb se la contara a ambos. Pero fue incapaz de resistirse. Asintió con la cabeza.

El hombre echó un vistazo por el ático.

—Dado que es una historia de un amor profundo y verdadero, necesitamos el ambiente necesario. Tengo un... ¿Cómo lo llamáis? —Trazó un círculo con las manos—. Toca música. ¿Tienes un gramófono?

Sonrió al pensar en el viejo aparato, que encajaba a la perfección con el resto de objetos que los rodeaba.

—No, pero tengo un portátil estupendo que reproducirá tu CD.

La miró con una sonrisa como si fuera la persona más inteligente de la Tierra.

—Recuerdo haber visto un vestido en una caja, en el primer pasillo. Su propietaria era bastante alta, como tú, y creo que la prenda te sentará bien. A lo mejor te apetece ponértelo, y mientras hablamos, podría enseñarte un baile de la época de Valentina.

—Oh —exclamó ella, con los ojos como platos. Dado que era una mujer moderna que rara vez se molestaba en emperifollarse, hizo ademán de protestar. Pero después miró por la ventana. Seguía lloviendo con fuerza y no tenía nada urgente que hacer, así que ¿por qué no bailar con el guapo pariente de Jared?—. ¿Dónde está el vestido?

Caleb la miró con una sonrisa tan cariñosa que Alix dio un paso hacia él. ¡Por el amor de Dios!, pensó al tiempo que retrocedía. Si el verdadero capitán Caleb tenía el mismo magnetismo, entendía perfectamente por qué Valentina acabó embarazada antes de que se hubieran casado. El hombre pareció leerle el pensamiento, pero no hizo el menor comentario mientras le indicaba cómo encontrar la caja con el vestido.

Alix lo encontró a la primera, pero sacar la caja no fue tan fácil. Tuvo que quitarle seis objetos de encima. Era una caja para vestidos, de un color verde oscuro, con el nombre de una tienda de Boston en la tapa.

Cuando llegó hasta donde se encontraba Caleb, este estaba junto al sillón, sonriendo. Se preguntó por qué no se lo habían presentado. ¿Vivía cerca?

—Ese es —dijo él.

Alix abrió la caja sin dificultad. En su interior, encontró lo que parecía un vestido de algodón blanco. Lo sacó y lo sostuvo a la luz de la bombilla. Era precioso: de algodón fuerte y limpio, con un amplio escote cuadrado, mangas largas y una falda hasta el suelo de capas superpuestas. Era, sin lugar a dudas, un vestido de novia. Miró a Caleb.

—¿De los años cincuenta?

—Eso creo. —Hizo una pausa—. ¿Te gustaría probártelo?

Miró el vestido blanco. No había motivos para probárselo, pero de un tiempo a esa parte tenía la cabeza tan llena de bodas y de todo lo relacionado con ellas que se sentía atraída hacia el vestido. Y, cómo no, estaba Jared. ¿No había dicho que su vestido de novia sería de algodón?

—Creo que bajaré a ponérmelo.

—¿Y después volverás conmigo? —preguntó él con un tono que la pilló desprevenida. Tuvo la impresión de que se quedaría desolado si se negaba.

—Sí, volveré —le aseguró antes de correr escaleras abajo a su dormitorio.

Una vez en la habitación, no pudo resistirse y se acercó al retrato del capitán Caleb. ¡El hombre del ático se parecía muchísimo a su antepasado!

—No es tan guapo como tú —dijo—. Pero te pisa los talones.

En cuestión de minutos, se quitó la ropa. Guiada por un impulso, rebuscó en el cajón para sacar su mejor ropa interior de encaje blanco y se la puso. Miró el vestido, pero en vez de ponérselo, fue al cuarto de baño para maquillarse. Se alegró de tener el pelo limpio. Se quitó la coleta y consiguió hacerse un recogido. No era un trabajo profesional, pero quedaba mejor con el elegante vestido.

Después, volvió al dormitorio en ropa interior y por fin cogió el vestido. Tuvo que lidiar con las estrechas mangas para luego abrocharse como pudo la espalda llena de botones. Esperó hasta tenerlo abrochado para mirarse en el espejo. Aunque se lo hubieran hecho a medida, no habría podido quedarle mejor. El escote era bajo y enseñaba bastante. Intentó subírselo a regañadientes, pero después sonrió. ¡Jamás había lucido tanto la delantera!

Las dudas la asaltaron mientras subía la estrecha escalera hasta el ático, ataviada con un vestido de novia y un portátil en las manos, pero en cuanto vio a Caleb, se esfumaron. Llevaba un esmoquin que le sentaba como un guante, hasta el punto de que parecía sacado de una película de Cary Grant. Se le ceñía a la perfección, ajustándosele a la cintura y marcando sus largas y musculosas piernas. No sabía a qué gimnasio iba, pero tendrían que darle un premio.

La mirada que le lanzó a Alix hizo que esta se irguiera todavía más.

—Las diosas deben envidiarte —susurró él.

Esas palabras eran un halago y, cómo no, falsas, pero hicieron que las dudas de Alix desaparecieran del todo. Soltó el portátil y metió el CD que él había dejado en la mesa en el lector. La primera canción era una mezcla de tonadillas escocesas e irlandesas, con muchos violines. Era una melodía muy rápida, pero también armoniosa.

Con una sonrisa, él le tendió una mano.

Cuando Alix la aceptó, sintió que la asaltaba una repentina calidez. Su caricia no era tan electrizante ni tan sexual como la de Jared, pero era relajante... y energética al mismo tiempo. Las preocupaciones por el trabajo que tenía por delante se desvanecieron. Lo único importante era ese momento y lo que ese hombre tenía que decirle.

Tras apartarse de ella un paso, Caleb le hizo una reverencia, y aunque Alix desconocía por completo el baile que él iba a iniciar, sus pies parecían conocerlo. Hizo una genuflexión y después anduvo cuatro pasos hacia delante, con Caleb a su lado. Se detuvo, se volvió hacia Caleb y levantó las manos para tocar las suyas.

—¿Cómo es posible que sepa lo que tengo que hacer? —le preguntó.

—Recuerdos pasados —contestó él, que la hizo girar otra vez—. Pero ahora no es el momento para pensar. Solo siente mientras yo te cuento la historia. Valentina era guapísima. Pelirroja, con los ojos verdes y una cintura que cabía entre las manos de un hombre.

Se estaban moviendo al compás de la música hacia la pared más alejada.

—Se parece a mi madre.

—Es clavada a ella.

—En ese caso, tuvo que causar sensación entre los jóvenes de la isla.

—Ah, sí —contestó Caleb con una voz que sonaba muy distante—. Todos se comportaban como idiotas cada vez que ella estaba cerca.

—¿El capitán Caleb y ella se enamoraron de inmediato?

—Él sí. No lo supo en su momento, pero lo hizo. En cuanto a Valentina, al principio lo odió.

—¿No es algo recurrente en todo Gran Romance? —Alix se volvió sobre sí misma antes de quedar de nuevo frente a él.

—Tal vez sea bonito leerlo, pero no vivirlo. Su primer encuentro se produjo porque el capitán volvió de un largo viaje antes de lo previsto.

—Como nos pasó a Izzy y a mí —señaló Alix—. Si no hubiéramos aparecido antes, no habría conocido a Jared.

—¿Te refieres a tu hermana?

Alix se echó a reír.

—Me resulta creíble que Izzy fuera mi hermana en otra vida. Supongo que ahora me dirás que mi otra yo conoció a Jared.

—Construíais edificios juntos —dijo Caleb—. Muchas de las casas de esta isla son vuestras. Tú las diseñabas y él las construía.

Alix se echó a reír de nuevo.

—¡Qué mentiroso más maravilloso eres! Tienes que conocer a mi madre. Con tu don para los argumentos y su talento para la escritura, seréis la pareja perfecta.

—Lo fuimos —aseguró él.

—Sí, por supuesto. No podías ser otro que el capitán Caleb. Pero ¿cómo pudo odiarte Valentina alguna vez?

Coquetear con él fue un impulso irresistible. Si alguna vez había nacido un hombre hecho para coquetear, era él. Sus ojos tenían una expresión sensual y dulce, y si a eso se le sumaba el vestido que llevaba, Alix comenzaba a sentirse como la mujer más deseable del mundo. Hacía mucho tiempo que había descubierto que con una madre como la suya, tenía que ser lista y demostrar su talento y su valía. En cuanto a atractivo sexual, nadie podía competir con Victoria. Pero en ese mismo instante, ese hombre hacía que se sintiera como una seductora nata.

—Verás —continuó Caleb—, cuando el capitán llegó a Nantucket, no sabía quién era Valentina. Ella había llegado a la isla después de que él partiera en un viaje hacia China, de modo que no la conoció. —Dio una vuelta y se plantó de nuevo delante de Alix con una mirada que indicaba que había estado lejos de ella demasiado tiempo.

La cara de Alix estaba muy cerca de la suya. Él estaba recién afeitado y olía el aroma de su piel. Era un olor salado y muy, pero que muy masculino.

Comenzó a sonar una canción, más pausada y lenta. Caleb extendió los brazos hacia ella. A Alix le pareció lo más natural del mundo dejarse rodear por ellos. Caleb la guio para bailar un vals tan ligero que no creía que sus pies tocaran el suelo. Y giraron y giraron, cada vez más alto.

Alix echó la cabeza hacia atrás y cerró los ojos. Cuando los volvió a abrir, miraba por la ventana, pero hacia abajo, y también tenía que agachar la vista para ver las cajas. Ese hombre y ella parecían estar muy arriba, por encima del techo. Como arquitecta que era, sabía que era imposible, ya que el techo era demasiado bajo, pero en ese preciso momento no se sentía muy profesional. El precioso vestido blanco giraba en torno a ella, y casi los envolvía a ambos en una dulce bruma. Sintió su esencia más femenina. Los detalles atractivos e incitantes que la convertían en la persona que era estaban saliendo a la superficie, como rayos de luz.

Y ese hombre, ese hombre guapísimo, estaba propiciando que todo sucediera.

Alix se dejó llevar por las sensaciones y los sentimientos. La música subió de volumen, como si hubiera una orquesta en la enorme estancia. Olía a comida y a perfume. Escuchaba las risas y las conversaciones de la gente. Cuando bajó la vista, vio luz: un resplandor dorado y cálido. Eran velas, cuya luz titilaba mientras iluminaba los semblantes sonrosados de cientos de personas.

Era como si pudiera ver más allá del suelo. Toda la planta baja estaba iluminada, y en ella reinaban las carcajadas.

—Lo veo —susurró, y aferró con más fuerza la mano de Caleb.

—¿A quién ves? —le preguntó a su vez en un susurro.

—¡A mi madre! Está rodeada de hombres. Tiene el mismo aspecto que por las mañanas, antes de maquillarse. Nunca la había visto con las cejas sin depilar.

—Es Valentina —le aseguró Caleb en voz baja—. ¿A quién más ves?

—A muchas personas. Ese hombre se parece a mi padre.

—Es John Kendricks, el maestro de escuela, es viudo y construyó esta casa mientras el capitán estaba de viaje —dijo Caleb—. ¿Te ves a ti misma? Eres la hija de John. Allí, en el alféizar acolchado.

—Ah, sí. La niña con el cuaderno de dibujo me recuerda a mí. ¿Qué está dibujando?

—Una casa, por supuesto —contestó Caleb—. ¿Ves a Parthenia? Debería estar con tu padre. Están muy enamorados.

—¡Allí! —señaló Alix—. ¿La mujer tan guapa que está junto a él es Parthenia? —La mujer estaba a su lado, con una sonrisa, pero no reía a carcajadas ni hablaba como las demás personas—. Parece muy callada.

—Lo es.

—¿Quién es el hombre canoso? Se parece al señor Huntley.

—Es el padre del capitán —dijo Caleb—. Hará cualquier cosa por su hijo.

Alix volvió a cerrar los ojos y la música aumentó de volumen. Tras abrirlos de nuevo, miró a Caleb con una sonrisa.

—Ayer estaba calculando cuánto cemento pedir para un trabajo. Ahora llevo un precioso vestido y bailo en el aire. Literalmente. Por cierto, ¿dónde está el capitán? —Aún jadeante por el baile, lo buscó.

—No lo verás ahí abajo. Acaba de volver de un largo de viaje, tiene la sensación de que lleva en el mar una eternidad. Está cansado, tiene hambre y quiere ver su nuevo hogar.

—¿Así que el suculento capitán Caleb volvía a casa esa noche?

Caleb sonrió.

—Suculento. Me gusta esa palabra. Pero esa noche no lo era en absoluto. Cuando puso un pie en Kingsley Lane y vio su nueva casa iluminada... no le gustó. Verás, John y Parthenia se casaban esa noche y habían invitado a media isla. Sin embargo, el capitán no lo sabía. Solo sabía que había miles de velas, y que había muchos carruajes y caballos en el exterior. Los excrementos llegaban hasta los tobillos.

—Qué imagen más romántica —repuso Alix con una carcajada—. ¿El capitán los echó a todos?

—No, jamás habría hecho algo así. Pero no tenía ganas de ver a nadie de momento, de modo que se escabulló escaleras arriba hasta su dormitorio. Por desgracia, encontró su cama cubierta con abrigos de damas, de modo que subió al ático.

—Para esconderse y despotricar contra el mundo.

—¡No! —exclamó Caleb con voz dolida, pero después hizo girar a Alix con más rapidez y esbozó una sonrisilla—. Tal vez sí, pero fuera cual fuese la razón, estaba allí cuando Valentina subió la escalera.

—¿Con un hombre? —preguntó Alix.

—No, quería quitarse los zapatos y descansar un momento. Tenía los pies reventados de tanto bailar.

—¿Fue un encuentro romántico?

—Ni mucho menos —contestó Caleb, con un deje travieso en la voz—. Verás, él no la conocía, y a juzgar por su aspecto, la tomó por una dama de la noche.

—Me parece que el capitán Caleb acababa de volver de puertos exóticos, le echó una mirada a la voluptuosa y guapísima Valentina, y le tiró los tejos. No creo que tuviera precisamente la cabeza puesta en ese primer encuentro.

—Tal vez —convino con una sonrisa—. Creo que la hija del maestro de escuela es demasiado lista. Así no vas a conseguir marido.

Alix le devolvió la sonrisa.

—Mi madre también es muy lista y ella consiguió al capitán Caleb.

La carcajada de Caleb resonó en la estancia. Una carcajada que Alix recordaba a la perfección. Un sonido ronco que surgía de su interior y que brotaba como la melaza espesa.

—Te juro que no me he reído tanto desde la última vez que estuviste aquí. Bueno, ¿por dónde iba?

—La hija de John Kendricks era demasiado lista para que la manejara un hombre.

Caleb sonrió.

—Es cierto que aquella primera noche el capitán Caleb intentó engatusar a la guapa Valentina para que lo besara. Pero eso fue todo.

—¿Cuánto ron hubo de por medio? —preguntó Alix.

—¿Lo medimos en litros o en galones?

Alix se echó a reír.

—¿Valentina lo abofeteó?

—No —contestó Caleb—. Ella...

Alix lo miró.

—¿Te has ruborizado?

—Eso solo lo hacen las mujeres —contestó él—. Los hombres no se ruborizan.

—¿Qué le hizo Valentina al capitán? Quién, por cierto, seguro que estaba un poco achispado.

—Le jugó una mala pasada. Verás, fingió estar dispuesta para hacer el amor.

—¿Qué quieres decir?

Caleb siguió bailando, sujetándola con fuerza, y tardó en contestar.

—Logró que el capitán se quitara la ropa.

—¿Quieres decir que él se desnudó y ella no?

—Sí. —Caleb esbozó una sonrisa tímida—. En cuanto el capitán se desnudó por completo, Valentina recogió su ropa y salió del ático. Y cerró la puerta con llave.

—Vaya. —Alix se echó a reír al imaginarse la escena—. Si la casa era nueva, seguro que no había muchas cosas aquí arriba, ¿verdad?

—Solo una jarra de ron medio vacía. —La expresión de Caleb era una mezcla de arrepentimiento y de vergüenza—. Y era una noche fría.

Alix fue incapaz de contener las carcajadas.

—¿Cómo saliste del ático?

—A la mañana siguiente, Kendricks escuchó... bueno, escuchó unas palabras muy malsonantes a través del suelo. Costó trabajo despertar a los habitantes de la casa después de la noche de fiesta.

—Por no mencionar que era la noche de bodas del maestro de escuela. No quiero reírme del capitán, pero se lo tenía bien merecido.

—Pues sí —convino Caleb—. Aunque desde luego no era de esa opinión cuando le pasó. Cuando por fin lo liberaron del ático, se puso su uniforme más impresionante y fue a la lavandería de Valentina, donde ella estaba removiendo ollas llenas de jabón. Le exigió que se disculpara.

—¿Y ella lo hizo?

—Le dijo que hiciera algo útil y que cogiera una pala para remover.

—El capitán de barco no estaba acostumbrado a que lo trataran así, ¿verdad?

—No —contestó Caleb con una sonrisa—. No estaba acostumbrado a que lo trataran así en absoluto.

Se sonrieron y siguieron bailando.

21

Jared regresaba de Maine en la destartalada camioneta que tenía en Hyannis. Durante el verano, era difícil conseguir una plaza en el ferry para salir de la isla. Eso sumado a los seis mil turistas o más que entraban y salían de la isla junto con sus vehículos, hacía que muchos habitantes de Nantucket mantuvieran un coche en tierra firme.

A su lado, iba Jilly Taggert Leighton, una de las muchas parientes que había conocido a lo largo de los últimos días. ¡Parecía haber cientos de ellos!

Algunos, la mayoría Montgomery, vivían en el pueblo que sus ancestros habían fundado en Maine. También había otros, la mayoría Taggert, que vivían en Chandler, Colorado. Había visto fotos de una enorme casa construida en Colorado por un importante hombre de negocios del siglo XIX. Según le habían contado, la casa no se había remodelado desde hacía años. Aunque no lo dijo, deseó meterle mano al lugar para actualizarlo y convertirlo en un hogar seguro. No quería ni imaginarse lo peligroso que debía de ser el cableado eléctrico.

Mientras Jared miraba las fotos, había pensado en la cara de Alix cuando viera la mansión de Colorado. Y también se había imaginado lo que diría cuando viera la enorme casa de Maine. Además de eso, se preguntó qué miembro de la familia le caería mejor y quién le provocaría aversión. ¿Tendrían la misma opinión sobre todo y sobre todos? ¿O discreparían en algo?

La verdad era que se había pasado todo el tiempo pensando

en Alix. Y había hablado sobre ella. Tal vez eso fuera lo más sorprendente de todo, el hecho de haber hablado sobre ella. Cuando no estaba en Nantucket, siempre se mostraba muy celoso de su intimidad. Su abuelo decía que era un buen contraste. En Nantucket no se podía tener novia, cortar con otra o incluso tontear con alguna chica sin que se enterara medio pueblo. Precisamente ese era uno de los motivos por los que él solo salía con turistas cuando estaba en la isla. Y también por lo que había mantenido a sus novias neoyorquinas apartadas de Nantucket.

Sin embargo, Alix era distinta. Jamás se había sentido tan cómodo con una mujer, tan a gusto. Ya fuera limpiando pescado o diseñando una casa, parecían saber cómo... bueno, era como si supieran cómo vivir juntos.

En un par de ocasiones, había vivido con mujeres, pero siempre había acabado en un desastre. El motivo principal era porque todas parecían más preocupadas por su éxito que por la pasión que sentía hacia su trabajo. Era un famoso arquitecto que se movía en círculos elitistas y querían formar parte de ese selecto grupo. Querían llevar vestidos de miles de dólares, joyas aún más costosas y asistir a fiestas todas las noches. Querían ser vistas con el famoso Jared Montgomery, querían que las asociaran con él. Jared se sentía como un accesorio de ese hombre, a quien veía como una creación mediática.

A lo largo de los años, había intentado salir con mujeres pertenecientes a distintas clases sociales. Recordaba a una chica muy guapa de Indiana que trabajaba como recepcionista. Su elevado nivel de vida la había abrumado tanto que un día se la encontró llorando en su apartamento. Le pagó el billete de vuelta a su casa. Las mujeres que habían crecido nadando en dinero se molestaban porque pasaba muy poco tiempo con ellas. Las ambiciosas solían usar sus contactos sociales para trepar hasta lo más alto.

Sin importar sus orígenes, todas las mujeres con las que había salido estaban más interesadas en Jared *el Famoso* que en Jared *el Hombre*. Ninguna de ellas había asimilado el concepto del trabajo que implicaba su profesión. Del increíble volumen de trabajo que debía realizar.

Con Alix no era así. Si le daba el extremo de un metro, sabría que hacer con él. Podía hablarle sin explicarle demasiado las cosas porque ella lo entendía. Sin embargo, el trabajo no lo era todo, ni siquiera era lo fundamental. Alix lo veía como a un hombre. Veía ambas facetas de su persona y las apreciaba por igual.

—¿La echas de menos? —le preguntó Jilly desde el asiento del copiloto.

Jared sonrió.

—¿He hecho el tonto hablando a todas horas de ella?

—En absoluto —contestó Jilly—. La mayoría hemos pasado por esa experiencia, y los que no lo han hecho sueñan con que llegue el momento. ¿Le has dicho a Alix que llegaríamos hoy?

—No. No me espera hasta mañana. —La idea de verla de nuevo le arrancó una sonrisa.

Dos días antes, fue en busca de la vidriera de la capilla acompañado por el hermano mayor de Jilly, Kane, y sus hijos gemelos. Encontraron la vidriera perfecta en la segunda tienda que visitaron. Databa de 1870 y en ella se representaba un caballero apoyado en su espada con expresión melancólica. Jared no lo dijo, pero el hombre guardaba un escalofriante parecido con su abuelo Caleb.

Después de comprar la vidriera, Jared hizo ademán de ayudar a los otros a cargarla en la parte posterior de la camioneta, pero Kane dijo:

—Eres un Montgomery, así que es mejor que nos dejes a nosotros.

Jared no tardó en percatarse de la rivalidad existente entre ambas familias. Los corpulentos Taggert afirmaban que los Montgomery, más altos pero más delgados, eran débiles y escuálidos, mientras que los Montgomery afirmaban que los Taggert carecían de inteligencia. Por supuesto, nada era cierto, pero Jared disfrutó mucho de dicha rivalidad.

En resumidas cuentas, encajaba en la familia y sí, se parecía a los Montgomery. Ellos fueron los que lo animaron a hablar de los diseños que había hecho a lo largo de su carrera y también quienes disfrutaron averiguando el parentesco exacto que los unía.

De los Taggert, a Jared le cayeron especialmente bien Kane y Mike. Ambos pasaban de los cincuenta y habían amasado grandes fortunas, pero tenían los pies bien plantados en el suelo.

Eran gemelos idénticos y a Jared le resultaba difícil distinguirlos. Sin embargo, sus esposas los diferenciaban sin problemas. Y a sus hijos no podían engañarlos.

La esposa de Kane, Cale, era una escritora famosa y lograba que todo el mundo riera con sus chistosos comentarios. Algunos eran un poco sarcásticos, pero siempre daba en el clavo. Era capaz de resumir perfectamente una situación con tres o cuatro palabras.

—¿Cómo es Nantucket? —le preguntó durante su segundo día, mientras él contemplaba el océano sentado en un punto de la costa de Maine. Había caminado hacia él con un cuaderno en la mano, como siempre.

—Es un lugar tranquilo —respondió Jared—. Si pasas de los turistas, claro.

Cale era una mujer bajita y guapa, siempre curiosa. Tenía la misma expresión que lucía a menudo Victoria. ¿Los escritores se pasaban la vida buscando inspiración?, se preguntó.

—Además, tenemos fantasmas en la isla —añadió.

La vio abrir los ojos de par en par.

También había visto esa expresión en los ojos de Victoria.

—Algunas de las historias sobre cómo acabaron convirtiéndose en fantasmas son largas y complicadas, además de fascinantes.

—¡Oh! —exclamó ella, pero no pareció capaz de añadir nada más. Como escritora profesional siempre estaba a la búsqueda de material nuevo. Al igual que los alcohólicos necesitaban la bebida, los escritores sufrían una adicción a las historias.

—Será mejor que te deje seguir con lo tuyo —dijo Jared, señalando con la cabeza el cuaderno que llevaba en la mano. Se puso en pie para alejarse, pero se dio media vuelta para mirarla—. En Kingsley Lane hay una casa en venta. Es grande y antigua. Se llama MÁS ALLÁ DEL TIEMPO porque, según cuenta la leyenda, el fantasma que la habita es capaz de llevarte a la época en la que vivió. —Jared agitó la mano—. Pero solo es un rumor. No sé si alguien lo habrá hecho. ¿Cómo empezaría dicho rumor? Porque lleva siglos corriendo por la isla. Espero verte durante la cena. —Se alejó sonriendo. Si no se equivocaba, acababa de conseguir la venta de la casa.

Jilly llegó desde Colorado pocos días después de que él llegara a Maine. Era viuda y sus dos hijos, ya crecidos, disfrutaban de los campamentos de verano. Era el último antes de que empezaran sus estudios universitarios.

Según le habían dicho, la familia contrató a Jilly poco después de que muriera su marido para elaborar el árbol genealógico. Había pasado años investigando los numerosos documentos familiares y escribiendo las historias de todos los miembros. Poco tiempo antes, había publicado en internet un detallado árbol genealógico, precisamente donde Alix encontró a Valentina y a Parthenia.

Jilly llegó desde Colorado acompañada por tres grandes cajas llenas de documentos fotocopiados.

—Los originales están en una caja de seguridad —comentó durante la cena la misma noche de su llegada. En una de dichas cajas se encontraban las cartas que Valentina y Parthenia se intercambiaron. Le resumió el contenido de las mismas a Jared.

Jared la observó con atención mientras ella le contaba lo que decían las cartas, mientras le hablaba de las dos muchachas que se echaban mucho de menos y que hacían planes para visitarse. Era una mujer dulce y refinada, al contrario que el resto de los Taggert, que eran grandes y toscos.

—Se parece a su abuela materna —le dijo Cale a Jared—. O si no, es una alienígena procedente de otro planeta.

Jared se echó a reír. Jilly, con ese aspecto tan frágil y sus modales exquisitos, sentada entre sus corpulentos hermanos, parecía recién llegada de otra dimensión.

Al ver que había logrado una audiencia, Cale siguió:

—¿Cómo crees que es su planeta? ¿Todo rosa y beige?

Jared le siguió la corriente.

—Creo que debe de ser como Nantucket. Con brumas y atardeceres en el océano, arena cálida y casas agrisadas por siglos de vida.

Cale lo miró atónita un instante, y después miró a su marido que se encontraba sentado al otro lado de la mesa.

—Necesito tu talonario de cheques.

—¿Y eso? —le preguntó Kane con cierto brillo en los ojos—. ¿Qué vas a comprar?

—Una casa en Nantucket.

Kane miró a Jared después de mirar a su mujer, tras lo cual clavó de nuevo la vista en ella.

—A ver si lo adivino. La casa tiene una historia espectacular.

—Es posible —replicó ella, y todos se echaron a reír. Sabían que a Cale le encantaban las historias.

Eso fue después de la cena, la noche anterior a su partida, mientras Jared estaba sentado en un balancín junto a Jilly, quien le había recordado a alguien desde que la conoció. Al principio, pensó que se trataba de Toby. Ambas poseían una elegancia serena, pero durante la cena vio el gesto con el que sostenía el tenedor, y comprendió que le recordaba a Ken. Ciertos gestos, ciertas palabras susurradas con esa voz tan cálida, lo hicieron desear llamar a Ken y decirle que había conocido a la mujer perfecta para él.

Sin embargo, sabía que todo acabaría antes de que empezara, de modo que solo puso al corriente a Alix de que volvía a Nantucket con Jilly. Durante la última noche, estaba sentado con ella, escuchándola mientras ella seguía contándole cosas de las cartas.

—Tras la primera visita a Nantucket, Parthenia regresó a Maine y retomaron la correspondencia. Pero en esa ocasión comenzaron a hablar de los hombres a quienes querían. Parthenia se había enamorado del maestro y Valentina de...

—De Caleb —dijo Jared—. ¿Qué le pasó?

—Sabemos tan poco como vosotros. Cuando Valentina desapareció, Parthenia estaba casada con su maestro y vivía en Nantucket, así que ya no tenemos más cartas. Un antepasado Montgomery escribió diciendo que después de la desaparición de Valentina, tres hombres de su familia fueron a Nantucket a buscarla. Encontraron a unos marineros que les dijeron que la habían llevado al continente, pero allí perdieron la pista. Jamás regresó a Maine. Después de la muerte de Parthenia, todas las cartas que le había escrito Valentina fueron enviadas a Warbrooke. Las he leído todas y no he encontrado la menor explicación sobre la desaparición de Valentina.

Jared frunció el ceño.

—Me dijeron... bueno, o mejor dicho, se dice que nadie vio a Valentina abandonar la isla.

—Tal vez se mantuvo en secreto. Que una mujer se marchara abandonando a su hijo no estaría muy bien visto, y dudo mucho de que a sus parientes les interesara andar diciéndolo por ahí. Además, todo sucedió hace mucho tiempo. ¿Tienes documentos familiares en tu casa?

Jared comprendió que a Jilly le encantaría examinarlos, de modo que aprovechó el momento.

—Toneladas de ellos. Mi familia lo conserva todo. Poseemos varias casas y todas están llenas hasta el techo de papeles amarillentos, de cartas y de libros.

—Parece fascinante.

—Alix no es de la misma opinión. —Sonrió intentando hacerlo de forma persuasiva—. ¿Por qué no vienes conmigo y pasas el resto del verano investigándolos?

—No podría —respondió con un suspiro—. Claro que mis hijos se marcharán pronto de casa y casi he acabado con los documentos de mi familia. Me temo que padezco un caso severo de síndrome de nido vacío. —Levantó la cabeza—. La verdad, me encantaría ir a Nantucket contigo. ¿Dónde puedo reservar una habitación?

—Mi casa tiene un apartamento en la planta alta. Puedes alojarte en él todo el tiempo que quieras.

—Pero Alix y tú necesitáis intimidad.

—Nos encantará disfrutar de tu compañía —replicó, pensando en Ken.

Ella lo miró con los ojos entrecerrados.

—No te conozco muy bien, pero tienes una expresión que según mi familia, los Taggert, significa que un Montgomery está tramando algo y que es mejor andarse con cuidado.

Jared soltó una carcajada que llegó hasta el interior de la antigua mansión.

—¿Eso significa que no te gustan las aventuras?

Jilly sonrió.

—He criado sola a dos hijos desde que tenían tres años y mi trabajo ha consistido en bucear en toneladas de documentos antiguos. La verdad es que si un pirata me pidiera que navegara con él en su barco, le diría que sí. ¿A qué hora debo estar lista?

—¿Mañana al amanecer es demasiado pronto? Tardaremos

cinco horas en llegar a Hyannis. He encontrado a alguien que puede llevar la vidriera, de modo que cogeremos el último ferry a Nantucket.

—Estaré lista para las cuatro de la madrugada.

—Así me gustan las chicas —replicó él.

—No puede decirse que sea una chica, pero gracias por el cumplido.

Esa fue la última noche en Maine. Ayudó a Jilly a preparar el equipaje. O más bien vio cómo las mujeres se apresuraban a ayudarla mientras él se sentaba frente al televisor con los hombres para ver los deportes. Las mujeres fueron pasando para soltar algún comentario.

La mujer de Mike le dijo que estaban encantadísimos por la alegría que eso suponía para la vida de Jilly.

—Es la más cariñosa de todos los Taggert.

—Tampoco hace falta mucho para conseguir ese título —comentó un Montgomery, y los Taggert lo atacaron arrojándole palomitas.

—Después lo limpiáis —dijo la mujer de Mike antes de marcharse.

Cale llegó con un portátil, se sentó al lado de Jared en el sofá y le enseñó la página web de una agencia inmobiliaria donde aparecía una casa de Kingsley Lane en venta.

—¿Esta es la casa de la que me has hablado? ¿La que tiene un fantasma que viaja en el tiempo?

—Sí —contestó él.

—Pero cuesta un pastón.

—Es Nantucket —adujo Jared.

Cale no preguntó qué significaba eso. Se limitó a mirar a su marido.

—Voy a tener que convencerlo.

—Compradla entre varios —sugirió Jared—. Podéis compartirla y distribuir los meses que pasáis en ella. Así compartís también los gastos. —Se inclinó hacia ella—. A los escritores les encanta pasar el invierno en la isla. Es cuando se está más tranquilo y cuando los fantasmas aparecen.

—Eres un Montgomery de los pies a la cabeza, ¿verdad? Un vendedor trapacero. —Cale sonreía—. Me gusta la idea y pienso proponérsela a la familia. —Le colocó una mano en un brazo—. Me alegro de que te hayas unido a nosotros, y estoy deseando conocer a Alix.

—¿Qué pasa con vosotros dos? —preguntó Kane desde el otro extremo de la estancia.

—Estoy planeando fugarme con tu nuevo primo —respondió Cale—. ¿Dónde está Kane?

Jared levantó la cabeza, sorprendido.

—¿Ese es Mike?

—Sí —respondió Cale—. Está gordo. Mi marido no lo está.

Mike rezongó algo en respuesta y siguió viendo la tele.

Jared sonrió por la ridiculez del comentario de Cale. Sabía que tanto Kane como Mike usaban el gimnasio que tenían en el sótano para mantenerse en forma con un programa de ejercicios digno de un deportista olímpico. Sus musculosos cuerpos así lo atestiguaban. Ninguno de los dos tenía un solo gramo de grasa.

Tal como había asegurado, Jilly estaba lista para partir al amanecer. Y todos los miembros de la familia mayores de dos años salieron para despedirla. Jared jamás había visto tantos besos y tantos abrazos. Uno de los Taggert más corpulentos le dio un abrazo casi asfixiante mientras le decía:

—Como permitas que le pase algo, te las verás con nosotros.

Jared asintió con la cabeza a modo de respuesta. Entendía el mensaje y lo compartía.

Horas después, ya en el puerto de Hyannis, descubrieron que uno de los primos de Jared los estaba esperando. Él se encargaría de trasladar la vidriera que iba en la parte posterior de la camioneta el día siguiente, tomando el ferry que transportaba vehículos a la isla. Después, se quedaría en Nantucket para ayudar en la construcción de la capilla.

Jared y Jilly cogieron su equipaje de mano y embarcaron en el último ferry que partía a la isla. Durante la hora que duraba el trayecto, estuvieron sentados a una mesa. Jilly leía un ejemplar de la guía *Yesterday's Island* y le preguntaba sobre las personas a las que iba a conocer.

Jared se acomodó en el banco con una taza de café en la mano y le descubrió a la gente que vivía en Kingsley Lane.

—Ken se aloja de momento en la casa de invitados. Es el padre de Alix. —No quería arruinarlo todo al decir que creía que le caería muy bien, pero sí le contó que fue Ken quien lo ayudó a empezar su carrera y que si no fuera por él, posiblemente estaría en la cárcel a esas alturas. También le dijo que Ken lo ayudó a finalizar el proyecto de fin de carrera, que no estaba casado y que buscaba pareja. Unos cuantos datos sin importancia.

Jilly lo escuchó atentamente, sin hacer un solo comentario, y después dijo:

—¿Y la madre de Alix? Sé que es una escritora, como Cale, pero ¿cómo es personalmente?

Jared sonrió. Desde el punto de vista físico, no podía haber dos personas más distintas que Victoria y Cale. La última era bajita y delgada, mientras que Victoria era alta y voluptuosa.

—Victoria no se parece a nadie —dijo—, pero no está ahora mismo en la isla. Ken está construyendo una capilla donde se celebrará la boda de la mejor amiga de Alix. —Le habló sobre el diseño de Alix, sobre la inminente boda y sobre todos los preparativos que se estaban llevando a cabo.

—Supongo que sabes que se te ilumina la cara cuando hablas de Alix —comentó Jilly.

Jared apartó la mirada un instante a fin de recuperar la reserva típica de los habitantes de Nueva Inglaterra.

—Parece que estamos hechos el uno para el otro.

—Pues espero que no la pierdas —replicó Jilly—. Háblame de los demás vecinos de la calle.

Al cabo de unos minutos, Jared logró que riera a carcajadas mientras le hablaba del jefe multimillonario de Lexie, y de las bromas que le gastaban Alix y Toby sobre él.

—Las chicas dicen que es guapo, pero a mí no me lo parece. En las fotos que he visto de él me resulta un pelín afeminado.

Jilly soltó una carcajada.

Cuando el ferry llegó a la isla y atracó, Jared cogió el equipaje de ambos y la llevó hasta Main Street. Siempre le había gustado enseñarle la isla a los recién llegados. Ver Nantucket a través de sus ojos renovaba la visión que tenía de la belleza de la isla.

—¡Ah, sí! —exclamó Jilly—. A mi familia le encantará Nantucket. —Sus preciosos edificios, perfectamente proporcionados, con ventanas altísimas y elegantes vidrieras. Los pasos de peatones en la calzada adoquinada para facilitar el tránsito de los transeúntes. No paraba de mirar de un lado para otro, contemplando las casas antiguas. Cuando llegaron a West Brick, se detuvo para admirar su majestuosa belleza antes de enfilar Kingsley Lane. Después se detuvo otra vez al llegar a la primera casa de la derecha—. MÁS ALLÁ DEL TIEMPO —leyó en el clisé de madera situado sobre la puerta—. ¿Esta es la casa de la que hablaba Cale? ¿La que está en venta?

—Exacto. ¿Ya está haciendo campaña para que la familia la compre?

—Pues sí, y después de que les describa la isla, ganará. Además, Kane está tan enamorado de su mujer, que haría cualquier cosa por ella.

—Me alegro —replicó Jared, que apretó el paso. Estaba ansioso por ver a Alix.

Su vieja casa estaba muy cerca y jamás le había parecido tan bonita. Entraron por la puerta lateral al patio trasero y por una de esas coincidencias cósmicas, Ken salía en ese instante de la casa de invitados, con un plano enrollado bajo un brazo y una taza humeante en la otra mano.

Sin embargo, Jared sabía que el encuentro no era fortuito. Se dio media vuelta, miró hacia la ventana del ático y allí estaba su abuelo. Mirando a Jilly como si la estuviera examinando.

Jared frunció el ceño, ya que no le gustaba la idea de que su abuelo lo hubiera preparado todo, y miró a Ken, que estaba observando a Jilly con los ojos como platos, como si estuviera contemplando una visión celestial, un ángel en toda su gloria... y ella lo miraba con la misma expresión.

En vez de jactarse del éxito de su plan, se limitó a esbozar una discreta sonrisa.

—Ken, Jilly. Jilly, Ken —dijo, y siguió caminando hacia la casa—. ¿Os importa si entro para ver a Alix?

Nadie respondió. Ken y Jilly siguieron mirándose en silencio.

—Vale —dijo—. Pues me voy. —Se dio media vuelta y sonrió de oreja a oreja.

Tan pronto como entró, estuvo a punto de llamar a Alix, pero vio que su abuelo lo esperaba en la puerta.

—¿Dónde está?

—En el salón principal —contestó Caleb—. Pero antes debemos discutir un asunto.

—Luego —replicó Jared, que atravesó la figura de su abuelo para caminar hacia el salón principal. Aunque pensaba que Alix estaría acurrucada con un cuaderno de dibujo en la mano, diseñando el plano para una casa de invitados, comprobó que se equivocaba. Estaba sentada en el suelo, con las piernas cruzadas y rodeada de cajas de documentos polvorientos. Los papeles y las cartas atadas con cintas cubrían el sofá, las mesas y las sillas. En su regazo tenía un montón de documentos amarillentos.

»Hola —la saludó en voz baja.

Alix lo miró y vio cómo se le iluminaba la cara como si acabara de descubrir lo más maravilloso del mundo. Así le demostró la alegría que sentía al verlo de nuevo. Acto seguido, se levantó de un brinco, tirando los documentos al suelo, saltó sobre dos cajas y le arrojó los brazos al cuello mientras lo besaba en los labios. Fue un beso apasionado... y alegre. Se habían echado mucho de menos y así se lo hicieron saber el uno al otro con las lenguas y los labios.

—¿Has pensado en mí? —le preguntó él mientras le besaba el cuello.

—¡Sí, a todas horas! —exclamó Alix, que echó la cabeza hacia atrás—. Tengo muchas cosas que contarte. El señor Huntley descubrió a John Kendricks y me trajo documentos sobre él, pero todavía no los he leído. Toby, Lexie y yo hemos adelantado muchísimo los preparativos para la boda. Y Caleb me ha hablado del capitán y de Valentina, y sobre su prima Parthenia y...

Jared le colocó las manos en los hombros y la apartó un poco para poder mirarla a los ojos.

—¿Caleb? ¿Cuándo lo has visto?

—Ayer domingo. Él y yo... —No sabía muy bien cómo decirle lo que habían hecho Caleb y ella.

—¿Qué hicisteis?

—Lo siento, pero estuvimos bailando. No te enfadas, ¿verdad? En serio, no significó nada.

Jared intentó calmarse.

—Tranquila. Sé que Caleb posee un encanto sobrenatural.

Alix suspiró aliviada.

—Y es un narrador excelente. Mientras me contaba la historia, fue como si yo misma viera el interior de esta casa durante la noche de la boda de John Kendricks y Parthenia Taggert. Vi las velas y olí la deliciosa comida. También escuché la música, pero, claro, tenía un CD en el portátil y... ¿por qué me miras así?

—Quiero que nos vayamos de esta casa. Ahora mismo.

—No puedo. —Alix se alejó de él—. Caleb me contó cómo se conocieron el capitán y Valentina. Una historia muy graciosa que acabó en tragedia. Debo descubrir la verdad de lo que le pasó a Valentina. —Alix señaló las cajas y los papeles que los rodeaban—. Necesito examinarlos todos y descubrir... ¡Oye! ¿Qué estás haciendo?

Jared se había inclinado, había levantado a Alix del suelo y se la había echado a un hombro. Después, se volvió hacia la puerta. Su abuelo estaba en el vano, observándolos con una mirada contrita por haber llevado las cosas tan lejos con Alix.

Jared lo atravesó con cara de pocos amigos y puso rumbo a la puerta trasera.

Alix, con la cabeza hacia el suelo y el culo en pompa, dijo:

—Nada más lejos de mi intención que interrumpir tu momento Shrek, pero te recuerdo que el dormitorio está arriba.

—No vamos a la cama. Al menos de momento. Vamos a alojarnos en casa de Dilys unos cuantos días.

—Pues entonces necesito llevarme ropa.

—No vas a necesitarla —replicó él mientras salía de la casa con ella al hombro.

—¡Ooooh! —exclamó Alix—. Estaba deseando que volvieras, pero esto mejora por momentos.

Después de que Jared dejara a Ken y a Jilly solos, ella fue la primera que habló.

—Así que eres el hombre que le dio vida a la mujer más guapa, inteligente y con más talento de la tierra.

—Exacto —confirmó Ken, complacido por sus palabras... y por su voz. Jamás había visto a una mujer tan guapa. Era muy delgada, con una cara ovalada, y llevaba un vestido rosa y blanco tan delicado que parecía haber sido confeccionado con pétalos de rosa. En la mano llevaba una pamela—. ¿Es Jared quien está de acuerdo conmigo?

—Sí. Le habló a toda mi familia de Alix, e incluso nos mostró sus diseños.

Ken se limitó a mirarla con una sonrisa, hasta que pareció recuperar el sentido común.

—Qué cabeza la mía. ¿Te gustaría entrar y tomarte un té? Tengo donuts.

—¿De Downyflake?

Ken soltó una carcajada.

—¿Jared te lo ha contado todo sobre Nantucket?

—Solo ha dicho cosas buenas. De hecho, quiere que mi familia compre una casa aquí. La que está al principio de la calle.

—¿MÁS ALLÁ DEL TIEMPO? —quiso saber él.

—Exacto, esa.

—En ese caso, debemos discutirlo. —Ken retrocedió y abrió la puerta principal de la casa de invitados.

Unos minutos después, estaban sentados en el exterior, a la preciosa y envejecida mesa de cedro, comiendo donuts mientras el té reposaba. Tenían las cabezas inclinadas y se encontraban tan cerca que casi se rozaban.

Fue Ken el primero que vio a Jared caminando hacia ellos con Alix al hombro.

Jared se detuvo al llegar junto a la mesa, con cara de que no estaba pasando nada fuera de lo común.

—Nos vamos a casa de Dilys unos cuantos días —anunció—. Está fuera de la isla, así que tendremos la casa para nosotros solos. —Miró a Ken y luego a Jilly—. No parece que vayáis a echarnos de menos.

—No, creo que no lo haremos —replicó Ken, que se puso en pie.

La maleta de Jared estaba en el suelo, de modo que Ken la cogió y se acercó a la camioneta para dejarla en la parte trasera.

Jilly los siguió.

—Creo que debo preguntar: Alix, ¿estás bien? Y, por cierto, soy Jilly Leighton. Mi apellido de soltera era Taggert.

Jared se volvió para que Alix pudiera mirar a Jilly aunque fuera boca abajo.

—Encantada de conocerte y sí, estoy bien. Jared solo está celoso porque me pasé toda la mañana de ayer bailando con uno de sus parientes.

Ken sonrió.

—¿Con cuál de ellos? ¿Wes?

—Caleb —contestaron Alix y Jared al unísono.

—¡Ah! —fue lo único que Ken logró decir. Después añadió en voz baja mirando a Jared—: Por favor, llévate a mi hija y mantenla alejada todo el tiempo que quieras. Todo el tiempo que puedas.

—¡Traicionada! —gritó Alix—. Me siento traicionada por mi padre. —Su tono de voz dejó bien claro que estaba encantada con todo lo que sucedía.

Jared dejó a Alix en el interior de la camioneta, cerró la puerta y rodeó el vehículo para sentarse tras el volante.

—Llámame —le dijo Ken a través de la ventanilla.

—Puedes estar seguro de que lo haré —replicó Jared, con una expresión que ponía de manifiesto lo enfadado que estaba con su abuelo. Metió marcha atrás para salir a la calzada.

Cuando se quedaron de nuevo a solas, Jilly dijo:

—Jared me ha hablado de mucha gente, pero creo que no mencionó al tal Caleb. ¿Hay algún problema con ese hombre?

Ken la acompañó de nuevo hasta la silla. Una vez que estuvieron sentados, contestó;

—Supongo que depende de cómo se mire. Verás... —La miró. Solo hacía una hora que la conocía, pero le gustaba. Su aspecto físico, su forma de moverse, su voz. Todo lo atraía. Pero temía que si le decía la verdad, saliera corriendo. Claro que a veces había que arriesgar algo para ganarlo todo—. Caleb... —dijo en voz baja.

—¿Sí?

—Caleb murió hace unos doscientos años.

—¡Madre mía! —exclamó Jilly mientras cogía un donut con cobertura de chocolate—. Ya puedes contármelo todo desde el principio.

Ken no pudo evitar sonreírle. ¡Una mujer que no se asustaba

por la mención de un fantasma! ¿Dónde había estado metida durante toda su vida?

—¿Quieres más té? —le preguntó, sonriendo aún más.

—Sí, por favor, pero creo que debemos calentar más agua porque quiero oír todos los detalles.

—Me da que tienes razón. Verás, todo empezó cuando descubrí a mi ex mujer, la madre de Alix, en la cama con mi socio.

—Qué horrible para ti.

—No hay palabras para describirlo.

—Me imagino lo que sufriste —replicó Jilly mientras pensaba en su triste experiencia matrimonial, aunque no lo mencionó. Le tocaba a Ken desahogarse.

Él la miró a los ojos. Desde que se divorció de Victoria, había estado con otras mujeres y en dos ocasiones había estado a punto de casarse. Pero se echó atrás en el último momento. Jamás había querido contarle a nadie la verdad sobre Victoria, ni siquiera había hablado sobre su estancia en Nantucket. Ni tampoco sobre la estrecha relación que tenía con el famoso arquitecto Jared Montgomery. Ni mucho menos sobre el fantasma que rondaba Kingsley House, un fantasma que su hija veía claramente cuando era pequeña... y con el que parecía haber bailado durante un día lluvioso.

La guapa Jilly lo miraba con gesto paciente. Era como si tuviera todo el tiempo del mundo y lo único que quisiera fuese escuchar su historia.

Ken comprendió que lo único que quería era contársela.

En la ventana de la planta alta, Caleb los miró con una sonrisa.

—Bienvenida a casa, Parthenia —susurró.

22

Jared estaba haciendo todo lo posible por mantenerse sereno... y por proteger a Alix. Era evidente que ella desconocía que había estado bailando con un fantasma y no quería que lo descubriera jamás. Si llegara a descubrirlo, era poco probable que sufriera un ataque de histeria, pero creía más oportuno no poner a prueba esa teoría. Solo tenía que aguantar hasta la boda de Izzy. Después Caleb se marcharía y... no quería pensar en eso.

Lo más irritante de todo era que su abuelo parecía ostentar más poder que nunca. Las reglas y los hechos sobre Caleb habían pasado de un Jared a otro a lo largo de las generaciones.

«No le digas a las mujeres que lo ves.»

«No lo menciones delante de los forasteros.»

«No puede salir de la casa.»

«Aunque se aparezca delante de otras personas, no podrán verlo.»

Y así hasta el infinito.

Pero jamás, jamás, habían insinuado que Caleb podía bailar con alguien. O tocar a alguien. El roce de una mano en un hombro, un beso en la mejilla, sí, pero no un contacto tan evidente.

¿Y la supuesta habilidad de proporcionarle a Alix imágenes del pasado? Él jamás había experimentado nada semejante con su abuelo, ni su padre le había hablado de algo similar.

A su lado, Alix estaba describiendo lo que había visto.

—Claro que era todo fruto de mi imaginación. Seguramente por haber visto demasiadas películas, pero me imaginé perfectamente lo que me estaba contando. ¡Qué capacidad narrativa! Era como si pudiera verlo y oírlo todo. Como si estuviera allí. O más bien flotando sobre la escena, viéndola desde arriba. Y la gente de la que hablaba se parecía a la gente que conozco. Mi padre estaba allí y...

—¿Está todo listo para la boda de Izzy? —le preguntó Jared—. ¿Cómo está ella? ¿Mejor?

Alix comprendió que Jared no quería oír nada más sobre Caleb y ella. Cuando dijo que estaba celoso, fue en plan de broma, pero tal vez fuera cierto. Aunque no tenía motivos para estarlo, no quería que se enfadara, ya fuera razonable su postura o no.

—Izzy está bien. Nos mantenemos en contacto a través de mensajes de correo electrónico y de mensajes de texto todos los días. Y a veces nos llamamos. Ya casi no vomita, pero ahora dice que se come todo lo que le pongan por delante.

Jared se detuvo en el aparcamiento del supermercado, Stop and Shop.

—Tengo que llamar a la oficina —dijo—. ¿Te importa comprar comida como para tres días?

—¿Nada de ropa pero sí mucha comida?

—El plato será tu abdomen desnudo —contestó Jared y Alix se rio mientras bajaba de la camioneta. Tan pronto como se marchó, Jared llamó a Ken.

—¿Cómo está? —quiso saber Ken mientras salía al jardín. Jilly estaba en la casa de invitados, preparando té y sándwiches.

—No sabe qué fue lo que vio —contestó Jared.

—¿Mi hija estuvo bailando con un fantasma, pero no lo sabe?

—Exacto —respondió Jared—. Y parece que mi abuelo le mostró visiones del pasado. Vio la boda de la prima de Valentina.

Ken aún trataba de asimilar la idea de que el fantasma fuera real. Miró hacia la fachada posterior de Kingsley House, y sus ojos se clavaron en cada una de las ventanas. Al no ver absolutamente nada, se alegró. No creía que le gustase mucho ver un fantasma.

—¿Vas a contarle la verdad sobre lo que sucedió?

—¡Joder, no! —exclamó Jared. No quería decirle que su

abuelo abandonaría ese mundo el día de la boda de Izzy. Era una idea demasiado dolorosa, y dudaba mucho de que Ken lo entendiera. Los forasteros adoraban ciertas expresiones como el «descanso eterno», como si eso lo solucionara todo. Como si al librarse del fantasma todo el mundo pudiera ser feliz... salvo las personas que lo querían, claro—. No quiero que lo vea de nuevo, así que voy a hacer lo posible para mantenerme junto a Alix en todo momento.

—Como si hicieras otra cosa... —replicó Ken, sacando a relucir su faceta de padre.

—¡No me toques la moral! —le soltó Jared, tras lo cual se calmó—. Necesito algo para distraerla. Por más que me guste la idea de estar a solas con ella, eso no va a evitar que hable del tema... y que piense en lo que ha sucedido. Si sigue así, acabará descubriéndolo todo.

Ken sabía que tenía razón.

—Como se entere de que solo hubo un miembro de tu familia llamado Caleb, descubrirá el pastel. Mi niña es muy lista.

—Demasiado lista —masculló Jared mientras echaba un vistazo por el aparcamiento. Había coches en el césped y en las calles aledañas. Durante la temporada estival, comprar comida era una aventura de alto riesgo—. ¿Qué te parece Jilly? —Al ver que Ken no contestaba, añadió—: ¿Sigues ahí?

—Estoy aquí, sí —respondió él—. ¿Crees en los flechazos?

—No lo hacía hasta hace un mes. A ver si consigues que Jilly se sincere contigo. Cale me dijo que su difunto marido era, y cito textualmente, «un monstruo ladrón y mentiroso». Al parecer, el muy cabrón robó toda la herencia de Jilly y de sus hijos.

—Ojalá se pudra en el infierno —masculló Ken—. ¡Un momento! ¿Estás hablando de Cale Anderson? Victoria dice que anida en la lista de los superventas del *New York Times* y que después sus polluelos siempre acaban en el cine.

Jared rio entre dientes.

—Gracias. Necesitaba relajarme. Esa es Cale. Escucha, me urge ayuda para distraer a Alix. Está intentando llegar al fondo de todo esto.

Ken dijo con cautela:

—Que no se te olvide que al final del año se marchará de tu

casa. Una vez que se vaya, ya no tendrás que preocuparte por la posibilidad de que vea al fantasma.

—Voy a fingir que no has dicho eso —replicó Jared—. Tengo que mantener ocupada a Alix hasta la boda de Izzy y después todo cambiará. Y no, no voy a explicarte por qué. Después, Alix será mía. Para siempre. No durante un año.

—Vale —repuso Ken con voz alegre tras escucharlo—. Hablaré con Jilly y veré si se le ocurre algo para mantener la mente curiosa de mi hija bien lejos de tu fantasma.

—¿Le has hablado a Jilly de mi abuelo?

—Pues sí —respondió Ken—. Y no me des la tabarra o llamaré a Victoria para hablarle de Caleb.

Jared se tomó un momento para imaginar semejante horror.

—Tengo que dejarte. Jilly y tú tenéis que pensar en algo lo antes posible. —Colgó y esperó a que Alix saliera mientras trataba de dar con una distracción en vano.

Al ver que Alix salía del supermercado con un carro lleno hasta arriba, bajó de la camioneta para ayudarla.

Estaban frente a la casa de Dilys, descargando la compra, cuando un coche aparcó detrás de la camioneta. La conductora era una rubia muy guapa e iba acompañada por un pequeñín de unos dos años que no paraba de berrear, sentado en su silla de seguridad situada en el asiento trasero.

Jared se inclinó y miró a la mujer a través de la ventanilla del copiloto. Alix se colocó tras él.

—¡Jared! Gracias a Dios que te encuentro —dijo por encima de los berridos de su hijo—. Dilys no está en casa, así que no tengo canguro. No me gusta tener que moverme con Tyler porque ya sabes lo poco que le gusta ir de compras, pero no tengo a nadie que lo cuide. Su padre está pescando, luchando contra el mar para traer dinero a casa y es muy duro para Tyler y para mí...

—¡De acuerdo! —exclamó Jared—. No hace falta que me tortures.

Alix no comprendía a qué se refería. Observó cómo Jared abría la puerta de atrás, tras lo cual desabrochó el cinturón de la silla de seguridad y el niño se lanzó a sus brazos. Teniendo en cuenta que el pequeñín dejó de llorar de inmediato, era obvio que se conocían muy bien.

—Coge la bolsa —dijo la madre del niño—. Dentro van los números de teléfono y ropa limpia. Y coge también la silla. Por si acaso. Y, ah, sí. Creo que necesita... —Sonrió y dejó la frase en el aire.

—¿Tú crees? —replicó Jared con sarcasmo.

La madre del pequeño sonrió de oreja a oreja mientras daba marcha atrás. Antes de alejarse gritó:

—¡Jared, te quiero!

Alix observó el coche hasta que se perdió de vista al doblar la esquina y después miró a Jared, que sostenía tranquilamente al niño. Era una criatura monísima, de pelo rubio oscuro y grandes ojos azules.

—¿Una antigua novia? —le preguntó esperando sonar despreocupada. Sin embargo, por dentro estaba dando botes y gritando: «Por favor, que no sea su ex y el niño, un hijo fuera del matrimonio.»

—Qué va. Su hermano y yo fuimos juntos al colegio. Me quiere porque acabo de quitarle de encima a su apestoso hijo. ¿Quieres el trabajo?

Al principio, Alix no entendió qué le estaba preguntando.

—¡Ah! Te refieres a que hay que cambiarle el pañal, ¿no?

—Lo antes posible, sí. —Se quitó la pesada bolsa del hombro y se la ofreció a ella, que la cogió. No obstante, cuando trató de darle al niño, Alix retrocedió—. ¿Asustada? —le preguntó, bromeando.

—No mucho. Es que nunca he cambiado un pañal. No sé hacerlo.

Jared parpadeó varias veces.

—¿Qué os enseñan hoy en día en esos colegios tan pijos a los que vais?

—A ganarnos la vida —respondió ella con una sonrisa.

—Pero no os enseñan qué hacer con lo que ganáis. Vamos adentro y te enseñaré el gran arte de cambiar pañales.

—Si vas a enseñar otra vez, supongo que tendré que llamarte Montgomery.

—¿Ese tío? Se pone esmoquin para cenar.

Cuando entraron en la casa, el niño se negó a que le cambiaran el pañal, para sorpresa de Alix. ¿No era cierto lo que mostraban en las películas y en la televisión? ¿Los niños no lloraban cuando ensuciaban el pañal? Al parecer, Tyler no lo hacía.

—¿Lo acostamos? —sugirió ella.

—Dilys nos mataría si le ensuciamos las sábanas —respondió Jared, que seguía con el niño en brazos pese a los esfuerzos de este por liberarse.

—¡Abajo, abajo! —gritaba mientras pateaba las costillas de Jared.

—Abre el armario, saca una manta azul y extiéndela sobre la alfombra —le ordenó Jared a Alix—. Voy a necesitar una manopla, o mejor dos, humedecidas con agua templada.

Alix sacó la manta y la extendió en el suelo, tras lo cual corrió hasta el cuarto de baño en busca de las manoplas. ¿Tanto para cambiar un pañal sucio?, se preguntó.

Cuando volvió al salón, Jared ya le había quitado los pantalones cortos al niño y Alix vio que no estaban limpios. Rebuscó en la bolsa y sacó un pañal. Después, se sentó en el brazo del sofá y observó la escena. Tyler reía mientras Jared lo inmovilizaba con una mano al tiempo que le quitaba el pañal con la otra.

Alix pensó que cómo era posible que una persona tan pequeña pudiera hacer... tanto. Jared usó la parte limpia del pañal y las manoplas para limpiarlo, pero...

—Mira —dijo Alix.

Cuando Tyler giró el cuerpo, vio que tenía manchada la espalda, casi hasta el cuello.

—Vale, amigo —replicó Jared—. A la ducha.

—¿No sería mejor la bañera? —sugirió ella.

—¿Quieres limpiarla después?

—No, gracias.

Caminaron hasta el baño principal mientras Jared sostenía al niño y lo mantenía alejado de su cuerpo. Alix se volvió para ir en busca de la manta y de los pantalones cortos, pero Jared la llamó.

—Ayúdame a desnudarme, ¿quieres? —le dijo mientras metía una mano para abrir el grifo de la ducha—. No puedo dejarlo suelto o lo esparcirá por toda la casa. Así que voy a meterme con él. —Mientras sujetaba a Tyler con un brazo, se inclinó para que Alix le pasara la camiseta por la cabeza.

El niño estuvo a punto de escaparse mientras ella trataba de bajarle los pantalones a Jared, pero él lo atrapó. Por desgracia, a esas alturas Jared estaba pringado casi por completo.

Alix no pudo contener las carcajadas.

—No lo animes —le advirtió Jared, pero estaba sonriendo. Sin soltar al niño, se metió en la ducha y cogió la pastilla de jabón.

Alix los observó. Ambos estaban desnudos. Ambos eran preciosos. En la vida había visto una imagen que la emocionara tanto como esa. Ningún edificio sobre la faz de la Tierra igualaba la perfección de ese hombre con ese niño. La ternura, la delicadeza, el amor que existía entre ellos parecía envolverlo en una especie de halo.

Tuvo que aferrarse momentáneamente al lavabo para no caerse al suelo.

—Yo... —dijo—. Voy a... —Señaló hacia el salón.

—No te comas el jabón —le ordenó Jared al niño—. Y cierra los ojos. Voy a lavarte el pelo con champú.

Alix salió para meter en la lavadora la manta y la ropa del niño. Después, tiró el pañal sucio en el cubo de basura que había en el exterior.

Cuando volvió al cuarto de baño, Jared le pasó a Tyler, que estaba húmedo y escurridizo.

—Todo tuyo para vestirlo. Tengo que lavarme el pelo.

—No sé... —empezó a protestar, pero Jared no le hizo caso. De modo que cogió una toalla del toallero para secar al niño.

A Tyler no le gustaba que le cambiaran el pañal, pero detestaba que lo vistieran. Alix se las apañó para dejarlo sobre una cama, pero el niño no tardó en bajarse y salir disparado hacia la puerta. Tras atraparlo, lo colocó de nuevo en la cama y lo inmovilizó poniéndole una mano en el pecho mientras sacaba la ropa de la bolsa.

Tyler reía como un poseso mientras trataba de liberarse. Intentar ponerle un pañal mientras lo inmovilizaba con una mano no era moco de pavo. Tan pronto como dejaba el pañal debajo del niño, este se daba la vuelta y tenía que colocarlo de nuevo. Una vez que logró ponerlo en su sitio, una de las pegatinas se le quedó pegada en el pulgar izquierdo y no fue capaz de despegarla. Tuvo que pegar primero la otra, y después quitarse la que se le había quedado pegada.

Cuando por fin acabó, Tyler la miró con cara de pillo, pero logró atraparlo antes de que se le escapara de nuevo.

—¡No, ni hablar! Ahora hay que ponerte la ropa. —Soltó una risotada malévola como si fuera una bruja malvada... algo que hizo que el niño se echara a reír sin parar.

Cuando logró ponerle la camiseta y los pantalones cortos, le echó una mirada triunfal.

—Hala, ya está. ¿A que es maravilloso estar limpito? Vamos a ponerte las sandalias.

Tyler vio su oportunidad y salió corriendo de la cama en un abrir y cerrar de ojos. Pasó corriendo junto a Jared, que estaba en el vano de la puerta, vestido solo con los vaqueros y con una toalla alrededor del cuello.

Alix se sentó en el borde de la cama y después se tumbó de espaldas con los brazos extendidos a los lados.

—Estoy agotada.

Era una lástima que Tyler no lo estuviera. Jared lo atrapó cuando estaba a punto de salir de la habitación y lo tiró a la cama, donde aterrizó junto a Alix. Después de que Jared se tumbara a su otro lado, el niño empezó a decir:

—¡Sube! ¡Sube!

Jared gimió.

—Solo conoce seis palabras, ¿por qué tiene que ser esa una de ellas?

—¿Qué significa? ¿Qué quiere que hagas?

—Ahora verás —contestó Jared mientras se preparaba y se ponía en posición.

Tyler se lanzó sobre él entre carcajadas, de modo que quedó tumbado en perpendicular sobre Jared, con el cuerpo tenso. Jared lo levantó como si se tratara de una barra de pesas.

—Creo que voy a preparar la cena —dijo Alix riéndose mientras se levantaba y salía del dormitorio.

Cuando Jared y Tyler llegaron a la cocina, el primero protestando porque según él le dolían los brazos, Alix estaba preparando un arroz con langostinos en una de las enormes sartenes de Dilys. Jared sentó al niño en una trona de madera que había hecho su bisabuelo y, tras asegurarlo con el cinturón, le dio galletas saladas y queso para que comiera.

Alix tenía muchas ganas de contarle a Jared lo que Caleb le había dicho sobre el diario de Valentina. Al final, justo cuando dejaba de llover y empezaba a salir el sol, Caleb le había dicho dónde podía estar escondido. Al cabo de un minuto, Caleb miró de reojo hacia la ventana y dijo que debía marcharse.

—¿Eres un vampiro y el sol te churrusca? —preguntó ella, de broma.

—Algo así.

Después de que Caleb se fuera, el ático perdió el ambiente mágico. Solo era un lugar grande y abarrotado de cajas llenas de secretos. Por un instante, Alix se sentó en el diván y deseó que regresara la luz de las velas y la música. Las mujeres que asistían a la fiesta le habían parecido guapísimas, ataviadas con sus vestidos largos.

No pasó mucho tiempo antes de que el hambre la instara a bajar. Mientras comía en la mesa de la cocina, pensó en todo lo que había visto y oído. A medida que pasaban las horas, la idea de que todo hubiera sido real se fue evaporando. Empezó a recordar la experiencia como si fuera una película.

—Caleb dijo que Valentina escribía un diario —le dijo a Jared mientras movía el arroz en la sartén.

—¿Ah, sí? —replicó él, pero no parecía interesado—. ¿Me pasas esa caja?

Alix le pasó la caja de galletas saladas. Los celos eran una cosa, pero ella estaba hablando de información que él debía conocer, así que siguió:

—Caleb me dijo que cree que el diario de Valentina estaba escondido en un horno en el sótano de la lavandería donde fabricaba el jabón. Me dijo que el edificio también ardió durante el incendio de la casa.

—Jamás he oído que hubiera más edificios en ese lugar.

Alix echó el arroz con langostinos en un plato.

—Caleb me dijo que Parthenia dibujó un mapa de la propiedad en el que se indica dónde estaba la lavandería. Eso es lo que trataba de encontrar en las cajas que bajé al salón. Si encuentro el mapa de Parthenia, tal vez podamos excavar para buscar el diario y resolveremos el misterio de Valentina. Se me había ocurrido que podrías ayudarme.

—¿Le echas un ojo a Tyler un segundo para que no se tire de la trona?

—Claro —respondió ella, mientras Jared se levantaba—. ¿Adónde vas?

No obtuvo respuesta. Tras salir de la cocina, él regresó con su portátil, que abrió.

—A lo mejor Parthenia dibujó un mapa para mostrárselo a la gente de Warbrooke y tal vez esté en las cartas que tiene Jilly.

—Una gran idea —replicó Alix, sonriendo por la idea de librarse de tener que rebuscar entre todas esas cajas viejas.

Jared le mandó a Ken un mensaje de correo electrónico diciéndole que le preguntara a Jilly por un mapa. Después, cerró el portátil y miró a Alix.

—¿Te parece que dejemos de hablar un rato de Caleb?

—Claro —respondió Alix, pero se volvió para que no la viera fruncir el ceño.

Una vez que cenaron, la madre de Tyler llamó para preguntarles si le hacían el favor de quedarse con el niño esa noche.

—Por mí, estupendo —contestó Jared—, pero espera que le pregunte a Alix.

Ella estuvo de acuerdo. Empezaba a cogerle cariño al alegre pequeñín.

—No tenía ni idea —comentó Alix mientras contemplaba el agua. Habían acostado a Tyler en una cuna que Jared había sacado de un armario. Todas las ventanas y las puertas de la casa estaban abiertas, de manera que si el niño hacía algún ruido, lo escucharían. Ella estaba apoyada en una antigua barca de remos, una de las tres que descansaban boca abajo en el patio trasero de la casa, cubierto de arena. Jared había apoyado la cabeza en su regazo y ella estaba acariciándole el pelo—. Creo que no he estado tan cansada en la vida —añadió.

—¿Cansada en el mal sentido o en el bueno? —quiso saber él.

—En el mejor de todos. —Echó un vistazo a la fachada posterior de la casa y se maravilló de nuevo por la belleza del diseño de Montgomery—. ¿Cómo es posible que te confiaran la remodelación de esta casa? Eras muy joven.

Jared mantuvo los ojos cerrados y sonrió al recordar.

—Mi padre se estuvo quejando durante años de que nuestra vieja casa se caía a pedazos, pero no sabía muy bien qué hacer al respecto. ¿Ampliar por un lateral? ¿Levantar una planta más? ¿Contratar a un arquitecto? La última idea era la que menos le gustaba porque sería demasiado costosa.

—Pero te tenía a ti.

—No sé qué lo impulsó a decírmelo, pero un día me soltó de repente: «Séptimo, ¿por qué no me ayudas a ahorrar un montón de dinero diseñando la ampliación?» Solo estaba bromeando, pero yo me lo tomé en serio.

—¿Cuántos años tenías?

—Once —contestó mientras la miraba.

Alix interpretó dicha mirada. Jared estaba hablando del año anterior a la muerte de su padre.

—¿Qué hiciste? —susurró.

—Me obsesioné con la idea. No dormí durante tres días. No sabía dibujar, ni medir, nada de nada. Pero empecé a hacer bocetos.

—Todo estaba en tu cerebro.

—Supongo. Mi madre sabía que no dormía y que apenas comía, pero no se lo dijo a mi padre. En cambio, el cuarto día preparó mi comida preferida para cenar: vieiras y mazorcas de maíz asadas. Después, me dijo que le enseñara los bocetos a mi padre.

—¿Estabas nervioso? —Alix no pudo evitar pensar en lo que ella sintió cuando le enseñó la maqueta de la capilla: emoción y miedo.

—Mucho. Sabía que lo que estaba haciendo eran cosas de adultos y no sé cómo habría reaccionado si él se hubiera reído de mis torpes bocetos.

—Pero no se rio.

—No. Le parecieron geniales y dijo que empezaríamos a construir al año siguiente. Pero... —Se encogió de hombros.

No hizo falta que dijeran en voz alta lo que pensaban. Que

el padre de Jared había muerto y la casa no se remodeló hasta unos años después, cuando apareció Ken.

Cuando Alix lo miró de nuevo, esos ojos azules parecieron abrasarla con su fuego, pero esa vez no estaba provocado por la lujuria.

—¿Qué? —le preguntó, ya que no entendía lo que trataba de decirle.

—Es que a veces tenemos la impresión de ver las cosas tal como deberían ser. Esta vieja casa era prácticamente un cobertizo, pero yo la veía cómo sería en el futuro. Me limité a dibujar lo que veía. ¿Tiene sentido lo que estoy diciendo?

—Desde luego —contestó ella, pero Jared parecía querer abarcar algo más con su reflexión que ella no atisbaba siquiera.

Jared cerró los ojos.

—He tenido muchas novias —confesó en voz baja.

Alix contuvo el aliento. ¿Se trataba de ellos? ¿De ella?, se preguntó.

Cuando la miró, esos ojos azules tenían una expresión tan intensa que se le erizó el vello de la nuca.

—A veces, lo sabes sin más. Tanto con los edificios como con las personas.

—Sí, a veces sucede —murmuró Alix.

No sabía qué podría haber pasado a continuación si Tyler no hubiera soltado un alarido.

Jared se puso de pie al instante y corrió hacia la casa con Alix pisándole los talones. Una vez en el dormitorio, se quedó rezagada mientras él cogía al niño y lo tranquilizaba.

—¿Una pesadilla, chiquitín?

Tyler se apartó de Jared, lo miró como si no lo conociera y se inclinó hacia un lado. Quería que Alix lo cogiera.

—Ah, el consuelo de una mujer —comentó Jared—. Lo entiendo perfectamente. Hay una mecedora en el salón. ¿Te resulta demasiado pesado?

—En absoluto —respondió ella, encantada con el abrazo del niño.

Cuando estuvo acomodada en la mecedora con Tyler en el regazo, Jared se apartó para observarlos.

—¿Puedo suponer que quieres niños?

El primer pensamiento de Alix fue que debía soslayar la pregunta, convertirla en una broma. Por regla general, los hombres preguntaban ese tipo de cosas para tenderles una trampa a las mujeres. Si decía que quería tener hijos algún día, él lo interpretaría como que iba detrás de él. Pero Jared no era como los chicos con los que había salido. Era un hombre. Un hombre que no huía de las responsabilidades, que no tenía miedo de ser un adulto. Respiró hondo.

—Una vez que consiga colegiarme y que tenga un trabajo, creo que me encantaría subirme al tren de los hijos.

Aunque no hizo el menor comentario, Jared se volvió con una sonrisa en los labios.

Algo más de una hora después, Tyler por fin se quedó dormido. Jared se lo quitó de los brazos y lo llevó de vuelta a la cuna. Como no era muy tarde, Alix se imaginó que podían tomarse una copa de vino y después hacer el amor, pero vio que la luz de su móvil parpadeaba. Era un mensaje de texto de su padre. Lo leyó mientras Jared regresaba al salón.

—Mi padre dice que Jilly te ha enviado una copia del mapa.

—¿Ah, sí? —replicó él—. Por la mañana... —Dejó la frase en el aire al ver la cara que había puesto ella. Quería verlo en ese mismo momento—. Vale, ¿dónde está mi portátil?

Alix ya lo tenía en las manos. Tardaron un poco en imprimir una copia del mapa. Dilys acababa de comprar una impresora que no había instalado, y puesto que no encontraban el CD para hacerlo, se vieron obligados a buscar y descargar los controladores. Por supuesto, los dos primeros intentos fueron fallidos. Alix ya sabía que la informática se le daba mejor que a Jared, y fue ella quien encontró los controladores adecuados para que la impresora funcionara. Cuando por fin lograron imprimir el mapa, se habían bebido dos copas de vino cada uno, casi eran las doce de la noche y no paraban de bostezar.

Jared levantó la copia en papel.

—Todo para esto. —Era un boceto sencillo, dibujado con plumín por una joven que le escribía una carta a su familia. En él aparecían sin mucho detalle los alrededores de la casa de North Shore y tres edificios más—. ¿Por qué no le pidió a un cartógrafo que marcara las coordenadas? En aquella época, había muchos hombres en Nantucket capaces de dibujar un mapa en condiciones. Cualquier oficial de puente que se preciara habría sido capaz de dibujarle el mapa. ¿Cómo se supone que vamos a encontrar algo con esto?

Alix se lo quitó y lo dejó en la mesa.

—Parthenia lo dibujó para su familia. No pensó en la posibilidad de que alguien lo necesitara doscientos años después. Vamos, a la cama. Mañana podrás quejarte todo lo que quieras de los mapas y de las mujeres, cuando vayamos al lugar exacto e identifiquemos dónde estaba la lavandería.

—Tal vez deberíamos esperar un poco, y no me estoy quejando. Es que...

Alix se puso de puntillas para besarlo e interrumpir de esa forma lo que afirmaba que no estaba haciendo. Después, lo llevó al dormitorio. Jared tardó unos segundos en quedarse en ropa interior y Alix no tardó nada en ponerse una de sus enormes camisetas. No había llevado ropa consigo y estaba demasiado cansada para rebuscar en el armario de Dilys.

—Bueno, ¿por dónde íbamos? —le preguntó al tiempo que lo besaba de nuevo, pero se apartó de él para mirarlo. No había fuego en esos ojos azules. De hecho, el color de sus ojos era un azul desvaído y neblinoso. Sin embargo, Jared la rodeó con un brazo como si estuviera dispuesto a hacer el amor. Alix lo apartó con suavidad, lo empujó para que se acostara y tras arroparlo con el cobertor, lo besó en la frente.

—Gracias —susurró él, que se quedó dormido al instante.

Antes de que Alix se durmiera, llegó a la involuntaria conclusión de que estar acurrucados de esa forma era más romántico, más íntimo, que cuando hacían el amor.

23

Alix se despertó cuando una manita la golpeó en la boca. Al principio, no recordó dónde se encontraba. A medida que se le despejaba la cabeza, se percató de que en algún momento de la noche Tyler se había escapado de los confines de su cuna y se había metido en la cama con ellos. Se encontraba entre ambos, de costado. Jared también estaba de costado, de cara a ella, abrazándolos a ambos, como si los estuviera protegiendo.

Con una sonrisa, Alix se escabulló con cuidado y se quedó junto a la cama un momento para mirarlos. Tenían un aspecto tan tierno que cogió el móvil y les hizo una foto. Después, bajó a la cocina, sacó uno de los libros de recetas de Dilys de un estante, encontró una receta de galletas y se dispuso a prepararlas.

Extendió la suave masa. Pese a los alegres pensamientos que tenía acerca de dónde estaba y con quién, no dejaba de sentir cierta frustración. Tenía que contarle mucho a Jared sobre lo que Caleb le había dicho y sobre lo que había visto, pero no encontraba el momento. Además, Jared no le facilitaba la tarea. Cada vez que mencionaba a Caleb, parecía que se cerraba en banda. Adoptaba una expresión distante, como si se negara a escuchar lo que tenía que decirle.

Sin embargo, ella sabía que era importante. Si la familia creía que la desaparición de Valentina era lo bastante trascendente como para dejar que una forastera viviera en la casa durante un año entero, lo que ella había descubierto debía salir a la luz.

Por si fuera poco, tenía un montón de preguntas a la espera

de respuesta. La primera: ¿quién era Caleb? ¿Por qué no se lo habían presentado? Se parecía lo bastante a Jared como para asegurar que era un pariente cercano, pero no había oído su nombre antes. ¿Vivía en la isla?

La pregunta más relevante era por qué Caleb no le había contado a su familia lo que sabía. Jared desconocía que Valentina había escrito un diario y que Caleb tal vez supiera dónde se escondía. Como tampoco estaba al tanto del mapa de Parthenia. ¿Por qué Caleb se lo había contado a ella, a una forastera? ¿Había alguna disputa familiar? Pero si eso era cierto, Caleb no habría tenido tanta libertad para moverse por Kingsley House. ¿O se había presentado porque sabía que Jared no estaba?

De no haber estado tan enfrascada en los documentos a la mañana siguiente de conocer a Caleb, habría llamado a Lexie para averiguar más detalles. Tal y como estaban las cosas, pensaba bombardear a Jared con todas las preguntas que le daban vuelta en la cabeza a las primeras de cambio. ¡Necesitaba respuestas!

Cuando las galletas estuvieron listas, Alix había reforzado su determinación de obligar a Jared a responderle. El testamento indicaba que Alix tenía que buscar a Valentina, y hacerlo había incluido a Caleb.

Tras sacar las galletas del horno, levantó la vista y vio a Jared, sin camisa, con un adormilado Tyler pegado a él. Era una imagen preciosa.

—El olor nos ha despertado —adujo Jared—. Al principio, creía que había muerto y había ido al Cielo.

Al verlos a los dos juntos, la férrea determinación de Alix desapareció. Dar de comer a un niño era más importante que Caleb y sus misterios.

—¿Crees que Tyler come beicon y huevos?

Jared estaba sentando al niño en la trona.

—A juzgar por lo que echó en el pañal ayer, creo que se desayuna rinocerontes a la parrilla. —Cogió una galleta de la bandeja, se la pasó de una mano a otra para no quemarse, la partió, la untó de mantequilla y se la dio a Tyler.

Tras el primer bocado, el niño se echó a reír y comenzó a patalear de placer.

—Eso mismo siento yo —dijo Jared al tiempo que se sentaba y cogía otra galleta recién hecha—. Estaba pensando... —comenzó mientras la untaba con la mermelada de fresa casera de Dilys—. Estaba pensando que tú y yo tendríamos que ir a Warbrooke juntos y pasar unos cuantos días allí. Incluso podríamos ir antes de la boda de Izzy. Tenemos que echarle un vistazo a esa vieja mansión Montgomery y dibujar la planta. Podría mandar a alguno de los chicos de mi estudio, pero...

Lo que Jared estaba diciendo sonaba tan bien, sobre todo el uso de la primera persona del plural, que Caleb y Valentina desaparecieron de su cabeza.

—Pero te gustaría conocer mejor a tus nuevos parientes.

—Pues sí. Mike Taggert y yo hicimos buenas migas al instante, y ya te conté que su hermano gemelo, Kane, está casado con Cale Anderson.

—No se lo digas a mi madre, pero adoro sus libros.

—Vale, pero solo si prometes no decirle a Lexie que la he conocido. Se pondría histérica. Una vez, Lex se fue a Hyannis únicamente para conseguir su última novela el día que salía a la venta.

—¿Cómo es en persona?

—Lista, graciosa, intuitiva. Es bajita y su marido es un armario empotrado. Todos los Taggert son altos y fuertes, mientras que los Montgomery se parecen a mí.

—¿Altos, delgados y guapísimos?

Jared se echó a reír.

—No pensabas lo mismo ayer, cuando estaba pringado de lo que soltó Tyler.

—Sobre todo entonces. De hecho, creo que no he visto nada más bonito en la vida.

—¿De verdad? —El fuego azul volvió a sus ojos, pero Tyler escogió ese momento para soltar una carcajada y tirar un trozo de galleta untada de mantequilla que le dio a Jared en la nariz—. ¡Esto sí que corta el rollo!

Alix se acercó a él y le dio un beso largo y erótico.

—A mí no me ha cortado el rollo.

Jared miró a Tyler y meneó la cabeza.

—Que sepas que cualquier hombre que diga que entiende a

las mujeres miente. —Miró a Alix—. ¿Estás preparada para ir en busca del diario de Valentina?

Alix esbozó una sonrisa satisfecha. Jared sí había pensado en Caleb.

—Dame diez minutos. Creo que deberíamos llevarnos un paquete de pañales. ¿Crees que bastará?

—¿Bromeas? Esos paquetes son tan grandes que si acabo con la camioneta en el mar, flotará.

—Vale, pero ¿bastará para Tyler?

Miraron al niño y después miraron los restos de huevo, leche, mermelada y galletas con mantequilla que tenía en la cara, el pelo y el pecho.

—Nos llevaremos el segundo paquete por si acaso —dijo Jared.

—Mejor, y también me llevaré unas cuantas toallas.

—Una idea estupenda —replicó Jared al tiempo que sacaba al niño de la trona y se acercaba al fregadero—. ¿Puedes buscarle una camiseta limpia? —le preguntó a Alix.

Sin embargo, ella ya se había adelantado y le dio una antes incluso de que terminara la pregunta.

—Gracias, mamá —dijo y le dio un beso en la frente.

Alix se alejó con una sonrisa.

Tardaron más en reunir todo lo que necesitaban para Tyler y colocarlo en la camioneta que en lo que se tardaba en ir a la obra. Después, llegaron a la conclusión de que para adivinar cómo se montaba una sillita de coche hacía falta ser ingeniero titulado.

—Y yo que creía que mi educación valía para algo —protestó Alix, mientras desde fuera del coche le apartaba el cinturón de seguridad a Jared. Tyler estaba intentando arrancar el motor.

—En mi caso, había demasiadas chicas de piernas largas como para que yo pensara en esas cosas.

—¡Por favor! —exclamó Alix con un gemido—. Tyler, cariño, no te comas eso.

Jared apartó al niño del acelerador, lo sentó en la sillita y le puso el cinturón.

—¿Todos listos? —preguntó al tiempo que Alix se metía en la camioneta y cerraba la puerta.

—Todas las criaturas de piernas largas estamos listas para irnos. ¿Verdad, Tyler?

El niño se echó a reír, agitó sus regordetas piernas mientras exclamaba:

—¡Sí! ¡Sí!

—A sus órdenes, mi capitán —dijo Jared antes de ponerse en marcha.

Cuando llegaron a North Shore, los hombres de Twig estaban trabajando. De inmediato, dos de ellos recogieron unos cuantos recortes de madera, los dejaron a la sombra y Tyler corrió hacia ellos.

Alix llevaba un tiempo sin ver la capilla y se quedó pasmada. Ver su propio diseño cobrar vida era casi más de lo que podía soportar. La estructura todavía no estaba terminada, pero el trabajo había avanzado lo suficiente para imaginarse la capilla terminada. El exterior, las ventanas, las puertas, el chapitel... eran iguales a como se las había imaginado.

—¿Te gusta? —le preguntó Jared a su espalda.

—Muchísimo.

Jared le puso las manos en los hombros y le dio un apretón. Como arquitecto que era, sabía lo que ella estaba sintiendo.

—Vale, se acabó eso de soñar despierta —dijo él—. Hay que ponerse manos a la obra. —Tenía el mapa de Parthenia en las manos—. Claro que nadie podría encontrar nada a partir de esto, pero...

—¿Qué es eso? —Alix señaló un rectángulo dibujado junto a la lavandería. La noche anterior tenía demasiado sueño para hacer otra cosa que no fuera mirar el dibujo.

—Dice JABÓN. Supongo que Valentina almacenaba su jabón ahí.

Alix cogió el boceto, hizo que la fachada de la casa estuviera dirigida al mar y después miró a su derecha, justo donde estaba dibujada la lavandería. No había distancias marcadas, de modo que podrían ser veinte metros o cien, dado que la propiedad era bastante extensa.

Lo único cerca de la lavandería era un curioso dibujo con

dos círculos conectados por un rectángulo, con la palabra JA-BÓN escrita al lado.

Alix y Jared se miraron, ya que no tenían ni idea de lo que significaba el símbolo, pero se encontraba al oeste de la casa, de modo que echaron a andar en esa dirección. Los siglos habían cubierto el suelo con una maraña de arbustos, por lo que les costó abrirse paso.

A escasa distancia de la casa, Alix distinguió una formación rocosa plana, y otra muy cerca. Había varios peñascos en la isla, restos de un glaciar desaparecido hacía mucho tiempo, y esos dos estaban a unos dos metros de distancia.

—Los han achatado aquí —dijo Alix, que pasó la mano por la parte superior de la primera roca. Alguien había tallado con cincel la superficie, dejándola completamente plana, y había hecho lo mismo con la otra piedra. Era muy sutil, algo que no se veía a simple vista, pero se podría poner un tablero sobre esos puntos.

Jared miró el mapa.

—Si esto era una mesa...

—O estantes para poner los moldes de jabón mientras se secaban —sugirió Alix.

—Cierto. En ese caso, la lavandería estaría... —Se apartó unos tres pasos—. Aquí.

Se agachó y levantó una piedra del suelo arenoso. Era un canto redondeado, de los que se usaban para hacer fogatas, y debajo había un trozo de metal muy oxidado. Parecía ser el asa de una enorme bañera.

Alix sonrió.

—Parece que Parthenia sí dibujó un mapa exacto.

Jared la miró con una sonrisa torcida.

—¡La Calle de las Enaguas al poder!

Jared se echó a reír.

—Deja de regodearte y vamos en busca de unas palas. Tenemos que desenterrarlo a mano.

Los hombres de Twig dejaron de trabajar en la capilla y se dispusieron a encontrar la lavandería. A lo largo de los años, habían encontrado muchos objetos, como monedas, piezas de marfil y botones, en las casas antiguas que habían remodelado, pero con independencia de todo lo que encontrasen, siempre era interesante.

No tuvieron que excavar mucho para comprobar que en ese lugar hubo un edificio. Encontraron trozos de vigas quemadas y de porcelana rota, y más trozos de metal. Al cabo de una hora, ya habían delimitado el sótano de piedra. Descubrieron dónde estaban los pilares de la enorme chimenea, de modo que comenzaron a excavar allí.

Los hombres se turnaron y fueron llenando los cubos y después la carretilla. Alix se quedó debajo de un árbol con Tyler, intentando que no se aburriera para que el niño no estorbara. Al principio, también procuró mantenerlo limpio, pero pronto descubrió que era imposible. Los hombres hicieron un alto para comer y retomaron la excavación una hora después. Iban despacio, ya que las antiguas piedras necesitaban la tierra para mantenerse en su sitio. En tres ocasiones, tuvieron que detenerse para apuntalar las piedras. Tuvieron que dar dos viajes a Island Lumbar, la tienda de bricolaje, a fin de comprar materiales de apuntalamiento.

Era bien entrada la tarde cuando Jared la llamó.

—Creo que hemos encontrado algo.

Cogió a Tyler en brazos y se acercó a un impresionante agujero. Jared y Dennis, el alicatador, estaban dentro. Algunas de las piedras se habían caído de las paredes, y los hombres estaban sobre montones de escombros. Jared se apartó para mostrarle lo que había descubierto. Justo detrás de él, incrustada en la piedra, había una oxidada puerta de hierro. Todos los hombres se habían acercado al agujero y miraban hacia abajo, expectantes. Dave, el carpintero de cocinas, le dio una palanca a Jared. Tras mirar a Alix, este abrió la puerta.

Alix contuvo el aliento mientras lo veía meter la mano. Despacio, Jared sacó una oxidada caja metálica, de las que se usaban para guardar el té.

Hizo ademán de abrir, pero después se le ofreció a ella. Alix se inclinó, la cogió y esperó a que Jared saliera del agujero y se colocara a su lado. Tardaron varios minutos e hizo falta un cuchillo resistente para levantar la tapa. Incluso después de eso, Alix tuvo que meter los dedos por debajo del borde y dar un fuerte tirón para abrirla del todo. Los siglos pasados estaban impidiendo que se abriese.

Cuando la tapa saltó, inspiró hondo, miró a Jared y después volvió a mirar la caja. Las bisagras por fin funcionaron, aunque chirriaron mucho.

Dentro de la caja había un diario con tapas de cuero. Teniendo en cuenta dónde había estado esos dos últimos siglos, se había conservado muy bien. La tapa estaba un poco mohosa, pero las páginas no se habían arrugado. Claro que había estado protegido por la piedra y por la caja.

Alix extendió la mano como si fuera a sacar el diario, pero después miró a Jared. Sus ojos se encontraron y fue como si se comunicaran sin palabras. Había personas que se merecían ver ese diario antes.

Con una sonrisa, Alix asintió con la cabeza y Jared cerró la caja y la cogió.

—Creo que tenemos que reservar este momento para tu... pariente, Caleb. —Estaba bromeando, porque todavía tenía que averiguar quién era el misterioso Caleb—. Fue él quien me contó cómo encontrar el diario, así que creo que debe ser el primero en verlo.

—Oye, Jared —dijo Dave—, ¿Caleb no es el fantasma de tu casa? —Estaba sonriendo—. ¿No fue el culpable de que mucha gente se ahogara y por eso tu familia no volvió a usar el nombre?

Jared le lanzó una mirada a Dave para que cerrase la boca, pero no surtió el menor efecto. Todos los hombres los miraban, a la espera de la respuesta de Jared.

Este miró a Alix, que se había quedado muy blanca. «¡Lo sabía!», se dijo.

—Es hora de llevar a Tyler a casa —replicó—. ¿Estás lista?

Alix solo atinó a asentir con la cabeza.

Tyler, que no había dormido la siesta, pareció darse cuenta de que se le acababan las aventuras y comenzó a correr de un lado para otro como si se hubiera bebido una jarra de café. Jimmy lo pastoreó, Eric le bloqueó el paso y Joel, que tenía gemelos, cogió al niño y se lo dio a Jared. Tyler se comportó como si lo estuvieran encarcelando y se debatió contra Jared, que sujetó al niño con fuerza y cogió a Alix de la mano para llevarla a la camioneta.

Abrió la puerta y la invitó a entrar. En cuanto estuvo sentada, Jared colocó a Tyler en su sillita, cerró la puerta y rodeó el coche. Cuando se sentó al volante, el niño se había vuelto hacia Alix y se había quedado dormido. Ella tenía la vista clavada al frente y se aferraba a la manita del niño como si fuera un salvavidas y estuvieran perdidos en el mar.

Jared la miró, pero Alix no apartó la vista de la luna delantera. Arrancó el motor.

—¿He...? ¿Es el...? —La voz de Alix apenas era un susurro.

Jared pensó en ofrecerle una larga explicación, algo que la tranquilizara, pero en el fondo sabía que la respuesta iba a ser la misma.

—Sí.

Alix inspiró hondo mientras intentaba asimilarlo todo. Cuando Tyler cambió de postura, ella se agachó para apoyar la mejilla en su pelo calentado por el sol.

—Me has hablado de él, ¿verdad?

—Sí, te he hablado de él.

—Pero yo creía que te referías a... a...

—¿A una sombra difuminada en lo alto de la escalera? —suplió él.

Unas vívidas imágenes acudieron a la mente de Alix. Se vio bailando y riendo. Lo que había visto, lo que había escuchado e incluso olido.

—Creo que he tenido una visión de la boda de Parthenia. ¡Ah! —Lo miró—. Parthenia es clavada a Jilly Taggert. Estaba boca abajo cuando la conocí y no me di cuenta en ese momento. Y mi padre es igualito que su marido, John Kendricks, lo que seguramente quiera decir que... —Comenzaba a chillar.

Jared extendió el brazo para darle un apretón en la mano.

—Tranquila, todo saldrá bien. Siento mucho que te hayas visto envuelta en todo esto. Normalmente, solo los Kingsley pueden verlo, y solo unos cuantos. Ningún forastero lo había... —Dejó la frase a la mitad.

—Solo yo —dijo ella—. Una forastera. ¿Cómo es eso que he escuchado tantas veces? Algo que llega a una playa.

—Los restos de los naufragios, lo que trae la marea.

—Eso soy yo. La marea me ha traído a este follón.

Jared seguía sujetándole la mano cuando enfilaron el camino de entrada. Apagó el motor y después se volvió para mirarla. Sabía que tenía que comenzar por el principio y hablarle de su abuelo desde el naufragio en adelante. Pero no lo hizo. Alix no necesitaba que la abrumara con datos. Miró a Tyler.

—Es bonito veros juntos. ¿Sigues creyendo que quieres tener hijos?

—¿Qué tiene eso que ver con...?

Se inclinó sobre el asiento y la besó con dulzura en los labios.

—¿El abuelo te asustó?

—No, al menos no en ese momento. Bailamos y coqueteamos sin parar. No quería hacerlo pero se mostró... bueno, se mostró muy convincente.

—Estoy celoso y mi rival es un fantasma de doscientos años. ¿Cómo voy a competir contra eso?

—¡No es rival para ti! —exclamó Alix—. Tú me gustas más que... —Se detuvo al ver la expresión risueña de los ojos de Jared. ¡Estaba bromeando con ella! Lo miró con desdén—. Te pareces mucho a él, ¿sabes?

—Ya me lo han dicho. —Se puso serio—. Alix, ahora mismo sé que tienes que tomar una decisión. Puedes reaccionar como en las pelis de terror y acojonarte, incluso puedes dejar Nantucket para siempre. O puedes aceptar sin más mi casa encantada con su fantasma cotilla mientras yo te ayudo a asimilarlo. Puedo contestar tus preguntas y contarte todo lo que quieras saber. Todo lo que sé, lo compartiré contigo.

Con el coche parado, Tyler comenzó a desperezarse. Jared lo sacó de la sillita y salió de la camioneta. Pero se quedó allí plantado, con el niño en brazos, esperando que ella tomara una decisión.

Alix abrió la boca para hacer una pregunta, pero tenía demasiadas. ¿Por dónde empezar? A la postre, dijo:

—¿Tú quieres tener niños?

Jared la miró con una sonrisa tan feliz, y con tanto alivio, que Alix sintió que se derretía por entero.

—Sí —contestó él—. Mínimo tres. —La miraba fijamente—. Pero mi abuelo dice que voy a ponerme a ello tan tarde que ninguna mujer me aceptará.

Esa última parte era tan absurda que Alix pasó por completo de sus palabras.

—¿Te refieres a ese abuelo?

—Al mismo con el que te pasaste todo el día bailando —replicó Jared—. ¿Por qué no entras y nos preparas unas bebidas mientras llevo a Tyler a casa? Y abre la botella de ron bueno que Dilys esconde en el fondo del armarito que hay sobre el frigorífico. —Se volvió, pero después la miró de nuevo—. Alix, no eres el resto de un naufragio que ha traído la marea. No termino de entenderlo, pero nunca he conocido a alguien que perteneciera más a Nantucket. Has visto al fantasma Kingsley, bebes ron como si fuera agua y te mueves por mi vieja casa como si hubieras nacido en ella.

Sus palabras la estaban tranquilizando, de modo que esbozó una sonrisilla.

—¿Pertenezco a este sitio aunque no sea una Kingsley de verdad?

—Bueno —comenzó él—, el apellido de una mujer se cambia sin problemas. Vuelvo enseguida.

Alix se quedó sentada en la camioneta. ¿Qué había querido decir con eso de cambiar el apellido de una mujer? Lo sabía, pero seguro que no lo había entendido bien.

24

Alix estaba sentada a la mesa del desayuno observando a Jared, mientras este cocinaba. La noche anterior se encontraba demasiado cansada y abrumada como para pensar con claridad. Jared había preparado pescado asado y una ensalada mientras ella se duchaba. Tras volver de la obra la noche anterior, descubrió un montón de ropa limpia y un neceser con productos básicos en la cama. También había una nota:

> Espero que sea lo adecuado. Ken me ha ayudado a elegirlo todo.
>
> JILLY

Ni siquiera le había interesado la evidencia de que su padre tenía una relación. Se acostó nada más acabar de comer. Entre el agotamiento por haber estado cuidando a Tyler, la emoción de haber encontrado el diario y el impacto de descubrir que había estado bailando con un fantasma, se quedó dormida como un tronco.

Cuando se despertó, Jared ya se había levantado y vestido, y se encontraba en la cocina, preparando el desayuno. En la casa flotaba el maravilloso aroma del café recién hecho. En el centro de la mesa, sobre un paño de cocina doblado, descansaba la caja con el diario. Sin embargo, lo que había descubierto sobre Caleb sobrepasaba cualquier interés que pudiera despertarle el libro. Jared le había dado un beso de buenos días y un largo abrazo, y le había dicho que podían quedarse todo el día en la casa si quería. También le repitió que respondería a cualquier pregunta que se le ocurriera.

—¿Dilys puede...? ¿Puede verlo? —preguntó, pero después se llevó los dedos a las sienes—. No, Dilys me preguntó por Caleb, así que no puede... pero todo el mundo parece conocer el secreto, así que a lo mejor sí puede. —Miró a Jared, que estaba vertiendo la masa de las tortitas en la sartén—. ¿Y Lexie?

—Estoy seguro de que Dilys no lo ve, pero de Lexie no tengo ni idea. Es muy reservada. Todos los primogénitos de la familia han sido capaces de verlo y de hablar con él. Me refiero a todos los Jared.

Alix reflexionó sobre ese detalle y sobre la longevidad del hombre con el que había bailado.

—Supongo que sabes que, en la mayoría de las familias, se deja de usar el número detrás del nombre de pila cuando muere el mayor.

—Cierto —replicó él mientras le daba la vuelta a una tortita—. Lo que significa que según las costumbres de los forasteros, yo sería Jared sin más, ya que los demás no viven. Pero mi abuelo necesitaba distinguirnos de alguna forma, de ahí que se mantuvieran los números.

—Entiendo —repuso Alix, contemplando su espalda mientras trataba de asimilarlo todo—. ¿Crees que mi madre está al tanto de su existencia?

—No tengo la menor idea, pero la tía Addy y ella eran amigas íntimas, así que supongo que sí.

Alix asintió con la cabeza.

—¿Qué le pasó al hombre con el que se casó Valentina?

—Pues... no creo que quieras saberlo.

—Vamos, dímelo. Lo soportaré.

—Obed le dio una paliza al hijo de Caleb porque el niño hablaba con alguien que él no podía ver.

—¿Hablaba con su padre? ¿Hablaba con Caleb?

—Sí, y aquella misma noche Obed murió. Según se ha afirmado generación tras generación, tenía tal expresión aterrada en la cara que solo pudo morir de miedo.

Alix contuvo el aliento.

—Así que Caleb es capaz de hacer cosas malas.

—Creo que eso no es correcto. Mi abuelo dice que fue la culpa lo que mató a Obed. Cuando se despertó, vio a Caleb y se asustó tanto por lo que podía pasar que murió al instante. Mi abuelo ni siquiera pudo preguntarle por lo que le había sucedido a Valentina.

Alix clavó la mirada en la mesa.

—¿Ha bailado con mucha gente?

Jared rio.

—Que yo sepa, es la única vez que mi abuelo ha bailado con alguien.

Alix escuchó el amor con el que Jared pronunciaba la palabra «abuelo». Se preguntó cómo sería crecer con un fantasma. Sin embargo, no estaba preparada todavía para hablar de esas cosas como si fueran algo sin importancia. Miró la caja de metal.

—¿Qué vamos a hacer con el diario de Valentina? No podemos entregárselo a un fantasma. Bueno, como poder, podríamos hacerlo, pero... —Lo miró en busca de ayuda.

—Creo que solo podemos hacer una cosa con él —dijo Jared, con una expresión muy seria.

Al principio Alix no lo entendió, pero después vio el brillo risueño en sus ojos. Compuso una expresión tan seria como la de Jared y replicó:

—Lo usaremos para proteger el suelo de madera.

Jared sonrió.

—Justo lo que pensaba. ¿Crees que si le damos este diario a Victoria evitaremos que desmantele Kingsley House mientras busca los diarios de la tía Addy?

—No lo sé. Unas veces es fácil convencerla de algo y otras es imposible. A lo mejor insiste en escribir antes la historia de la tía Addy.

—Adiós al papel de las paredes —murmuró Jared mientras colocaba un plato con tortitas delante de Alix.

—Qué pinta más estupenda. Empezaba a pensar que solo sabías preparar pescado.

—Y tienes razón. He encontrado la mezcla ya preparada en el frigorífico y me he dicho que sería capaz de hacerlas. ¿Por qué van a ser las tortitas más complicadas que un rascacielos?

Alix esbozó la primera sonrisa del día, aunque fue pequeña, mientras se llevaba un trozo de tortita a la boca.

—Están muy buenas.

—Gracias —replicó él al tiempo que dejaba otro plato en la mesa y se sentaba. Señaló la caja del diario con el tenedor—. ¿Qué vamos a hacer con esto?

—¿Y si se lo damos a mi madre con la condición de que jure no tirar la casa abajo mientras busca los diarios de la tía Addy? —Alix levantó la cabeza—. A lo mejor Caleb sabe dónde...

—Ni lo menciones. Por supuesto que sabe dónde están. Se lo he preguntado mil veces. Lo mismo podrías preguntárselo tú... —Dejó la frase en el aire al ver que Alix se quedaba muy blanca—. ¿Demasiado pronto?

—Pues sí —respondió—. Prontísimo. Es una lástima que mi madre no pueda verlo. Estoy segura de que a ella se lo diría.

—Posiblemente. Le gustan las mujeres guapas.

—Es más que eso. Mi madre es un calco de Valentina.

Jared se detuvo con el tenedor a medio camino de los labios.

—¿Qué?

—Ya te lo he dicho —respondió ella—. O, bueno, te conté ciertas cosas hasta que cambiaste de tema de conversación. Vi la boda de Parthenia. Era igualita que Jilly, y el hombre con el que se casó se parecía a mi padre. Es interesante que se llamara John Kendricks y que mi padre se llame Kenneth. Es...

Jared alargó un brazo por encima de la mesa y colocó la mano sobre las suyas.

—¿Qué pasa con Valentina y Victoria? —le preguntó con una mirada intensa.

—Mi madre era Valentina. La vi en la boda y Caleb me contó cómo se conocieron. Fue muy gracioso. Él... —Al ver que Jared se levantaba de repente, comprendió que no la estaba escuchando—. ¿Qué pasa?

Jared se volvió para evitar que Alix lo viera temblando de miedo. Recordaba perfectamente lo que le había dicho a su abuelo justo antes de que Alix llegara. Incluso recordaba que había usado un deje sarcástico y furioso a la vez.

«Estás esperando el regreso, o la reencarnación o lo que sea, de la mujer que amas, de tu preciosa Valentina. Y siempre le has sido fiel. Ya me lo has contado antes. Llevo oyéndolo toda la vida. La conocerás cuando la veas y luego los dos os alejaréis hacia el horizonte cogidos de la mano. Lo que quiere decir que o ella muere o tú vuelves a la vida.»

—Jared, ¿te encuentras bien?

Él respiró hondo y se volvió para mirarla. No quería que Alix imaginara lo que estaba pensando. Intentó parecer alegre.

—Detesto hacer esto, pero tengo que volver a la casa durante una hora más o menos. Cuestiones de trabajo. ¿Quieres acompañarme?

—Todavía no —respondió.

—No puedo dejarte sola. Llamaré a Lexie y...

—¡No! —lo interrumpió ella—. No soy una inválida y no voy a imaginar que veo fantasmas por los rincones. —Guardó silencio—. En esta casa no hay, ¿verdad? ¿Caleb puede...?

—Aquí no hay fantasmas y Caleb no puede salir de Kingsley House.

—Estaré bien, de verdad. Jilly me ha mandado el lector de libros electrónicos junto con la ropa, y he visto que mi padre y ella lo han llenado con libros de Cale Anderson. Estaré bien. En realidad, me vendría bien pasar un rato a solas.

—¿Seguro? —le preguntó él.

—¡Segurísimo! —Lo miró—. ¿Le hiciste fotos a la casa de Maine?

Jared rio, aliviado.

—¡Esa es mi chica! Hay varios cientos de ellas en una carpeta que se llama Warbrooke, en mi portátil. Además, he trazado un plano rudimentario. Míralo todo y luego me comentas tus ideas.

—Si me das permiso para cogerte el portátil, no te garantizo que no cotillee en tus archivos más privados.

—Cotillea todo lo que quieras. El ordenador donde guardo todo lo importante está en Nueva York.

Alix se echó a reír.

—Vale, vete a hacer lo que tengas que hacer y que no quieres decirme. Estaré bien. ¿Hay papel en algún sitio para dibujar?

—En el armario del dormitorio de arriba hay una caja con mis viejos utensilios y con material.

—Ese papel será tan viejo como el diario de Valentina.

Jared se llevó una mano al corazón.

—Acabas de matarme. Cuando vuelva, te demostraré lo viejo que soy.

—Ya estás tardando —replicó ella con sinceridad.

Aunque le habría gustado que el beso de despedida fuera un poco más largo, comprendió que Jared estaba preocupado por algo y que quería irse para zanjar lo que fuera. Unos cuantos días antes, le habría dado la tabarra para intentar sonsacarle adónde iba y por qué. Pero en ese momento, no lo haría. Su curiosidad estaba saciada y lo único que quería era concentrarse en un proyecto arquitectónico. ¡Nada de fantasmas! Nada de bailar con hombres que no existían. Ni de retroceder al pasado de forma sobrenatural.

Necesitaba paz, tranquilidad y perderse en un proyecto.

25

Una vez en Kingsley House, Jared estampó la puerta contra la pared, con tanta fuerza que la cristalera retembló. Por regla general, trataba la casa con el respeto que se merecía, pero no ese día. Cerró con un portazo igual de fuerte.

Fulminó la entrada con la mirada, a la espera de ver a su abuelo, pero no se encontraba allí. De modo que subió los escalones de dos en dos, en dirección al ático. Tiró de la cadenilla con tanta fuerza que la arrancó. La tiró al suelo con gesto furioso.

—¡Sal a la luz! —ordenó, y dio una vuelta completa sobre sí mismo, pero Caleb no estaba allí—. ¿Valentina y Victoria son la misma persona? Sé que puedes oírme, así que ya tardas en contestar, joder.

—Estoy aquí —dijo Caleb en voz baja, a su espalda.

Al volverse, Jared jadeó, ya que su fantasmagórico abuelo parecía casi sólido. ¡Con razón Alix creyó que era real! Estuvo en un tris de extender la mano para tocarlo, pero no lo hizo. Se quedó allí plantado, fulminándolo con la mirada mientras esperaba una respuesta.

—Sí, Valentina y Victoria comparten la misma alma.

La rabia se apoderó de Jared con tanta violencia que creyó que iba a estallarle la cabeza.

—¡Vas a dejar este mundo! ¿Piensas llevarte a Victoria contigo?

—No lo sé —contestó Caleb con voz baja y serena. Solo sus ojos traicionaban su preocupación.

—No puedes hacerle eso a Alix... ni a Victoria —gritó Jared—. Se merece vivir.

—Eso no está en mis manos —replicó Caleb, que alzó la voz—. ¿Crees que quiero ser un... un...?

—Vamos, dilo. ¡Eres un fantasma!

—Sí, lo soy —reconoció Caleb, que comenzaba a cabrearse también—. ¿Crees que escogí quedarme en esta casa durante doscientos años para ver morir a mis seres queridos? Los he visto nacer, los he visto crecer, he reído con ellos, he llorado con ellos, pero siempre, sin excepción, tenía que quedarme a un lado y verlos morir. Pasa una y otra vez, y da igual cuántas veces suceda, porque el dolor siempre es el mismo. Cada vez duele igual que la anterior.

La rabia que sentía Jared no se calmó, pero cuando habló de nuevo, ya no gritaba.

—Y ahora vas a dejar este mundo y a llevarte a Victoria contigo. Porque la quieres. ¿Así entiendes tú el amor?

—¿Esa es la opinión que tienes de mí?

—Ya no sé qué pensar. Por favor, no lo hagas. Si dejas este mundo, ¡no puedes llevártela contigo!

Caleb intentó calmarse.

—Ya te he dicho que no está en mis manos. Solo sé con certeza que las personas que estuvieron presentes durante mi última estancia en este mundo vuelven a reunirse. Y sé que el 23 de junio dejaré este lugar. Pero no sé adónde iré. —El cuerpo de Caleb pareció desvanecerse poco a poco—. Ahora tengo que dejarte. Estoy cansado.

—¿Desde cuándo te cansas? —le soltó Jared.

—Cuanto más nos acercamos a la fecha, más fuerte y más débil me encuentro.

—Eso no tiene sentido.

—Nada de esta media vida tiene sentido. —Miró a su nieto con una expresión en los ojos que delataba su desdicha—. Por favor, créeme cuando te digo que no sé lo que va a ocurrir. Si es posible, me marcharé solo y no me llevaré a Valentina conmigo.

—Es Victoria, vive en este siglo y hay personas aquí, en este mundo, que la quieren muchísimo. —Jared estaba demasiado alterado para pensar con claridad y su abuelo se desvanecía a marchas forzadas—. ¿Victoria puede verte?

Durante un instante, su abuelo apareció más brillante, menos translúcido.

—Si lo permitiera, podría verme. Pero nunca he querido que se enamore de medio hombre. —Comenzó a perder lustre—. No dejes escapar a Alix. No seas tan imbécil como yo. Si me hubiera quedado con Valentina, nada de esto habría pasado, pero quería hacer un viaje más. Creía que necesitaba ser más rico de lo que ya era. —Había lágrimas en sus ojos y tristeza en su voz—. Aprende de mí. Y habla con Parthenia. Su alma siempre ha sido capaz de ver en tu interior.

Tras eso, desapareció.

Jared se dejó caer en el sofá con la sensación de que había intentado detener un tren de mercancías él solo.

Unos cuantos minutos después, supo que tenía que salir de la casa. Necesitaba marcharse tanto como el aire que respiraba. Sus pensamientos eran tan atronadores que estaba convencido de que su abuelo los controlaba.

—¡Vale ya! —gritó, y al punto las sensaciones abrumadoras desaparecieron.

Se levantó e intentó tranquilizarse mientras comprendía mejor lo que Alix había experimentado. Con los nuevos poderes que manifestaba su abuelo, le parecía creíble que hubiera podido enseñarle a Alix visiones del pasado.

Dio un vistazo por el ático, recorriendo con la mirada todas las cosas que había acumulado su familia, y después bajó la escalera y salió por la puerta trasera. Pensó en volver junto a Alix, pero se imaginaba que estaba sumida felizmente en los planos para la casa Montgomery. ¡Ojalá pudiera unirse a ella! Sin embargo, la idea de que Victoria pudiera morir en breve estaba demasiado presente en su cabeza y le impedía relajarse, y no quería que Alix presintiera su miedo.

Echó a andar por el camino de entrada en dirección a Main Street. A lo mejor Lexie o Toby estaban en casa. Las preguntas que Alix le había hecho lo llevaron a plantearse quién más de la familia podía ver a Caleb. Había crecido con un montón de reglas concernientes a su abuelo, pero esa mañana las estaba poniendo en tela de juicio. Si las mujeres se lo habían contado a los hombres y viceversa, tal vez hubieran podido actuar mucho antes. ¿Un exorcismo tal vez?

Si bien no se imaginaba su infancia sin su abuelo, sobre todo después de la muerte de su padre y antes de que Ken apareciera, en ese momento deseaba con todas sus fuerzas que alguien se hubiera librado de él hacía mucho.

Fue a la casa de Lexie, abrió la puerta trasera y la llamó, pero nadie contestó. Estarían trabajando. Se dio la vuelta para marcharse, pero escuchó un ruido en la parte trasera. A lo mejor alguna de ellas estaba en el invernadero.

Encontró a Jilly. Se le acababa de caer una enorme maceta, que se había roto, e intentaba recoger los pedazos.

—Deja que lo haga yo —se ofreció Jared al tiempo que se inclinaba y comenzaba a recoger los pedazos de macetero.

Jilly se puso en pie.

—Intentaba echar una mano, pero me ha pasado esto. Creo que debería darme por vencida, pero las chicas están ocupadísimas y yo necesito hacer algo.

Jared echó un vistazo al invernadero. No era jardinero, pero incluso él se daba cuenta de que le hacía falta una buena limpieza.

—¿Y si yo me encargo de coger las cosas más pesadas y trabajamos juntos?

—Seguro que tienes otras cosas que hacer —respondió ella—. Seguro que Alix te necesita.

—Está trabajando en la remodelación de la enorme mansión de Warbrooke, y además se alegra de librarse de mí un rato.

Jilly lo miró fijamente a los ojos en silencio. Algo lo tenía preocupado.

—¿Y si comenzamos por aquí?

—Perfecto —contestó él.

Limpiar el enorme invernadero supuso un trabajo muy duro y muy físico. Había que moverlo todo de sitio, arrancar malas hierbas de debajo de los bancos y rastrillar la gravilla.

Dos de las mesas necesitaban ser reparadas, dado que siempre se mojaban. Había que cambiar de macetas algunas plantas, lo que implicaba manejar sacos de mantillo, de turba y de vermiculita.

Jared necesitaba el trabajo físico, de modo que movió sacos de veinte kilos, serró tablones nuevos y los clavó en su sitio. Cogió enormes macetas con arbustos y las sacó al exterior para que Jilly pudiera podarlos antes de devolverlos dentro. Se arañó el dorso de una mano con las espinas de los rosales, pero ni se inmutó.

Era bien entrada la tarde cuando Jilly lo convenció de que dejara de trabajar y comiera algo. Más que nada porque ya lo habían hecho todo. A decir verdad, Jared ni siquiera quería volver a la casa de invitados, de modo que entraron en la de Lexie. Jilly lo miró, sucio, sudoroso y con expresión atormentada, y le dijo:

—¿Por qué no te duchas mientras yo preparo unos sándwiches?

—Me parece bien —contestó él—. Lexie me robó un par de pantalones de chándal y tiene un montón de camisetas mías.

—Las buscaré —dijo Jilly—. Tú ve a ducharte.

Cuando Jared apareció, ya tenía listos los sándwiches y había metido en la lavadora la ropa que él le había dado sin abrir del todo la puerta del cuarto de baño. Parecía algo menos preocupado que cuando se presentó horas atrás, pero seguía atormentado por lo que fuera que lo tenía tan alterado.

—¿Se trata de Alix? —le preguntó, con la esperanza de que reaccionara de esa forma tan masculina y tan irritante de obligarla a sacarle la información con cuchara.

—No tenemos problemas —contestó él, con la vista clavada en su plato.

—¿Se trata de Caleb? —preguntó a continuación, y cuando Jared la miró, se quedó sin aliento. Sus ojos mostraban una expresión espantosa, como si algo en su interior, su mismísima alma tal vez, hubiera recibido una herida mortal. Le cubrió una mano con la suya—. Cuéntamelo —susurró.

—Creo que Caleb va a matar a Victoria.

Jilly no replicó. Había aprendido hacía mucho que la primera regla para escuchar a alguien era hacer eso: escuchar.

Jared tardó casi una hora en contárselo todo. Le contó que su abuelo había dejado a Valentina para realizar una última travesía, y después descubrió que se había casado con un primo suyo, un hombre rastrero que prácticamente la había acosado.

—Cuando Caleb se enteró de que había dado a luz a su hijo, cambió de barco con su hermano y se adentró en una tormenta con todo el velamen desplegado. La tripulación estaba compuesta casi en su totalidad por habitantes de la isla y todos se ahogaron —continuó Jared—. Durante años después del naufragio, fue duro ser un Kingsley en esta isla.

—Pero Caleb regresó —dijo Jilly.

—Sí, regresó.

—¿Valentina vio alguna vez el fantasma del hombre a quien quería?

—No. Cuando se apareció por primera vez en Kingsley House, habían pasado seis años desde el naufragio. En aquella época, Valentina ya había muerto y Obed se había vuelto a casar. Pero el hijo de mi abuelo estaba aquí y podía verlo y hablar con su padre.

—¿La madrastra del pequeño fue buena con el hijo de Caleb?

—Sí, mucho. No tuvo hijos propios, de modo que volcó todo su amor en el pequeño Jared.

—¿Y el primo rastrero?

—Murió joven —se apresuró a contestar Jared, que le lanzó una mirada que dejó claro que no quería hablar del tema. A continuación, procedió a describirle por encima los siguientes doscientos años hasta llegar a Alix y lo que ella había visto... y a lo que Caleb le había contado acerca de abandonar por fin ese mundo—. Pero no puede llevarse a Victoria con él —dijo Jared, con el miedo en la mirada—. Tiene mucha vida en su interior. Se preocupa por la gente y fue una acompañante perfecta para la tía Addy. Solían ir al pueblo y comer juntas, y hablaban de la habilidad de Victoria para narrar las historias que había leído en los diarios. La tía Addy era callada y trabajadora, mientras que Victoria celebra audiencias, tiene su propia corte, como las reinas de otras épocas. Atrae a la gente. Se complementaban a la perfección. —Miró a Jilly—. El abuelo habla de gente que se parece a otras personas y de reencarnación, y también dice que sabe que va a dejar la tierra el día de la boda de Izzy. Pero si quiere a Victoria de verdad, no se la llevará consigo. Si Alix...

—¿Qué pasa con Alix? —lo animó Jilly.

—Si yo tuviera que dejar este mundo, no sería tan egoísta de llevármela conmigo. No consideraría mi felicidad más importante que su vida.

—¿Qué quiere hacer Caleb?

—Dice que no está en su mano. No eligió ser un fantasma y no podrá escoger qué pasará cuando deje este mundo. —Miró a Jilly como si le estuviera pidiendo consejo.

—Creo que debes conseguir que Victoria se mantenga lejos de la isla hasta después de la boda —sugirió Jilly.

—Sí, yo también lo creo —convino Jared—, y me parece haberlo conseguido. —Le habló de los diarios de la tía Addy que Victoria quería pero que no había podido encontrar—. Mientras crea que mantenerse lejos de aquí le permitirá echarle el guante a los valiosos diarios Kingsley, no se acercará a Nantucket.

—Bien —dijo Jilly.

Ninguno manifestó lo evidente: la muerte podía presentarse en cualquier parte.

26

Eran casi las seis cuando Jared y Jilly se marcharon de casa de Lexie. Ni ella ni Toby habían vuelto todavía del trabajo. Jared se había puesto de nuevo su ropa y se sentía mejor después de haber hablado con Jilly. Quería ver a Alix. A lo mejor lograba aclararse las ideas lo suficiente como para pensar en el diseño.

—¿Te importa si te acompaño caminando a casa? —le preguntó Jilly—. Ken llegará pronto y le prometí que prepararía la cena.

—Parece que habéis encajado bien —comentó él.

—Pues sí —confirmó Jilly con una sonrisa.

—Siento mucho haberme desahogado contigo. Seguro que piensas que... —Dejó de hablar al observar lo que sucedía en Kingsley Lane. Normalmente era una calle muy tranquila. La única casa con trasiego era el hostal Sea Haven, y el acceso al aparcamiento se encontraba en otra calle.

En ese momento, no se podía decir que la tranquilidad reinase en Kingsley Lane. La calle estaba plagada de camiones de reparto. Algunos se veían obligados a subirse a la acera para poder pasar junto a los que ya estaban aparcados en la calzada. Había camiones de reparto de floristerías, de empresas de catering, de una tienda de marisco y de una vinatería.

Eso solo podía significar una cosa... ¡Victoria había llegado!

Conmocionado, Jared se detuvo para contemplar el caos. No sabía cómo había logrado Victoria que todas esas empresas hicieran entregas a un domicilio particular. Entre los camiones también había coches, unos seis, conducidos por hombres. Dos niños montados en sendas bicicletas llevaban cestas cargadas de ramos de flores.

—¡Oiga! —gritó uno de los niños, dirigiéndose a Jared—. ¿Sabe dónde está Kingsley House?

Jared fruncía el ceño de tal modo que apenas atinó a contestar.

—Es el número veintitrés —contestó Jilly al tiempo que señalaba con una mano—. La casa blanca y grande.

—Gracias —replicó el niño, que se montó de nuevo en su bici y se alejó.

Jilly miró a Jared.

—¿Va a celebrar alguien una fiesta?

—Sí y no —respondió él—. Solo la llegada de Victoria puede provocar semejante alboroto.

Con los ojos abiertos como platos, Jilly miró la larga hilera de vehículos. A lo lejos, distinguió a dos hombres discutiendo. Miró a Jared, que seguía contemplando los camiones sin moverse.

—¿Habrá una pelea?

—Es posible —contestó Jared—. Es lo que suele suceder cuando Victoria anda cerca. —Se volvió para mirarla—. ¿Por qué no coges ese camino que atraviesa la valla trasera y sigues hasta la casa de invitados? Yo tengo que lidiar antes con Victoria.

—Buena suerte —replicó Jilly, que se dispuso a cruzar la calle.

Jared siguió inmóvil un instante mientras trataba de ordenar sus pensamientos. Solo faltaban dos semanas para la boda. Conocía lo bastante a Victoria como para saber que no habría forma de lograr que se marchara antes de la boda de una chica a la que le tenía tanto cariño. Además, la distancia no impediría lo que podría suceder.

Miró el cielo. Aunque hacía un día precioso, cada pensamiento que le cruzaba la mente era más lúgubre que el anterior. ¿Y si ponía al corriente a Victoria de sus temores? Supo al instante que no funcionaría. Si le contaba a Victoria la verdad sobre su abuelo, estaba seguro de que querría ver a Caleb. Hablar con él, entrevistarlo, preguntarle cómo se sentía por todo.

«¿Qué sentiste cuando te ahogaste? ¿Qué sentiste al saber que habías provocado la muerte de cientos de amigos y parientes?»

Aduciría que sus dolorosas preguntas eran para los argumentos de sus novelas, como si esa fuera la única justificación necesaria.

Y después estaba la fantástica historia de amor. Él mismo se había pasado la vida escuchando la historia de amor entre Caleb y Valentina. Su padre se la había contado, su tía Addy se la había contado, su abuelo se la había contado. Cada uno de ellos añadía elementos distintos, pero todos coincidían en el poderoso y profundo amor que se habían profesado Caleb y Valentina. Un amor tan verdadero y tan arrollador que nada podía dañarlo. Ni la muerte ni el tiempo habían sido capaces de destruirlo.

Mientras Jared observaba cómo los camiones avanzaban despacio para descargar sus mercancías antes de marcharse, se preguntó si alguna vez había visto a su abuelo con Victoria. Caleb solía sentarse en un sillón cuando Ken estaba cerca, pero ¿y cuándo lo estaba Victoria? Era incapaz de acordarse. Lo que sí recordaba era a su abuelo diciendo que había espiado a Victoria mientras se desnudaba.

«Pero solo a Victoria», había añadido.

Se pasó una mano por la cara mientras observaba a otro niño montado en bicicleta con un ramo de flores en la cesta delantera. No sabía cómo afrontar la situación. Se sacó el móvil del bolsillo y lo miró un instante. Lo que le apetecía hacer era llamar a Alix y sugerirle que cogieran un avión a Maine. En ese instante. Tal vez pudiera convencerla de que se quedara con él hasta la boda de Izzy. Lexie podría ser la dama de honor. Ellos regresarían cuando todo hubiera acabado.

Guardó el teléfono de nuevo. Ningún Kingsley había sido cobarde, y él no iba a ser el primero.

Cuadró los hombros y echó a andar despacio hasta su casa, abriéndose paso entre los repartidores. Tres de ellos esperaban en la cocina. Jared se sacó la cartera y les entregó una propina a todos mientras les decía que dejaran las flores, el vino, la comida y cualquier cosa que llevaran y que se marcharan.

Tardó un poco, pero se libró de todos ellos. Al escuchar la

risa de Victoria procedente del salón principal, hizo una mueca. ¿Cómo narices iba a conseguir que se marchara sin confesarle el motivo?

Después de guardar en el frigorífico la comida que acababan de entregar, miró las tarjetas que acompañaban las flores.

«Ahora sí que ha empezado el verano», decía una. «¿El mismo sitio y a la misma hora?», preguntaba otra, sin firmar. Había un enorme ramo que ocupaba casi la mesa entera y que había sido enviado por el jefe de Lexie, Roger Plymouth. Ni siquiera sabía que se conocieran. «Mi avión privado es tuyo.» «¿Podrías hacer una firma de libros privada?» «Sueño contigo y...», rezaba otra, también sin firmar.

Jared no sabía si sentirse impresionado o asqueado. Más bien lo segundo.

Intentó armarse de valor mientras enfilaba el pasillo de camino hacia el salón principal. La tía Addy y él solían reírse de la gente que se asombraba por su capacidad de no sentirse intimidado por los peces gordos del mundo empresarial. Jamás se había puesto nervioso antes de una reunión de trabajo, ni siquiera en sus comienzos, cuando era un joven arquitecto que se estaba abriendo paso.

«Eso es porque has pasado mucho tiempo alrededor de Victoria —aducía su tía Addy—. Tiene la capacidad de lograr que la gente haga lo que ella quiere. Si eres capaz de lidiar con Victoria, podrás lidiar con todo el mundo.»

Cuando llegó al vano de la puerta, se detuvo para contemplar la escena. Sentada en el centro del sofá, estaba la guapísima Victoria. Como de costumbre, su aspecto era perfecto. Su precioso pelo rojo estaba artísticamente despeinado, como si una ligera brisa acabara de agitárselo. Esos ojos verdes, rodeados de espesas pestañas negras, lograban parecer seductores e inocentes a la vez. En cuanto a su cuerpo... Puesto que se había pasado casi toda la vida cerca de ella, sabía que para mantener la forma física con la que la había bendecido la naturaleza, Victoria se ejercitaba como una atleta profesional. Sin embargo, parecía ajena a su extraordinaria figura.

La rodeaban cuatro hombres, todos ellos inclinados hacia delante mientras ella se reclinaba en el sofá. En la mesita estaba el mejor juego de té de la tía Addy, con las tazas llenas y los preciosos platillos colmados de diminutos sándwiches, galletas, pasteles y hojaldres. Se apostaría su próximo sueldo a que Victoria no había movido un dedo para preparar el té.

Estaba a punto de dar otro paso para internarse en la estancia, cuando vio que su abuelo se encontraba en un lateral del salón. A sus ojos, era una figura sólida, aunque nadie más parecía haber reparado en él. Cuando Caleb alzó la vista, lo que vio en sus ojos lo dejó sin aliento.

Su rostro lucía una expresión de amor absoluto. Un amor arrollador, puro, descarnado e irrefrenable. El tipo de amor por el que la gente estaba dispuesta a morir y a sufrir. El tipo de amor por el que una persona esperaría doscientos años con tal de verlo realizado. Era el Amor Verdadero en su estado más puro.

Su cara debió de expresar lo que estaba pensando, porque Caleb borró al instante el gesto arrobado de su rostro. En cambio, le regaló a su nieto una sonrisa pícara antes de desvanecerse.

—Mi querido Jared... —lo saludó Victoria—. Por fin apareces.

Jared maldijo su suerte y su vida, mientras rezaba en silencio suplicando ayuda. Cuando se volvió para mirarla, lo hizo con una sonrisa en los labios.

Una vez que Victoria lo estrechó entre sus brazos, no pudo evitar alegrarse de verla. Acto seguido, lo besó en las ásperas mejillas y le pasó las manos por el pelo largo.

—¿Todo esto es por mi Alix? —le preguntó—. Siempre le ha gustado el aspecto tiradillo. ¿O ha desarrollado una nueva preferencia por el estilo del pescador de Nantucket?

—Creo que le va más el arquitecto sudado —contestó él mientras ella le pasaba un brazo por la cintura y lo instaba a sentarse en el sofá.

Los otros hombres se lo permitieron a regañadientes.

—Sí, típico de mi Alix. Los conoces a todos, ¿verdad?

Jared miró a los presentes. Sí, los conocía a todos. Les indicó con la mirada a los tres casados que deberían irse, algo que hicieron, lo que dejó solo al señor Huntley, que parecía haber echado raíces.

—Eres un chico muy malo —dijo Victoria con una mirada risueña, dirigiéndose a Jared, después de despedirse de los hombres—. Freddy me estaba contando que Alix y él se lo habían pasado muy bien juntos. No sabía que estabais buceando en la historia familiar.

Jared tragó saliva. Pensaba contarle a Victoria lo menos posible.

Freddy, el señor Frederick C. Huntley, bebió un sorbo de té.

—La joven Alix estaba buscando a Valentina.

—Ah, sí —dijo Victoria—. La esquiva Valentina. ¿Ha hecho algún progreso?

—Ninguno —contestó Jared, tras lo cual se metió en la boca una tartaleta de crema.

Victoria lo miró con una sonrisa, dejándole claro que lograría sonsacárselo todo en algún momento. Dicha mirada hizo que Jared deseara salir corriendo para esconderse en la planta alta. O quizá coger a Alix y volar con ella a Nueva York.

Victoria miró al señor Huntley.

—Freddy, tendrás que contármelo todo en tu próxima visita.

—¡Ah! —exclamó el aludido, que tardó un instante en comprender que acababan de despacharlo. Una vez que se percató de ese hecho, soltó la taza, cogió un sándwich y se puso de pie para despedirse.

En cuanto se quedaron a solas, Jared bostezó.

—Llevo horas levantado, creo que...

—Jared, cariño —lo interrumpió Victoria—, tenemos que hablar.

Jared se puso en pie.

—Claro, es que tu llegada ha sido muy inesperada y tengo muchas cosas que hacer ahora mismo. Si me hubieras dicho que venías, tal como parece que has hecho con el resto de la isla, podría haber despejado un poco la agenda. Tal como están las cosas... —No supo cómo seguir con la mentira. Dio un paso hacia la puerta.

—Quiero saber cuáles son tus intenciones para con mi hija.

Jared miró hacia atrás, con una expresión sorprendida.

—¿Quieres hablar de Alix? ¿Y de mí?

—Sí, claro. Por eso he venido. Sé que me advertiste que no

lo hiciera y tengo la intención de pasar completamente desapercibida mientras esté aquí, pero debo saber qué está pasando con mi hija.

Jared hizo un gesto elocuente mientras contemplaba los ramos de flores diseminados por la estancia. Eso no era precisamente «pasar desapercibida».

—Bueno, en fin... —replicó ella al tiempo que agitaba una mano—. No he llegado en un yate.

—Esta vez no.

Victoria esbozó una sonrisa dulce y le dio unas palmaditas al sofá para que se sentara a su lado.

—Por favor, cariño, siéntate. Llevo meses sin verte y Kenneth está tan insoportable como de costumbre y se niega a hablarme de mi hija. Además, mira esto. —Metió una mano debajo del sofá y sacó una caja blanca que él conocía—. Los he guardado para nosotros... —Sacó una botella de ron de veinticinco años de detrás de un cojín—. Es para aderezar el dichoso té de Addy. ¿Qué te parece? ¿Donuts de Downyflake y ron?

Jared meneó la cabeza.

—Victoria, eres capaz de engatusar al mismísimo demonio. —Se sentó en el sofá a su lado.

—Por lo que me han contado sobre mi hija y sobre ti, eso es justo lo que eres. No estarás pensando regresar a Nueva York y dejarla aquí, ¿verdad? Alix no es como yo. Es tan seria como su padre.

—No —respondió Jared mientras aceptaba la taza de té que ella le ofrecía. La mitad era ron—. No planeo alejarme de Alix.

Victoria sonrió.

—¿Ella lo sabe?

—He dejado caer indirectas de sobra, así que debería saberlo.

—Mmmm... —murmuró Victoria mientras cogía un trocito de donut y lo mordisqueaba con delicadeza—. A las mujeres no se nos da muy bien eso de las indirectas. Nos gustan las declaraciones de amor como Dios manda.

Jared se llevó la taza a los labios.

—Y nos encantan los anillos —añadió ella—. Cualquier cosa menos una esmeralda. Talla cinco.

—Victoria... —dijo Jared—, creo que soy lo bastante mayorcito como para tomar mis propias decisiones en ciertos aspectos de mi vida.

—Por supuesto que lo eres, cariño, pero es que os quiero muchísimo a Alix y a ti. Lo sabes, ¿verdad?

—Sí, lo sé —respondió—. Te prometo que cuidaré de Alix.

—¿A que es maravillosa? —le preguntó Victoria—. No sé cómo Ken y yo hemos sido capaces de engendrar una hija que ha sacado lo mejor de cada uno. ¿Te ha impresionado su talento como arquitecta?

—Muchísimo.

—Ken me ha dicho que está construyendo en la isla una capilla que ha diseñado Alix. Acerca la taza que te la rellene y coge otro donut. Pareces cansado y ahora que estoy aquí, te ayudaré en todo lo que necesites.

Entre el ron y el azúcar, Jared empezaba a relajarse.

—Victoria, no sé dónde están los diarios de la tía Addy.

Victoria respiró hondo y se llevó una mano al canalillo... que quedaba bien a la vista gracias al generoso escote.

—¿Por eso crees que estoy aquí? Jared, cariño, creía que me conocías mejor. Me estás mirando como si temieras que... Bueno, como si me creyeras capaz de echar la casa abajo buscándolos. De levantar las tablas del suelo o hacer algo por el estilo. —Se le habían llenado los ojos de lágrimas, algo que hacía que sus ojos verdes brillaran más si cabía—. ¿Crees que después de haber pasado tantos años en esta casa no la adoro casi como tú?

—Bueno, pensaba que... —Dejó la frase en el aire porque Victoria tenía una expresión dolida—. Sabía que querrías verlos.

—Por supuesto que quiero verlos —confirmó ella, parpadeando para librarse de las lágrimas—. Estoy segura de que al final aparecerán. Kenneth me ha dicho que ha conocido a una... —Agitó la mano—. A una investigadora o no sé qué, y que la va a contratar para que revise los documentos del ático. Espero que pueda permitírselo. Kenneth es pésimo con el dinero, pero ¿quién soy yo para quejarme? ¿De verdad vas a dejar que esta desconocida se quede en tu casa?

Jared cogió el que era su cuarto donut y se lo llevó a la boca. No pensaba darle información alguna sobre Jilly.

—¿Has venido en el ferry? —le preguntó con la boca llena. Ella esbozó una sonrisa dulce.

—Pues sí, y he traído un coche. He pensado que Alix podría necesitarlo. No creo que pueda conducir esa vieja camioneta tuya, ¿verdad? Por cierto, ¿dónde está?

—En casa de Dilys. Está trabajando en unos planos que le he dado.

—Qué raro que os vayáis allí a trabajar cuando tienes aquí el estudio. ¿Por qué os habéis ido? —Esperó la respuesta de Jared, pero al ver que no hablaba añadió—: ¿Los planos son para algún conocido?

Jared suponía que Victoria estaba al tanto del vínculo de Jilly con los Taggert y los Montgomery, y que seguramente los conocería a todos, pero en ese momento no le apetecía hablar del tema. Ponerla al día de la búsqueda de Parthenia los llevaría hasta Caleb.

—Lo dudo. En fin —dijo al tiempo que se ponía en pie—, tengo que llevarle unos documentos a Alix, así que es mejor que me vaya. Estoy seguro de que ya te han invitado a cenar en algún sitio.

—Tengo varias invitaciones, sí. —Rodeó la mesa auxiliar y extendió los brazos hacia él.

Jared no pudo evitar abrazarla.

—Jared, cariño mío —le dijo en voz baja—, no sabes lo contenta que estoy por lo tuyo con Alix. Siempre he pensado que estabais hechos el uno para el otro. Kenneth me llevaba la contraria, pero yo siempre perseveré. Los dos sois personas excepcionales y os quiero muchísimo. —Se alejó, pero dejó las manos en sus brazos—. No podría haber creado un hombre mejor para mi hija. ¿Sabes lo mucho que te admiro?

Jared se derritió al escucharla.

—Sé que te debo mucho. No estaría donde estoy ahora mismo si no me hubieras ayudado.

—Me he limitado a ofrecerte ayuda económica y a animarte de vez en cuando. Nada del otro mundo.

—Para mí lo ha sido todo —replicó él.

—Y ahora te estoy entregando mi posesión más preciada, mi preciosa e inteligente hija.

—Es las dos cosas, sí. —Jared sonrió con ternura al hablar de Alix. Aunque solo llevaban unas horas separados, la echaba de menos.

—Me alegro de que lo creas así —repuso Victoria al tiempo que se acercaba para pegar una mejilla a la suya—. Y ahora ya puedes darme el diario de Valentina —susurró.

Jared tardó un instante en reaccionar. Cuando lo hizo, se alejó de ella con los ojos como platos.

—¡Pero si lo encontramos ayer mismo! ¿Quién te lo ha dicho?

—La mujer de Twig, Jude, me mandó un mensaje de correo electrónico. Llevamos años siendo grandes amigas. Adoro sus gallinas y...

—¡Victoria! —Aunque desde el principio había tenido la intención de darle el diario, le resultaba indignante que Victoria hubiera llegado al punto de engatusarlo para salirse con la suya.

—¿Qué, cariño?

Jared se dio media vuelta.

—Me voy a casa con Alix. —Solo podía pensar en verla de nuevo. Necesitaba la cordura de Alix, su serenidad, la ausencia absoluta de manipulación cuando trataba con los demás. Ansiaba estar con ella y punto.

27

Alix se echó hacia atrás, alejándose de la pantalla, se puso las manos en la cintura y se estiró. Ya era bastante tarde y Jared todavía no había vuelto. Sin embargo, en ese preciso momento, una corriente eléctrica la atravesó y miró hacia la puerta. No se sorprendió al ver que Jared la abría de par en par.

Lo que sí la sorprendió fue la expresión de su cara: un deseo abrasador e incontenible.

Jared llevaba una bolsa en la mano, que dejó sobre la encimera de la cocina antes de abrirle los brazos sin mediar palabra.

Alix no titubeó y corrió hacia él. Jared se inclinó un poco y le puso las manos debajo del trasero para levantarla. Ella le rodeó la cintura con las piernas al tiempo que él se apoderaba de su boca, mientras sus lenguas y sus cuerpos se entrelazaban.

Se apartó de él un momento. Pese a los atronadores latidos de su corazón, dijo:

—Mi madre quiere que comamos con ella mañana.

Jared asintió con la cabeza antes de besarla de nuevo y echar a andar hacia el dormitorio. De camino se topó con una silla, que apartó de una patada.

—¡Dios! —exclamó ella, pero Jared comenzó a besarla en el cuello y se le olvidaron las palabras.

Jared la soltó en la cama de tal forma que los cojines salieron volando.

Con los ojos como platos, Alix comenzó a desabrocharse la camisa, pero Jared le arrancó los botones y comenzó a recorrerle el pecho con los labios. El resto de la ropa de Alix desapareció en un abrir y cerrar de ojos, y, durante un segundo, Jared la miró fijamente.

—Eres guapísima —susurró él.

Alix lo instó a pegarse a ella y sonrió al sentir su peso, encantada con la sensación que su ropa le provocaba al rozarle la piel desnuda. Jared le recorrió el cuerpo con las manos y llegó a la cara interna de sus muslos, tras lo cual la penetró con los dedos. Jadeó al sentirlo y echó la cabeza hacia atrás con los ojos cerrados cuando sintió sus labios en los pechos.

La llevó hasta la cima del deseo con sus besos, mientras sus manos y sus labios se movían al unísono. Justo cuando creía que no podría aguantar más, él se apartó y se desnudó a toda prisa.

A partir de ese momento, fue el turno de Alix para recorrerle el cuerpo con los labios y con las manos, hasta llegar a su entrepierna. Jared echó la cabeza hacia atrás mientras ella lo acariciaba. Minutos después, cuando ya no pudo aguantar más, Jared la instó a tumbarse de espaldas y la penetró guiado por un deseo irrefrenable. Alix apoyó una mano en el cabecero de la cama para evitar golpearse la cabeza y jadeó con cada fuerte embestida.

Cuando alcanzaron el orgasmo, le rodeó las caderas con las piernas y el cuello con los brazos, y dejó que Jared la hiciera volar. Fue incapaz de reprimir el grito que se le escapó.

Jared se dejó caer sobre ella y no se apartó; al contrario, la abrazó con tanta fuerza que apenas podía respirar. Pero ¿quién necesitaba aire con un hombre sudoroso encima?

—¿Estás bien? —le preguntó él al oído, con voz preocupada.

—Estupendamente.

Jared rodó para no aplastarla, pero la mantuvo pegada a él y le colocó una pierna de modo que quedara entre sus muslos.

Alix tardó en recuperarse de lo que acababan de hacer. Jared le había hecho el amor con urgencia, con una necesidad que nunca antes había manifestado. Quería hacerle preguntas, pero se las calló. De hecho, esperó a que él hablara.

—¿Te he hecho daño?

—Ni mucho menos —contestó ella.

—Te he echado en falta hoy.

No quiso señalar lo evidente, que solo había estado fuera unas cuantas horas, pero ella también lo había echado de menos. Trabajar en unos planos sin él no era ni la mitad de divertido que hacerlo juntos.

—¿Qué has estado haciendo?

Jared titubeó.

—Me he peleado con mi abuelo.

—Ah —dijo Alix, que intentó mantener la calma aunque sabía que su abuelo era un fantasma. Tragó saliva—. ¿Por qué?

Jared no quería contarle el miedo que sentía por Victoria.

—No me hizo gracia que se mostrara ante ti de esa manera.

—Quería hablarme de Valentina —dijo ella, que soltó una risilla. Estaba defendiendo a un fantasma.

Jared la besó en la frente.

—Podría haberme contado a mí lo que tenía que decir.

—Supongo —replicó—. Pero la verdad es que fue un día muy agradable. Solo me alteré después. ¿Te he hablado del vestido que me puse?

—¿Te obligó a ponerte una monstruosidad antigua? —Jared parecía a punto de cabrearse de nuevo.

—No —respondió—. Era un precioso vestido de novia de algodón blanco.

Él se tranquilizó.

—¿Con la falda como plisada? —Movió las manos—. ¿Metido en una caja verde?

Alix se volvió para mirarlo.

—Ese mismo. ¿Quién lo llevó?

—Nadie. Era el vestido de novia de la tía Addy. Se lo enseñó a mi madre un día, conmigo delante. Querían que una prima se lo pusiera para su boda, pero ella quería algo brillante con mangas grandes.

—Pues yo me lo pondría... —comenzó ella, pero se interrumpió. No era prudente hablar del vestido de novia con un hombre con quien no se estaba comprometida, con quien ni siquiera se habían intercambiado las palabras «Te quiero».

—¿Te importaría contarme exactamente qué pasó el domingo? —le preguntó él—. Quiero conocer hasta el último detalle.

Alix empezó por el principio, desde la mañana lluviosa en

la que se despertó con el abrumador deseo de subir al ático hasta que desapareció la visión de la boda.

Jared le prestó toda su atención a lo largo del relato y asintió con la cabeza mientras ella le hablaba de las personas que había visto en la boda.

—Tuve la sensación de que los vi de verdad, pero ahora ya no estoy tan segura.

—¿Quién más estaba? ¿Dónde estaba Valentina? —preguntó Jared.

Cuando le contó cómo se conocieron el capitán Caleb y Valentina, se le escapó una carcajada.

—Es algo que haría mi madre. Caleb me explicó el encuentro, no me lo mostró.

—El abuelo estaría demasiado avergonzado para dejar que alguien viera cómo una jovencita le ganaba la partida —comentó él—. Y nunca antes había contado esa historia. Desde luego, habría pasado de generación en generación.

—Me dijo que era la primera persona a la que se lo contaba. —Se acurrucó contra su hombro—. ¿Has visto a mi madre?

—Pues sí —dijo, y le habló de los camiones de reparto y de las bicicletas—. Incluso Roger Plymouth le ha mandado flores.

—Oooooooh —dijo Alix.

—Tengo que conocer a ese tío.

—¿Puedo acompañarte?

Con un gemido, Jared rodó hasta quedar sobre ella.

—Te mereces un castigo por ese comentario.

—Tienes toda la razón —replicó ella, que separó los labios bajo los de Jared.

En esa ocasión, hicieron el amor despacio, saboreando sus cuerpos, besándose y acariciándose, explorando a placer. Una hora después, yacían abrazados, sudorosos y saciados. De repente, a Jared le sonaron las tripas.

—Se me ha olvidado preparar la cena —dijo Alix.

—Da igual. Saqueé el frigorífico de Victoria antes de irme. Tengo comida de los mejores restaurantes de la isla. —Salió de la cama y fue al cuarto de baño.

—Mi madre es una defensora del buen comer.

Mientras Jared estaba de pie en el vano de la puerta, en toda su gloriosa desnudez, se miraron a los ojos. No hizo falta que dijeran nada. Con Victoria allí, las cosas cambiarían. Aunque solo fuera porque la enorme mansión ya no sería solo suya. Jilly era tan callada y pasaba tanto tiempo con Ken que el hecho de que se alojara en el apartamento no los había molestado en absoluto. Sin embargo, Victoria estaría en la habitación del otro lado del pasillo, y siempre había gente a su alrededor. Cuando era adolescente, Alix era quien se quejaba de que la música sonaba demasiado alta hasta bien entrada la madrugada.

Jared suspiró, pero después sonrió.

—Todo se arreglará. Quiere el diario de Valentina, así que si se lo damos, a lo mejor... —Se encogió de hombros—. ¿Quieres ducharte conmigo?

—Será un placer —contestó Alix, antes de apartar la ropa de cama.

Acordaron sin palabras no hablar más de Victoria. Querían disfrutar del tiempo a solas. Después de ducharse juntos, desplegaron un festín en el suelo e hicieron lo que más les gustaba: examinar planos. A Alix le encantaba lo que había hecho hasta el momento, pero a Jared no le hacía gracia la mayor parte, y así se lo dijo.

—Kingsley, no tienes ni idea de lo que dices —replicó Alix.

Era lo que solía decir cuando empezaron a trabajar juntos, un tiempo que se les antojaba muy remoto. Se miraron a los ojos y se echaron a reír. En otro momento, Alix le tenía casi miedo, pero en ese instante le costaba recordar que era el Gran Jared Montgomery.

Parecían comprenderse a la perfección, porque Jared apartó los platos e hicieron el amor encima de los planos de la vieja mansión Montgomery. Fue un momento muy dulce y especial, ya que ambos eran conscientes de los cambios que se avecinaban para ambos.

Después, Alix le quitó tres hojas de papel a Jared del abdomen y dijo:

—Podríamos quedarnos aquí.

—Dilys vuelve mañana. Querrá recuperar su casa.

—¿Y si nos vamos con Lexie y con Toby? —preguntó ella.

—No hay intimidad.

—Pues tendremos que ser claros con mi madre —dijo—. Y cerraremos la puerta del dormitorio.

—¿Quieres que nos vayamos a mi apartamento de Nueva York?

Por un segundo, los ojos de Alix se iluminaron, pero después meneó la cabeza.

—Tal vez después de la boda de Izzy.

—Vale —accedió él—. Después de la boda. —Apartó la mirada para que Alix no pudiera leer el miedo en sus ojos. Ese día, su abuelo abandonaría ese mundo y tal vez se llevara a Victoria con él.

Miró de nuevo a Alix.

—Si eres capaz de mantener las manos quietecitas, me gustaría enseñarte una idea mucho mejor para el ala este.

—Tal vez distinta, pero no mejor. Y en cuanto a lo de las manos, me prometiste comer de mi abdomen. ¿Qué me dices de eso?

—¿No has visto la mousse de chocolate que he traído conmigo? Está pensada para untarse sobre tu abdomen. Pero primero tengo que enseñarte algo acerca de remodelar casas.

—Soy tu fiel discípula, ansiosa por aprender. ¿Has traído nata montada?

—Un bote enorme.

—Trae esos planos y pongámonos manos a la obra —le ordenó... y Jared obedeció.

A la mañana siguiente, Victoria estaba sentada a la mesa de la cocina, y, por primera vez, se sintió sola en la enorme mansión. Qué raro se le hacía estar allí y no hablar ni ver a Addy. A lo largo de los años, habían establecido un sistema para hacer cosas, para ver a personas y para decidir dónde comían. En ese momento, la mansión parecía enorme y vacía.

Durante la cena del día anterior, le había encantado volver a ver a sus amigos de Nantucket... pero no había sido lo mismo. Addy no estaba allí. Siempre había tenido que esforzarse para conseguir que Addy saliera de la casa, pero después disfrutaba cuando se reunía con otras personas. En cuanto a ella, le había encantado contar con una persona que siempre reconocía la verdad que encerraban sus palabras. A veces, miraba a un hombre y decía: «¡Qué interesante!», y después, de vuelta en casa, Addy y ella se sentaban para beberse unas copas y se reían a carcajadas de lo aburrido y pomposo que dicho hombre era.

Sin embargo, la noche anterior no había contado con nadie a quien mirar con las cejas enarcadas mientras contenía las carcajadas... y había echado de menos a Addy muchísimo.

De pie delante del fregadero, mientras fingía que lavaba los platos, estaba Jilly Taggert. Victoria sabía que había un apellido de casada, pero no lo recordaba. Se había encontrado a la cuñada de Jilly, la escritora Cale Anderson, en varios eventos sociales, y le había caído bien. El hecho de que escribieran géneros literarios distintos y de que tuvieran el mismo éxito de ventas evitaba los celos que solían existir entre los escritores.

Victoria miró a Jilly por encima de la taza de café y supo que no encontraría una gran amistad en ella. Al menos, de momento. En ese preciso instante, Jilly no dejaba de mirar por la ventana hacia la casa de invitados, escudriñando el jardín con la mirada en busca de cualquier movimiento. Esperaba que Ken apareciera.

Jilly y ella habían charlado esa mañana de temas intrascendentes, de nada importante, pero Victoria se daba cuenta de que la otra mujer estaba preparada para un cambio de vida. Había enviudado hacía muchos años y sus dos hijos, gemelos, un chico y una chica, se iban de casa para empezar la universidad, lo que hacía que Jilly tuviera libertad para ir donde quisiera. Y estaba preparada.

Victoria sabía que Ken iba a suponer un problema. Había descubierto, a través de una experiencia dura y dolorosa, que su ex marido necesitaba que le dieran un empujón para hacer las cosas. El problema era tan grave que después de cinco años de matrimonio, Victoria tuvo que meterse en la cama con otro hombre para que Ken aceptara escuchar que se sentía muy desdichada. No se había percatado del vacío que le hacían sus padres, de su insistencia en recordarle a todas horas que fue camarera en el club de campo en el que Ken jugaba al tenis todos los días... ¡Como para olvidársele! Hiciera lo que hiciese, no era bastante para los padres de Ken. Pero lo peor era su costumbre de mirar a la pequeña Alix como si la estuvieran juzgando. Parecían estar a la espera de saber si sería como ellos o si seguiría los pasos de su madre y se tomaría la vida sin la debida seriedad.

Había llorado, le había suplicado y lo había amenazado, todo con tal de conseguir que Ken escuchara sus quejas, pero él se había limitado a hablarle como a una niña y a decirle que estaba exagerando las cosas. En un intento por tranquilizarla, le aseguró que el hecho de que fuera todo lo contrario a lo que él había visto mientras crecía era lo que más le gustaba de ella. La verdad era que Ken no creía en demostrar las emociones... claro que hasta que conoció a Victoria, su vida había sido tan perfecta que no había tenido necesidad de sentir las cosas en profundidad.

En su opinión, acostarse con el socio de Ken fue algo que tenía que hacer sí o sí. Aún le sorprendía que Ken nunca se preguntara por qué lo había hecho en su casa, en su cama, y justo cuando él le dijo que volvería a casa.

Sin embargo, la rabia y el dolor de Ken no tuvieron el efecto que ella había deseado. Una vez consumado el hecho, él siguió sin escucharla. Solo quería gritar o regodearse en su miseria, sin término medio.

Frustrada y sin poder soportarlo más, decidió darle tiempo a su marido para que se calmara. Se llevó a Alix y se escondió en Nantucket, pero nunca tuvo la intención de que fuera permanente. Solo quería que Ken supiera lo que era sentirse verdaderamente desdichado... algo que sabía que sentiría sin ellas. Además, quería ponerlo en una situación en la que estuviera obligado a escucharla.

No obstante, una tarde de baile y un viejo mueble que acabó volcado en el suelo lo cambiaron todo.

Desde entonces, Victoria sintió cierta culpa por el hecho de que Ken nunca pareciera haberse recuperado del daño que le causó el divorcio. A lo largo de los años, había observado sin hacer el menor comentario cómo pasaba de una mujer espantosa a otra. Mantenerse al margen no le había resultado fácil.

Se había percatado de que todas las novias que había tenido Ken eran iguales: deslenguadas, casi vulgares, ambiciosas. Fue imposible no sentirse halagada por el hecho de que fueran burdas copias de su persona... aunque eso quería decir que no eran las indicadas para Ken.

Tal como ella veía las cosas, Ken temía volver a enamorarse. No quería arriesgarse a que volvieran a arrancarle el corazón, de modo que se liaba con mujeres que solo lo querían por lo que podía proporcionarles. Claro que eso hacía que cortar con ellas fuera sencillo.

Como de costumbre, Addy había demostrado una enorme intuición en lo referente a lo que sucedía.

—De no haberle arrancado a Ken el corazón —le dijo Addy una noche—, se habría convertido en un arquitecto mediocre que luchaba por mantenerse a flote. Y desde luego que no habría cancelado un partido de tenis para ayudar a que un adolescente no acabara en la cárcel. Pero tú le has enseñado lo que la rabia puede hacer.

Victoria tardó un rato en poder reírse por el retorcido halago, pero como era verdad, acabó haciéndolo.

—Lástima que Ken haya dejado que su corazón se convierta en piedra —añadió Addy, a lo que ella asintió con la cabeza. Sí, era una verdadera lástima.

Sin embargo, en ese momento, mientras Victoria miraba a Jilly, que no dejaba de buscar a Ken por la ventana situada delante del fregadero, ese viejo sentimiento de culpa la asaltó. Esa mujer era ideal para Ken, pero ¿sería él lo bastante listo para mover ficha? ¿O tendría tanto miedo que se pasaría años tomando una decisión?

Cuando Jilly puso cara de haber visto el cielo en la tierra, supo que Ken se acercaba. Se levantó, se acercó a Jilly y le dio un beso en la mejilla.

—Me caes bien —le dijo—. Recuérdalo.

Cuando Victoria vio que Ken echaba a andar hacia la casa, abrió la puerta de par en par y se apresuró a salir a recibirlo. Tuvo que admitir que tenía mucho mejor aspecto del que había tenido en años. La habitual tristeza y esa expresión melancólica que solían tener sus ojos habían desaparecido.

—Cariño —exclamó Victoria al tiempo que le echaba los brazos al cuello y lo besaba en las mejillas.

Ken se apartó y miró a Jilly, que estaba en la puerta.

—¿Qué pasa?

—Nada —contestó ella—. ¿No puedo alegrarme de ver al padre de mi hija? —Se colgó de su brazo y se puso a su lado, pero lo mantuvo donde Jilly pudiera verlo—. He conocido a tu última conquista y tengo que decirte que es adorable. Es tan dulce que creo que hasta tú podrás manejarla.

—Victoria, eres capaz de castrar a un hombre con una sola palabra. Tengo que irme.

—No —dijo con una sonrisa al tiempo que lo sujetaba con firmeza—. Tenemos que hablar de nuestra hija. Estoy segura de que a tu insulsa muñequita no le importará esperar unos minutos.

Ken, que ya estaba furioso, se soltó de su brazo y la fulminó con la mirada.

—Jilly no tiene un pelo de insulsa. Es... —Agitó una mano—. ¿Qué quieres decirme de Alix?

—Me estaba preguntando por su relación con Jared. Ya sabes cómo es él, y me temo que vaya a darle la patada y a partirle el corazón.

—Has leído demasiadas novelas tuyas. Jared y Alix hacen una pareja magnífica. Tengo que...

—¿Te refieres a que trabajan juntos? He oído que la está obligando a dibujar todos los planos. ¿Qué hace él mientras ella trabaja? ¿Se liga a toda la que puede en el bar?

—Victoria, ¡no tengo tiempo para esto! Jared es un buen hombre y lo sabes. Alix y él... —Inspiró hondo para calmarse—. Oye, tengo que trabajar. Ya llego tarde. —Se volvió para marcharse.

—Te agradezco que dejes que Julie viva en la casa conmigo. Es tan dócil y está tan dispuesta a complacer que me lava la ropa y limpia la cocina por mí. Me pregunto si sabe planchar. ¿Y cocinar? Quiero celebrar una cena el sábado, así que tu Julie podrá encargarse de todo por mí. No sabes cuánto te agradezco que me la hayas prestado.

—¡Victoria! —rugió Ken, que apretó los dientes y los puños—. Cómo se te...

—¿El qué, cariño? —Lo miró con una sonrisa dulce.

Ken estaba tan furioso que no era capaz de hablar. Miró a su ex con rabia y después entró en la casa, cerrando con un portazo.

Victoria vio cómo Ken se acercaba a grandes zancadas a Jilly, que había vuelto junto a la ventana. La abrazó y la besó con tanta fuerza y tanta pasión que, cuando se apartó de ella, Jilly parecía asombrada. Ken la sujetó con fuerza de los hombros, y Victoria lo vio hablarle con tanta ferocidad que Jilly solo atinaba a asentir con la cabeza.

Unos segundos después, Ken salió en tromba de la casa. Ni se detuvo al pasar junto a ella, pero dijo:

—¡Búscate una dichosa criada!

Victoria se volvió y miró a Jilly, que seguía junto a la ventana. Aún parecía estar conmocionada. Jilly desapareció un momento, pero fue para abrir la puerta trasera y correr hacia ella.

—Ken ha dicho que no voy a servirte de criada y que quiere que recoja mis cosas y me mude al segundo dormitorio de la casa de invitados. Con él. —Parpadeaba con rapidez—. Victoria, no sé qué decir salvo... —Inspiró hondo—. Te quiero. De verdad, te quiero. Si alguna vez puedo hacer algo por ti, solo tienes que decírmelo. Ken... —Se interrumpió al escuchar unos pasos que se acercaban a la carrera hacia ellas.

Victoria le puso un dedo en los labios mientras decía en voz alta y con tono arrogante:

—Pues claro que mi ropa interior tiene que lavarse a mano. Y mis sábanas son de Lion's Paw, así que son muy caras. Necesito que las planches, porque no soporto las arrugas.

Ken se detuvo junto a ellas y fulminó a Victoria con la mirada antes de clavarla en Jilly.

—¿Por qué no vienes a la obra conmigo?

—Me encantaría —contestó Jilly—. Deja que coja el bolso.

Una vez a solas con Victoria, Ken le lanzó una mirada de absoluto desprecio antes de volver a su camioneta.

Poco después, Jilly salía de la casa a la carrera con un enorme bolso colgado del hombro. Se detuvo lo justo para darle un beso a Victoria en la mejilla.

—Gracias, te debo una —dijo, y echó a correr hacia Ken.

Victoria escuchó cómo la camioneta salía del camino de entrada y, después, con una sonrisa, entró en la casa.

Caleb, que la estaba mirando por la ventana del piso superior, también sonreía.

—Tuviste que hacer lo mismo cuando se conocieron —dijo con una carcajada.

Victoria pasó el resto de la mañana devolviendo llamadas y respondiendo a mensajes de correo electrónico, así como organizando su adorada habitación verde. Fue Addy quien la había animado a darse el capricho con la paleta de colores.

—¿Por qué no darte el gusto? —le preguntó Addy—. Es lo que yo hago todos los días.

Se refería al hecho de que solo aceptaba invitaciones a actos a los que quería asistir. Cuando Victoria no estaba en la isla, solía quedarse en casa.

Victoria accedió y redecoró su preciosa habitación toda de verde. En casa, nunca se había atrevido a hacer algo parecido ya que, incluso de pequeña, Alix era tan crítica como su padre.

—Mamá —le dijo Alix con apenas seis años—, tienes que pensar en el efecto completo.

En su momento, no supo si sentirse espantada o si echarse a reír. Escogió lo segundo. Claro que casi todo el tiempo, Victoria tenía la sensación de que ella era la niña y de que Alix era la adulta.

Justo antes del mediodía, comenzó a preparar el almuerzo para tres. Eso implicaba que tuvo que sacar paquetes del frigorífico y colocar el contenido en platos. Alix le había enseñado cómo usar un microondas, pero ella todavía no había dominado ese arte... aunque en realidad era que no lo había demostrado ante nadie. Le resultaba gratificante dejar que los demás se sintieran necesitados.

Mientras lo organizaba todo, miraba constantemente por la ventana, tan nerviosa como Jilly cuando esperaba a Ken. Había sido duro desde que Alix se fue a la universidad. Abandonar el estudio donde escribía para volver a una casa vacía le había provocado un anhelo espantoso en muchas ocasiones. Siempre recibía invitaciones y se le daba muy bien organizar fiestas, pero seguía echando de menos a su hija.

Cuando Alix volvía a casa, era como si el mundo empezara a girar de nuevo. Hablaban sin parar, y le contaba a Alix cosas de sus libros, de las personas que había conocido y de los lugares en los que había estado. Era muy consciente de que Alix solía omitir detalles de su vida, pero ella sabía cómo sonsacárselos a Ken. Le bastaba con empezar una conversación con «Estoy preocupada por Alix» para que Ken lo soltara todo. Claro que a ella nunca le pareció justo que su hija le contara más cosas a su padre que a su madre.

Lo preparó todo para el almuerzo y adornó la antigua mesa de comedor con todo lujo de detalle. Addy y ella habían celebrado muchas cenas en ese mismo lugar. Victoria era la encargada de rebuscar en los armarios e incluso en el ático la vajilla de porcelana y las mantelerías. Addy confeccionaba la lista de invitados. «No, no. Esos dos se odian. Sus bisabuelos se enamoraron de la misma mujer», decía a menudo. O «¿Quién los conoce? Su familia se mudó a la isla en los años veinte». A veces, decía: «Son veraneantes, pero respetables.»

En cuanto a la comida, otra persona cocinaba y ellas servían en la vajilla de porcelana china que el capitán Caleb había conseguido en uno de sus viajes.

En ese momento, Victoria preparó la mesa para Alix y Jared, dos personas a las que quería muchísimo.

Aquel primer verano durante el cual conoció al sobrino de Addy, vio a un muchacho alto y desgarbado, tan cabreado que daba miedo. Durante aquel verano, Victoria estaba muy concentrada en los diarios y se mantuvo apartada de él. Además, el chico dejó muy claro que no le hacía gracia que una forastera viviera en su casa.

Sin embargo, al año siguiente vio a una persona distinta. Aún había indicios de aquel muchacho, pero Jared ya había pasado casi un año bajo la tutela de un furioso Ken. Le había costado bastante conseguir arrancarle unas cuantas sonrisas.

Cuando Jared se graduó en el instituto, había cambiado por completo, y cuando Ken le habló de la posibilidad de ayudarlo a pagar su educación superior, accedió enseguida.

A veces, Victoria se sentía mal por evitar que Alix conociera Nantucket, pero también sabía que era lo mejor. Desde el principio, Ken le había indicado que Jared tenía talento para la arquitectura, y Alix llevaba dibujando casitas desde que era capaz de sostener un lápiz entre los dedos.

Aquel primer verano, una tarde, Victoria entró en el salón familiar y encontró a Jared, de catorce años, y a Alix, de cuatro, sentados en el suelo, construyendo una altísima estructura con Legos. Alix miraba al muchacho con adoración, mientras que Jared la veía como a una niña.

En aquel instante, Victoria vio el futuro de Alix: se enamoraría de ese chico guapo y mayor de tal modo que condenaría su propia vida. Victoria quería algo más para su hija. No quería que Alix hiciera lo mismo que ella y se casara demasiado joven, no quería que asumiera responsabilidades demasiado pronto. Y cuando sentaba cabeza con un hombre, había que lidiar con su familia, algo para lo que Victoria era demasiado joven en su momento. No, Victoria quería que su hija se descubriera como persona antes, y después, si volvía a encontrarse con Jared y se gustaban, ya se vería.

Esos pensamientos la llevaron a la preocupación que sentía en ese momento. Aunque había usado a Jared para que Ken reaccionara, le preocupaba lo que Jared sentía por su hija. En lo concerniente a las mujeres, era un donjuán. Todos los agostos se reían de sus novias. Nunca tenía tiempo para ellas... y siempre mantenía su vida profesional y su vida personal separadas.

—La mitad de ellas no sabe a qué me dedico —le había dicho Jared apenas dos años antes—. Y a la otra mitad no le importa.

Victoria quería saber si Jared estaba usando a su hija temporalmente o si iba en serio. En cuanto a Alix, ¿estaba enamorada de su héroe o era capaz de ver más allá de la fama que Jared tenía en el mundo de la arquitectura?

Poco después del mediodía, Victoria escuchó que se abría la puerta trasera y el corazón le dio un vuelco. ¡Habían llegado! Dio un paso hacia delante, pero en ese momento la llamaron por teléfono. Solo aceptaría la llamada de una persona, aunque al hacerlo tuviera que posponer el momento de ver a su hija: la de su editor. Y precisamente era él quien la llamaba, según indicaba el identificador de llamadas.

—Tengo que contestar —gritó Victoria, que subió la escalera.

Necesitaba tranquilidad para hablar con su editor. No pensaba contarle la verdad, que ni siquiera había comenzado su novela, y eso que ya se había pasado del plazo de entrega. Al menos, en esa ocasión podía decirle que casi había terminado, y no sería una mentira absoluta. Después de pasar un mes leyendo el diario de Valentina y anotando una cronología exhaustiva, estaría a un paso de entregar el manuscrito definitivo. «Casi» era un término relativo.

Victoria se pasó veinte minutos exagerándole a su editor. No mintió descaradamente, pero tampoco fue sincera. Usó palabras como «complicado» y «lo mejor que he escrito hasta el momento», o como «lidio con muchas emociones en este libro». Eran frases que a los editores les encantaba escuchar.

Cuando terminó la llamada, su primer impulso fue correr a contárselo a Addy. Se habría echado a reír como una loca.

Se le llenaron los ojos de lágrimas, pero se las limpió. No podía contárselo a Addy, pero tenía a su queridísima hija. A Alix siempre le habían encantado las historias de su madre.

Con una sonrisa, Victoria bajó la escalera en dirección al comedor, mientras se preparaba para hacer una entrada triunfal. Sin embargo, no estaban sentados a la mesa. La rebeca de Alix estaba sobre el respaldo de una silla, de modo que la cogió y se dirigió a la parte delantera de la casa.

Los encontró sentados juntos en el pequeño sofá, inclinados el uno hacia el otro, aunque solo se tocaban las puntas de los dedos. Estuvo a punto de anunciar su presencia, pero no lo hizo. En cambio, se quedó allí plantada, mirándolos presa de la conmoción.

Desde que Alix había llegado a Nantucket, habían hablado mucho por teléfono y la conversación de su hija siempre había girado en torno a lo que Jared hacía y decía. Sabía que Alix estaba experimentando su primer gran amor, algo de lo que se alegraba.

Sin embargo, no estaba preparada para eso. Alix y Jared se miraban como si fueran los únicos seres sobre la faz de la Tierra. No había más personas en el mundo, solo ellos dos.

Victoria salió de la estancia de espaldas, se apoyó en la pared y cerró los ojos. Así era como siempre había querido que la mirara un hombre. Habían pasado cientos de hombres por su vida, dado que los atraía mucho, pero siempre había mantenido las distancias. La veían como algo que conseguir, como algo que conquistar. Y si les permitía acercarse demasiado... salían huyendo. No estaba tan indefensa como creían.

Los miró por la puerta. Se estaban besando. Con dulzura y ternura, mientras sonreían, encantados de estar juntos, sin necesitar a nadie más. Desde luego, no necesitaban a una madre que quería hablarles de una novela que intentaba escribir.

Victoria seguía sujetando la rebeca de Alix, de modo que enterró la cara en la prenda. ¡Había perdido a su hija! De forma tan irremediable y total como si Alix se hubiera marchado a otro planeta. Ya no estaba con ella.

Sabía que debía recuperar la compostura antes de reaparecer. En silencio, subió la escalera, pero no fue a su dormitorio. Fue al de Alix... al que fue de Addy. El hecho de que una de las camisetas de Jared estuviera en una silla fue como si le clavaran un puñal en el corazón.

Dejó la rebeca de Alix a los pies de la cama. «Puedo soportarlo», se dijo, pero después miró el retrato del capitán Caleb y se sentó en ese lado de la cama. ¿El fantasma de ese hombre era real o era algo que Addy se había inventado?

—¿Qué hago ahora? —susurró Victoria mientras miraba el retrato y acudían más lágrimas a sus ojos—. ¿Los ayudo? ¿Les facilito la tarea de abandonarme? —Sacó un pañuelo de la cajita que había junto a la cama y se sonó la nariz—. Ken acaba de conocer a esa mujer, Jilly, pero a ella ya se le iluminan los ojos cada vez que lo ve. Y él estaba dispuesto a discutir para protegerla. Alix y Jared... esos dos parecen haberse fundido en un solo ser. Mi hija... —Comenzó a llorar con más fuerza—. Mi preciosa y maravillosa hija me está abandonando. ¿Cómo vivo sin ella? Ella me mantiene cuerda. Ella siempre está ahí. Ella... —Tragó saliva—. Ella es suya. —Miró el retrato—. ¿Qué hago? Necesito consejo. ¿Vuelvo a mi enorme casa vacía y aprendo a hacer galletas con la esperanza de que pronto me den un nieto? ¿O...? —Inspiró hondo—. ¿Ahora me toca envejecer? ¿Es lo único que me queda? ¿Sentarme en un porche y envejecer sola? ¿Dónde está mi Amor Verdadero? —Estaba sollozando.

De repente, Victoria sintió mucho sueño, como si alguien la estuviera instando a acostarse en la cama. El colchón era muy cómodo, y en cuanto su cabeza tocó la almohada, se quedó dormida.

Despertó sonriendo al cabo de una hora. Sabía lo que tenía que hacer. Era como si alguien le hubiera dado instrucciones mientras dormía. La voz de un hombre, una voz que le resultaba muy familiar.

—Tienes que ayudarlos —dijo la voz—. No es el momento de pensar en ti misma. El amor no puede ser egoísta, no puede provenir de una sola de las partes. Es el momento de Alix y de Jared, y tú vas a propiciarlo todo.

Con una sonrisa, se levantó y fue hasta la puerta del dormitorio, pero se detuvo para mirar el retrato del capitán Caleb.

—Si puedes mostrarte ante mí, por favor, hazlo. Puede que no sea tu Valentina, pero ahora mismo me vendría bien algo de lo que le diste a ella.

Salió de la habitación y cerró la puerta. Tenía un plan, y lo primero que debía hacer era llamar a Izzy. Convencerla pondría las cosas en marcha.

28

—Mamá, de verdad que no puedo —dijo Alix por tercera vez. Habían pasado tres días desde la llegada de su madre y tenía la impresión de que su vida estaba patas arriba—. Jared necesita mi ayuda para llevar a cabo un proyecto en Maine.

—¿El trabajo que me has dicho que todavía no le han encargado?

—Bueno, sí, pero estoy segura de que se lo encargarán.

Madre e hija estaban desayunando en la cocina de Kingsley House. A Jared le había faltado tiempo para huir a la capilla en construcción. Esa misma mañana, había llegado a la conclusión de que Ken no podría hacer nada sin él. Alix lo había llamado cobarde, pero en vez de avergonzarse, Jared le había guiñado un ojo y se había largado a hurtadillas.

—Alix, lo único que digo es que necesitas tiempo para organizar la boda de Izzy, nada más.

—Todo está bajo control. —Le había entregado a su madre la carpeta que contenía todo el papeleo con los preparativos para la boda, desde las flores hasta la tarta.

Victoria se inclinó sobre la mesa y le dijo a su hija:

—Si estuviéramos en mitad de la Segunda Guerra Mundial y nos viésemos obligados a sufrir racionamiento, esta sería la boda perfecta.

Alix miró el reloj de pared. Eran casi las once y todavía no había empezado a trabajar. Jared y ella habían pasado una última noche en casa de Dilys, tras la cual habían limpiado la vivienda, le habían llenado el frigorífico de comida, habían hecho el equipaje y se habían marchado.

Los problemas empezaron nada más regresar a Kingsley House. Su madre se comportaba como un personaje de una novela victoriana y se había escandalizado al enterarse de que planeaban compartir dormitorio.

—Mamá, no es mi primer novio —le recordó ella.

—Pero es la primera vez que lo haces delante de mí —replicó Victoria, con la espalda muy tiesa.

—¿Qué es lo que te pasa? Estás muy rara.

Jared recogió su macuto del suelo en ese momento y miró a Victoria.

—Como quieras. Ya que has trasladado a Jilly a la casa de invitados con Ken, me quedaré en el apartamento de la doncella —lo dijo mirando a Victoria con gesto socarrón, pero también tratando de adivinar qué estaba tramando—. ¿Te importa si me quedo en el dormitorio que la tía Addy decoró con Alix? ¿O sería demasiado escandaloso para esta nueva personalidad tan delicada que demuestras?

—¡Sabía que esa era mi habitación! —exclamó Alix, que miró a su madre—. ¿Por qué nos alojamos en ese apartamento?

Victoria miró a Jared con gesto elocuente para indicarle que dejara el tema, y después le pasó un brazo por los hombros a su hija.

—Vamos, tienes que colocar todas sus cosas. No habrás visto diarios antiguos por algún lado, ¿verdad?

—¡Que tiemble el papel pintado! —exclamó Jared mientras se alejaba por el pasillo de camino al apartamento.

Eso sucedió el día anterior y a Alix no le había hecho ni pizca de gracia dormir sola. Aunque esperaba que Jared usara la escalera del orinal para colarse en su dormitorio, no lo había hecho. Esa mañana, mientras la besaba para darle los buenos días había susurrado:

—Tu madre le ha puesto un candado a la puerta de la escalera. —Lo dijo como si la actitud de Victoria le hiciera mucha gracia.

—Me alegro de que te resulte tan gracioso, porque a mí no me lo parece —replicó Alix.

En ese momento, Jared estaba en la obra y ella estaba con su madre, aguantando un sermón porque según Victoria habría fracasado en la planificación de la boda de Izzy.

—No se parece a una boda que se celebre en tiempos de racionamiento por culpa de una guerra y me molesta que hayas dicho eso.

—Es que pensaba que Izzy era tu mejor amiga. ¿No se merece mucho más que esto? ¿Tan ocupada estás pensando en Jared que te has olvidado de tu mejor amiga?

—¡Mamá! Eso es injusto. Izzy tiene un presupuesto limitado y no quiere una boda por todo lo alto. Pero, de todas formas, será maravillosa. Las flores silvestres y las cintas azules son preciosas. Me encantaría que mi boda fuera así.

Victoria se apoyó en el respaldo de la silla, como si la mera idea la espantara.

—¿Tu boda? Eres mi única hija y debo mantener contentos a mis lectores, que esperarán todo un espectáculo. Tu boda... —Agitó la mano, como si fuera algo demasiado espectacular como para describirlo con palabras—. Ahora no importa. Ni siquiera tienes novio.

Alix la miró echando chispas por los ojos.

—Por si no lo has notado, Jared y yo...

—Sí, sí —la interrumpió su madre mientras se ponía en pie—. Te has convertido en uno de los ligues de Jared. Ahora ponte uno de esos tops tan bonitos de Zero Main y vámonos a ver tartas.

Alix se levantó.

—La tarta ya está encargada y ¿qué quieres decir con eso de que soy uno de los ligues de Jared?

—Nada —respondió Victoria—. Ha sido un desliz. He visto la tarta que has encargado. Es demasiado simple y muy pequeña. Alix, cariño, ¿es que solo sabes diseñar edificios? ¿No podías haber elegido algo más adecuado para una futura arquitecta? ¿Qué te parece si imaginas cómo te gustaría que fuera tu boda, la reduces a un cuarto y ya tienes la boda de Izzy? —Caminó hasta la puerta—. Estaré lista dentro de diez minutos. ¿Por qué no vas arrancando el coche?

Alix se quedó en la cocina respirando hondo y mirando la

carpeta, llena de pedidos y fotos. A lo mejor la boda era un poco espartana, y quizás ella había estado demasiado enfrascada en su historia de amor y había descuidado la boda de Izzy.

Subió la escalinata a la carrera, se cambió de camisa, cogió su cuaderno de dibujo y salió de la casa. Fue hasta el coche que su madre había llevado a la isla para que ella lo usara. Era un BMW pequeño, casi nuevo, y el interior estaba flamante.

Como era de esperar, Victoria tardó media hora en asegurarse de que tanto su peinado como su maquillaje eran perfectos, y para entonces, Alix ya tenía varios diseños de tartas. Cuando su madre entró en el coche y la vio abrir la boca, perfectamente pintada, como si estuviera a punto de darle otra orden, Alix le preguntó:

—¿Sabes que Valentina era igualita que tú?

—¿Cómo lo sabes?

—Me lo dijo el capitán Caleb cuando bailé con él. —Alix tuvo la enorme satisfacción de haber dejado sin palabras a su madre, siempre tan segura de sí misma.

De todas formas, Victoria se recuperó en cuestión de segundos.

—¿Cuándo? ¿Cómo? ¿Dónde? En realidad, no bailaste con él, ¿verdad? Solo fue un sueño, ¿no?

Alix sonrió.

—¿Qué te parece una base cuadrada para la tarta, con un piso circular encima y los demás elevados sobre un espacio abierto para formar una torre de tres plantas?

—Alixandra —dijo Victoria despacio—, quiero que me hables de lo que hiciste con el capitán Caleb.

—¿Jared puede mudarse a mi dormitorio?

Victoria tomó una bocanada de aire tan profunda que estuvo a punto de ahogarse. Que Jared pasara las noches con su hija no formaba parte del plan que se le había ocurrido mientras dormía en la cama de Alix. Recordó la noche que Addy le había hablado del fantasma. Fue la última noche de su vida. Desde entonces, Victoria se subía por las paredes, harta de esperar a que Jared dejara de contar anécdotas sobre un sinfín de personas que se habían quedado asombradas y le permitiera regresar a Kingsley House. Sin embargo, después de escuchar que habían encontrado el diario de Valentina, se negó a seguir esperando. Compró un pasaje en el primer ferry que partía hacia la isla.

No obstante, sus prioridades habían cambiado desde que llegó a Nantucket. Su hija era lo primero.

Victoria tragó saliva. Lo que iba a decir sería doloroso.

—La boda de Izzy es más importante que lo que creas haber visto —contestó con los dientes apretados, de modo que su voz sonó demasiado remilgada—. Eres una adulta y, como tal, puedes hacer lo que te apetezca, pero no creo que sea apropiado que compartas habitación con un hombre al que hace tan poco tiempo que conoces. Alix, cariño, has descuidado a tu amiga de una forma espantosa.

En ese momento, fue Alix quien se quedó sin palabras. Si su madre estaba renunciando a escuchar una historia que llevaba tanto tiempo ansiando descubrir, la boda de Izzy debía de ser muy importante para ella.

—Tienes razón —dijo—. He estado más concentrada en Jared que en mi amiga. ¿Tan horribles son los planes para la boda?

—No, por supuesto que no —respondió Victoria—. Es que me resulta demasiado sencillo y me gustaría hacer mucho más por Izzy. ¿Te importaría darle prioridad a tu amiga una temporada y dejar a Jared en un segundo plano?

—¡Por supuesto que no! —exclamó.

—¡Bien! —replicó Victoria—. Y ahora, háblame del diseño de la tarta y dime qué narices es un espacio abierto en una tarta.

Un par de horas después, ambas estaban almorzando en el precioso restaurante Sea Grille. Victoria miraba su plato y apartaba la comida con el tenedor.

—¿Qué te pasa? —quiso saber Alix.

Su madre suspiró.

—He jurado mantener algo en secreto, pero me siento en la obligación de confesártelo.

Alix contuvo el aliento.

—¿Alguien está enfermo?

Victoria agitó el tenedor en el aire.

—No, no, nada de eso. Es Izzy.

—¡El bebé!

—No —dijo Victoria—. No es un tema de salud. ¿Recuerdas que te dije que la llamé?

—Sí.

—Estuvimos casi una hora hablando por teléfono. Está muy molesta. Con sus suegros y con su madre.

—Creía que eso estaba bajo control —comentó Alix.

—Eso es lo que ella quiere que creas. ¿Qué mujer no quiere elegir la tarta de su propia boda? Pero Izzy está tan estresada que no le importa. La verdad es que todo este asunto de la boda la asusta.

Alix se acomodó en el mullido asiento del restaurante.

—No tenía ni idea, pero... —Hizo una mueca—. Como bien has dicho, he estado demasiado pendiente de Jared y de todo lo relacionado con los Kingsley, y me he despreocupado de mi amiga.

Victoria colocó una mano sobre las de su hija.

—Sé por lo que has pasado. La primera vez que vine a Nantucket, hace tantos años, me sentí abrumada. Por eso no quise que te absorbieran, que te tragaran, me refiero a la familia, a sus fantasmas y a sus historias de amores perdidos. Si hubiera tenido la habilidad de ganarme la vida y de mantener a mi hija de otra forma, no habría venido a Nantucket todos los veranos. —Victoria imploró el perdón por haber soltado semejante mentira, pero lo hacía por una buena causa.

—Iré a verla —dijo Alix—. Cogeré el ferry esta tarde y...

—¡No! —la interrumpió Victoria—. No debería haberlo mencionado. Precisamente por eso Izzy no quiso decirte que las cosas están fatal. Es tan buena amiga que quiere que te quedes aquí con tu último novio y...

—Creo que Jared es mucho más que eso.

—Estoy segura de que lo crees así, cariño, pero no estamos hablando de él. Creo que deberíamos trabajar juntas para regalarle a Izzy una boda fabulosa.

—Siento mucho lo de la tarta —se disculpó Alix—. Debería haberme molestado en hacer algunos diseños.

Victoria agitó una mano para intentar restarle importancia al tema.

—Estoy pensando en algo más fastuoso. No tanto como tu

boda, pero sí algo más elegante que lo que has planeado hasta ahora.

—Mamá —dijo Alix con firmeza—, ojalá dejaras de decir eso. No quiero una boda fastuosa. Si me caso, o mejor dicho, cuando me case, solo quiero que asistan las personas a las que conozco y a las que quiero. Y ya sé que quiero casarme en la capilla que he diseñado. Es especial para mí.

—Alix, cariño, creo que te estás adelantando. En primer lugar, la capilla está en Nantucket. A menos que desees una boda lejos de tu hogar, no hay motivo alguno para desear casarte aquí. Sería un engorro muy caro pagarles el billete de avión a todos los invitados. Además, la gente de la editorial querrá asistir y ¿cómo van venir hasta aquí?

—¿La gente de...? —Alix dejó la pregunta en el aire—. Concentrémonos en Izzy, ¿quieres? ¿Qué planes tienes?

—Invitar a los Kingsley. Además, la novia de Kenneth es una Taggert, que están emparentados con los Montgomery, así que podríamos invitar a unos cuantos.

—¿Te refieres a cientos de personas?

—Unas trescientas cincuenta —contestó—. Invitaremos a tanta gente que las ceñudas familias de los novios acabarán ahogadas entre la multitud.

—¿Los gastos corren de tu cuenta?

—Por supuesto —contestó Victoria—. Izzy es como otra hija para mí y, además, no queremos que Izzy se ponga verde de la envidia cuando tú te cases en una catedral en Nueva York, con un vestido que tendrá una cola de al menos cinco metros de largo.

—Puedo asegurarte que nadie en su sano juicio se pondría verde de envida por algo así. Mamá, te repito que no voy a casarme con un vestido que tenga cola. De hecho... —Dejó de hablar porque si mencionaba el precioso vestido de novia de la tía Addy, la conversación podría volver de nuevo a Caleb, y en ese momento se sentía demasiado culpable por haber desatendido a su amiga. No quería tentar a su madre otra vez y acabar sintiéndose más culpable si cabía.

Victoria le echó un vistazo a su reloj.

—Tenemos que irnos. Freddy va a llevarme a Siasconset esta tarde.

—¿Vais en serio?

—¡Por favor, no! Es un hombre muy simpático, pero desde que murió su mujer, no parece interesarse por nada. —Se inclinó hacia delante—. Andan diciendo por ahí que no tardarán en sustituirlo al frente de la Asociación Histórica de Nantucket por su falta de liderazgo. —Dejó la tarjeta de crédito junto a la cuenta y la camarera se la llevó—. ¿En qué estás pensando?

—En Lexie —contestó Alix—. Ella sabe a quién podemos invitar para la boda de Izzy. Y Toby será capaz de encargarse de la decoración.

—¡Esas chicas tan monas! ¿Cómo están? Tenemos que invitarlas a cenar.

—Se me olvida que conoces a todos los habitantes de Nantucket. Las dos están bien.

—¿Lexie ya se ha comprometido con Nelson? ¿Toby ha perdido la virginidad?

Alix enarcó las cejas.

—No a lo del compromiso y no sabría decirte con respecto a Toby.

Victoria firmó, dejó una generosa propina y le sonrió a la camarera.

—No comentes lo de Toby. No es algo que ella vaya contando por ahí. Es una chica prudente. No quiere cometer un error. —Victoria miró a Alix con gesto elocuente.

—Al contrario que yo, que nada más conocer a un guapísimo y famoso arquitecto me lanzo a su cuello.

Victoria se encogió de hombros.

—Es el efecto que les provoca Jared a las mujeres, pero tiene una gran experiencia. Estoy segura de que después podrás usar lo que has aprendido con él. En la vida real. ¿Lista para marcharte? Faltan justo dos semanas para la boda y no podemos perder el tiempo. Roger está en California ahora mismo, así que es posible que Lexie esté libre para empezar a trabajar.

—¿Te refieres a Roger Plymouth?

—Por supuesto —contestó Victoria mientras se levantaba.

—¿Cómo es que lo conoces?

—Cariño, no me he pasado la vida encerrada en casa haciéndome la manicura mientras tú estudiabas en la universidad. Roger está en todos sitios. ¿Has visto el ramo rosa y beige que hay en el salón familiar? Es un regalo suyo.

—¿El que cubre por completo la mesa redonda de dos metros de diámetro?

—Ese mismo. Roger lo hace todo a lo grande. ¿Sigue enamorado de Lexie?

Alix meneó la cabeza.

—¿Conoces todos los secretos de la isla?

—No sé dónde están los diarios de Addy, ni cómo lograste bailar con un hombre que lleva doscientos años muerto, ni tampoco dónde has escondido el diario de Valentina.

Alix le sonrió.

—Me alegro de saber que todavía hay cosas que se te resisten.

—Pero al final lo descubriré todo —le aseguró su madre.

Alix no replicó porque sabía que era verdad.

29

Jared no se había sentido más frustrado en la vida. Estaba frustrado mental, física y psicológicamente... todo lo que se le ocurriera, así se sentía.

Siempre le había caído bien Victoria. En fin, tal vez no fue así el verano que la conoció, pero en aquel entonces odiaba a casi todo el mundo. Desde entonces, había disfrutado de sus visitas. Pero en ese momento, quería retorcerle el cuello.

En las cerca de dos semanas que habían transcurrido desde la llegada de Victoria, casi no había visto a Alix. Habían pasado de vivir juntos en armonía a no verse. En otro tiempo, eso no lo habría molestado, se habría limitado a salir a pescar. Pero había descubierto que trabajar, cuidar de un niño, relacionarse con los amigos y cualquier otra cosa que hiciera era más fácil y muchísimo más agradable con Alix al lado.

El día anterior, su socio, Tim, había llamado para decirle que ya estaba muy harto de su ausencia y que debía volver a Nueva York.

—Les caigo tan bien a todos los del estudio que se pasan el día alrededor de la máquina de agua para hablar. Para compartir experiencias. Para organizar citas entre ellos. Desde que te fuiste, han salido dos parejas en la oficina, y ya me estoy temiendo la división cuando rompan y empiecen a tomar partido por uno o por otro.

—Diles que vuelvan al trabajo —le sugirió Jared, pero no había interés ni convicción real tras sus palabras.

—Eso es lo que hago, pero me dan una palmadita en el hombro y me enseñan las fotos de sus hijos. ¡Y Stanley! Sin ti aquí, no tiene bastante trabajo. La semana pasada mandó un memorando diciendo que a partir de ahora los antiguos archivos estarán clasificados por colores.

—Tampoco vendría mal —comentó.

—¿Tú crees? Stanley tiene veintiuna categorías y veintiún colores. ¿Cuál es el color cereza? ¡Jared! Tienes que volver y meterlos a todos en cintura. Yo soy el que pone el dinero, ¿recuerdas? Tú eres el tirano.

Jared resopló.

—Si yo soy un tirano, ¿cómo es que me maneja una mujer diminuta con tacones?

—¿Te refieres a Alix?

—¡Joder, no! Ya ni siquiera la veo. Es su madre la que me está volviendo loco.

Tim puso los ojos en blanco.

—Me lo sé todo de las madres. Antes de casarme, mi suegra fue un monstruo. Ahora... la verdad es que ahora es una serpiente. Compré un libro en el que se menciona a una tribu que no deja que la madre de la novia hable con el marido de su hija. ¿Quieres que te mande un ejemplar?

—No, gracias —contestó Jared—. Volveré después de la boda de Izzy. Queda menos de una semana.

—¿Piensas traerte a tu nueva chica?

—Alix no es «mi nueva chica» —medio gritó Jared—. Es mucho más que eso.

—¡No la tomes conmigo! Conserva las fuerzas para los que se reúnen junto a la máquina de agua. A lo mejor debería empezar a repartir globos entre los que hacen bien su trabajo. ¿Crees que inspirará al resto?

—Ya lo he pillado. La boda es el sábado. Estaré en el estudio el lunes.

—¿Lo prometes por lo más sagrado?

—Vete a contar monedas —gruñó Jared antes de cortar la llamada.

Después de la llamada, Jared se sintió mucho peor... algo que no había creído que fuese posible. Al principio, le hizo gracia lo que hacía Victoria. Ken había llegado a la obra de la capilla con Jilly y estaba furioso por lo que Victoria había intentado hacer.

—¡Quería que Jilly le hiciera de criada! ¿Te lo puedes creer? —Ken echaba humo por las orejas.

—¿Y tu solución fue que Jilly se mudara contigo? —preguntó Jared.

—Tenía que protegerla, ¿no?

Jared se volvió para ocultar la sonrisilla, pero al día siguiente estaba frunciendo el ceño. Victoria lo había echado del dormitorio de Alix. Al principio, no le molestó, ya que pensaba usar la escalera secreta más tarde, pero había subestimado a Victoria. La cerró por dentro. Era irritante descubrir que conocía tan bien la casa, y ojalá pudiera decirle a la tía Addy lo que pensaba por haberle hablado a una forastera de esa escalera. El hecho de que él se la hubiera enseñado a Alix y de que Ken hubiera ayudado a repararla era insignificante.

Peor que los cerrojos era lo que Victoria le había hecho a la cabeza de Alix. Había conseguido que se obsesionara con la boda de Izzy. Se había visto obligada a repetir todo lo que había hecho hasta el momento y a enseñárselo a Victoria para recibir su aprobación.

—Tal vez unas cuantas rosas más —decía Victoria mientras levantaba la vista por encima de una taza de té, tras lo cual Alix volvía y lo repetía.

Si no se equivocaba mucho, Alix estaba repitiendo las tareas unas cuatro veces.

Esa mañana había intentado hablar con Alix del tema, pero no había salido como esperaba.

—Solo será hasta que pase la boda —replicó Alix—, después todo volverá a la normalidad.

—¿Qué quieres decir con «normalidad»?

—No lo sé. —Alix se miró el reloj—. Tengo una cita con los de la carpa en diez minutos. Tengo que irme.

Jared la cogió del brazo.

—Alix, después de la boda, tu madre se encerrará con el diario de Valentina y seguramente empezará a buscar los que escribió Addy. —Si Victoria seguía viva, por supuesto, aunque no lo dijo en voz alta. Ese secreto le pesaba sobre los hombros cada vez más.

—No veo cuál es el problema —replicó Alix al tiempo que empezaba a bajar la escalera.

—Es que te has plegado a las órdenes de tu madre como si todavía tuvieras cuatro años.

Alix se detuvo en mitad de la escalera y lo fulminó con la mirada.

—¿Qué quieres decir exactamente? ¿Que no debería ocupar parte de mi tiempo en ayudar a que mi amiga tenga una boda estupenda?

—No, claro que no. Solo digo que estoy al final del pasillo y que tú no estás conmigo. —La miró con una sonrisilla.

—Es por el sexo, ¿verdad? Quieres que esté en la cama contigo y que mi amiga se ocupe de su propia boda. ¿Es lo que quieres decir? —Bajó otro escalón, pero Jared le bloqueó el paso con un brazo.

Ella se detuvo, pero no lo miró.

—Alix, no he querido que sonara de esa manera. Es que te echo de menos. —Se inclinó hacia ella para posar los labios junto a su oreja—. Echo de menos nuestras charlas, echo de menos trabajar juntos. Echo de menos verte.

Alix se volvió hacia él.

—Yo también te echo de menos, pero soy realista. Pronto volverás a Nueva York y yo me quedaré aquí con mi madre durante el resto del año que tengo que estar en tu casa. Me ha pedido que la ayude con su fecha tope. Tiene problemas de vista, así que voy a leerle en voz alta el diario de Valentina.

Jared se quedó sin habla un instante.

—¿¡Y te has tragado ese cuento!?

—¿Que si me he tragado que mi madre tiene problemas de vista? Por favor, Jared, ¿por qué iba a mentirme en algo así?

—Para mantenernos separados —contestó.

—¡Menuda ridiculez! Estoy en esta casa por el testamento de tu tía, mi madre está aquí porque necesita ganarse la vida y tú no vas a estar aquí porque tienes que dirigir un negocio. ¿Cómo explica eso que sea mi madre la que nos mantiene separados?

—Me refiero a ahora mismo. A hoy, a mañana.

—Ah —dijo ella—. Entiendo, estás enfadado porque no me meto en la cama ahora mismo contigo. Estarás bien en Nueva York porque te pondrás tu esmoquin y saldrás con tus supermodelos, pero ahora, hoy, me quieres a mí porque... Bueno, porque estoy aquí.

—¡Eso sí que es ridículo! Me queda una semana antes de irme a Nueva York y siempre vuelvo a casa. A menudo.

Esa respuesta cabreó tanto a Alix que le dio miedo replicar. Lo miró de arriba abajo.

—¡Tengo que irme! —Bajó la escalera a toda prisa.

A Jared le costó la misma vida no estampar el puño contra la pared. Por eso nunca llevaba a sus novias a Nantucket, se dijo. Si comenzaba a ser amable con ellas en casa, después...

Después, ¿qué?, se preguntó. ¿Se iban corriendo para ayudar a sus amigas en vez de pasar cada minuto del día con él?

—¿Quién es el crío de cuatro años? —masculló al tiempo que subía de nuevo la escalinata.

En lo alto vio a su abuelo, tan sólido, tan real, que supo que si extendía una mano, podría tocarlo. El hombre tenía una sonrisilla ufana que proclamaba: «¡Ya te lo dije!»

Jared llevaba semanas sin ver a su abuelo... y lo echaba de menos casi tanto como echaba de menos a Alix.

—Quiero hablar contigo.

—Ya está todo dicho —replicó Caleb antes de alejarse.

No se desvaneció sin más, sino que se alejó andando. Jared juraría que escuchaba el crujido de los tablones de madera, algo imposible teniendo en cuenta que el cuerpo fantasmagórico de Caleb no tenía peso.

Cuando Jared llegó al final de la escalinata, el amplio pasillo estaba desierto y Victoria salía de su dormitorio.

—Jared, me has asustado. ¿Os he oído discutir a Alix y a ti?

—Claro que no. ¿Por qué íbamos a discutir? ¿Qué le tienes preparado hoy? ¿Tiene que organizar salidas a lomos de delfines?

Victoria esbozó una sonrisa dulce.

—Claro que no, cariño, había pensado que los invitados disfrutaran de un paseo en trineo al estilo de Nantucket. —Pasó junto a él.

Un paseo en trineo al estilo de Nantucket se refería a cuando, en tiempos lejanos, los marineros arponeaban a una ballena desde sus barcas de remos, tras lo cual la enorme criatura los arrastraba mar adentro en un aterrador y peligroso paseo.

Apretó los dientes y la vio bajar la escalera. Cuando miró hacia atrás, vio de nuevo a su abuelo, que en esa ocasión sonreía de oreja a oreja.

—¡No te muevas! —le ordenó, pero Caleb se limitó a soltar una carcajada y a marcharse.

Jared se apoyó en la pared. ¡Definitivamente no era su mejor día!

—¿Estás bien? —le preguntó Victoria a su hija.

Ya era por la tarde y estaban instaladas en el salón familiar. Victoria estaba sentada en el sofá con un montón de documentos impresos en el regazo y un cóctel de ron en la mano.

Alix estaba sentada en un cojín, en el suelo, con las piernas por debajo de la mesita auxiliar, mientras hacía lacitos con cintas verdes. El día anterior, su madre había declarado que tenían que organizarle una fiesta a Izzy para celebrar su maternidad el día previo a la boda. Desde que lo dijo, Alix estaba sumergida en cositas de bebé.

—Estoy bien.

—No pareces feliz. Si no quieres hacerlo, le diré a Lexie o a Toby que me ayuden. Estoy segura de que no les importará.

—No, no es eso. Es que...

—Es por Jared, ¿verdad? —preguntó Victoria.

—Pues sí. Discutimos esta mañana y fui muy dura. Me dijo que me echaba de menos.

—Seguro que sí. ¿Cuándo vuelve a Nueva York?

—La semana que viene. Supongo que después de la boda. —Hizo una mueca—. Pero dice que vendrá a Nantucket a menudo. Supongo que lo veré entonces.

—Alix...

La aludida levantó la mano.

—No pasa nada. Sabía que iba a pasar tarde o temprano. Esperaba que no pasara, pero... No sé qué había esperado. —Metió la mano en la caja con los lacitos—. ¿Crees que habrá suficientes?

—Hay de sobra. —Observaba a su hija con atención—. ¿Por qué no te vas a casa de Lexie y de Toby? A lo mejor te animan. Y creo que Jared está fuera con la cabeza metida en el capó de su camioneta. A lo mejor podrías alargarle las herramientas.

—No, gracias —repuso Alix al ponerse en pie—. Verlo ahora mismo solo empeorará lo inevitable. Creo que subiré a mi dormitorio y leeré un rato. De repente, estoy muy cansada. —Le dio un beso a su madre en la mejilla y salió de la estancia.

Victoria soltó las páginas de su manuscrito en la mesita auxiliar y frunció el ceño. De momento, el plan que se le había ocurrido mientras dormía no se estaba desarrollando como había previsto.

—Jared, eres idiota —dijo en voz alta.

En el exterior, Jared levantó la vista de su camioneta y vio luz en la ventana de Alix. Se había tranquilizado lo suficiente desde esa mañana para saber que ella tenía razón. Le había prometido a Tim que volvería a la oficina el lunes y pensaba estar allí. Después de eso, en fin, se afanaría por conseguir que Alix se quedara con él para siempre. Sonrió al pensarlo. Llevaría tiempo y tendrían que solucionar varios problemas juntos. En primer lugar, Nueva York. Su estudio y su vida laboral componían una gran parte de él y Alix tenía que asumirlo.

Miró de nuevo la ventana y vio su sombra al moverse tras el cristal. ¿A quién quería engañar? Seguramente Alix llevara la oficina mejor que él. Y se relacionaba mejor con las personas, así que eso no sería un problema.

A decir verdad, no se le ocurría ningún aspecto de su vida que Alix no pudiera mejorar.

Su duda era saber qué sentía Alix por él. Desde luego que no había parecido alterarse mucho por el hecho de que él se fuera a Nueva York mientras ella se quedaba en la isla.

Cogió una llave de tuerca. Tim iba a ponerse furioso cuando se enterara de que durante el siguiente año su socio iba a ausentarse mucho de la oficina.

30

Dos días después, Victoria vio a Jared caminando por el jardín en dirección a la puerta de la cocina. Parecía que acababa de salir de la ducha y llevaba un enorme ramo de flores en la mano. Saltaba a la vista que había ido a pedir perdón.

Ken le había dicho que Jared se había pasado todo el día anterior navegando en su embarcación.

—La capilla está casi lista y nos habría gustado contar con su ayuda. ¿Qué le has hecho a Alix que parece tan triste?

Victoria se llevó las manos a la espalda y cruzó los dedos.

—Esta vez no he sido yo. Jared y Alix han discutido y están enfadados.

—No me lo puedo creer —replicó Ken—. Si parecía que se conocían desde siempre...

—Típico de ti pensar que son como tus clones... —repuso Victoria asqueada, pero Ken sonrió.

—¿Por qué discutieron?

Victoria se encogió de hombros.

—Jared le dijo que volvía a Nueva York y Alix se queda aquí. Parece que lo han dejado. En realidad, Alix está tan mal que apenas si habla. ¿Crees que debería llevarla al médico para que le recete algunas pastillas?

La furia que lo asaltó hizo que Ken se pusiera colorado desde el cuello hasta la cara.

—¡Voy a matar a ese muchacho! —exclamó entre dientes, tras lo cual se dio media vuelta y salió de la casa hecho una furia.

Victoria se limitó a menear la cabeza mientras lo veía alejarse.

—¿Ahora me prestas atención? Si miento, me prestas atención. Cuando soy sincera contigo, no me haces ni caso y te vas a jugar al tenis con el padre de Toby. ¡Hombres!

En ese momento, Jared caminaba hacia la casa con expresión contrita, armado con el ramo de flores. Tal vez debería alegrarse de esa imagen, pero no lo hacía. ¿Qué pasaría a continuación? ¿Arreglarían las cosas Alix y él? Eso no cambiaría nada. Después de la boda, Jared volvería a Nueva York y Alix tendría que quedarse en Nantucket. ¿Se quedaría para leerle el diario de Valentina?

«¡Dios me libre!», pensó. Jamás podría concentrarse si alguien le leía el diario en voz alta y, además, Alix estaría muy deprimida. Se pasaría el día mirando el móvil, a la espera de que S.A.R. la llamara.

No, sería mejor que pusiera su granito de arena para acelerar las cosas. Jared ya casi había llegado a la puerta, de modo que la abrió un poco sin hacer ruido y corrió al salón familiar.

Alix estaba junto a la ventana, ojeando planos, pero cuando la oyó llegar, los escondió debajo de unas revistas de novia.

—Seguro que te alegras de haberte librado de un hombre como Jared —comentó Victoria en voz muy alta.

—Solo hemos tenido una discusión. No lo hemos dejado ni mucho menos. Mamá, a veces creo que no lo soportas.

—Pero, cariño —replicó Victoria, que en ese momento vio que Jared se detenía en el pasillo, con las flores en la mano, pero lejos de la puerta de modo que Alix no lo veía—, adoro a Jared. Siempre lo he hecho. Claro que, ¿crees que es el hombre adecuado para alguien como tú?

—¿Qué quieres decir?

—Cariño, es un hombre de mundo. Está acostumbrado a los yates, a las fiestas y a esas chicas recauchutadas que le recuerdan que es famoso.

Alix sintió que la sangre se le agolpaba en la cara, tal cual le había sucedido a su padre.

—También le gusta el trabajo, como a mí. Y ese hombre al que tanto le gustan los yates también le echa un cable a mucha gente de esta isla. Si alguien necesita ayuda, Jared siempre está ahí para arrimar el hombro.

—Pero ¿cómo encajas tú en esa imagen? —preguntó Victoria con escepticismo al tiempo que enarcaba una ceja. Su tono implicaba que Alix desconocía cuál era el estilo de vida de Jared.

—Me necesita —respondió ella, levantando la voz por la furia—. Yo veo al hombre que existe detrás de la figura pública, detrás del famoso. ¿Sabes una cosa? Creo que antes de conocerme, Jared llevaba una vida muy solitaria. Rodeado de gente que solo lo quería por lo que podía ofrecer, por lo que podía hacer, no por lo que es.

—Pero ¿no es eso lo que tú buscas en él? ¿Un trampolín para tu carrera? ¿Convertirte en un gran éxito colgada de su brazo?

—¡No! —gritó Alix, si bien la furia la abandonó al instante—. Bueno, antes sí. Cuando lo conocí, solo quería trabajar en su estudio, ya no. Ahora quiero compartir mi vida con él. Si quiere construir cabañas en África, me iré con él.

—¿Y renunciarás al sueño de asombrar al mundo con tus diseños? ¿Tanto lo quieres?

—Sí —contestó Alix en voz baja—. Lo quiero. Lo quiero más que a todos los edificios del mundo. Nunca había imaginado que se podía querer tanto a una persona.

El precioso rostro de Victoria abandonó la expresión arrogante y se convirtió de nuevo en la madre de Alix.

—Eso era lo que quería escuchar. —Extendió los brazos y Alix corrió hacia ella para que la estrechara contra su cuerpo.

Victoria miró por encima de la cabeza de su hija a Jared, que contemplaba en silencio la escena desde el vano de la puerta. Tras esbozar una sonrisa que pareció iluminar toda la estancia, Jared se dio media vuelta y se marchó.

Estaba a punto de subirse a la camioneta, pero lo que había escuchado lo había dejado demasiado atontado como para conducir. Cuando se percató de que aún llevaba las flores en la mano, las arrojó al interior de la camioneta por la ventanilla y echó a andar. Recorrió las calles de su amado pueblo, ajeno por completo a los turistas que señalaban y contemplaban la perfección de sus antiguas casas.

Bajó por Centre Street hasta el hotel Jared Coffin House y

después dobló a la derecha al pasar la librería. Desde ahí siguió hasta Jetties Beach, un lugar donde podía sentarse a escuchar y ver el océano.

Acababa de llegar a la orilla del mar cuando lo llamaron al móvil. Tal vez fuera Alix, pensó, pero era un número que no estaba incluido en su lista de contactos. Normalmente no lo habría cogido, pero en esa ocasión contestó. La voz nerviosa de una mujer le preguntó:

—¿Señor Montgomery? Quiero decir, Kingsley. Bueno, ¿Jared?

—¿Sí?

—Soy yo, Izzy.

—Alix está bien —dijo él—. Y siento mucho que haya estado tan triste por mi culpa.

—¡Ah! —exclamó Izzy—. No tenía ni idea, pero estoy segura de que estás arrepentido. No llamaba por eso. ¿Te pillo en mal momento para hablar?

—En absoluto —contestó—. ¿Qué te pasa?

—No quiero que Alix se enfade conmigo, pero voy a hacerle algo espantoso y muy feo: no voy a aparecer el día de mi boda.

—¿Vas a dejar a Glenn plantado en el altar? —quiso saber Jared.

—¡No, no! ¡Por supuesto que no! Él estará conmigo. Pero sí voy a dejar plantados a mis padres y al resto de la familia, porque lo único que hacen es discutir y pelearse.

—No entiendo qué vas a hacer.

—Espera, te paso a Glenn y él te lo explica todo mucho mejor que yo.

Cuando su prometido se puso al teléfono, habló con voz firme. Era un hombre que estaba defendiendo a la mujer que amaba.

—Han sido unos días horribles, con nuestras familias discutiendo a todas horas. Pensé que habíamos logrado solucionarlo todo, pero me equivoqué. Los problemas siguieron cociéndose bajo la superficie y han vuelto a estallar. No sé cómo fue la cosa antes porque Izzy era quien se estaba encargando de todo y lo seguiría haciendo si no estuviera embarazada. —Guardó silencio un instante y después siguió—: Izzy ni siquiera ha podido librarse de las horripilantes damas de honor que le han encasquetado. Lo intentó, pero... el caso es que me siento fatal por no haberle prestado más atención al tema antes. Lo que pasa es que me parecía que era un asunto de mujeres y... —Respiró hondo—. Eso no es lo importante. El médico nos dijo ayer que el estrés que está sufriendo Izzy puede ocasionarle problemas físicos. Si no se relaja y se aleja de todo esto, es posible que perdamos al niño.

Jared dijo al instante:

—¿Qué puedo hacer por vosotros? Lo que sea.

Glenn contestó que querían que los planes siguieran adelante tal cual estaban dispuestos, que sus familias irían a Nantucket, pero que a la hora de la ceremonia alguien tendría que decirles a los invitados que no habría boda.

—Tú... u otra persona puede decir que nos hemos fugado a los confines de la Tierra. Como ellos pagan por todo, que disfruten de la comida y de la música. Porque no van a seguir torturando a mi novia.

—Lo entiendo —dijo Jared.

—Otra cosa más. Izzy tiene miedo de llamar a Alix porque sabe que ha hecho un gran esfuerzo planeando la boda, sobre todo desde que apareció Victoria. Y también tiene miedo de que pienses que es una mala persona por dejar a todo el mundo en la estacada.

—¿Puedo hablar con ella, por favor?

—¿Sí? —le preguntó Izzy al instante, con voz insegura.

—Izzy —dijo Jared muy despacio—, creo que esto es lo más sensato que he oído en la vida. Y cualquier mujer que anteponga su hijo a su boda está en los primeros puestos de mi lista de mejores personas.

Izzy estalló en lágrimas y Glenn le quitó el teléfono.

—¿Se encuentra bien? —le preguntó Jared.

—Sí, es que llora por cualquier cosa. Mi madre y la suya me tienen a mí al borde de las lágrimas desde hace un par de días. Izzy no le ha contado casi nada a Alix para que... —dejó la frase en el aire.

—¿Para qué?

—Para que Alix pueda quedarse en la isla contigo. Izzy sabe

que si le cuenta toda la verdad, Alix vendrá lo antes posible, tal como Izzy haría de estar en su lugar. Y no quiere que... que se aleje de ti.

Jared no pudo evitar sentir un ramalazo de culpa.

—Escucha, Glenn, no te preocupes por nada. Mantendré todo esto en secreto y les mentiré a todos. Les diré que Izzy está escondida en mi casa y que saldrá cuando llegue el momento de la ceremonia. No descubrirán que no hay boda hasta el último minuto. Y me aseguraré de que corra tanto alcohol que a los invitados les dará igual. En cuanto a las madres, le diré a Victoria que se encargue de ellas.

—Gracias —dijo Glenn, con evidente alivio y gratitud—. No conozco a muchos famosos e Izzy dice que tú eres lo más de lo más en el mundo de la arquitectura, pero si todos son como tú... En fin, que muchas gracias. A ver si así Izzy puede relajarse un poco. Nos casaremos en las Bermudas.

—Enviadnos una postal —replicó Jared.

—¿En plural? ¿Te refieres a Alix y a ti?

—Sí. Alix aún no lo sabe, pero voy a pedirle que me permita finalizar el proceso de convertirla en una Kingsley. —De fondo, Jared escuchó el grito agudo de Izzy, lo que demostraba que había estado escuchando la conversación.

—Buenooooo —dijo Glenn—, ahora sí que la has liado. Voy a tener que darle un tranquilizante a Izzy para relajarla y evitar que llame a Alix.

—¿Estaréis disponibles hoy? ¿Os puedo llamar luego para acordar algunos detalles? —preguntó Jared.

—Seguiremos por aquí —le aseguró Glenn—. Y gracias de nuevo.

Una vez que cortó la llamada, Jared se guardó el teléfono en el bolsillo.

Clavó la mirada en el agua durante un rato. Los planes que rondaban por su mente no se habían solidificado hasta que había pronunciado las palabras en voz alta. Pero le gustaba la idea. Quería pasar el resto de su vida con Alix.

Su primer pensamiento fue hablar con su abuelo, pero sabía que no podía hacerlo. Además, sabía lo que le iba a decir: «Antes tienes que proponérselo.» La sonrisa que le provocó dicho pensamiento le recordó que su abuelo se marcharía el mismo día que daría comienzo su nueva vida.

Mientras caminaba de regreso al pueblo, empezó a darle vueltas a la mejor manera de proponerle matrimonio a Alix. Sabía cuál era el lugar perfecto para hacerlo. Tenía una amiga decoradora de interiores y ella podría ayudarlo con la primera parte del plan. Se dirigió a la floristería donde estaba trabajando Toby y le contó lo que le habían dicho Izzy y Glenn. Después, le explicó el nuevo plan que había tramado.

—¿El sábado? —preguntó ella—. ¿Lexie y yo?

—Exacto. Todavía tengo que acordar algunos detalles con Izzy, pero está casi todo dispuesto. Lo único que cambiará serán los actores principales.

—Sí, los actores principales —repitió Toby, riéndose por la facilidad con la que Jared hablaba de un proyecto tan complicado.

Jared sonrió y la besó en la mejilla.

—Sé que podréis hacerlo. Debo irme, tengo muchas cosas que hacer.

—Estoy segura de que es así. Por cierto, enhorabuena.

—Todavía no ha dicho que sí —le recordó él.

—Sus ojos lo han hecho, y eso es lo importante.

Jared se detuvo en el vano de la puerta y miró a Toby.

—¿Crees que lo lograremos?

—Claro que sí —respondió ella—. Lexie y yo nos encargaremos de todo.

En cuanto se cerró la puerta, Toby deseó ponerse a llorar por la frustración, pero no tenía tiempo que perder. Jared había dicho que Victoria no podía descubrir lo que estaban tramando bajo ninguna circunstancia. Sin embargo, era un secreto difícil de ocultar. Si se lo decían a la persona equivocada, toda la isla se enteraría.

Aunque Toby solo había hablado con Jilly una vez, para darle las gracias por haber limpiado el invernadero, cayó en la cuenta de que poseía una característica excepcional: Jilly no conocía a nadie en Nantucket a quien poder contárselo. De modo que la llamó. Sin preámbulos, le preguntó:

—¿Eres capaz de ocultarle un secreto a Ken?

—Lo más probable es que no.

—En ese caso, tendremos que incluirlo porque no tengo tiempo para intrigas y esas cosas. Con Ken no habrá problema, pero Victoria es harina de otro costal. ¿Crees que puedes convencer a Ken de que no le cuente a Victoria un secreto muy gordo que está relacionado con Alix?

—Creo que Ken vendería su alma al diablo por esa oportunidad.

Toby se echó a reír.

—Me alegro. Más o menos. En primer lugar, nos hace falta un hombre. ¿Puedes conseguirnos uno?

—Dime el año de nacimiento, la altura, el físico y la complexión que necesitas y podré encontrar al hombre perfecto entre todos mis parientes.

Toby rio de nuevo. Tal vez lo que Jared les había pedido a Lexie y a ella que hicieran no fuese tan complicado después de todo.

Tan pronto como colgó el teléfono, Jilly llamó a Ken.

—¿Has visto a Jared? —le preguntó él al instante.

—No, pero sé lo que ha estado haciendo.

—¡Y yo! —exclamó Ken con ferocidad.

Jilly se percató de que estaba furioso.

—¿No apruebas lo que va a hacer?

—¿Que si apruebo que haya engatusado a mi hija con ese piquito de oro que tiene para dejarla tirada ahora? ¡Por supuesto que no...!

—¡Ken! —lo interrumpió Jilly—. Creo que es mejor que escuches lo que tengo que decirte. ¿Tienes esmoquin?

La pregunta lo dejó tan pasmado que no pudo pronunciar palabra, de modo que se limitó a escuchar lo que Jilly tenía que explicarle.

En cuanto a Jared, solo tuvo que caminar un breve trecho antes de llegar a una joyería.

—¿Qué tienes de la talla cinco? —le preguntó al dueño del establecimiento.

31

Alix pasó el día con su madre, yendo de una tienda a otra y mirando desde quesos a regalos para las damas de honor y gemelos para los acompañantes del novio.

—Mamá, creo que Izzy se encarga de esta parte. Parece que se te ha olvidado que es su boda y no la mía.

—¿Cómo me podría olvidar de eso? Cuando te cases, necesitaré un año para planificar la boda.

—Genial —masculló Alix—. Cuando por fin me case, seré demasiado vieja para comprar yo sola.

Victoria cogió a su hija del brazo.

—¿Jared no te ha llamado todavía?

—No ha dado señales de vida. Ni me ha llamado, ni me ha mandado un mensaje de texto o de correo electrónico, ni una paloma mensajera ni nada.

—Ken me dijo que Jared salió ayer en su barco, así que a lo mejor sigue en el mar. ¡No! Espera. Volvió anoche. A lo mejor está ocupado con algún nuevo encargo.

—Sin mí.

—¡Por el amor de Dios, Alix! Tienes que animarte. No es la primera vez que estás enamorada y desde luego que tampoco será la última. —Victoria se detuvo para admirar unos zapatos en un escaparate y después miró hacia el otro lado de la calle, a Sweet Inspirations—. ¿Te apetece un poco de chocolate?

—No, gracias —contestó Alix antes de mirar a su madre—. ¿Qué haces cuando el hombre a quien quieres no te llama?

—Eso no me ha pasado en la vida —le aseguró Victoria.

—¿Ningún hombre ha pasado de llamarte? —preguntó Alix con interés. Jamás le había preguntado a su madre por esas cosas.

—Eso sí ha pasado. Es que nunca he estado enamorada. Al menos, no como tú te refieres. —Echó a andar.

Alix se apresuró a seguirla.

—Eso nunca me lo habías dicho.

—Nunca se lo he dicho a nadie. Escribo libros acerca de pasiones desbordadas y de un Amor Verdadero inmortal. Si alguna vez le echo el guante al diario de Valentina, y si tengo la suerte de conocer al fantasma Kingsley, pienso escribir una grandiosa saga acerca de un amor tan profundo capaz de sortear la muerte. Es maravilloso de leer y de escribir, pero salvo por mis libros, nunca lo he experimentado.

Alix miraba a su madre sin dejar de parpadear. Se podía vivir con alguien toda la vida y desconocer detalles fundamentales sobre dicha persona.

—¿Qué me dices de Rockwell? Te gustaba mucho.

—Eso era sexo, nada más.

—Oh. —Alix se debatía entre el deseo de saber más cosas y el deseo de que no se las contara su madre—. Creía que por eso te gustaba tanto André. Nunca te lo dije, pero me tiró los tejos una vez. Tendría unos dieciséis años.

—Cariño, André le tira los tejos a cualquier cosa que se mueva. En la fiesta de tu decimoséptimo cumpleaños, lo pillé en un armario con uno de los camareros. Me pidió que me desnudara de cintura para arriba y me uniera a ellos.

—¿Solo de cintura para arriba? —Alix levantó una mano—. No contestes. ¿Qué me dices de Preston? Me gustaba.

—Te gustaban los regalos que te hacía. Cuando lo pillé doblando tu ropa limpia y dejando la mía en la cesta, le dije que se largara.

Alix se cogió del brazo de su madre.

—Lo siento. No tenía ni idea, pero he visto a tantos hombres hacer el ridículo por ti que siempre supuse que había amor de por medio.

—Parece que atraigo a los hombres equivocados. Cuando me miran, no ven una casa de dos plantas con tres niños.

—Pero papá sí lo hizo —replicó Alix, que después hizo una mueca—. Por favor, no me digas algo espantoso de papá.

—No hay nada espantoso. Creció en un mundo sin complicaciones, con todo hecho, en el que todo el mundo sabía cuál era su lugar. Yo era joven y de un ambiente totalmente distinto. Creo que le resultaba excitante. Al menos, durante un tiempo. Cuando la cosa se puso fea entre sus padres y yo, escondió la cabeza en la arena. —Victoria le dio un apretón en el brazo—. Todo eso pasó hace mucho tiempo y ya da igual. Además, tu padre está enamorado.

—¿De Jilly? —Alix había estado tan abrumada por la boda y por los planes para la fiesta en honor al bebé de Izzy que apenas tenía tiempo para otras cosas. Desde luego, no se había dado cuenta de que su padre estaba enamorado.

—Sí. Están hechos el uno para el otro. Lo tengo clarísimo.

Alix suspiró.

—En fin, mamá, supongo que eso nos deja a nosotras dos solas. Otra vez. Jared me ha ofrecido un puesto en su estudio, pero no sé si debería aceptarlo. Si tengo que verlo con otra mujer, creo que caería fulminada.

—Acabarás descubriendo que eres capaz de soportar muchas más cosas en la vida de las que crees. Por supuesto que vas a aceptar el puesto. —Estaban cerca de la orilla, junto al Juice Bar—. ¿Te sigue gustando el helado de mantequilla de cacahuete? —preguntó Victoria.

—Pues sí. ¿Y a ti te sigue gustando el helado de cereza con trocitos de chocolate?

Victoria sonrió.

—Sigue siendo mi preferido. ¿Nos damos un homenaje para olvidarnos de los hombres?

—¡Será un placer! —exclamó Alix.

A eso de las cuatro de la tarde, Alix recibió un mensaje de texto de Lexie.

Toby y yo vamos a arreglarnos para salir a tomar algo. ¿Te recogemos a las 7.30?

Se lo leyó a su madre.

—No sé si estoy de humor para salir.

—Quiero que salgas —dijo Victoria—. Freddy va a venir esta noche y nos gustaría pasar tiempo a solas.

Alix seguía dudando.

—¿Y si te presto mi Oscar de la Renta de seda azul?

—¿Con los Manolos?

—¿Los negros con las piedrecitas en un lateral? —Victoria se llevó una mano al corazón—. Los sacrificios que hay que hacer por una hija.

Alix se quitó del regazo tres revistas, todas de artículos de boda, y dos rollos de papel de regalo y echó a andar hacia la escalera.

—Y tus pendientes de plata con los diamantes engarzados —le gritó mientras subía corriendo.

Victoria lanzó un gemido melodramático, algo que le costó mucho, sobre todo teniendo en cuenta que sonreía de oreja a oreja.

Cuando Lexie apareció en la puerta trasera, miró a Alix y dijo:

—¡Uau! Pareces...

—La Cenicienta —terminó Toby tras ella.

Aunque ellas iban bien vestidas, Alix parecía a punto de salir a una pasarela.

—Mi madre me ha arreglado el pelo. ¿Os gusta? —Victoria se lo había recogido, pero le había dejado varios mechones para enmarcarle la cara.

—Estás genial —dijo Toby—. Ojalá hubiéramos alquilado una limusina.

—Pues tendremos que apañárnosla con mi camioneta —repuso Lexie.

Victoria las besó a las tres, les deseó que se lo pasaran bien y las despidió con la mano.

Las tres se sentaron en la parte delantera de la camioneta de Lexie. Alix no tenía ni idea de adónde iban, pero se sorprendió cuando enfilaron hacia la parcela en la que se estaba construyendo la capilla. No había estado allí desde que encontraron el diario de Valentina, y le parecía que había transcurrido una eternidad. Cuando Lexie aparcó en el camino de tierra, Alix comenzó a olerse algo.

—¿Qué haces?

Fue Toby quien contestó:

—Lo sentimos, Alix, pero Jared nos ha pedido que te trajéramos. Está en la capilla y quiere hablar contigo.

Alix frunció el ceño.

—Si quería hablar conmigo, no tenía que montar todo este teatro. Podría haber...

Toby le cogió una mano.

—Por favor, entra. Ha estado muy alterado desde que discutisteis.

—¿Es que todos en la isla se han enterado?

Toby miró a Lexie y después la miró de nuevo a ella.

—Pues básicamente, sí.

A Alix se le escapó una carcajada.

—¿De qué lado estáis?

—Del tuyo —respondió Toby.

—Desde luego que del tuyo —le aseguró Lexie.

—En ese caso, entraré.

Abrió la puerta de la camioneta y se apeó... y se hundió en la arena de Nantucket. Se quitó los zapatos de tacón y anduvo descalza hasta la capilla mientras Lexie se alejaba marcha atrás.

A lo lejos se escuchaba el mar, y la silueta de la capilla recortada contra el atardecer azulado era preciosa. Alix no pudo reprimir el orgullo que sintió al verla. Ver algo que había existido solo en su imaginación tomar forma real resultaba inspirador. Hacía que quisiera crear más edificios.

Las ventanas ya estaban montadas, y a través de ellas vio la luz de las velas. Se detuvo delante de la enorme puerta de doble hoja, tocó las bisagras que había diseñado y que Jared había encargado, y se puso los zapatos antes de que la puerta se abriera.

Allí delante vio a Jared, en todo su esplendor, con unos pantalones oscuros y una camisa de lino clara. Aún llevaba barba, pero se la había recortado, al igual que el pelo. Con la luz de las velas a su espalda, la dejaba sin aliento.

—Pasa, por favor —la invitó al tiempo que movía el brazo y la tomaba de la mano—. Debo decir que nunca he visto a nadie tan guapa como estás tú esta noche.

Todavía no había bancos en la capilla. En cambio, había una preciosa alfombra azul y dorada sobre el suelo. En dos de los laterales, parecía haber cientos de cojines de seda y de algodón, bordados o lisos. Y al otro lado, había un par de sillas y una mesita con una botella de champán dentro de una cubitera, dos copas de flauta y platos con queso, galletitas saladas y chocolate.

—Es precioso —susurró al tiempo que Jared se acercaba a la mesa para abrir el champán. Echó un vistazo a la capilla, con sus cientos de velas, unas en estantes, otras suspendidas con cuerdas de las vigas del techo y otras muchas en el suelo.

Al fondo estaba la vidriera que Jared había comprado en Maine. La había visto en fotos, pero no la había visto fuera de su caja. Dado que no había electricidad, vio que había velas detrás de la enorme cristalera, lo que quería decir que la habían movido dentro de su marco. Eso no estaba en sus diseños y era algo que debería haber especificado. Se volvió para mirarlo.

—¿Ampliaste esa parte?

Jared le dio una copa de champán frío.

—Mi única contribución. ¿Te importa?

—No —contestó—. A lo mejor podrías enseñarme más cosas sobre la luz. Podrías...

—Esta noche no. Nada de lecciones. Esta noche es para... —Miró el caballero de la vidriera—. Esta noche es para el futuro. —Brindaron antes de beber.

En ese momento, Alix miró la vidriera y se dio cuenta de que el caballero tenía la cara del capitán Caleb.

—¿Un antepasado tuyo?

—Es posible, ¿no crees? —Hizo una pausa—. Alix, quiero decirte algo.

Alix inspiró hondo. ¿Se trataba de Nueva York? ¿De quién viviría en qué lugar? ¿De quién trabajaría en qué sitio? ¿Le diría cada cuánto iba a visitar la isla?

Jared la cogió de la mano y la llevó hasta una de las sillas. Ella se sentó, pero él permaneció de pie.

—Antes de nada, quiero disculparme por la discusión. Fui un capullo.

—No —protestó ella—. Tenías razón. He estado siguiendo a mi madre como no lo hacía desde que era pequeña. —Echó un vistazo por la capilla, reparando en las velas, en la alfombra, en la mesa y en la comida—. Admito que eres único con las disculpas. Primero narcisos y ahora champán. Pero en este caso, yo también tengo que disculparme. Me sentía muy culpable por olvidarme de la boda de Izzy y eso fue demasiado para mí... todavía sigo abrumada, por cierto.

Jared estaba de pie junto a ella, mirándola con una sonrisa.

—Que te preocupes por los demás es uno de los rasgos que más me gustan de ti. La madre de Tyler me ha dicho que ha estado preguntando por ti.

Sonrió al escucharlo.

—Lo he echado de menos estos días. Tendré que invitarlo, junto con sus padres, a la boda de Izzy. ¿Te has enterado de que mi madre ha invitado a muchos isleños? ¿Y de que Jilly ha invitado a algunos de sus parientes de Warbrooke? Cale y ella están intentando que la familia compre esa enorme mansión que está al final de la calle y... —Lo miró—. ¿Por qué me miras con esa cara?

—Porque te he echado de menos y porque te quiero.

Se quedó sentada, mirándolo fijamente, sin saber si había oído bien. Todo era precioso a su alrededor, con la titilante luz de las velas y los brillantes colores de la alfombra y de los cojines... y con Jared. A sus ojos, él era lo más maravilloso de toda esa estancia.

Sin dejar de sonreír, Jared introdujo una mano en el bolsillo interior de la chaqueta y sacó el estuche de un anillo.

Alix sintió que su cuerpo se paralizaba por completo: el corazón, los pulmones y el cerebro, todo dejó de funcionar.

Jared hincó una rodilla en el suelo delante de ella.

—Alixandra Victoria Madsen, te quiero. Con todo mi corazón, con todo mi ser, ahora y siempre, te quiero. ¿Te casarás conmigo? —Le cogió la mano izquierda y se dispuso a colocarle un alucinante anillo en el dedo mientras esperaba su respuesta.

Sin embargo, Alix estaba demasiado estupefacta como para

reaccionar. Se quedó allí sentada, inmóvil, incapaz de respirar, como una estatua humana paralizada.

—¿Alix? —la instó él, pero no le contestó. Se limitó a mirarlo fijamente—. ¿Alix? —insistió con más fuerza—. ¿Estás pensando en rechazarme? —Parecía preocupado.

Alix consiguió tomar una bocanada de aire.

—No. Quiero decir que sí. ¡Sí y sí! Y... —Le echó los brazos al cuello.

Dado que Jared seguía arrodillado y no estaba esperando esa reacción, cayó de espaldas sobre la alfombra, entre el suelo y ella.

—Sí, me casaré contigo —dijo Alix—. Sí y mil veces sí. —Enfatizó cada palabra con un beso en su cara y en su cuello—. ¿Puedo irme contigo a Nueva York?

Jared reía a carcajadas.

—Sí, claro que puedes. ¿Quién va a decirme que mis diseños están mal si tú no andas cerca?

—Creía que ibas a dejarme atrás.

Jared le tomó la cara con una mano.

—Jamás. Nunca te dejaré.

Alix comenzó a desabrocharle la camisa.

Él se lo impidió.

—No, ahora no.

Se apartó un poco al escucharlo.

—La capilla todavía no está consagrada, de modo que...

—No es por eso. Creo que deberíamos esperar a que estemos casados.

Echó la cabeza hacia atrás para mirarlo.

—Pero podría pasar casi un año. Mi madre dice que...

Jared la silenció con un beso.

—¿No quieres ver el anillo? Es bastante bonito, aunque esté mal que yo lo diga.

—¡El anillo! Menuda idiota. —Se apartó de él y comenzó a buscarlo por la alfombra.

Jared sostuvo la mano en alto. Tenía un anillo de platino con un enorme diamante rosa en el meñique.

—¿Buscas esto?

Se tumbó en la alfombra junto a él, con la cabeza apoyada en su hombro, y levantó la mano izquierda para que le pusiera el anillo.

—Con este anillo... —susurró él mientras se lo ponía.

Alix sostuvo la mano en alto para mirarlo. Nada relucía como un diamante a la luz de cientos de velas.

—¿Te gusta? Si no te gusta, podemos buscar otra cosa.

Alix cerró la mano.

—Es perfecto. El mejor anillo que he visto en la vida. Incluso mi madre le dará el visto bueno.

—Ahora que lo mencionas —comenzó Jared, que se apartó de ella, se puso en pie y le tendió una mano—. No puedes decírselo a tu madre hasta después de la boda.

—¡Estoy de acuerdo! —exclamó ella al tiempo que se levantaba—. Fuguémonos. Mi madre ha estado diciendo que en mi boda habrá una catedral y un vestido con una cola de cinco metros.

Jared la condujo hasta una silla en la que se sentó, tras lo cual él ocupó la silla que tenía enfrente.

—No podría vivir con mi conciencia si le impidiera a una mujer tener una boda de verdad.

—Me da igual —aseguró ella—. Si tengo que elegir entre fugarnos y la excentricidad de mi madre, voto por Las Vegas y un tío vestido de Elvis.

Jared cortó una loncha de queso brie, la puso sobre una galletita salada y se inclinó sobre la mesa para ofrecérsela a Alix.

—Verás —dijo él mientras cogía un poco de hummus y se lo comía—, parece que Izzy ya no quiere casarse, así que he pensado que tú y yo podríamos sustituirlos.

—¡Ay, no! Por favor, dime que Izzy y Glenn no han cortado.

—¡Qué va! —le aseguró Jared—. Van a ir a las Bermudas para casarse y yo voy a organizarles el viaje a los dos hermanos de Glenn y a la hermana pequeña de Izzy para que los acompañen. Si tú accedes, claro.

Cuando Alix entendió lo que le estaba diciendo, se quedó sentada, con el queso a medio camino de la boca. Sujetándolo, sin más. Jared extendió el brazo y le guio la mano hasta la boca.

Alix masticó un momento antes de decir:

—¿Puedo ponerme el vestido de la tía Addy?

—Estoy convencido de que te sonreirá desde el cielo y te dará las gracias.

—Lexie y Toby...

—Serán tus damas de honor... si tú quieres, claro.

—Me encantaría. —Se comió otra galletita salada—. Estamos hablando de este sábado, ¿verdad?

—Sí —confirmó él, que extendió de nuevo el brazo para cogerla de la mano.

Alix esbozó una sonrisa tan deslumbrante que casi lo cegó.

—Cuéntame más cosas.

—Será un placer —replicó él.

32

Jared no podía dormir. Ni siquiera había amanecido y faltaban tres días para su boda. Toby le había enviado un mensaje de correo electrónico con los detalles, como por ejemplo, los trámites administrativos para obtener el certificado matrimonial o la hora de los ensayos, y también le recordaba que Lexie y ella volarían a Nueva York a fin de comprarse los vestidos para la boda. Añadió que le había enviado otro mensaje de correo electrónico a Alix con más información.

En ese momento, Jared yacía en la cama con las manos tras la cabeza y con la mirada fija en el techo. La noche anterior, Alix y él habían estado en la capilla hasta pasada la medianoche. No les había resultado fácil contenerse, pero al final habían conseguido no quitarse la ropa. Claro que se encontraban abrumados por la solemnidad de lo que estaban planeando: una vida juntos.

Aunque no les gustaba planearlo todo con tanto secretismo, querían hacerlo. Habían tomado una decisión firme y estaban convencidos de que debían seguir adelante y comenzar una vida en común. En otras palabras, querían continuar lo que ya habían iniciado al vivir y trabajar juntos, sin interferencias de ninguna clase.

La noche anterior, mientras se iba a la cama, le envió un mensaje de correo electrónico a Tim para que fuera a Nantucket el viernes y que se llevara el esmoquin. Una vez que hablaran en persona, le diría que quería que fuera su padrino de boda. En otras circunstancias, habría sido Ken, pero ese día Ken tendría que llevar a Alix al altar.

Aunque no había amanecido, se levantó, se puso unos vaqueros, una camiseta y unas sandalias, y subió la escalera del ático sin apenas hacer ruido. Mientras estiraba un brazo para tirar de la cadenilla que encendía la luz, recordó que la había arrancado al darle un tirón demasiado fuerte por culpa de la furia.

Se mantuvo un instante donde estaba, mirando por la ventana. La furia que había sentido por culpa de lo de su abuelo y Victoria había desaparecido, y había sido reemplazada por una especie de resignación. En algún momento durante los últimos días, había llegado a la conclusión de que el destino era inevitable, de que por más que se enfadara, no podría cambiar el futuro. No podía evitar lo que iba a suceder y dudaba mucho de que su abuelo pudiera hacerlo.

No se volvió al escuchar un ruido tras él. Ya no estaba solo.

—¿Sabes lo que he hecho?

—¿Recuperar el sentido común y pedirle a la preciosa Alix que se case contigo?

—Sí —contestó Jared mientras se volvía. Contuvo el aliento. Su abuelo estaba sentado en el enorme sillón orejero y parecía tan sólido como un ser humano.

Se acercó a él y le tocó una mano. Era real, casi sólida y tibia. Era la primera vez en la vida que lo tocaba. Se alejó y se dejó caer en el sofá de tapicería deshilachada. Se imaginó que su abuelo rodeaba a Victoria con un brazo y se internaba con ella en una especie de bruma de la que jamás volverían a salir. Solo atinó a mirar a su abuelo sin hablar.

—Todavía no lo sé —dijo Caleb, en respuesta a su silenciosa pregunta—. No sé qué va a suceder, ni cómo ni por qué. Todos están aquí. ¿Te ha dicho Alix que vio a mi padre en la boda de Parthenia?

—No —contestó Jared, mirándolo fijamente.

—Su espíritu está en el cuerpo del señor Huntley. Mi padre era un hombre íntegro y bueno, y mi madre era su fuerza vital. —Caleb suspiró—. He tenido que verlos morir cuatro veces, y en tres ocasiones todo ha sucedido igual. Primero moría mi padre, y mi madre lo seguía al poco tiempo. Pero en esta ocasión, la influencia de la medicina moderna ha hecho que dicho orden se invierta.

—¿Qué significa eso? —preguntó Jared.

—Esa es otra pregunta para la que no tengo respuesta, pero detesto verlo tal como está ahora. Echa tanto de menos a mi madre que es como si viviera a medias.

Jared observaba a su abuelo, muy consciente de que dentro de unos cuantos días ya no estaría allí.

—¿Has estado espiando a Victoria?

—No de la forma que crees —respondió Caleb con una sonrisilla—. Le he hablado un poco mientras dormía, pero nada más. —Agitó una mano—. Si me acerco ahora tal como estoy, me verá. Sin embargo, he estado sopesando la idea de hacer precisamente eso. Una vez más.

—No verás al Octavo —señaló Jared, refiriéndose al hijo que tendrían Alix y él—. Pero supongo que ya va siendo hora de que dejemos de usar números.

—¿Y si le pones Caleb a tu hijo?

—Sería un honor —contestó Jared—. A lo mejor se te permite alejarte de la casa durante el último día y puedes asistir a nuestra boda.

—¡Ojalá! —exclamó Caleb—. Lo deseo de todo corazón, deseo poder estar presente. Me encantaría abrazar a Valentina por última vez, verla sonreírme. —Suspiró—. He pagado muy cara mi avaricia. —Soltó una carcajada—. La ironía es que el tesoro que pensé que debía obtener se quedó en mi barco y mi hermano lo trajo de vuelta a Nantucket.

—¿Te refieres a la mercancía que trajiste de China?

Caleb agitó mano.

—Ya no importa. ¿Vas a contarle a Victoria el secreto de la boda?

—¡Ni hablar! —exclamó Jared—. Ya sabes cómo es. Querrá tomar las riendas de todo. —Miró a su abuelo con los ojos entrecerrados—. ¿Has tenido algo que ver en esto? ¿Has convencido a Izzy de que se fugara el día de su boda?

—¿Cómo quieres que haga eso si no se me permite salir de esta casa?

—Lo que quiero que hagas es que respondas a lo que te pregunto.

—¿Eso quieres? —preguntó Caleb—. Oigo algo. Creo que tu Alix está subiendo la escalera.

Jared observó con cierta fascinación cómo Caleb se levantaba del sillón y cruzaba la estancia. Al llegar a la pared, siguió andando.

Mientras su abuelo se desvanecía, Alix abrió la puerta. Jared la recibió con los brazos abiertos y ella se dejó caer a su lado en el sofá, acurrucándose junto a él.

—¿Este es tu escondite? —quiso saber.

—Desde que era pequeño.

—¿Has dormido bien? —le preguntó ella.

—No mucho —contestó—. Tenía demasiadas cosas en la cabeza. ¿Has recibido un mensaje de correo electrónico de Toby?

—He mirado el teléfono y he visto que tengo cinco, así que lo he apagado. Ya los leeré después. Pareces preocupado por algo. Todavía estás a tiempo para cambiar de opinión.

La besó en la coronilla.

—Mi única preocupación es que hagas lo más inteligente y salgas corriendo. ¿Seguro que quieres formar parte de los Kingsley?

—Supongo que lo dices por el capitán Caleb. —Al ver que no respondía, se volvió para mirarlo—. ¿Ha estado aquí?

Jared escuchó el deje aprensivo de su voz, pero no iba a mentirle.

—Sí, ha estado aquí. He subido para hablar con él. Dejará este mundo dentro de poco tiempo.

Alix no supo qué decir. Jamás había oído que alguien se entristeciera por la desaparición de un fantasma. ¿Lo normal no era que la gente quisiera librarse de ellos?

—¿Por qué se va? —quiso saber.

—No lo sé. Por lo visto, las reencarnaciones de ciertas personas que formaron parte de la vida de mi abuelo se han congregado ahora, de modo que mi abuelo se va.

—Tiene algo que ver con mi madre, ¿verdad? Ella era Valentina.

Jared asintió con la cabeza, temeroso de hablar.

—A lo mejor ahora que por fin puede verla de nuevo ya puede marcharse.

—Lleva veintidós años viendo a tu madre de forma intermitente. Así que, ¿por qué ahora?

—¿Ha cambiado algo?

—Sí. Jilly.

—¡Parthenia! —exclamó Alix, que se volvió para mirarlo—. A lo mejor no se trata de una sola persona, sino de todos ellos. Además, piensa en cómo ha sucedido. Desde que diseñé la capilla, pasando por las discusiones de la familia de Izzy, hasta el descubrimiento del diario de Valentina. A lo mejor ahora que nos hemos reunido todos puede marcharse. Somos una especie de sesión de espiritismo del pasado.

—Me gusta mucho esa idea —comentó Jared, a quien esto le parecía muy acertado, ya que eso quería decir que Victoria no estaba en peligro. Le dio un beso apasionado—. Gracias. Has hecho que me sienta mejor. Como siempre. —Miró de reojo hacia la ventana y vio que estaba amaneciendo. Victoria se levantaría pronto—. Estaba pensando que deberíamos darle el diario de Valentina a tu madre ahora, antes de la boda. A lo mejor la mantiene lo bastante ocupada como para que nos deje encargarnos de los preparativos que nos ha indicado Toby.

—Buena idea. Los invitados de Izzy empezarán a llegar pasado mañana y tenemos que ir a buscarlos al aeropuerto y al ferry. Después, tendremos que llevarlos a sus respectivos alojamientos. ¿Crees que se enfadarán mucho cuando les digamos que Izzy no está en Nantucket?

Él le acarició una mejilla.

—¿Te importa mucho?

—No —respondió—. No me importa en absoluto por lo mal que han tratado a Izzy. Pero sí me siento mal por no decírselo a mi madre, aunque...

—¿Te obligaría a ponerte un vestido con una cola infinita?

Alix se rio y le arrojó los brazos al cuello.

—Te quiero.

—Me alegra oírlo por fin —replicó él—. Pensaba que solo me habías dicho que sí para estar cerca de Montgomery.

—Jamás haría algo así —le aseguró—. Aunque... —Lo besó

en el cuello—. A lo mejor podría darme un cursillo sobre iluminación. Uno pequeño.

—Sí, bueno —repuso Jared mientras la tendía en el sofá—, pero quiero un poema por cada día de clase. Entretanto, repíteme otra vez el de mi labio inferior, sobre todo esa parte que decía que era suave y suculento.

—Me gusta más la parte de chuparlo, lamerlo y sentirlo contra los míos.

—Recítalo entero y yo decido. —La besó con pasión.

33

Eran las cinco de la madrugada y Jared se casaría esa tarde. Debería ser el hombre más feliz sobre la faz de la Tierra, pero no paraba de preguntarse si Victoria estaba viva o si lo seguiría estando al acabar el día.

Estaba sentado en el sofá del ático, con las manos metidas en los bolsillos y el ceño fruncido. Más que nada porque el ático se le antojaba vacío. El enorme montón de cajas seguía allí, pero faltaba algo... y sabía de qué se trataba. Durante toda la vida, su abuelo había aparecido cada vez que entraba en el ático. Era una de las constantes de su vida. Una hora después de que le comunicaran la muerte de su padre, subió al ático. Su abuelo se sentó a su lado mientras él clavaba la vista en la nada, incapaz de comprender lo sucedido.

Ese día, por primera vez, no percibió la presencia de su abuelo. La estancia parecía desangelada, vacía, tan yerma como un mar sin viento.

¿Su abuelo ya había abandonado la tierra? Era el 23 de junio desde hacía cinco horas, de modo que tal vez Caleb se fuera a medianoche. De ser así, no había podido despedirse de él. Su último encuentro había sido muy tenso. Se dejaron cosas en el tintero. Cuando hablaron por última vez, Jared no pensaba en despedidas emotivas. Su única preocupación era Victoria.

Y si Caleb había abandonado la tierra, tal vez ella también lo hubiera hecho. En ese preciso momento, podría estar acostada en la cama y... no estar viva, pensó.

El corazón le dio un vuelco al escuchar que alguien subía la escalera. ¿Su abuelo? ¿Alix? ¿Victoria tal vez? Sin embargo, Alix había pasado la noche en casa de Lexie y de Toby, a fin de no verse la víspera de la boda. Aunque habían puesto mucho empeño en que Victoria no se enterara de la boda, ella estaba tan ensimismada en el diario de Valentina que no se habría enterado ni de un terremoto. Solo le interesaba hablar con el señor Huntley, ya que pasaba las horas muertas escarbando en lo que el hombre sabía acerca de la historia de Nantucket. La noche anterior, el pobre se quedó dormido en el sofá. Jared se ofreció a llevarlo a su casa, pero Victoria le dijo que lo dejara dormir. Pobre, pensó Jared. Victoria quería empezar desde cero a primera hora de la mañana.

Si todavía seguía con vida, pensó sin querer.

Darle las buenas noches el día anterior fue muy difícil. Aunque ella quería subir la escalera, él no dejaba de abrazarla.

—¡Jared! ¿Se puede saber qué narices te pasa? —le preguntó ella.

—Nada.

Se apartó de ella para mirarla, y se dio cuenta de que su pelo era más oscuro que cuando la conoció tantos años atrás. Siempre había dicho que Ken le salvó la vida, pero Victoria también puso su granito de arena. Fue ella quien lo ayudó tras la muerte de su madre. Victoria no había sido un pozo de compasión sin fondo como sus parientes. «Pobre Jared», decían sus familiares, un huérfano que en ese momento cargaba sobre sus hombros con todo el peso de la familia Kingsley.

En cambio, Victoria lo había hecho reír. Mientras estaba en Nantucket, había organizado fiestas y había invitado a personas que a él le caían bien. Cuando estaba en otra parte, le mandaba postales graciosas y mensajes de correo electrónico, y hablaban a menudo por teléfono.

—¿Jared? —dijo Victoria—. Me miras con una cara muy rara.

—Es que estoy recordando cosas. ¿Seguro que estará bien en el sofá?

—Estará bien. Quiero madrugar para la boda, así que le echaré un vistazo por la mañana temprano.

Sus palabras lo alarmaron.

—¿Por qué tienes que madrugar? Quiero decir que Lexie y Toby se están encargando de todo, ¿no?

—Y Alix. Es la dama de honor, pero tienes razón. A lo mejor debería acercarme a su casa y ver cómo van. ¿Es demasiado tarde para llamar a Izzy?

—¡Sí! —exclamó Jared. Sabía que Izzy y Glenn habían llegado bien a las Bermudas, ya que le habían mandado un mensaje de correo electrónico para darle las gracias por haber trasladado a sus hermanos y a sus amigos. En su opinión, era lo menos que podía hacer, ya que Alix y él iban a apropiarse de la preciosa boda de Izzy—. Lo que quiero decir es que es tardísimo. Las chicas dijeron que iban a... esto... a pintarse las uñas.

—Jared, por favor... —replicó Victoria—. Es imposible que seas tan ingenuo. Van a salir a beber y a ligar con chicos.

—¿Eso crees? —preguntó él, que pareció tan ingenuo como Victoria creía que era—. Pero sí, seguro que van a hacerlo.

—Sigo sin comprender por qué Izzy ha querido quedarse con Lexie y con Toby en vez de quedarse aquí. Esta casa es más grande.

—No quieren estar con Tim y conmigo.

Su socio había llegado a la isla a primera hora del día anterior con un esmoquin y una pulsera de diamantes.

—Es para la novia. Me ha parecido un mejor regalo que una tostadora.

Jared miró la pulsera, sorprendido.

—Es un regalo muy caro para alguien a quien no conoces. Izzy es...

—¿Izzy? Es para Alix. Vais a casaros vosotros dos, ¿no?

—¿Cómo lo has adivinado?

—No creo que me invitaras a la boda de una desconocida, ¿verdad? Mucho menos diciéndome que debo llevar esmoquin.

Para él fue un alivio contar con un hombre con quien hablar de la inminente boda. Ken estaba muy atareado durante el día con los retoques de la capilla y las noches las pasaba con Jilly. Sospechaba que ya no ocupaban dormitorios separados.

Habló con Tim, un hacha con el dinero, sobre los preparativos de la boda y sobre cómo hacerles llegar los regalos a Izzy y a Glenn, que los iban a necesitar.

—Kingsley House no necesita más cosas, sinceramente.

Tim, que estaba casado, lo sacó de su error al respecto.

—Puede que Alix no necesite una batidora nueva, pero seguro que hay algo que quiere.

Jared lo adivinó al instante.

—Su propio estudio aquí en Nantucket.

El único lugar que tenía sentido como estudio era los aposentos de la doncella. Dado que Victoria había salido, podían arreglarlo todo.

—Vas a necesitar los otros dormitorios para los niños —dijo Tim—. Por experiencia te digo que empiezan a llegar a los seis meses de la boda.

—A Alix le haría ilusión —comentó Jared.

—¿Habéis hablado de tener hijos?

—Era eso o de fantasmas, así que nos inclinamos por los hijos.

—Sabia decisión.

Jared llamó a un par de primos, quienes a su vez llamaron a más, de modo que contaron con gente de sobra para quitar el papel pintado de las paredes y pintarlas. Mientras trabajaban, Tim y Jared fueron de compras al estilo de Nantucket, lo que quería decir que saquearon los áticos de las antiguas mansiones de la familia Kingsley. Encontraron todo lo que necesitaban salvo la mesa de dibujo.

Jared y Tim se miraron y dijeron:

—Stanley.

Bastó con una llamada para que Stanley les dijera que llegaría en avión a la isla al día siguiente con la mesa de dibujo y que la montaría durante la ceremonia.

A las diez de la noche ya lo tenían todo listo. Habían trasladado el estudio que tenía Jared en la casa de invitados para que estuvieran juntos. Encontraron algunos objetos fascinantes en los áticos, desde figuritas de marfil hasta huesos de ballena, y los colgaron en las distintas estancias. Lo único que les faltaba era la mesa. Stanley había conseguido encontrar a un antiguo cliente que iba a Nantucket en su avión privado y que lo llevaría a él y a la mesa de dibujo.

En el fondo, Jared se alegraba de todo el esfuerzo físico realizado ese día. Porque eso lo ayudó a no pensar en lo que sucedería al día siguiente.

Ya era bastante tarde cuando la casa por fin se quedó en silencio y, con Tim dormido en la planta superior, Jared vio al señor Huntley dormido en el sofá. Pobre, parecía que Victoria lo había dejado exhausto. Tenía ojeras y un tono ceniciento en la piel. Al día siguiente, después de la boda, le diría a Victoria que lo dejara descansar.

Al pensarlo, regresó la ansiedad que sentía. El día siguiente sería 23 y su abuelo abandonaría ese mundo para siempre. La duda era si Victoria lo acompañaría o no.

La vio en el pasillo y le dio miedo dejarla. Cuando por fin se dieron las buenas noches, Jared se preguntó si volvería a verla con vida.

En cuanto Victoria entró en su dormitorio, él subió la escalera en dirección al ático. Quería hablar con su abuelo, pero solo había dado un paso cuando lo asaltó tal sensación de somnolencia que casi se cayó. No le cupo la menor duda de que Caleb era el causante, de que estaba usando sus nuevos poderes para controlarlo y manipularlo.

Jared luchó contra la sensación de estar drogado, pero fue inútil. La puerta del dormitorio de Alix estaba abierta y la cama, hecha con pulcritud y muy tentadora, lo llamaba. Logró caminar hasta la cama a duras penas y cayó sobre el colchón, dormido como un tronco.

Eso fue la noche anterior, pero en ese momento estaba sentado en el ático, donde siempre acudía cada vez que se sentía alterado. No sabía si ese sería el día más feliz de su vida o el peor de todos. Tim apareció en la puerta. Su amigo había estado a menudo en Nantucket y sabía que el ático era un escondite habitual.

—Por favor, no me digas que has cambiado de idea —dijo Tim al tiempo que se sentaba en el sillón orejero.

—¿Cambiar de idea? ¿A qué te refieres?

—Pareces un condenado a muerte, no un novio extasiado.

Jared intentó dejar de fruncir el ceño, pero no lo consiguió.

—Todo va genial con Alix. Es que... —Se interrumpió—. Si

te pidiera que me hicieras un favor sin hacerme preguntas, ¿lo harías?

—¿Hay armas de por medio?

—Solo una mujer guapa.

—Hecho. Sin preguntas. Pero no se lo digas a mi mujer.

Jared no sonrió.

—Quiero que bajes, que abras la puerta del dormitorio de Victoria y que eches un vistazo, que compruebes cómo está.

Tim había conocido a Victoria el día anterior y había bromeado acerca de que su suegra no se parecía en nada a ella.

—¿Que eche un vistazo en su dormitorio? Es un poco invasivo, ¿no crees? Y puede que incluso ilegal.

—Sin preguntas, ¿recuerdas?

Tim enarcó las cejas, pero se levantó.

—No es una pregunta en el sentido que tú dices, pero ¿tengo que buscar algo en especial? Y si me pregunta qué narices hago allí, ¿qué le digo?

—Solo me preocupa saber que sigue respirando y siempre puedes decirle que te has equivocado de puerta.

—¿Respirando? ¿Te refieres a viva?

Jared no contestó, se limitó a mirar a su amigo, de modo que Tim se marchó. El tiempo que estuvo fuera, Jared tuvo la sensación de no respirar siquiera. Tenía el corazón en la garganta.

Tuvo la impresión de que había pasado una hora antes de que los pasos de Tim sonaran en la escalera, y aferró con tanta fuerza el brazo del sofá que seguramente hubiera dejado las marcas en el armazón de madera.

—Está bien —dijo Tim al entrar.

—¿Qué quiere decir eso?

Su amigo volvió a sentarse en el sillón.

—Quiere decir que está bien. Está dormida.

—¿Estás seguro de que respira?

—¿Se puede saber qué te pasa? —preguntó Tim, exasperado.

—Solo quiero asegurarme de que Victoria está sana y salva.

—Sí, respira, y desde luego que a mí me parecía muy sana. Cuando he abierto la puerta, Victoria se ha vuelto en la cama. Supongo que sabes que duerme desnuda.

Jared inspiró hondo, aliviado. Caleb Kingsley no se había llevado consigo el alma de su adorada Valentina al abandonar ese mundo.

Respiró hondo varias veces y por fin dejó de fruncir el ceño y consiguió sonreír.

Tim lo miraba fijamente.

—¿Qué leches te ha llevado a pensar que la madre de la novia no estaría viva esta mañana?

—Si te lo contara, no me creerías —contestó Jared, con una sonrisa de oreja a oreja en la cara—. Eres mi padrino, así que dime qué tenemos que hacer para prepararnos.

—Primero, tenemos que escoger a algún desgraciado que les diga a los invitados que Izzy y Glenn van a ser sustituidos por una pareja a la que no conocen. Dichos invitados se van a cabrear por haberse tomado tantas molestias para ver cómo se casan los hijos de otras personas. Por no mencionar los gastos.

—Tim, amigo mío, tu trabajo consiste en recopilar una lista de gastos de cada invitado y reembolsárselos. El asunto era mantenerlos alejados de Izzy y que la dejaran en paz un tiempo. No van a perder dinero.

Tim suspiró.

—Me alegro de que te cases, pero supongo que esto quiere decir que no vas a estar en la oficina el lunes. Por la luna de miel y todo eso.

Jared se puso en pie.

—No conoces a Alix. Su idea de una luna de miel será echarle el guante a todos los proyectos de mi estudio y escudriñar hasta la última línea de cada plano. Esos chiquillos que contrataste por fin van a ver lo que es el verdadero talento... y la precisión. Ken le enseñó bien.

—¿No va a repartir globos y estrellas doradas?

Jared resopló.

—Dibujé una pared desplazada menos de diez centímetros y me dijo, ¡a mí!, que tenía que mejorar mis dotes de observación.

Tim lo miró con los ojos como platos.

—Si no estuviera ya casado y tú no te fueras a casar con ella, la llamaría ahora mismo para pedírselo.

—De eso nada, es mía y pienso conservarla. Vamos a Downyflake en busca de algo que comer. Después, le diremos a Ken que hay que informar a la masa del cambio de planes.

—Mejor lo invitamos a comer. Pobre —replicó Tim con un deje compasivo.

—No te preocupes. Me debe una muy gorda. Verás, le he traído a Parthenia.

—Creía que la mujer se llamaba Jilly.

—Victoria, Valentina, Parthenia, Jilly, da igual.

Tim se detuvo al llegar a la escalera y lo miró.

—Tienes que volver a Nueva York a la de ya. La isla te está afectando el cerebro.

Jared sonrió.

—¿Qué quieres que te diga? Es Nantucket.

Hicieron falta sus dos damas de honor para conseguir abrocharle el vestido de la tía Addy, lo que la llevó a preguntarse cómo consiguió ponérselo sola la primera vez. Se quedó quieta con la mano en el puño del vestido y se preguntó si el capitán Caleb le habría echado una mano. Esa idea hizo que contuviera una risilla.

—¿Alguien ha visto hoy a Jared? —preguntó.

Estaban en la casa que Lexie y Toby compartían, y las dos llevaban los vestidos que habían comprado en Nueva York, de diseño muy sencillo pero espectaculares gracias a sus colores: azul zafiro y rojo rubí. El peluquero y maquillador se había ido ya, y faltaban menos de dos horas para que Alix recorriera el pasillo de la capilla.

Lexie se puso en pie mientras inspeccionaba la falda.

—Se fue con Tim y con Ken a Downyflake esta mañana. No sé qué han hecho el resto del día, pero creo que estaban pensando en dejar en manos de Ken el decirles a los invitados que Izzy y Glenn no están aquí.

—La verdad es que me siento mal porque la madre de Izzy no la verá casarse.

—Por eso tendrán una segunda ceremonia después —le recordó Lexie. Siempre la voz de la razón.

Toby cogió el velo.

—Alix, te parece mal que los padres de Izzy se pierdan la ceremonia porque tú tienes una madre genial. Aquellos que no la tenemos y deseamos una boda tranquila estamos dispuestos a hacer cualquier cosa con tal de conseguirla.

—Tengo una madre estupenda, ¿verdad? —musitó Alix.

—¡No llores! —le ordenó Lexie—. Se te correrá el maquillaje de los ojos.

—Vale —dijo Alix, que sorbió por la nariz mientras Toby le daba un pañuelo de papel—. Recordadme cuál es el plan.

—Vamos a la capilla y esperas en la carpa pequeña con Jilly hasta que tu padre haya soltado la bomba —explicó Lexie—. Después de que limpien el baño de sangre, Toby y yo recorreremos el pasillo, tras lo cual lo harás tú del brazo de Ken. Después de eso, comeremos y bailaremos. Es sencillo.

—Mi madre se va a sentir muy dolida —susurró Alix.

Durante un segundo, las dos chicas la miraron, incapaces de contestar, pero después Lexie dijo:

—Vámonos. Tenemos que ponerlo todo en marcha. —Miró de reojo a Toby. Al principio, les pareció una idea estupenda no dejar que Victoria los mangoneara a todos, pero, en el fondo, era la madre de Alix.

Lexie había tomado prestados el chófer y el Bentley de su jefe para ese día. Ayudaron a Alix a entrar en el coche. La novia estaba tan callada que nadie habló en el corto trayecto hasta North Shore.

Había muchos coches, pero solo unos pocos invitados estaban fuera, y Lexie los obligó a marcharse para que no vieran a la novia. La metieron a toda prisa en una de las carpas, bajo la cual se habían dispuesto mesas y sillas. Era una estampa preciosa, con las mantelerías blancas y los ramos de jacintos azules, rosas color crema y los tallos verdes, sujetos por cintas celestes. Unos enormes lazos de un azul más oscuro adornaban los respaldos de las sillas y rodeaban la parte superior de la carpa.

—Toby —dijo Alix—, es precioso. Gracias.

—¡Nada de lágrimas! —le ordenó Lexie una vez más—. Ahora quédate aquí dentro hasta que volvamos a buscarte. Jilly vendrá enseguida.

Habían instalado una carpa mucho más pequeña al lado. En ella, solo había dos sillas, de modo que Alix se sentó con mucho cuidado en una y extendió la falda para que no se arrugara. Escuchaba a la gente en el exterior, pero de momento nadie gritaba. Era evidente que todavía no les habían comunicado la noticia. La verdad era que temía casarse rodeada de gente furiosa. Los invitados se sentirían decepcionados y su madre, dolida. ¡No era la mejor manera de comenzar un matrimonio! Ojalá que los invitados fueran comprensivos.

Al ver que se levantaba la entrada de la carpa, supuso que era Jilly, pero se trataba de su madre, ataviada con un traje de seda verde esmeralda y un sombrerito con velo corto. Alix no recordaba haberla visto tan guapa en la vida. Tenía un brillo en la cara que la hacía resplandecer.

—Mamá —dijo, con la misma voz que una niñita perdida. Se puso en pie y le echó los brazos al cuello... y a ambas se les llenaron los ojos de lágrimas—. ¿Cómo te has enterado? Creía que no iba a verte. Esperaba que...

—Chitón —dijo Victoria, que se soltó de los brazos de su hija—. Mira lo que nos has hecho a ambas. Menos mal que he traído el kit de emergencias. Venga, siéntate y deja que te arregle la cara.

Obediente, y muy pero que muy feliz, Alix se sentó. Su madre ocupó la otra silla, sacó un juego de maquillaje completo y comenzó a trabajar en la cara de su hija.

—¿Cómo? —preguntó Alix en un susurro.

—¡Por el amor de Dios, Alix! Tu padre y tú sois como dos gotas de agua. ¿De verdad creíais que podíais hacer algo así sin que yo me enterase? Todos esos susurros y todas esas salidas a hurtadillas. Bueno, ¿dónde está el anillo?

Alix sostuvo en alto la mano izquierda con gesto orgulloso.

—No está mal. —Hizo una pausa con la esponjita de maquillaje en una mano—. ¿Quién crees que le dijo a Jared tu talla de anillo?

—¿Tú?

—Pues claro que fui yo. —Miró a su hija con una sonrisa—. Cuando llegué y me di cuenta de que Jared y tú habíais adoptado lo que era sin duda una vida conyugal, supe que tenía que romper ese acuerdo tan plácido.

—¿Por qué narices llegaste a esa conclusión?

—Cariño, ¿qué tienes en el dedo ahora mismo? —replicó Victoria—. ¿Qué vestido llevas puesto? Algunos hombres necesitan un empujoncito para avanzar. Mira hacia arriba.

Alix intentaba no parpadear mientras su madre le aplicaba el rímel y le daba vueltas a lo que le había dicho.

—¿Nada de catedral? ¿Adiós a la cola de cinco metros?

—Cariño, por favor, que tu madre tiene buen gusto.

—Mamá, no quería excluirte. Lo que quiero decir es que...

—Nada de lágrimas —dijo Victoria con una sonrisa—. Bueno, ¿no te alegras de que te obligara a diseñar una tarta más grande, a escoger mejores flores y a invitar a más personas?

—Pues sí, la verdad. Pero Izzy...

—Es feliz. He hablado con ella esta mañana, y está muy tranquila y contenta, y el bebé ya no sufre estrés. Más adelante, cuando ya haya nacido, Glenn y ella celebrarán otra ceremonia para que todos sus familiares estén presentes. Tú serás su dama de honor. Todo saldrá bien. Ya verás.

Alix miraba a su madre.

—Pareces contentísima y me alegro, pero ¿ha pasado algo más?

Aunque parecía imposible, la cara de Victoria brilló todavía más, y pareció más preciosa si cabía.

—Bueno, querida, sé que serás virgen hasta esta noche, aunque...

Alix se echó a reír.

—He pasado una noche muy interesante.

—¿Y eso?

—Ah, no, no te puedo hablar de eso. Al menos, ahora no. Es tu gran día. —Victoria se estaba arreglando el maquillaje, tras lo cual miró el reloj—. Tengo que dejarte. Tu padre es el encargado de comunicar el cambio de novios y sé que va a meter la pata. ¡Me muero por verlo!

—Mamá, compórtate.

—Me comporto de maravilla con tu padre. Llevo todo el día diciéndole cosas bonitas. Empieza a estar acojonado.

Alix sabía que no debería echarse a reír, pero lo hizo.

—Tengo que reunirme con Caleb —dijo Victoria al tiempo que se ponía en pie.

—¿¡Qué!? —exclamó Alix.

—¡Addy, tú y el fantasma ese! No me refiero al capitán Caleb, me refiero a Freddy, ya sabes, el señor Huntley. Y te aseguro que su cuerpo es muy sólido. —Se interrumpió para sonreír—. Bueno, la cosa es que esta mañana me ha dicho que a partir de ahora lo tengo que llamar por su segundo nombre, Caleb.

—Qué raro —murmuró Alix.

—Lo raro es la energía que tiene ese hombre. —Levantó una mano—. Pero sigues siendo virgen, así que no te lo puedo contar.

—Luego quiero enterarme de todo lo que ha pasado con pelos y señales.

Victoria echó un vistazo fuera.

—Te lo contaré, te lo prometo. Jilly ya viene hacia aquí y yo voy a sentarme en la iglesia con Caleb mientras veo cómo tu padre hace el ridículo. ¡Qué día más maravilloso! —Le lanzó un beso y salió de la carpa.

—¡Ahí está! —le susurró Lexie a Toby.

Estaban escondidas en una de las carpas, con sus preciosos vestidos de colores de piedras preciosas, mirando hacia la capilla. Los vestidos largos eran idénticos, con corpiños sin mangas, cintura ajustada y faldas amplias. La seda de las faldas estaba cubierta por una capa de tul del mismo color. El único adorno era el cinturón plateado que llevaban. Fuera, la capilla estaba a rebosar de gente y las dos damas de honor esperaban el aviso para entrar. Alix estaba escondida en otra carpa con Jilly.

La noche anterior, las tres habían salido de despedida de soltera a la zona de copas de la isla. Sin embargo, no se quedaron mucho porque parecía que un solo hombre se había adueñado del local.

En cuanto Lexie lo vio, dijo:

—Es un Kingsley.

—Creo que en este caso es un Montgomery —repuso Alix—. Jilly me dijo que venía un hombre para Toby.

Lexie pareció sorprenderse.

—Para acompañarme por el pasillo de la iglesia —añadió la aludida—. Roger es para ti, pero yo necesito un acompañante.

—¿¡Plymouth!? —exclamó Lexie—. ¿Has hecho que mi jefe venga solo para acompañarme por el pasillo de la iglesia?

—Pues sí —contestó Toby.

—¿Por qué no me consultaste? —preguntó Lexie.

—Porque te habrías negado.

—Claro que me habría negado. Ese hombre...

—Vamos, chicas —dijo Alix—. Es mi noche. Nada de discusiones.

A regañadientes, Lexie dejó de discutir, pero no sonrió.

Las tres habían pedido bebidas, pero había tanto ruido que no podían hablar. Ese Kingsley-Montgomery y las personas que lo rodeaban estaban formando demasiado escándalo. Fortísimas risotadas, tanto masculinas como femeninas, resonaban en el lugar.

—Desde luego que le encantan las fiestas —comentó Lexie—. Por lo que me ha contado Jared, tenía la impresión de que los Montgomery eran dechados de virtud.

—Siempre hay una oveja negra.

—Vaya, se ha fijado en nosotras —dijo Lexie, que apartó la mirada.

El hombre apartó a la chica que tenía en el regazo y se acercó a su mesa. Se parecía a Jared, pero era más joven y tenía un brillo alegre y malicioso en la mirada que Jared jamás había poseído.

—¿Qué hacen estas encantadoras damas aquí solas?

Lexie hizo ademán de contestar. Al fin y al cabo, seguramente fuera un pariente lejano. No obstante, Toby se levantó sin mediar palabra y salió del local.

—Parece que nos vamos —dijo Alix, tras lo cual apuró la bebida de un solo trago, cogió el bolso y se fue.

—Nos vemos mañana —se despidió Lexie y salió en pos de las otras dos.

En ese momento, estaban en la capilla y allí estaba él, ataviado con un esmoquin, junto a la puerta, mientras instaba a los invitados a entrar.

—No es él —dijo Toby.

—¿Estás de coña? —preguntó Lexie—. Es el mismo hombre que vimos anoche. Se le da muy bien ocultar la resaca.

Toby no replicó mientras regresaba al interior de la carpa.

Lexie nunca había dejado pasar un desafío.

—Oye —le dijo al hombre. Cuando este la miró, le hizo un gesto para que se acercara a la carpa y después sostuvo en alto la tela para que entrara. Toby se había alejado, pero los observaba—. ¿Qué tal estás hoy?

—Bastante bien —contestó el hombre—. ¿Y tú?

—Genial. Yo soy Lexie y ella es Toby. Supongo que eres el pariente de Jilly que va a acompañar a Toby por el pasillo de la iglesia, ¿no?

El hombre miró a Toby, ataviada con su precioso vestido azul, pensó en lo bien que combinaba con sus ojos y sonrió.

—Graydon Montgomery —dijo, e inclinó la cabeza como si fuera una reverencia.

Toby no se movió, ni siquiera le contestó.

A Lexie le molestó esa grosería, sobre todo porque nunca había visto a Toby comportarse así con otra persona.

—Creo que somos primos en mayor o menor grado... soy una Kingsley por parte de madre.

—Ah, sí. Llegué ayer bastante tarde y todavía no he conocido a mis nuevos parientes.

—No era tan tarde —repuso Lexie—. ¿No recuerdas habernos visto anoche?

—No estoy seguro.

Con una sonrisa, Lexie miró a Toby, cuya cara permanecía impasible. ¿Qué le pasaba?

—Entiendo que no te acuerdes de nosotras... ni de nadie más. Estabas como una cuba.

—Ah —dijo él, y se puso colorado—. Vale. ¿Estaba cantando? ¿Bailando? ¿Había champán?

—¿Ya te vas acordando?

—Sí, recuerdo noches parecidas. —Miró a Toby—. ¿Te parece que ensayemos antes de la ceremonia?

Lexie miró al hombre y después a su amiga. Tal vez a Toby no le cayera bien, pero era evidente que él se sentía atraído por ella.

—Creo que es una idea estupenda —dijo Lexie—. Empezad

al fondo de la carpa y caminad despacio hasta el otro extremo, luego lo repetís.

Le tendió el brazo a Toby y ella lo aceptó, pero se mantuvo todo lo lejos que pudo de su cuerpo.

En ese momento, entró un camarero en la carpa y llamó la atención de Lexie, y Graydon aprovechó la distracción para decirle a Toby:

—¿Te ofendí anoche?

—El hombre que se acercó a nuestra mesa fue muy grosero —respondió ella—. Parecía creer que habíamos ido al local por él.

—Te pido disculpas —dijo él—. No era mi intención ofenderos. A lo mejor mañana puedo disfrutar de tu compañía durante la cena. No conozco a nadie aquí y...

—¿Detestas comer solo? —terminó Toby con tono desdeñoso por el topicazo. Se detuvo y se zafó de su brazo—. Mira, no sé qué te traes entre manos, pero el de anoche no eras tú y no tengo ni idea de por qué insistes en hacernos creer que sí lo eras. No me gustan los mentirosos, así que no, no voy a salir contigo. Ahora, si no te importa, déjanos hasta que nos avisen.

Graydon parecía alucinado, como si nadie le hubiera dicho algo semejante en la vida Sin mediar palabra, se dio media vuelta y salió de la carpa.

Nada más salir, vio a su tía Jilly junto al padre de la novia, hablando en voz baja. Ken parecía muy alicaído.

Graydon no pensaba decírselo a su tía, pero habían celebrado una reunión familiar para hablar de la repentina relación de su adorada Jilly con un hombre al que no conocían. Después de todo lo sucedido con su difunto marido, les preocupaba mucho ese hombre. Aunque todo lo que había descubierto en internet era bueno, querían saber más detalles personales. Cuando Jilly llamó para pedir que alguien hiciera de acompañante de una de las damas de honor, todos lo miraron a él.

—No creo que sea apropiado —protestó al principio, pero después la idea le gustó. ¿Por qué no? Tres horas después, había hecho el equipaje y estaba en un avión con rumbo a Nantucket.

Comenzó a hacer preguntas sobre Ken en cuanto se subió a

una destartalada camioneta con un tal Wes, que lo había recogido en el aeropuerto. Por lo que había averiguado, ningún isleño tenía nada malo que decir sobre Kenneth Madsen. Y cuando los presentaron, le cayó muy bien.

—Aquí estás —dijo Jilly cuando lo vio salir de la carpa y Ken se alejó—. ¿Todo arreglado? ¿Has conseguido ensayar el paseíllo?

—Pues sí, pero... —Miró a Ken, que estaba cerca pero que no parecía prestarles atención.

—¿Pasa algo? —preguntó Jilly.

—No, nada —contestó Graydon—. Es que... —Esbozó una sonrisilla—. Me ha pasado algo curioso. La chica a la que tengo que acompañar por el pasillo... Es Toby, ¿no?

—Creo que es un apodo. ¿Qué pasa con ella?

—Unas amigas y ella vieron a Rory anoche... Yo ni siquiera sabía que había venido a la isla... Y la otra chica...

—¿Lexie?

—Sí. Lexie me ha dicho que me vieron.

—Es comprensible teniendo en cuenta que Rory y tú sois idénticos.

—Sí —convino Graydon—. Lo somos, pero Toby se ha enfadado mucho y me ha dicho que yo estaba mintiendo, que no me vieron a mí.

—¡Vaya por Dios! —exclamó Jilly, que se llevó una mano a la boca.

El deje alarmado de su voz hizo que Ken saliera de su ensimismamiento.

—¿Pasa algo?

—No —contestó Jilly, pero miraba a Graydon con los ojos como platos—. Pero seguro que ya te ha pasado antes.

—No. Ni una sola vez.

—¡Oh! —dijo Jilly—. ¿Qué vas a hacer?

—Creo que voy a quedarme en la isla una temporada. Lexie y Toby viven juntas, ¿no?

—Sí —contestó Jilly con voz cautelosa—. ¿Qué piensas hacer?

Grayson esbozó una sonrisa, gesto que dejó muy claro que no pensaba revelar lo que tenía en mente.

—Creo que debería investigar más este asunto, ¿no te parece? —Se llevó la mano de su tía a los labios y le besó el dorso—. Y creo que voy a verte con cierta frecuencia durante las próximas semanas. —Miró a Ken, lo saludó con un gesto de cabeza y se alejó.

Ken lo miró mientras se alejaba.

—No quiero ser cotilla, pero ¿a qué ha venido eso?

—Parece que nuestra querida Toby es capaz de diferenciar a los gemelos.

—Pues vas a tener que explicarme qué significa eso —dijo Ken.

—Verás, en nuestra familia hay muchos casos de gemelos idénticos, y también hay la tonta creencia, una ridiculez, de que quien sea capaz de diferenciarlos, es el Amor Verdadero de uno de ellos.

—¿Y Toby es capaz de hacerlo con ese chico? Graydon, ¿no es eso?

—Sí, parece que es capaz —contestó Jilly.

—¿Eso quiere decir que nuestra Toby ha conocido a su Amor Verdadero? —Ken sonrió al pensarlo.

—No sé, pero a Graydon le ha picado la curiosidad.

—¿Por qué tienes esa cara de susto? —preguntó Ken—. ¿Pasa algo con ese chico?

—Con él personalmente no. Es que las circunstancias de su nacimiento son bastante extraordinarias.

—¿Qué quieres decir?

—Graydon es el príncipe heredero de Lanconia.

Ken puso los ojos como platos.

—¿Príncipe heredero? ¿Eso quiere decir que algún día será...?

—¿Que algún día será rey? Pues sí.

Ken sopesó esas palabras un rato.

—La primera vez que tuve a Toby en mis brazos tenía cuatro horas de vida, y la he visto crecer desde entonces. En mi opinión, si tu príncipe puede ganársela, será él quien se lleve el premio.

—No estoy segura, pero creo que Graydon es de la misma opinión.

Con una sonrisa, Ken la besó en la mejilla.

—La reina Toby. Me gusta cómo suena. —Inspiró hondo, miró el reloj y perdió la sonrisa.

—¿Ya es hora?

—Sí —contestó él—, ya es hora. —Juntos, echaron a andar hacia la capilla.

Con la sensación de que iba al cadalso, Ken se dirigió al altar de la capilla y miró a los numerosos invitados. El edificio estaba lleno a rebosar de sillas ocupadas, y había más invitados de pie en los laterales de la capilla. Habían llevado generadores para que hubiera una iluminación suave, y de las paredes colgaban lazos y lo que parecían ramos de flores silvestres. Y también había velas por todas partes.

De pie junto a él se encontraban tres mujeres con vestidos de un horrible color verdoso. Se trataba de las damas de honor de Izzy, y según había oído, no eran de su elección. Las mujeres no eran guapas ni mucho menos, pero las expresiones avinagradas las afeaban todavía más. Se habían estado quejando amargamente porque nadie les había dado ramilletes que llevar en las manos. «¡Con razón Izzy se había fugado para casarse!», pensó.

Dado que impartía clases en una universidad de prestigio, Ken sabía que debería estar acostumbrado a hablar en público, pero al mirar a los invitados, lo abrumó el miedo. Las personas sentadas en las sillas eran en su mayoría familiares de Izzy y de Glenn.

En la primera fila, separadas por un estrecho pasillo, se encontraban las madres de Glenn y de Izzy. Las dos llevaban sendos trajes de seda y parecía que hubieran competido por ver quién llevaba más joyas. Brillarían incluso en una habitación a oscuras.

Ambas fruncían el ceño y se fulminaban con la mirada, y cuando Ken llegó al altar, lo fulminaron a él. La boda ya iba con retraso y aún no había ni rastro de los novios, aunque Ken sabía que Jared estaba al otro lado de la puerta.

—Tengo que anunciar algo —dijo Ken en voz alta, pero nadie le prestó atención... lo que lo llevó a mirar a su ex. Estaba sentada en un extremo de la primera fila, junto al señor Huntley, y de vez en cuando miraba al hombre con una expresión soñadora.

¿Qué le pasaba?, se preguntó Ken. No le había soltado ni una sola bordería en todo el día. Por regla general, Victoria era incapaz de pasar quince minutos sin reírse de lo que decía o de lo que hacía. Pero ese día no. Se preguntó qué estaba tramando.

Ken alzó la voz para llamar la atención de los presentes y unos cuantos invitados de los primeros bancos dejaron de refunfuñar para mirarlo.

—Ha habido un cambio de planes para esta preciosa tarde —anunció Ken, que no pudo evitar mirar a Victoria. Sabía que no le habían contado lo del cambio de novias y que cuando se enterase, iba a ponerse furiosa... y no le cabía la menor duda de que él sería el objeto de su rabia. Miró de nuevo a la multitud—. Todo sigue igual, salvo por el detalle de que habrá unos novios distintos. Y unas damas de honor distintas —añadió con una miradita de reojo a las damas de honor que tenía cerca.

Eso consiguió silenciarlos a todos. De repente, los presentes en la capilla, incluso aquellos que estaban de pie al fondo, que en su mayoría eran isleños, dejaron de hablar y lo miraron.

Por un segundo, encogió los hombros a la espera del ataque, pero no pasó nada. Todo el mundo, Victoria incluida, lo miraba en silencio.

Tomó una bocanada de aire y prosiguió:

—Izzy y Glenn han decidido que querían una boda íntima, de modo que sus hermanos, unos amigos y ellos se han ido a... Lanconia para casarse. En su lugar —dijo con la vista clavada en Victoria—, Jared Kingsley y mi hija, Alix, se casarán hoy. —En un acto reflejo, Ken se preparó para esquivar cualquier objeto, porque seguro que Victoria se ponía a lanzar cosas. Al ver que se limitaba a esbozar la sonrisa más ufana que había visto en la vida, se quedó boquiabierto.

Cuando se recuperó de la impresión, se dio cuenta de que el resto de invitados se había levantado de sus asientos y se acercaba a él. Solo Victoria y el señor Huntley permanecieron sentados.

—¡Es nuestra boda! —gritaba una de las madres—. He venido para ver a mi hija casarse. Por si no fuera suficiente tener que venir hasta aquí en avión, ahora...

—¿¡Dónde está mi hijo!? —exigió saber la otra—. Ese tal

Kingsley nos dijo que Glenn e Izzy ya estaban aquí. Como no...

—¿Lo han planeado esos dos para conseguir una boda de balde? —preguntó uno de los padres—. Si se piensan que voy a pagar esto, están...

—La madre de Glenn dijo que podía ser dama de honor y voy a serlo aunque tenga que...

—Alix siempre ha querido desplazar a mi hija. Creo que ha echado a Izzy de su propia boda. Siempre ha sido...

Al escuchar esas palabras, Victoria se levantó y se enfrentó a la mujer. Victoria era más alta y muchísimo más majestuosa.

—¿Cómo te atreves a decir eso de mi hija? ¡Siempre ha ayudado a Izzy! Alix ha...

Ken miró a los invitados. Todo era un caos. La puerta principal estaba abierta y todos los isleños que cabían en la capilla se habían alineado por el perímetro del edificio, disfrutando del espectáculo. Los parientes de los novios estaban de pie y gritaban, le gritaban a él, se gritaban entre sí y gritaban a Victoria, que a su vez estaba gritando. Victoria estaba defendiendo a Alix, a Jared, a la isla y la institución del matrimonio. En definitiva, la rabia iba creciendo a pasos agigantados.

La única persona que permanecía sentada era el señor Huntley. De hecho, leía con calma el menú de la recepción. Al mirarlo, cualquiera habría dicho que no pasaba nada a su alrededor, que todo estaba en calma.

El señor Huntley solo alzó la vista cuando una de las madres empujó a la otra. Sin embargo, no parecía preocupado, apenas un poco interesado.

Ken esquivó a los dos furiosísimos padres, que discutían de dinero, para llegar hasta la madre que había dado el empujón justo cuando la otra levantaba una mano para darle una bofetada. Ken la agarró de la muñeca y le sujetó el brazo con fuerza. ¡Madre del amor hermoso, esa mujer era fuerte! Se debatía con tal furia que no sabía si sería capaz de sujetarla.

Mientras tanto, la otra madre, la del empujón, se encaró con Victoria.

—¿Es cosa tuya? ¿Es una bromita para ayudarte a vender libros? —Prácticamente le estaba escupiendo a Victoria en la cara, una cara que tenía tan roja como el pelo.

Con el rabillo del ojo, Ken captó movimiento y vio que el señor Huntley se ponía las manos en las rodillas para levantarse despacio. Mientras él se debatía con la mujer, ya que prácticamente estaban luchando, el hombre atravesó la vociferante multitud hasta llegar al altar y colocarse delante de la enorme vidriera.

Se quedó allí plantado un momento, meneando la cabeza como si no creyera lo que veían sus ojos, antes de inspirar hondo y gritar:

—¡Silencio!

Decir que la palabra fue atronadora era quedarse muy corto. Fue como si las ventanas se contrajeran, como si la vidriera temblara, e incluso unas cuantas sillas cayeron al suelo.

Todos se quedaron paralizados. Las manos en el pelo de otra persona, los brazos en alto, las frases a medio decir... todo se detuvo.

—¡Sentaos! —ordenó el señor Huntley y, con actitud sumisa, todos comenzaron a retomar sus asientos. Esperó un poco, pero no mucho.

Ken se alejó hasta la pared. Victoria se sentó. Todos los ojos estaban clavados en el señor Huntley, que entrelazó los dedos a la espalda al tiempo que comenzaba a pasearse de un lado para otro y a hablar.

Su postura, la posición de las manos y, sobre todo, su voz hicieron que Ken tuviera la sensación de estar en presencia de un capitán de barco de los de antaño. Un hombre capaz de hacerse oír por encima de una tempestad. Un hombre capaz de dominar una tripulación entera.

—Vais a recuperar vuestro dinero —dijo el señor Huntley con un tono que no admitía interrupciones—. El hecho de que valoréis el dinero más que la integridad, que la amabilidad, es despreciable. Todos vosotros habéis acosado a la joven Isabella hasta hacerla huir de su propia boda. ¡Deberíais avergonzaros! —Se volvió para fulminar a los invitados con la mirada, con especial hincapié en las madres—. El hecho de que le hayáis hecho algo así a vuestra propia sangre es deshonroso. Un ser humano no puede caer más bajo. ¡Sobre todo porque esa maravillosa muchacha está esperando un niño! —Se calló para mirarlos con el ceño fruncido.

—No era mi intención... —comenzó la madre de Izzy.

—¡Silencio, mujer! —gritó el señor Huntley con tanta fuerza que las ventanas temblaron.

Esperó en silencio un instante y después habló en voz más baja:

—Fuera de esta estancia espera la novia. Tanto si creéis que es la adecuada como si no, se merece el respeto debido a cualquier novia. ¡Y vais a demostrárselo! ¿He hablado con claridad?

Esperó a que todos los invitados asintieran con la cabeza. En cuanto a los isleños que había al fondo, todos sonreían como si por fin vieran que el mundo volvía a estar como debía.

—Tened muy claro que si alguno de vosotros no se comporta, si no les deseáis a la novia y al afortunado novio lo mejor en esta vida, yo personalmente os echaré de aquí... y eso también va por las mujeres. —Una vez más, miró a todos los presentes a los ojos, uno a uno.

En los bancos del fondo, una mujer exclamó:

—¡A mí la primera!

Se escucharon unas cuantas risillas femeninas, pero la mirada acerada de Huntley las cortó en seco. Se volvió hacia Ken.

—Ocupa tu lugar. Eres el padre de la novia. —Victoria se puso en pie y parecía a punto de decir algo—. Y tú, siéntate —le ordenó el señor Huntley, a lo que ella obedeció al punto.

Tras lanzarles una última mirada severa, se acercó a la puerta lateral, donde Jared lo miraba boquiabierto. El señor Huntley se acercó a él y cerró a su espalda la puerta que daba a la capilla.

—¡Marineros de agua dulce! De tenerlos en mi barco, los habría tirado por la borda a todos.

Jared seguía mirándolo boquiabierto, incapaz de pronunciar una sola palabra. Unos minutos antes, había escuchado a través de la puerta una voz que llevaba toda la vida escuchando. Desde luego que no era la voz sosegada del señor Huntley. En cuanto abrió la puerta, vio a un hombre cuyos movimientos y gestos eran iguales a los de su abuelo. El señor Huntley, que solía andar encorvado, estaba tan derecho que habría sido la envidia de una vara de acero.

Y no tenía un pelo de sosegado ni de tímido. Estaba furioso y se lo hacía saber a la multitud. Aunque le costaba la misma vida comprenderlo, estaba viendo a su abuelo vivo, en el cuerpo de otro hombre.

En ese momento, mientras lo miraba con incredulidad, Jared extendió una mano para tocarle el hombro.

—Es un cuerpo débil. Tengo que fortalecerlo.

—¿Cómo? ¿Cuándo? —susurró Jared, sin dar crédito a lo que estaba pensando. ¿De verdad era su abuelo Caleb?

—Soy yo —dijo el hombre—. Me miras como si hubieras visto un fantasma. —La broma pareció hacerle mucha gracia a Caleb, pero cuando Jared siguió mirándolo en silencio, se compadeció de él—. Anoche, mi padre abandonó el cuerpo de Huntley.

—¿Quieres decir que murió? —preguntó Jared.

—Sí —contestó Caleb—. No me lo esperaba. —Apartó la vista un momento, con los ojos llenos de lágrimas—. Una vez que mi padre abandonó este cuerpo, me vio y recordó todas las veces que habíamos estado juntos. Me ofreció este cuerpo si lo quería. —Inspiró hondo—. Después, mi madre vino para llevárselo. Por un instante, los tres volvimos a estar juntos. Me besaron y se fueron. Estaban muy contentos por volver a estar juntos. Y yo me encontré de nuevo en un cuerpo humano.

Jared seguía mirándolo boquiabierto.

—¿Qué hiciste?

—¿Qué crees que hice? —preguntó Caleb a su vez mientras miraba a su nieto como si no fuera muy listo—. Subí la escalera y me metí en la cama con Valentina. Doscientos años de celibato acaban con la paciencia de cualquier hombre.

Jared parpadeó varias veces antes de echarse a reír y de darle a su abuelo un fuerte abrazo.

Caleb le devolvió el abrazo, pero enseguida se apartó.

—No soy de tu época. ¡Contrólate! —Aunque lo estaba reprendiendo con las palabras, tenía un brillo travieso en los ojos.

Jared no pudo contenerse y lo tocó de nuevo en el hombro. Le resultaba muy raro verlo en un cuerpo sólido. Tenía la cara distinta, era mayor, no tan guapo, pero le gustaba. Sin embargo, los ojos eran los mismos que Jared llevaba viendo toda la vida.

—¿Cómo sientes el cuerpo?

—¡Pesado! —exclamó Caleb—. Esta mañana me he dado de bruces contra una pared.

Jared se echó a reír.

—Y se me hace raro que la gente pueda verme. Creo... —Se interrumpió porque la música comenzó a sonar—. Tienes que ir a reclamar a tu novia.

Jared echó a andar hacia la capilla, pero se detuvo al llegar a la puerta.

—¿Qué vas a hacer ahora que tienes un cuerpo?

—Tengo un trabajo. Voy a casarme con Valentina y...

—Victoria.

—Da igual. Es la misma. Y tú vas a darme seis o siete nietos a los que malcriar. ¿Qué más se le puede pedir a la vida?

—Es verdad. ¿Qué más se puede pedir?

Con una sonrisa y con la sensación de que se le quitaba una losa del alma, Jared entró en la capilla y ocupó su lugar junto a Tim.

Los invitados estaban muy callados, atemorizados, y una de las madres miró a Jared con una trémula sonrisa. Mientras esperaban que comenzara el cortejo, Jared le susurró a Tim:

—Cuando comprobaste cómo estaba Victoria esta mañana, ¿estaba sola en la cama?

—No, la acompañaba el hombre que está sentado junto a ella. Menudo vozarrón tiene, ¿no?

—¿No se te ocurrió decirme que había alguien con ella?

Tim lo miró como si creyera que estaba loco.

—Si una mujer con su aspecto estuviera sola, lo hubiera comentado. La verdad, me pareció lo más natural del mundo. ¿Qué te pasa con esa necesidad de saber lo que hace en la cama tu suegra?

—No es por ella, es por él —contestó Jared. Quiso explicarse, pero el pastor carraspeó. Había llegado el momento de dejar de hablar.

Lexie recorría el pasillo del brazo de un hombre al que Jared no había visto en la vida, aunque no tardó mucho en darse cuenta de que se trataba de su jefe. «Demasiado guapo», fue la primera impresión de Jared, pero Plymouth tenía algo que dejaba entrever que tal vez disfrutara de un paseo en trineo al estilo de Nantucket.

A continuación, apareció Toby. Iba del brazo de un hombre

alto que se parecía a los Montgomery que había conocido en Maine, aunque no recordaba a ese en concreto. Mientras que el jefe de Lexie la sujetaba tan cerca de su cuerpo que era un milagro que no le pisara la falda, Toby caminaba bastante alejada de su acompañante. Una marsopa habría cabido entre ellos.

A continuación, las damas de honor se separaron para ocupar su lugar junto al altar. Detrás iba Alix. Jared jamás había visto nada tan hermoso como ella con su vestido blanco. Un vaporoso velo le cubría la cara, a través del cual podía ver su sonrisa.

No apartó los ojos de ella en ningún momento mientras se acercaba a él, cogida del brazo de Ken. Cuando llegaron a su altura, dio un paso al frente y Ken le puso la mano de su hija en la suya.

Mientras Ken le levantaba el velo a Alix, dijo:

—Te confío mi más preciada posesión. —Era lo que Victoria había dicho, y solo Jared pudo escucharlo y ver las lágrimas de sus ojos.

Jared asintió con la cabeza para sellar un juramento sagrado entre ambos, tras lo cual Ken se alejó y se sentó junto a Jilly.

Habían decidido no escribir sus propios votos, ya que las palabras tradicionales de la ceremonia lo decían todo.

—En la salud y en la enfermedad. Hasta que la muerte nos separe.

Al escuchar la mención de la muerte, Jared pensó en su abuelo y en lo que había soportado para estar con la mujer a la que quería. Miró a Alix con una sonrisa, que ella le devolvió. Como de costumbre, parecían compartir los pensamientos.

Alix repitió los votos y Jared pensó en la idea de compartir. Compartir lo que se tenía, lo que se era, con otro ser humano. Recordó que Alix le había dicho a Victoria que creía que él había estado muy solo hasta ese momento. Jamás lo habría dicho, pero sabía que Alix tenía razón. Uno a uno, había perdido a todos sus seres queridos, pero poco a poco la familia de Alix los había reemplazado. Y por fin se cerraba el círculo.

—Sí, quiero —dijo Alix.

Tras lo cual, el pastor anunció:

—Y yo os declaro marido y mujer. Puedes besar a la novia.

Jared abrazó a Alix y la besó con dulzura, con un beso que

encerraba una promesa. La abrazó un segundo, durante el cual sus ojos parecieron decirlo todo. Tras volverse, miraron a los numerosos invitados reunidos en el interior de la capilla.

Era como si toda la rabia y la hostilidad hubieran desaparecido bajo el hechizo de la boda, y la multitud comenzó a aplaudir.

Jared cogió a Alix de la mano y echaron a correr por el pasillo de la iglesia. En un momento dado, Alix se tropezó con la falda, de modo que la cogió en brazos. Los invitados adoraron el gesto y se echaron a reír mientras aplaudían con más ganas.

Fuera de la capilla, Jared la dejó en el suelo. Durante un segundo, estuvieron a solas.

—Para siempre —dijo él.

—Sí —contestó ella—. Para siempre.

Epílogo

Jared se acomodó en la silla y miró a su abuelo. Habían pasado tres semanas desde la boda y, tal como había predicho, Alix quiso ir a Nueva York de inmediato para ver su estudio.

Se había pasado todo el trayecto temerosa por la posibilidad de que las cosas cambiaran al abandonar Nantucket. En especial, le preocupaba que su flamante esposo se convirtiera en una persona distinta, en el Gran Jared Montgomery.

Por supuesto, sus temores fueron en vano. Aunque era cierto que la mayoría de sus empleados lo miraba con veneración, Alix no lo veía de esa manera. Sin importar el trato que le dispensaran los demás, ella veía al hombre, y se lo hacía saber. El primer día, tuvieron una fuerte discusión sobre la remodelación de una casa que llevaría el nombre de su estudio.

—¡Es horrible! Imposible que permitas que esto salga a la luz. Es tan inferior a tu trabajo habitual que deberías sentirte avergonzado —le soltó Alix con vehemencia.

—Estos planos no están mal —replicó Jared con la misma vehemencia.

Alix procedió a explicarle con todo lujo de detalles los fallos que veía en cada ventana, puerta y pared. Uno a uno, los empleados fueron saliendo al pasillo para cotillear. Estaban pasmados al ver que alguien le hablara a Jared Montgomery de esa manera.

Pero Tim, que también observaba la escena, sonreía.

Fue mucho después, una vez que Alix diseccionó las doce páginas de dibujos, cuando comprendió que en realidad Jared estaba de acuerdo con ella. En ese momento, echó un vistazo a su alrededor, vio que todo el personal la miraba y supo lo que Jared estaba haciendo. Estaba demostrándoles a todos que pertenecía a ese lugar, que tenía potestad para cambiar todos los diseños, incluidos los del propio Jared.

De repente, comprendió que el diseño no era suyo. Era el trabajo de algún arquitecto del estudio... que la odiaría a muerte en ese momento. Colorada como un tomate, enrolló los planos y los levantó.

—¿Quién los ha hecho?

Un chico de pelo oscuro levantó la mano con timidez.

Alix le lanzó los planos y como estaba demasiado avergonzada como para hablar, se marchó.

Jared tuvo que engatusarla para que lo perdonara, no por lo que había hecho sino por la forma en la que lo había hecho. Solo lo perdonó cuando comprobó que el personal del estudio la admiraba en vez de odiarla.

Los empleados la veían como un punto intermedio entre la actitud siempre aquiescente de Tim y las continuas negativas de Jared, que siempre se oponía a todo sin ofrecer explicación alguna. Tras la primera semana, Alix era indispensable para todos. Tim le preguntaba cualquier duda, ya fuera sobre la forma de conseguir que el personal usara menos papel o sobre cómo le entraba a Jared para presentarle la factura de los nuevos ordenadores. Los otros arquitectos le pedían que les echara un vistazo a sus planos antes de mostrárselos a Jared.

En cuando a este, estaba tan contento por haber delegado tanta responsabilidad en ella, algo que le permitía concentrarse en crear, que apenas era capaz de dejar de sonreír... un gesto que pocos miembros del personal le habían visto hacer antes.

La noche anterior regresaron a la isla, ya que no habían pisado Nantucket desde la boda, y esa mañana Alix había salido corriendo para ver a su madre y a Toby. Tan pronto como se fue, Jared se encaminó hacia la casa del señor Huntley, ya que quería ver a su abuelo.

Puesto que Victoria vivía con él en la casita y Jared sabía que a ella no le gustaba el sitio porque era muy modesto, les había ofrecido vivir en Kingsley House.

—No quiero poner un pie en esa casa nunca más —había dicho Caleb con tanto encono que Jared se había echado a reír.

Tenían muchas cosas de las que hablar para ponerse al día. Aún era demasiado pronto como para que Caleb hubiera dominado el uso de un teclado o incluso de un teléfono móvil, de modo que habían dejado la conversación para cuando se vieran en persona.

—¿Has descubierto en el diario qué le pasó a Valentina? —le preguntó Jared.

—Sí —contestó su abuelo, que estaba sentado junto a una ventana, con el rostro levantado hacia el sol para disfrutar de su calor. Sabía que Jared había esperado mucho tiempo para escuchar la historia, de modo que no retrasó más el momento—. Mi odioso primo Obed tenía por costumbre seguir a Valentina a todos lados aun cuando yo estuviera en la isla. Se escondía detrás de los árboles para espiarla. En más de una ocasión, me vi obligado a amenazarlo. —Tomó aire, ya que hablar abiertamente de ese tema le resultaba muy duro pese a los años transcurridos—. Valentina me suplicó que no hiciera el último viaje, pero yo no le hice caso. ¡Era tan arrogante en aquel entonces! En cualquier caso, después de que yo me fuera, Obed debió de percatarse de los síntomas de Valentina y supo que estaba en estado interesante. No tardó mucho en contarle una mentira. Le dijo que le habían llegado las malas noticias de que mi barco se había hundido conmigo al timón. Y lo hizo un año antes de que sucediera de verdad. —Hizo una nueva pausa, ordenando los recuerdos—. Valentina anotó en su diario que Obed fue muy delicado cuando le dio las noticias de mi muerte y que le ofreció muy amablemente casarse con ella. Le dijo que le daría el apellido Kingsley a mi hijo y juró que los amaría a ambos y les construiría una casa en Main Street. Valentina escribió que las noticias de mi muerte la destrozaron y que era incapaz de pensar con claridad. Se casó con él.

—Pero todo era mentira, ¿no? —preguntó Jared.

—Lo único cierto es que mi hijo consiguió el apellido Kingsley. Obed siempre fue un tacaño y obligó a Valentina a vivir en lo que era poco más que una choza en North Shore. Yo mismo le cedí ese terreno a mi primo, pero para que construyera una casa

—siguió Caleb—. Lo que Obed quería en realidad era la receta del jabón. Al parecer, por eso la había estado siguiendo, para ver si podía descubrir cómo lo hacía. —Caleb meneó la cabeza—. Yo estaba tan enamorado de ella que pensé que todo el mundo la veía con los mismos ojos que yo. —Hizo una mueca—. Sí, todo era mentira. Después de casarse, Obed trató a mi hijo como si fuera un sirviente y obligó a Valentina a pasarse catorce horas al día haciendo jabón. —Respiró hondo—. El día que desapareció, anotó en el diario que le había pagado a un forastero para que la sacara de la isla junto con su hijo. Había pensado volver a casa, a Maine. Sin embargo, no quería contárselo a nadie, ni siquiera a Parthenia, porque temía lo que pudiera hacerles Obed si descubría que se había marchado. También sabía que se enfurecería no por el hecho de abandonarlo, sino por haberse llevado consigo la receta del jabón. En aquel entonces, Valentina veía el jabón como el futuro de su hijo.

—Obed se hizo con la receta —comentó Jared, que ya sabía cómo seguía la historia.

Después de que Valentina desapareciera, Obed siguió fabricando y vendiendo el jabón Kingsley. Así fue como amasó su fortuna. Además, cuando Caleb y su hermano intercambiaron sus barcos, le entregó a este un testamento donde les legaba todos sus bienes a Valentina y a su hijo... que acabaron pasando a manos de Obed. Por un breve período de tiempo, fue un hombre inmensamente rico.

Pero no duró mucho. Unos cuantos años después de que su barco se hundiera, Caleb apareció en forma de fantasma. En un primer momento, estaba confundido y atontado, ya que no entendía qué le había sucedido y la única persona que podía verlo era su hijo, Jared.

Cuando Obed vio que el niño hablaba solo, ya que eso era lo que parecía, reaccionó movido por el miedo. Le dio una paliza. Esa noche la furia que embargó a Caleb le otorgó tanto poder que incluso Obed pudo verlo. El hombre chilló, aterrado, y murió al instante. Antes de que Caleb pudiera sonsacarle qué le pasó a Valentina.

—Debió de descubrir sus planes de huida —dijo Jared.

—Sí. Valentina siempre pensó que Obed pagaba a ciertas personas para que la espiaran. Era una sabandija rastrera de lo peor y siempre le gustó moverse a hurtadillas.

—¿Qué dice el diario que sucedió? —preguntó Jared.

Caleb se levantó del sillón, se acercó a un armario y sacó el diario de Valentina. Tras sentarse de nuevo, lo abrió por la última página y empezó a leer.

He matado a mi mujer. No quería hacerlo. Que el Señor me perdone, pero lo que esa mujer dijo hizo que me llevaran los demonios. Me dijo que prefería estar muerta con Caleb antes que seguir viva a mi lado. Cuando escuché esas palabras, me ofusqué de tal manera que durante un rato perdí hasta la vista. Cuando recuperé la razón, la vi muerta en el suelo, con el cuello partido. Voy a entregarme a las autoridades para someterme a la justicia de los hombres, aunque juro que no soy culpable. Como siempre hacía, Valentina me ha obligado a hacer lo que yo no pretendía. Merece el destino que ha tenido, pero yo no. Que Dios Nuestro Señor y los hombres tengan piedad de mi alma inocente.

Cuando Caleb acabó de leer, miró a Jared. El dolor que se reflejaba en sus ojos era sobrecogedor.

—Pero no se entregó —señaló Jared.

—No. Supongo que se la llevó... que arrojó el cuerpo de Valentina al mar y mancilló su nombre para siempre. Debió de pagar a esos hombres que les dijeron a sus parientes que la habían llevado al continente.

Jared reflexionó acerca de lo que la gente era capaz de hacer por dinero. La traición de Obed, su avaricia, había ocasionado las muertes de muchas personas. Caleb, movido por el afán de regresar a casa, había hundido en el fondo del mar a toda su tripulación.

Pero Obed no vivió lo suficiente como para recibir todos los beneficios generados por la venta del jabón por el que había sido capaz de matar. El hijo de Caleb y Susan, la mujer con la que Obed se casó poco después de que Valentina desapareciera, dirigieron la empresa. Durante mucho tiempo, los Kingsley fueron una familia rica, pero muchos años después, Jared Quinto demostró no tener mano para los negocios, de modo que vendió la empresa y derrochó las ganancias. Durante la infancia de Jared, la familia solo poseía un montón de casas viejas que necesitaban reparaciones, y que no se vendieron gracias a Caleb, con la ayuda de Addy.

—¿Por qué no destruyó el diario? —preguntó Jared—. Cualquiera pensaría que después de haber redactado su confesión, lo primero que querría sería librarse de él.

Caleb sonrió.

—Seguramente quisiera hacerlo, pero la joven Alix descubrió el diario y lo escondió.

—¿Mi Alix? ¡Ah! Estás hablando otra vez de las reencarnaciones.

—Pues sí. En aquel entonces era Alisa, la hija de John Kendricks y de su primera mujer. Parthenia...

—Que ahora es Jilly.

Caleb sonrió.

—Tienes razón. Parthenia es Jilly. ¿Esto significa que he logrado enseñarte algo?

—No eches las campanas al vuelo —respondió Jared con una sonrisa.

Su abuelo tenía un aspecto distinto, pero en el fondo era el mismo.

Caleb rio entre dientes.

—Parthenia era la segunda esposa de John Kendricks, y fue una buena madre. Pero antes de conocerla, Alisa adoraba a Valentina, de la misma manera que lo hace ahora. Cuando escuchó que Valentina había desaparecido, robó el diario y lo escondió en un lugar donde solo Valentina podría buscarlo.

—¿Por qué no le contó a la gente lo que estaba escrito en la última página? —quiso saber Jared.

—Supongo que no tuvo tiempo de leerlo. El viejo edificio ardió, seguramente por obra de Obed, pocos días después de que Valentina desapareciera. Además, Ali solo era una niña. A lo mejor se le olvidó. Durante unos doscientos años, quiero decir.

—Si sabías dónde estaba el diario, ¿por qué no convenciste a alguien de que lo desenterrara hace un par de siglos?

—Ni siquiera sabía que había un diario hasta que Alix apareció en esta vida y vino a la isla con cuatro años. A veces los niños recuerdan cosas que tuvieron lugar antes de nacer y que olvidan cuando son adultos. Alix y yo estábamos jugando a las damas cuando me contó que tenía un gran secreto. Después de animarla para que me lo contara, me dijo que se había colado a hurtadillas en la casa del hombre malo, que había encontrado el libro preferido de su madre y que después lo había metido en el horno. Por supuesto, pensé que estaba hablando de Victoria, de modo que tardé años en descubrir lo que me había dicho realmente. Es su madre en esta vida; pero fue su amiga en la otra.

—Caleb sonrió con nostalgia—. Sin embargo, aunque sabía dónde estaba el diario, no era el momento oportuno para desenterrarlo. Ken tenía que superar su furia y Parthenia debía venir a casa, con nosotros. Todo el mundo debía ocupar su lugar, empezando por la joven Alix, que no tenía motivo alguno para volver a Nantucket en la vida. Addy siempre se sintió mal por no haber investigado lo que le sucedió a Valentina, de modo que entre los dos ideamos lo del testamento que tanto te enfureció.

Jared sonrió.

—A veces no sabemos lo que nos conviene.

—En tu caso, eso sucede con frecuencia.

Jared gimió.

—Veo que tener un cuerpo humano no te ha aplacado.

En ese instante, fue Caleb quien gimió.

—Se me había olvidado lo que era el dolor humano. Este cuerpo cruje por todos lados. Y las exigencias de Victoria... —Esbozó una sonrisilla.

—Por cierto, ¿Victoria sabe la verdad sobre ti? —preguntó Jared. Por más que se quejara su abuelo, el cuerpo del señor Huntley parecía mucho más saludable que antes.

—Finge no estar al tanto, pero siempre ha sido una mujer con tendencia a guardar secretos.

—¿Como por ejemplo lo de la boda? —Jared levantó la cabeza—. ¿Sabías que lo había descubierto? ¿O fuiste tú quien se lo dijo?

—Puede que yo colaborara un poco, pero no me resultó complicado averiguar lo que tramaba.

—¡Pues yo ni me enteré!

—Se suponía que no debías hacerlo, así que eso no te desacredita. Valentina me ha colocado en ciertas tesituras en las que no me apetecía estar. —Sonrió—. Debes volver con tu mujer. ¿Hace falta que te diga que quiero nietos lo antes posible?

—Me esforzaré al máximo —contestó Jared mientras se levantaba para marcharse. Estaba a punto de añadir algo más, pero no lo hizo. Quería saber cómo le iba a su abuelo en el trabajo y cómo se estaba adaptando al hecho de haber regresado a la vida. Tenía miles de preguntas y planeaba hacérselas todas, pero no en ese momento—. Me alegro de que hayas vuelto a casa —le dijo.

—Yo también —replicó Caleb.

Jared se detuvo al llegar a la puerta.

—Dime, ahora que has recuperado a Valentina, ¿ha merecido la pena esperar doscientos dos años?

Caleb sonrió.

—Tú has esperado treinta y seis por Alix. ¿Cuántos más habrías sido capaz de esperar?

Jared no titubeó.

—La habría esperado una eternidad.

—Sí —dijo Caleb—. Al Amor Verdadero se le espera eternamente.

Agradecimientos

Pasar tiempo en la isla de Nantucket ha sido una experiencia única, y me gustaría agradecérselo a muchas personas.

Betsey Tyler ha escrito libros acerca de las historias de cada casa de Nantucket, unos libros que admiro muchísimo. Como historiadoras que somos, conectamos desde el principio y me prestó un libro que me sirvió de gran ayuda.

Nat Philbrick contestó todas mis preguntas acerca de la investigación y me inspiró con sus geniales libros. ¡Alucino con su investigación! Su mujer, Melissa, me habló de bodas y de lo que sucedía en Nantucket. ¡Los dos son unos acompañantes maravillosos!

Nancy, alias Nancy Thayer, y Charley Walters. Me sirvieron de guías por la isla y me llevaron al Festival de los Narcisos, y celebraron unas cenas estupendas en su preciosa mansión antigua para que yo pudiera conocer a gente. Fueron muy amables y generosos.

Twig Perkins y todos sus guapísimos, inteligentes y graciosos hombres (GIG). Twig contestó mis numerosas preguntas acerca de la comisión encargada de la conservación del distrito histórico y de licencias de obra, y me dio unas cuantas pistas muy importantes. Además, tanto él como sus GIG me hicieron un magnífico trabajo de remodelación... aunque cada uno me obligó a demostrarle mi valía. Twig se quedó a un lado y se lo pasó de lo lindo durante todo el proceso. Ah, qué bien sentaba eso de «Ella tiene razón».

La mujer de Twig, Jude, y yo nos conocimos durante una visita a un jardín. Tiene gallinas y una casa maravillosa. El hecho de que nos llamemos igual fue motivo de muchas risas.

A Julie Hensler, por la arquitectura. Julie estaba en su glorioso jardín, cortando flores, mientras yo la interrogaba acerca del proceso de convertirse en arquitecto. Creía que lo sabía todo, pero le hice preguntas para estar segura. Tras descubrir que no tenía ni idea de los estudios necesarios, me llevó a una clase en Harvard.

A Dave Hitchcock (uno de los GIG de Twig), por ayudarme con la pesca y por enseñarme sus colmenas. Y por ajustar todos los muebles de mi despacho para que les sirvieran a una persona de talla normal.

Jimmy Jaksic me dejó acompañarlo a una de las bodas que estaba organizando. No dejaba de preguntar a todo el mundo si conocía a algún organizador de bodas con quien pudiera hablar, pero nadie me daba un nombre. Un día, estaba en el patio y saludé a mi vecino. Mientras charlábamos, descubrí que Jimmy era organizador de bodas. Casi salté la valla para hacerle preguntas.

Tricia Patterson me arregla el pelo y me entretiene con anécdotas de todo lo que pasa en la isla. De momento, no he dado con un libro que no se haya leído.

Jose Partida y sus hombres (otros GIG) de Clean Cut Landscaping se encargaron del titánico trabajo de desbrozar mi propiedad para crear un precioso jardín. Me ayudaron a librar la Guerra del Ciervo (que perdimos) y Jose siempre me apartaba de mis páginas mientras me decía que trabajo mucho.

A Georgen Charnes, por proporcionarme montones de libros para la investigación acerca de la gloriosa isla de Nantucket y por enviarme mapas y diarios. A Scott Charnes, por llevarme en su barco. A Cassie, por ser perfecta tal como es.

¡Zero Main es auténtica y su ropa es maravillosa! Noël me deja entrar en un probador, me lleva un montón de ropa para que me pruebe y me dice que me queda bien.

Downyflake. No sé qué haría sin Downyflake. Allí me siento y escribo mientras me sirven, ¡y es maravilloso! Algunas de las mejores ideas se me han ocurrido mientras me comía un muffin de huevo y frambuesa. Y su excelente personal me entretiene con anécdotas de lo que sucede en la isla.

A John Ekizian, mi publicista. John se encarga de la página de Facebook, pero más que eso, me hace reír. Es el rey absoluto de las frases lapidarias. Me hace reír tanto que me duele la barriga.

A Linda Marrow, mi querida editora, que tiene la mágica capacidad de ver al instante qué es lo que falla y cómo arreglarlo. Sus comentarios son cortos y dan siempre en el clavo. ¡Tiene un talento innato!

Por cierto, el nombre real de la sociedad conservacionista de Nantucket es NHA, Nantucket Historical Association. Lo he cambiado para que nadie se ofenda al poner a un antiguo fantasma como su director.

Me gustaría agradecérselo especialmente a mis colegas de Facebook. Me arrastraron a las redes sociales de los pelos. ¡No quería entrar! Solo accedí cuando me dijeron que podría contar mis experiencias cotidianas a la hora de escribir una novela. No tendría que escribir lo bien que me iba todo y lo feliz que era, sino que podría decir cuándo mis personajes y las circunstancias del mundo editorial me estaban volviendo loca. Quería ser real, no lo que la gente imagina de los escritores, que nos pasamos la vida sentados a la espera de que se nos ocurran las ideas antes de escribirlas sin más. Aunque tenía eso claro, me seguía preocupando lo que parece ser el nuevo pasatiempo en Estados Unidos: atacar de forma anónima a los demás en internet. ¡Menuda sorpresa me llevé! La gente, en su mayoría mujeres, que visita mi página web es maravillosa. Me han apoyado tanto que me han animado a escribir con más ganas. Suelen hacerme reír y comprenden mis quejas cuando aparece algún obstáculo en mi camino. Contestan mis preguntas diarias con tanta lógica que a veces pienso en sus respuestas durante todo el día. Dado que me han acompañado en cada etapa de este libro, incluso a la hora de conocer su verdadero título, he añadido una sección en mi página web en la que incluyo todos los documentos creados para escribirlo. Hay un mapa de Kingsley Lane, un árbol genealógico, antes y después de los cambios, e incluso escenas eliminadas del libro. Solo quiero agradecérselo a todos. ¡Sois geniales!